환향

화홍(花紅) 2부 2

초판 1쇄 찍은 날 | 2010년 9월 1일
초판 6쇄 펴낸 날 | 2017년 9월 8일

지은이 | 이지환
펴낸이 | 서경석

편집책임 | 조윤희

펴낸곳 | 도서출판 청어람
등록번호 | 제1081-1-89호
등록일자 | 1999. 5. 31
어람번호 | 제5-0272호

주소 | 경기도 부천시 부일로 483번길 40 서경B/D 3F (우) 14640
전화 | 032-656-4452 팩스 | 032-656-4453
http://www.chungeoram.com
E-mail | chungeoram@chungeoram.com

ⓒ 이지환, 2010

ISBN 978-89-251-2275-5 04810
ISBN 978-89-251-2270-0 (SET)

※ 파본은 본사나 구입하신 서점에서 교환하여 드립니다.
※ 저자와 협의하여 인지를 붙이지 않습니다.
※ 이 책은 도서출판 청어람과 저작자의 계약에 의해 출판된 것이므로,
  무단 전재 및 유포·공유를 금합니다.

目次

제1장 만만찮은 연적(戀敵) · 7 | 제2장 악연의 끝 · 49

제3장 단도직입(單刀直入) · 89 | 제4장 아직 남은 불티 · 138

제5장 그림자를 밟으며 · 171 | 제6장 지척(咫尺)이되 만 리(萬里)로다 · 206

제7장 멀디먼 마음 · 252 | 제8장 악한 끝이란…… · 295

제9장 운명의 붉은 실 · 337 | 제10장 대리청정(代理聽政) · 391

외전 · 437 | 끝머리 · 535

第一卷

제1장 연돌이는 앙큼쟁이 | 제2장 월하(月下)의 정인들 | 제3장 미행(微行)
제4장 천생연분 | 제5장 초야지정(初夜之情) | 제6장 막무가내 우겨다짐
제7장 그물에 걸렸구나 | 제8장 눈정 들어 속병 되니 | 제9장 닿지 못하여……
제10장 가슴앓이 | 제11장 스침 | 제12장 연분은 어디에?
제13장 서러운 절연(絶緣) | 제14장 아름다운 이별

제1장 만만찮은 연적(戀敵)

"참으로 형님, 저하를 그냥 놓아두었다간 우리 사내들이 다 말라죽겠소이다. 사내 자존심이 있지! 못한다 말은 못하고 저가요, 하기는 하는데. 참말 안방에 들어가기가 무섭소이다! 나 좀 살려주시오."

"말 말게나. 서원위 그대만이 골탕먹은 것이 아니야. 이 용원 또한 꼼짝도 못하고 효동에서 깩 소리도 못하고 숨죽이며 답답하게 사는 일이 뉘 때문인 줄 아는가? 바로 저하 때문이 아니냔 말야. 흥, 은근히 편들어 도와주는 척하면서 나를 요렇게 첩첩한 팔자로 만드신 것이다. 얄미운 저하와 약은 빈궁마마 꾀란 말이지. 내가 반드시 복수하리라 작정하였다."

그나마 호탕하여 말이 잘 통하였다. 사저 나와 계신 터라 찾아가기 제일 쉬운 용원대군을 찾아온 서원위 심온복, 한참 동안 하소연을 계속하였다.

빈궁이 근심한 것처럼 대공주마마가 지금 새신랑을 계속하여 들들 볶고 있었다. 무엇이든 저하 오라버님만치 하라, 투정질이었다. 심지어 밤일까정 하룻밤에 너덧 번은 기본이라 한다. 순진한 대공주는 빈궁이 허풍 친 것을 진실로 믿었다. 반드시 신혼엔 그러하여야 하는 줄 알았다. 돌아오자마자 옆구리를 꼬집으며 달달 볶아댔다.

아닌 밤중에 날벼락도 유만부동이지, 불쌍한 서원위는 그야말로 죽을 맛이었다.

"크흠. 보시오, 공주. 모든 사내가 반드시 항시 그리 잘하는 것은 아니오."

공주가 하란 대로 하였다간 내가 죽겠구나. 고민 끝에 어름어름 한마디 하였다. 허나 당장 새큰거리는 눈총이 날아왔다. 사뭇 사나웠다. 믿어주기는커녕 제 못난 탓 변명한다 구박만 얻어먹었다.

누구에게 하소연도 못하고 골병들어 속으로 끙끙 앓았다. 금지옥엽 공주마마를 모시어 혼인한 것이 행복인 줄 알았더니 말야. 인제 보니 생지옥이로구나. 이 모든 원인이 된 세자만 애꿎이 원망하였다. 그래, 좋다 이거야. 매사 잘나신 것은 알지만 말야. 밤일까정도 잘난 척 그리하신단 말인가? 잘하여도 망신이라. 빈궁마마는 방정맞은 고 입 좀 다물고 있지. 하룻밤에 다섯 번을 어찌한다고 샘 많은 공주 앞에서 대놓고 잘난 척을 하나 그래. 흥!

세자 부부를 향하여 바짝 약이 오른 이는 서원위만이 아니었다.

앙심 박힌 것으로 치면 용원대군도 못지않았다.
 진심으로 형님을 도와 빈궁 형수님하고 정분 맺게 도와준 공이 크다 자부하였다. 헌데 이 배은망덕한 형님 저하 하는 꼴 좀 보시오? 은인인 저한테 돌아온 것은 무어란 말이냐? 답답한 옥살이나 진배없는 처가살이로 몰아넣어? 도도한 국대부인 성질머리 누르고, 노루 생피나 한 사발 좀 먹여볼랬더니 말야. 얄밉게도 방해하고 파작내었것다? 도통 괘씸하고 분하여서 잠이 오지 않았다.
 이리하여 딱 첫 참에 의기투합하였다. 두 아우는 술잔 맞대고서 어떻게 하면 형님 저하를 골탕먹일 수 있을까 궁리궁리하는 참이었다. 허나 아무리 헤치고 뒤집어보아도 흠을 잡을 수 없구나. 약은 꾀 돌림은 항시 얄미운 그분이 한수 위라. 어찌하면 좋을까? 서로 머리를 박고 계교를 짜내는데 서원위가 문득 주먹으로 바닥을 쳤다.
 "저하께서 군자이시라, 항시 이 아우들 앞에서 잘난 척을 하는 고로, 한 번 그 위엄을 망쳐 줍시다?"
 "어찌하여서?"
 "저하께서 알아주는 애처가가 아닙니까요? 빈궁마마만 은애하시어 절대로 헛눈 아니 파시는 고로, 우리 같은 사내 사정을 모르시는 것이오."
 "암, 그렇지!"
 "허니 염태 빼어난 유명한 명기를 시켜 저하를 유혹시키는 것이오. 빈궁마마께서 산실 들어가시면 한동안 적적할 것이 아닙니까? 하루에 다섯 번도 가하다는 그 힘을 어디에다 쓰실 것인가? 넘치면 쏟아지는 것이 당연한 이치. 여인네가 눈짓만 하여도 쉽게 넘어갈 것이오. 그 길에 한 번만 발들이면 우리에게 약점을 꽉 잡힌 것이니 그 이후는 우리 맘대로입니다."

"호오. 은근히 명안(名案)일세."

듣자 하니 제법 솔깃한 이야기였다. 용원대군이 턱수염을 쓸며 몸을 앞으로 기울였다.

"게다가 말입니다. 만약 동궁마마께서 딴 눈 파시어 딴 계집 보셨다 하면은 우리가 손 안 대어도 그 성질 대단하고 도도하신 빈궁마마가 버티고 있지 않습니까? 사내 잡는 모양은 우리가 당하는 것 수백 배일 것입니다. 그리 안해에게 날마다 당하는 심정 어디 한번 맛 좀 보라지? 제 생각이 어떠시오, 형님?"

듣고 보니 참으로 기가 막히고 끝내주는 수단이었다. 저들은 멍석만 펴주고 멀리 물러나 있으면 되는 일이었다. 딴 일에는 지혜로우나 여인네 수단에는 눈이 어두운 어리석은 세자저하, 그 수단에 이골이 난 닳고 닳은 명기 요염에 취하여 넘어가는 그 순간이 바로 황천길이로다. 그 이후는 빈궁마마가 알아서 할 일. 저의 신의를 배신한 세자를 날카로운 손아귀에 넣고 두고두고 볶을 것이니 얼마나 재미나랴? 그가 당할 일은 지금 그들이 당하는 수준과는 상대도 되지 않을 것이다. 빈궁마마 그 대단한 성질과 영리함을 잘 아는 용원대군. 앞일을 짐작만 하여도 십 년 묵은 체증이 쑤욱 내려가는 것 같았다.

"헌데 말야. 그것이 좀 난처하이. 당장 저하 눈에 드는 여아가 있을까? 은근히 눈이 높으신 분이거든."

용원대군은 장죽을 탁탁 털며 심드렁하게 내뱉었다.

"어떤 여인네를 가져다 놓아도 끄떡도 아니 하실 텐데? 빈궁마마의 염태도 염태이지만은 영리하고 활달하며 시문 능하고 무술 뛰어나시지. 사내들 하는 일치고 못하는 것 없음이며, 살살거리는 요염에다 사내 찜 쪄 먹는 수완이 대단하신 분이거든. 그런 분을 곱다이 보시는 눈인지라 치맛자락 아래 수단만 가지고 요염 부리는 것들에게는 반눈도 아니 주실 터인데? 한눈에 홀딱 빠질 기막힌 계집이 어디 있냔 말이지."

"찾으면 있지요. 당장에 서문 안 진월이며……."

"진월이는 아니 되지! 너무 어리석어."

"동편재 능파는 어떠하오?"

"능파야 다소간 세련된 풍류 끼가 있긴 하지만, 흠. 그래도 모자란걸?"

누가 도성 밤을 쓸고 다닌 잘나가던 한량 아니랄까 봐? 두 사내 동시에 입을 열자 하니, 그동안 눈독들여 놀아보던 명기(名技)들 이름이 줄줄 흘러나왔다. 아주 장단이 척척 맞았다.

"배오개의 청류각. 운교 고것의 풍류가 쓸 만하였으되 홍등 내리고 들어앉은 지가 오래이니. 쩝쩝."

"아, 맞다! 산홍이. 중편제의 산홍이가 딱 맞춤이오!"

"산홍이? 흠. 맞아. 그 아이 명성이 제법 볼만하지."

서원위가 소리치니 용원대군도 동의하여 고개를 끄덕였다. 두 사내 다 호방하고 풍류깨나 따지면서 기방 출입을 남들만치 한 터라 산홍의 명성을 이미 듣고 있었다.

"염태는 이슬 머금은 장미화요, 고결하고 도도하기란 송죽(松竹)을 능가한다 하였소이다. 시문도 능하고 춤 솜씨며 창 한가락 뽑는 풍류로 치면 도무지 따라올 계집이 없다 합디다. 고것이 딱 맞춤이오."

"산홍이 정도면? 흠. 그만하네."

"고것이 또 꼴에 은근히 멋스러워요. 선비의 풍류며 실력을 보아하여 제가 먼저 청한다 합디다. 제 마음에 드는 사내를 만나면은 저가 먼저 머리털로 짚신 삼아 따라가서 일생을 의탁하리라 한답니다. 따지고 보면 세자저하의 뛰어난 위엄이란 아름다우니, 말 그대로 군계일학이 아닙니까? 산홍이 고것이 저하를 한번 뵈오면은 저가 먼저 죽도록 붙어 떨어지지 않으려 할 것입니다."

"허기는 형님께서 좀 답답하기는 하여도 제법 잘나기는 하셨지. 나만큼은 못하여도 말야. 크흠!"

곧 죽어도 제 자랑질할 기회는 빠트리지 않았다. 기어코 한마디 잊지 않고 하는 용원대군이었다. 서원위가 자중하시오 하고 눈을 흘겼다.

"여하튼 저하를 뵈오면은 산홍이 제가 먼저 나서서 휘감으려고 덤벼들어 별 수단을 다 쓸 것이오. 넘어가도 재미, 아니 넘어가도 재미. 형님, 우리 둘이 내기합시다? 산홍이가 저하를 유혹하는 데 성공하나 실패하나. 성공하면 저하께서 약점을 잡힌 터라 우리 손아귀 새이고, 실패하여도 일단 기방을 출입하였단 것을 알면 빈궁마마가 끔뻑 넘어갈 터이니 들들 볶아주겠지요. 우리로선 손해날 것이 없지! 저는 산홍이가 성공한다는 것에 걸 테요. 강주목에서 구한 좋은 말이 있기로 그것을 내놓으려 하오. 형님은 무엇을 거시려오?"

서원위의 채근에 용원대군이 슬며시 웃었다. 호기롭게 맞섰다.

"명국에서 들어온 명검(名劍)을 걸겠다. 연전에 부왕전하께서 나에게 하사하신 〈도련〉이니라. 하지만 내가 이길 것이다. 형님 저하 속내 굳기가 보통이 아니거든. 천하의 산홍이라 하여도 쉽지 않을 걸? 유혹 아니 당하실 것이다."

"사내가 여인이 달려들어 별 수단 다 쓰는데 아니 넘어가는 것 보았소? 형님 저하는 사내 아니신가? 하물며 굶어도 한참 굶고 오실 분 아니오? 하룻밤에 다섯 번이나 하는 분이! 그런 분이 얼마나 뻗칠까? 이 승부는 보나마나 내 승리외다."

"글쎄. 길고 짧은 것은 대어봐야 아는 일이란 말이지. 헌데 이보게. 그것이 참말인가? 형님 저하께서 하룻밤에 다섯 번이라는 것이?"

은근히 묻는 말속에 부러움이 흠뻑 묻어 있었다. 천하의 군자 중에 일등 가는 군자라 소문난 세자가 아닌가? 그런 분이 그토록 여인네를 밝히고 격하여 방탕하다 함을 도무지 믿을 수가 없었다. 정색하고 캐물으니 서원위는 고개를 흔들었다.

"보지 않았으니 어찌 알 것입니까? 허나 빈궁마마께서 그리 말하였다 하니 알지. 남정네와 여인네가 만나면 의례히 그리하는 것이 아니냐고 되물었다 합니다. 기가 막힌 일이지. 헌데 더 기가 막힌 일도 있는지라 나는 더 이상 말 못하여!"

"무엇인데?"

"빈궁마마, 아이고. 참으로 여인네가 되어 정숙지 못하고 기막히게 거침없어요. 대공주더러 그렇게 말했대요. 세 번은 저하가 하시고 두 번은 저가 올라타서 수단 부려 사내를 끔뻑 죽였다고. 그것이 여인네가 할 말이오? 그도 사직의 지존이신 빈궁마마께서 말이오."

"으아! 형님 저하는 정말 기가 막혔겠도다. 그리 화끈하게 즐거우신 적도 많단 말인가?"

오히려 감탄하여 탄성이 터졌다.

"당장에 새침 떠는 국대부인에게도 그 말을 전하여야지! 서원위 그대나 나는 아무래도 저하 복 따라가기는 한참 멀었소? 우리들 집에서 그 박색 안해들도 그리 화끈하여 봐. 내가 왜 딴 눈을 파나? 으아아. 참말 복도 많으신 분이로고! 세상에 그리 화끈하고 뜨거운 여인네를 독차지하였단 말인가? 으아, 부러운지고."

듣자 하니 용원대군, 참으로 기가 막혔지만 달리 생각하여 보니 부러움에 부들부들 떨렸다. 사내로서 엄청난 즐거움을 스스로 달려 들어 누려주는 안해를 끼고 밤낮을 지새우니 어찌 딴 데에 눈을 팔랴? 천복이지! 누구는 복도 많아 장가를 그리도 잘 들었단 말이지? 아아, 부럽도다.

술잔 받는 서원위의 얼굴이 그 대목에서 어쩐지 붉었다. 말 못하는 속사정이라, 저도 지난밤에 대공주와 그리하여 장하게 즐기었단 말은 차마 못하는 것이다.

이리하여 용원대군과 서원위가 의기투합하였다. 세자를 단단히 얽어보려 작정하였으니 두고 볼 일. 그 이후 결과는 아무도 모르는 터이다.

 그 며칠 후 두 사내는 말을 잡아타고는 남소문 바깥에 있는 풍취 좋은 기방, 시냇가 홍예교를 건너 아담하게 지어진 명기 산홍의 집을 찾아갔다.

 산홍의 수단이라, 보통은 아니다. 늦은 밤 찾아온 두 귀인을 맞이하여 날아갈 듯이 지어진 정자에 일단 모시었다. 정갈한 주안상을 보아 올리게 한 다음, 일부러 시간을 끌었다. 손님 두 분의 속을 바삭 태운 연후에 천천히 걸어 들어가는고나.

 아기작아기작 걸어가는 자태가 허공을 딛고 가는 선녀인 듯, 추풍(秋風)에 흩날리는 한 잎 낙엽인 듯. 보랏빛 모시 치맛자락은 부드러이 흔들리고, 꽃수 놓인 하얀 속고름을 섬섬옥수로 살며시 누르며 걸어 들어왔다.

 화려한 분홍 꽃수 놓인 깨끼저고리에 어여머리 곱게 틀어올려 화잠 두 낱 뒤꽂이며 진주잠 곁붙이고, 맵시있게 도투락잠을 돌려 꽂았다. 화려한 모습으로 도도하게 올라서니 바로 한 폭의 미인도로다.

 옥 같은 살결, 그린 듯한 아미에 이슬비 젖은 듯이 촉촉하게 젖은 입술이며 아련한 눈매가 진정 아리따운 염태이며 세련된 기품이구나. 호방하여 궐 안팎 꽃들을 열심히 따고 다닌 용원대군으로서도 처음 보는 자색(姿色)이었다. 이 정도면 아무리 허튼 데 아니 보는 동궁 형님 눈도 번쩍 뜨일 것이다 싶었다.

 "이토록 천한 것을 대군마마와 부마도위께서 찾아주시어 더없이 황감하나이다. 그동안 술잔이나 드셨나 모르겠나이다."

날아갈 듯한 자태로 나부시 절하였다. 그야말로 호접화라는 별명이 부끄럽지 않았다. 손짓 하나며 눈길 돌리는 작은 동작 전부가 다 사내 넋을 빼는 무서운 유혹이며 요염이었다. 서원위나 대군 모다 당장에 세자저하를 모시고 와서 이 여인을 보게 하고 싶었다. 두말 않고 그 자리에서 넘어갈 것이다 싶었기 때문이다.

"앉게, 산홍이."

"황공하나이다."

옆얼굴을 보인 산홍이 한 무릎을 세운 채 살며시 앉았다. 성미 급한 용원대군이 단도직입적으로 말하였다.

"우리가 예에 온 것은 자네에게 부탁이 있어서이네. 긴한 청을 하나 하려 하니, 들어주겠는가?"

"이 천한 것에게 어인 부탁이신지요? 일생을 의탁하라. 천첩의 단심만은 원하지 마십시오. 그것만이 아니라면은 이 천한 것이 무엇인들 못하리까?"

"딱 잘라 한마디만 하겠네. 낼모레로 하여 우리가 예에 다시 올 것인즉 그때에 한 선비를 모시고 올 것이야. 그때 자네는 무슨 수단을 부리더라도 그이를 녹여라 이 말이야. 할 수 있겠나?"

"마마께 감히 한 말씀 올리옵니다. 천첩이 기적에 오른 연후에, 딴 것은 몰라도 마음먹고 수단 부리어 꿇리지 못한 사내란 없었던 터입니다. 믿어주십시오."

그깟것쯤이야. 붉은 입술이 빙그레 미소를 머금었다. 산홍의 한 마디가 더없이 자신만만하였다. 참으로 믿음직하였다. 두 사내는 서로 얼굴을 마주 보고 흐뭇하게 웃었다. 맞춤하여 서원위가 한껏 칭찬하여 기운을 북돋아주었다.

"암암, 자네를 믿네그려. 그대가 비록 해어화라 하나, 고결한 명성이 높음을 알고 있으이. 시문에 능하며 지조 굳어 고고한 이름을 떨치고 있음에랴. 우리가 모시고 올 그 선비 또한 더없이 귀한 분이니, 그대 방명에 걸맞은 좋은 짝이 될 것이다. 그대가 성공하면 앞으로의 부귀영화가 평생일 터이야. 그대가 바란 대로 머리털 잘라 짚신 삼아서 쫓아갈 귀인 하나 얻는 것이니 반드시 성공하라 이 말이야. 팔자가 활짝 필 게다."

"흠. 아마 그러하기가 쉽지 않겠지만 말야. 그대가 실패하여도 탓은 아니 하려네. 내 훗날 섭섭지 않게 사례할 것이야. 허고 이는 그날의 잔치 준비에 써라 가져왔네."

천하의 너라 하여도 말처럼은 쉽지 않을 게다. 세자를 잘 아는 용원대군이 툭하니 한마디를 보태었다. 그리고 품고 온 전낭을 던져주었다. 그 속에는 금괴 두 낱이 나왔다. 하룻밤의 주석 준비에 쓸 비용이라, 그날의 자리가 얼마나 중요한 것인지 딱 직감하였다.

대단한 금붙이에 눈이 어두운 것도 어두운 것이지만, 산홍의 마음을 진정 동하게 한 것은 다른 것이었다. 가시처럼 박힌 대군의 말 한마디 때문이었다. 저더러 실패할 것이다 한 말이 적이 거슬렸다. 피 먹은 듯 붉고 촉촉한 입술이 벌려졌다. 나직하되 단호한 장담이 뒤이었다.

"망극하옵니다, 마마. 저를 찾아오시어 부탁을 하시면서도 어찌하여 저더러 실패할 것이다 먼저 망신을 주시느뇨? 이는 저의 평생 수치올시다. 대군마마께서 대체 뉘를 모셔오시는지는 모르나 절대로 그리는 아니 될 것입니다."

"참말 믿음직하이! 내 자네만 믿겠네."

"헌데요, 마마. 천첩이 감히 소청이 있는 고로 이번 일이 성공하면은 제 부탁을 하나 들어주사이다."

당돌한 산홍의 말에 용원대군이 고개를 돌렸다.

"부탁? 무슨 부탁? 재물이라면 내 섭섭지 않게 인사하겠다고 하였거늘."

"재물 따위는 이미 이 천첩에게도 아쉽지 않습니다. 대신 마마의 수족을 동원하여 사람 하나를 찾아주시옵소서."

"사람이라? 대체 뉘를 찾는고?"

"그 이름도 가문도 모르옵니다. 허나 심히 귀골이었나이다. 나이는 한 스물네다섯 먹어 보이고 이미 성가하였나이다. 집이 아마도 북쪽인 듯하옵고요, 키는 대군마마와 거의 비슷할 터이옵니다. 아이고, 그러고 보니 어쩐지 마마와 인상이 다소 비슷하옵니다. 건장하신 품은 비슷하되 마마보담은 다소간 더 유순하고 눈이 더 맑으며 살결이 덜 하얀 분인 듯……."

대군이 문득 피식 웃었다. 산홍의 말 한마디에 누구를 찾는지 짐작이 탁 되었기 때문이다.

"그이가 누구인지 대강 알 만하다. 필시 헌 갓 쓰고 무명 도포 입었을 터이지. 배부른 안해 모시고 나와 저잣거리 싸돌아다녔다고 들었는데 말이지."

말을 한 산홍이 더 놀랐다. 용원대군이 그 선비를 아는 눈치도 눈치거니와, 그가 안해를 데리고 나와 저잣거리에서 꽃신을 사준 것은 어찌 아느냐 말이다. 가슴이 두근두근하였다. 이제야 대해 속에 떨어진 바늘 찾기만 양 막막하던 그 선비를 찾아낼 단서가 나온 터라 더없이 반가웠다. 와락 소리쳤다.

"아이고, 마마. 그 선비가 뉘인지 정녕 아시옵니까?"

"알고말고! 우리가 모셔올 분이 바로 그분이거든. 자네는 말 한마디로 소원을 풀게 생겼네그려? 핫하하. 눈치를 보아하니 그가 산홍이 그대 높은 안목에 합격한 모양이지? 어허. 훗날 밤이 볼만하겠구먼. 자네도 그 집 안해를 보았으니 알 것이다. 그를 녹이기 만만찮을 것이란 내 말이 이제야 짐작이 되겠지?"

"인중지룡이라, 영웅 풍모가 여실한 분이었습니다. 안채의 분도 천생 귀인이시라 천생연분이었나이다. 허나 영웅은 삼처사첩은 기본이라, 한갓지게 측실 하나쯤을 거두심은 흉이 아닐 것입니다. 오직 하룻밤 인연이라도 좋으니 그분을 모심이 단 하나 소원이나이다. 그 집 안해께서 빼어나신 분임을 아나 이 산홍 또한 열심히 순후하게 성심으로 모실 것인지라, 이 진심을 아시면 가납하실 것이라 자신하옵니다."

"허어, 글쎄? 그럴까? 핫하하. 어찌 되었건 그이를 모셔올 것인즉, 그날에 그대가 수단 부리기 나름이야, 우리는 그 이후를 모르겠네! 자, 허면은 이따 봄세. 미리 내가 아랫것을 보내어 기별을 할 것이야."

"천첩, 목을 빼고 귀인의 방문을 고대하겠나이다."

말 타고 돌아나오면서 서원위와 용원대군이 히죽이 마주 보고 웃었다. 설마 산홍이가 미리 세자저하를 눈여기어 애타게 수소문하고 있을 줄을 누가 알았으랴. 눈은 밝은 여인이로고! 미복하고 저잣거리 나간 세자를 어찌하여 한 번 스친 모양이었다. 상사병이 나서 이미 작정을 하고 있으니 훗날 심히 진진한 재미가 있겠구나.

한편, 대군들을 돌려보낸 후 산홍의 집은 아연 난리가 나고 부산스러워졌다.

도도한 그녀가 첫눈에 반한 이후, 밤마다 전전반측. 눈앞에 아리삼삼. 허공에 둥둥 떠다니는 잘난 모습이여. 도무지 잊지 못하여 괴로웠던 잘난 선비님, 반드시 찾아내어 일생을 의탁하리라 작정한 정인을 드디어 다시 만나게 될 참이다. 어찌 심상하랴? 가만있을 수가 없었다.

야밤에 냅다 마당쇠를 소리쳐 깨웠다. 물 데워라 소리치니, 이내 아랫것들이 향물 욕간 시중을 들기 위해 들어왔다.

면경을 앞에 두고 고운 옷일랑 다 꺼내놓고 입었다 벗었다 수선을 부렸다. 그분이 오실 주석(酒席)에서 입을 의대 미리 정하여 두고는 연하여 패물함을 열었다. 별의별 단장붙이, 꾸밈새들을 꺼내서는 찔렀다가 끼웠다가 방긋방긋 미소 짓네. 요모조모 교태로운 표정에다 화사한 유혹의 눈짓을 연습하는구나.

그분이 오시면은 내, 기필코 녹이고 말지. 턱을 고인 채 닳고 닳은 기생어미 앞에 두고 계교 짜기가 여념없다. 이크크, 이를 어찌하나. 아무것도 모르고 호굴(虎窟)에 듭실 세자저하야말로 큰일이 났구나!

한참 철인 모란꽃이 가득 핀 동궁 후원. 맑은 햇살이 서재인 광성

재 뜨락에 내려앉았다. 무르녹은 봄날도 슬슬 지나고 인제 초여름으로 접어들 참. 글방문은 더위를 막느라 전부 다 걸쇠로 떠걸려져 위로 붙어 있었다.

세자는 그때 빈궁이 보낸 서간을 읽고 있었다. 답답한 산실에서 이 더운 날에 근신하고 있음이라. 소첩이 답답하여 죽을 것이야요 앙탈을 부려놓았다. 둘이 부원군 댁으로 몰래 나갔을 때 배를 띄우고 선유락을 하였기로 그날이 그립습니다. 몇천만 번 한숨을 쉬며 출산한 연후에 또 뱃놀이 할 것이야요 다짐을 하였다.

세자는 누가 볼세라 빈궁의 서간을 착착 접어 봉투에 다시 넣었다. 서안의 서랍을 열어 깊이 간직하였다.

'산실에 듭신 지 벌써 달포라. 허기는 날도 더워지고 그 성미에 진득하니 참으니 오죽할까? 날마다 서간을 보내오되 나 또한 그립기가 한량없음이라. 낼모레로 한 번 몰래 보러 갈까 보다.'

문밖에서 아랫것이 아뢰는 소리가 들려왔다.

"저하, 금성위께서 공조좌랑과 함께 듭시었나이다."

"기다렸느니. 뫼시어라."

문이 열리고 강위겸과 안함 홍익재가 들어섰다. 저하께 절을 하였다. 금성위는 성상의 하명을 받아 국경의 요란족들과 협상하는 사절단에 끼었다가 돌아온 길이었다. 먼 길의 행보에 얼굴이 제법 까맣게 탔다. 반가운 사람들을 맞이하여 세자의 얼굴에 미소가 절로 돋았다. 가까이 다가앉아라 손짓을 하였다.

"대전에서 귀동냥하여 들었소이다. 안함 그대가 이번에 글라시 아로 나가신다구요?"

"예, 저하. 참판 대감을 비롯하여 호조와 공조 관속 다섯 명이 나가옵니다."

"여기 금성위도 계시거니와 많은 금전을 주고 그 기차라는 물건을 수입하려 나가시는 길이라, 잘 살피고 많이 배워 오시구려. 내가 참으로 기대가 크오."

금성위를 비롯한 젊은 학자들의 강력한 주장에 따라 글라시아로부터 철도를 수입, 가설하기로 결정이 난 것이다. 물론 그 결정에는 세자의 확고한 주장이 많은 보탬이 된 것도 사실이다. 사람과 물자의 오고 감이 가장 많은 곳을 찾자 하니 일단 청도와 중경 사이였다. 철도를 가설하고 기차란 물건 다섯 량을 수입하여 보자구나 상감마마께서 분부하시었다.

"일단 추이를 보자 하니, 진정 편리하고 쓸모가 많을진대, 아바마마께서 전국에다가 그 철도란 물건을 가설하실 예정도 없잖아 있으시오. 한 치도 어김없이 잘 배우고 기록하고 익혀오시구려. 허고……."

세자는 미리 무릎 아래 보따리에 싸두었던 함을 서안에다 올려놓았다. 슬쩍 밀어주었다. 황금이 담긴 터라 묵직한 소리를 내었다.

"이것은 비밀로 하십시다. 글라시아로 가면은 또 명국과 다르니, 저 먼 서역이며 이국에서 들어온 별의별 신기한 물건이 다 있다 하오. 안함께서는 돌아다니며 우리나라에는 없는 기물들을 구해오시구려. 저기 말인데……."

세자는 그를 손짓하였다. 한무릎 더 다가온 그에게 낮은 목소리로 속삭였다.

"반우에게 듣자 하니 글라시아에도 아주 성능 좋은 새로운 신식 총이 많다 합디다. 연속으로 십여 발이나 쏠 수 있는 총이 새로 나왔다 하오. 힘들겠으되, 어찌하든 구하여보시오. 중수영의 미수 대감이 늙기는 하였으되 신묘한 기술은 변함이 없음이라. 구하기만 하면 고대로 만들 수 있다 합니다. 할 수 있겠소?"

"소인, 목숨을 걸고 봉명하려 하옵니다."

신임하는 이의 입에서 흘러나온 믿음직한 장담. 조용한 미소가 두 사람의 입가에 걸리었다. 금세 홍익재가 나가고 찻상이 들어왔다. 찻잔을 들며 세자는 강위겸을 건너다보았다.

"저이가 잘할까요?"

"눈치가 명민하고 속 깊습니다. 저하의 눈에 들어 신임받는 이인데 오죽하려구요? 잘할 것입니다."

"무기를 구하는 일이니, 쉽지는 않겠지요. 글라시아에서도 신식 병기라, 경계가 자심할 터이니 하는 말이오."

"믿어보십시오. 안함이 만만치 않습니다. 반드시 성상과 저하의 뜻에 부응하리라 보옵니다. 참, 빈궁마마께선 강녕하옵신지요?"

그리운 빈궁의 이야기가 나오자 조용한 얼굴에 절로 벙싯 미소가 돋았다. 평상시는 속내 이야기를 잘 아니 하시는 분이지만 은애하는 사람 이야기라, 활달하게 대답하였다.

"빈궁이 쾌활한 품성인지라 답답한 산실에서 거처하심에, 다소간 답답증이 나는 듯하오. 허나 생각보다 잘 견디시니 감사할 따름이지요."

"산달이 언제입니까?"

"두어 달 남았지요. 배가 몹시도 둥실하니 쌍태아인가 싶었는데, 다행히 그는 아니라 전의가 말하더군요. 요새는 태교라, 상침을 앞에 앉혀놓고 열심히 아기의 의대를 마르고 있답디다. 반우 그대는 먼 길에 무탈하시지요?"

"말을 타고 오가는 길이었나이다. 무엇 힘든 일도 없었지요. 한혈마를 오천여 필 몰아온 몰이꾼들이 힘들었지요."

세자가 빙긋이 미소 지었다. 은근히 놀림하였다.

"먼 행보에서 돌아오신 터라, 그래. 숙경은 보았습니까?"

"내궁에 들기가 무엇 하여 그저 먼발치로 옥안을 잠시 뵈었나이다."

점잖은 선비의 얼굴에 슬며시 붉은 물이 들었다. 세자가 헛허 웃었다. 짓궂은 농담 한마디를 보태었다.

"날이면 날마다 금성위더러 먼 길만 내보낸다고 숙경이 부왕전하께 앙탈을 하였답니다. 혼인 전에 그리하다가 사고라도 당하면은 어찌하느냐고, 혼인할 때까정은 반드시 도성 안에만 계시게 하라 간청하였다는군요. 핫하하. 숙경이 지아비 근심하는 뜻이 깊습니다그려."

"민망하옵니다. 어찌 늙은 아우를 이리 놀리시느뇨?"

"날 잡아두고 기다리는 심사라, 참말 못할 노릇이지요. 좀 빨리 날을 잡을 것을, 올봄에 숙정이 혼인하여 하가한지라 윗전 두 분께서 좀 그러하였나 봅니다. 이만저만하면 금세 날이 흐르고 이내 상달이라. 조금만 기다리시면 될 일입니다."

"망극하옵니다. 자꾸 이 늙은 아우를 두고 놀림하시니 등에 땀만

나옵니다그려. 헛허허."

 이렇듯이 한가하게 한담을 나누며 차를 마시고 있는데 고변이 들었다.

 "저하, 효동의 대군마마께서 사람을 보내었나이다. 어찌 기별을 할까요?"

 "내 예정대로 나갈 것이니 게서 보잔다 하여라."

 "분부 봉행하옵니다."

 세자는 너털웃음을 지으며 강위겸을 바라보았다.

 "오늘 밤에 서원위와 용원이 이 몸을 청하여 술대접을 한다 하는구려. 아마 적적한 밤을 위로하려는 뜻일 테지? 금성위께서 같이 가시렵니까?"

 "청함도 없었는데 소신이 끼어도 되겠습니까?"

 "청하지 않은 것이 아니라 도성에 아니 계시니 청하지 못하였겠지요. 실상 금성위께서 며칠 더 있다가 돌아오실 예정이잖습니까? 같이 가십시다. 두 위인이 다 호방하니 손님 하나 늘었다고 불편해하지는 않을 겝니다."

 솔직히 몸이 좀 곤하였다. 집에 돌아가 잠시 쉴까 하는 참이었다. 즐기지도 않는 술자리에 끼기가 다소 망설여졌다. 쉬이 말 못하고 미적거리는 강위겸을 가만히 바라보던 세자가 왜, 곤란하십니까? 하고 물었다.

 "글쎄올시다. 원체 소인이 주석을 별로 즐기지 않는 형편이라서……."

 "어지간하면 그만두오 하겠지만 이날은 저가 고집을 부리렵니다. 실상 그 자리에 금성위를 꼭 모시고 가고 싶어 그러합니다. 웬만하면 청을 들어주십시오."

항시 남의 사정을 잘 보아주시는 분이 느닷없는 고집이었다. 세자가 몸을 곧추세워 바로 앉았다. 늘 부드럽고 어질던 눈빛이 깊게 가라앉아 있었다. 비수의 날처럼 차디차게 빛났다.

"이날의 술자리는 필시 호방한 사람들이 마련한 자리이니 방탕할 것이 뻔하오. 내 스스로 성정을 엄혹하게 다스려 실수를 아니 하리라 생각하지만 세상일은 모르는 법. 한잔 술에 취하면 무슨 일이 벌어질지 모르지요. 내 금성위께 허물없어 말을 합니다. 기생집에서 마련된 자리이니 필시 본의 아니게 고운 계집을 곁에 둘 일이 생길 듯합니다."

하나를 보면 열을 헤아리고, 둘을 내놓으면 스물을 생각하는 깊은 심기. 세자는 이미 두 사내가 어떤 덫을 쳤을지 훤히 꿰뚫고 있었다.

"내가 비록 사직의 소지존이나, 또한 젊으나 젊은 사내. 피 끓는 혈기가 없다 말 못합니다. 고운 여인을 보면 침이 마르고 저절로 눈이 돌아가오. 허나 빈궁께서 태중에 아기를 담고 산실에서 근신하시는데 나는 바깥에서 방탕하게 논다 하면 절대로 아니 될 일. 그렇다고 모처럼 청한 아우들의 체면을 깎기도 싫습니다. 하여……."

서안 위에 올려놓은 주먹이 꼭 움켜쥐어졌다. 빙긋이 웃는 눈빛이 따스한 웃음기를 담은 것이 아니라 얼음 문 듯 써늘하고 단정하였다.

"금성위께서 반드시 같이 가주셔야겠소이다. 내가 술이 과하고 실수를 할 지경이 되면 그대가 나를 경계하여 그만두십시오 만류하여 주시오. 부탁하오."

이왕 세자저하께서는 군자라고 알고 있었다. 헌데 남모르게 이토록이나 자신의 성정을 정돈하고 다스림에 있어 무서울 정도로 철저하실 줄이야. 나이 어린 분이되, 참으로 대단하시구나. 새삼 존경심이 새록새록 돋았다. 금성위는 싱긋 웃으며 고개를 끄덕였다.

자아, 이렇듯이 세자 또한 만만치 않게 방비하고 나선 길. 이 밤의 풍류가 과연 어찌 전개될까?

어찌하든 그 선비를 유혹의 덫에 몰아넣으리라. 작정하고 기다리는 산홍의 뜻이 이루어질까? 아주 작은 허물만 보여봐, 단단히 얽어서 놀려주리라. 두 아우의 짓궂은 그물을 세자가 어찌 피해갈까. 참말 궁금하구나.

"산세가 빼어나니 가인(佳人)이 살 만한 집이로구먼."

산홍의 집이 있는 마을로 들어서며 유유자적 한마디. 졸졸졸 흐르는 개울을 가로지르는 홍예교를 지나 덩실하니 솟은 기와집으로 들어섰다. 발그레 수줍은 노을이 깔리는 하늘 아래 꽃구름으로 뒤덮인 정자로 안내받았다.

구종이 말고삐를 잡아주는 동안 세자는 훌쩍 말 등에서 내려섰다. 미리 와 있던 용원대군과 서원위가 정자 아래 내려와 맞이하였다.

"어, 금성위께서도 오셨구먼요. 언제 돌아오시었소?"

"소인 어젯밤, 중경에 도착하였나이다. 성상께 고변을 하고 나오던 길에, 그만 저하께 잡히고 말았나이다.”

"잘 오시었습니다. 오르시지요."

서원위가 등 뒤에서 용원대군에게 눈을 끔쩍하였다.

'실수할까 봐, 점잖고 목석같은 금성위를 곁두리로 모셔온 듯하구먼요? 여하튼 빈틈이 없으시다니까.'

'약기로는 이루 말할 수 없는 분이라 하였잖소. 쉽지 않을 것이라 하였지?'

'길고 짧은 건 대어봐야지. 산홍의 수단도 만만찮소.'

'흐흐흐, 글쎄.'

두 아우가 허공에서 눈으로 주고받는 말이 맹랑하였다. 아무것도 모르는 듯 무심하고 침착한 얼굴로 세자가 먼저 상석에 좌정하였다.

"시장하느니라. 밤것부터 하자구나. 내가 예로 나온다고 밤에 강학 아니 한다 하였거든. 스승께서 낮강을 두 배나 하지 않겠던. 얼마나 좋은 대접을 하려고 하는지는 모르지만, 섭섭케 굴면 가만있지 않을 게다."

"쳇, 적적한 밤을 위로하여 드리려는 아우의 갸륵한 뜻을 고런 식으로 꼬아야겠소? 그리고 말야. 기생집에 와서 좋은 술을 찾아야지. 무슨 진지상 타령이오? 밥 귀신이오?"

좀스러운 형님의 말에 용원대군이 툴툴거렸다.

"술배 밥배 따로 있다잖니. 빈속에 술만 퍼나르다간 몸 상할 게다. 너도 조심하여라."

"날마다 술 들어가도 말짱만 합디다그려. 알았소이다. 진지상 올리지 무어."

궐 안의 수라상 차림이라 하여도 이만 못할 것이다. 온갖 산해진미 다 펼쳐진 상을 머슴 넷이 들고 들어왔다. 진지상이 어느 정도 물려질 참에, 다시 한 번 장정 두 사람이 주안상 두 귀퉁이를 잡고 정자로 올라왔다.

"이보렴. 산홍이는 안즉 멀었다더냐?"

"망극하옵니다요, 마마. 아씨가 단장차비가 안즉 끝나지 않았사옵…… 아이고. 지금 막 나오십니다."

물 찬 제비이련가, 구름 속에 숨은 맑은 달이련가. 비단신 끌고 사박사박 다가오는 여인이여. 시중드는 동기(童妓) 두 명을 뒤로 거느리고 꿈처럼 환상적인 모습으로 나타났다. 아련한 달빛을 등지고 하늘하늘 떨어지는 한 점 붉은 꽃잎처럼 곱다이 다가오는구나. 일단 단 아래에 멈추어 서서 정자 위의 귀인들을 향하여 살포시 허리 굽혀 절하였다. 옥구슬이 쟁반에 떨어지는 듯 청아한 목소리로 속삭였다.

"황공하옵니다. 천첩이 감히 귀인들을 기다리게 한 결례를 용서하십시오. 산홍이옵니다."

"흠. 누구인가 하였더니, 얼핏 한 번 보았던 이로군."

정자 위의 세자저하, 다소간 놀란 표정을 감추지 않았다. 신을 파는 점방에서 우연히 만났던 여인을 이런 식으로 다시 만날 줄은 꿈에도 생각하지 못하였다. 그날보다 애련한 자태는 더 촉촉하고, 함뿍 이슬 머금은 추파는 비단자락처럼 보드랍게 휘감기며 연연하였다.

"망극하옵니다. 오다가다 천한 이 몸을 어찌 기억하여 주시옵니까? 황공무지하옵니다."

한마디 대수롭지 않게 던진 말에 의외다 싶을 정도로 반색하였다. 살포시 웃으며 감히 고개 들어 눈짓을 보내었다. 세자는 속으로 히죽 웃고 말았다.

'흠, 이놈들이 오늘 작정하고 나를 파락호로 만들 셈이로구나.'

세자 역시 눈이 있는데 산홍의 빼어난 자색과 정이 가득 묻은 추파를 읽지 못할 것인가? 눈앞이 다 화안한 절색 앞에서 젊으나 젊은 사내 넷. 한결같이 침이 말랐다. 그토록 무서운 산홍의 매혹이요, 교태로운 자태였다.

"오르게. 아우들이 이 몸을 즐겁게 하여준다 자랑질을 하였으되, 이처럼 월궁항아인 양 아름다운 여인이 기다리고 있을 줄은 미처 생각하지 못하였어."

의외로 호방하다. 세자가 사양치 않고 산홍을 정자 위로 불러올렸다. 은어 같은 섬섬옥수로 치맛자락을 살포시 부여잡고 계단을 올라왔다. 망설이지 않고 냉큼 세자의 옆자리에 눌러앉았다.

"핫하하. 산홍 자네 눈 한번 높으이. 어찌 지존을 알아뵙고 그 곁을 차지하는가? 이 용원이 기생방에 가서 뒤로 밀린 적이 없었거늘 말야. 당장에 형님 저하의 위엄에 밀리고 마는도다. 형님, 좋겠소이다. 은근히 여인들이 저하를 점찍어 눈독들이는 듯하오."

"네 이놈. 허튼 수작하려거든 나가거라. 너, 산홍이라 하였더냐?"

"예, 예. 저하."

대답을 하는 산홍의 목소리가 저절로 주눅이 들어 달달 떨렸다. 지금 그녀는 눈앞이 캄캄하고 입에 침이 마르는 참이었다. 아무리 닳고 닳아 담대하고 배포 장한 여인이라 하여도 어지간한 분이어야지 말야. 용원대군의 입에서 형님 저하라는 말이 나오던 순간. 작은 가슴이 달달달. 콩닥콩닥 방망이질을 쳤다.

세자저하이셨구나. 내가 그날 세자저하와 빈궁마마를 뵈었었구나. 감히 나라의 소주인을 눈여기어 유혹하겠노라 겁도 없이 까불었구나. 두고 보아라, 반드시 내 치맛자락 아래에 정복하고야 말겠노라 호언장담하였구나.

밤새워 단장하고 설레어 몇 날을 기다렸다. 마침내 다시 만났거늘. 만났으면 무엇 하나. 손도 대지 못할 화중지병(畵中之餠)인 것을. 손은커녕 눈짓 한 번 감히 줄 수 없는 하늘 위의 일광(日光)인 것을!

낙심천만한 산홍. 아니, 낙담한 만큼 너무 분하였다.

아아, 애통하고 원통하도다. 하늘 아래 눈여긴 유일한 그 사내가 세자마마이시라니! 창기(娼妓)인 저따위는 먼지 한 톨보다도 못하게 여기시는 높디높은 지존이라니. 게다가 이분 뒤에 버텨선 빈궁마마는 또 어떠하던가? 미모도 미모거니와 짙은 눈썹 아래 영롱한 눈동자가 총명할뿐더러 한성질 하게 보이었지. 호락호락 서투르게 제 사내 남에게 내어줄 멍충이로는 절대로 보이지 않았다. 저 같은 것들이 열 수레로 몰려가도 눈짓 한 번으로 해치우실 배포였다. 만약 제가 서투르게 굴다간 당장에 목이 베어져도 열 번은 베어지리니.

아아, 내 팔자는 어찌 이리 기박하더냐. 평생 처음으로 홀딱 반해 버린 사내를 얻기는커녕, 하룻밤 동품도 어림없으리. 그저 침만 삼키며 헛되이 바라기나 해야 하는구나.

헌데 저가 따라 드리는 술잔을 받으시는 세자저하. 이것이 어인 복이냐. 굴러온 행운이냐. 한마디 건네는 말씀이 은근하고도 다정하시었다.

"그날도 곱다 여기었네만, 참말로 자네, 참 화용월태일세. 한량들이 이구동성으로 산홍이, 산홍이 하는 이유를 인제야 알 만하느니."

"마, 망극하옵니다. 과찬이시옵니다, 저하."

"핫하하. 형님 저하께서도 역시 풍류장부라. 아리따운 꽃을 알아보는 눈이 있으시오?"

"나는 눈이 없는 목석이냐? 미인 앞에서는 그 어떤 굳은 단심(丹心)도 흔들리는 법이지. 그러면 산홍 자네의 장기가 무엇인가?"

"민망하옵니다. 천첩이 보잘것없는 위인이라, 별스런 재주가 없사옵니다."

"겸손도 하구먼. 저하, 저이의 노랫가락과 춤이 아주 볼만하답니다. 장안에서도 유명하지요. 하여 산홍의 별명이 호접화입지요."

서원위가 덧보탰다. 산홍은 어려운 분 앞에서 고개를 숙인 채 다시 한 번 더 겸손하였다. 자신만만하기에 더욱더 낮추었다.

"그저 허명입니다. 천첩의 서투른 몸짓이 귀인의 눈을 어지럽히지는 않을까 저어하옵니다."

"겸손도 지나치면 비례(非禮)라. 나도 귀가 있거니, 호접화의 춤솜씨에 대하여 들어는 보았거든. 자네 오늘 밤에 나를 위하여 한 번 나서주겠는가?"

빙긋이 웃으며 세자가 산홍에게 한가락을 청하였다. 지엄하신 분인데도 창기인 저를 상대로 건네는 말 한마디까지도 더없이 점잖으시다. 예절 바르고 존중하였다. 하여 산홍은 저하가 더없이 어려우면서도 한층 더 존경심이 생기었다. 그만큼 더 사모지정은 깊어지기만 하였다. 이런 분이니 내 어찌 일평생을 의탁할 정인으로 모시지 않으랴?

"서투르다 비웃지 않으시면 잠시 눈요기를 보여 드리겠나이다."

두어 번 사양하다가 살포시 일어섰다. 단 아래 악사들이 호수의 물결처럼 별빛 아래 바람 소리처럼 아련한 가락을 울려내기 시작하였다. 호탕한 용원대군이 바람잡이를 하였다.

"잘하여보게. 내 이 밤에 호접화의 춤가락을 볼 참이라, 성의가 아름답고나. 자네의 솜씨에 큰 상급을 내릴 것이야."

"귀한 춤을 공으로 볼 수는 없지. 나도 자네 섭섭지 않게 상급을 줌세."

주빈(主賓)인 터로 묵묵히 입 다물고 가만히 있기도 무엇 하였다. 세자도 미소 지으며 아우의 말 뒤에 한마디 덧보탰다.

이날의 춤 한자락에 내 평생이 걸려 있다. 저분을 얻느냐 못 얻느냐. 마음껏 춤을 추고 나서 그 상급으로 하룻밤을 청하련다. 산홍이 야무지게 입술을 깨물었다. 지엄한 지존이라, 창기인 저가 정식 후궁으로는 들어가지 못하여도 달큼하고 기막힌 하룻밤은 내 차지가 될 수도 있겠지.

'아리수 배 지나간 자리가 어디 있으며, 죽 그릇에 떠먹은 흔적 어디 있더냐? 허언은 아니 하실 분 같으니, 상급으로 내가 하룻밤 동품을 청하시면 들어주실 게다. 반드시 유혹하련다.'

자신만만, 산홍은 비단 치맛자락을 움켜잡고 서서히 몸을 돌이켰다. 한 손에는 긴 비단수건을 들고 붉은 입술에 정다운 미소 머금었다. 꽃잎처럼 피어나는 가락에 맞추어 난실난실, 곰실곰실. 하늘하늘 부드러이, 진정 한 마리 나비인 양 우아하게 풍요롭게 춤을 추기 시작하였다.

자줏빛 치맛자락이 향기로운 바람을 일으켰다. 뻗고 자르고 흘리고 내미는 손끝이 달빛을 머금었다. 외씨 같은 버선발이 허공을 딛는 듯, 비 오는 날 물을 건너듯 더없이 가볍고 우아하였다. 종종걸음을 치다가, 우레처럼 마구잡이로 돌아가다가 날카롭게 허공을 갈랐다. 머리끝에서 발끝까지 무엇 하나, 모자란 것이 없고 넘치지도 않는구나. 처음부터 끝까지 무서운 매혹이었고 화사한 꽃비였으며 눈짓에 숨긴 추파가 은실처럼 줄줄이 세자에게로만 향하여 있었다.

심지어 목석같이 부동심(不動心) 굳고 점잖은 금성위조차도 숨을 죽인 채 산홍의 춤에 압도당하였다. 하물며 다른 세 사내인들 오죽할까? 세자 또한 산홍의 몸짓에서 눈빛에서 손길에서 밀려오는 달콤한 방향(芳香)과 유혹의 거미줄에 칭칭 감기고 말았다.

궐에서 태어나 지금껏 근엄하게 살아왔다. 그야말로 한 치 어김없는 〈바른생활 사나이〉였다. 어디 이렇게 화끈하고 교태롭고 짜릿한 여인에게 면역이 있어야지. 천하절색이 사뿐사뿐 허공을 날며 춤을 추는데, 노골적으로 미소 지으며 수줍은 듯이 대담하게 꼬여

내는 그 대목에서 얼을 빼앗기지 않았다면 그건 사내가 아니다. 마른침만 꼴딱꼴딱. 잠시도 눈을 떼지 못하고 그만 홀딱 빠지고 말았구나.

 끊어질 듯 이어질 듯 춤을 받쳐 주던 거문고와 피리소리가 서서히 잦아들었다. 산홍이 춤을 마치고 바닥에 나부죽이 엎드려 절을 하였다. 네 사내들은 만면에 미소를 머금고 다투어 칭찬하였다.

 "과연 고금의 빼어난 기예라, 춤으로는 산홍을 따라갈 이가 없도다 하는 말이 거짓이 아니었다. 참으로 이 밤에 안복(眼福)이 장하였소이다."

 "가락과 춤이 어디 하나 모자라고 빠지는 데가 없음이야. 내 공주에게 반드시 산홍의 춤을 구경하였노라 자랑하리라. 평생 여한이 없네그려."

 "산홍의 춤을 보았노라고 하면 동무들 전부 다 부러워 자지러질 것이야. 상급으로 비단 열 필을 내림세."

 용원대군이 호기롭게 소리쳤다. 세자를 돌아보았다. 왜 아무 말씀도 아니 하시오 이런 뜻이었다. 세자는 턱을 쓰다듬으며 헛기침을 하였다. 춤을 보기 전과 후의 산홍의 자태가 어쩐지 달라 보였다. 마음이 한층 더 싱숭생숭, 나부시 앉아 있는 저 자태가 어찌 이리 곱고도 아름다운가. 손목이라도 덥석 한 번 잡고 싶은 욕심이 나는고나. 앵도같이 붉고 촉촉하게 젖은 입술 맛은 대체 어떠할꼬?

 "내 참말 자네의 신묘한 춤 솜씨에 얼이 빠져서 말이 아니 나오네그려. 아우가 비단을 내렸으니 나는 어떤 상급을 주어야 하나? 원하는 것이 있으면 말하여보게."

산홍이 고개 들어 살짝 미소 지었다. 화려한 교태가 철철 넘쳐흘렀다.

"저하, 참말 신첩의 소원을 들어주시겠는지요?"

"장부의 일언(一言)이라 중천금(重千金)이지. 말하여보게."

말없이 산홍이 상에 놓인 천도복숭아를 집어 들었다. 따뜻한 경국에서 배 타고 들어온 귀한 실과이다. 소매를 걷으니 은어 같은 하얀 팔목이 드러났다. 산홍이 망설이지 않고 세자의 눈을 똑바로 보면서 그 천도를 바닥에 굴렸다. 또르르 굴러온 복숭아가 세자의 무릎 앞에 멈추었다. 요지선녀가 태상노군을 유혹할 때의 수법이니, 붉은 입술이 살며시 벌어졌다. 사뭇 대담한 말이 새어 나왔다.

"천한 이 몸의 소원은 오직 하나. 저하께서 이것을 집어주시기를 바라옵니다."

"승은을 입고 싶습니다. 그대의 늠름한 품에 안겨 하룻밤의 운우지락을 나누고 싶습니다. 비록 날이 밝으면 사라질 여름밤의 덧없는 꿈일지라도 지금 이 순간, 그대의 뜨거운 눈빛을 갖고 싶습니다. 평생 문신처럼 새겨질 마마의 하룻밤을 내 것으로 하고 싶습니다."

이런 때를 위하여 나를 데리고 오셨구나. 금성위가 직감하였다. 나서야 할 때인가? 그러나 잠시 번쩍 날아온 세자의 눈빛이 그를 멈추게 하였다. 말로는 온화하였으나, 입가로는 미소 머금었으나 깊은 눈 속에는 웃음기 하나 보이지 않았다. 세자저하 혼자서 충분히 처리하실 수 있단 말이었다. 강위겸은 사태를 좀 더 지켜보기로 하였다.
"흠. 산홍 자네가 지금 나를 하룻밤의 정인으로 청하는 것인가?"
"마음 같아서는 세세년년. 유택에까정 누워 후대 만대, 인연을 맺고 싶은 것이 계집의 헛된 욕심. 허나 창기의 주제로 어찌 성상의 옥체를 가까이할 수 있겠나이까? 오직 하나 남은 욕심이 있다면 하룻밤이나마 영웅을 뫼시어 봄꿈의 아름다움을 누리는 것이옵니다."
흐흐흐. 인제 꼼짝없이 그물에 걸렸지롱?
용원대군과 서원위가 속으로 키득였다. 산홍이가 잘하고 있구먼. 암. 역시 보통내기가 아닌 것이야. 흥미진진한 눈빛으로 사태를 주시하였다. 여기서 거절하면 용렬한 사내이니 망신. 산홍의 유혹에 넘어가면, 항시 곧은 척 잘난 척하더니 말야. 난봉을 피웠으니 역시 상망신. 어찌하든 우리 손아귀지롱.
정염 어린, 그러나 흠뻑 진심뿐인 눈빛이 영롱하였다. 마찬가지로 이글거리는 세자의 눈빛이 산홍에게로 가 마주쳤다. 아교풀로 붙인 듯 허공에서 마주친 두 시선이 여간해서 떨어지지 않았다.
단순한 애욕만은 아니었다. 오다가다 만난 사내를 기생의 버릇으로 홀리려 드는 것도 아니었다. 저도 인간일진대, 저도 단심 가진 계집일진대, 제대로 박힌 눈을 가져 인중지룡을 찾아내고 말았구나. 하룻밤이라도 좋았다. 마음에 박은 그 사내와 순결하고 진실된 인연을 맺고 싶다 욕심냄을 어찌 꾸짖을 수 있으랴.
비켜난 세자의 시선이 아주 잠시 바닥으로 떨어졌다. 갈등하고 있는 것이 분명하였다. 이내 훌쩍 고개를 든 그는 망설이지 않고 산홍의 심장인 양 붉은 천도를 집어 들었다. 도포 소매 안에 넣어

버렸다.

말없는 말[言]. 산홍과의 하룻밤을 흔쾌히 허락한다는 뜻이었다.

산홍도 놀라고 대군과 부마도위들도 깜짝 놀랐다. 눈으로 보면서도 믿을 수가 없는 지경이었다. 이토록 쉽사리 군자라는 세자가 여인의 유혹에 넘어가고 말다니. 일을 꾸민 사람이 저이면서도 용원대군은 순간 심한 배신감을 느꼈다. 천하의 사내가 다 그리해도 형님 저하만은 아니 그러실 줄 알았거늘. 절색의 요염 앞에서 사내란 어쩔 수 없구나.

마침내 뜻을 이룬 산홍의 눈에 감격의 물기가 돋았다. 저절로 눈물이 글썽글썽. 이내 주르르 흘러내렸다. 감사한 마음을 담아 속삭였다.

"저하, 성은이 망극하옵니다. 마마를 뫼신 이날이 천첩의 일생에 있어 가장 화려한 밤이올시다."

"산홍 자네가 비록 기적에는 올라 있으되 지조 굳고 명성 높으니 바로 여걸이 아니겠나? 그대가 모자란 나를 어여뻐 보아 인연을 청하는데 사내 된 도리로 도망감은 비겁한 일이지. 좋네. 내 그대의 춤값으로 하룻밤 그대의 집에서 유하겠네."

아아, 연돌이 손을 잡고 내 평생 헛눈 아니 돌리고 은애하리라 맹세하던 그분은 어디 갔노? 범이 마음에는 연희만 박혀 있다 하신 분은 대체 누구인가? 아무것도 모르는 채, 빈궁은 아기씨 태중에 품고 산실에서 태교 중인데, 아비인 저하는 방탕하시는구나. 기생의 유혹을 이기지 못하여 난봉질의 먹물에 발을 디디셨구나. 이런 기막힌 배신을 산실의 빈궁마마는 알고 있을까?

'인제 내가 평생 소원을 이루었다.'

세자의 말을 들으며 감격과 가쁨으로 산홍의 가슴이 들먹거렸다. 깊은 상사병을 앓게 한 그 사내와 단둘만 남아, 화려한 봄꿈에 취할 터이니 그 어찌 행복하지 않으랴. 헌데 그녀의 귀로 더 기막힌 이야기가 스며들었다.

"내 생각하여 보니, 이 밤의 일은 시정잡배가 논다니 계집을 만나 하룻밤 방탕한 야합을 하는 것이 아닌 듯하이. 비록 자네가 천기이되 나와 일단 연을 맺게 되면 자네는 이 세자의 여인이 되는 셈. 더 이상은 기적(妓籍)에 있을 수 없지. 내, 그대를 동궁으로 들여야만 해. 혹여 자네가 잉태라도 하면, 혹여 그 아이가 보위를 이을 수도 있지."

"저, 저하! 망극하옵니다!"

산홍이 자지러졌다. 겨우 하룻밤 인연도 과분하다 하였는데, 저를 후궁으로 들이신다니. 소생더러 보위를 꿈꿀 수도 있다 하시었다. 기쁘고 황감한 이상으로 무섭기까지 하였다. 그렇듯이 그녀가 원하는 분은 잡을 수 없는 천룡(天龍)인 것을. 운도 좋아 그런 분을 가녀린 손으로 잡아챈 것을.

"나는 시정의 한갓 사내가 아니라 이 나라의 소지존이야. 후궁을 보는 일도 그렇듯이 나라의 대사인 게지. 만약 천한 기생인 그대를 동궁으로 들인다면 조정이 물 끓듯이 난리가 날 것은 명백한 일. 하물며 평생 사모하고 배신치 않으리라 한 빈궁과의 금석지약도 깨트리는 셈이지. 하여 내 스스로 모든 일을 다 무릅쓰고 자네를 들일

명분이 필요해. 이해하겠나?"

"저하의 신중한 심기를 알 듯만 싶사옵니다."

세자가 힐끗 금성위를 바라보았다. 씩 웃으며 아무렇지도 않게 내뱉었다.

"자네의 춤이 아름다운 만큼 우리 금성위의 대금 실력도 만만찮지. 나하고 내기를 함세."

"내기라 하심은?"

"금성위의 선율에 맞추어 다시 춤을 추게. 자네의 춤이 저이의 선율을 이겨내면, 천하의 최고봉이라. 인물은 절색이며 춤솜씨는 무산선녀. 지조는 송죽이며 풍류는 솟구치니, 사내가 되어 어찌 그런 여인을 취하지 않을까? 응하겠는가?"

살며시 산홍의 입술에 자신만만한 미소가 걸렸다. 그냥 이리 오너라 하는 것보다 더 쉬운 제안이 아니냐. 기예의 상급으로 저하의 승은을 입었음에야. 안팎으로 큰 허물은 아니니라. 아마도 그런 생각을 하신 게지. 세자가 몸을 돌이켜 강위겸을 건너다보았다.

"반우 자네의 실력이라면 저 요지선녀의 춤사위에 걸맞을 테지. 부대 나로 하여금 고운 꽃을 얻을 수 있게 도와주게나."

"무딘 소리가 가인(佳人)의 춤자락에 미칠까 두렵습니다."

강위겸이 싱긋이 웃으면서 사양치 않았다. 자네의 재주로 나를 덫에서 빼내어오. 세자가 부탁하는 것을 눈치챈 때문이었다. 산홍에게 대금을 청하였다. 이내 은쟁반에 올려진 대금이 나왔다. 살이 두껍고 단단한 쌍골죽(雙骨竹)으로 만든 명품이었다.

가벼이 입술 대어 임종(林鐘)에서 위의 황종(黃鐘)까지, 부드럽고 아름다운 저취(低吹), 평취(平吹)의 음에서부터, 장쾌하고 독특한 음이 나는 역취(力吹)로까지 넘어가며 세세하게 소리를 시험해 보았다. 만족스러운 낯빛을 하고 대금을 어루만졌다.

"명품에다 소리가 기이하니 월광(月光)에 젖은 절세가인의 춤사위와 딱 맞춤입니다."

정자의 난간에 등을 기대고 반개(半開)한 눈을 들었다. 강위겸이 잠시 호흡을 고른 다음. 슬며시 대금을 불기 시작하였다. 적요한 밤하늘에 선들 꽃내가 진하고, 맑은 달빛은 고요하였다. 동기(童妓)들의 부축을 받아 단 아래로 내려간 산홍이 운치도 좋구나! 연당가에 살포시 섰다.

입 오므린 백련 위로 개골개골 개구리가 울었다. 산들바람 타고 수양버들이 난만하게 흩날렸다. 연연한 월광처럼 부드러이 울려 퍼지는 가락은 〈야우(夜雨)〉였다. 산홍이 비단결 같은 대금의 선율에 맞추어 야들보들한 비단향꽃무를 추었다.

더없이 여성적이고 섬세하던 대금의 선율은 이내 콸콸콸 흐르는 장강의 흐름처럼 도도하게 변하였다. 갑작스런 음의 변화에 따라 비틀, 산홍의 발끝이 손사위가 주춤하여졌다. 그러나 예서 질 수는 없지. 자존심이 상한 그녀는 짐짓 태연한 표정을 회복하고 호호탕탕한 대금의 음에 따라 활달하고 씩씩하게 몸사위를 변화시켰다.

그러나 그것으로 끝나지 않았다. 이 얄밉고 무정한 양반 보았나. 필시 저로 하여금 단단히 망신을 주어 스스로 세자 앞에서 부끄러워 물러나게 하려는 속셈이 분명하였다. 금성위의 대금 소리는 이내 살기(殺氣) 넘치는 〈영웅호가행〉으로 돌아섰다.

씩씩한 무장들이 검을 빼들고 일거에 힘을 합하여 추는 군무(群舞)를 위한 곡조였다. 장쾌하고 강한 힘을 가진 사내들의 악률이니, 연약한 여인인 산홍의 춤사위가 따라갈 수 없음은 당연지사. 게다가 금성위의 대금 솜씨가 참으로 신묘하였다. 선율에 서린 기운은 강대하고, 시퍼런 검광(劍光)이 번쩍번쩍. 아비규환인 전쟁터에서 칼바람이 휙휙 난무하는 듯, 사람의 피를 말리고 기운을 들끓게 만드는구나!

안간힘을 다하여 따라가다 따라가다, 마침내 기혈이 뒤집혀지고 말았다. 산홍의 입술 사이에서 울컥 핏물이 터졌다. 기진한 터로 바닥에 폭 쓰러지고 말았다.

"그만! 그만 하라!"

정자 위의 세자가 날카로운 목청으로 강위겸의 대금을 중지시켰다. 짐짓 노한 기색을 이마에 가득 서린 채 엄하게 꾸짖었다.

"반우 자네가 참으로 고약하구나. 연약한 여인 앞에서 〈영웅호가행〉을 불다니! 자네는 저 여인을 죽일 셈이었다."

"망극하옵니다, 저하. 죄를 주소서. 소인이 그만 흥에 겨워 범절을 벗어나고 말았나이다."

강위겸이 급히 무릎 꿇고 고두하여 사죄하였다. 허나 세자의 이마에 서린 노여움의 주름살은 쉬이 펴지지 않았다.

"필시 자네는 내가 미인을 얻는 것을 시기한 것이겠다? 대놓고 사람을 망신주다니 이것이 자네가 자랑하는 군자의 덕인가?"

"흑흑, 저하 용서하여 주십시오. 천첩의 모자란 탓이옵니다. 부마도위께서는 아무 잘못도 없사옵니다."

산홍이 정신 차려 정자 위로 뛰어올라 왔다. 사죄하여 엎드려 애원하였다.

"도위대감의 신묘한 가락에 서투른 이 몸이 따라가지 못한 것입니다. 천첩이 패배한 것입니다. 허니 노염 풀고 애먼 사람을 핍박하지 말아주십시오."

아, 망극하여라. 더없이 고마우셔라. 세자께서 산홍을 부축하여 몸을 일으켜 주었다. 손수건으로 직접 입가에 묻은 핏줄기를 닦아주었다. 눈물 머금은 산홍을 바라보며 부드러이 위로하시었다.

"민망하느니. 연약한 그대로 하여금 내기에 응하게 한 이것은 나의 허물이다. 그대는 아모 잘못도 없느니라. 자리로 다가와 앉으라."

"망극하옵니다."

손수 철철 넘치게 술잔을 따라주시었다. 좋이 그녀를 위로하여 말씀하시었다.

"그대가 곱지 않다는 뜻은 아니니라. 나 또한 사내이니 어찌 그대의 고운 모습과 멋진 풍류에 취하지 않을까? 허나 이미 나는 혼인한 몸. 평생 은애하리라고 결심한 여인이 이미 있음에랴. 장부의 맹세는 금석지약이라 깰 수가 없다. 그를 이해하라. 내, 너의 그 소원을 들어주지는 못하되, 좋은 춤을 구경한 상급을 내려야지. 기다려라. 내일 좋은 패물이라도 하나 보낼 터이니 내 마음이라 생각하여라."

"성은이 망극하나이다. 마마. 천첩은 인제 여한이 없사옵니다."

이만하면 연약한 여인의 아픈 마음을 잘 달래 위로한 셈이다. 보기 좋게, 서로의 체면을 꺾지 않고 교묘하게 유혹의 그물을 벗어난 것이다. 천한 기생이되 자존심 강하고 섬세한 여인인 산홍의 낯을 한껏 살려주시었다.

'자, 이만하면 괘씸한 저 두 놈을 경계하는 일만 남았겠다?'

네 이놈! 갑자기 벽력같은 고함 소리가 터졌다. 세자는 짐짓 정색하여 용원대군과 서원위를 겨누어 엄히 꾸짖었다.

"당장 엎드리지 못할까? 내 절대로 용서치 못하리라. 장형을 우롱함도 유분수이지 말야. 감히 계집의 수단으로 나를 미혹케 하려 해? 내, 이놈들 물볼기라도 치리라!"

혼비백산한 두 한량. 넙죽 엎드리어 형님을 능멸한 용서를 빌었다. 오늘도 허사라, 또 당하고 말았구나. 억울하고 원통하고 두렵기가 한량없음이다. 어찌하여 난 맨날 당하고만 사는 처지가 되었던가? 분통 터진 용원대군이 죽을 땐 죽더라도 할 소리는 하고지고, 빽 소리를 쳤다.

"참말 너무하시오! 누군 이러고 싶었는 줄 아오?"

말을 하자 하니 억울하고 분하도다. 줄줄이 꿰어내어 두려운 것도 잊고 항변하여 대들었다.

"형님께서 매사 이 아우의 앞을 가로막아 골탕을 먹인 것이 어디 한두 번이냔 말야. 억울하고 통분하다. 이 아우더러 처가살이 시켜라 내쫓은 것도 모자라서, 엉? 인제는 밤일까지도 일등으로 잘한다 잘난 척을 하여 기를 죽이오? 하룻밤에 다섯 번이라는 자랑은 왜 해? 숙정이 날마다 서원위를 들볶는 고로, 보시오! 이이 얼굴이 노랗게 떴구먼! 아우들이 꼭 제집 안해들에게 뜯겨죽게 하여야 속이 시원하지? 다 형님 탓이오, 무어! 어떻게 사내가 날마다 하룻밤에 다섯 번이나 한단 말야? 엉?"

에구머니. 옴마옴마! 이번에는 산홍을 비롯한 기생들이 자지러졌다.

아이고, 짜릿하여라. 탱글탱글하여라. 진정 참이련가? 은근히 굉장하시도다. 끝내주시도다. 점잖고 법도 엄하신 세자저하께서 요렇게나 방탕하시다고? 하룻밤에 다섯 번이나 빈궁마마를 내려누르신다네? 이럴 수가, 이럴 수가. 아이고 오금 저려 못살겠네. 달콤한 밤 잠자리 그 맛이야 누구보다도 잘 아는 터, 말을 들은 것만으로도 비단속곳 아랫도리가 뿌듯하고 뜨끈뜨끈한 기분이 들었다.

산홍을 비롯한 세 기생이 살그머니 곁눈 돌려 헌칠한 그분을 훔쳐보았다. 얼굴이 빨갛게 되어 선망과 부러움의 한숨을 내쉬었다. 저 품에 안겨 하룻밤 그 재미 좀 보았으면. 다섯 번이나 가하다는 그 힘에 깔려 알콩달콩 쫄깃쫄깃. 끙끙대고 요분질하며 놀아보았으면. 지엄한 신분에 인품 점잖고 무한히 다정할세라. 그것으로도 모자라서 금침 안에서는 질퍽한 천하한량. 잘나가는 난봉꾼이라네. 옴마야 옴마야, 부러워서 내 못살겠네! 나도 저분 사모할라오! 딱 붙어서 죽어도 안 떨어질라네!~

"허어, 이놈이 갑자기 무슨 말을 이렇게 험하게 하는 것이야! 망신스럽게!"

세자도 그만 얼굴이 시뻘게졌다. 잘나가다 왜 갑자기 남의 밤일 횟수까정 입질하고 난리이냐. 연돌이 요것 방정맞은 입질 때문에 별일이 다 생기는고나.

허나 괘씸하였다. 야심한 밤에 금침 안에서, 내가 내 안해하고 노는 일이거늘 저들이 간섭을 왜 해? 지절지절 떠들기도 잘하는 용원대군의 입을 한 대 쥐어박았다. 그래도 안 그치지? 목이 졸려 켁켁하면서도 대군은 끝까지 대들었다. 잘난 형님 덕분에 우리들만 죽어나온 원망하였다.

"망신인 줄 아시기나 하오? 흥, 아주 잘났소이다. 형님은 천하의 영웅이라 무엇이든 다 잘하오만, 그런 저하 때문에 우리 같은 못난 사내들이 다 죽어나오! 조용하나 노시지 말야, 자랑질은 왜 하노? 흥. 아주 아우들을 말려 죽이시옷!"

"이놈이 그래도! 요 입 아니 다물련? 이보시오, 반우, 이 위인들을 다 몰고 사라지오! 더 두었다간 참말 망신이겠다. 너 두고 보자! 내가 숙정이며 국대부인께 이날 일을 아니 알려줄 줄 아니? 한 번 더 당해보렴! 흥."

가래로 논바닥을 밀 듯이 단번에 두 사내를 안전에서 내치었다. 한편 금성위 강위겸은 이런 못난 소동을 그저 옆에서 벙싯 웃으며 지켜만 보고 있었다. 인제는 자신이 나서서 자리를 수습할 때로구나. 세자의 명에 따라 두 형님을 재촉하여 산홍의 집에서 물러나갔다. 곧 죽어도 한마디 더 꽥! 용원대군이 질질질 끌려 나가면서도 고함쳤다.

"국대부인한테 고자질만 하여보소! 나도 당장 빈궁마마더러 요 날 일을 다 불어버릴 것이다. 흥, 나도 할 말 많다네! 그때 헛간 맨바닥에서 빈궁마마랑 요리조리 깔고 놀던 분이 무엇 군자라고, 고렇게 잘난 척하고 그러신대?"

"형님, 헛간이라니요?"

"흥, 그런 일이 있구먼. 내 언젠가는 대전 나가서 콱 불어버릴 테야!"

두런두런 중얼중얼. 왁자지껄 투덜투덜. 오늘도 당하였다 코가 석 자나 빠진 못난 사내들의 종적이 사라졌다. 핫하 웃으며 세자는 호기롭게 술잔을 내밀었다.

"윙윙거리는 파리 떼들이 사라졌으니 인제 조용하구먼. 핫하하. 이 밤의 달빛은 내가 전부 독차지겠다? 술이나 따르거라. 미인과 월광과 향기로운 술이 전부 다 흡족하구나."

난생처음 자유롭게, 미인과 술에 흠뻑 젖었다. 온화한 모란꽃의 향기에 취하였다. 홀릴 듯이 밝은 달빛 아래 앉아, 산홍의 가야금 선율을 한가로이 즐기시누나. 삼경이 다가올 즈음, 밤이슬이 소복이 내린 마당으로 홀연히 나섰다. 정자 기둥 옆에 선 산홍을 향하여 하얀 이를 드러내고 싱긋 웃었다.

"이만큼 놀았으니 과하도다. 인제 나는 갈라네."

"망극하옵니다, 저하. 천첩이 언제 다시 아름다운 옥안을 뵈올 수 있을지요?"

"인연이 닿으면 언제고 못 만날까? 우리 빈궁이 사내 못지않게 씩씩하고 풍류를 즐기는 고로, 훗날 빈궁과 더불어 그대의 춤을 보러 나옴세."

유유자적. 정결한 학의 풍모이시라. 그 밤을 뫼신 기생 셋 다 저하에게 홀딱 빠지고 말았구나. 말을 타고 돌아가시는 세자의 뒷모습을 좇아 여인들이 달음박질을 쳤다.

"아아, 언제 다시 뵙지? 언니, 나도 그만 상사병 난 것 같소."

"우리 같은 천한 여인들에게도 그리 다정하시다니. 저도 저하께 홀딱 반하고 말았사와요."

"게다가 하룻밤에 다섯 번이란다. 너희들은 그 말을 믿느냐? 난 참말이지 싶어야. 호탕하신 듯, 점잖으신 듯. 게다가 저토록 아름다우신 분이라. 인제 다른 사내를 보면 모다 하찮고 같잖게 보일 것이니, 어찌하랴? 하룻밤이라도 모실 수 있다면 나 또한 목숨까정도 드리련만."

산홍이 탄식하였다. 자르려 하였건만, 더 깊어지는 사모지정이여. 골수까지 침입한 고약한 상사병을 도대체 어이하리오.

제2장 악연의 끝

　　　　　세자가 동궁에 돌아온 것은 삼경이 넘은 시각이었다. 다소간 약주가 과하였으니 내관이 부축하는데 용체가 잠시 흔들렸다.

"되었다. 내가 술이 다소간 과하였느니라. 빈궁의 침방에서 침수할 것이다. 게에 자리 펴거라."

마루 건너 혜원궁의 안방. 빈궁이 산실로 떠난 후, 비워진 방에 자리를 깔고 내관이 용체를 모시었다. 곤한 터에 취기마저 있으니 금세 숨소리가 고르다. 잠이 든 저하의 의대를 정리하여 드리고 물수건으로 얼굴이며 손발 닦아드린 후에 내관과 나인이 물러났다. 지밀상궁이 병풍 치고 물러난 그 몇 각 후, 이것이 무슨 일이냐? 불 꺼진 침궁의 마루 위로 작은 그림자가 하나 올라섰다. 살금살금 세자가 잠든 방으로 스며들었다.
 "흥, 이럴 줄 알았다! 술내가 진동하는구나. 홀로 계시면서 약주만 장하게 잡수신 것이야. 궐 밖에 나갔다 오셨다는데 도대체 어디서 뉘랑 드신 것인고? 필시 게에 계집이 없을 것이던가? 바람이나 아니 피셨는지 내가 어찌 안담? 며칠 아니 보았던 터로 다소간 얼굴이 상하셨도다. 이 빈궁이 못 보살펴 드린 고로 용체가 상하신 것이야."
 아랫배가 불룩하였다. 풍만한 옥체에 장옷만 둘러쓰고 스며든 사람이 달리 누구랴? 답답한 산실에 갇혀 있다가, 다정한 지아비가 그리워서 내 못 살겠다, 몰래 도망쳐 동궁까지 걸어온 빈궁이었다. 작은 손을 들어 깊이 잠든 얼굴을 쓰다듬어 주니, 으음…… 하며 세자가 돌아누웠다. 잠꼬대였다. 손을 들어 허전한 옆자리를 더듬으며 '연희야……' 중얼거렸다. 빈궁은 상끗 웃었다. 꿈 안에서도 저의 이름만 부르는 분이라. 어찌 감격지 않으랴?
 '자고 갈 것이다. 새벽에 몰래 저하더러 데려다 달라 하면은 되지 뭐. 요 뜨듯한 품에 안기어야 나도 잠이 잘 오거든. 히힛, 일이 잘되려고 저하께서도 내 방에서 주무시고 계시니 정말 좋구나.'
 빈궁은 냅다 장옷을 내던지고 지아비 품에 파고들었다. 한 베개에 얼굴 올려두고 눈을 감았다. 금세 색색 잠이 드는구나. 이렇듯이 산실에서 몰래 도망 나와 빈궁이 품에 파고든 줄도 모르고 세자는 그저 깊은 잠에 빠졌다. 새벽녘에 갈증이 심하여 자리끼를 찾다가 문득 이상한 기분에 눈을 번쩍 떴다. 한 다리를 척하니 올려두고, 가슴에 얼굴을 묻고 색색 잠든 따뜻한 여체가 찰싹 달라붙어 있었다. 보드라운 살갗이며 꽃내 나는 향기가 내 연희로구나.
"기가 막히다. 언제 이리 도망 나와서 품에 파고들었던고? 하여튼 못 말릴 이라니까?"

말로는 기가 막히다 하였지만 그 역시도 그리웠다. 세자는 빙긋이 웃으며 단잠에 빠진 빈궁의 볼에 붙은 머리카락 한 올을 귀 뒤로 쓸어주었다. 손가락 끝으로 야들탱탱한 볼을 어루만지며 마냥 애틋하고 귀엽고 안타까워 내려다보았다.

'필시 내가 보고 잡아서 산실서 몰래 도망을 나온 게다. 수하도 없이 밤길을 홀로 걸어왔을 터인데 넘어지지나 않았는지 모르겠군. 얼마나 답답하고 보고 싶었으면 이리 몰래 스며들었을고? 법도만 아니라면은 그냥 내 옆에서 출산할 때까정 지내게 하면은 좋을 것인데.'

만월같이 부풀은 아랫배를 살며시 어루만져 보았다. 태중 아기가 슬슬 놀고 있는 것이 느껴졌다. 만족하여 세자는 아랫배를 뜨거운 입술로 애무하여 주었다. 한층 풍만하여진 하얀 젖무덤을 손으로 감싸 안으니 예민한 그 감각에 진저리를 치며 빈궁이 잠에서 깨어났다. 그리운 지아비 모습에 반가운 것은 둘째이고, 산실에서 도망쳐 나온 것만 생각났다. 마음이 급하여 발딱 몸을 일으키며 자지러져 소리쳤다.

"에구머니, 새벽이오? 마마, 나 가야 하오."
"가긴 어딜 가? 누워 있어봐. 이미 연희가 몰래 도망쳐 나와 스며든 것을 다 아는 고로 늦었어. 아침에 내가 빈궁 보고 잡아서 모시어 왔다 할 것이니 걱정 말고 더 주무시오. 우리 잠꾸러기 빈궁?"

억지로 다시 잡히어서 금침에 눌러졌다. 빈궁은 배시시 웃으며 두 팔 벌려 세자를 왈칵 안아버렸다. 마구잡이로 얼굴을 부비었다. 하나같이 벙싯 미소 짓는 두 얼굴. 서로 좋아서 어찌할 바를 모른다.

"내가 보고 잡아서 왔지?"

지아비 채근에 고개 끄덕이며 빈궁이 세자의 입술에 쪽 하니 입을 맞춰준다. 요것이 나를 유혹하는 신호렷다? 대답 대신 빈궁의 자리옷 고름을 풀어버렸다. 스르르 흘러내리는 옷자락 사이, 드러나는 풍만한 젖가슴을 덥석 삼켜 버렸다. 나도 못 참소! 빈궁의 손 역시 세자의 속바지를 급하게 아래로 끌어내리고 있었다. 그리하여 그 새벽에 두 분 마마, 겁도 없이 옥체 합하여, 그만 하여서는 아니 되는 교접을 하고 말았다.

행여 누가 들을세라. 혹여 누가 볼세라. 금침 둘러쓴 빈궁은 입술 악물며 신음 삼키려 애를 썼다. 세자 또한 오랜만에 굶주린 그 욕심을 채우는 참이다. 아무리 자제하려 애를 써도 어쩔 수가 없구나. 거칠고 격한 맹수같이 뒤에서 덤벼들어 마음껏 애욕의 꿀물을 만끽하는구나. 이리하여 연거푸 두 번을 파정하였다.

이미 날이 훤하다. 정신이 좀 들고 나니, 어쩐지 부끄럽고 민망하다. 금침 안에 숨어 눈만 내어놓았다. 사방을 살피니 안즉 이른 아침. 모르는 척 시침을 똑 땄다. 도도한 얼굴로 자리옷을 다시 챙겨 입었다. 금침에서 부스럭거리며 나와 옷자락을 여미는 세자더러 앙큼한 헛기침을 하였다. 우리가 방금 전 무슨 일을 하였다고 그러십니까? 흠흠흠.

"마마, 신첩이 예로 온 것은, 자랑하려 왔지?"

"무엇을 자랑하러? 아, 아기씨 배냇저고리 다 말랐구먼? 나도 좀 봅시다."

세자 또한 모르는 척 자리끼를 마시고는 다시 누웠다. 꽃향기 풍기는 금침에 엎드려 사랑스러운 눈으로 빈궁의 잘난 척하는 양을 지켜보았다.

발가니 땀에 젖어 부끄러운 기색 역력한데, 입술은 이미 부풀어 통통한 딸기 같구나. 풍만하게 부풀은 몸매가 한층 성숙한 티가 났다. 엷은 자리옷깃 사이로 손 가득하니 잡혔던 젖가슴 위, 자줏빛 짙은 젖꼭지가 도토록하게 내비치었다. 요염한 매혹이 줄줄 흘렀다. 엊저녁 만났던 산홍이라 하는 계집 미색도 견줄 데 없었으나, 역시 나에게는 우리 연희가 최고로 곱단 말이지. 생각하였다.

빈궁은 윗목에 내던진 장옷을 끌어당겼다. 속에 감춰온 자랑거리를 꺼내었다. 곱게 지어진 아기씨 배냇저고리다. 세자가 받아들어 유심히 살피니, 가지런하고 고운 바늘땀이 참말 기가 막히고나. 어여쁘고 날렵하게 돌려진 깃이며 끈 단 것까지 하여 보통 솜씨가 아니었다.

빈궁마마께서 산실에 듭신 이후로, 날마다 들여다보며 바느질하십니다. 참으로 기가 막히옵니다, 칭찬한 경지에 도달한 것이었다.

"이것이 참으로 빈궁이 직접 지으신 의대란 말이오? 이리 기묘한 솜씨를 그동안 숨겨두고 못하옵니다 겸손을 떨었단 말이지? 내가 보기로 침선 능한 숙경보다 오히려 윗길이니 뉘가 빈궁더러 여인네 하는 일을 못한다 할 것이냐? 아기씨 의대는 다 지은 고로 이번에는 내 용포 하여주어. 응?"

"마마, 예쁘지요?"

"예쁘고말고! 요렇게 어여쁜 아기 의대는 참으로 본 적이 없다니까! 우리 아기씨는 참말 호강이구나. 어마마마가 이토록 꼭 맞춤인 배냇저고리 하여주니 얼마나 좋을까? 아기만 곱다 말고 이번엔 나의 의대를 지어주어야 할 것이다."

"음, 음……. 그래서 이것 하여 왔지?"

빈궁이 뒤로 감추었던 한 손을 불쑥 내밀었다. 용포에 다는 용보였다. 상침 중에서도 대(大) 상침만이 감히 수틀을 세우는 어려운 일이다. 이것이 가슴팍에 달림으로 하여 비로소 주상전하와 세자저하 의대를 용포라 부름하는 것이니 제일 어렵고도 지엄한 수놓기가 바로 용보(龍補) 수(繡)였다. 헌데 술 취한 사람 걸음 모양 바늘땀 하나 제대로 가지 못하던 빈궁이 겨우 몇 달 만에 용보를 하여왔다 하니 기가 막혔다. 제 눈으로서 보고도 믿지 못할 참이었다.

"정말 빈궁이 수놓은 것이야?"

"어마마마께서는 항시 아바마마 용보를 한 땀 한 땀 수놓으시어 달아주신다 하였거든요. 저도 하여볼 것입니다 하였더니 어마마마께서 손수 수틀 매어주시고 가르쳐 주셨사와요. 혼인했을 때부터 저가 그리하고 싶었거든요. 사실은 어마마마께서 거진 다 하셨어요. 하지만 이 빈궁도 제법 하였기로 요 부분이 저가 수놓은 것이어요. 헤헤헤."

자랑쟁이라 할까 봐, 빈궁이 부끄럽게 웃었다. 손가락으로 한 부분을 가리키는데 용 한 마리를 거진 다 새겨놓았다. 이것이 모다 그리운 지아비를 생각하며 땀땀이 놓아간 마음이라. 다른 부분보다 다소간 서투르다 하여도 그 정성에 감격하였다. 마음씀이 어여쁘니 어찌 행복하지 않으랴?

"어마마마께서 이것을 보시고 인제 너도 제법이고나 하시었답니다. 정성으로 하여보았는데 서투르더라도 달아드릴 터이니 입으시오. 응?"

살짝 눈웃음치며 부끄러우나 자랑스러운 얼굴로 말하였다. 그런 빈궁이 어찌나 곱고도 귀여운지. 세자는 이 어여쁜 이를 딱 그만 날로 잡아먹고 싶을 정도였다.

"야아야 인제 빈궁이 못하는 것은 아무것도 없구나. 학문 높지, 씩씩하니 무술 솜씨 뛰어나지, 명랑하고 성품이 고우며 침선 또한 기가 막히니, 내가 장가 한번 잘 들었단 말이지. 나는 처복이 심히 커서 참 좋아."

너무나 좋아하고 감격하는 모양이 역력하였다. 빈궁의 얼굴에도 화사한 웃음꽃이 활짝 피었다. 대놓고 칭찬하여 주시니 기쁘기도 하지만은 한편으로 면구하고 어쩐지 부끄러웠다. 혀를 쏘옥 내밀었다. 그동안의 곤고함이 지아비의 좋아하시는 모습을 보자마자 한순간에 사라지고 말았다.

이러는데 바깥에서 기침하신 것인지 여쭙는 지밀상궁의 목소리가 들려왔다. 초조반을 들일까나 여쭈었다.

"오냐, 빈궁도 깨이었다. 같이할 것이니라. 허고 너는 지금 산실로 가서 빈궁마마께서 예에 계시다 기별하여라. 내가 그리워서 삼경쯤에 뫼시고 내려왔느니라. 아침것 같이하고 고이 모셔다 드릴 것인즉 괜히 소동 피울 필요 없느니라."

"전하겠나이다."

이내 나인이 깨죽과 멀건 국물 딤채, 오이지며 마른 채 무침이 올라온 무리죽상을 들여왔다. 아뿔싸, 하필이면 산홍이 집에서 가져온 복숭아가 따라왔구나.

"마마께서 엊저녁 소매에 품고 오신 것이라서요. 어찌하여야 할지 몰라서 이리로 가져왔나이다. 간직하리이까?"

아무것도 모르는 나인이 공손하게 아뢰었다. 눈치라 하면 척인 빈궁마마. 눈꼬리에 날이 팍 섰다. 호오, 요것 좀 보시오? 날아오는 눈빛이 심상찮으니 세자는 괜히 뜨끔하였다. 흠흠 헛기침을 하며 은수저를 집어들어 죽을 떠 잡수시었다. 짐짓 모른 척은 하였으나 심히 불안하였다.

"굳이 소매에 넣어오신 것이니 간직하고 싶어서이겠지? 나가보아라. 시중은 내가 들 것이니라."

일단 나인을 내보냈다. 척하니 상 위의 복숭아를 집어 들고 요리조리 살피었다. 기이하고 아름다운 모양이구나. 필시 엊저녁에 무슨 일이 있었는데 그것이 이 복숭아와 연관이 있다 함을 단번에 꿰뚫었다. 상글상글 웃으며 한 무릎 다가앉았다. 세자의 턱밑에 고개를 들이밀고 말하시오? 하고 딱 잡았다. 속으로야 뜨끔하지만 세자는 끝까지 시침을 떼며 허공을 바라보았다.

"무엇을 말이니?"

"어젯밤에 기생집 다녀오셨지요?"

"흠흠흠. 아니, 그, 그런 게 아니고. 그 뭣이냐, 그냥…… 흠흠흠."

"심히 약주를 많이 하시었나이다. 궐 밖에 나갔다 들어오셨다 함을 다 알고 있으니 애초부터 속일 생각일랑 마옵시오. 솔직히 말하면은 한 번 보아주나, 만약에 속이시면 오늘 난리가 날 것이다. 내가 당장에 중궁전 들어가서 다 일러바칠 것이어옷!"

"아니, 내가 무엇을 어찌하였다고 그러는 것이니? 허 참! 애먼 사람 잡지 말아라."

싸움질이라면 연돌이가 일등. 사내 후려잡기 역시 연돌이가 윗길. 말싸움으로 들어가면 어찌 이긴다고 감히 세자저하께서 이렇게 뻗대면서 대항하려 하느냐?

"말 못할 일이 없으시니 죄다 말하시란 말여옷! 저를 속이시면 당장 어마마마께 다 일러바칩니다? 이 빈궁을 산실에 두고 저하께서 기생집을 찾아다니셨다는 말뿐인 줄 아시오? 옛날 헛간에서 이 빈궁을 억지로 누른 일까지 다 불어버릴 것이오! 그래, 오데를 다녀오셨다고요?"

"아, 별일 아니라니깐! 금성위며 서원위, 용원까지 모다 모이어 한잔하였다오. 용원 이놈이 나더러 적적하다 하며 위로하여 준다 하였거든. 잠시 나갔다 왔지만 아무 일도 없었다오. 어찌 이리 애먼 덫으로 나를 핍박하여 괴롭히오?"

"괴롭히긴 뉘가 괴롭혔단 말입니까? 저하께서 제 눈을 아니 보시고 은근히 딴 데 보시며 말을 더듬으시니, 필시 거짓부렁이라. 이 빈궁이 십 년 전부터 저하 버릇을 다 알고 있으니 속일 생각 마옵소서."

"허참! 난감하구먼. 아무 일도 없다니깐 그러네!"

슬슬 이마에 진땀이 나기 시작하였다. 그러나 연희 빈궁마마. 틈을 주지 않고 계속하여 몰아붙였다. 속엣말 다 털 때까정 내가 가만둘 줄 알고?

"아 그러니깐 솔직히 말하여보시옵소서! 장안의 기생 점고란 다 하고 다니시는 대군께서 마련한 자리라 하니 그 풍류 장한 방탕함과 호방함이 짐작되는 바입니다. 이 복숭아, 그 집 기생이 주었지요? 이 빈궁이 어느 정도 짐작하여 이나마 참는 것이니, 딱 참말만 하란 말입니다. 요렇게 복숭아를 굴려 사내를 청함은 저들이 필시 요지선녀라 자칭하며 귀한 분께 수작부린 것이다. 감히 뉘오? 저하더러 이리 눈짓 보내어서 복숭아 굴린 계집이?"

어지간하면 시침 떼련다 하였던 세자의 가슴이 이 대목에서 철렁 내려앉았다.

눈치 하나는 기막히고 총명하지. 뒷골목, 저잣거리를 하도 누비고 다니어서 이 구석 저 구석 소문일랑 장하게 모아오고, 이리저리 오가는 사정에는 빤한 연희의 실력을 과소평가한 것이다. 쪼르르 다람쥐처럼 잘도 누비고, 돌돌돌 잘도 구르고 다녀, 중경 사정을 알려면 심지어 부원군까지도 연돌이한테 묻는 터라 하지 않았더냐? 세자는 솔직히 말 아니 하면 오늘 정말 얼굴에 뻘건 훼가 한 너덧 개 나겠고나 싶었다. 바짝 긴장하였다.

"음음. 산홍이라고…… 하지만은 참으로 아모 일도 없었느니라. 나는 그저 바라보고 술만 마셨거든. 연희야, 믿어주어."

빈궁은 속으로 흐흐흐 싱긋 웃었다. 어리석고 순진한 세자저하여. 딱 한 번 눈길에 날 세우고 윽박지르니 줄줄줄 국수가락처럼 뽑는구나. 지레 질려 술술 자백하는구나. 헌데 걸리는 이름이라 산홍이? 고것, 분명 도성 기생 중에서 일등이라 이름 날리는 고 계집이겠다?

도성 소문이라면 쫘악 꿰고 있는 연돌이가 아니냐. 산홍의 명성에 대하여 들은 바가 있었다. 기막히게 화용월태라지? 호접화라 이름 날리는 춤 솜씨하며, 도도하고 정조 굳은 여걸이라지? 딴 계집이라면 몰라도 어젯밤 저하를 뫼신 계집이 산홍이라는 대목에서 은근히 투기가 팍팍팍 돋았다.

'고 계집 미색이 보통 아니라 하던데 말야. 헛눈 절대로 아니 파시는 저하께서 그 계집을 보고는 마음이 흔들리시었단 말인가? 유혹의 복숭아를 소매에 넣어오셨단 말인가?'

연희 빈궁마마. 짐짓 태연한 안색으로 입을 삐죽였다.

"흥, 산홍이? 고것이 꼴에 제대로 눈은 박힌 계집이로다? 비록 기적(妓籍)에는 올랐으나 도도하고 정조 굳으며 문장 장하고 자색이 기막히어 장안 한량이며 시인묵객들이 문전성시를 이룬답니다. 허나 저가 마음에 아니 들면 절대로 그 단심 아니 주고 쌀쌀맞기가 장하다 하던데요. 헌데 고것이 감히 저하더러 복숭아를 굴려요?"

"흠흠흠. 그이가 곱기는 하더구먼."

점잖게 한마디. 헌데 부인하지 않았다. 한 번도 세자가 다른 여인을 두고 그런 말을 한 것을 들은 적 없는 빈궁마마. 간이 철렁 떨어졌다. 하여 앙탈은 더 표독하여졌다.

"아주 작정하고 고것이 저하를 하룻밤 유혹하였구나? 훤칠하시고 늠름하시니 어찌 아니 그러겠어? 하, 그리하여서요? 말하시오.

내가 오늘 분하여 죽을 것이다! 복숭아를 소매에 넣었음은 고 계집의 소원을 들어주셨음이라. 흥. 말하여보소서! 고것이 무엇을 청하더이까? 저더러 후궁 삼아달라 하더이까? 아니면 하룻밤 침수하여 저가 마마 핏줄이라도 잉태하여 달라 하던가요?"

"응, 그리하였어."

세자의 대답에 빈궁의 입이 딱 벌어졌다. 너무 황당하고 당황하여 말을 잇지 못하였다. 치밀어 오른 분김에 말을 함부로 하였지만 설마 저하께서 간밤에 그런 유혹을 당한 줄은 꿈에도 짐작지 못하였기 때문이다. 그냥 주석에서 그 여인의 시중을 받았거니, 이렇게만 생각하였다. 세자는 수저를 놓고 짐짓 진지하게 말하였다. 천연덕스럽게 능청스럽게 대꾸하였다.

"고 아이 염태가 심히 뛰어나니 바로 장미화라 할 것이야. 빈궁처럼 이미 돗이 된 여인하고는 비교가 아니 되지."

"무, 무엇이라고요?"

"고고한 절개는 학처럼 빼어나고 굳으며, 또한 그 춤 솜씨는 정말 기가 막히더군. 그렇게 절색인 계집은 내 평생 처음이었다니까."

눈꼬리가 팍팍 치켜 올라갔다. 연돌이 미간에 퍼런 심줄이 바르르. 그러거나 말거나 유유자적, 아무것도 모르는 양 세자는 한가하게 말을 이었다.

"사내라 하면은 모다 입이 벌어질 것이야. 나더러 청하기를, 하룻밤을 모심이 일생의 소원이라 하더군. 이 나라 지존으로 백성을 불쌍히 여기고 귀하게 여김이 기본이라 아무리 노류장화라 한들 그 소원을 들어주어야 할 것 같아서 말야. 내가 그 복숭아를 집은 터이야. 여인네가 한을 품으면 오뉴월에도 서리가 내린다는데 그리 간절하게 청하는 소원을 못 들어주면 나 역시 평생 가슴이 아플 것 같아서 그랬소이다. 허니 빈궁이 이해하오? 응?"

빈궁은 너무 기가 막히어 한참 동안 세자 얼굴만 바라보았다. 일편단심 어질고 염직한 인품으로 보자면 절대로 그리하실 리가 없다 생각하였다. 하지만 손에 든 복숭아며 능청스레 제 앞에서 다른 계집을 칭찬하는 품이 예전만 다르다 싶었다. 황당하고 억울하며 더없이 분하였다. 시퍼렇게 투기나고 검게검게 속상하였다. 그만 볼 아래로 주르르 눈물이 떨어지고 말았다.

"그, 그 계집이…… 그래서, 그 소원 이루었소이까? 저하?"

"복숭아를 소매에 넣고 온 일이니, 그저 짐작하오."

"나는, 나는…… 어어어, 흑흑흑. 그저 마마 생각만 하였는데! 답답한 산실에서 우리 아기씨랑 더불어 오직 마마가 보고지고 이리하면서 하냥 용포 수놓아 드릴 것이다 작정하고 눈에 진물나도록 바느질하며 부덕 쌓고 있었더니…… 흑흑흑. 마마는, 마마는 바깥에서 나 없다고 겨우 이런 짓이나 하고 다니셨다 이 말이던가? 내가 못살 것이다. 엉엉엉, 어머니! 어머니! 나는 참말로 못살 것이다! 엉엉엉."

갑자기 빈궁이 목 놓아 어머니를 부르짖었다. 부끄럼도 모르고 큰 소리 내어 울기 시작하는구나.

"어머니! 어디 계시오! 엉엉엉. 나는 인제 죽어버릴 것이다! 오직 저하 한 분만 믿고 궐에 들어오라 이리하여 이 빈궁이 모든 것 다 버리고 이 조롱 같은 궐에 들어왔는데. 엉엉엉. 나는 저하를 믿고 모든 것 다 주었고, 하나 속임없이 은애하고 성실하였는데…… 끄으윽끄윽. 저하께서는 이리 내 속을 문드러지게 하는구나. 딴 데만 보고 다니시는구나. 엉엉엉, 내가 어찌 살 것이냐? 어머니! 나는 그만 딱 못살 것이다. 엉엉엉! 어머니!"

어린애처럼 다리 뻗고 목 놓아 울기 시작하였다. 빈궁의 볼에 구슬 같은 눈물이 줄줄 흘렀다. 보통 일이 아니었다. 동궁마마. 예상치 못한 대성통곡에 혼비백산, 깜짝 놀라서는 한 무릎 다가앉았다. 어찌 이러는 것이야? 하며 정신없이 달랬다.

"멍청이, 연희는 참말 멍청이로구나. 아, 내가 그 소원을 이루어 주었으면 궐에 어찌 들어왔을 것인가? 눈물을 흘리기는 왜 흘리니? 오직 연희에 대한 일편단심인 줄 잘 알면서도 그리 나를 의심하는 것이야? 이리 와봐, 다 이야기해 줄게."

은근히 매서운 투기심을 그 얼굴에 서리는고나. 재우쳐 묻고 나서는 빈궁을 한 번 놀림을 하려다가 단단히 되감겼다. 갑자기 대성통곡부터 하니 당황하고 미안하고 기가 막히었다. 말괄량이고 씩씩하여 설사 무릎이 깨어져도 눈물 따위는 아니 흘리는 연희 아씨를 익히 알고 있는 동궁마마. 오랜만에 만난 이 아침에 빈궁이 우는 모양을 보자 가슴이 미어터졌다. 넙죽 가슴에 끌어안았다. 싹싹 빌었다. 꿇으라면 무릎마저 꿇으리라 다짐하며 백배사죄하였다.

"잘못하였대두! 빈궁을 한 번 놀림하려다가 이리된 것이니 어서 눈물 그치라니까!"

엉엉엉. 빈궁의 서러운 울음소리는 쉬이 그치지 않고. 사색이 된 세자는 연신 볼에 흐르는 눈물을 닦아주며 살살 달래었다. 무엇이든 다 한다 다시 한 번 맹세, 또 맹세를 하였다.
"온, 사람도! 내가 언제 헛눈 돌린 것 보았어? 빈궁, 참말 섭섭하구나. 안즉 나를 못 믿는 고로 이는 부부지간 신의가 여적 부족함이 아니겠어? 아, 어서 눈물 그치라니까? 뉘가 보면 또 연희 코가 딸기라 하겠도다. 울면 코가 빨개지니 흉이잖어. 응? 내가 엊저녁 일을 다 말하여줄 터이니 고만 울라니깐. 연희야! 제발. 응?"
발발 간을 졸이며 무한히 달래었다. 연신 눈물 닦아주고 으르르 까꿍! 하며 점잖은 체면 생각지 않고 빈궁 앞에서 재롱을 떨기까지 하였다. 결국 뚝뚝 떨어지던 눈물이 간신히 잦아지기 시작하였다. 세자는 겨우 안도의 한숨을 내쉬었다.
쯧쯧쯧, 불쌍하구나. 빈궁의 괄괄한 성질머리에 대면야 이 정도로 끝난 것이 참말 다행이로고. 적이 안도하는 세자저하. 그 아침에도 또 약디약은 빈궁에게 말짱히 당한 것이다.
연돌이 빈궁마마. 애초부터 그를 의심한 적이 없었다.
지아비를 믿는 마음은 말 그대로 철석(鐵石). 꿈속에서도 연희야, 부르는 소리를 들었다. 이런 분이 도대체 딴 계집을 보았다 하는 말조차가 우스운 일이었다. 허나 일부러 훌쩍훌쩍, 엉엉엉 통곡하며 속을 뒤집으니 요참에 아주 단단히 기를 눌러두자 작정을 한 터이기 때문이다.
역시나 딱이로구나. 눈이 휘둥그레진 채 설설 기었다. 손이 발이 되도록 잘못하였다 빌고, 한달음에 엊저녁 일을 실타래 뽑듯이 주르르 다 풀어냈다. 행여 오해할세라, 너 산실서 나오면 필히 산홍이 집으로 데리고 나가 좋은 춤구경 시켜주마 굳게 약조하는고나. 겉으로는 철철철 울면서 빈궁은 속으로 혀를 날름날름하였다.
 "흑흑흑. 안즉 멀었어요. 심중의 말 다 털어놓으시오."
 "아, 이게 전부라니깐. 하나도 숨김이 없다니까 그러네."
 "천하일색이라면서요? 흑흑흑. 산홍이라는 고 계집 이야기는 하나도 아니 하셔놓고. 훌쩍! 어찌하여 방탕하게 기방까정 나가셨소? 엉? 이 몸은 고이고이 태교하는데, 흑흑흑. 아비 될 마마는 어찌하여 그리하였소?"
 딸꾹질하며, 여전히 안 나오는 눈물 몇 방울을 더 쥐어짜며 끝까지 윽박질렀다.
 아우들아, 미안하다만 내가 먼저 살고 봐야겠다. 빈궁의 기세에 눌려 지레 기함한 세자는 하는 수 없어 쩔쩔매며 엊저녁 내기까지 전부 이야기를 할 수밖에 없었다. 그는 속으로 잠시 안주인들에게 호되게 당할 용원대군과 서원위의 명복을 빌었다.
 오호. 결국 저하를 유혹하여 기방으로 끌고 간 이가 허랑방탕한 두 아우이다 그 말이지? 빈궁마마 속으로 이를 앙다물었다. 오냐, 두고 보자. 저들이 얄궂게 노는 것으로도 모자라서 점잖은 저하까지 끌어들였어? 여인네 미색으로 홀리려 들었다 이 말이지. 흥, 내가 가만있나 두고 보아랏!
 "그래서 그 계집의 춤에 홀리어 꾸밈붙이 내린다 그러하셨단 말이오? 흑흑. 지엄하신 분이 기생에게 그런 정표 내렸다 훗날 무슨 탈이 날려고? 그것을 날 주시오. 딸꾹. 내가 몰래 나인 보내어주면 되지. 그러면은 구설일랑 없을 것 아니오? 흑흑, 나는 아니 주시나?

나는 눈이 마르게 용보 수놓아 드렸기로 고것더러 한 개 주면 나는, 나는?"

"두 개 주께. 아니, 세 개. 아니아니, 달라는 대로 다 줄 것이야! 그러니 제발 눈물을 그치라 이 말이니라. 우세스럽다. 제발 울지는 말으렴."

"국대부인 가진 향낭 노리개 똑같은 것으로 주고, 진주떨잠도 주면 좋은데. 잉잉. 명국에서 들어온 자명종 시계도 나 주지. 흑흑. 그 계집에게는 무얼 줄 참이시오?"

"빈궁이 마음대로 하렴. 나는 모르니 그대가 다 알아서 하오. 그 계집과 나는 다시 만날 일도 없거늘. 휴우, 연희야. 인제 좀 진정이 되었어?"

"마마, 나 물."

타는 속 달래듯이 물 한 대접부터 척 마셨다. 못 이기는 척, 이즈음 하여 빈궁은 눈물을 싹 걷어내었다.

은애하는 이의 눈물에 반 혼이 나간 세자. 다시는 괜한 거짓부렁으로 이 사람 속을 뒤집지 말아야지 몇 번이고 다짐하였다. 입안의 혀처럼 살갑게 손잡고 어루만지며 너가 말한 바를 모다 이루어주께 비위를 맞추기에 여념이 없었다. 이러니 이번 일에 이익 남은 사람은 오직 빈궁마마 한 분이구나. 크흠.

입만 벌리고 앉았다. 저하께서 손수 입에 넣어주시는 아침상 냠냠 잘 먹고 나니 빈궁마마 기분도 어지간히 풀리었다. 지아비 손 꼭 잡고 산실로 다시 올라가신다. 다정하게 모셔다 주는 세자는 속으로 내가 어찌 이 어여쁜 것을 떼놓고 살 것인가? 참말 죽을 맛이로다, 속으로 한탄하며 다시 돌아 나왔다. 어리석은 사내여, 서경당 안방에 앉은 빈궁이 두 손으로 입 틀어막고 끅끅 홀로 웃고 있음은 절대로 알 수 없지.

허나 진짜 죽을 맛은 따로 있으니 바로 이 소동의 주범인 서원위와 용원대군이 아니랴? 손 닿지 못할 별이라, 세자저하 때문에 상사병 깊이 난 산홍만 하랴?

약조는 약조이다. 빈궁은 그날 오후에 비단 주머니에 묵직한 금비녀를 하나 넣어 산홍의 집에 내려보냈다. 세자저하의 적적한 밤을 잠시 즐겁게 한 상급을 주노라 하는 서간까지 적으셨다. 허나 이것은 엄한 경고가 아닐 것인가? 네년이 감히 다시 한 번 저하를 넘보았다간 내가 가만히 있지 않겠노라, 목이 베어지고 싶거든 다시 한 번 수작질을 하여라 돌려치는 말에 다름 아니었다.

눈치라 빠른 터, 그런 뜻을 산홍인들 읽지 못하랴. 한 재산 마련하였도다 부러워하는 동료 기생을 앞에 두고 영 시무룩하였다. 돌아앉으며 깊은 탄식을 하였다.

"기방 넘나들며 여인네 유혹받으신 이야기까정 전부 다 하셨다는 말이다. 저하께서 이르시기를, 단 한 번도 혼인한 이래, 빈궁을 속임없고 몰래하는 일도 없노라 하시더니 그것이 참말인 게다."

방구들이 꺼질 듯이 시름 깊은 한숨. 이왕지사 반갑지 않은 상사병이 나버렸다. 허나 어떤 수단을 부린다 하여도 그 소원 이룰 길 없으니 산홍의 팔자야말로 허무하고 가련한 것이 아닌가?

"이토록 성실하고 정직하며 일편단심이구나. 빈궁마마께서는 무슨 복이 그리 장하시어, 그런 지아비 은애지정을 흠뻑 다 가진 것인가? 휴우, 내가 무슨 낙이 있을 것이며 무슨 희망이 있을 것이더냐? 아무래도 홍등(紅燈) 내리고 낙향하여야 할 모양이다. 헛된 욕심 접고 숨어 살아감이 차라리 나을 것이다."

 그 며칠 후이다.
 아침에 일어나, 늘 그러하듯이 세자는 윗전 두 분 마마께 문안 인사를 마치고 동궁으로 돌아왔다. 조강을 마쳤다. 연후에 주상전하께서 정무 보시는 뒤에서 배행하려고 의관정제하였다. 편전으로 나아갔다. 교자에서 내려 석계를 오르려는 참이었다. 늙은 대전 내관이 달려나왔다. 저하 앞에서 고두하였다.
 "저하, 급히 듭시옵소서. 듭시옵소서."
 "기이하군. 어찌하여 이리 급한가? 아바마마께서 나를 찾으시느냐?"
 "그는 아니옵니다만, 대전마마께서 심히 노염 강하시어 아모도 눈을 들지 못하옵니다. 중전마마께서 이르시기를 세자를 빨리 뫼셔 부왕전하의 노염을 가려라 하시기에 달려나가던 중이옵니다."
 아침만 하더라도 아모 기색이 없으셨다. 빈궁의 출산 이야기를 나누며 온화한 기색이던 부왕전하를 알현한 후였다. 갑자기 편전이 뒤집어질 정도로 노염이 장하다 하니, 아니 놀랄 수가 없는 노릇이다.
 "아침에 뵈었을 적에는 마냥 편안하셨느니라. 갑자기 왜 그러하시는고? 기이한 일이다. 무슨 일이 있느냐?"
 "저어, 그것이……."

"무슨 일이냐고 묻지 않느냐?"

"황악산에서 출몰한 화적 떼가 감히 칭제(稱帝) 거병하였답니다. 그 세력이 제법 크다 하옵니다. 묵주부 여섯 고을을 벌써 점령하였다 기별이 들었나이다."

하찮은 도적 떼가 감히 칭제(稱帝)하였다는 대목에서 세자의 눈썹이 휙 치켜 올라갔다. 허나 침착한 목청으로 다시 물었다.

"큰일은 큰일이되, 이내 군사 일으켜 정벌하면 덮어질 일이니라. 그를 모르실 리 없으신 분인데 어찌 유별나게 노염이 크시단 말이냐?"

"……망극하옵니다, 마마. 개골산에 감금되었던 정녀(鄭女)의 소생이 너덧 해 전에 달아난 것은 마마께서도 아실 것입니다."

"헌데? 설마 감히 참람하게 칭제(稱帝)하는 그 도적 떼의 수괴가 달아난 죄인이란 말이냐?"

"민망하옵니다."

흠. 세자의 단정한 얼굴이 저절로 찌푸려졌다. 부왕께서 노염을 내실 만하다는 생각이 절로 들었다. 이십여 년이 훌쩍 넘어간 일이 아직도 왕실과 국가의 우환으로 남아 있음에야.

열한 살 어린 나이로 등극하신 부왕께서는 천지에 고독한 분이었다. 깊디깊은 고독감과 왕 된 위엄의 중압감에 지쳐 그만 지척에 둔 간특한 요녀(妖女)에게 일시 홀리고 말았다지.

사춘기 풋정이라 그 여인에게 집착하여 파행(跛行)하시었다. 결국은 그 일이 빌미가 되어 요녀의 세력이 조하를 차지하고 들어와 암흑의 그늘을 퍼뜨렸다. 조정을 채우고 인의 장막을 쳐서 부왕전하의 총명을 가리고 정사를 농단한 것도 모자라서 역모까정 하였다지.

총애를 잃은 궁인 정녀가 투기와 악독함을 이기지 못하였다. 제 소생 놈을 보위 올리랴 하여, 무서운 음모를 꾸몄다 하였다. 회임하신 모후마마의 가마를 습격하고 태중 원자를 주살하리라 모해하니, 그것이 바로 〈을사의 화〉였다. 잘못하였으면 동궁마마 자신도 세상의 빛을 보지 못하고 태중에서 모후마마와 더불어 목숨을 잃을 뻔하였다. 단국이 생긴 이래로 가장 무서운 변란이었다. 죄인들의 핏물로 아리수가 벌겋게 물들었다지.

'삭초제근! 나라면 그때에 정녀의 소생마저도 일거에 목을 날려버렸을 것을. 인정에 치우쳐 어린놈 목숨을 베지 못함이라, 이날 다시 큰 화(禍)로 돌아왔구나. 이미 끝난 줄 알았던 과거의 실책이 다시 수면 위로 떠오른 셈이니, 부왕께서 노염 타실 만하다.'

하물며 그놈이 칭제(稱帝)를 한다? 이는 저놈 역시 부왕의 소생이라 주장하는 셈이 아니고 무엇이랴. 가만두어서는 절대로 아니 되겠군. 세자의 입술이 지그시 다물어졌다.

"나가 죽어라! 명색이 관군을 이끄는 놈이 어찌 그리 못나서 도적 떼 하나 잡지 못하고 밀려 나온다더냐?"

전전긍긍. 용상 앞에 엎드린 자는 묵주부사 강현필이었다. 몹시 노하신 성상의 옥음이 거칠었다. 서안을 어수로 치며 버럭버럭 고함질을 치시었다.

"에잇 못난 것! 무어라? 관군의 무기고까정 털려? 그런 정신머리로 병부 차고 앉아 있었더냐? 당장에 삭탈관직하리라! 저놈을 끌어내랏! 짐의 안전에서 다시는 보이지 않게 하랏!"

한번 터지면 누구도 감히 진정시킬 수 없는 격한 성정이었다. 살얼음판 같은 분위기 안으로 세자는 한발 들이밀었다. 죄인처럼 삼정승 이하 중신들이 고두하여 있었다.

"다들 나가랏! 꼴같잖다. 나라의 녹을 먹으면 말야. 일들을 해야 할 것 아니냔 말야. 에잇, 밥벌레 같은 것들!"

못마땅한 뜻을 숨기지 않았다. 용체를 휙 돌려 모로 앉으시며 축객을 하였다. 주섬주섬 중신들이 허리를 굽힌 채 편전을 나갔다. 세자는 곁에 시립한 내관을 돌아보았다.

"너는 중궁 들어가서 어마마마더러 차 한 잔 보내시라 청하여라."

"예, 저하."

인제 방 안에는 승지들과 주상전하, 그리고 세자만 남았다. 세자는 무릎을 꿇고 노염을 진정하시라 여쭈었다. 신임하는 아들이 부드러이 위로하고 달래 드리자 그나마 다소간 불뚝 성질머리가 가라앉는 모양이었다. 중전마마께서 보내신 차 한 잔을 음미하시며 혼잣말처럼 탄식을 하였다.

"삭초제근. 삭초제근! 쯧쯧. 어진 덕을 보여주어도 승복하지 않는 고약한 인간도 있음이다."

필시 어리석었던 지난날의 과실(過失)을 떠올리며 후회하고 계신 것이었다. 지존의 위엄으로 스스로 잘못하였다 말할 수는 없으시다. 허나 그분 역시 피와 살로 이루어진 인간일진대, 어찌 후회가 없고 고뇌가 없고 괴로움이 없으랴. 부왕의 안색을 살펴 다소간 진정의 기색이 보였을 때, 세자는 조심스레 아뢰었다.

"전하, 감히 아뢰옵기 거북하나, 묵주부에서 왕왕 잊을 만하면 도적 떼가 일어나니 이를 어찌하시렵니까?"

"그러게 말이다. 묵주의 거친 난민들을 아무래도 다른 곳으로 나누어 내보내야 할까 보다."

부챗살처럼 험한 산들로 둘러싼 절험한 오지. 하여 묵주부는 옛날부터 귀양지로 이름 높았다. 역모한 이의 여죄에 따라 쫓겨난 가솔들이 살고도 있고, 죄를 받은 자들이 귀양 가서 그대로 자손을 낳고 정착하여 사는 곳이기도 하였다. 아무래도 왕명에 의하여 죄를 받은 자들의 자손들인지라, 종종 세상에 불만을 품고 성상의 이름을 거역하여 혁명한다 깃발을 높이 치켜들고 꼴같잖게 덤비는 도적 무리들이 나타나곤 하였다.

"그 도적을 어찌하실 참이옵니까?"

세자는 단도직입적으로 물었다. 왕이 심드렁하게 내뱉었다. 과거 과오가 안즉도 남아, 나라와 왕실의 화근이 된다 하니 어찌 떳떳하랴? 세자의 눈빛을 피하듯이 먼 산만 바라보며 불퉁하게 대답하였다.

"어찌하긴 무엇을 어찌하니? 관군을 보내어 토벌을 해야지. 제법 무리의 수가 많다 하지만 오합지졸이니라. 근심 말거라. 이내 잠잠해질 듯하다."

"……감히 아뢰옵기 망극하오나, 소자가 토벌군을 끌고 나갈까 하옵니다."

"뭐라? 세자 네가 도적을 토벌하겠다고?"

시립한 승지도 놀라고 왕 또한 놀란 기색이 역력하였다. 세자는 단호한 어조로 자신의 뜻을 내보였다.

"윤허만 하신다면 소자가 군사를 이끌고 가렵니다. 같잖은 도적이 칭제함도 참람하나, 더 고약한 것은 그놈이 감히 부왕전하의 핏줄을 자처하며 백성을 미혹케 함이라. 절대로 그냥 두고 볼 수 없음입니다."

"빈궁이 산실에서 출산을 기대리고 있지 않느냐. 아비인 네가 피를 보는 일에 앞장선다는 것이 내키지 않는다. 차라리 용원을 보내리라."

"용원을 내보내신다 하여도 선봉은 소자가 나설 것입니다. 십악(十惡)의 으뜸이니, 불충하는 역적을 어찌 가만두고 보리이까? 소자에게 맡겨주십시오."

평상시 늘 어질고, 함부로 몸을 일으켜 강하게 자신의 주장을 한 적이 없었다. 그런 세자가 부왕이 말려도 굳이 도적을 토벌하는 데 앞장서리라 주장하니 모두 다 놀란 기색이 역력하였다.

"백행의 근본이 효라 하였나이다. 아바마마의 마음을 근심케 하는 일입니다. 어찌 소자가 나서지 않겠습니까? 윤허하여 주십시오. 소자가 묵은 원한을 바로잡고 반드시 악적의 목을 베어 성상의 위엄을 드높이겠습니다."

낼모레로 군사를 이끌고 도적 떼를 평정하러 간다 빈궁에게 알리러 나선 길이었다. 부용정을 지나며 세자는 허공을 바라보았다. 단정한 이마에 꿋꿋한 기상이 어리었다.

'너의 어미가 나를 태중에 있을 적에 모살하려 하였다지?'

세자는 지그시 입술을 물었다. 도적 너 또한 부왕의 피가 반 섞여 있다 자처한다니, 어디 한번 보자구나. 혈육이 아니어도 죽일 것이고, 혈육이라 하여도 반드시 죽일 것이다.

'왕자가 아니라면 역적질한 죄를 물어 죽일 것이다. 왕자라면 나의 형 된 자라, 후대의 내 보위를 위협할 제일적이 아니냐? 감히 네놈이 칭제거병하였다는 것은 너 또한 왕자라고 자처하는 것이겠다. 세자의 자리에 올라 있는 나더러 한번 붙어보자 겨냥한 터. 내 그 싸움을 피할 수 없지.'

해묵은 원한의 고리를 내가 끊어주마. 부왕의 실책은 자식 된 도리로 세자인 그가 자름이 당연한 일. 다른 자는 몰라도 정녀의 소생인 그놈은 반드시 그의 손으로 목을 자를 생각이었다.

"언제 돌아오십니까?"

대뜸 빈궁은 그것부터 물었다. 두 손으로 부푼 아랫배를 감싸 안았다. 손아래에서 아기가 슬슬 놀고 있는지 치맛자락이 바스락 소리를 내었다.

"황악산이 도성서 이레 거리라, 오고 가는 시간도 있고 또한 도적 떼를 징벌하여야 하니 넉넉히 두어 달포는 걸리지 않을까 하오."

"허면 저하께서 궐을 비우신 동안에 아기가 태어날지도 모르겠습니다."

당차고 담대하니 줄줄 울거나 가지 말라 앙탈하지는 않았다. 허나 한마디, 출산할 적에 지아비인 세자가 없을 것이란 말로 잠시 섭섭한 뜻을 드러냈다.

"그래 보았자 오합지졸인 도적 떼라, 이내 진압될 것이오. 무사히 돌아올 것이니 그동안 몸조심하오."

"방 안에 앉아 있는 저야 무슨 걱정입니까? 마마의 안위가 근심이지요. 누가 동행하십니까?"

"용원과 서원위가 자청하여 따라간다 하니 같이 나가려고 하지. 용원이 호위밀 수장이라, 그러고 보면 나를 시위함이 옳소."

조근조근 긴말을 할 시간도 없었다. 이 밤에 징발한 군사들을 보러 신위영으로 나가야만 한다. 또 하여보았자 울적함만 더할 것, 세자는 긴말을 아끼며 금세 일어나서 문을 나가려 하였다. 무거운 몸을 이끌고 빈궁이 몸을 일으켰다. 등 뒤에서 두 팔로 꼭 끌어안았다. 얼굴을 넓은 등에 가만히 댔다.

"우리 아기가 태중에 있사옵니다."

"알고 있소."

"어진 덕을 보이시사, 수괴들은 처단하되 애꿎이 말려든 인간들은 잘 가려내어 좋은 뜻으로 인도하여 주십시오."

말로는 잘 다녀오라, 저는 상관이 없습니다 하였지만 허리를 부여잡는 손에 힘이 들어 있었다. 아니 가시면 안 되겠습니까? 이런 뜻이 아니랴? 세자는 빈궁의 작은 손 위에 가만히 자신의 손을 겹치었다.

"……연희 손이 많이 부었구나."

"만삭인걸요."

"몸조심하여야지. 내 항시 연희만 생각할 게다."

"신첩도 마마께서 돌아오실 날만 기대리렵니다."

"잘 참았다가 내 돌아온 후에 출산하여야 할 것이다."

산통 일어나기 전에 돌아오마. 우리 아기가 태어날 적에 반드시 네 곁에 있으마 약조하였기로, 이내 승전보를 울리며 돌아오련다 하는 말이었다.

등 뒤로 따스한 온기가 젖어들었다. 어쩐지 잔등이 축축하였다. 얼굴을 묻어버린 빈궁이 꾹 참으려 해도 눈물이 나는 모양이었다.

"연희가 우느냐?"

"서, 섭섭하여서 그렇지 무어!"

코맹맹이 소리였다. 영 짠하였다. 담대한 아이가 잉태를 한 연후에 마음이 약하여지고 이렇듯이 어리광이 더 늘었구나. 몸을 돌이켜 꼭 안고는 토닥토닥하여 주었다.

"이내 돌아온다니깐."

"그, 그런 게 아니고…… 잉태하여 몸만 아니 무거웠으면, 나도 마마 따라가서 도적 떼를 토벌할 수 있었는데! 엉엉엉, 이게 무어람? 꼼짝도 못하고 돗처럼 비만하여 뒤뚱거리기만 하고. 엉엉엉. 저가 아주 분하여욧!"

그럼 그렇지, 연돌이 이놈. 세자는 기가 막혀 한숨을 내쉬었다. 지아비를 멀리 보내는 것이 섭섭하여 우는 게 아니었다. 괄괄하고 씩씩한 제 성미에 신이 나서 촐랑거리며 붙어나갈 기회를 놓친 것이 분하여서 우는 것이었다.

"마마 곁에 시위하여 말 타고 창검 휘두르며 내 한번 공을 세워 볼라 하였는데. 아이고, 아까워라. 담에 나가실 적에는 필시 따라갈 테야! 전장 나가서 실력을 발휘하고 이름을 떨쳐야지."

저게 여인이냐. 사내냐? 서경당 문을 나오면서도 세자는 내내 눈을 흘기고 있었다. 고귀한 궐의 안주인으로서 어마마마처럼 부덕 쌓고 여인네 공규를 익히는 줄 알았더니 말야. 뻗치는 성질머리 하나 가라앉지 않고 오히려 더한 기상이 시퍼렇구나. 참말 같이 가자 하였으면 볼만하였을 것이다. 신이 나서 갑옷 차려입고 시퍼런 검을 휘둘러 사내 못지않게 댕겅댕겅 도적 떼들의 목을 자를 위인이었다.

허나 그가 알지 못하는 것이 하나 더 있었다.

세자가 문을 나가자마자 빈궁은 재빨리 유모상궁을 불러들였다.

"자네는 나가서 세자저하를 뫼시는 임 내관을 불러오게."

한 식경 후에 기별을 받은 내관이 서경당으로 들었다. 문 하나 사이 두고 부복하였다.

"불러 계시니이까, 빈궁마마."

"내 긴한 부탁이 있어 자네를 불렀네. 이번 장도에 자네가 저하를 뫼시고 나간다고?"

"예. 소인이 감히 저하의 용체를 지척에서 보살펴 드리게 되었나이다."

"듣기로 저하와 더불어 용원대군마마와 서원위께서도 함께 거동하신다 들었네. 자네, 내 부탁을 들어주겠는가?"

"분부만 하옵소서. 소인이 봉명하려 하옵니다."

문 안쪽의 빈궁마마, 홀로 생긋 웃었다. 두 양반들아, 어디 두고 보자! 점잖은 저하를 꼬드겨 감히 여색으로 타락시키려 한 벌 좀 받아보라. 용체를 호위한다는 것은 당연 핑계겠지. 그 기회를 보아 집을 떠나 바깥으로 싸돌아다니면서 한번 잘 놀아보려고 하는 수작임이 뻔히 보였다.

"별일은 아니야. 자네가 저하를 뫼시면서, 대군과 부마도위 그 두 양반이 거동 중에 하는 짓거리들을 낱낱이 나에게 알려주면 되는 것이야. 특히 어디서 어떤 기생 수청을 들더라, 약주를 얼마만큼 잡숫더라 요런 것을 주의깊게 보아놓게."

돌아오기면 해봐. 내관을 내보내고 빈궁은 홀로 씽긋 웃었다. 고 양반들 성질머리에 얌전하게 근신할 리는 만무하였다. 평소 버릇대로 호탕하게 놀아날 것이 뻔하였다.

'나는 다만 고 소식을 국대부인과 대공주에게 기별만 해주면 되는 것이야. 성질머리 기승스런 안해들에게 한번 단단히 뜯겨보라지? 흥!'

아쿠쿠, 인제 대군과 서원위는 큰일 났다.

세자가 이끄는 군사들이 도성을 떠난 것은 그 사흘 후, 아리수를 건너 황악산까지는 이레 거리였다.

도적 떼들이 점령하여 관군과 대치하고 있는 것은 반디 고개라 불리는 곳이었다.

묵주부로 진입하는 고개이며 단 하나의 길인지라, 반드시 앞을 가로막고 있는 도적 떼들을 베어 넘겨야 하는 것이었다. 저녁 무렵. 고갯마루 아래 개울가에 군막을 치고 하룻밤 유숙할 준비를 갖추었다.

"그깟 화적 떼 한 무리쯤, 나 혼자라도 충분한 것을! 형님까정 나오실 필요도 없는 것 아니오? 손가락 한몫도 아니 되는 그깟 놈 때문에 형님이 나오신다는 것이 내 참 우스워서 그러하오."

지도를 펼쳐 놓고 지름길을 찾던 세자는 고개를 번쩍 들었다. 건방지게 침상에 비스듬히 앉아 용원대군이 시답잖게 중얼거렸다.

"반드시 그 도적 떼의 수괴를 한번 보고 싶어 그러하였다."

"왜요?"

세자는 눈을 들어 말려 올라간 군막의 창구멍을 통하여 저물어가는 하늘을 바라보았다. 노을빛이 쏟아져 들어와 반듯하고 어진 옆얼굴이 핏빛으로 보였다.

"그놈이 감히 무엄하게 아바마마의 핏줄을 자처하며 저도 왕자라 하여 칭제거병(稱帝擧兵)하였다 하지 않니."

용원대군이 핑하니 콧방귀를 뀡겼다. 일어나 앉으며 툭툭하게 뱉어냈다.

"그놈 참말 꼴같잖소! 그것이 사실일진대, 어찌 삼십여 년 전에 왕자로 인정받지 못한 것인가? 허고요, 형님. 설사 왕자라 한들, 어미가 대역죄인으로 능지처참 되었소이다. 당연 죄인의 핏줄이니 그놈 또한 죽임을 당할 것이되 아바마마의 은덕으로 폐서인되어 쫓겨난 것이면 감지덕지이지요. 왕자의 운명이 한낱 부운(浮雲)처럼 그리 변한 것이 어디 한두 번이오? 그놈 목을 내가 벤다는 말이오. 형님은 비켜서 계시오."

"내 이 두 눈으로 그놈을 한번 보고 싶구나."

"왜요?"

근신해야 할 아비가 피를 보는 일이 영 마뜩찮았다. 왕실의 안위를 암중에서 지키는 호위밀 수장인 용원대군 입장으로서는 세자 대신 자신이 나서야 할 이유가 충분하다 할 만하였다. 허나 세자는 고개를 흔들었다. 반드시 자신이 나서리라 단언하였다.

"내 일이다. 너는 이번 일에 비켜 있거라."

"이 일에 이상할 정도로 집착하는 이유나 좀 알아봅시다그려."

"이십오 년 전에 그놈의 어미 때문에 모후마마께서 변을 당할 뻔하였다고 들었다. 나 또한 태중에서 목숨을 잃을 뻔하였다고 하였으니 빚을 갚아주어야 하지 않겠니? 장부의 복수란 십 년도 짧다 하는데 말이다. 이번에는 그놈 차례이다."

세자가 성큼성큼 걸어가 활대에 건 장검을 내렸다. 검집에서 빼냈다. 파르스레한 검날에 석양빛이 어려 붉은 피가 줄줄 흐르는 것처럼 보였다. 검의 예리함을 시험해 보듯이 세자가 탁자에 놓인 종이 한 장을 날에 갖다 댔다. 훅 하고 입김을 불어내자 종이가 반으로 갈라져 스르르 바닥으로 떨어졌다.

"내가 그놈을 베지 못하면 다음엔 너가 나서야 할 것이다."

검날에 베어져 떨어진 종이를 바라보며 세자는 아우에게 일렀다. 바닥에 검을 탁 박으며 다짐하였다.

"절대로 살려두지 말아라. 알겠느냐? 그놈에게도 후손이 있을 터이니 천리만리 추적하여 반드시 씨를 말려라. 아이라 하여 보아줄 것 없다. 우리 형제는 너와 나, 재원과 상원이면 충분하다. 다른 놈에게 부왕전하의 핏줄이 이어지는 것을 절대로 내 용납하지 못하거니."

가지는 온줄기 하나. 곁가지들이 성하면 나무가 말라 죽는 법. 어차피 썩은 가지라 하여 일찌감치 쳐낸 가지, 다시 싹을 틔워 세상을 귀찮게 할 수는 없지. 세자는 팔짱을 낀 채 연기가 오르는 고갯마루를 노려보았다.

'네 어미의 운명따라 넌 이미 이십여 년 전에 죽어질 팔자였다. 다만 모후께서 어지시어 네 목숨을 살려주시었다. 헌데 네가 몰락한 운명에 순명하지 못하는구나. 낮게 엎드려 살지는 못한다고 감히 몸을 일으켰구나. 하루를 살아도 왕이기를 바라는 네놈이라. 내 너를 죽여줌이 차라리 어진 일일 것이다. 그래, 단번에 죽여주마.'

배수의 진(陣).

시퍼런 물살이 도도한 청령강을 뒤로하고, 세자가 이끄는 관군과 혁이 이끄는 화적 떼가 최후로 맞붙었다.

보름간의 치열한 밀고 밀리는 전투 끝이었다. 아무리 완강하게 저항한다 해도 엄하게 조련된 정병들의 기세를 이길 수는 없는 법. 게다가 관군은 수천 장을 날아 터지는 만리포까정 끌고 나섰다. 그들의 근거지를 쓸어버렸다. 신식 수리제 총으로 무장한 관군과 어설픈 구식 무기로 무장한 도적 떼들이 같을 순 없는 노릇이었다. 관군의 무기고를 털었다 하나 대해 속의 물 한 방울, 세자는 서두르지 않고 군사를 움직여 차근차근 도적들을 마지막 구석으로 몰아갔다.

점령된 지역을 훑어가며 단순 가담한 양민들은 죄를 묻지 않을 것을 널리 알려라 하였다. 앞으로는 묵주부의 양민들은 차별받지 아니하며 새 세상에서 살게 될 것이라는 포고문을 각지에 붙이게도 하였다. 도적 떼들에게 가담하는 사람들을 원천적으로 봉쇄하기 위해서였다. 척박한 땅을 일구고 살아가는 농민들에게, 원한다면 삭주 너머 드넓은 농토로 이주시켜 주마 하는 달콤한 관군의 약조는 화적 떼에게 은근히 돌아섰던 민심을 이반시키기에 충분했다.

"저 방에 써 붙인 말이 참말일까."
"암만. 이번에 관군을 끌고 오신 분이 세자라는구먼. 한갓 지방 수령의 사탕발림하고는 아예 다르겠지."
"저기 저 윗고을 말야. 화적 떼에게 가담한 민가가 수십 호이되, 세자저하께서 어지시어 적극 가담한 자 말고는 전부 다 용서하시고 안전한 다른 고을로 피신시켜 주시었다는구먼."

웅성웅성. 삼삼오오 모여 수군수군. 묵주부의 양민들이 슬슬 뒤로 물러나기 시작하였다. 관군들에게 화적 떼의 탈로라든가 기밀을 몰래 토설하는 자까지 생기기 시작하였다.
그 결과 세자 이하 관군은 남은 화적 떼의 잔당을 마지막 구석까지 몰아낼 수 있었던 것이다.
"저놈입니까?"
옆의 말을 탄 용원대군이 수십 마장 거리를 두고 말 등에 올라탄 화적 떼 수장을 바라보며 물었다. 세자는 고개를 끄덕였다.
"잘 보아두어라. 용원, 저자가 부왕께서 버린 아들이다. 너와 나의 핏줄에 흐르는 것과 똑같은 색의 피가 흐르고 있는 자다."
운이 좋았다면 네가 세자의 관을 쓰고 이 자리에 서 있었을지도 모르겠구나. 버림받은 또 하나의 아들인 내가 네가 선 그 자리에 서 있었을지도 모른다. 이것이 운명이라 하는 것이다. 이기는 자가 있으면 지는 자가 있는 법. 타고난 팔자가 공평치 못한 것은 하늘의 뜻. 네놈이 그 천명을 거역한다 나섰으니, 나 또한 내 타고난 운명에 따라 너를 벨 것이니.

용원대군이 퉤 하고 침을 뱉었다.

"저런 천한 도적 놈하고 나를 견주지 마오. 불쾌하오!"

"태생부터 천한 자가 어디 있느냐? 저놈은 제 행악으로 천하게 된 놈이다. 왕자로 태어났으되 역적으로 죽을 놈이니라. 내 반드시 저놈의 모가지를 잘라 소금에 절여 부왕께 바치리라. 때때로 어진 덕이 필요없는 인간도 있었다고 아뢸 것이다."

동이 틀 무렵 마지막 전투가 시작되었다. 싸움의 승부란 당연히 순리 따라 가는 것. 월등히 우세한 관군의 수와 기세. 신식 무기에다 전술에 밀린 한 줌 화적 떼가 승리를 한다는 것은 있을 수 없는 노릇이었다.

말 등에 올라 예리한 눈으로 전세를 살피던 세자는 손을 들었다. 전령이 푸르고 하얀 깃발을 번갈아 번쩍번쩍 들어 올렸다. 관군더러 물러나라는 신호였다. 이만하면 전투를 접고 전열을 정비하라는 군령이었다.

피아(彼我)가 얽힌 백병전이라, 피와 살이 튀고 드넓은 들판에 죽임을 당한 시체들, 부상당한 병사들의 신음 소리가 가득 찼다. 세자는 시위한 부관들이 말릴 틈도 없이 앞으로 말 달려나갔다.

"저하를 호위하라!"

"존명! 저하를 호위하랏!"

용원대군 이하 대장군과 부관들이 깜짝 놀랐다. 행여 용체에 위해가 따를세라, 급히 말 배를 걷어차 세자의 뒤를 따라 달리기 시작했다. 이내 좌우로 따라붙어 부챗살처럼 호위하였다.

남은 잔당이란 불과 예닐곱 명. 서로 등을 의지하여 핏물에 젖은 검을 곧추세운 채 핏발 선 눈으로 달려오는 그를 노려보고 있었다. 세자는 한 줌 거리도 아니 되는 화적 잔당들을 두고 두어 마장 앞에서 말을 멈추었다.

허공을 넘어 사내와 세자의 눈이 딱 마주쳤다. 세자는 숨을 들이켰다.

'그래. 네놈은 누가 뭐래도 부왕의 핏줄이구나.'

누가 말하지 않았어도 세자는 눈치챘다. 피가 튄 각진 얼굴이며 우뚝한 콧날이며 짙은 눈썹 아래 호목(虎目). 꺾여질망정 먼저 굴하지 않는 고집스런 행적이라니. 씨도둑은 못한다 하였던가? 누가 보아도 부왕의 핏줄이었다. 그가 버린 자식이었다. 세자의 배다른 형이었다.

이내 세자를 호위한 관군들이 빙 둘러싸고 그들을 포위하였다. 세자는 손을 들었다.

"물렀거라. 내 저놈에게 볼일이 있다."

병사들이 세자의 차가운 명령에 한 마장 물러났다. 화적의 두령이 크핫하하 광소(狂笑)를 흩날렸다. 세자를 노려보며 피를 내뿜듯 고함질렀다.

"볼일? 이 마당에 와서 무슨 볼일이냐? 내 목을 베는 것일지니 구차하게 굴지 말고 어서 죽여라. 내 목이 베여질망정 네 앞에서 무릎을 꿇으랴? 살점 버혀지고 하늘이 무너진 수모는 한 번이면 족하거늘!"

그 사내. 혁. 피를 토하듯이 고함쳤다. 일그러진 입술이 비웃음을 머금고 세자를 향하였다.

"네 부왕께서 삼십 년 전에 버린 자식. 이날에는 목이 필요하다더냐? 그냥은 못 주리니, 네 팔 하나 떼놓고 가져가거라!"

세자는 포효하는 미친 짐승 같은 그 사내를 물끄러미 바라보기만 했다. 조용히 되물었다.

"분한 게냐?"

"암만, 분하고말고! 모든 것을 다 가진 네놈이 나의 사무친 한을 어찌 알 것이냐? 내 것이던 모든 것을 네 어미와 네가 빼앗아갔다. 이날 내가 네 목을 베면 원수를 갚음이라. 주상과 중전이 통탄하겠지. 억울하게 돌아가신 후에, 시신마저 건사하지 못하고 수모당하는 어머니의 원한을 갚을 것이다."

"어떻게 갚는다는 말이냐? 네놈은 이미 몸뚱어리 하나도 지탱하지 못할 만큼 기진맥진이며, 네 무리는 다 흩어지고 죽임을 당하였다."

조롱도 아니었다. 세자는 다만 덤덤하게 사실만을 지적했을 뿐이었다. 혁이 씨근덕대며, 절망하며 마지막 악만 남은 목청으로 절규했다.

"맨 몸뚱어리로 부딪치면 너나 나나 무엇이 다르랴? 네 피나 내 피나 왕 된 자의 것이기는 마찬가지. 하늘이 날 버렸고 아비가 날

버렸다. 운명이 날 버렸으니 내 너를 이기지 못하되, 그 몸에 두른 용포를 벗고 붙어보자. 누가 진정 제왕의 재목인지 천만 개의 눈들이 증명할 것이다."

"참말 너가 나와 대적하여 이길 자신이 있단 말이냐?"

"자신이 없었다면 내가 어찌 이날 무리를 일으켜 칭제하여 세력을 잡았겠더냐?"

"칭제는 누구나 할 수 있되 함부로 그 누구도 왕 노릇을 하지 못한다. 너는 양민을 현혹하여 도적의 무리에 가담하게 하였다. 애꿎이 귀한 목숨을 잃게 하였다. 평화스런 나라에 변란을 일으켜 민심을 불안하게 하였으며 수많은 아비 없는 자식과 지아비 없는 과부를 만들었다. 네놈 하나의 원한과 욕심이 저 수많은 시신들을 만들었다. 그러고도 너는 칭제하여 왕 된 노릇을 자처하느냐? 제왕이 무엇이냐? 백성을 편안하게 해주고, 살길 마련하여 주고 억울한 눈물을 닦아주는 것이다. 너의 칭제거병한 일은 그 어느 것에 해당되느냐?"

세자는 훌쩍 말 등에서 뛰어내렸다. 저벅저벅 걸어가 혁 발치에 검 한 자루를 내던졌다.

"집어라. 백성의 눈에 피눈물 나게 한 자(者)를 폭군이라 한다. 내 어찌 후대의 보위에 오를 사람으로 너를 가만히 두고 볼 것이냐? 이 날 같잖은 네놈의 목을 쳐서 부왕과 사직에 충성을 다할 것이다."

혁이 비릿하게 웃었다. 망설이지 않고 제 발치에 떨어진 검을 들어 냅다 빼들었다. 아침 햇살에 어린 검광이 날카롭게 빛을 토하였다. 비아냥거리며 세자를 도발하였다.

"어질다는 너의 어미가 가르치더냐? 같은 피를 나눈 형을 베라 하더냐? 네가 자랑하는 인의도리가 바로 골육상쟁하는 것이더냐?"

"너가 진정 나의 형이라면 부왕의 심기를 어지럽히고 불효한 아들이 아니냐? 불효는 백악의 근본이니라. 네가 내 형이라 할지면 나는 반드시 너를 베어야겠다. 너로 인하여 내가 이을 보위가 흔들릴 것인즉 내가 널 왜 살려둘 것이냐? 행여 형이라 하여 내가 목숨을 살려줄 것을 바라지 말아라!"

"독한 놈이로고. 네 어미가 독하더니 네놈 또한 따라 독하구나."

"독하지 않고서야 어찌 장부라 하겠더냐? 네놈이 내 형이 아니라면 넌 당연히 역모의 뿌리다. 국법을 어긴 대흉적이니 반드시 베어야 할 것이다. 너는 대체 나를 무엇으로 생각하느냐? 내 비록 너와 피를 나눈 형제인지 모르되 이 자리에 선 이상 산적 떼를 토벌하러 나온 세자이다. 그런 나에게 어찌 사사로운 정을 말하며 인정을 바라여 구차하게 삶을 구하느냐?"

세자 또한 망설이지 않고 등에 맨 검을 빼들었다. 두말 않고 혁을 향하여 내려쳤다. 기다리던 혁 또한 검을 들어 하얗게 날아오는 검광(劍光)을 막아냈다. 그 역시 질세라 사나운 기세로 공격을 해왔다.

길게 호선을 그으며 두 개의 검날이 빠가각 날카롭게 허공중에서 부딪쳤다. 얽히고 부딪치는 두 개의 기운. 용호상박(龍虎相搏). 막상막하(莫上莫下). 오랜 세월, 삭이기만 하고 쌓아둔 한과 분이 터졌다. 억눌린 분노와 좌절과 절망의 기운이 혁의 손끝을 타고 세자를 향하여 독사처럼 날아왔다. 세자 또한 격정적으로 덮쳐드는 검세를 피하며 새매처럼 날아올랐다. 다시 한 번 전력을 다한 검끝이 마주쳤다. 불꽃이 튀었다. 결코 그 누구도 먼저 피하지 않는 눈빛들. 세자는 씩 웃었다.

"그래, 나는 너를 이기지 못한다. 검술로야 네가 윗길이지. 허나 이 승부는 내가 이겼다. 천명이 정한 바 너는 한갓 도적에 불과하되 나는 강병을 가진 왕이니라. 용원!"

세자는 바람처럼 가볍게 몸을 날려 뒤로 물러섰다. 형님의 하명에 민첩하게 말 등에서 뛰어내린 용원대군더러 날카롭게 소리쳤다. 검을 빼들고 한발 앞으로 나서는 아우더러 망설이지 않고 죽여라 명령하였다.

"저놈의 목을 베어라. 사직을 어지럽힌 요녀(妖女)의 소생으로 감히 부왕전하의 혈손을 자처하며 천명을 어기고 민심을 더럽혔다."

"비겁하다! 수장 승부라더니 떼를 모아 나를 핍박하느냐?"

"네놈은 내가 상대할 수장 따위가 아니다. 기껏해야 수백 명 도적 떼의 우두머리 주제에 일국의 지존인 나와 맞상대하려느냐? 내 검이 아깝다. 너 같은 하찮은 놈의 피를 묻히려고 하사받은 검이 아니니라!"

세자는 미련없이 몸을 돌이켰다. 말 등에 훌쩍 올라탔다. 내 어찌 너 같은 놈과 끝까지 상대하여, 네놈의 죽음에 광영을 더해주겠더냐? 아서라, 너는 나를 잘못 보았다. 나는 네놈같이 어리석어, 잡지 못하는 무지개를 잡으려 벼랑 끝으로 몸을 날리는 사내가 아니니라.

세자가 무심하게 몸을 돌이켜 허공을 바라보던 그 시간. 아침 햇살이 유난히 빛나 눈이 아리다 생각한 그 시각, 용원대군의 검에 의

하여 목 하나가 베어져 날아갔다. 뚜르르 떨어져 도르르 굴렀다. 사무친 원한을 잊지 못하여 차마 눈도 감지 못한 사내의 목. 아비와 운명에 버림받은 그 사내의 목 잃은 몸도 이내 툭하고 가로뉘어졌다. 차가운 땅바닥에 붉은 피가 스며들기 시작했다.

제3장 단도직입(單刀直入)

"만삭이신 터. 혹여 그동안 아기가 태어난 것은 아닌지 궁금합니다. 빈궁 형수님께서 마음이 울적할 것입니다."

청양부를 지나 도성 경계 언저리로 들어선 것이 칠월 초. 따각따각 말을 타고 형님 저하 곁을 따라오던 용원대군이 한마디 하였다. 세자 또한 그 생각을 하고 있었다. 겉으로 표현 않고 말없다 하여 마음인들 아니 급하랴? 아우의 한마디에 말고삐를 잡아당기는 손에 불끈 힘이 들어갔다. 하지만 입으로 내뱉는 말이야 태평스럽고 덤덤하였다.

"다 팔자니라. 곁을 지킬 수 있으면 좋겠지만 그렇다고 마냥 조하 일을 내팽개치고 빈궁 옆에만 있을 수도 없는 노릇이지."

"참말 태평하십니다그려. 왕왕 여인이 출산하다 잘못되는 수도 많다 하는데 걱정이 참말 아니 되시오?"

 겉으로는 괄괄하고 사납되 오히려 속으로는 여리고 섬세하였다. 쌀쌀맞기조차 해 보이는 형님의 말에 용원대군이 제 일인 양 툴툴거렸다. 세자는 못 들은 척 하늘만 슬쩍 올려다보았다.

 "내가 궐에 없는 동안 나온다면 그도 제 팔자. 인력으로 어찌할 수 없는 것이다. 잔말 말고 재게 움직여라. 오늘 군막은 기필코 과정 역사(驛舍) 근처로 하여 칠 것이다."

 "쳇. 게까정은 안즉 십여 리는 더 가야 합니다. 조금만 더 있으면 날이 저물고 밤것 시각인데 더 가자구요?"

 "이놈! 지금 우리가 유람 갔다 돌아오는 길이냐? 아바마마께서 한시라도 빨리 이날의 고변을 기대리실 것인데 너는 어찌 그리 유유자적 태평인 게냐? 군령을 보내 더 빨리 달려라 하명하여라."

 "말씀으로는 아바마마 핑계이되 솔직히 빈궁 형수님 때문이지, 무어? 이리 우리를 날치게 잡으시는 이유인 줄 다 아옵니다. 흥!"

 저만치 보이는 숲 그늘쯤에 군막을 치고 휴식을 할 것이라 기대하였던 것이 어긋났다. 고단한 몸으로 십여 리나 더 말을 타고 가야 한다니, 짜증스럽기도 하였다. 그러나 분부하시니 어찌할 것이냐. 봉명하여야지. 투덜투덜하면서도 용원대군이 말 머리를 돌려 전령을 불렀다. 그러거나 말거나 세자는 흔들림없는 자세로 말을 달렸다.

 '연희가 조금만 더 나를 기대려 주어야 할 터인데⋯⋯ 겉보기로야 담대한 아이지만은 솔직히 섬약하고 응석받이라. 무거운 출산을 앞에 두고 얼마나 두려워하며 나를 기다리고 있을까? 한시라도 빨

리 도성에 들어가야 할 것이야.'

말로야 무심하였다 하나 세자는 지금 속으로 심히 빈궁을 걱정하고 있었다. 딴 일도 아니고 만삭이라, 몸 풀 날만 기다리는 안해를 멀리 두고 있는 이 마음이라. 허공을 훌훌 날아가는 철새가 마냥 부러울 따름이었다.

바로 그 시각, 빈궁은 산실에 누워 잠시 낮잠을 자고 있었다. 꿈을 꾸고 있는 중이었다.

그리운 지아비께서 빙긋이 웃고 계시다. 헌칠하고 어진 얼굴에 미소를 가득 담고 있었다. 내가 곧 가오, 말씀하시었다. 그리운 모습을 보아하니 절로 반가워 마마! 하고 불렀다. 번쩍 눈을 뜨니 허무한 꿈이 아닌가. 둥실 부른 배를 두 손으로 싸안고 혼잣말을 하였다.

"이미 도성 경계로 들어섰다 하는 기별을 들은 터이니 내 마음이 그리움에 사무쳐 꿈속에도 아름다우신 모습이 보이누나."

제발 저하께서 도착하신 후에 아기가 태어났으면. 빈궁은 다시 한 번 간절하게 소원하였다. 간절한 마음이 바람을 타고 날아가 지아비 가슴에도 가 닿지 않으랴? 아리수가 내려다보이는 여우고개 아래, 역사에 도착한 것은 저녁 어스름 무렵이었다.

군막 안에서 여장을 풀고 낯을 씻었다. 저녁 진지 받으신 연후에 잠시 산보라. 마침 칠월 칠석 즈음이다. 견우와 직녀가 만남을 기뻐하며 흘리는 눈물이다. 이슬비가 한 방울 두 방울 떨어졌다. 거뭇한 산 그림자 바라보며 내일이면 도하(渡河)를 할 것이다 마음을 먹었다. 솔직히 맘 같아서는 이대로 말잔등 후려쳐 궐로 달려가고

단도직입(單刀直入) 91

싶었다.

 그 이튿날 새벽이다. 산실에서 잠을 자던 빈궁마마, 문득 아랫배가 당기어 눈을 떴다. 옷깃이 푹 젖어 있었다. 이슬이 비친 것이다. 진통이 시작되고 있었다.
 "아이고, 유모!"
 외마디 소리지르며 신음하니 황황히 유모상궁이 뛰어들어 왔다. 아랫배를 어루만지며 전의감을 불러라! 고함을 질렀다. 빈궁마마 산통이라, 나인이 제일 먼저 중궁전으로 뛰어갔다. 주상전하와 중전마마께서는 기침하시어 막 초조반 받으시던 참이었다. 빈궁마마 진통 소식을 들으셨다. 배 아파 출산할 며느님 걱정도 되시지만은, 세손이 태어난다는 반가움에 흥분하시었다.
 "날도 딱 골랐다. 그놈이 제 어미 아비 그리운 정 알고 칠석날 골라 나오려는구먼. 중전께서 산실로 가보셔야겠소. 동궁도 없는데 빈궁 아기 힘내라, 격려하여 주시어야지. 동궁이 처음 탄생하던 날, 짐이 아연 불안하여 뱅뱅 돌던 생각이 나는구려. 그저 눈앞이 아득하고 가슴만 두근두근, 혹여 중전께서 잘못되면은 어찌하나 싶어 시간이 정말 더디 가더군. 지금 환도하는 세자의 마음도 그럴 게다."
 초산이되 난산이었다. 극심한 진통은 하루 종일 계속되었다. 허나 고집이 센 아기씨는 나올 생각은 아니 하는구나. 고통으로 신음하는 빈궁의 온몸이 진땀으로 푹 젖었다. 혹여 이가 상할까 두려워 약방 상궁이 빈궁마마 이 사이로 하얀 천을 물려주었다.

쇠고리에 걸어놓은 끈을 잡아당기며 '유모— 나, 죽소! 어머니!' 하고 신음하는 소리가 문밖까지 새어 나왔다. 바깥의 중전마마와 부부인마님. 공주마마며 상궁 나인들. 모다 안타까워 발을 동동 구른다. 그럼에도 도와줄 방도가 없으니 이를 어찌하란 말인가?

난산이었다. 빈궁의 답답한 사정은 풀리지 못하고 산통은 이틀째로 접어들었다. 태중 아기씨도 그러하나 빈궁마마의 형용도 비참하기 이를 데 없이 변하였다. 삽시간에 궐 안에 먹구름이 가득 끼었다.

아무것도 모르는 세자 일행은 막 여우고개를 넘어가고 있었다. 선두에 있던 병사가 말배를 걷어차 달려왔다.

"저하, 도성에서 전령이 달려왔나이다."

붉은 기를 펄럭이며 전령이 거침없이 달려왔다. 그가 탄 말 배(腹)에서 땀이 비처럼 뚝뚝 떨어지고 있었다. 한시도 쉬지 않고 험한 산길을 치달려왔다는 말이었다. 도성의 사정이 하도 급하니 주상전하께서 파발을 내보낸 것이다. 저하 일행이 언제쯤 와 있나, 당장에 모셔오라 분부하시었다. 고갯마루에서 저하 일행을 만난 고로 훌쩍 뛰어내려 넙죽 엎드렸다.

"저하, 긴 행도에 지치신 터이지만 부대 급히 발길 서둘러 주옵소서. 빈궁마마께서 진통하신 지 이틀이옵니다."

"진통이 이틀째라고? 아기는?"

"망극하옵니다. 안즉 아기씨가 아니 나오십니다. 두 분이 모다 위급하다 하옵니다. 전의감이 근심하니 온 궐의 사람들이 발만 동동 구르고 있는 줄 아옵니다."

세자의 침착한 얼굴이 순식간에 새하얗게 변하였다. 어지간해서는 속내 잘 드러내지 않는 분이 모든 사람이 알아볼 정도로 당황한 기색이 역력하였다.

"어서 가자. 이랴앗~~!"

한순간도 망설이지 않았다. 세차게 배를 걷어차니 깜짝 놀란 말이 화살처럼 빠르게 달려가기 시작하였다. 질풍같이 달려 순식간에 여우고개를 넘었다. 나루에 도착하니 배가 기다리고 있다. 여남은 명 사공이 땀을 뚝뚝 흘리며 쉴 새 없이 노를 저었다. 나루터에 군졸이 기다리고 있다가 말의 고삐를 건네주었다. 세자는 새 말로 갈아타고 다시 화살처럼 달려갔다.

'연희야. 연희야!'

머리 속에는 아무 생각도 없었다. 상글거리는 어여쁜 얼굴만이 오락가락. 백날이 하루인 양 기다릴 것이니, 빨리 책무를 다하시고 소첩에게로 돌아오셔야 해요 말하던 목소리만 쟁쟁하였다. 마음속으로 간절하게 빈궁의 이름만 부르고 또 부르고…… 아기씨도 문제거니와 빈궁의 생명조차도 위급하다 하니 이 사태를 어쩌랴?

가장 귀중한 두 사람을 한꺼번에 잃어버릴지도 모른다는 생각에 눈앞이 캄캄하였다. 미처 생각하지 못했던 일이기에 무서움은 더하였다.

곁에 있어주어야 했는데…… 궐을 벗어나는 것이 아니었는데. 호기에 겨워 내 실수하였구나. 잉태한 처를 두고 사람 피 보는 일에 앞장섰으니 동티가 나지 않으랴. 아비인 그가 손에 피를 묻힌 터라, 하물며 목을 벤 그 사내, 부인하고 싶어도 같은 아비의 혈육이었음에랴. 위급한 순간에 이르니 모든 것이 후회이고 모든 것이 걸렸다.
'연희야, 견디거라. 제발 강하게 견뎌내거라. 내가 네 곁으로 갈 때까정 기대려 주렴. 제발 견디어 기대려 주어야 한다.'
어여쁜 너를 잃고 내 못 살 것이다! 세자는 속으로 부르짖었다. 그의 인생에서 이토록 급하고 아득하고 두려운 적은 다시없었다. 겉으로는 침착하게 말을 달려가나 속은 캄캄한 어둠, 아뜩한 절망이었다.
'연희야. 연희야.'
바람결에 젖어버린 눈이 매웠다. 내가 참으로 널 잃고는 못 살 것이다! 제발 날 위해서라도 무사히 견디거라.
범이 도련님 진지 잡수시오? 종알대며 채송화 꽃밥 지어 올리던 그때부터 담겨 버린 사람이었다. 연희 아씨를 은애하는 세자의 마음이란 진정 필설로 표현할 수 없는 것이었다. 빈궁의 존재는 속에 박힌 대못이라 함은 절대로 거짓이 아니었다.
세자가 대궐문을 넘어 달려들어 온 것은 저녁 무렵이었다.
그때까지 산실의 빈궁마마, 이틀 하고도 한나절을 산통에 시달려 기진맥진한 상태였다. 창백한 얼굴에는 핏기 하나 없고 반 혼절한 상태였다. 아랫배는 칼로 후벼 파는 것처럼 아프나 아기는 내려오지 않았다. 힘을 잃은 터라 자꾸만 눈을 감고 정신이 오락가락. 전의감들이 파랗게 질려 이리저리 웅성웅성 왔다 갔다 하여도 방도가 없구나.
친정 어미인지라, 기막힌 부부인은 마루 끝에서 흑흑 울고 있구나. 중전마마께서 침착하라 위로하시어도 소용이 없었다. 담 너머

사랑채에서는 부원군 황이. 뒷짐만 지고 왔다 갔다. 편전의 상감마마께서도 아연불안하시니 망극하게 산실까정 나오셨다. 곁에 있어 보았자 소용도 없음이라 다시 나가시었지만 가만히 앉아 있기가 힘들었다.

이렇듯이 모든 사람이 어쩔 줄 몰라 하며 근심걱정만 하고 있는 즈음, 한달음에 말을 타고 세자가 서경당으로 달려들어 왔다.

지칠 대로 지치고 온몸은 먼지로 뒤덮여 부옇다. 말에서 내려 정심각으로 들어섰다. 세자를 본 사람들 하나같이 달려들어 빈궁마마와 아기씨가 모다 위급하니, 혹시 망극한 일을 당할지도 모르겠다 근심하여 아우성을 쳤다. 세자는 다만 굳은 얼굴로 입술을 굳게 다물고서 조용히 듣고만 있었다. 세자가 도착하였다는 기별에 중전마마께서 마루로 나오셨다.

"도착하였느냐?"

"소자 다녀왔사옵니다, 어마마마."

침착하고 여간해서는 흔들림없는 분이시다. 그런 중전마마조차도 파랗게 질려 인사도 받는 둥 마는 둥, 아드님 손을 꽉 움켜잡았다.

"참말 큰일이 났구나. 지칠 대로 지쳐서 힘을 주지 못하고 있단다. 태에서 나오지 못하고 저리 오래도록 몸만 틀고 있으면 아기도 말할 것 없거니와, 빈궁 목숨조차 경각이라 한다. 벌써 이틀하고도 한나절이라. 자꾸 빈궁이 눈을 뜨지 못하고 혼절하려 한다는구나. 정신을 놓아버리면 그로써 끝이라 하니 이를 어찌하면 좋겠느냐?"

가만히 모후마마의 말씀을 듣고만 있다. 그러다가 세자가 사납게 눈을 치떴다. 눈빛이 심히 무섭고 형형하였다.

아이쿠! 이것이 무슨 변란이냐? 지엄한 법도로 따지면은 있을 수 없는 일이 생겼다.

사나이가 산실을 차고 들어섬은 만고에 없는 일이거늘! 세자는 갑자기 전의를 떼밀었다. 산실 문을 벌컥 열고 들어갔다. 기진하여 정신을 반쯤 잃다시피 하여 미약하게 신음만 하는 빈궁을 향하여 무섭게 호령을 하였다.

"정신 차리지 못할까? 연희 네가 예서 죽으면 내가 당장 다른 계집을 빈궁으로 삼아 장히 총애할 것이다. 그것이 싫으면은 빨리 아기를 낳고 정신을 차려랏!"

평소 순후하고 매사 법도에 어긋남 없는 동궁마마의 행동이 너무 기막히고 갑작스러웠다. 문 안팎 사람들 전부 다 아연실색하여 멍청해져 버렸다.

비몽사몽하던 빈궁이 듣자오니 분명 그리운 지아비 목청이었다. 반갑고도 서러워서 간신히 눈을 떠 보았다. 형편없이 지친 몰골에 먼지로 더러워진 얼굴이나 저하가 분명하였다. 저를 보러 밤낮으로 달려오신 것이 분명하였다. 헌데 어찌 이리 노여운 기색이냐? 무섭게 이글거리는 눈빛으로 호령질을 하시는가?

"저, 저하……. 어찌 이리…… 노, 노화를 내시오? 내가…… 너무 힘들어서…… 이제 도통…… 힘이 없소이다……."

말 한마디 하는 것도 힘들었다. 떠듬떠듬 간신히 말을 잇는 빈궁의 형용이 가엾지도 않는가? 진땀으로 뒤범벅이 된 얼굴은 창백하였고, 핏물투성이에 제정신이 아닌 비참한 형용이 보이지도 않는

단도직입(單刀直入)

것인가? 이토록 무도한 일이 어디 있는가?

"정신 차리래두! 이리하면 네가 정신을 차리겠느냐?"

버럭 고함을 지르더니, 그것도 모자란 듯 세자가 갑자기 빈궁의 볼따귀를 철썩철썩 갈겨 버렸다.

참말 기가 막히고 분하였다. 빈궁은 순간, 눈물이 핑 돌았다. 번쩍 정신이 났다. 앙칼지게 눈을 뜨고 꽥 고함쳤다.

"어찌 이러시오? 무엇 잘못하였다고 이리 따귀를 치시오?"

괘씸하고 분하고 억울하였다. 골이 나서 바락바락 소리지르는데 산통이 갑자기 심하여졌다.

얼떨결에 호령 소리에 놀라고 애꿎은 따귀질에 기막힌 빈궁마마, 열불이 난 터라 홧김에 없던 기운이 치솟았다. 이를 악물고 '내가 못살 것이다!' 고함을 지르는 순간, 산도(産道)가 이미 열리었으나 힘을 받지 못하여 나오지 못한 아기씨가 갑자기 쑤욱 밀려 내려오고야 말았다.

"마마, 마마, 아기씨 머리가 보이옵니다!"

약방 상궁이 소리쳤다. 더 힘을 주옵소서, 재촉하였다. 빈궁은 속으로 이를 갈았다.

'내가 아기씨 낳기만 하여라! 애꿎이 맞은 따귀를 아니 갚아줄 줄 알고?'

분통 터져 주먹 꼭 쥐고 악착스레 힘을 주었다. 일단 이놈을 빼내 놓고 나서 볼일 보잔 말이다. 죽을 용을 쓰니 이틀이나 어미 약을 올리며 힘을 빼던 아기씨 머리가 삐죽 간신히 바깥으로 밀려 나왔다.

"더, 더! 힘을 더 주어라, 연희야!"

곁에서 함께 소리치는 동궁마마 목청은 갈수록 힘이 빠지고 있었다. 결국 아바마마 무서운 호령질에 놀라 무 뽑히듯이 아기가 단숨에 탄생하였다. 약방 상궁이 앙증맞은 엉덩이를 찰싹 때리니 응애애!— 하고 기운차게 울음을 터뜨렸다. 빈궁마마, 기진한 터라 털썩 그 자리에 쓰러져 버렸다. 질끈 눈을 감고는 숨소리만 새큰거렸다. 세자는 고개 돌리어 큰 목청으로 물었다.

"공주냐, 왕자냐?"

"덩실한 고추이옵니다! 늠름한 원손께서 탄생하시었나이다. 저하, 인제 그만 나가시옵소서."

아들이라는 소리를 들었다. 눈을 감은 빈궁의 입술에 방그레 미소가 새겨졌다. 이내 아물아물 잠이 든 것인지, 기진하여 혼절을 한 것인지 정신을 놓아버렸다.

칠월하고도 아흐레 날이었다.

온 궐 사람들을 동동거리게 만들고 모후의 목숨까지도 간당간당하게 만들었다. 그런 연후에 약 올리듯이 쏘옥 탄생한 이 아기씨가 누구냐? 훗날에 부왕이신 익종대왕의 뒤를 이어 성종대왕이 되실 이 회(誨) 그분이다. 자는 주범. 아호는 태원. 아명은 동아라 하였다.

금상 명종대왕에서부터, 세자저하 보위 오르시니 익종대왕이시다. 이 아드님 성종대왕에 이르기까지 근 백여 년. 삼대에 걸친 단국의 태평성대가 계속될 것이다. 윗대 두 분 전하께서 이룩하신 부국강병(富國强兵)의 토대 위에서 몇백 년 동안 단국이 자칭하였던 제후국의 굴레를 과감하게 벗어던졌다. 당당하게 제국의 성립을 선포

하시고 황제로 즉위하시었다. 즉, 단국의 마지막 왕인 성종대왕은 동시에 대한제국의 초대황제인 효황제이다.

유모가 나가라 하니, 세자는 비틀거리는 다리를 가누며 문을 열고 나섰다. 일거에 긴장이 풀리니 그만 기진하여 마루 끝에 털썩 주저앉아 버렸다.

원손 아기씨가 탄생하였도다. 이곳저곳에서 난리가 났다. 전의감이 벽에 걸린 구리종을 뎅뎅 울렸다. 이내 산자리가 돌돌 말려 나와 문 앞 못에 걸렸다. 빈궁마마를 위한 첫 국밥상이 들어간다. 사람들이 웅성웅성 치하하고 기뻐하는 그 소리들이 세자의 귀에는 하나도 들리지 않았다. 슬그머니 중전마마께서 곁에 다가와 앉았다. 대견하면서도 안타까운 얼굴로 아들의 손을 어루만지었다.

"참으로 잘하였다. 민첩하고 기가 막힌 처방을 하였느니라. 네가 사납게 호령한 덕분으로 단숨에 빈궁 아기 막힌 기가 트이어 아기씨를 무사히 생산한 것이다. 휴우— 나는 참말 둘 다 잃어버리는 줄로만 알았단다."

"소자도 제정신이 아니었나이다. 제가 어찌한 줄을 모르겠습니다."

중전마마께서만은 맏아드님을 잘 알고 있었다. 겉으로는 조용하고 순후하게 보이나 실상 가장 강단있고 과감하며 무서운 성질머리였다. 누가 감히 산실에 침입하여 따귀까지 갈기어 도도한 자존심을 가진 빈궁의 기를 뚫어줄 것이다 생각하였으랴? 세자만이 순간적인 판단에 따라 법도고 나발이고 가림없이 산실로 뛰어들어 일을 처리한 것이었다. 과감한 판단력도 판단력이지만, 그토록 대차게 일을 처리하는 모습이 실상 세자의 본색이 아니랴.

회를 칠한 듯 새하얗던 세자의 얼굴에 비로소 혈색이 돌아왔다. 원손을 얻은 기쁨이 그제서 실감이 나기 시작하였다. 아까 눈을 치뜨고 사납게 굴 적에는 너무 무서워 감히 눈을 정면으로 바라보지 못할 정도였다. 세자저하께서 어찌 저토록 거칠게 행동하시냐, 참말 사람이 달라졌다고 사람들 모두 다 수군수군하였다. 환한 미소가 헌칠한 얼굴 위로 벙실벙실. 어질고 조용한 세자저하의 예전 모습이 다시 돌아왔다.

"초이레 지나야 아기를 보는 것이 법도인데, 제가 진통하는 빈궁의 산실까지 침입하였으니 필시 구설이 날 것입니다. 어마마마께서 소자의 경솔함을 나무라 주옵소서."

"비상시국이라는 말도 있지 않더냐? 전의들이며 약방 상궁이 나머지 처리를 할 것이니 내려가자구나. 둘 다 무사하니 되었다. 일단 궐에 돌아온 터라, 부왕전하께 행도의 고변을 하여야 할 것이다."

"소자가 먼저 대전에 나아가 고변하고 동궁으로 돌아가렵니다. 실은 대전부터 들어가야 하는데 예부터 왔으니 아바마마의 노염이 크실 것입니다. 소자가 이리 예의범절이 부족합니다."

"원손을 살리고 빈궁 아기 목숨을 구한 이가 바로 동궁이 아니냐. 아무도 잘못하였다 시비를 걸 사람은 없을 것이다. 빈궁 또한 기진하였을 뿐, 아모 탈이 없으니 안심하여라. 네 정신부터 챙기거라. 네가 더 걱정이구나."

산실에서 벌어진 기막힌 소식을 왕은 내관을 통하여 전하여 들었다. 놀람 반 안도함 반이라, 옆자리에 앉은 황이를 돌아보며 말하였다.

"세자가 참으로 기가 막힌 위인이야."

"망극하옵니다. 저하께서 인물은 인물입지요."

"암만. 뉘도 세자의 그 과단성있는 행동을 못 쫓아갈 것이야. 조용하여 순후하게 보이나 실은 심히 결단력있고, 행하여야 한다 싶으면 거침도 망설임도 없거든. 오히려 격하기는 짐보다 더할 것이다."

"허나 저하의 참된 면모를 아는 이가 그다지 많지 않을 것입니다."

왕이 고개를 끄덕였다. 대견하여 중얼거렸다.

"그만큼 제 성정을 잘 다스린다는 뜻이지. 허나 이번 일로 세자가 심히 겉보기와는 다른 면모를 가진 줄을 알게 되었을 것이다. 앞으로 동궁 앞에서 조용하고 유순하다 하여 함부로 대하거나 이용하려 들 자는 없게 될 것이야."

급하고 격한 성상의 성품에 하도 시달린지라, 신료들 일부는 말이 없고 신중한 동궁더러 답답타 하기도 하였다. 허나 인제보니 은근히 무서운 이가 세자저하가 아니냐. 황이도 주상의 말씀에 동의하였다.

"심히 기쁘도다. 짐이 실로 든든한 후사를 둔 것이 아니더뇨? 그보다, 감축하오. 우상. 어여쁜 세손이 태어난 것이니 사직은 반석이요, 짐은 장손을 두게 되었으며 경은 외손자를 처음 얻는 것이 아니오? 무릎 맞대고 앉아 이름이나 한번 뽑아봅시다그려. 제 어미 고생시키고 제 아비 혼백 나가게 한 고약한 놈이니 이름을 무에라 할까? 엉덩이에 뿔난 망아지라고나 할까? 핫하하!"

기껍고 흐뭇한 상감마마의 웃음소리가 방문을 넘어 울려 퍼졌다. 그때 동궁마마께서 알현을 청하였다.

먼지 묻고 지친 얼굴 그대로였다. 의대도 갈아입지 아니하였다. 먼 길에 지치고 빈궁의 출산 소동에 이미 넋이 한 번 나간 후였다. 늘 침착하고 빈틈없던 세자의 모습이 한없이 초라하였다. 다소간 제정신이 아니고 금세라도 쓰러질 것만 같은 불쌍한 모습에 상감마마께서 안타까워 쯧쯧 혀를 찼다.

"네가 심히 지쳤도다. 가서 씻고 한밤 쉰 다음에 다시 들어오라. 가엾어서 보지 못하겠노라. 원손을 보았더뇨?"

"예, 아바마마. 울음소리가 장한 것을 보아하니, 다행히 강건한 줄 아옵니다. 소자도 그때 하도 정신이 없던지라, 얼굴은 자세히 못 보았습니다만, 어마마마께서 이르시기를 아기가 소자를 많이 닮았다 하더이다."

"아비를 닮았다니 고놈도 영명할 것이다. 헛허허."

세자는 몸을 바로 하여 도적 떼를 토벌한 일에 대하여 아뢰었다.

"일행은 아마 내일모레나 환도할 것입니다. 입시하면 대장군이 자세히 고변할 것이니 소자는 전하께서 제일 궁금해하는 것만 말씀드리고 물러나렵니다. 황악산 도적 떼는 완전히 섬멸을 하였삽고, 수괴의 목은 소자가 베었나이다."

"참으로 잘하였다. 고약한 놈이 발악하지 않더냐?"

"그래 보았자 제깟것이 역도라, 어찌 하늘을 우러러 살 수 있겠습니까? 엄히 경계함이라, 모가지를 소금에 절여 도성으로 압송하라 하였습니다. 허고 인근 부중의 관리들은 공과(功過)를 따져 처리하였나이다. 제가 데리고 간 신위영의 군사들은 심히 군기(軍紀)가 엄연하여 진정한 강병이라. 언제고 상의 하명만 있으시면은 무슨 분부라도 받자올 만반의 준비가 갖추어져 있었나이다. 이는 대장군 이영산의 공이 큰 줄 아옵니다. 허고 무식하여 도적 떼에 단순 가담하였거나, 억지로 끌려간 양민은 잘 가려내어 어질게 처분하였나이다. 생업으로 돌려보냈습니다."

"잘하였다. 하나 빈틈없이 처리하였구나. 짐이 참으로 너를 보며 후사를 걱정하지 않는다. 헛허허. 원손까정 얻었으니 한층 더 의젓하게 보이는구나. 부왕은 참으로 네게 바랄 것이 없도다. 이만 나가서 쉬도록 하여라."

"허면 소자는 이만 물러가겠나이다. 편안하게 침수하옵소서."

세자는 절을 하고 뒷걸음으로 편전에서 물러 나왔다. 마루를 지나 회랑을 거쳐 바깥으로 나가는데 문득 다리 힘이 풀리고 말았다. 휘청휘청하다가 앞으로 쓰러지는데, 코에서 피가 주르르 흘러내렸다. 지금까지의 곤고함과 긴장이 마침내 풀린 탓이다. 정신이 아뜩하고 눈앞이 노랗게 보였다. 허공이 빙빙 돌고 있었다. 대경한 내관이 달려들어 부축하자, 간신히 눈을 떴다. 낮은 목소리로 엄히 경계하였다.

"수선 피우지 말아라. 아바마마께서 근심하실 것이다. 나를 업고 동궁으로 가자구나. 하룻밤만 쉬면은 거뜬하여 질 것이다."

참으로 길고 긴 하루가 끝났다. 산실에서 색색 주무시는 빈궁마마는 오늘 세 목숨이 살아난 것을 모른다. 빈궁과 아기씨가 목숨을 잃으면은 살 희망이 없는 고로 나도 따라 죽으리라 작정하였다. 그런 속내는 오직 내관 등에 업히어 동궁 들어가시는 세자만이 아는 것이었다.

세자를 시위하여 도적 떼를 토벌하러 나간 일행이 모다 환도한 것은 그 이틀 후였다.

삼칠일이 지났다. 원손이 마침내 궐 안 어른들에게 선을 보이었다.

부친 닮아 기골이 장대하였다. 어마마마의 짙고 고집스런 눈썹을 빼 박았으며 영민한 눈동자에 광채가 또렷하다. 은근히 조부이신 주상전하를 많이 닮아 급하고 씩씩한 기색이 미간에 박히었다. 잠자는 저를 귀찮게 한다 하여 발버둥을 치며 우는 꼴이 심히 장하였다. 둘러싼 어른들을 모다 웃기는 것이다. 흐뭇한 용안으로 상감마마께서 아기를 안고 한마디 하였다.

"이놈이 심히 기상이 강한 고로 어렸을 적부터 어진 제 아비가 다소간 다듬어 기상을 꺾어주어야 할 것이다. 개구쟁이 티가 졸졸 흐르는 고나, 이놈! 이 아이 재롱으로 인해 궐에 웃음이 넘칠 것이야. 중전도 한번 안아보소."

듬직한 손자를 품에 안겨주었다. 중전은 보드라운 볼에 얼굴을 대며 얼러주었다. 이십오 년 전, 두 분이 처음 세자를 품에 안던 그 때로 돌아간 양, 마냥 흐뭇하고 그득하였다. 세상 부러울 것이 없는 기분이었다. 자식하고 손자는 또 다른 것이라 하더니 말야, 모든 것이 다 귀엽고 어여쁘고 눈에 밟히었다. 첫참으로 하여 윗전 두 분 마마, 아기와 열애에 빠졌구나.

아기의 작고 귀여운 머리통 모양이 꼭 동아와 같이 생겼다. 하여 주상께서 원손을 부르되 〈동아〉라고 하시었다. 그것이 금세 아기씨의 아명이 되었다.

빈궁마마더러 몸조리 잘하라 당부당부 하시고는 오후 무렵이 되어서야 궐 어른들께서 떠나시었다. 인기척이 지워진 그즈음. 비로소 지아비인 동궁마마께서 홀로 들어오시었다.

출산 날 기진하며 창백하던 빈궁의 모습만 보아서 정신이 하나도 없다. 아기의 얼굴도 제대로 볼 여유가 없었다. 대체 어떤 놈인가 심히 궁금도 하였다. 또한 죽도록 고생한 상급은 받지 못하고 애꿎은 따귀까정 얻어맞은 사람이 아니냐. 생각하면 할수록 미안도 하고 안타깝기도 하고, 또 그저 애잔하기도 하고……. 출산한 지어미가 얼마나 보고 싶었는지, 차마 말로 표현할 수가 없다. 초이레만 지나기를 바라며 전전반측. 간 졸이며 기대리던 엊저녁은 왜 그리 길기만 한지. 밤새 한잠도 이루지 못하였다.

마루 끝에 서 있던 상궁이 벙싯 웃으며 석계로 내려섰다. 허리를 굽혀 절하고 고두한 채 저하를 맞이하여 들었다.

"어서 듭시옵소서, 저하. 빈궁마마께서 오정부터 마냥 기대리셨나이다."

며칠 내내 오직 빈궁마마께서 손꼽아 기다린 유일한 사람이었다. 아들 낳은 자랑도 자랑이지만, 얼떨결에 철썩철썩 따귀를 얻어맞은 수모를 당하였다. 지고서는 못사는 연돌이 성질에 가만 참는 것이 이상하지.

"들어오시기만 하여봐? 내가 반드시 고 빚을 갚아줄 것이야."

새큰새큰 분한 숨을 내쉬었다. 아기 젖을 먹이다가도, 미역국을 젓수시다가도, 깜빡깜빡 잠을 자다가도 어지간히 분하였는지 몇 번이고 다짐, 다짐하였다. 세자는 벙싯 웃으며 상궁을 향하여 어질게 하문하였다.

"큰일 치러내느라고 아지가 수고 많았노라. 허면 빈궁께서는 지금 무엇을 하시는고?"

"젖 먹이시는 줄 아옵니다. 아까 전 윗전마마 전부 다 들어오시어 아기씨마마 뵙자오고 빈궁마마 치하하시고 돌아가시었나이다. 미역국상 들어가 한 그릇 다 젓수시고 아기씨마마께서 깨신지라 젖 잡순다 이리하나이다."

"빈궁이 원손의 젖을 직접 먹인다구?"

"먹이실 수 있을 때까지는 직접 하신다 들었나이다. 다행히 젖이 잘 나와서 양껏 드시는 줄 아옵니다."

담담한 소복 차림으로 낭자머리하신 빈궁마마, 만월처럼 부푼 젖을 드러내어 연분홍빛 작은 입에 물리고 있었다. 갑자기 들어서는 사람 앞에서 차마 일어서지도 못하고 엉거주춤 얼굴만 발갛게 물들였다. 말 안 하면 반가운 기색을 모르나. 세자는 빙긋이 웃었다. 곁에서 시중들던 유모상궁과 보모상궁이 읍하여 절하였다.

"고생이 많구먼. 빈궁과 잠시 할 말이 있는 고로 잠시 나가 쉬게나."

"분부 받자올 것입니다."

"저하께 소반과 차비하여 올리오. 시각이 그만하니 시장기 도실 게야."

조용히 문이 닫혔다. 세자는 한무릎 다가앉았다. 소담한 젖무덤에 작은 얼굴을 박고 힘차게 빨고 있는 아기의 귀여운 모습을 홀린 듯이 내려다보았다. 어쩐지 부끄럽다. 제발 저쪽으로 고개를 돌리소서 하고 빈궁이 한마디 쏘아붙였다.

"우리 아기가 젖 드시는 것인데 어찌 가리려 하오? 잘 드시오?"

"어찌나 힘차게 빨아대는지, 젖꼭지가 아프답니다. 잘 드시고 주무시니 그동안 많이 자랐나이다."

"요놈이 아비에게 젖꼭지 빠는 법을 다소간 배워야 하겠군. 나는 아프지도 않게 잘도 기분을 동하게 하지 않소이까?"

이것이 하냥 점잖고 어김없다 소문난 세자저하의 말씀이 맞느냐? 음흉하면서도 은근한 지아비의 한마디에 빈궁마마 하얀한 얼굴이 또다시 발그스름하니, 새초롬이 변하였다. 눈날을 빠득빠득 세워 모로 흘겼다.

"왜 괜스리 눈을 흘기는 것이니? 좋으면 좋다고 말할 일이지. 흠!"

"참말 짓궂으시다. 누가 이런 분더러 어진 군자라 하였노? 말짱 헛일이니, 천하한량이 따로 없으시지 무어?"

"내가 무엇을 어찌하였다고 만난 첫참부터 앙탈이냐? 고생은 끝이라, 슬슬 기운이 나는 게지야?"

"흥, 초칠일에 아들 보러 오시어 신첩만 두고 희롱하시니 그러하지옷."

"떨어진 그동안 나는 그리워서 죽을 지경이었거늘. 요것은 하나도 그립지 않았던 게다. 흥."

세자는 허공만 바라보며 느른느른. 빈궁은 원손의 얼굴만 내려다보며 쫑알쫑알. 짐짓 눈에 힘을 주고 토라진 척 노여운 척해보지만 눈이 마주치자 어쩔 수 없다. 똑같이 빙그레. 벙싯벙싯. 반갑고 그립고 애틋한 미소가 맺혔다. 오가는 눈길은 그야말로 정해가 출렁출렁, 말 못하고 말 안 하는 속뜻은 심히 뜨겁고 그리운 연정. 두 분 다 중간에서 열심히 젖 빠는 아기씨는 안중에도 없다.

괜히 작은 손가락을 하나하나 잡아 어루만져 보는 아비나, 새카만 배냇머리 어루만지며 오물거리는 어여쁜 입을 내려다보는 어미나 똑같이 가슴이 두근두근. 그저 이렇게 마주 앉아 있는 것만으로도 즐겁고 바랄 것이 없었다. 두 분이 한자리에 마주 앉은 것만도 두 달 만이다. 그동안의 쌓인 사연이며 속에 가득한 정은 말로 다 할 수가 없는 것이었다.

"유모는 들어와 아기 데리고 나가시오. 트림시키어 조용한 방에 재우시오. 벌써 하품을 하는구먼."

빈궁마마 하명하시니 보모상궁이 들어왔다. 그사이 졸음이라, 눈이 감겨가는 강보 안의 아기씨를 안아 조용히 나갔다. 드디어 인제는 두 분만이 되었다. 세자는 아무 말 없이 와락 빈궁을 품에 끌어 담았다.

"문밖에서 참말 딱 죽을 맛이었다."

한마디. 그 안에 담긴 첩첩한 사연들과 감정이 헝클어졌다. 빈궁마마는 가만히 늠름하고 듬직한 지아비 품에 안기어 얼굴을 묻어버렸다. 마냥 애달게 그리워하였던 분의 품 안에 있으려니 이상하게 자꾸 눈물이 났다. 안심도 되고 가슴이 그득하고 포근하고 세상이 다 환해진 듯하였다.

"마마를 뵙지도 못하고 신첩이 죽으면 어쩔까 참말 두려웠사와요."

동궁마마는 말없이 빈궁마마 머리타래에다 얼굴을 묻었다.

"연희 너가 혹시 잘못되었다면 나 또한 따라갈 것이다 하였느니라."

향기로운 머리타래며 여린 잔등을 쓰다듬고 또 쓰다듬고. 어루만지는 그 손길에 애틋하고 애련한 정이 함뿍 묻었다.

"너를 잃고서 내가 무슨 살 희망이 있겠느냐? 다행히 빈궁이 끝까지 정신을 잘 간수하여 아기씨 출산한 고로 참으로 장하고 다행이었지. 참말 미안하였다. 기진한 사람의 뺨을 모질게 쳤으니……. 많이 아팠을 게다."

"그렇게 마마께서 제 기를 뚫어주시니 아기와 소첩이 모다 무사한 줄 아옵니다. 실은 아팠던 것보다 더 많이 놀랐사와요. 히잉."

"그때 이 가슴이 덕지덕지 찢어진 줄은 네가 더 잘 알 것이다. 이렇게 곱고 여린 얼굴을 힘껏 쳤으니……. 쯧쯧쯧. 평생 그대에게 손을 댄 일은 그때가 처음이자 마지막일 것이야."

안타깝고 미안하였다. 나직하게 사과하였다. 품 안의 빈궁마마 눈이 반짝반짝 빛났다.

'내가 요 때에 별렀던 복수를 하여야지.'

살짝, 아주 살짝, 작은 손을 들어 세자의 볼을 찰싹찰싹 쳐버렸다.

"그때 맞은 따귀 값이야요."

생글거리는 웃음을 보니 비로소 내가 연희 곁에 돌아왔구나. 우리 사이 멀찍하니 떨어져 그립고 안타까운 그 정이 채워졌구나 싶었다. 인제는 저가 기운이 난 참이라. 지고서는 못사는 연희의 성질머리가 제대로 돌아왔구나 싶었다.

"호오? 요 버릇없는 것 좀 보아?"

눈을 호랑이처럼 치뜨며 짐짓 호령하였다. 눈 하나 깜짝하지 않고 빈궁마마는 되려 앙탈질이었다. 날 두고 혼자 도망가시다니. 섭섭하다 야속하다. 선물 내놓아라 난리를 쳤다.

"먼데 다녀오신 터라 연희 좋은 선물 가져오셨소?"

"요것요것? 내가 어디 유람이나 다녀온 줄 아니? 칼 빼들고 화적떼 토벌하러 간 길이거늘! 그런데 선물을 조르다니, 언제쯤 철이 들 것이니? 언제 빈궁도 어미가 되었으니 진중하여야지."

말로는 짐짓 엄하였다. 그러나 빈궁마마의 애교 반인 닦달질에 그만 흐물흐물. 빙글빙글 웃음지으며 망설이지 않고 얼굴을 끌어당겼다. 붉은 입술을 냅다 덮쳐 쪽 하니 소리까정 내어 입맞춤이었다.

무엇이 그리 할 말이 많고 많은지?
무엇이 그리 행하여야 할 일이 많은지?

밤이 늦도록 세자저하, 방에서 아니 나오신다. 한시라도 아기가 눈앞에 없으면 안절부절못하는 빈궁마마께서도 도통 아기씨를 찾지 아니한다. 속닥속닥 중얼중얼. 새어 나오는 이야기는 그치지 않고. 불빛에 새어 나오는 그림자가 다정하게 하나였다. 방 앞을 지날 때마다 모다 발끝을 들어 살금살금 지나가는 것이다. 간간이 숨죽인 웃음소리까지 흘러나오는구나. 곁방에서 아기씨를 안고서 어르던 유모상궁이 혀를 끌끌 찼다.

"세상에 초이레 지나 아기씨 보러 오신 분이 아기는 아니 찾으시고 빈궁마마 곁에만 붙어 있으시누나. 빈궁마마께서도 똑같은지라. 잠시간 아기씨가 아니 보이면은 난리가 아니었지, 헌데 저하께서 들어오시니 아기씨는 아예 안중에도 없으시구나. 참으로 저리 금실 좋으신 분들은 이 천지간에 없을 것이다."

이렇게 세자저하와 빈궁마마 두 분은 정다운 원앙일세라. 죽고 못 사는 그 정분 다시 이으며 마냥 행복한데……

쯧쯧쯧. 냉냉하기는 효동 병판 댁 안방이고, 싸늘하기는 옥동 서원위 저택이다.

말로는 세자저하 수행하여 화적 떼 토벌하러 나선 길이되 실상은 놀자 나간 유람이었다. 두 사람이 환도하는 도중에 저지른 온갖 풍류잡이 행적을 빈궁마마께서 뒤딸린 수종들이 낱낱이 국대부인과 공주마마께 일러바치었다. 두 사내 모다 안주인에게 무수히 꼬집히고 뜯기며 밤마다 구박당하였다. 이것은 세자를 기생집 모시어가서 유혹에 빠뜨린 죄. 두고두고 벌을 참으로 야무지게 받은 셈이다.

기분 같아서는 안방 문 안 열어주는 도도한 국대부인의 머리라도 한 번 콱 쥐어박고 싶었다. 하지만 용원대군은 수나 아씨가 회임까정 한 터라 깩 소리도 못하고 그저 눈치만 슬슬 보는구나. 난생처음 무릎 꿇고 두 손 모아 잘못하였소, 비굴하게 빌었다.

"실상 다 헛소문인 게지! 안에서 바깥사람을 이리 믿지 못하면 어찌 살 것이오? 엉? 솔직히 말야. 내가 예전만치 하면 아예 뒤 가마에다 궁녀 두엇을 딸려 갔을 것이다. 실상 내가 많이 참고 사는 줄 부인께서 더 잘 알고 있잖소? 너무 그리 박하게 굴지 마오."

곧 죽어도 잘못하였다. 다시는 그러지 않을 것이다 아니 하는구나. 어찌나 얄밉고 징글맞은지, 수나 아씨는 다시 한 번 옆구리를 꼬집어주었다. 덩치는 산만한 사내가 내 죽는다 데굴데굴 구르며 엄살을 피워댔다. 찬바람 나게 핑 돌아앉아 있으니 그것도 애교라고 부려대는구나. 히죽히죽 웃으며 슬근슬근 다가와 발가락 끝으로 슬쩍슬쩍 건드렸다. 냉큼 앙탈하는 입술을 막고 몸으로 용서를 비니(?) 어찌하랴. 참으로 한심하지만은 팔자가 그런 것을. 마지못해 못 이기는 척하였다. 대신 뒷방 두신 후실들, 헌이 어미 빼고는 다들 사가로 내어보낼 것이야욧! 눈날을 모로 세우고 야무지게 윽박질렀다.

지은 죄가 있으니 크흠! 한 번 한숨만 쉬었다. 천장만 바라보며 될대로 되어라, 어차피 너 마음대로 아니니, 하였다.

"안채 일을 내가 어찌 아나? 부인 마음대로 처분할 일이지. 크흠!"

사가로 내보내라지. 줄줄이 늘어선 곱디고운 궁녀들, 궐에 많고도 많은걸. 중경 기방에 새로운 동기(童妓)들이 언제 들어오더라? 음흉한 이 사내 생각하는 노릇이란 대략 이런 것이었다.

서원위 심온복이 찾아온 것은 그 이튿날이었다.

얼굴은 멀쩡한데 속으로 골병이 들었다. 가고 오는 도중 내내 몸살이 나서 죽도록 아팠다 아무리 말하여도 믿지를 않는구나. 한참 신혼 재미보는 참에, 저만 버려두고 새신랑이 도망을 간 것이니 여간 괘씸한 것이 아닌 게다. 기생 점고 받고도 절대로 수청을 아니 들었다 하여도 도통 믿어주지를 않았다. 형님이 공주에게 가서 증명하여 주오, 하소연하러 온 것이다. 용원대군이 혀를 쯧쯧 찼다.

"내 말인들 숙정이 믿겠느냐? 같이 작당하여 입을 맞추었다 더 뜯겠지. 저하께서나 말씀하여 주어야 믿을 것이다. 그보다 원손을 보았던가?"

"엊그제 공주와 들어가서 보았습니다. 빈궁마마 고 짙은 눈썹 그대로라, 보통 성깔이 아니고 보통 영리한 것이 아닐 것입니다. 형님댁 헌이 아기가 다소간 뒷전이 되겠습니다그려?"

"손자는 모다 귀엽다 하더구만. 헌이도 재롱이 여간만 아니니 귀애하심은 똑같으시지. 헌데 빈궁마마께서는 동궁으로 언제 돌아오신다 하던고?"

"아마 며칠 내로 돌아오실 것입니다. 세자저하께서 한시도 곁에서 떼어놓기가 싫으실 터이지요. 두 분만큼 금실 좋은 분들도 드물 것입니다. 게다가 첫참에 원손까지 턱하니 생산하시고 말입니다. 천하에 부러울 것이 없을 것입니다. 참으로 놀랄 일이라, 저하께서 산실로 뛰어들어가 빈궁마마 따귀를 후려쳤다는 이야기를 듣고서 모다 뒤로 넘어갔답니다. 그토록 과감하시고 단호하신 줄은 미처 몰랐습니다."

서원위가 혀를 내둘렀다. 용원대군이 고개를 흔들었다. 동궁마마와 제일 가까이 지내시는 분이라 그의 결기있고 단호한 면모를 누구보다 잘 알고 있었기 때문이다.

"저하께서 실은 부왕마마보다 더하시니 궐서 제일 무서운 분이야. 겉으로 조용하고 워낙에 순후하시되 은근히 독하네. 한번 하여야 한다 싶으면은, 도통 흔들림없이 끝까지 밀고 나가는 것이 빈틈없지. 곧게 나가는 길 앞에 걸리는 것에 대해서는 조금도 용서가 없으시지. 남들은 두렵다 말하는 부왕전하를 맞대면하여도 그 성질로 내가 지지는 않는데, 형님 앞에 서 있으면 어쩐지 주눅이 든단 말야. 엄하게 정색하시면 저절로 겁이 나고 손발이 떨린다네."

"쳇, 저하께서 대단하신 분인 줄은 압니다만은 말입죠. 덕분에 우리 둘만 골병들어 죽어나가지 않습니까? 아니, 하룻밤에 다섯 번이라니! 그것을 무엇 하러 공주한테 자랑질을 하여서 말야. 우리 같은 보통 사내들을 밤마다 죽어나게 만든답니까? 엉?"

서원위는 아직도 분하여 새삼 또 골을 냈다. 밤마다 세자 오라버님처럼만 하라 공주에게 들볶이며 사는 것이 참말 무서웠다. 아무래도 또 달아나야 할 것 같았다. 동지사 따라가는 핑계대고 다시 도망을 가든지 해야지, 원.

"크흠. 자네는 더 분발하여 보소. 나는 대강 비슷하게 나가려 하지."

"형님!"

"어찌하면 그리 살 수 있는지, 형님더러 물어보소. 낸들 아나. 그 일이 말이지, 저하 덕분만 아닌 것이 연돌이, 아니, 빈궁마마 덕분이라는 것 같은데 말이지. 크흠!"

철없는 두 사내. 이렇듯이 별 시답잖은 한담을 나누고 있는 그때

단도직입(單刀直入) 115

세자는 대전을 나와 산실로 올라가고 있었다. 귀여운 조카 얼굴을 한 번 더 본다고 재원대군도 줄레줄레 따라왔다.

"산실 듭시나이까?"

불일문 앞에서 숙경공주 마마와 금성위를 만났다. 나란히 빈궁마마와 아기씨를 보러간 참인 듯하였다.

"동아 보고 오는 길이냐? 빈궁은 어찌하고 있더냐?"

"부부인마님께서 빈궁 형님 드시라 먹거리를 이고 입궐하시었나이다. 어마마마께서 계시니 올라가시옵소서. 아기씨가 귀엽고 강건하니 오라버님께서는 참으로 복도 많으십니다."

항시 얌전하던 숙경공주도 조카 사랑에 흠뻑 빠졌다. 금성위도 빙그레 미소 지으며 고개 숙여 절하고는 공주와 더불어 사라졌다. 재원대군이 뒤돌아보며 참으로 잘 어울리는 한 쌍입지요? 하였다.

"금성위 형님께서 인품 뛰어나시되, 연치가 다소 차이지고 미혼 망처 있는 자리가 아닙니까? 숙경 누이께서 그리로 하가하심이 다소간 불만이었나이다. 허나 보면 볼수록 천생연분이라, 금성위께서 아끼시고 은애하는 정이 여실하옵고, 누이께서도 어려워하면서도 존경하며 따르니 참으로 보기가 좋습니다. 참, 마마. 숙경 누이께서 명국 말을 배우고 계신 줄은 모르시지요?"

"허어, 그렇더냐? 숙경이 대국 말을 무엇 하러 배운다던고?"

"진왕이 거사 일으킬 적에 금성위를 수하로 부르겠다 약조를 하였답니다. 이왕 같이 가서 그분에게 도움을 줄 수 있다면은 좋지 않겠니 하였습니다."

"그렇구면. 잘하는 일이다. 재원 너도 넓은 눈을 떠야 할 것이야.

학문도 열심히 하고 명국 말뿐 아니라 글라시아 어도 배우거라. 내 훗날 아바마마께 주청하여 너를 게로 보내주련다. 넓은 세상에 나가 많은 것을 보고 돌아와야 큰 사람이 되는 게지."

"명심하겠습니다."

이런저런 말을 나누면서 두 분은 정심각으로 들어섰다. 조용한 곳이 그날따라 번잡하였다. 들며나는 사람들이 많고도 바쁘다. 부원군 사저에서 일가친척이 들어온 때문이었다.

부부인마님이 며느리, 손자손녀를 딸리고 빈궁마마 뵈오러 듭시었다. 사가 시절 잘 듭시던 음식이며 아기씨 의대며 바리바리 싸 가지고 오시었다. 친정인 황씨 일문 사람들이 빈궁마마 청을 받아 원손 아기씨를 보러 들어온 것이라 교태전의 중전마마께서도 나오셨다.

마치 친동기간처럼 안사돈이신 부부인마님과 손을 잡고 앉으시었다. 안어른 두 분께서 곁방에 앉으시어 이런저런 말을 나누고 계시었고 문을 연 안방. 금침 걷고 일어나 앉으신 빈궁마마. 마침 응가를 한 아기씨를 씻겨라, 분주하였다.

"이 못난 놈이 또 응가하여 더러운 짓을 하는고? 떽, 잘 놀았더냐?"

제일 먼저 두 분 어머님께 절하여 인사하였다. 돌아앉아 세자는 무엇이 좋은지 방실방실 웃고 있는 아기의 앙증맞은 엉덩이를 한 대 철썩 갈겨주었다.

"아이고, 살이 얇아 아플 것입니다."

아기를 보기만 하면 구박부터 하는 아비라. 눈을 흘기면서도 빈궁은 새 기저귀에 배냇저고리 새로 입힌 아기를 둘둘 강보에 싸서 저하께 안겨주었다.

솜털처럼 가벼운 아기가 폭신하니 넓은 아버지 품에 안기었다. 젖 배부르게 먹고 찜찜한 응가도 깨끗이 씻고 나니 상쾌하다. 방글방글 웃다가 이내 포실포실 잠이 들었다. 보드라운 볼에다 수염을 비비며 세자가 이놈이 또 무슨 짓을 하였소? 묻자오신다. 재잘재잘 아기가 이리하였소, 저리하였소 대답하는 빈궁마마.

말씀 중이던 부부인과 중전마마께서 동시에 말을 멈추었다. 보기만 하여도 절로 애틋한 세 분을 돌아보았다. 이 순간의 젊은 동궁마마 내외처럼 보기 좋고 행복하여 보이는 분들이 없다 싶었다.

"우리 세자와 빈궁은 참말 하늘이 낸 짝이오. 저 아이 복이 천복입니다. 의젓한 지아비에 어여쁜 아기씨까지 덩실하니 생산하고 둘의 금슬은 비길 데 없이 좋으니 말야. 이 중전이 봐도 샘이 나는구려."

미소 지으며 중전마마께서 첫 며느리 빈궁마마 칭찬을 하였다.

"홋호호. 우리 빈궁이 명랑하고 곧으며 발랄하니 애교 많아 마냥 귀엽소이다. 빈궁의 모든 것이 세자의 기쁨인 게지. 부부인께서 따님을 잘 키우신 덕을 오늘날 이 중전이 다 차지하였구려."

"아이고, 마마. 천부당만부당한 말씀입니다. 빈궁마마께서 저토록 의젓하고 덕성이 높아진 것은 모다 윗전이신 중전마마께서 깊이 가르치심이 아니겠는지요? 또한 지아비이신 세자저하께서 잘 이끌고 하교하심의 덕분이옵니다. 저희가 진정 할 말도 들 낯도 없나이다. 우리 빈궁마마께서 실은 천하의 말괄량이임을 중전마마께서도 잘 알고 계시지 않나이까?"

"그것이 오히려 빈궁의 가장 훌륭한 점이오. 복잡하고 법도 지엄한 궐 안에서 타고난 덕성을 발휘하여 윗전 노릇하기는 쉬운 일이 아니라오. 우리 빈궁이 대차고 영리하며 마음이 넓어 타고나기 천생 지존이거든. 세자가 그를 잘 지켜보아서 빈궁을 안해로 삼겠다 결심한 것이니, 동궁 저이도 참 눈이 밝다 할 것이야. 헌데, 재원은 어디를 그리 보고 있는고?"

정신없이 바깥에 넋이 팔린 막내를 건너다보았다. 어른이 하는 말도 듣지 못할 만큼 정신을 놓았구나. 중전도 그 시선을 따라가 보았다.

마루 끝에 앙증맞은 아기씨 하나가 앉아 있었다. 음식이 들었던 고리짝과 보자기를 챙기고 있었다. 노랑 저고리, 다홍빛 치마에 어리는 하얀 얼굴이 꽃처럼 곱구나. 얌전한 자태에 타고난 귀염성이 있었다. 빈궁 외가댁으로 하여 육촌동생인 을민 아기씨였다. 빈궁마마가 궐로 떠나신 후 하도 허전한 마음이었다. 하여 부부인은 빈한한 사촌 오라비의 어린 막내딸을 데려왔다. 옆방에 두고 귀여워하며 부덕을 가르치시는 중이었다. 마침 이날, 부부인께서 입궐하신 참이라, 멋도 모르고 종종 따라 들어온 것이다.

"어여쁘냐? 재원."

"작은 빈궁마마인 듯하옵니다. 참으로 곱습니다."

모후의 하문에 무심히 대답하던 재원대군. 문득 생각하니 아차차, 생각없이 그물에 걸렸구나. 순간적으로 얼굴이 벌게졌다.

열다섯. 고운 사람꽃을 보면 저절로 동할 나이라. 사춘기였다. 궐 안팎 어여쁜 궁녀들을 보면 은근히 마음이 흔들리고 검은 털이 난 하초가 간질간질. 방탕하여서가 아니라 자연의 이치가 그러하였다.

이날도 엉큼한 흑심을 품은 것은 절대로 아니었다. 태생의 호기심 때문이었다. 두어 무릎 떨어져 처음 볼 만큼 곱고 깨끗한 꽃이 피어 있구나. 반 넋이 나갈 정도로 매혹이었다. 슬며시 바라보니 눈앞이 다 화안하였다. 입에 침이 말랐다. 넋을 잃고 잠시 꽃구경 좀 하였는데. 이크. 망신이로고. 눈치라 빠르신 어마마마께 민망스럽게도 그만 그 곁눈질을 들키고 말았다.

"훗호호. 우리 막내가 장가들 때도 되었도다. 고운 처자를 보고 고읍다 말도 하니 말이야. 실은 너도 한 이삼 년 내로 혼인하여야 할 것이다. 보아둔 처자 있으면 세자처럼 미리 말하여라. 이 어미가 데려다 주마, 훗호호."

모후마마의 고운 웃음소리가 알고 보니 은근한 놀림이었다. 재원대군, 망신스럽고 부끄러워 입이 만발이나 튀어나왔다. 비쭉훌쩍 일어나 방을 나와 버렸다.

문 열리는 소리에 놀라 고개를 든 을민 아기씨, 아고고, 그만 재원대군과 눈이 딱 마주치고 말았구나. 불에 덴 듯 놀라 화들짝 외면하는 소년 소녀. 둘 다 괜히 불고추 먹은 듯이 얼굴만이 시뻘겋게 달아올랐다.

열다섯 대군의 가슴은 두근두근. 열세 살 을민 아기씨 심장은 콩닥콩닥. 둘 다 눈앞이 아뜩하고 제정신이 아니었다.

'빈궁마마께서 자랑하시기를, 세자저하 형제분들이 모다 빼어나고 헌칠한 장부들이다 하시었지. 흠. 이분은 아마 막내 대군마마이신가 보다. 오히려 동궁마마보다 더 잘난 듯하네? 궐에 처음 들어와 온갖 좋은 구경을 다 하였는데 그중 제일이 사람 구경이라. 나중에 나가서 동무들에게 자랑하여야지.'

천진난만한 을민 아기씨, 속으로 영리한 기억을 간추렸다. 다시 한 번 눈 안에 박아두어야지. 홀로 생각하며 눈을 살며시 돌렸다. 화가 난 것마냥 입술이 반만 튀어나온 채 옆얼굴을 보인 그 소년. 아이고, 참말 잘났도다. 어린 아기씨 가슴이 동동동 더 방정맞게 뛰어놀았다. 우연히 한 번 마주친 소년대군의 잘난 모습을 속으로 기억하는 을민 아씨. 그날의 첫 눈길이 훗날 부부지연을 맺을 인연의 시작인 줄은 아직도 모른다.

재원대군 또한 눈길 아니 주는 척하면서 스리슬쩍 눈짓 중이었다. 곱게 땋은 머리, 붉은 금박댕기를 맨 모습을 바라보는데 절로 감탄이 흘렀다.

'참말 예쁘거든. 궐 궁녀 그 누구보다 어여쁜 것 같아. 지금껏 중궁전에 있는 나리가 제일 염태 빼어나다 싶었는데, 저 아기는 더 고운 것 같아. 몇 살일까? 나보다 어린 것 같은데 말야. 빈궁 형수님 친척이라는데 그 집안은 모다 저리 고운가? 다음에 한 번 더 보았으면 좋겠다.'

마루 이쪽 끝에 앉아 괜히 발끝으로 섬돌을 툭툭 차는 재원대군. 저쪽 끝에 앉아 접었던 보자기 또 풀어 접는 을민 아기씨. 안 보는 척하면서 몰래몰래 은근히 서로를 눈여기는 것이었다. 이름이 뭘까? 몇 살인가? 정인은 있으려나?

눈치는 빠르다. 중전마마와 부부인께서 그 어여쁜 형용을 보면은

단도직입(單刀直入)

모를 것인가? 살며시 미소 지으며 하문하시었다.

"저 아기가 빈궁 외가의 친척이라 하였소?"

"예, 마마. 소인의 사촌 오라비 여식이옵니다. 학문 높고 염직하나 벼슬에 뜻이 없으니 여럿 되는 자식을 다 간수하기 힘들어 보였더이다. 제가 잠시 데리고 와서 의탁하고 있나이다. 을민이라 하옵는데, 저 아이가 막내이옵니다. 제법 영리하고 맑고 귀여워 어머님이나 저의 웃음거리가 되고 있사옵니다."

"본관이 부부인과 같으니 남씨라. 성주 남씨가 실은 가문이 좋지요."

"부귀함은 없으나 곧고 맑은 학문에 송죽(松竹) 같은 청렴함은 자랑이라 할 것입니다."

별 뜻 없는 듯 무연하게 묻고 대답하는 뜻이 슬며시 깊다. 훗날을 두고 보자 하는 약조이다.

문득 중전마마와 을민 아기씨 눈이 마주쳤다. 인자하게 웃으시며 아기는 이리 와보아, 하고 부르시었다. 나부시 손을 앞에 모아 잡고 두 분 앉으신 창문 앞으로 다가오는 자태가 어여뻤다. 땋아 묶은 머리타래가 까맣고 영리하며, 아직 어린 고로 키는 아담하고 솜털 보송한 얼굴은 여렸다. 하지만 햇살 받아 슬슬 피어나는 고운 빛이 확연하다. 훗날 장성하면 기막힌 미인이 될 것이다 싶었다.

"아기가 몇 살이라 하였지?"

"인제 열셋 먹었나이다."

"친척이라 하나 남의 집에서 지내기가 어려울 터인데 명랑하니 잘 배운 티가 나는구나. 그래, 궐에 들어오니 좋으냐?"

"좋기는 하옵니다만 정신이 없사옵니다. 너무 번잡하고 화려하며 사람 드나듦이 장한 고로 태어나서 이런 구경은 처음입니다. 빨리 나가서 홀로 앉아 되새겨 두고두고 생각할 것이다 이리합니다."

조신하고 얌전하게 대답하는 목청이 맑고 투명하였다. 재원대군은 등 뒤에서 들려오는 아기씨 목소리에 슬며시 혼자 웃음을 지었다. 짐짓 무관심한 척 그쪽으로는 눈길 한번 아니 주되, 그 목청 한번 곱구나. 꾀꼬리가 종알종알 우짖는 듯하였다. 용색도 곱지만은 목소리도 얼굴따라 청아하구나 무조건 감탄하였다.

"홋호호. 무에 그리 장한 구경을 할 것이 있었겠느냐? 대궐문에서부터 곧바로 정심각에 들어왔을 것인데. 재원은 게 있느냐?"

"예, 어마마마."

"잠시 아기를 데리고 나가서 궐 구경시켜 주어라."

"소자가요?"

"왜 놀라느냐? 나이도 어린데 내외할 필요는 없을 게다. 아기가 심심할 것이다. 모처럼 들어오신 타라, 부부인께서는 밤 되어서야 나가실 것이다. 그동안 공주궁이며 동궁이며 금원이며 모다 구경시켜 주고 다담상도 보아주어. 이 아기를 보니 옛적 내 생각이 나느니."

중전마마 방긋 웃으시며 옛적 이야기를 잠시 되새기시었다.

"겨우 열다섯에 초간택 참여하러 궐에 들어왔거든. 그때는 아무것도 모르던 터라, 궐에서 평생 살 줄은 모르고 밤에 나가면은, 동무들에게 궐에 들어갔다 왔노라 자랑하려 하였지. 참말 그때는 어리둥절하고 어리석어 정신이 하나도 없었구먼. 궐에서 사는 이는

단도직입(單刀直入) 123

모다 하늘에 사는 이들처럼 잘나고 위엄있고 화려하다 생각하며 기가 팍 죽었단다. 홋호호. 아기는 듣거라. 궁 살림을 너무 어려워 할 것은 없느니라. 예도 사람 사는 곳이거든. 다만 좀 규모가 크고 사람들이 많은 집이다 생각하면은 되는 것이니라. 아기는 대군 따라 구경갔다 오너라."

을민 아기씨, 다정하시고 세심한 중전마마 말씀 듣자오며 절로 존경하는 마음이 들었다.

처음에 중전마마 알현을 한다 하였을 때 도도하고 찬바람 나며 저같이 어리고 미천한 것은 눈 아래로 보지 않으실 분이다 생각하였다. 하지만 정작 뵌 그분은 차라리 사가의 어질고 고우신 마나님 같다. 한없이 높고 고귀하며 지엄하신 중전마마라고 느껴지지 않았다. 아랫것들에게도 흔연히 말씀을 다정하게 하여주시고 따뜻한 훈김이 풀풀 나는 느낌이었다. 모신 분들 모다 중전마마를 한목소리로 칭송하는 이유가 바로 예에 있구나 싶었다.

을민 아기씨, 수줍지만은 그래도 참말 좋은 구경을 하겠구나 싶어서 신이 났다. 대군을 따라 졸레졸레 따라갔다. 사람들이 있을 때에는 아무 말도 않고 꼭 도망치는 것마냥 뒤도 돌아보지 않고 횡하니 걸어갔다. 모퉁이 돌아 사람들 눈이 없다 하니 재원대군이 비로소 발길을 천천히 늦추었다. 무뚝뚝하게 물었다.

"제일 먼저 오데 구경하고 싶은고?"

"소녀는 잘 모르겠습니다, 마마."

"허면 남궁부터 가볼 테야? 게가 내가 거처하는 곳이거든. 공주궁이 좋은데, 이날은 누님께서 동무들을 보시는 날이라, 좀 번잡할 것이야."

어딘들 좋지 않으랴? 을민은 생긋 미소 지었다. 특별한 뜻도 아니건만 아기의 환한 미소를 보자 하니, 분홍빛 볼에 어린 햇살을 바라보니 마음이 다시금 방정맞게 뛰놀기 시작하였다. 그냥 좋았다. 몸을 돌려 걸어가며 괜히 허공을 향하여 헤벌레 웃어보는 재원대군이었다.

남궁에 들어 자신의 거처인 동화재를 구경시키고 난 후, 기분이 난 참이라 대군은 을민에게 다담상도 대접하였다. 고것 참, 오물오물 맛있게도 먹는구나. 요것이 또 염치는 알아 살그머니 앞으로 밀어놓는 것은 수박 한 쪽이었다. 같이 드십시오 하는 뜻이었다.

"나는 배불러서 아니 먹는단다. 게나 많이 자시지. 다음에는 오데를 가고 싶은 게야?"

"소녀가 책을 좋아합니다. 궐 안에는 귀한 책이 산더미처럼 많다지요, 마마?"

"그렇지. 선왕재에도 기이한 서책이 많고, 동궁 형님 저하 서재도 만만찮지. 하지만 상원 형님 서고도 구경거리가 많단다? 마침 가까우니 한번 가보련?"

을민의 눈이 반짝반짝 빛이 났다. 방그레 웃으며 네에! 하고 냉큼 대답하였다. 거 참 곱구면. 귀엽단 말야. 재원대군 심장이 다시 또 울락불락 요동을 쳤다. 막내인 탓인지 저보다 어린 소녀가 귀엽기도 하고 앙증맞기도 하였다. 손가락으로 오목조목한 고 볼을 한번 콕 찔러보았으면. 손을 대면 빨간 즙이 묻어 나올 것만 같은 어여쁜 입술이 오물오물. 거 참 맛나게도 드시는구먼. 먹는 꼴을 바라보면 을민이 무안하여 못 먹을까 싶었다. 일부러 먼 산만 바라보았다. 허나 아니 본다 하면서도 저절로 눈이 또 돌아가는구나. 재원대군은 솔직히 을민의 입술에 들어가 사각사각 베어지는 배 한 쪽이 되고 싶었다.

"인제 그만 먹을랍니다. 배가 부릅니다."

얼마 후였다. 어지간히 배가 찼는지 을민이 저분을 놓았다. 식탐을 보인 것이 민망하였는지 하얀 볼에 능금빛 물이 들었다. 배시시 웃었다. 귀엽고 수줍은 자태라니. 재원대군은 싱긋 웃으며 물었다.

"탐지게도 먹는구나. 맛나니?"

"예. 궐 안 음식치레는 참말 기이하고 맛납니다. 소녀는 이렇게 잘 차린 상은 처음 봅니다."

"보기 좋구나. 내 가끔씩 궐 안 별찬을 부원군 댁에 보내라 일러두마."

"아이. 그러실 필요 없습니다."

"괜찮대두. 노인들도 계시고 그러니 같이 자시면 좋지 않니?"

이렇게 친절할 수가. 이렇게 다정할 수가. 재원대군이 벙긋벙긋 웃으며 이야기하는 것을 바라보는 을민 아기씨. 눈앞이 다 황홀하였다. 참말 내가 오늘 사람구경을 단단히 하는구나 싶었다. 처음에는 어렵고 멀기만 하던 저어함이 삽시간에 사라지고 마냥 친오라비인 양, 좋은 동무인 양 친근한 마음이 퐁퐁 샘솟았다.

"아이고, 이것이 다 책입니까?"

부왕전하의 서고이자, 또 왕실의 서고인 선왕재를 제외하고 궐 안에서 제일 서책을 많이 가진 이는 당연히 상원대군이었다. 학문을 좋아하는 셋째 아들을 위하여 부왕께서는 기오헌의 책들도 많이 내어주시었다. 또 각국에 서관들을 내보낼 때 대군이 필요로 하는 책들을 꼭 사오게 하는 도움을 아끼지 않았다.

조촐한 무명 도포 차림의 상원대군이 책을 고르고 있다가 들어서는 두 사람을 돌아보았다. 어진 눈 속에 잠시간 놀란 기색이 엿보였다. 재원이 어이하여 아기나인을 데리고 서고까정 나왔는고? 삐죽 장난기가 돋은 참이라 슬그머니 한마디를 던져 보았다.

"재원, 이 아기나인이 뉘냐? 심히 고운 고로 네 짝이냐? 우리 막내도 인제 장가를 보내야겠도다. 핫하하."

"아이고, 형님. 무슨 말을 그리하오? 이 아기는 빈궁 형수님 친척인데 어마마마께서 궐 구경을 시켜주어라 하시어서 내 이리 데리고 왔소이다. 이 아이가 서책을 좋아한다고 하지 않소."

"흠. 그래? 빈궁 형수님 친척이라, 사돈지간이로고. 아기 이름은 무엇이오? 궐 구경을 많이 하였소?"

상원대군은 펄쩍 뛰며 아니라 손을 젓는 막내를 바라보며 홀로 빙긋 웃었다. 요놈이 보기보단 멍청하고 순진하구나, 궐 안에 있는 많은 아랫것들을 놓아두고 왕자더러 심부름이라니. 아무리 어리다 하여도 남녀지간 내외가 엄격한데. 하필이면 아기를 저더러 데리고 다니란 뜻을 어찌 모르나? 을민이 두 손을 곱게 모으고 곱다이 절하였다.

"대군마마를 뵈옵니다. 소녀는 을민이라 하옵는데요. 빈궁마마

단도직입(單刀直入) 127

육촌동생입니다."

"잘 들어오시었소. 많이 구경하고 잘 놀다 나가구려."

을민이 만난 상원대군마마. 대군의 비단 자포 아니 입으시고 그냥 소박한 무명도포 입으시었다. 학처럼 여윈 몸에 더없이 맑은 눈을 가진 분이었다. 어진 인품이 그 얼굴에 그대로 드러난 듯, 빙긋이 웃는 형용이 사람의 마음을 편안하게 하여주는 듯했다.

"아기가 나이도 어린데 학문을 좋아하신다 하니 기특하구려. 내 모처럼 뵈온 기념이라, 두어 권 서책을 선물할 것인즉, 잘 익히어서 부덕을 쌓으시기를 바라오."

을민의 얼굴에 좋아라 하는 기색이 감추어지지 못하고 화안하게 퍼졌다. 입가에 웃음의 주름이 그려졌다. 사람 눈이 없달지면 팔딱팔딱 뛰고 싶다는 기쁜 빛이었다. 어린 소녀의 천진한 형용이 마냥 귀여워 상원대군은 부러 을민을 앞장세우고 서가 사이를 거닐며 서책을 구경시켜 주었다.

이 책은 어디서 들어온 것이고 저 책은 누가 쓴 것이고…… 어쩌고저쩌고……. 두 사람은 즐거운데 입이 만 리나 튀어나와 불만스러운 이는 인제 재원대군이었다.

'저이들이 지금 대체 무엇 하는 짓이냐? 아니 말야, 사람을 무시하여도 유분수이지. 내가 저를 안내하여 궐 구경을 시켜주는 참 아니냐? 헌데 어찌 저리 형님하고 친한 척 구는 것이냐? 아무리 연치 어려도 내외가 지엄한데 처음 보는 사내하고 저리 웃으며 잘도 떠들어? 인제 보니 형편없구나. 야아야, 여인이 무조건 사내더러 생글생글 웃으면서 잘 보이면 되는 것이냐?'

저보고 웃어줄 때는 그저 사랑스럽고 어여쁘던 을민이 갑자기 미워지기 시작하였다. 산돼지처럼 씩씩 콧김을 불며 재원대군은 애꿎은 탁자다리만 걷어찼다. 모든 것이 마음에 들지 않았다. 을민이 웃는 형용도, 친절한 셋째 형님도. 둘이 도란도란 이야기를 나누는 모습도 다, 다 마음에 들지 않고 못마땅하였다.

'참말 마음도 갈대이다. 엉? 아까는 나더러 잘만 웃더니 말야. 인제는 형님하고 찰싹 붙어 떨어지지 않는구나? 아니, 여인이 저리도 지조가 없어서 되겠는가? 아주 꼬리를 살살 치는구나. 아니, 형님은 다른 궁녀들 보고는 아무 기색도 없으시더니 왜 을민이 조것만 보고는 저렇게 다정하시대? 참말 이상하다. 흥!'

꼬아꼬아 타래과라, 분명 재원대군도 어린 시절 장히나 부왕 닮아 타래과를 많이 먹은 것이 분명하였다.

서가 사이에서 을민이 나타났다. 가슴 안에 책 세 권을 안았다.

"무엇이야?"

"대군마마께서 소녀더러 서책을 선사하여 주셨습니다. 저가요, 제 몫으로 책을 가진 적이 없었는데 참말 좋습니다."

"그래서 냉큼 받았다구?"

"네에?"

영문을 모르니 을민이 동그랗게 눈을 뜨고 재원대군을 바라보았다. 주시니 받았지 그럼 던져 버리랴? 제가 생각하기에 무엇 그리 큰 잘못을 한 것 같지 않은데, 저를 노려보는 대군의 눈이 어쩐지 사뭇 사나운 듯싶었다. 이곳에서 시각을 너무 지체하여 그러하시나? 아니면 저가 너무 촐랑거렸는가 싶어 조심도 되었다.

천진한 을민의 얼굴을 내려보던 재원대군이 획하니 몸을 돌이켰다. 천천히 서가에서 책을 한 아름 안고 나오는 상원대군더러 한마디만 하였다.

"나 가오!"

"바쁘냐? 허면은 내가 이 꼬마 아기를 데리고 다니면서 궐 구경 시켜주련다. 한마디를 하여도 총명하니 잘 알아듣고 책을 좋아하시니 궁금한 점도 많은 터라. 너 볼일 보아라? 내가 아기를 맡아 구경시켜 주고 정심각으로 뫼셔다 드리련다."

울락불락하는 막내의 기색이 재미있어 상원대군은 일부러 더 기름을 끼얹었다.

"어마마마께서 저더러 안내를 시켰는데 왜 형님이 나서시오? 갑시다그려. 궐이 넓으니 언제 다 구경을 하냔 말야. 내가 저만 졸졸 따라다니는 종놈인가? 나도 할 일이 많은 터인데 시각을 아끼어 저 때문에 고생하는 줄도 모르고……."

그런데 저는 상원 형님이랑 노닥거리기나 한단 말야? 괘씸하도다! 손안의 보물을 빼앗긴 듯이, 제가 기르던 새매를 남에게 가로채인 듯이, 침을 삼키며 익기를 기다리던 탐스러운 홍시감이 개골창에 퍽 처박힌 것같이, 자꾸 부아가 나고 속이 상하였다. 들들들 속을 볶아대는 열분이 설익은 투기심인 줄도 모르고 재원대군은 애꿎은 을민이더러 눈만 흘겼다. 종종 따라오는 병아리 걸음을 두고 느리다 타박하였다.

"그렇게 느리게 따라오면 언제 구경을 다 하노? 나도 나름대로 분주한 사람이단 이 말이지. 흥."

성이 난 사람처럼 서너 발자국 떨어져 뒤도 돌아보지도 않고 휙 휙 걸어가 버렸다. 그를 쫓아가던 을민이 어린 가슴이 갑자기 서러워지기 시작하였다. 아까까지만 하여도 더없이 다정하던 대군이 딴 사람인 양 변하였다. 웃지도 않고 골만 퍽퍽 내었다. 넓은 등 뒤로 따스한 기운 대신 냉기만 폴폴 날렸다.

내가 무엇을 잘못하였나? 고개를 갸웃거리며 아무리 생각하여 보아도 알 수가 없었다. 방금 전까지만 하여도 동동 하늘로 떠다니던 작은 가슴이 돌덩이처럼 무거워지기 시작하였다. 머리를 쓰다듬어 주던 사람에게 갑자기 발로 모지락스럽게 걷어차인 듯하였다.

'나는 아무것도 안 하였는데……. 내가 무얼 잘못하였다고 말을 하셔야 잘못을 고치든지, 사죄를 할 것이 아냔 말야.'

은근히 골도 좀 난지라, 을민이는 야속한 눈빛으로 대군 등을 향하여 괜히 한 번 흘겨보았다. 대군은 대군대로 타박타박 따라오는 작은 발걸음 소리를 헤아리며 여전히 홀로 분을 참지 못하였다. 틱틱 발부리로 길 위의 잔돌을 차서 튕기고 있었다.

'누가 안 준다냐? 그깐 서책 나부랑이. 내 서고에도 그런 책이 산더미처럼 많다. 흥. 헤어질 무렵에 따로 보따리에 잔뜩 싸주려고 하였구면.'

등만 보고, 등만 보이고 그렇게 말없이 걸어가는 길. 아까는 먼 길도 가깝기만 하더니 인제는 지척인 거리도 멀기만 하였다.

궐 안의 풍광으로는 으뜸인 영회루 쪽으로 가던 길이었다. 갑자기 뒤에서 아이고! 하고 비명 소리가 들렸다. 대군을 따라가려다가 그만 을민이 돌부리에 발이 걸리어서 야무지게 엎어지고 만 것이다.

"아얏!"

깜짝 놀라 재원대군은 아기 옆으로 달려갔다. 어지간히도 깊게 찢은 듯 금세 얇은 치맛자락 사이로 피가 벌겋게 배어나기 시작하였다. 넘어질 때 땅을 짚은 손도 야무지게 까였다. 이내 진득하니 핏물이 배어났다.

아픔도 아픔이거니와, 은근히 잘 보이고 싶었던 대군 앞에서 조신하지 못하게 홀딱 넘어지는 망신을 당하였다. 창피하기도 하고 아프기도 하고 서럽기도 하고…… 말릴 사이도 없이 주르르 눈물이 흘렀다.

"어찌 이렇게 경솔하니? 인제 내가 어마마마께 크게 혼이 나겠다. 어디 한번 보자구나. 많이 다친 것이야?"

"아, 아니옵니다, 괜찮습니다. 아, 아얏!"

"보자니깐! 상처가 얼마나 큰지 알아야 하잖느냐?"

급한 김에 재원대군은 홀라당 을민의 치맛자락을 걷어 올렸다. 피가 줄줄 흐르는 지경이라, 상처가 얼마나 깊은지 살펴보아야 치료라도 하지. 헌데 이 대목에서 생각해 보니 외간 사내에게 속살을 보일 수 없는 노릇이었다. 다급하게 을민이 대군의 손이 잡은 치맛자락을 꼭 부여잡았다. 죽자고 다시 끌어내렸다. 대군은 치맛자락을 부여잡고 치켜 올리려 하고, 아기씨는 안 된다 바동대고…….

"안 되옵니다! 안 되옵니다. 엉엉엉."

을민이 엉엉 울음을 터뜨렸을 때야 퍼뜩 정신이 들었다. 젠장! 재원대군은 혼잣말로 상욕을 퍼부었다. 딱 오해하기 좋을 만하였다. 백주대낮에 대군이 아기나인을 자빠뜨려 놓고 희롱하는 광경이 아니냐. 행여 누가 볼세라. 둘레둘레 살피니 다행히 인적이 드문 길이라 아무도 본 이가 없는 듯하였다.

'아고고, 큰 망신당할 뻔하였네.'

머쓱하여 그는 몸을 일으켰다. 앙앙 울고 있는 을민을 한심한 눈으로 바라보다가 옆에 쪼그리고 앉았다. 울지 말란 말야. 목소리에 힘이 하나도 없었다. 나더러 어쩌라고 이렇게 자꾸 우는 것이냐? 한참 동안 어쩔 줄 몰라 하다가 대군은 을민에게 잔등을 보이고 돌아앉았다. 퉁명스런 어조로 말하였다.

"업혀."

"네에?"

"빨리 가서 치료를 받아야 하지 않냔 말야. 너를 데리고 다닌 사람이 나인데 이렇듯이 다치게 하여 데리고 가면 내 체면이 대체 무엇 되니? 빨리 업히라니깐."

"대, 대군마마 등에 업혀가면 내 체면은 무엇이오? 훌쩍, 외간 사내 등에 어찌 업힐 것이오? 엉엉엉."

"내, 내가 어찌 외간 사내더냐? 어린것이 벌써부터 내외한다더냐? 당장 업혓!"

외간 사내 아니면 무엇이오? 친척 오라비도 아니고 지아비도 아닌데. 나이는 어려도 나 또한 엄연한 양갓집 규수이거늘. 오늘 처음 본 사내 등에 어찌 훌쩍 업히란 말이냐? 을민이 입을 삐죽삐죽하였다. 슬그머니 대군의 얼굴을 훔쳐보았더니 난처한 터인지 그 역시 얼굴이 시뻘겋다.

이렇게 대군을 옆에 두고 나동그라져서 울고 있다가는 백주대낮에 둘이 무슨 짓을 하다가 일난 것이 아니냐고 망신날 것 같았다. 하지만 제가 업히면은 대군마마 비단 의대에 피가 묻지는 않을까? 을민은 울기를 그치고 마지못해 살며시 상처난 그곳까지 치맛자락을 들추었다, 버선 위에 무르팍. 시뻘겋게 쓸리고 돌부리에 찍힌 터라 아직도 피가 솟구치고 있었다. 재원대군이 쯧쯧 혀를 차며 소매에서 손수건을 꺼내어 상처를 감싸 묶어주었다. 손을 내밀어 슥슥 을민의 볼에 흐르는 눈물을 닦아주었다.

"울지 말렴. 누가 보면 내가 울렸다 하지 않겠어?"

불퉁하게 하는 말에 을민이 억지로 눈물을 참으며 고개를 끄덕였다. 대군이 아까처럼 친절해진 것에 다소간 마음이 풀린 것이다. 그가 다시 쪼그려 앉아 등을 내밀었다.

"업히라니깐. 빨리 가서 약을 발라야 하지 않니?"

"……마, 망극합니다만 신세를 지겠나이다."

을민이 망설이다가 자그마한 목청으로 인사하고 난 연후에 폴짝 대군 등에 업히었다. 난생처음 업어본 소녀의 몸이 솜이불처럼 가벼웠다. 대군은 을민 아기씨를 업고 훌쩍 일어섰다. 서경당을 향하여 성큼성큼 걷기 시작하였다.

그 참 이상도 하구나. 업고 가면서, 업혀가면서 두근두근 콩닥콩닥. 넓은 등에 맞닿은 작은 가슴이 자꾸만 제멋대로 뛰놀았다.

대군 역시 등짝에 살그머니 느껴지는 봉긋한 가슴의 감촉에 어쩐지 피가 머리에 모이는 것 같았다. 가녀린 팔이 더 꼭 대군의 목을 끌어안았다. 꽃신 신은 을민이 다리가 옆구리 좌우에서 간들간들. 손으로 받친 통통한 방뎅이가 요물딱조물딱. 어깨 옆으로 다가온 입술에서 다가오는 훈기가 귓불 근처에서 오락가락. 요것 참 난처하네. 아랫도리가 좀 뻣뻣해지는 것 같고 가슴 근처에서 답답한 열불도 좀 나고 눈앞이 다소간 노랗기도 하고……. 여하튼 무진장 이상하였다.

자꾸만 이마에서 진땀이 흐르는 것 같았다. 이건 을민이를 업고 가는 일이 힘들고 수고로워서 그런 것이 절대로 아니다. 좀 야릇하고 하여서는 아니 될 이상한 생각을 하지 않으려고 재원대군은 을민에게 말을 걸었다.

"부원군 댁이 친척집이라면서?"

"예. 저의 아버님이 부부인마님의 사촌 오라비올시다."

"친척집이라서 불편치는 않구?"

"다들 잘해주십니다. 빈궁마마께서 입궐하신 이후로 집이 적적하였는데 저더러 귀염둥이가 왔다 하여 어여쁘다 하시는걸요. 새 의대도 많이 하여주시고, 글공부도 가르쳐 주시고 고운 것들도 많이 하여주셨습니다. 시골에 형제가 많고 어머니가 병약하시어서 제대로 건사하지 못하였는데요, 이리 도성에 와 있으니 저도 좋습니다. 난중에 빈궁마마께서 아기씨 뫼시고 피접 나오시면 저가 업어드릴려구요."

소곤소곤 차분하게 말하는 목소리도 고울세라. 구슬 꿴 주렴 자락이 바람에 흔들리는 것 같구나. 자기도 모르게 대군의 입술에 싱굿 미소가 머금어졌다.

"내가 가면 잘해줄 것이냐?"

"그럼요. 헌데 대군마마께서도 부원군 댁에 나오십니까?"

"아니, 꼭 그런 것은 아니구. 형님 저하께서 나가시면 나도 한번 따라가 보려 하지. 참 아까 상원 형님이 주신 서책은 말이지, 좀 어렵단다. 내가 내 서고에서 여인이 읽기 좋은 책을 골라 보내줄 터이니 난중에 너 나 모른 척하지 말아라?"

"아이, 어찌 모른 척할 것입니까?"

말을 주고받는 사이, 아까 섭섭하였던 마음이 다 풀려 버렸다. 어느새 허물없어졌다. 을민의 가냘픈 팔이 대군의 목을 꼭 끌어안았다. 대군 또한 힘차게 아기를 업은 팔에 힘을 주며 길을 넘었다. 어느새 부용정을 지나고 불일문이 보였다. 왜 길은 이리도 짧은 게냐. 할 말은 많지만 다 하지 못했는데.

서경당 들어 아기를 내려놓으려니 어찌 그리 등짝이 허전한지. 을민 아기가 다쳤다고 수선피우며 나인들이 곁방으로 데리고 가는 것을 물끄러미 바라보았다. 이상하게 제 사람을 남에게 낚아채인 마냥 섭섭하였다.

그날 밤 재원대군은 난생처음 어린 소녀 생각 때문에 잠을 이루지 못하는 해괴한 경험을 하였다. 오줌을 두 번이나 누었는데도 아랫도리가 근질근질하고 그 물건이 뻣뻣한 것도 같고…… 자꾸만 을민이 치맛자락을 끌어올려 상처를 살피는 동안 슬쩍 본 하이얀 종아리랑 속살이 생각나고. 똘망똘망한 검은 눈동자가 허공에서 둥둥 떠다녔다. 솜털 보송한 양볼에 번지던 복숭아빛 홍조가 떠올랐다.

  이것 큰일 났구나. 어찌하지? 그 다음날 아침 창피하게도 재원대군은 그만 몽정을 하고 말았다. 씽긋씽긋 웃으며 아지가 젖은 요를 갈무리하고 새 속의대를 내어주었다. 돌아앉아 속바지를 갈아입는데 어찌 그리 민망하던가. 허나 곧 죽어도 꿈속에서 을민이 고 어여쁜 아이하고 입 맞추었다는 이야기는 하지 않으리라!

제4장 아직 남은 불티

 석 달이 지나 시월상달, 금성위 강위겸과 숙경공주의 대례 날이 돌아왔다. 궐 안팎이 다시금 번잡하여 들며나며 준비가 장하였다.
 보따리를 든 나인을 앞세운 채 빈궁은 동아 아기씨를 안고 공주궁으로 나갔다. 앉자마자 자신있게 척하니 내어놓은 것이 속의대, 열 벌이나 되었다.
 대공주의 혼인 때는 침선상궁을 시켜 다 지어냈다. 자신은 겨우 삐뚤빼뚤 바느질한 못난 버선 하나 내놓고는 그래도 기세등등, 잘하였다 자화자찬. 하지만 인제는 능숙한 침선을 자랑하니 속적삼 하나를 자랑스레 들어 보였다.
 "요것이 다 내가 한 것이오. 참말 내 솜씨가 신기(神技)거든요. 핫하하. 금세 저하 용포까지 지어드릴 참이야. 궐 안에서 제일가는 침선장은 인제 어마마마가 아니라 이 빈궁이 차지할 테야. 공주마마께서도 견주어 감히 겨루어볼 것이오?"

유쾌하게 웃으며 뽐내는 모습이 둘러앉은 사람을 여럿 웃겼다. 허기는 과연 자랑할 만하게 지어진 의대였다. 솔직하게 말하자면 열 벌 전부 다는 못하였다. 허나 정갈하게 지은 속적삼과 속고의며 버선까지 한 벌은 모다 직접 하신 터이다. 산후조리하는 몸으로 침침한 눈 들어 바느질하신 의대이니 어찌 귀하지 않으랴? 숙경공주가 진심을 담아 곱게 말을 받았다.

"참으로 그러합니다. 빈궁마마께서 이토록 영묘로운 솜씨가 있으신 줄은 몰랐습니다. 저가 아까워 못 입겠나이다. 아이고, 우리 동아, 그래 쉬하고 싶어? 까꿍! 배가 고프냐? 마마, 아기씨가 젖 잡수시고 싶답니다."

공주가 품 안에서 안고 어르던 아이가 조물조물 입질을 냠냠하였다. 배가 고프다는 듯이 작은 이맛살을 골 부려 찌푸렸다. 어마마마 품에 옮겨와 풍염한 젖꼭지를 쪽쪽 빨았다. 금세 만족하여 포르르 잠이 들고 만다.

궐에 들어올 때만 하여도 여인으로서의 공규 하나 없음이라. 바늘귀 하나 못 감는다 손가락질 험한 소문이 자자하였다. 헌데 회임하신 연후로 호젓하니 산실에 앉아서 낮밤으로 아기씨 배냇저고리 하고 오라버니 저하 용포 수놓는다 하였다. 이내 괄목상대로구나. 영명하시니 마음만 먹자하니 못하는 것이 없구나 새삼 사람들이 감탄하였다.

"참으로 궁금합니다. 침선이라 하면은 십 리 바깥으로 도망치신다 하더니 어째 이리 변하셨을까요? 비결 좀 알려주소서."

"모다 저하 덕분이거든요."

"세자 오라버님 덕분이라고요? 설마 이것을 오라버님께서 바느질하신 것은 아니지요?"

"아이, 그것은 아니다. 저가요, 우리 아기 배냇저고리만큼은 직접 하나 하여드리고 싶었거든요? 허지만 알다시피 이 빈궁 침선솜씨라 볼만하다 소문 장하지 않았나요? 부끄러워 어디 내어놓고 할 수도 없고, 뉘를 불러 물어보자도 망신이라. 이적까지 그것도 아니 배우고 어찌 빈궁으로 간택받았소? 구설이 날까 봐 부끄러워 묻지도 못하였어요. 몰래몰래 숨어서 혼자 눈 어림짐작 요량으로 지어보던 참이었어요."

"그런데요?"

"밤에 들어오신 저하께서 그것을 보셨지 무에야. 그날 의대 꼴이란 아이고, 창피로다! 술 취한 이가 눈감고 지은 것보다 더 흉한 꼴이라, 저가 부끄러워 낯을 못 드는데 뜻밖에도 저하께서 처음부터 잘하는 이가 뉘 있냐면서 천천히 연습하여 잘하면 될 것이다 격려하여 주시더라구요. 우리 아기씨는 복이 많아 이리 어마마마가 의대까지 지어주느냐 침이 마르게 칭찬을 하여주십디다. 그때 깨달은 바라, 참으로 어지시고 은애하는 마음이라, 저의 허물 감싸서 돌려주시는 저하께 부끄럽지 않는 부덕을 쌓아야 하겠도다 결심하였답니다. 결심한 고로, 열심히 하니 생각보다 재미가 있고요. 또 한번 마음먹은 다음에야 저는 남들보다는 잘하고픈 심사가 있거든요. 자꾸 하다 보니 여기까정 왔소이다. 앞으로도 계속 마마의 의대는 어마마마처럼 저가 직접 지어드리려구요."

잠이 든 아기씨 입에서 살며시 젖꼭지를 빼고는 옷고름을 맸다. 옷매무시 다시 여미고는 유모 품에 아기를 안겨주었다. 그러면서 입은 종알종알 한시도 쉬지 않는다.

빈궁이 설명하는 말에 숙경공주뿐만 아니라 둘러앉은 모든 여인네들이 새삼 세자저하에 대한 존경심이 물큰 치밀어 올랐다.

'참으로 군자시로다. 천하의 말괄량이 빈궁마마 길들이는 분은 오직 오라버니 동궁마마 한 분이다. 도도한 자존심을 상하지 않게 하면서도 어질게 좋은 길로 잘 인도하시며, 보이지 않게 서서히 부덕의 길로 돌리시는 법이 절묘하도다.'

부창부수, 빈궁마마 역시 지아비이신 저하의 가르침에 순명하며 그분의 덕에 흠내지 않으려 애쓰고 따르는 모습이 아름답다 여겨졌다. 소문난 억센 기질과 제멋대로 뻗치는 기상을 잘 가다듬으려 노력하는 뜻은 오직 은애하는 지아비를 위한 것이라. 진정 천생연분. 두 분 마마의 살뜰하고도 존경스러운 부부지간의 도리며 예절이 부럽기도 하고, 마냥 어여쁘기도 하였다. 숙경공주는 생긋 웃으며 진정으로 말하였다.

"저도 하가하면, 오라버님과 빈궁 형님처럼 살고 싶습니다. 존중하며 은애하는 뜻은 한결같고 서로의 부족한 점을 잘 가려 덮어주며 서로가 채워주니 이야말로 천생연분. 저도 그리 살 수 있을까 걱정입니다."

"공주마마께서는 저희보다 더 행복하실 것입니다. 두 분께서는 이미 한 번의 시련으로 서로에 대한 단심이 더없이 굳은 것을 알고 계십니다. 앞으로 어떤 시련이 닥치더라도 그 신의와 은애함이 깨어지지 않을 것입니다. 부대 백년해로하며 행복하시오? 응?"

빈궁도 화답하여 생긋 웃으며 덕담을 하였다. 그때였다. 문밖에서 유모상궁이 화급한 목청으로 아뢰었다.

"공주마마, 갑작스러운 기별입니다. 명국에서 사신이 나왔기로 공주마마를 잠시 뵈려 한다 합니다. 주상전하께서 윤허하시었습니다. 감히 뫼실까 하옵니다."

급히 하답하시되 모시어라, 분부하였다. 발을 친 아랫방으로 명국 옷을 입은 사신이 고개 숙이고 천천히 들어왔다. 읍하여 절하였다.

"단국의 금지옥엽 공주마마를 감히 뵈옵니다. 진왕전하께오서 아름다운 가례를 축하하여 선물을 보내셨나이다. 신이 받들어 만 리 길을 달려왔습니다. 진왕전하의 하례인사를 가납하여 주시옵소서."

"망극합니다. 귀인의 정성이온데 어찌 소녀가 감히 사양하리오. 각골난망, 은혜로움을 반드시 전해주십시오."

대국 사신이 비단보에 싼 자개함 하나를 내어놓았다. 나인이 윗방으로 가지고 들어왔다. 설레는 손길로 공주가 함을 열었다. 맨 위에는 금박무늬가 찍힌 다홍빛과 연둣빛 고운 비단이 세 필씩 들어 있었다. 녹의홍상. 신부인 공주의 혼인치레이다.

그 아래에는 비단 주머니가 들어 있었다. 얇은 종이로 싼 것이 하나 들어 있었다. 공주가 풀어내자 갑자기 온 방이 환하여졌다. 황금으로 봉황 모양을 만들었다. 금강석이며 진주, 비취에다 홍묘석이며 청금석 등 온갖 기기묘묘한 보석을 가득히 박은 어여머리 보패 한 쌍이 나왔다. 궐 안에서 생활하여 어지간한 패물이며 꾸밈꺼리에는 반눈도 차지 않을 빈궁이며 공주도 입이 딱 벌어졌다. 그만큼 엄청난 패물일습이었다.

"진왕전하께서 이르시기를 오직 한 분 공주마마를 위하여 만들게 한 것이라 하였습니다. 반드시 혼인할 적에 장식하여 나의 수고를 헛되이 하지 말라 전하였나이다."

"참으로 기막히고 황공한 선물입니다. 소녀가 감격하여 도무지 말이 아니 나옵니다. 허면은 사신께서는 언제 떠나십니까?"

"전하를 대신하여 마마의 혼례까정 보고 떠날 참입니다."

유창한 명국말로 공주께서 인사를 마쳤다. 듣고 있던 윗목의 사신은 약간 놀라서 서둘러 대답하였다.

연전에 숙경공주를 보고 온 사람들이 모다 칭찬하였다. 참으로 기막힌 미인이며, 기품 도도하시니 딱 천하를 오시할 황후의 기상이라. 게다가 어질고 지혜롭고 총명까지 하단다. 천하의 제왕이 되실 진왕전하 짝으로 딱 맞춤인 처자라. 헌데 항시 눈 밝으신 전하께서 어찌하여 그런 분을 싫다 혼인을 파작내셨을꼬? 참으로 모를 일이다 수군수군하였다.

오늘 직접 뵌 이분 숙경공주 마마. 명국서 온 저를 위해 하문하시는데 물 흐르듯이 유창한 대국말이다. 언제 저리 어려운 남의 나라 말을 익히셨노? 참으로 기막힌 분이로고.

감탄하면서도 의아하였다. 더럭 의심이 났다.

'이런 여인을 싫다 할 사내가 어디 있노? 실상 진왕전하께서 싫어서 내친 혼담이 아니구나.'

순간적인 직감이되 정확하였다. 자개함에 손수 비단과 패물을 챙겨 넣어 건네주었다. 그때의 안색이 유난히 우울하였다. 단 한 번도 내비친 적 없는 강렬한 아쉬움과 미련이라. 실은 진왕전하께서 단국의 그분 공주마마를 진심으로 사모하였던 것은 아닐까. 풍운을 몰고 다닐 자신의 팔자에 휘말려 고운 정인이 해를 입을까. 피 배인 붉은 마음을 스스로 잔인하게 잘라낸 것은 아닐까?

"진왕전하께서 떠나시기 전, 아국의 세자마마와 의형제를 맺으셨습니다. 그러고 보면 이 공주에게도 또 한 분의 오라버님이시지요. 귀한 이 선물이 참으로 다정하고 고마우신 뜻인 줄 아옵니다. 아바마마께 주청하여 화공에게 명하여 대례의 모든 행사를 화첩으로 만들라 할 것입니다. 그것을 가지고 돌아가시어 보여 드리소서. 그러면은 기쁘게 생각하실 것입니다."

"참으로 황공하옵니다. 진정 지혜가 높으신 말씀이옵니다."

사신이 치하하고 절하였다. 홀가분한 마음으로 물러났다. 벌려놓은 비단이며 패물을 앞에 두고 문득 빈궁이 방긋이 웃었다. 똑바로 눈을 뜨고 공주를 바라보았다.

"저도 가렵니다. 아마 홀로이 계시고 싶을 터이지요?"

"아이고, 마마. 무슨……"

"공주마마, 감히 한 가지만 충고드리렵니다."

빈궁이 얼굴을 아주 가까이 가져왔다. 순진한 공주의 귓불에 대고 야무지게 일렀다.

"다른 것은 몰라도 바닥의 서찰을 그 누구에게도 보이지 마십시오. 아무리 어질고 순후하시다 해도 금성위 역시 사내라. 세상의 그 어떤 사내라도 제 여인에게 다른 사내가 사간(私簡)을 보냄을 기분 좋아하지 않습니다. 반드시 홀로 보시고 태워 버리심이 지혜로울 것입니다. 이 빈궁은 아무것도 아니 보았습니다. 허니 반드시 제 말씀을 기억하십시오."

공주의 맑은 얼굴이 부끄럼으로 피어 저절로 해당화 꽃이 되었다. 패물이 놓인 자개함 맨 아래 바닥에 서찰 하나가 들어 있었다. 진왕이 공주에게 보내는 것이었다.

주위를 모다 물리고 떨리는 손으로 서찰을 집어 들었다. 굳은 봉을 뜯고는 펴보았다. 자윤의 친필이었다.

〈후생지연. 금석언약.〉

다시 태어나면 그대는 나의 여인이로다. 그리한다 하였던 우리의 맹세를 절대로 잊지 말라. 흘러가는 초서로 둘만 아는 글귀가 이어졌다.

〈향기로운 화인(火印)은 천년만년. 그리움의 마음 역시 천년만년.〉

화들짝 놀라고 만 처녀의 수줍음. 저도 모르게 공주는 옥수를 들어 도톰하고 보드라운 입술을 만지작거렸다. 순결하고 어여쁜 꽃술을 처음 삼킨 사내가 바로 누구냐? 만 리 밖 매눈을 한 진왕 자윤이다. 도도하고 거칠 것 없고 바람과 태양을 둘러쓴 바로 그 사내이다. 두려움없이 다가와 단번에 빼앗고 약탈하였다. 절대로 잊지 못할 화상(火傷)을 하나 찍어놓았다.

천지간 오직 진왕과 공주 두 사람만이 알고 있는 비밀. 한순간이되 이국의 그 사내는 소녀의 여리되 순결한 일편단심을 찢고 들어왔다. 성큼 들어서서 무자비하게 잡아채서는 자신의 존재와 열정의 기억을 남겼다. 그날의 숨 가쁜 기억. 무섭고 모욕적이되 또 한편으로 야릇하게 설레고 피 끓고 뜨겁던 시간.

얇은 천 하나를 사이에 두고 가슴과 가슴이 부딪쳤다. 똑같은 박자로 뛰고 있던 심장의 고동 소리. 아래에 깔린 소녀를 태워 버릴 듯이 뜨거운 열기로 일렁이던 눈동자. 커다란 손에 잡히고 만 봉긋한 가슴 한쪽. 능욕당할 뻔한 그 순간임에도 어째서 눈을 감고 만 것인지. 자발적으로 꽃잎 벌어지듯이 붉은 입술을 벌려준 것인지.

'아아, 이미 지나간 바람이거늘. 민망하고 망령된 생각을 어찌이리 겁도 없이 하는 것이냐?'

그날의 사연을 알면 금성위께서는 어떤 얼굴을 할까? 공주는 허공을 바라보며 문득 그런 생각을 했다.

'어질고 담담하시나 나에게만은 욕심이 많으신 분이야. 심히 노여워하실 게다. 몹시 투기하시고 노화내실 것이다.'

문득 분홍빛 입술에 빙그레 웃음이 맺혔다. 소녀의 순진한 미소가 아니라 여인으로서의 농밀한 깨달음의 교소. 그 순간, 훌쩍 숙경공주는 소녀에서 여인이 되었다.

아무리 어질고 성정 순후한 사내라 하여도, 제 여인에 대한 독점

욕과 불같은 투기심은 똑같은 것. 진왕이 공주에게 선물을 보낸 것은 축하 인사가 아니라 강위겸에게 보내는 짓궂은 심술이었다.

봉황의 떨잠은 황후나 할 수 있는 장식. 공주에게 가진 진왕 자신의 강렬한 집착과 끊지 못한 미련을 시위(示威)한 것이 아니고 무엇이랴? 진왕이 공주에게 귀한 선물이며 친서까정 보낸 것을 알면은 금성위 마음이 어떠할까? 입 밖으로 내어 말은 아니 할 터이지만 심히 열불이 날 것이다. 그는 예사로 해주는 귀한 꾸밈새 하나 나는 못하여주는 게지? 귀한 분을 모셔 내오는 모자란 스스로에 대한 자격지심이 어찌 아니 돋을까? 어떻게 보면 교활한 진왕의 조롱이었다. 네 팔자에 격 아니 맞는 천금 공주 데리어 가서 두고두고 고생시키면서 내 심술 받으렴 이런 뜻이렷다?

잠시 후 입술을 꼭 깨물고 공주는 촛불을 켰다. 서슴지 않고 진왕의 서한을 태워 버렸다. 후에 그들이 다시 만난다 하여도 그가 그 서한에 대하여 입을 벌릴 리 만무. 공주 역시 아는 체하지 않을 터이니 영원히 묻힐 비밀이다. 보패 한 쌍은 다시 그대로 싸서 깊숙이 의롱 속에 넣었다. 훗날 황후가 될 여인에게 돌려줄 것이다. 그것을 보면 공주 자신의 굳은 뜻을 알 터. 진왕이 금성위 상대로 다시 또 이런 조롱을 못하게 만들리라.

'하지만 이승이 아닌 후생에는…… 내 맹세와 그대의 맹세가 지엄하니, 절대로 잊지 못합니다.'

공주궁을 나온 빈궁은 가마 타고 동궁으로 돌아오면서 배시시 홀로 웃음질이었다.

'초야 치르실 적에 아마 금성위께서 한번은 짜증을 낼 게야. 명국의 사신이 공주마마를 대면하여 진왕의 선물을 전달한 것을 뻔히 아는 마당에 말야. 말은 아니 하여도 은근히 투기질하지 않을 것이더냐? 어질고 군자라 하나 심히 은애하고 사모하는 정이 깊은지라 연적(戀敵)이었던 진왕전하께서 귀한 물건을 선사하심이 어찌 기껍기만 할 것이냐? 하여간 사내들이란…….'

쯧쯧쯧 혀를 찼다. 사내인 양 턱을 어루만지며 피식 웃어버렸다.

'속 깊다 어김없다 소문 높은 저하까정 그러시는 것 좀 보라지? 동아를 투기하시어 툴툴거리시고 심지어 바깥에 내다 버리라고까지 하시다니, 참말 기가 막혀서!'

밤이 이슥하여서 세자가 침소에 들었다. 포근하게 펴놓은 이부자리 안에서 새근새근 잠든 아들의 볼을 콕 찔러보았다. 짐짓 빈궁에게 눈을 흘겼다.

"고약한 이놈, 내다 버리라 하였거늘 아직도 예서 재운단 말야? 빈궁은 도통 내 말을 듣지 않기로 작정한 것이군? 흥, 이놈보다 내가 더 좋다 하더니? 순전히 거짓부렁인 게다."

"예서 재우라 하명하신 분이 저하이시면서? 아이고, 그만 하셔요. 인제 막 잠이 든 터라 깰 것이다. 선잠이 깨면 심히 떼 부리고 우는 것을 잘 아시면서 또 이리하신다?"

말로는 호령질. 그러면서도 마냥 귀여워서 자는 아기씨 발가락도 만져 보고 얼굴도 쓰다듬고 볼에 쪽쪽 입도 맞추었다. 잠결에도 따가운 수염이 다가오니 동아 아기씨 어린 이마에 주름살이 팍 졌다. 작은 몸을 이리저리 뒤척였다. 동실 뒤집어놓고 기저귀 찬 엉덩이를 기어코 한번 톡톡 두들겨 주면서 헛허 웃었다.

"하루 종일 아니 보아서 눈앞에 오락가락한단 말야. 거 참 잘도 자는군. 젖은 양껏 먹은 것이야?"

"금세 양이 늘었어요. 뱃골이 얼마나 큰지 인제는 저의 젖만으로는 아니 되어요. 유모 젖도 두어 번 먹고, 공주궁에서는 능금즙도 두어 번 먹었지."

"벌써 그리하였어? 밤[栗]으로 쑨 미음도 좋다 하더구먼."

"그렇지 않아도 어마마마께서 잣이며 콩가루 넣어 암죽도 두어 숟가락 먹여라 하시었어요."

"빈궁, 보았니? 이놈이 또 자란 듯하다. 죽순도 아닌 것이 하루 지나 몇 치씩이나 무럭무럭 자라는 것만 같아?"

"훗호. 농도 심하시다. 신첩 눈에는 어제오늘 똑같기만 하구먼요. 에그, 그만 하셔요. 깰 것이다."

괜히 잠자는 아기를 건드리고 놀리는 일을 멈추지 못하였다. 빈궁은 세자를 만류하다 못하여 팔뚝을 꼬집기까정 하였다. 지아비 자리옷 시중들라 하명하고, 잠이 깰락 말락 하는 아기의 베개 다시 고여 이불귀 여며주었다. 양치소세 마치고 돌아오는 것도 기다리지 못하여 먼저 금침에 드러눕고 말았다.

젖 먹이고 아기씨 보살피는 일이란 뜻밖에도 힘들었다. 그 일뿐이야. 알게 모르게 궐 안팎 신경 써야 할 일이며 또한 지아비 시중에다 동궁 안살림 관리하는 일인들 적은 것이 아니다. 빈궁마마 연희아씨. 또한 성격이 민첩하고 시원시원하여 일을 두고 미루거나 남에게 시키기만 하고 우두커니 손을 놓는 법이 없다. 돌아보고 둘러보니 전부 다 일거리에 분주함이었다.

산후조리 끝나지 않은 몸이니 이 근래는 그저 눕고만 싶었다. 또 눕기만 하면 잠이 쏟아지니 어쩌란 말이냐. 저하께서 의대 갈고 돌아왔을 때 이미 빈궁은 벌써 반잠이 든 상태였다.

"어서 침수하시어요. 많이 곤하신 안색이여요."

몽롱하니 치켜뜬 눈매에 벌써 졸음기가 졸졸 흘렀다. 풀어진 귀밑머리가 하얀 볼을 반쯤 덮고, 얇은 자리옷 차림으로 풍염한 가슴골이 그대로 비쳐 보인다. 반만 걷어진 금침 자락 사이로 치맛자락 휘감긴 속에 말간 허벅지가 고스란히 드러났다. 난만한 백화가 졸음에 겨운 듯, 봄날 수양버들 아래 바람결이 희롱하는 듯, 빈궁의 그 자태가 바로 술 취한 작약꽃이라. 젊은 세자가 어찌 춘정을 그냥 참으랴?

실로 어린 안해의 옥체를 탐하는 것은 스스로도 끌 수 없는 잉걸불이었다. 급하게 금침 파고들어 자리옷을 홀라당 벗기고 무작정 올라탔다. 한결 짙어진 해당화 꽃봉오리를 물어삼키며 뿌듯하게 충일한 몸을 촉촉한 샘 안으로 밀어넣…… 지 못하였다.

애고애고, 이날도 허사로다. 방금 전만 하더라도 어미 옆에 새근새근 잘도 자던 고약한 어린놈이 또 부부지간 달콤한 밤놀이를 방해하였다.

"으아, 으아, 으아앙—!"

질그릇 깨어지는 소리로 장하게 울음 우는구나. 쉬를 한 것인지 젖 달라 하는 것인지, 그도 저도 아니면은 아바마마께서 어마마마를 건드리는 것이 싫다는 것인지 도통 그 이유를 알 수 없었다. 산실에서는 말야. 한번 잠들면 밤 내내 아니 깨던 이놈이 어찌 동궁에 내려와서는 이러는지 아주 미칠 지경이었다. 두 분이 같이 침수하는 날부터 요렇게 심술을 부리는고나. 한 식경에 한 번씩 깨어 악악대는구나. 참말 환장하겠구나.

어미인 빈궁마마, 귀는 밝도다. 몸 달아 터질 것만 같은 지아비를 무정하게 뿌리쳤다. 번쩍 몸을 일으키어 아기를 안아 얼렀다.

하룻밤도 아니고 근 보름여라, 참을 만큼 나도 참았다. 지아비는 뒷전이요, 오직 아기만 곱다는 게지? 흥, 웃기는고나. 더럽게 응가만 싸고 뻑하면 눈물콧물 질질 흘리고 강보 안에서 꼬물거리기만 하는 놈이 무엇 그리 곱더냐. 사모하는 지아비 모셔 잠자리하는 그 와중에도 아기만 끌어안고 귀애하는 모습에 참을성 많은 세자도 마침내 폭발을 하고야 말았다. 인내심이 드디어 바닥을 친 것이다.

벌떡 몸을 일으키더니 빈궁을 노려보았다. 최소한 밤에는 내 마누라 아니 뺏길란다. 어디 두고 보자. 젖은 기저귀를 갈아주고 토닥토닥 안아주니 스르르 아기가 다시 잠들려 하였다. 갑자기 세자가 이부자리에 누이는 아기를 획 빼앗아 안았다. 벌컥 문을 열고 유모상궁을 불렀다. 어지간히도 골이 난 터라 그는 지금 자신이 지금 속바지 차림에 아랫도리만 겨우 가리고 날가슴 풀어헤친 모습이라는 것도 알지 못하였다.

"아기를 데리고 가라. 이날부텀은 네가 재워라. 아침에 데려오라!"

귀찮은 짐뭉치를 내주듯이 아기를 유모상궁 품 안에 획하니 던져버렸다. 뒷발로 문짝을 탁 걷어차 닫았다. 어이가 없어 입만 벌리고 있는 빈궁을 향해 씩 웃었다. 더없이 능글맞고 음흉하였다.
"젖은 먹이되 낮시각 만이야. 아거씨를 데리고 자되 낮잠만이오. 밤에 침수할 적엔 연희 너는 오직 내 것이다. 알겠느냐?"
매가 꿩을 덮치듯 와락 달려들어 눌러 버렸다. 생후 백일 밖에 되지 않는 아드님에게 억눌리어 뒷전이던 분함(?)을 마음껏 풀었다. 하늘이 울리고 땅이 무너졌다. 천둥벼락이 치고 소낙비가 수십 번. 그 밤에 빈궁은 욕심 많고 탐욕스러운 지아비 품에서 산산조각이 난 것이라, 마침내는 기진하여 혼절을 할 지경이었다. 신첩을 아주 죽이시오! 앙탈을 하니 요요 징글맞은 분 보시오? 싱긋 웃으며 탐스러운 엉덩이를 철썩 내리쳤다.
"동아보다 내가 뒷전이면 가만두지 않을 것이야."
"기가 막혀서. 여인네더러 투기가 심하다더니 말짱 거짓부렁이다. 대장부라는 저하의 투기야말로 기막히오. 다른 사람도 아니고 갓난아기를 냉큼 내쫓고 이렇듯이 나를 괴롭히니, 뉘가 저하더러 군자라 할 것인가? 심히 소인배여욧!"
"소인배라 말하렴? 여하튼 나는 누구에게도 연희를 아니 뺏길 것이고 나누지 않을 것이다. 이리 오라, 너 내가 한 번 더 안을란다."
"진정 신첩을 죽이실라오? 이 밤의 운우지락은 이만하면 충분하오."
"연희 너 말이다. 그사이 사모지정이 식었구나? 나만 좋다하던 맹세는 거짓인 게지? 흥."
뿌르퉁 입이 만발은 튀어나왔다. 슬슬슬 발가락으로 건드리며 그래도 모자라다 칭얼댔다. 붉게 붉게 타오르는 열정의 꽃을 기어코 다시 한 번 따 드시고야 마는 것이었다.

이렇게 하여 무정하고 고약한 아바마마에 의하여 동아 아기씨는 단번에 포근한 어마마마 품 안에서, 따뜻한 침전에서 쫓겨나고 말았다. 이럴 줄을 알았으면 눈치보아 울어볼 것을! 후회하여도 이미 늦었구나.

그래도 강보에 싸인 동아 아기씨 또한 엄연한 궐의 식구이다. 고모님인 숙경공주의 대례에도 참석하였다. 복건 쓰고 사규삼 입고 오색 까치두루마기 입히어서는 유모상궁이 포대기에 싼 채 안았다. 어마마마에게 가고 싶었는데 유모는 끄떡도 하지 않았다. 그저 제 품에 안고만 있다. 한번 울어버릴까 하였는데 그랬다간 필시 볼기를 맞을 듯싶었다. 아까 전에 동궁에서 나올 적이었다. 아바마마께서 눈을 엄히 뜨시더니 제게 딱하니 경고를 하시었다.

"네가 어려 철이 없다 하지만은 때와 장소를 가려야 할 것이다. 조용한 초례청에서 또 한 번 멋모르고 앙앙거렸다간 평생 어마마마 품에 안기지 못할 줄 알아라. 알겠느냐?"

훌쩍훌쩍 울며 어마마마 눈치를 보았다. 헌데 어마마마조차도 아바마마 말씀을 잘 들어야 하느니라! 하며 무정하게 편을 드는 것이었다. 게서 아기씨의 기가 팍 죽은 것이다. 인제 어마마마는 오직 아바마마 것이로구나. 아무리 용을 써도 어마마마를 독점하기는 틀렸구나.

유모상궁이며 보모상궁이며 나인들, 내관들 모다 저라 하면은 끔뻑 죽는다. 앙 소리만 내어도 발발 떠는데 오직 한 분만 같잖다 하시었다. 저를 어마마마 옆에서 내쫓은 미운 아바마마만은 끄떡도 없으시다. 오히려 떼를 쓴다 하시면서 항시 볼 때마다 볼기짝부터 후려갈기었다. 참으로 서러웠다.

'어마마마만 보면 만날 웃으시는 분이 어찌 나만 보면은 요렇게 홀대를 하고 볼기짝을 함부로 때리시냔 말야. 밤서 무서운데 무정하게도 유모랑 자라고 하시다니. 어마마마하고 잘 적엔 향기 좋은 젖가슴에 얼굴을 묻고 코오— 하고, 심심하면 젖 빨고 옹알옹알 잘한다 칭찬받았지. 한번 싱긋 웃어주면 상급으로 수십 번 뽀뽀도 받았는데 인제 다 글렀다.'

다소간 좀 꿈자리가 불편하여 몇 번 울었다고 말이다. 세상에 거꾸로 들어 유모상궁에 짐짝 내던지듯이 맡겨 버린다. 데려가라 한마디 하고 문을 탁 닫아버리었다. 아기씨는 그때부터 참말로 아바마마를 미워하기로 작정한 터였다.
그러나 이런 복잡한(?) 아기씨 속내 사연과는 아랑곳없이 장중한 의식이 거행되고 있었다. 금성위 고모부와 숙경 고모님 친영 날이었다. 솔직히 아기씨는 심술궂은 아바마마보다 고모부가 좀더 잘났다 이리 생각하였다. 나이가 좀 많으면 어떠리? 학문 높고 인품 훌륭하다 소문 장하고 관옥 같은 얼굴에 키까정 헌칠하니 참으로 선관(仙官)이 따로 없는지라. 그 앞의 숙경 고모께서도 그에 걸맞은 월궁 선녀라 할 것이다. 결코 아기씨 저의 의대며 기저귀며 다 하여주고, 또 만나면은 뽀뽀를 잘하여주었다고 편애하는 것은 절대로 아니다!
"우리 동아가 참 점잖단 말이지."
의식이 모다 끝나고 주연이 베풀어졌다. 아기씨는 냉큼 할바마마 품으로 건너갔다. 얼굴에 다가오는 따가운 수염이 싫지만은 벙싯 웃으시는 모습이 흥그러웠다. 아기씨는 다소간 재롱을 좀 부리기로 하였다. 손으로 늘어진 수염 잡아당기고 열심히 종알거렸다. 나름대로 힘들게 이쁜 척을 하였다.

"할바마마께서 제일 멋지시어요! 최고여요."

백일도 안 된 놈의 말을 어찌 알아듣는다고. 대견하고 귀여워서 그저 오냐, 오냐 하시지만 사실은 하나도 못 알아듣는구먼, 쳇. 할바마마는 이렇게 저를 예뻐하시는데 왜 아바마마는 나를 구박하실까? 생각하다 보니 다시금 서럽고 슬퍼졌다. 그만 으앙 울음을 터뜨렸다. 헌데 믿을 사람 없구나. 세상에 그 많은 사람 앞에서 아기씨 체면도 생각지 않고 망신을 턱하니 주시었다.
"허어, 이놈이 쉬를 하였도다!"
냉큼 유모상궁이 뒷방으로 뫼셔가 기저귀를 들추었다. 창피하게도 쉬가 아니라 응가라. 뒤따라 들어온 아바마마께서 볼기짝을 철썩 치며 조롱하였다.
"이 못난 놈이 더럽게도 또 응가를 하였더냐?"
이 대목에서 아기씨 자존심이 팍 상하였다. 항의의 뜻으로 앙 하고 울었다. 못난 놈이 응가한 터라, 무엇 그리 잘하여서 요렇게 크게 우느냐 또 타박을 받았다.

"아이고, 응가 잘하는 것도 복이옵니다. 아기가 제대로 응가 못 하면은 그것도 병이지요. 이리 오너라, 내가 안아줄 것이다."

역시 어마마마가 최고라니깐! 아픈 엉덩이 살살 만져 주고 보드라운 볼에 얼굴 맞대고 달래주시니 아기씨 기분이 다소간 풀리었다.

"자네는 아기 데리고 동궁으로 먼저 가시오. 잘못하면 고뿔이 들고 사람들 많은 데 있다가 병이라도 걸리면은 아니 되거든."

한 무더기를 싸고 나니 다소 시장타. 유모의 젖을 쭉쭉 빨아먹는 참인데, 문이 열렸다. 방에 들어온 사람은 저보다 한참 큰 형아였다. 귀여운 풍차바지에 누비 도령복 입고 아장아장 걸어오는데 눈이 반짝반짝하였다. 유모가 아는 척을 하였다. 따라온 여인네더러도 나오셨나이까? 인사하였다. 이내 그 여인과 유모를 위하여 잘 차린 입매상이 들어왔다. 시장한 터로 유모가 무릎 옆에 아기를 눕혀 두고 상머리에 다가앉았다. 저분질을 하면서 두 여인은 도란도란 이야기를 나누었다.

"어찌 중궁에 아니 들어가셨나이까? 중전마마께서 내명부 모다 불러 잔치를 베푸신 터인데요?"

"아이, 게가 어디라고 감히 내가 들어가오? 비록 오라고는 하시었으나 염치가 없지요. 동궁마마 후실이라 한 분도 없는데 내가 감히 어디서 머리를 들 것인가? 헌이 무엇 좀 먹이고 이내 남궁으로 돌아갈 것이오."

"참으로 겸손하시고 순하십니다. 중전마마께서도 첫손자 보시었다 하여, 형임당(정씨의 당호) 마님을 대접함이 장하신데 먼저 이리 몸을 낮추시니 어찌 후실들의 귀감이라 아니 할까? 난중에 저가······. 에구머니! 어찌할 거나?"

유모가 자지러졌다. 동아 아기씨 눈앞에서 불이 번쩍! 그만 날벼락을 맞고 말았다.

아까부터 강보에 꼼짝도 않고 누워선 손가락만 빨고 있는 저를 얕보았음이겠다. 형아가 저를 심히 비웃는 눈빛으로 건들건들 오락가락하여 정신을 산란하게 하였다. 그래도 몸을 움직이지 않으니 꼼짝도 않고 누워만 있는 저를 같잖게 본 것이 분명하였다. 이래도 아니 일어나련? 하듯이 모지락스럽게 머리통을 한 대 갈기는구나. 냅다 몸을 깔고 타서는 손톱을 들어 얼굴을 확 내려 그었다.

황당하고 분하고 억울하고 놀랐다. 동아 아기씨가 목청 터져라 울어대기 시작하였다. 숨도 막히고 아프기도 하고 갑작스런 날벼락을 맞아 놀라기도 한 때문이었다.

"어찌할 거나. 아기씨 얼굴에 상채기가 났소이다! 아이고, 어찌할 것이오? 놀라서 파랗게 질렸나이다! 경기 나시었소! 마마, 마마! 전의감을 부르시오! 큰일이 났나이다!"

반 실성한 유모가 아기를 껴안고 바락바락 고함을 쳤다. 실상 동아 아기씨, 몹시 기가 센 터였다. 가만히 있다가 졸지에 해코지를 당하였으니, 아프고 놀라고 분하여 울음을 멈추지 못하였다. 그만 파랗게 질리어 거품을 물고 끄윽끄윽 넘어가고 말았다.

큰 사고를 친 헌이 이놈. 심히 심술이 돋은 터라 볼록한 볼통만 실룩실룩. 항시 저를 안아주시고 예뻐하시던 할바마마께서 아까는

아직 남은 풀티 157

본체만체, 요놈 아기만 안아주시어 몹시 심기가 불편하였다. 멍청하게 누워만 있는 요놈아. 어디 한번 당하여보렴. 작정하고 내려놓러 쥐어박고 얼굴을 확 뜯어놓았다. 속이 다 시원하였다. 아기 볼에 장하게도 손톱자국이 피멍으로 남은 것이 몹시 통쾌하였다.
　두 아기의 사정은 그러하되 곁둘러 친 어른들이 난리가 났다. 아기가 진정치 못하고 딱 숨이 넘어가며 자르르 떨기만 하는데 벌써 눈이 뒤집혀졌다.
　안팎으로 큰 소동이 벌어지고야 말았다. 유모상궁이 아기씨를 안고 흔들며 소리질렀다. 고함을 지르니 내관이 달려나갔다. 나인이 찬물 대접을 들어 아기씨 얼굴에 입으로 뿜어대어도 진정치 못하였다. 얼굴의 피멍이 문제가 아니라 명이 간당간당이로다. 제정신을 돌이켜야 하는데 벌써 아기 입에서 보글보글 거품이 새어 나오며 기함을 하고 있었다.
　바로 그때 누군가 문을 박차고 달려들어 왔다. 아비인 세자였다.
　밤이 되니 날이 더 쌀쌀하여졌다. 아이가 한데서 오래 있으면 고뿔 들 것이다 싶어서 동궁 데려갔나 알아보러 나왔다. 헌데 이것이 무슨 변이냐? 내관이 아기씨가 기함하여 명이 넘어간다 소리지르며 달려오는 것을 본 것이다.
　새파랗게 질리어 바들바들하는 것을 보자마자 세자는 냅다 아기를 거꾸로 안고 흔들었다. 품에 안고 세차게 등을 두드리기를 몇 번 하니 겨우 아기의 막힌 숨이 트였다. 찬물 대접에 손가락 넣어서 몇 방울을 입에 흘려주었다. 생고함을 질러 마른 목에 부드럽게 물기가 젖었다. 간신히 진정을 하기 시작하였다.

안온하고 넓은 가슴에 안고 토닥토닥하였다. 진정하여라, 진정해. 부드럽게 을러주시며 꼭 안아주니 아기씨는 아바마마의 따뜻한 체온 속에서 간신히 숨을 가다듬었다. 흐느낌과 헐떡임을 가라앉히었다.

한편 헌이 어미 정씨는 거의 반 넋이 나간 상태였다.

엄청난 짓을 저지른 아이를 안고 발발 떨고만 있었다. 감히 눈을 들어 세자를 마주 보지 못하였다.

이제 저와 헌이는 딱 죽었다 싶었다. 세상에 딴 아기도 아니고 앞으로 세손 되고 후에 이 나라 보위 오르실 지존마마 되실 아기를 뜯어놓고 내려 눌러 딱 죽게 만든 것이니 이를 어찌하랴? 대군마마께서 나오시어 이 일을 알면 두말 않고 저더러 먼저 죽어라 하실 것이다.

아무리 철없는 어린아이 짓이라 한들 방 안에 어른이 몇이냔 말이다. 그런데도 헌이가 동아 아기씨를 해치는 것을 막지 못하였으니 방에 있는 모든 사람은 중죄인이었다. 저는 죽어도 좋으나 아들 목숨은 어찌할 것인가? 정씨는 세자의 발치에 엎드려 싹싹 빌었다. 울며 애원하였다.

"저하! 모두 이년 잘못입니다! 잠시간 눈길을 잘못 팔아 이리되었습니다! 철없는 어린아이가 저지른 짓이니 벌은 저가 받을 것입니다. 헌이 목숨만 살려주십시오! 엉엉엉!"

급하게 전의감이 뛰어들어 왔다. 곧이어 중전마마며 빈궁마마, 파랗게 질린 용원대군과 국대부인까지 들이닥쳤다. 아기씨 여린 볼에 맺힌 피멍에 모다 입이 쩍 벌어졌다. 허나 어미인 빈궁만큼 기가

아직 남은 불티

막히고 속이 상하였으랴?

"에구머니, 동아야!"

눈물이 글썽하여 이제 겨우 진정하여 잠이 들락 말락 한 아기씨를 받아 안았다. 볼을 부비며 펄쩍 주저앉아 버렸다. 한구석에 처박혀 헌이를 안고 덜덜 떨며 울고 있는 정씨와 아기씨를 안고 울고 있는 빈궁을 내려다보며 방 안의 사람들 전부 할 말이 없었다.

"도대체 아기를 어찌 보았기에 이런 짓을 저지르게 하였더냐? 참말 기가 막히다."

중전마마께서 간신히 한말씀만 하시었다. 진정 난처하구나. 누구 편도 들 수 없었다. 귀한 원손 얼굴을 이 지경으로 만들어놓고 죽네 사네 경기까지 일으키게 만들었다. 법도대로 하면 이 자리에 있던 유모상궁이며 정씨며 나인이며 모다 참형을 하여야 할 것이고, 당사자인 헌이도 벌주어야 한다. 헌데 철없는 어린것이 말릴 새도 없이 저지른 일이었다. 그것으로 어른의 목숨을 벤다 함도 참으로 못할 일이었다. 또한 죄를 지은 헌이란 놈도 중전마마께는 똑같은 귀한 손자였다. 차마 한쪽 편들기도 무엇 하였다.

"중전마마, 저를 죽여주십시오! 철없는 아이가 한 짓이옵니다. 헌이는 용서하옵시고 소인에게 죄를 물어주옵소서. 마마, 마마! 제발 우리 헌이를 살려주십시오. 엉엉엉."

썩은 지푸라기라도 잡듯이 정씨가 울면서 용원대군을 향하여 애타게 소리쳤다. 그인들 뾰족한 수가 있을까? 역시 기막히고 면구하고 할 말이 없었다.

"아이고, 기가 막히다! 대체 아기를 어찌 본 것이냔 말야?"

용원대군 또한 힘없이 바닥에 주저앉아 버렸다. 아들 목숨이 왔다 갔다 하니, 한 번만 용서하여 주십시오 간청하고 싶었다. 허나 얼굴에 든 피멍이 너무 장하고 아까 전에 아기씨가 경기를 일으키어 저하가 아니었으면 까딱 경각이었다 하는 소리를 들은지라 입에서 말이 아니 떨어지는 것이었다.

숨이 넘어가 바르르 떨던 아까 소동은 거짓말 같다. 어마마마 품에 안기어 있으니 아기는 금세 새근새근 잠이 들었다. 간신히 진정하여 빈궁이 조용히 고개를 돌렸다.

"형임당은 그만 하시오. 철없는 아이가 한 짓인데 죄를 줄 수는 없는 일이오. 아이가 진정하였으니 되었소이다. 헌이가 더 놀랐을 것이니 일단 남궁 데리고 가시오."

빈궁은 억지로 태연한 얼굴을 가지려 애를 쓰며 중전마마께 아뢰었다.

"이렇게 소란하면은 화촉 밝힌 두 분 마음이 어찌 편할 것입니까? 저하, 어마마마를 뫼시고 중궁으로 돌아가소서. 예는 제가 알아서 정리할 것입니다. 없던 일로는 못할 것이나 괜히 크게 벌일 필요도 없습니다. 먼저 가옵소서. 아기씨를 재우고 저도 금세 돌아갈 것입니다."

실상 이 자리에서 제일 노여워할 사람이 빈궁이었다. 그녀가 노화 치밀어 모다 벌주고 헌이를 내쫓아라 길길이 날뛰면은 아무도 막을 자가 없는 형편이었다. 실은 중전이나 세자도 빈궁의 입만 바라보고 있던 참이었다.

"빈궁 뜻이 그러할진대 그리합시다. 어마마마, 이만 돌아가시지요. 사람들이 알면 알수록 더 큰 난리가 날 것입니다. 모르는 척하시옵소서. 용원 너는 헌이와 형임당을 모시고 남궁으로 돌아가라. 이 방서 있었던 일을 아는 이는 내가 입을 막을 터이니 너도 입을 닫아라. 이곳에서는 아무 일도 없었느니라."

"입이 있되 말을 못할 참이오. 감사하옵니다. 형임당은 헌이 안고 따르라. 여하튼, 이놈 개구진 짓이란!"

"누구 탓을 하느냐? 아비인 저를 꼭 닮았구먼."

헌이를 향하여 괜히 눈을 부라리는 용원대군을 두고 한마디 하였다. 세자와 빈궁이 먼저 나서서 없던 일로 수습하자 하시니 그 방에 있는 사람들 또한 무슨 말을 할 수 있으랴. 아기 여린 볼에 난 상처 꼴을 한 번 더 안쓰럽게 바라보던 중전마마께서 한숨을 쉬며 빈궁마마 손을 토닥였다.

"빈궁 마음이 진정 넓고 어지도다. 자식이 흉한 꼴 당하는 일은 누구도 참지 못할 일이되, 잘 참고 차분하게 가리어 목숨 여럿을 살려주었구나. 네가 진실로 윗전 노릇을 하였다. 참으로 고맙구나."

엄청난 사고를 치고도 말똥한 헌이를 안고 정씨가 용원대군 뒤를 따라 질질 울며 나갔다. 세자가 중전마마와 더불어 남은 일행을 돌멩이 끌 듯 몰아 떠났다. 방 안에 남은 이라고는 유모상궁과 나인, 그리고 아기씨 안은 빈궁마마뿐이었다.

"여린 살이라 멍이 장하되 금세 아물 게야. 약을 발라주고 덧나지 않게만 조심하오. 놀라서 밤서 깰지도 모르니 잘 다독이어 안고 주무시오. 이 방에 있었던 이들 밖에는 모르는 일이니 굳게 입을 다물고! 만약 구설이 나면은 예 있던 자네뿐 아니라 형임당이랑 헌이까지 벌을 받을 것이다."

 "쇤네를 죽여주십시오. 흑흑흑. 형임당 마님께서 헌이 도련님을 안고 들어오시었기에 잠시간 이야기 나누고 있었사옵니다. 도련님이 아기씨 곁에 알짱거렸을 적에 신기하여 아기를 본다고만 생각하였습니다. 감히 그런 무엄한 짓을 저지를 것이라 생각하지 못하였나이다. 아기씨가 워낙에 놀란지라 그만 기함을 한 것이니, 저하께서 뛰어들어 오시어 거꾸로 엎어놓고 아기씨 기를 틔워주시지 않으셨다면 무슨 일이 벌어졌을지 모르옵니다. 모두 쇤네 불찰이옵니다. 엉엉엉."

 울음 반, 말 반. 두서없이 넋두리하듯 용서를 비는 유모상궁의 변명을 들으며 빈궁은 그저 잠잠하였다. 아기 볼만 살짝 만지는 그 속이야 참으로 쓰라리고 기가 막혔다. 허나 저질러진 이후인지라, 이제 와서 어쩔 것이냐. 철없는 어린 헌이 그것이 고물거리는 아기를 보니 아마 호기심이 생기었겠지. 어루만져도 미동없이 인형같이 누워 있으니 미욱스러워서, 한번 때리고 할퀸 모양이었다.

 "그만 하오. 내 그 사정 다 이해하오."

 헌이 어미 정씨를 보아하니 벌써 혼백이 날아간 후였다. 어미 된 입장으로 제 자식이 지은 허물도 가리고 먼저 역성을 들어야 함이라. 저는 죽어도 좋으나 아들만 살려달라 애원하는 꼴이 참으로 기막히고 가긍하였다. 그녀의 처지며 심사란 같은 어미이자 여인인 빈궁으로서 참으로 불쌍하고 가련하다 싶었다. 오직 하나 희망인 아기가 철없는 짓 한번 하여 쫓겨난다 하면, 정씨는 그날로 목을 맬 것이다 싶었다.

'두 분 윗전마마의 심기를 편안하게 해드려야만 한다. 실상 헌이나 동아나 두 분에게는 똑같은 손자이지 않느냐. 누가 더 귀하고 덜 귀하다 할 수 없는 노릇. 비록 동아가 동궁마마이신 저하의 혈손이라 후에 세손 되고 아무 탈이 없이 장성하면은 아바마마 뒤를 이어 보위에 오를 주상이 되실 몸이기는 하나 그는 후의 일이다. 용원대군마마에게 헌이가 귀하기는 우리 내외에게 동아가 귀한 것과 다름없음이야.'

만약 빈궁이 노화 치민 대로 처분하여 헌이를 가만두지 않겠노라 용렬하게 나서면 참으로 곤란할 일뿐이었다. 윗전 두 분 마마는 법도 따라 헌이며 유모상궁이며 어미 정씨며를 모다 죄 주어야 한다. 그것으로 야기된 형제간 불화를 눈으로 보시어야 한다. 더없이 우애 깊은 두 형제 사이도 어색하여질 것이 뻔하였다. 그 모든 것을 염두에 굴린 빈궁은 재빠르게 먼저 나서서 그만두자 하였던 것이다.

"진정하오. 어딜 가든 아기씨 본 공(功)은 없다 합디다."

"망극하옵니다, 마마. 흑흑흑."

"잠시 잠깐 눈돌리면 이내 사고를 치는 것이 아기들이 아니오? 되었소이다. 인제 그만 하오. 자네가 얼마나 동아를 정성들여 보살피는지 뻔히 아는데 어찌 벌을 줄 것인가? 진정하오. 없던 일이오. 월선아, 아기 안고 가거라. 유모가 더 기함하였다."

유모상궁과 나인을 동궁으로 보내고 빈궁은 애써 태연한 안색으로 중궁으로 돌아갔다.

"동아는 어떠하오? 동궁으로 보냈소?"

모다 저의 입만 바라보고 있었다. 빈궁은 배싯 웃으며 순후히 대답하였다.

"별일도 아닌데 괜히 놀라서 어마마마까지 달려나오게 하였습니다. 조용하게 지내다 번잡스런 곳에 나와 여러 사람을 보고는 아기가 흥분한 모양입니다. 울음이 멈추지 아니한 고로 소동이 난 것입니다. 인제 잠이 들어 동궁으로 가는 것을 보고 저는 내전 들어왔습니다."

"참으로 별 탈 없습니까? 모다 걱정하였습니다."

이날의 주인공인 숙경공주, 화려한 원삼 차림으로 앉아 있다가 재우쳐 물었다. 동아 아기를 몹시 귀여워하니 걱정이 된 것이다.

"마마께서는 아직 제 성질 모르시는가? 암호랑이인 고로 뉘가 우리 아기를 건드리면 가만있지 못합니다. 홋호호. 괜찮습니다. 아기가 한번 장하게 운다 하여 어마마마까정 뛰쳐나오시니 그놈이 궐 안에서 제일가는 상전입니다. 마마, 새신랑은 언제 매달 것입니까? 빨리 신방에 들고 싶으신 터인데 오라버님들께서 이리 굼뜨시니 너무합니다. 금성위나 공주마마 모다 애가 타는 것이 아니 보이십니까?"

빈궁의 능청에 새신랑과 새색시 볼이 갑자기 붉어졌다. 일각이 여삼추라. 빨리 이 자리가 끝나고 두 분만이 있고 싶도다. 정곡을 찌른 것이다.

저하께서 상원대군에게 싱긋 웃으며 눈짓을 하니 갑자기 재원대군이며 상원대군이며 서원위에 저하까지 나서서 솔개가 병아리 채듯이 새신랑 잡아챘다. 문을 나서니 뒤에서 웃음소리 요란하고 놀림 하는 소리며 낄낄대는 소리. 제발 살살 하옵시오! 하고 애원하는 공주마마 역성에 또 한 번 악의없는 놀림이 터졌다. 웃음소리 왁자하니 그 엄청난 소동이 유야무야 묻혀 버렸다.

"빈궁은 이만 동궁 돌아가거라. 수고하였다. 후에 다시 이야기하자구나."

중전마마께서 정신없는 큰며느리 사정 생각하시어 빈궁더러 물러가라 분부하시었다. 빈궁 또한 몸은 이곳에 있되 넋은 아기에게로 가 있는 터라 이 밤만큼은 더 이상 사양하지 않았다. 겉으로는 명랑하였어도 아가에 대한 근심걱정으로 지금 제정신이 아니었다.

중궁을 나서던 빈궁은 세자가 회랑 앞에서 기다리는 것을 보았다. 울컥 눈물이 치솟았다. 그만 든든한 품에 안겨 버렸다. 속상하고 놀란 것은 부모인 세자나 빈궁이나 똑같은 것이리라.

"오늘 일은 연희가 슬기롭게 참으로 잘하였다. 지금의 빈궁 심사가 얼마나 혼란스러울지는 내가 잘 아오. 동궁 가서 내 다 풀어주께. 갑시다, 빈궁."

교자 타고 동궁으로 돌아가는 세자저하. 속으로 '고맙소이다, 빈궁' 하고 속삭였다. 참으로 우리 연희. 시원시원하고 속이 넓구나. 게다가 민첩하기까정 하였다. 궐 안팎이 왈칵 뒤집어질 일을 단번에 없었던 일로 메워가는 솜씨가 보통이 아니었다. 어미로서 아이가 변을 당한 터라 속이 얼마나 미여 터졌을까? 얼마나 안타까웠을까?

'허나 침착하게 윗전 노릇을 하던 것 보라지? 가시방석일 형임당부터 먼저 생각하고, 아기 잘못 보았다 죄받을 아랫것들 생각하며 가려덮은 게다. 누구 편도 들 수 없음이라, 난처하고 기막힌 윗전마마 입장까정도 가리어서, 먼저 제가 아모 일도 아니오 하고 나서니 일이 순조로이 해결된 것이거든.'

참으로 금일의 변란 앞에서 세자는 빈궁에게 감사하였다. 다시 한 번 연돌이의 대범함과 심성 착함에 감탄하였다.

'무어라 하여도 내가 처복이 있거든. 안해는 잘 보았거든? 동궁 돌아가면 많이 위로하여 주어야지. 저도 깜짝 놀란 터라 얼굴이 해쓱하였다.'

하늘이 맑고 소슬한 바람에 별이 총총. 국화꽃 향기 짙은데 밤새는 구슬피 우짖는구나.

호젓한 늦가을 밤. 불 켜진 전각마다 사연사연 다 다르네.

남궁 운헌각. 빈궁마마 넓은 아량에 죽을 고비 겨우 넘긴 정씨, 질질 짜면서 용원대군에게 있는 구박 없는 구박 다 당하고 있는 중이었다. 그러면서도 아들 헌이를 끝내 제 품 안에서 떼놓지 못하였다. 가련한 그 꼴 보아지니 어지간한 대군도 불쌍하여 더 이상은 호령질을 할 수가 없었다.

"미운 세 살 아니냔 말야. 개구진 짓은 혼자서 다 한다구. 저놈 감시 잘하라 그랬었지?"

"예, 예. 그러믄요, 그러믄요."

"여하튼 한 번만 더 사고를 쳐봐! 아주 경을 칠 테야. 빈궁마마께서 용서하여 주시었으니 다행이지 무어. 인제 일은 끝난 것이니 너무 근심하지 말란 말야. 이 상궁, 게 있나?"

"예, 마마."

"헌이 데리고 나가서 재우게. 자네는 야심한데 금침이나 내리지. 예서 잘란다."

이쪽 동궁 형편은 어떠하노?

두 분 마마, 손을 꼭 잡고는 새근새근 잠든 아기 머리맡에 앉아 있었다. 피멍 든 작은 얼굴을 안쓰럽게 내려다보며 빈궁은 지금껏 내색 못한 속상함을 털어냈다. 동아야, 이름을 부르며 자꾸만 훌쩍훌쩍 울었다.

"그만 울라니깐. 바깥에서는 대범한 척해놓고는, 예서 이렇게 울면 내가 미안해서 어찌하니?"

"저도 울지 않으려 하는데 속이 상한단 말여요. 흑흑. 어린것이 얼마나 아팠을까? 얼마나 놀랐을까?"

"아이가 이런 일도 당하고 저런 일도 당하면서 크는 게지. 기응환도 먹이고 약도 발랐으니 이내 가라앉을 게야. 진정하오."

"마마, 안아주시오. 저가 속이 많이 상한 고로, 마음이 쉬이 진정되지 않아요."

듬직한 지아비의 품에 폭신하게 안겨 버렸다. 잘하였다 고맙다, 등을 토닥여주며 어리광을 받아주니 간신히 빈궁의 눈물이 잦아들었다.

빠질 수가 있나? 신방도 엿보아야지.

경덕궁 영곤전. 방 안의 불이 마침내 꺼졌다.

그토록 애달아 그리워하던 정인들이 마침내 만났다. 깊이 사모하되 말 못하고 가슴 태웠으니, 별 우여곡절을 다 겪은 연인(戀人)들이

비로소 한 몸이 된 밤이 아니냐. 얼마나 좋은 밤인가? 얼마나 뜨거운 밤이련가.

허나 달디단 꿈에 젖어, 사랑질에 푹 젖어 천지분간 못하는 두 사람. 뜨겁게 진진하게 초야를 태우는 금성위와 숙경공주는 모르니. 바로 만 리 밖 황경의 일이다.

장성 넘어 명국의 황경. 진왕부의 내실(內室). 대체 게서는 무슨 일이 벌어지고 있는가?

"전하, 이렇게 약주를 많이 하시면 용체 상하시옵니다."

"나가라! 귀찮다! 다 귀찮다!"

총애하던 후궁들이 다투어 애교부리며 섬섬옥수 뻗어 어루만지고 심기를 펴드리려 하였다. 그러나 하루 종일 울적하니 불퉁불퉁. 애먼 노염질이 장하더니, 기어코 버럭 고함이 터졌다.

거칠 것 없이 다시 한 번 자작자음(自酌自飮). 술잔에 철철 넘친 술이 탁자를 흘러 바닥에까지 떨어졌다. 그럼에도 술병을 기울여 따르는 손은 멈추지 않는다. 멍한 눈빛은 줄줄 흐르는 술잔을 멍하니 바라보고 있었다. 내 마음이란 따라도 따라도 채워지지 않는 이 술잔 같거니.

지금 이 순간. 진왕의 얼굴이란, 마음 둘 데 없이 자포자기한 그것이었다. 화려한 용포 입고 황금관을 쓰고 있다. 일인지하 만인지상(一人之下 萬人之上)의 고귀한 그 사내가 이렇듯이 번민하고 괴로워하고 마음을 가누지 못하는 진정한 이유는 무엇인가?

'평생 사모하고 은애할 내 여인이라, 헌데 지금 그녀는 딴 사내와 합환하고 있구나. 내 것일 수 있던 저의 모든 것을 다른 사내에

게 다 주고 있구나.'

 아무리 하여도 떨칠 수 없는 미련과 그리움. 그토록 고운 이를 미쳤다고 내가 스스로 다른 사내에게 넘겨주었다더냐? 수천 번 한숨 쉬고 후회하고 탄식하였다. 그 밤 내내 술로 꼬박 새우는데 번민은 가라앉지 않고 미련은 다함없어라.

 앞으로 천자가 될 사람이다. 못할 것도 없고 못 얻을 것도 없으며 못 이룰 일도 없다. 자신만만하던 진왕이 난생처음이자 마지막으로 겪는 좌절이었다. 천하에서 가장 도도하고 오만하며 강한 그가 한 여인 때문에 절절한 상사병에서 헤어 나오지 못하였다. 스스로 놓아준 어여쁜 꽃 한 송이 때문에 괴로움에 떨고 있다. 그토록 그가 공주를 깊이 사모함은 오직 그만이 묻어둔 비밀일지니…….

제5장 그림자를 밟으며

　아직은 박명(薄明). 청신한 신새벽.
　평생에 있어 가장 달콤하고 화려하며 가슴 설레는 한밤을 보내고 눈을 떴다. 새신부 공주는 아직도 곤히 잠들어 있었다. 든든한 지아비의 가슴에 포근하게 얼굴을 묻고 아무런 저어함이거나 걱정없이 깊은 잠이다. 가냘픈 팔과 다리는 행여 도망갈세라 그녀의 사내를 넝쿨처럼 감고 있다. 금성위 강위겸, 마냥 귀하고 사랑스러운 사람을 가슴에 안고 다만 벅차고 고맙고 감사할 뿐이었다.
　'평생 사모하리오, 공주. 흠 많은 이 사내를 지아비로 받아주어 진정 감사하오.'
　떨리는 손으로 비녀를 뽑고 화관을 내려주었다. 긴 속눈썹이 불빛 아래 파르르 떨리고 있었다. 나부죽이 두 손 짚고 어진 새색시가 고개 숙여 속삭였다. 진분홍빛 입술이 검은 머리 파뿌리 될 때까지 은애하고 사모하리라 속삭였다.

"이제 이 공주는 지존의 천금이 아니라 다만 대감의 안곁일 따름입니다. 언제 어디서든 평생 곁에 있을 겁니다. 믿고 의지하며 따를 것입니다. 하니 사모하여 주십시오. 평생 한결같은 이날의 마음만 주십시오."

참으로 진실일 터이지. 이토록 아름답고 고귀한 여인이 한결같이 은애하여 주신 것이 고맙고 눈물겨웠다. 몰래몰래 눈빛 나누어 아프디아픈 가슴앓이라. 온갖 우여곡절 끝의 행복이니 그 얼마나 감사하고 가슴 그득할 것이냐.

촛불 훅 불어 끄고 금침에 파고들었다. 눈 딱 감고 옥덩이 같은 팔목을 세차게 잡아끌었다. 싫은 듯 부끄러운 듯 도망가려는 듯 바둥대는 정인의 옷고름을 풀고야 말았다.

'어어흠. 크흠!'

아이고, 짜릿하고 달큰하고 쫄밋하고 탱글탱글하여라. 점잖은 체면에 어젯밤 오간 정분질에 별의별 치태를 생각하는 순간, 금침 안의 새신랑 얼굴이 시뻘게졌다.

누가 있다고, 누가 보았다고, 헛기침에 이리도 민망해하는가? 그러면서 다시 한 번 엉큼한 손길이 슬금슬금 안해의 매끄러운 등골 쪽으로 다가갔다.

천하에 이리도 어여쁘고 기막힌 매혹이 어디 있으랴? 사내의 참다운 재미라. 금성위, 옥같이 서늘하며 향내 풍기어 달콤한 꽃송이의 비밀을 처음 파고들었는데. 촉촉한 숨소리, 찰싹 달라붙는 보드라운 살결. 쫀득쫀득한 그 맛이야, 어디에 견줄 것이냐? 단걸음에 넋이 날아가 버렸다. 천상극락이 어드메냐? 바로 예가 아닌가?

아무리 더듬고 욕심내고 타고 올라 풀어도 여전히 남는 아쉬움. 미진한 춘정이라. 내미지상의 여인이 가진 속살의 비밀이니 금성위야말로 복이 터졌다 할 것이다.

이미 그 정분이 남다른 두 사람이었다. 초이레 동안 꼼짝도 않고 한데 얼려 뒹굴었다. 정담을 속삭였다. 낮에는 손을 잡고 후원을 호젓이 산책하며 시가를 읊고, 달이 밝은 밤에는 운치도 절묘하여라. 대금을 들어 〈춘상가절〉의 신묘한 가락을 불어주는구나. 금침 안에 파고들어 둘이 꼭 부둥켜안고 남은 알아듣지도 못하는 대국 말로 비밀 이야기 주고받으며 깔깔거리는데……. 무정하여라. 야속하여라 시각은 어찌 이리 잘도 가는지.

원래 금성위가 하는 일이란, 주상전하 곁에서 늘 시립하며 원하는 서책을 골라 드리거나 교서 내릴 적에 그 문장을 다듬는 것이었다. 마침 야스다국에 내릴 교서를 초안 잡는 일에 그가 필요하다 기별이 왔다.

"신혼 초이레라 미안하되 급한 일이라 그러합니다. 잠시간 편전 납시어 짐을 도우라 하교하시었나이다. 부마도위께서는 즉시 대궐로 납셔주십시오."

이렇듯이 새신랑이 잠시 대전으로 불려간 틈을 놓칠 수가 없지. 냉큼 빈궁이 신방으로 침입하였다.

초이레 그동안 정인의 품 안에서 마음껏 행복하였다. 꽃봉오리가 고운 비와 훈김에 익어 활짝 피었다. 피어오른 염태며 아리따운 맵시가 기가 막히었다.

"동아를 보고 싶은 터인데 데려오시지 않고서요?"

"아침저녁으로 쌀쌀하니 고뿔기가 다소간 있나이다. 대전께서도 동아 데려오너라 하시었지만 다소간 몸이 아프옵니다 하였더니 그만두라 하시었지요. 오늘내일 저녁때쯤 망극하게 직접 동궁으로 동아 보러 가노라 하시었습니다."

빈궁의 말은 예서 다소 거짓이었다. 아기 얼굴의 상처가 어느 정도 아물어야 다른 사람 눈에 보일 것이다 싶었다. 하여 다른 사람 앞에서는 듣기 좋게 '아기가 고뿔기 있어서 사람 많은 데 가면은 아니 되오, 바깥 출입하면 안 되오' 하고 물리쳤다. 한 대엿새 지나니 아기살이라 금세 아물어간다. 손톱자국만 사라지면 말짱할 터. 내일쯤 바깥으로 내보일 것이다 요량을 하고 있는 중이었다.

"깨소금 냄새가 진동하더이다. 이토록 고소한 내음이 어디서 나나 하였소. 게가 바로 여기구먼. 좋으시지요?"

숙경공주가 가만히 고개를 끄덕였다. 수줍어서 배시시 웃고 말았다. 말은 아니 하여도 얼마나 행복하고 기꺼우며 구름 탄 듯한지. 웃음 머금은 낯빛이 그저 붉은 도화(桃花)였다. 드러난 아름다움이 참으로 황홀하였다. 이런 분이니 도도한 진왕이 오매불망 잊지 못하고 깊이 사모할 만도 하지. 빈궁은 홀로 생각하였다. 은근히 놀려먹고 싶었다. 짐짓 짓궂게 눈을 찡긋하였다.

"금성위께서 노화는 내지 않으시던가요? 진왕의 선물을 받았다고요."

"고마운 일입니다 한마디만 하셨어요. 저가 옷감만 보여 드렸거든요. 봉황 떨잠은 훗날 황후 되실 분께 전하여 드릴 것이어요. 은근한 진왕의 심술기라, 말을 아니 하였나이다."

"아아, 공주께선 실로 행복하여라! 천하 주인 되실 분의 일편단심 사모지정을 받으시니 말입니다. 게다가 학문 높으시고 인품 훌륭하신 대장부라, 금성위의 굳은 단심 또한 변함없이 마마의 것이라. 이 빈궁의 복만이 그득한 줄 알았더니 말야. 공주께서 타고난 복은 더하시오."

"아이고 천복으로 치자면야 빈궁마마를 누가 따라갈까요?"

"실은 저가 실속이 없어요. 어린 날부터 늙은 저하의 교묘한 수단에 걸리어 한 번도 헛눈 돌려보지 못하고 냉큼 답답한 궐에 잡혀 들어온 터랍니다. 이 세상에 잘난 다른 사내들이 있다는 것도 모르고 살고 있거든요. 공주께서는 천하에서 가장 잘난 두 분에게 사모를 받고 있는 참이 아닙니까?"

"저를 계속 놀리시면은 오라버님께 다 일러바칠 것입니다. 빈궁 형님께서 다른 사내하고 정분이 나지 못하여 섭섭하였다고 고자질할 것입니다?"

"무엇이 어째여? 빈궁이 나 말고 딴 사내를 보았다는 말이냐?"

헛허거리는 웃음소리가 나면서 문이 열렸다. 대전에서 만난 금성위와 세자저하가 함께 듭시었다. 눈에 웃음을 가득 물고 짐짓 호령하였다.

"아아, 분하도다. 오직 빈궁을 마음에 담고 단 한 번도 헛눈 돌린 적이 없건만! 빈궁은 다른 사내를 못 본 것이 분하다 이 말이냐? 빈궁. 내 참말로 섭섭하오, 응?"

"아이고머니나, 어찌하지? 이 빈궁 속마음을 알아버리셨고나. 인제 큰일 났다! 아이, 마마. 신첩에게는 오직 저하 한 분뿐인 고로 아까 말은 농담이었습니다. 노화일랑 내지 마옵소서. 네?"

빈궁은 눈꼬리에 살살 녹는 애교를 담고 어리광을 피웠다.

"이미 빈궁 속을 알아버린 고로, 흥. 두고 보잔 말이다. 몰라여!"

알콩달콩 토닥토닥. 두 사람 사이 오가는 정분 진진한 수작을 바라보며 공주가 입을 삐죽였다.

"흥, 아우의 신혼방에 침입하시어 하는 일이라니. 두 분 마마 사이 첩첩한 연정을 자랑함이 아닌가? 아이고, 낯뜨거워 못 살겠다. 나리, 아무래도 우리가 자리를 비켜나야 될 것 같습니다."

"아무래도 그러합지요? 공주, 물러나 드립시다. 다정한 사모지정은 견줄 데가 없음이라. 그저 아름답나이다."

"싸움질하는 것도 아름답다 하시니 오히려 꾸짖음보다 더 큰 우세올시다. 그만 하지요. 마마, 용서하여 주십시오. 더하다간 온 궐에 소문이 다 날 참이다. 아랫사람의 귀감이 되어야 할 저하와 빈궁이 하찮은 일로 싸움질이라, 배울 것이 하나 없다고 말입니다."

"흥, 은근히 찔리는 것이 있단 게지? 허니 구렁이 담 넘어가듯이 슬쩍 넘어가려 하는 게다. 내가 조금이라도 잘못을 하였어봐, 밤 내내 들들 볶고 심지어 손톱 들어 할퀴기까정 하였을 것이다? 아니 그러하여?"

"에그, 좁쌀! 꼭 남들 앞에서 우세시킨다 말이지요? 몰라욧. 동궁 돌아가서 가만두지 않을 것이야."

눈꼬리에 실웃음을 담고 빈궁이 벼렸다. 은근히 겁이 난 듯 시늉을 하며 세자가 엄처시하(嚴妻侍下)가 이렇게 괴롭구나 탄식하며 짐짓 몸을 떨었다. 이럴 즈음에 공주께서 분부하신 주안상이 들어왔다.

"상원도 올 것이니 자리 하나 더 마련하여라. 이 혼인의 중신아비는 그 아이니라. 술 석 잔을 톡톡히 내어야 할 것이다. 핫하하."

"대군마마께서 중신아비라니 그것이 무슨 말씀인지요?"

"나는 몰라여. 후에 금성위에게 직접 들으소. 백화편이라 하니 읽어보면 알겠지?"

빈궁은 영문을 몰라 너털웃음만 짓는 저하 얼굴을 바라보았다. 슬며시 얼굴 붉어지는 사람은 나란히 앉은 숙경공주와 강위겸이었다. 강학할 적에 백화편을 읽으면서 속내를 보였다. 늙다리 총각이 열다섯 어린 제자를 감히 욕심내었으니, 남들이 알면 실로 염치가 없다 하지 않겠나. 모르는 척 흠흠 헛기침만 하였다.

남궁.

상원대군은 글방인 세심각에서 나와 공주궁으로 걸어가던 참이었다. 문을 나서 몇 발자국 나가다 문득 멈추었다. 생각하니 공주에게 선사하리라 작정하였던 그림 한 폭을 잊고 나온 것이다.

다시 돌아가 글방 문을 열었다. 대군이 자리를 비운 사이 빈 글방 소제를 하던 나인이 화다닥 놀라며 바닥에 꿇어 엎드렸다. 달달 떨었다. 무슨 나쁜 짓을 하다 들킨 얼굴이었다. 두 손을 가슴 안에 모은 채 사색이었다. 그 품 안에는 분명 대군의 것이겠다? 서첩이 안겨 있었다.

그동안 참한 아이라 생각하고 곱게 보았었다. 헌데 자리를 비운 사이 주인의 물건을 함부로 헤집고 맘대로 도적질을 하였단 말인가? 순간 울컥 불쾌하고 노여웠다. 허나 침착하고 어진 품성이라, 날카로운 힐난을 꾹 눌러두고 침착하게 전후 사정부터 캐물었다.

"요사스럽구나. 대체 무슨 짓을 하였기에 나를 보고 이토록 놀라느냐?"

덜덜 떨기만 할 뿐 차마 말을 하지 못하였다. 겁에 질린 커단 눈에서 금세 주먹만 한 눈물방울만 굴러내렸을 뿐이었다.

"거기 품에 끌어안은 것이 무엇이냐? 예는 글방이라 값나가는 것도 하나 없을 터인데 말이다. 무엇을 훔친다 함도 어불성설일 것이다. 바른대로 말하여라. 대체 무엇을 가지고 그리 두려워하는 것이냐?"

"마, 마마! 제발 용서하여 주옵소서. 그저 쇤네가, 쇤네가……. 너, 너무 아까워서……."

죽여줍쇼 하듯이 나인이 방바닥에 납죽 엎드렸다. 두 손 모아 싹싹 빌었다. 달달 떨며 울음 반, 말 반 정신없이 지절거렸다. 마지못해하며 내놓은 것은 뜻밖에도 구겨진 종이 수십 장. 대군이 어젯밤 내내 글씨 연습하다 마음에 들지 않아 구겨서 냅다 던져 놓은 파지였다. 그것을 한 장 한 장 정성 들여 곱게 주름을 펴고 길이 맞추어 모아놓았다. 그래 보았자 파지쪽이라, 그런 것을 보물인 양 껴안고 있는 것이 실로 기이하고 이상하였다. 의아스럽기도 하고 궁금하기도 하여 대군은 엎드려 빌고 있는 나인을 찬찬히 내려다보았다.

모후께서 글방 소제를 하고 서책을 간수하라 하여 다섯 해 전에 남궁으로 보내준 계집아이였다.

볼품없는 까만 얼굴에 바람 불면 날아갈 듯 가녀린 몸을 한 어린 무수리. 있는 듯 없는 듯 더없이 조용하였다. 허나 손끝은 재빠르고 알뜰하며 민첩하였다. 어느 사이엔가 늘 어지럽혀져 있던 글방 구석구석이 말끔하여졌다. 사방을 둘러보아도 항시 윤기 흐르고 기물이며 서책이 늘 정리정돈, 제자리였다.

무슨무슨 책을 가져오너라 하면 이내 척척 대령하였다. 하찮은 문방사우 하나를 간수하는 것도 마치 어린 아기를 다루듯이 단정하고 정성스러웠다. 하여 그동안 대군은 말은 아니 하였어도 속으로는 심히 기특하다 여기고 있었다.

"무엇 하려 이것을 보물단지처럼 모은 것이냐? 쓸모없다 하여 버린 것인데? 휴지로 쓸 양이면 정성 들여 주름을 펼 이유도 없을 터이고 말야."

"필체가 너무 귀하고 아름답습니다. 쓰인 글귀 또한 하도 좋아 모다 모았나이다. 이미 한 상자가 넘으니 저가 그것으로 공부를 하는 참입니다. 흑흑흑. 마마, 용서하여 주십시오. 이 천한 것이 감히 글줄을 탐내었습니다. 겁도 없이 눈이 어두워 발칙한 짓을 저질렀나이다. 마마께서 버리신 것이라. 이미 쓸모없다 하신 것이니 저가 모아도 별 잘못이 아닌 줄 알고서…… 흑흑흑. 다시는 그러지 아니할 것입니다. 한 번만 용서하여 주십시오."

"모다? 허면은 그전부터 내가 내던진 파지를 너가 전부 모았더란 말이냐?"

깜짝 놀란 목청이 저절로 높아졌다. 나인이 울먹이며 고개를 끄덕였다. 간신히 대답하였다.

"예, 마마."

"가지고 와보아라. 네 말이 참인지 알아보련다."

나인 아이, 그 이름은 율리였다. 남궁 뒤란, 제일 후미지고 작은 제 방에서 서첩을 가져왔다. 회색 비단을 둘러친 기름종이를 표지로 하여 대군이 쓰다 버린 파지를 차곡차곡 모았다. 구겨진 종이를 모다 정성스레 다림질하여 반듯하게 펴서 송곳으로 구멍을 뚫어 종이끈으로 묶어놓았구나. 어엿한 한 권의 서책이라. 그것이 벌써 너다섯 권째였다. 이런 일을 한 것이 한두 해가 아니라는 뜻이었다.

"기가 막히는구나. 대체 무슨 이유로 이리하였더냐? 너는 내 글방을 무시로 드나들며 정리하는 사람이 아니냐? 딱히 서책이 필요하였으면은 얼마든지 읽고 필경할 수가 있을 것이다. 헌데 굳이 내가 버린 파지를 모은 이유가 무엇이냐?"

"마, 마마의 서체가 너무 좋았사옵고요. 글귀에 스민 뜻이 황홀하였습니다. 비록 쓰다 만 글귀이지만은, 아름다운 필획이 장히 아름다운지라 그것을 감히 불태우거나 버리기가 힘들었나이다. 마마께서는 같은 글귀라도 수십 번씩 쓰시고 좋은 뜻을 가려 외우시니, 저 또한 이 파지의 글을 읽으면서 중히 여기시는 뜻을 알아차렸나이다. 서책의 시중을 들고 서재 간수하기에 미리 짐작이 되는 고로,

처음서는 그렇게 시작하였나이다. 한 장 두 장 모아지니 버리기도 아깝고 저가 간직하고 싶은 글귀도 많은지라 묶어놓고 다시 보자 하였습니다. 마침내 이렇게 서책이 되었나이다. 마마, 잘못하였습니다. 다시는 이런 짓을 하지 않겠나이다. 한 번만 용서하여 주십시오."

 큰 눈에 툭툭 흘러내린 눈물이 종내 끊어지지 않았다. 억지로 참아내려는 듯, 대롱대롱 매달린 이슬방울이 떨어질 듯 위태로웠다. 상원대군은 헛허허 웃고 말았다.

 "이미 구겨서 내버린 종이짝을 네가 주워 불쏘시개로 쓰든 베개로 베고 자든 내가 상관할 바는 아니지. 꾸짖는 것이 아니니 너무 떨고 그러지 말아라. 궁금한 것은 다른 것이니라."

 깊고 예리한 빛이 담긴 대군의 눈이 어찌할 바를 몰라 하며 발치만 내려다보는 나인을 지그시 응시하였다.

 "네가 글 읽기를 좋아하는 줄 몰랐다. 기특하고 좋은 일이지. 허나 기이하구나. 내가 읽고 쓰는 글은 계집아이들이 익히는 내전이 아니니라. 문장이 좋구나 안다 함은 이미 네 속에 글줄이 제법 들어 있다는 말이다. 너, 나이가 몇이냐?"

 "열, 열여덟 먹었나이다."

 "몇 살에 궐에 들어온 것이니?"

 "열 살 때 입궐하였나이다."

 "그래? 허면은 아비는 무엇 하는 자냐?"

 "마, 망극하옵니다. 대답할 수가 없나이다."

 달달 떨면서 더 이상은 말을 못하였다. 명민한 대군은 그것만으로도 이 아이에게 긴한 곡절이 있구나 딱 직감하였다. 한결 말태를 부드러이 하여 다시 물었다.

"말을 하여보렴. 너를 혼내고자 함이 아니다. 그저 곡절을 알고 싶어 그러하느니. 아비는 무엇 하는 이인고?"

"이, 이미 죽었나이다."

"생사를 물은 것이 아니지 않느냐? 무엇을 하는 누구인지를 물었다. 어허, 고약하구나. 대답을 하래두!"

"쇠, 쇤네가 입을 열면은…… 여, 여럿 목숨이 죽는 줄 아옵니다."

뜻밖으로 나인의 입에서 나온 말이 참으로 맹랑하였다. 상원대군의 어진 이마에 주름이 졌다.

"무어라? 괴이하구나! 출신이며 아비를 밝히면은 여럿 목숨이 죽는다니. 조그만 계집아이가 무슨 비밀이 그리 장하길래 그런 모진 말을 하느냐? 좋다, 내가 입을 봉하면은 될 것이다. 필히 네 비밀을 지켜줄 것이다. 허니 말하여보아라. 아비가 뉘이며 궐에 들어온 이유는 무엇이냐?"

서재 소제를 하며 가까운 곁에서 대군을 뫼신 지 벌써 다섯 해. 이분은 한번 입 밖에 낸 말을 번복하거나 어떤 경우에도 신의를 저버리는 분이 아니었다. 그것을 율리 저가 제일 잘 알고 있었다. 말 없이 재촉하는 대군의 눈빛을 받으며 한참 동안 망설였다. 마침내 결심하고 무거운 입을 열었다.

"쇤네의 아비는, 망극하옵니다. 십여 년 전에 역모에 연루되었다 하여 참살된 우찬성 윤 희 자(字) 도 자(字)이옵니다. 그때 살아남은 모친과 언니들 모다 관비로 끌려간 것인데, 유모가 어린 저만 빼돌려 자신의 수양딸인 양 도망을 시켰습니다. 그분 수양아버지께서는 선혜청 고지기 일을 하고 있었나이다."

"목숨을 부지하여 몸을 숨겼으면 그대로 지낼 일이지, 어찌하여 굳이 궐에는 들어온 것이냐?"

율리 저의 착각일까. 나직하고 정겹던 대군의 목소리가 문득 한 겹 서리가 내린 듯이 싸늘하였다. 혹여 네가 부모의 원수를 갚고자 감히 궐에 들어와 주상의 옥체를 위해하려는 기회를 엿보고 있었음이 아니더냐? 그렇게 힐난하는 듯 들렸다. 율리는 강하게 고개를 흔들었다.

"소녀의 말씀을 끝까정 오해없이 들어주시옵소서. 마마. 그 집 근처에 마침 아비를 역모로 몬 이라, 지금은 그 사단이 청명하게 밝혀지어 파직이 되었으되 그때는 권세를 부리던 이판 한무현의 집을 드나들던 식객의 집이 있었나이다. 한가가 늙은 아비의 회춘을 위해 동품할 어린 동녀(童女)를 구하던 참에 그이가 하필이면 저를 지목하였다 합니다."

"허어. 그래서?"

"그때 대경실색한 수양아비께서 이르기를, 무슨 일이 있어도 저를 살부지수의 집안에는 보낼 수 없다 하였습니다. 어찌할까 궁리하던 중에 마침 수양어미와 멀게 친분이 있던 중궁전 박 상궁마마님께서 시중들 어린 생각시를 구하신다 기별이 왔습니다. 차라리 궐에 들어가는 것이 흉적의 마수를 피함에 옳으리라 하시며 저를 의탁하셨나이다."

"그래서 궐에 들어온 것이로구나."

"예. 처음에는 중궁 무수리로 잡일을 하였는데 중전마마께서 저더러 글줄을 안다 하여 대군마마 서재를 지킴이 낫겠다 하시며 이곳 남궁으로 보내주셨나이다. 십여 년 전 역모 일은 마침내 시비(是非)가 명명백백 밝혀지어 아비의 누명은 벗겨졌습니다만은 안 즉 신원(伸冤)은 아니 이루어졌습니다. 하여 모친이며 언니 세 분은 아직 관문도 관비로 일을 하옵고요. 오라비 세 분 또한 현산도에서 유배 중이니 그 원통함을 어찌 말할 것입니까? 저가 신분을 속이고 궐에 들어온 처지이니 인제 와서 제 신분을 밝히면은 저를 데리고 들어온 박 상궁마마님도 난처하옵고, 수양아비도 난처한 처지라. 소녀는 그저 입을 봉하고 조용히 순명하며 살 것이다 하였습니다."

저절로 대군의 입에서 한숨이 새어 나왔다. 아무리 남의 일이라 할지라도 가긍하고 불쌍한 일이었다. 하물며 소녀의 집안이 엉망진창이 된 것은 결국 그 사단을 제대로 밝혀내지 못하여 주살(誅殺)하라 명하신 부왕전하의 실책일 수도 있다 싶었다. 하여 마음이 더 편안치 못했다.

"참으로 기가 막힌 팔자로다. 이미 아비의 누명이 벗겨졌는데 어찌 신원을 하지 아니하였더냐?"

"뉘가 있어 아비의 신원을 주청할 것입니까? 그 사단을 다시 밝힐 참에 아비의 사정을 먼저 가려 신원을 하여주어야 하는데 그 일이 아마 우연으로 빠진 것인지 일부러 빠트린 것인지 모르겠나이다. 그리되었습니다. 일을 처리할 수 있는 이는 오직 소녀 하나인데 신분을 속이고 궐에 들어온 처지라, 입 벌려 말도 못하고 그저 벙어리 신세였습니다. 마마, 제발 소녀 처지를 동정하시어 눈감아주십시오."

"내가 약조를 하지 않았느냐? 걱정하지 말아라. 허나 네 사정이 심히 억울하고 딱하니 그는 가려야 할 것이 아니더냐?"

"마, 망극합니다, 마마."

상원대군은 동정 어린 눈빛으로 눈물 가득 머금은 나인을 건너다보았다. 이미 아비의 죄가 풀려 억울함이 밝혀진 후인데도 그의 일가는 여전히 죄인으로 고생을 하고 있단 말이지? 이는 명백하게 일을 담당한 관리의 실책이었다. 반드시 가려서 일을 풀어주어야겠다 결심하였다.

"네 사정을 들었으니 되었다. 그만 물러가거라. 허고 파지첩은……."

대군은 잠시 말을 멈추었다. 혹여 빼앗길세라. 율리의 야윈 손이 서첩을 꼭 움켜잡는 것이 그만 눈에 밟히고 말았다. 소인의 제일 보물입니다. 간직하게 하여주십시오. 말 못하는 눈빛이 그리 애원하고 있었다.

"네가 그냥 갖거라. 이미 쓸모없다 버린 것을 이렇게 정성되이 간수하여 주었구나. 오히려 내 쪽에서 황공하고 고마운 일이다. 훗날 내가 잘 쓴 글씨 한 폭을 줄 것이니, 고맙다 여기는 내 마음이니라. 나가 볼일 보거라."

황공하고 마냥 감사한 마음에 채 눈물을 씻지도 못하였다. 율리가 몇 번이고 고개 조아려 감사를 표현하고 황황히 서재를 나갔다.

그렇게 일을 가리고 나서 상원대군은 탁자 곁에 세워둔 화폭을 챙겼다. 조용한 얼굴에 어쩐지 깊은 생각이 어렸다.

'율리라. 우찬성 윤희도의 따님이라? 흠, 귀한 집 처자였거늘. 팔자가 기박하여 궐 안팎 궂은일하는 나인이 되었다고?'

섬돌 위, 급히 오르느라 흩어져 있던 대군의 신발이 가지런히 정리되어 신기 쉽게 놓여 있었다. 살뜰한 그 손길이 누구 것인지 어찌 모를까? 모퉁이를 급히 돌아가는 남빛 치맛자락이 얼핏 보였다. 율리라, 율리. 그것이 네 이름이었단 말이지.

상원대군이 공주궁에 들어가 보니, 한창 술자리가 무르익고 있었다.

말 함부로 하였다 벌주(罰酒). 빈궁은 세자에게 벌써 다섯 잔이나 받아 마신 후였다. 늙다리 신랑이 염치도 없이 어린 신부 얻었다 하여 금성위가 다시 벌주. 연거푸 석 잔이었다. 상원대군도 또한 중신 아비이니 술 석 잔. 공주와 장형께서 번갈아 따라주는 잔이라 점잖은 그도 사양없이 들이켰다. 평상시 술 따위는 입에도 대지 않는 터라 상원대군의 얼굴은 금세 대추처럼 붉어졌다. 정갈한 술잔을 채워 형님에게 올린 연후에 조심하여 물었다.

"저하, 이 아우가 한 가지 궁금한 것이 있습니다. 여쭈어도 되겠습니까?"

"말하여보렴. 무슨 일이냐?"

맑은 세자의 눈빛이 대군에게로 향하였다. 행여 누군가에게 누가 될세라 대군은 조심조심 한마디를 가려 아뢰었다.

"십 년 전에 일어난 일입니다만, 이판 한무현 일당이 저들 정적이던 선비들을 내어 쫓고자 역모를 꾸미어 애먼 선비 여럿 잡아 얽은 사건이 있었잖습니까? 그 일을 뉘가 담당하였는지요?"

"금부에서 담당한 일이었다. 내가 어찌 알겠느냐? 헌데 갑자기 그 일을 궁금해하는 이유가 무엇이냐?"

"어젯밤에 이 아우가 옛적 일을 가려 생각하며 모처럼 사서(史書)를 읽고 있었나이다. 헌데 가만히 생각하니, 아국의 그 사건이 함께 떠오르는 것이 아니겠습니까?"

"하여서? 무엇인가 탐탁지 못하고 거리끼는 일이 있더냐?"

"경전에 이르기를 누명쓴 이의 일을 가릴 적에 한 사람이라도 그 억울함을 제대로 풀지 못하면은 그 원한이 하늘에 미친다 하였습니다. 혹여 그 사단에도 억울하게 얽혀 들어간 사람은 없었는지, 혹여 훗날 누명은 벗겨지어 죄는 풀리었으되 아직 신원이 아니 된 사람은 없는지 궁금하더군요."

찬찬한 상원대군의 말에 일리가 있었다. 세자가 고개를 끄덕였다. 한편으로 대견하다 하는 눈빛으로 뒷말을 재촉하였다.

"흠…… 나도 미처 생각해 보지 못하였던 일이다. 사람이 하는 일이니 실수가 있을 수도 있겠지. 그런 일이 있을 수도 있을 것 같구나."

"곰곰이 생각하였습니다. 신원이 아니 되면은 죄인의 여죄(餘罪)에 따라 연루된 가솔들이며 권속들 전부 다 여전히 죄인 신세라. 지금껏 고생을 하고 있지 않겠습니까? 그렇다면 한 사람이 아니라 애먼 여러 사람의 원한이 여전히 함께 묻혀 있는 참이라, 이를 어찌할까 문득 그런 생각을 하였나이다."

"오호라, 이제 네가 하고 싶은 말이 무엇인지 잘 알겠노라. 이참에 지난날 일어났던 사단들을 다시 살피어, 행여 억울한 이가 있으면 다 신원을 하여주라 이 말이 아니더냐?"

"예, 저하. 그것이 옳다 싶사옵니다. 아바마마께서 성군(聖君)이시니 그런 일이 전부 가려진 줄을 아옵니다. 허나 만에 하나, 빠진 이들이 있으면 그 억울함이 대대로 물려질 참이니 어찌 망극한 일이 아니겠습니까? 형님 저하께서 진정 어지시니 아바마마께 주청을 하시면은 필시 들어주실 것으로 사료되옵니다. 윗전의 풍모라 하는 것이, 그렇게 백성의 사정을 미리 헤아려 억울함을 풀어주고 기운을 북돋아줌이라 할 것입니다. 저의 청을 들잡시고, 아바마마께 주청을 하여주시겠습니까?"

빙긋이 미소가 물렸다. 세자가 상원대군을 크게 칭찬하였다.

"그리하자구나. 상원 너의 말이 사리에 맞고 어질구나. 이는 모다 깊은 학문의 진척과 더불어 네 인품이 나날이 무르익는 것이렷다? 핫하하. 이는 스승인 금성위께서 내 아우를 잘 가르친 덕분이다. 상급 한 잔 받으시오."

제일 먼저 금성위에게 술 한 잔을 내리셨다. 다시 그 잔을 돌려 상원대군에게 내밀었다. 좋게 일이 풀릴 참이라, 어진 상원대군 얼굴에도 벙싯 웃음꽃이 피었다. 허나 즐거운 그 얼굴이 한편으로는 다소 착잡하였다. 글방의 율리 생각 때문이었다.

'율리라, 율리. 참으로 단정하고 민첩하며 쓸 만한 아이라고 생각하였는데 말야.'

허나 허튼 데에 눈을 돌린 적 없는 대군인지라 그 아이를 두고 무엇을 어찌해 보겠다는 생각을 한 적은 단 한 번도 없었다. 다만 이날, 신분의 곡절이 범상치 아니한 것을 알게 되었다. 처음으로 그녀의 눈에서 떨어지는 눈물마저도 보게 되었다. 맑고 큰 눈에 뚝뚝 떨어지던 눈물방울들. 야윈 손이 바들바들 떨면서도 대군의 파지첩을 꼭 잡고 있던 것 하며……. 순후하나 할 말을 또렷하게 하던 차분한 풍모가 그만 대군 마음에 또렷하게 박히고 말았으니.

'율리, 율리라……. 흠, 율리라 하였지.'

"빈궁마마께 내가 잠시 뵈올 수 있는지 여쭈어라."

이튿날이었다. 아침나절, 뜻밖에도 상원대군이 동궁으로 들었다. 그의 뒤에는 작은 보따리를 가슴에 품은 율리가 서 있었다.

"작은 부탁이 있어 이리 어려운 발길을 하였나이다."

"대군께서 이 몸에게 부탁이라니요?"

빈궁이 깜짝 놀라 되물었다. 자연적으로 시선이 죄인인 양 문 앞에 고두하여 쪼그리고 앉은 율리에게로 다가갔다.

"민망합니다, 형수님. 이 아이를 잠시 동궁에 의탁시키려 합니다. 괜찮겠습니까?"

"남궁의 궁녀를 동궁으로 의탁시키려 하신다고요? 그 연유를 여쭈어도 되겠습니까?"

"나쁜 일이거나 빈궁마마를 난처하게 만드는 일은 아닙니다. 다만 이 처자를 남궁에 그냥 놓아두기가 다소 난처하여 그러합니다. 동궁 후원 처소에 잠시 머물게 하여주십시오. 일이 잘 끝나면 이내 궐 밖으로 내보낼 사람입니다. 이 처자의 사정이 좀 그러하여 남궁에 그대로 머물게 하여 허드렛일을 시킬 수도 없음이며, 장성한 사내인 제 곁에 머물게 하기도 민망한 노릇입니다. 하여 손님 대접을 부탁드려도 되겠습니까?"

뜬금없이 나인을 데리고 와서 손님 대접을 해달라 한다. 자세한 사정은 묻지 말라 하였다. 다른 사람이 그랬으면 오가다가 실수하여 대군이 나인의 손목 잡아 옷고름 풀어 저리하는구나 하였을 것이다. 허나 법도 어김 없고 우직할 정도로 옳은 길만 걸어가는 상원대군이 그런 실수를 할 리도 만무한 일. 속으로야 호기심이 무럭무럭 솟았지만 빈궁은 일단 덮어두기로 하였다.

"저야 상관없습니다. 그리하겠습니다."

"감사합니다. 이 은혜를 잊지 않겠습니다."

상원대군은 황망해하는 기색이 역력한 율리에게로 시선을 돌렸다.

"지금 들었다시피 내가 따로이 기별을 할 때까정 빈궁 형수님 곁에 머무르면 될 것이야. 잠시 나가 있거라."

지금은 비천한 궁녀이나 그렇듯이 뜻 아니 한 운명의 희롱질에 농락당한 귀문(貴門)의 처자라는 것을 알게 되었다. 모르는 동안은 할 수 없었지만, 인제는 함부로 시비 노릇을 시킬 수 없었다. 게다가 혼인하지 않은 사내, 내외하는 풍속이니 한 공간에서 예사로이 지내는 것도 걸렸다. 그렇다고 중궁전에 돌려보내자 하니 싫든 좋든 율리의 사정을 떠벌려야 할 것 같았다. 안즉 아비의 신원도 이루어지지 않았고 내보내라 하는 분부도 없으니 안즉은 그녀에 대하여 덮어둠이 나으리라 싶었다. 그래서 제일 믿음직하고 의지할 만한 빈궁에게 부탁을 하러 온 것이다.

사내처럼 대범하고 시원시원하신 분이다. 궁녀 하나의 사정쯤 가려 보살펴 주실 만한 인품이다 싶었다. 율리가 나간 후에 대군은 간략하게나마 처지가 딱한 터로 보살펴 달라 부탁하였다.

"일이 제대로 끝나면 빈궁마마께 사정 설명을 다 하겠습니다. 지금은 그냥 모른 척 덮어주십시오. 아이가 마음이 심약하여 두려워하고 있을 것입니다. 잘 다독여 주시기를 비옵니다."

"걱정 마옵사이다. 대군마마께서 부러 부탁하시는 일이 아닙니까? 집안 식구인 양 흔쾌히 대하여줄 것입니다."

일을 마치고 문을 나서는 대군 앞으로 율리가 다가왔다. 들릴락 말락 나직한 목소리로 말했다.

"마마, 소녀는 예전마냥 남궁에 그대로 있는 것이 편안합니다."

"내가 불편하여 아니 될 일이지. 빈궁 형수님께서 고운 분이니 불편케는 아니 하실 것입니다. 내가 세자저하께 주청하여 아비의 일을 바로 가려달라 하였으니 이내 반가운 소식이 갈 것이오. 그때까정 아무런 근심 말고 동궁에서 기대리시오."

"마, 망극하옵니다, 대군마마, 백골난망이올시다. 이 은혜를 죽어도 잊지 않겠나이다."

"당연한 일이오. 그렇듯이 크게 감사할 일은 아니지. 허면은 나는 가보리오."

율리는 버선발로 뛰어내려가 무릎을 꿇고 대군의 발 앞에 신발을 돌려놓아 드리었다. 처음에는 멈칫하던 그가 잔잔하게 미소 머금었다.

"늘상 시중받던 일이라 나도 모르게 익숙하구먼. 허나 다시는 마시구려. 인제 이런 일을 하실 수는 없지요."

그러고는 동궁문을 나가는 대군의 뒷모습, 고고한 학 같은 그분의 모습을 율리는 오래도록 지켜보며 서 있었다.

일편단심 단 하나 소원이라. 원통하게 죽어간 아비의 죄를 청명하게 풀어주고 가솔들의 죄를 풀어줄 것이다 하니 이런 황공할 데가 어디 있는가? 행여 내가 입을 잘못 놀린 것은 아닌가? 궐의 주인들을 속이고 입궐한 터라, 나와 수양아비어미, 돌보아주신 박 상궁 마마까정 다 해를 입는 것은 아닌가? 대군에게 제 사정을 들키어 고변하고 난 후 밤 내내 율리는 잠 한숨 자지 못하였다.

그런데 아침나절 대군께서 제 처소로 와 보따리를 싸라 하시었다. 가슴이 철렁 떨어졌다. 내가 방정맞은 입을 잘못 놀려 기어코 쫓겨나는구나. 정신이 하나도 없었다. 헌데 웬걸? 동궁으로 가자 하였다. 이분이 왜 이러나 하였더니, 저를 편안한 손님처럼 의탁을 하여주시었다. 아무래도 남궁은 저들 동무들도 있고 이리저리 입방정이 많으니 아예 모르는 척 가 있으렴 하는 뜻이었다.

'감사하옵니다, 마마. 진정 감사하옵니다. 소녀가 머리털로 짚신을 삼아드리어도 어찌 이 은혜를 다 갚을 수가 있으리이까? 절대로 이 은혜를 잊지 않겠나이다.'

숙경공주께서 금성위의 조촐한 사저로 하가 나가신 것은 초이레 후였다. 그 사흘 후, 동아 아기씨의 백일이 되었다.

백일에는 백설기 떡이라. 몇십 가마나 떡을 쪄서 궐문 앞에 내어 놓았다. 김이 설설 나는 백설기를 오가는 사람들에게 나누어주는구나. 원손의 복록을 축원하는 의식이었다. 중전마마께서 지어주신 까치두루마기 입은 동아 아기씨가 백일상을 받고 난 후에 아바마마 품에 안기어 편전으로 나왔다.

"우리 동아 오느냐?"

벙싯 웃으시며 활짝 팔 벌리는 할바마마께 난짝 안기었다. 옹알옹알, 방긋방긋 재롱을 떨었다. 아기살이라, 볼에 스쳤던 상채기는 어느새 흔적도 없다. 하여 편전에 앉은 그 누구도 헌이가 동아 아기씨를 할퀴어서 경기를 일으켰다 하는 것을 모르는 것이다.

"인제 이놈을 세손으로 봉하여야 할 것이다. 동궁 생각은 어떠하냐?"

"너무 이르지 않사옵니까? 소자가 세자로 봉하여진 것도 다섯 살 적인데 이놈은 겨우 백날배기옵니다. 서두를 일이 아니다 싶사옵니다."

"세손으로 봉하여야 이름을 지을 것이 아니더냐? 짐이 이미 이놈 이름을 지어놓았단다. 네 자식 이름을 너가 못 지었다고 나중에 섭섭타 말아라?"

"소자가 감히 어찌 섭섭타 할 것입니까? 아바마마께서 직접 이름을 하사하시니 광영이옵지요. 헌데 무슨 자를 쓰셨나이까?"

상감마마께서 벙긋 웃으시며 아기씨의 야들하고 탱탱한 볼을 어루만지었다. 멋진 이름을 지었노라 자랑을 하시었다.

"회(誨)라 하였다. 만민의 어버이가 되어 백성을 가르치는 노릇을 하여야지. 마음에 드느냐?"

"참말 황감한 이름이올시다. 헌데 요 못난 개구멍받이가 그 좋은 이름을 감당할지 모르겠나이다."

듣자 하니 귀하고 감사한 이름이라. 세자는 벙글 웃으며 부왕께 치하하였다.

"아비가 군자이며 빈틈없으니 오죽 잘 가르치겠느냐? 걱정 아니 하련다. 그나저나 요즈음 상원은 여전히 글방에만 있느냐?"

"아시다시피 그 아이 성미가 그러합니다. 재원마저 자운궁에 내려가 있으니 남궁이 더 조용한 듯합니다."

상감께서 고개를 끄덕끄덕하였다. 은근한 말씀이 신임하는 큰아들에게 의논조였다.

"그 아이도 연치 많으니 내년쯤에 혼인을 시켜야지. 소문에 듣기로 옥산(사헌부 정의상의 호)의 딸이 아주 곱단다. 짐은 그쪽으로 사돈 맺을까 한다."

"의릉저의 할마마마께서 몹시도 곱다 하는 소저라고 들었나이다. 어른의 눈이시니, 보지 않아도 믿사옵니다."

"그러게 말야. 가문도 좋고, 또 옥산이 인물이 몹시 좋지 않니? 그 내림이면 딸자식도 고울 것이다. 며칠 내로 사고와 더불어 그 소저를 중전에게 선보여 볼까 한다."

부왕과 장형께서 이런 이야기를 나누고 있는 줄을 모르는 상원대군, 그날도 어제와 똑같은 모습이다. 단정한 자세로 글방에 앉아 책을 읽고 있었다.

"〈선암백론〉을 읽을 것이다. 가져오너……."

항시 뒤에 시립하여 앉아 있을 율리에게 분부하였다. 어제 읽던 그 책을 가져오라 말하려다가 문득 기막혀 쓴웃음을 짓고 말았다. 이미 이곳을 떠난 사람에게 말을 걸고 있었구나.

'사람이 든자리는 모르되 난자리는 크다 하더니 옛말 하나 그른 것이 없구나. 전에는 잘 몰랐기에 그 아이가 은근히 내 일에 큰 도움이었도다. 내일이면 서재 정리할 내관이 오기는 올 것이지만, 당장에 그 아이가 없다고 이렇게 허전하고 불편할 줄은 몰랐다.'

이 맘쯤이면 글 읽기 지쳐 눈도 침침하고 곤하였다. 율리 그 아이가 있으면은 아마 말 아니 하여도 딱 맞춤으로 따끈한 차 한 잔을 바쳐 올릴 것이다. 항시 그러하였기에 아무 생각 없이 마신 차였다. 인제 그녀가 곁에 없으니 그 차 한 잔이 너무 아쉬웠다. 소리쳐 바깥에 있는 나인을 불러 차를 청하려다 번거로울 것 같았다. 대신 옆 탁자에 놓인 물 대접을 끌어마셨다.

'율리, 율리라······.'

맹물을 마시며 담담한 차 한 잔이 자꾸만 더 그립다. 무심히 서재를 돌아보니 다시 한 번 그 아이 손길이 실로 반듯하고 알뜰하였구나 싶었다. 단 하루인데 벌써 서책은 이리저리 흩어지고 두루마리는 풀려 널렸으며 빨지 않은 붓은 먹물이 말라 까맣게 굳어 있었다.

율리를 동궁에 보내고 잠시간 다른 무수리를 불러 서고 정리를 시켰다. 하지 않았던 일이니 요량도 없는 것이라. 도통 무엇을 어디부터 손을 댈 것입니까? 하듯이 대군 등만 바라보고 서 있었다.

한심하여 청소나 하여라 하였더니 어리석은 그 무수리 하는 양 좀 보소. 무작정 바닥만 쓸고 물걸레질만 연신 하였다. 탁자에 놓인 서책이 물기 머금은 터라 이내 말라 비틀어지고 두서없이 아무렇게나 치워놓은 책을 다시 찾자니 배나 힘이 들었다. 어지간한 상원대군도 골이 좀 나서, 속으로 저 어리석은 것! 하고 말았던 것이다.

'쯧쯧. 그리도 요량이 아니 서고, 하여야 할 일이 딱 보이지 않더란 말이냐? 율리 그 아이는 예에 오던 첫날부터 내가 말 한마디 아니 하여도 장마라 하여 햇살 나자 냉큼 서책, 마루에 펴놓고 말리기부터 하더라. 그 아이를 오래도록 서재 정리하게 두어야겠다고 마음먹은 것은 그 일부터였지. 실로 알뜰하고 영리하며 민첩하였어. 오데 가서 그렇게 참한 아이를 다시 찾을 것인가?'

물처럼 무미(無味)하고 색도 없는 소녀. 있는 듯 없는 듯 그림자 같았지. 그럼에도 긴요하고 자꾸 생각이 난다. 늘 그 아이가 앉아 있던 구석배기 서안 앞. 빈 방석이 쓸쓸하였다. 대군은 몸을 일으켜 그 앞에 다가갔다. 가만히 바라보다 털썩 그 자리에 앉아보았다. 딱 그만쯤. 그가 앉은 탁자 옆으로 보이는 자리. 그녀는 이 몇 년 동안 책을 읽는 그의 옆얼굴만 바라보았으리라. 그를 보며 그녀, 무슨 생각을 하였을까?

'널 보지 않았던 몇 년. 곁에 있었어도 너는 없는 사람이었다. 인제 비로소 네가 내 옆에 있구나. 그때 네가 있었던 게냐. 아니면 내 마음에만 남아 있는 지금, 네가 있다 할 것이냐?'

스산하였다. 명경지수 같던 마음 한구석에 자꾸만 바람 소리가 났다. 율리라, 율리. 왜 그동안 한 번도 이름을 묻지 않았을까? 한 번만 눈을 들어 슬픈 눈을 보았다면. 하고 싶었지만 차마 하지 못하고 할 수 없던 말이 너무 많아, 깊이 가라앉아 있던 한을 알았다면, 그랬다면 그녀의 슬픔과 아픔을 더 빨리 풀어줄 수도 있었을 텐데.

'아니. 그랬다면 너를 더 빨리 떠나보내야 했을 게다.'

대군의 주먹이 지그시 쥐어졌다. 빈 책상, 창호지를 새어 들어온 햇살이 사선(斜線)으로 내려앉았다. 나만 생각하는 추한 욕심이 너를 쉬이 놓아주게 하지는 못하였을 것이다. 그는 멍하니 허공을 응시하였다. 네 자리에 네가 없어 내, 이렇듯이 허전하거니. 내 맘과 네 맘이 같을까 차마 모르겠구나.

한편 동궁.

빈궁은 별당에 머물고 있는 율리를 앞에 두고 찬찬히 묻고 있었다.

"대군마마께서 아무것도 묻지 말라 하면서 너를 예에 데려다 놓기는 하였지만 말이다. 내가 도무지 궁금하여서 견딜 수가 없구나. 무슨 곡절이 있기에 너를 동궁에 떼어놓으시고 손님 대접을 하라 하시는지 영문을 모르겠다. 네가 말을 아니 할 것이면은 더 이상 묻지는 않을 것이나 심히 이상하니, 무슨 일이 있기는 있는 것이다. 혹여 대군께서 너를 책임지실 일을 하시었더냐?"

빈궁마마 위엄 앞에서 율리는 겁에 질려 고개도 들지 못하였다. 헌데 하시는 그 말씀이 천부당만부당한 것임에랴. 세차게 고개를 흔들었다.

"아니옵니다, 마마. 대군마마께서 어질고 길 아니면은 가지 않으시는 분인데 하찮은 저 같은 것을 돌아나 보시겠나이까? 실은 이 일 모다가 저의 사정을 돌보아 보아주심이니. 후에 반드시 곡절을 아뢰겠나이다."

"알았다. 대군께서 생각이 깊으시고 실수 아니 하시는 분이니 당연한 이유가 있으시겠지. 네가 어떤 이유로 왔는지는 모르나, 이곳에 온 이상 손님이니라. 그저 마음 편하게 쉬는구나 생각하여라. 네가 불편해할까 봐 동궁 아랫것들도 후원에는 얼씬도 말라 하였다. 지내기는 힘들지 아니할 것이야."

"빈궁마마의 은혜가 하해와 같사옵니다."

이러는데 문 앞서 나인 하나가 고하였다.

"빈궁마마, 세심각에서 내관이 나왔사온데요, 대군마마께서 별채 손님더러 찾아 계신다 합니다."

"어인 일로 찾으시는고?"

"늘 정리하여 둔 서책이 어디에 있는지 모르겠다 하신답니다. 사정이 괜찮으면은 잠시 들어오시어 서재 정리를 좀 하여주시고, 내관에게 서책을 정리한 요령을 좀 일러주시며 고맙겠다 합니다."

부탁이라 하니 아니 갈 수가 없었다. 율리가 들어서자, 서안 앞에 앉아 있던 상원대군의 얼굴에 반가운 기색이 역력하였다.

"미안하게 되었소. 도리가 아닌 줄은 알지만은 하도 답답하고 급하여서 오십사 청하였소이다. 필요한 책을 적어놓았으니 좀 찾아주고, 내관더러 어떻게 서책 정리를 하였는지 알려주시오. 처음이라 이이가 서툴구려."

"마마, 어찌 망극하게 이리 존대를 하십니까? 예전마냥 그저 너라고 하십시오."

망극하고 황공하여 율리가 얼굴을 붉히었다 질색하여 사양하는 말에 상원대군이 고개를 흔들었다.

"허어, 아니 될 말씀. 소저는 귀문 처자가 아니오? 실상 내외를 하여야 하나 일이 급하여 미안하게 되었구려. 허고 하나 더 부탁이 있습니다."

"네에?"

상원대군이 싱긋 웃었다. 몸을 돌이켜 서책을 팔랑팔랑 넘기며 혼잣말처럼 중얼거렸다. 말을 하면서도 본인 스스로 면구한 듯하였다.

"시간이 남으시면 늘 하시던 대로 차나 한 잔 끓여주시오. 그대가 끓여준 차를 마시지 못한 고로, 섭섭하여 내내 잠이 오지 않았소이다."

율리의 얼굴에도 수줍은 미소가 살풋 스며났다. 재빨리 서책을 정리하여 대군에게 건네고 이제부터 서고 담당 일을 할 내관에게 어찌 정리하였는지 찬찬히 알려주었다. 그 일이 끝나니 낮것 무렵, 부탁한 대로 정성껏 차를 끓여 대군께 바쳤다.

"실로 맛이 기이하오. 소자가 출궁하면은 이 차 맛을 잃어버릴 것이니 어찌 아쉽지 않으랴. 참, 한 달포나 지나면은 식구들의 일이 다 바로잡힐 것이오. 아바마마께서도 그 일을 아시고 형조의 일이 어째 그따위냐고 심히 노여워하신 참이랍니다. 아비를 무고하게 몰았던 한가 놈의 재산을 몰수하여 가족들에게 하사하라 분부하셨다 합니다. 앞으로는 고생한 지난 세월이 꿈이다 하고 살게 될 것이오. 너무 걱정 마시오."

제 집안과 관련된 일이 궁금할 것이다 싶었다. 상원대군은 차를 마시며 율리에게 자신이 알고 있는 한도 내에서 이야기를 하여주었다. 가만히 대군의 이야기를 듣고 있는 율리의 심사라, 집안의 어미며 오라비, 언니 소식을 다 듣게 되었으니 여한이 없다. 앞으로 너희 가문이 불처럼 일어날 것이다 하는 말을 들으니 한량없이 기쁘기도 하고 반갑기도 하였다. 헌데 이상한 일이다. 어째서 심장 한구석이 따끔따끔 아파오는 것인지.

'내가 궐을 나가면은, 이것으로 대군마마와 나 사이 인연은 끝이로구나. 다시는 뵈올 일이 없겠지?'

그 생각을 하자마자 갑자기 온몸의 맥이 탁 풀리었다. 슬픈 것도 같고 허전한 것도 같고, 또 쑤욱 혼백이 빠져나가 다리에 힘이 풀렸다. 손발이 달달 떨리는 것이 당장 바닥에 주저앉아 버리고 싶은 기이한 심사가 드는 것이었다. 앞에 서 있는 율리의 요동치는 심사도 모르고, 상원대군은 담담한 어조로 말을 계속하였다.

"동궁이 불편하면은 말하시오. 가솔들이 환도하기까정 수양아비 댁에서 머무셔도 될 것이오. 그이가 실로 신의가 굳고 소저의 은인이라. 참으로 고마운 사람이라 할 것입니다. 핫하하. 차 맛이 유난히 좋구려. 그대가 떠나면 내가 어디에서 이런 차 맛을 다시 찾을 것인가? 실로 아쉽구려."

지그시 눈을 감고 마지막 한 모금까지 깊이 음미하며 차를 마시는 상원대군을 원없이 바라보았다.

"쇤, 평생…… 마마께 쇤네가 차를 끓여 바치고 싶습니다."

스스로도 놀란 용기였다. 감히 감추어둔 속내를 드러내고야 말았다. 지금 하지 못하면 내 평생 다시는 못하리라. 우두커니 발치만 내려다보며 율리는 입술을 꼭 깨물었다. 달달 떨리는 두 손을 부여잡고 비틀었다. 남빛 치맛자락 위로 여윈 손이 하얗게 비틀려졌다.

'호통치실까? 가당찮다 노하시어 거절하신다 하여도 좋아. 꼭꼭 감추어둔 내 속을 마침내 드러낸 것이니 후회하지 않아. 절대로 후회하지 않을 테야.'

상원대군이 번쩍 눈을 떴다. 두어 걸음 떨어져 선 율리를 건너다보았다. 순간적으로 두 사람의 눈이 마주쳤다. 당황한 기색이 역력한 대군의 눈빛 위로 두려움에 떨고 있는 율리의 가냘픈 눈빛이 겹쳐졌다. 이내 서로 놀라 대군의 시선이 엉뚱한 허공을 향해 달아나고, 겁먹어 간 졸이는 율리의 눈빛 또한 바닥으로 푹 떨어졌다.

심장이 반으로 쪼개지는 아픔. 드러내기가 무섭게 거절당한 진심이 파사삭 먼지처럼 허무하게 날렸다. 푹 숙인 목덜미가 새빨갛게 달아오르는 것처럼 상원대군의 담담한 표정에도 슬며시 붉은 기가 확 돋아났다.

"흠흠. 궁녀도 아닌 귀문(貴門)의 미혼 처자에게 어찌 날마다 차를 끓여달라 할까? 내 그만큼 염치없지는 않소. 자, 나는 이제 책을 읽을 것이니 이만 나가보시오. 실로 감사하오."

점잖은 말 한마디. 그러나 칼날 같은 거절이었다. 대군은 조용한 낯빛을 변치 않고 돌아앉아 다시 서책을 넘기기 시작하였다. 감히 고개 들어 그분을 다시 볼 용기가 없었다. 하여 율리는 서책을 넘기는 대군의 침착한 손길이 그날따라 허둥지둥 갈짓자로 가는 것을 알지 못하였다.

"이, 이만 물려나렵니다. 마마. 부대 강녕하십시오."

"소저도 몸조심하오. 늘 기억할 것이오."

예사롭고 덤덤한 하답이 돌아왔다. 고개도 돌리지 않는 무심한 그분의 등을 향하여 곱게 절하였다. 조용히 물러 나왔다. 문을 닫자마자 꾹꾹 억지로 참던 눈물이 기어코 투두둑 떨어지고 말았다. 옷깃을 적셨다.

발길을 쉬이 옮길 수가 없었다. 시선을 금세 거둘 수도 없었다. 행여 닫힌 그 문이 다시 열릴까. 차마 나를 두고 가지 말라 잡아주실까? 어림없는 기대로 율리는 한참 동안 석계 아래 서 있기만 하였다. 허나 한 식경이 지나도 잠잠하였다. 굳게 닫힌 문은 여간해서는 열리지 않았다.

차가운 바람이 얇은 치맛자락을 날렸다. 눈물 묻은 볼을 써늘하게 얼렸다. 오매불망, 마냥 기대리던 일도 허사라. 마지막으로 율리는 섬돌 위의 대군 신발을 집어 들었다. 가슴에 꼭 안아보았다. 예전마냥 신기 편안하시게, 가지런하게 정리하여 돌려놓았다.

'인제 누가 이 일을 해드리지. 나 아니라도 궐 안의 사람이 많으니, 아마 누가 하였거니 하고 이 신발 신으시면서도 무심코 넘어가시겠지.'

기운없이 걸어가며 그녀는 빈궁마마께 주청하여 당장 오늘이라도 수양아비 집으로 출궁을 하여야겠다고 마음먹었다. 저가 궐 안에서 얼쩡거리면 오히려 대군께서 불편할 것이다 싶었기 때문이다. 독한 실연의 상처. 결심이 흔들리기 전에 떠나야지, 떠나야지. 그래야 그분께 폐가 되지 않을 것이다.

동궁으로 돌아온 율리는 솔직하게 제 일신상의 사정을 다 말씀드리었다. 상원대군께서 어진 처분을 하시어서는, 그렇게 제 한을 다 풀어주시고 집안의 원통한 일을 다 가려주시었다 말씀드렸다.

"하여 가능하면은 오늘이라도 소인이 수양아비 집으로 출궁을 하고 싶사옵니다, 마마. 이 천한 것이 무상의 은혜를 입어 조금이라도 허드렛일이라도 더 하고 나가야 함을 아옵니다만……. 대군마마께서 이내 나가라 분부하신지라 봉명하고 싶나이다."

듣자 하니 실로 기막혔다. 저 아이에게 무엇인가 알지 못할 곡절이 있을 것이다 생각은 하였다. 헌데 그리도 딱한 사정이었을 줄이야. 이런 형편을 다 알게 된 이상, 빈궁마마께서 서둘러 출궁을 시켜주어야만 도리로다 싶었다.

"뜻이 그러한데 막을 수는 없구나. 그대를 데리고 들어온 이가 중궁의 박 상궁이니 아무리 그러하여도 박 상궁이며 어마마마께 인사는 하고 출궁을 해야 할 것이야. 나서시오. 내가 그대를 모시고 중궁전으로 갈 것이다."

빈궁은 율리를 데리고 중궁전에 나갔다. 중전마마께 그녀의 사정을 말씀드리고 박 상궁에게도 인사를 시켰다.

"너가 그런 딱한 사정이었다 함을 알았다 하면은 오래전에 좋은 방도를 찾아주었을 게다. 이날 출궁은 하되 가끔씩 소식을 보내다오. 네 사정을 가려, 내보내는 주지만은 상원이 제일 섭섭해했겠구나."

"망극하옵니다, 중전마마. 서고를 방비하는 아랫것이 많으니 저 하나 없다 하여도 대군마마께서 그다지 불편치는 않으실 것입니다."

"그렇지도 않단다. 항시 중궁에 오면 네가 서책 정리하고 차 끓이는 솜씨가 뛰어나다고 칭찬하였단다. 두고두고 서재 정리하는 시비로 쓰고 싶다 하였는데, 네가 떠나면 상원이 당장 몹시 불편해할 게야. 어디서 너만 한 아이를 찾아 다시 보내준단 말이냐?"

섭섭한 기색을 드러내며 중전마마께서 혀를 찼다. 듣고 보니 율리 너의 사정이 가긍하구나. 동정을 해주시었다. 하여 특별히 가마를 내어주신다 하였다. 당분간 살림에 보태 쓰거라 하시며 과한 은전도 하사하시었다. 중궁의 식구들과 작별인사를 마치고 난 후 율리는 이내 보따리 하나에 짐을 싸기 시작하였다. 가슴에는 대군마마 파지 서첩을 꼭 안았다. 쓸쓸히 사잇문을 나가는 작은 가마 아래로 처연한 그림자가 따라갔다.

점점 옅어지는 노을 아래로 먹물처럼 어둠이 스미드는데, 그 어둠만큼이나 우울한 표정의 율리. 더없이 고적하고 외롭다 느끼었다. 가마 타고 흔들리며 나가는데 어느새 볼 아래로 눈물이 뚝뚝. 차마 누가 볼세라 금세 손을 들어 지워 버리는 물기가 서러웠다. 여윈 손가락이 바들바들 떨렸다.

'사모. 하였습니다. 감히 겁도 없이 이년이 마마의 귀한 모습을 훔쳐보았습니다. 천하디천한 이년이 하늘 같은 분을 가슴에 담았으니 어찌 천벌을 받지 않겠습니까? 세세년년, 마마. 강녕하시옵고, 부대 깊은 학문을 이루시옵소서. 소녀는 먼 데서 그저 그리워하며 마마를 응원할 것입니다.'

상원대군이 곱게 비단으로 배첩한 글씨 한 폭 안고 동궁에 들어온 것은 율리가 나간 그날 밤이었다.

제6장 지척(咫尺)이되 만 리(萬里)로다

"아까 궐에서 나갔습니다. 대군께서 하명하셨다면서요? 당분간 수양아비 집에서 거처하며 환도할 식구들을 위하여 집이며를 손보고 준비를 한답니다."

영문을 알지 못하니 빈궁은 무심히 대답하였다. 순간 상원대군은 힘이 쪽 빠지는 기분이었다.

언제고 잘 쓴 글씨 한 폭 선물하마 약조하였었다. 그이가 출궁하기 전에 약조를 지켜야지 싶었다. 하여 오후 내내 서첩을 뒤적거렸다. 정작 선사를 할 것이다 싶으니 어찌 그리 못난 것만이 눈에 뜨이는지. 한나절 내내 뒤적이다 결국 스스로 제일 좋구나 싶은 글씨 한 폭을 골라냈다. 헌데 한나절 고생이 말짱 허사로다. 받아줄 사람은 이미 떠나고 없구나.

"보기와는 달리 아이가 기품이 있고 똑똑하였습니다. 양반가 법도 지엄한 규수라 할 것입니다. 듣자 하니 팔자가 실로 딱한 노릇이더군요. 비록 신원은 되었다 하나 그 어미며 오라비가 다 관비 노릇을 한 지가 십여 년이라 그 고생은 말도 못할 것이며 율리 그 아이도 궐 궁녀로 이미 오륙 년을 보내었으니 신분에 걸맞은 혼인을 하기는 어려움이 많을 것이라. 어마마마께서는 그를 근심하셨습니다."

빈궁의 말이 귓전으로 스쳐 지나갔다. 상원대군은 멍하니 손에 든 배첩만 내려다보았다. 그이를 보면 해야지 했던 말들이 모래알처럼 술술 빠져나가고 말았다. 어렵사리 나 또한 용기를 내었거늘. 하지 못한 말들이 쓸쓸하게 가슴에 가라앉았다.

그녀인들 얼마나 안간힘을 다한 것이었을까? 바들바들 떨면서, 있는 용기란 다 내어 한 말은 하나 거짓없는 그대의 깊은 진실이었겠지. 설사 거절한다 하여도 대군 또한 진심으로 하답을 하여야 예의일 것이다 싶었다. 헌데 황망하고 놀라 말 못한 심사가 그녀를 쫓아내고 만 결과를 가져온 터라, 답답하고 안타까웠다. 일부러 찾아온 걸음이 허사가 되었다.

'내 살아가는 모습이란 평생 서귀(書鬼)라. 옆에 있으면 늘 답답할 것이야. 광영이나 호사 따위는 꿈에도 없을 팔자이니 차마 미안하여 말을 못한 것인데. 오히려 그것이 그이를 내쫓은 격이 되고 말았구나. 이 서첩을 전해주고자 오후 내내 먼지 뒤집어쓰고 마땅한 것을 찾은 내 꼴이 민망하고 우습구나.'

동궁을 나와 남궁으로 걸어가는 상원대군. 왜 이렇게 쓸쓸한지.

지척(咫尺)이되 만 리(萬里)로다 207

조용히 누군가가 한 발자국 뒤에서 따라오는 듯, 자신도 모르게 뒤를 돌아보았다. 허나 그를 따라오는 것은 고적한 그림자뿐. 허전한 햇살이 마냥 적요하였다.

'스산하구나. 귀한 무엇을 잃어버린 듯하구나. 지금 너도 그러하느냐?'

평생 차를 끓여 드리고 싶다는 그녀의 말에 순간 무척 기뻤다. 두말할 것도 없이 곁에 있어다오. 너처럼 요긴한 사람이 없단다 말하려고 하였다. 그러나 이내 돌이켜 생각하여 보니 그녀로 하여금 궐의 시비로 내내 고생시키겠다는 말에 다름 아니었다.

'지금껏 고생한 만큼 궐에서 나가 편안하게 살아야지. 내가 너를 내 욕심만으로 어찌 잡을 수 있겠더냐?'

차마 말 못한 속내는 그것이었는데, 율리로서는 거절당한 수치심이라. 도망치듯이 황황히 궐을 떠났다 하니 참으로 미안하였다. 또 그만큼 무척 소중한 것을 잃어버린 듯한 텅 빈 마음이 공허하고 외로웠다.

그렇다고 그녀를 찾아가기도 무엇 하다. 상원대군의 성정이 소극적이고 조용하여 먼저 여인을 찾아 나선다는 생각 자체를 못하였다. 바보처럼 울적해하고 한숨을 내쉬면서도, 인제는 다른 내관이 앉아 있는 율리의 자리를 바라보고 또 바라보면서도 차마 그립다, 네가 보고 싶다 그 생각을 못하였다. 안타깝구나. 글씨를 선사한다는 말이 거짓부렁이 되었구나. 그런 생각만 하였다.

국대부인 수나 아씨가 덩실하니 어여쁜 따님을 낳았다. 율리가 궐을 떠난 두 달여. 정월 스무 이튿날이었다.

용원대군이 좋아서 입이 찢어졌다. 윗전마마들께서도 무척 좋아하시었다. 처음 얻은 손녀가 아닌가 말이다. 모친 닮아 곱고 귀여운 것을 똑 빼닮았다. 곰단지같이 뚝뚝한 병판 남준도 갓난 외손녀를 안고 그저 싱글벙글하였다.

"첫 따님은 살림밑천이라 하였으며 하물며 아바마마께서 처음 얻으신 손녀가 아닙니까? 마냥 눈에 밟힌다 합니다. 이놈 동아가 아기에게 치여 귀염이 덜하도다. 핫하하. 제수씨에게 무에 좋은 것이라도 하나 하여주시오."

세자는 인제 제법 자란 아기를 얼르며 빈궁에게 당부하였다. 그렇지 않아도 고운 아기 옷을 말라두었다. 이월 보름이 지난 날. 슬슬 연록빛 훈풍 불고 산수유 꽃이 톡톡 터지는 날이었다. 가마 타고 모처럼 만에 시정 거리 나가시는구나. 하얀 얼굴에 마늘쪽 같은 콧날이며 단아한 이마가 부친인 용원대군 내림이 분명하였다. 작은 입술이 선명하다. 빈궁마마와 국대부인 두 사람은 홋호거리며 아기의 발을 쓰다듬고 볼에 입을 쪽쪽 맞추며 이름을 지어보았다.

"세상에 대군 대감께서 저를 놀림하신다고 말야요. 엄동설한 섣달에 태어났으니 동장군이라고 한답니다. 기가 막혀서."

출산한 지도 벌써 달포가 지난 것이니 어느 정도 산통 부기 가시었다. 예전의 얼굴이 다소간 회복된 국대부인이 울상이었다.

"처음 얻은 손녀딸이니 아마 아바마마와 어마마마께서 어여쁜 이름을 지으실 겝니다. 두고 봅시다그려. 세상에서 가장 귀하고 좋은 이름을 주실 것입니다."

문이 열리고 미역국 상을 받쳐 들고 여인이 들어왔다. 형임당 정씨였다. 병판 댁에 아랫것들 많고, 허드렛일을 할 이들이야 넘치는 것이되, 굳이 마님 산후 수발을 들 것입니다 간청하였다. 그녀의 처지를 알아서 가려주신 은덕을 갚는 것이었다.

 불감청이언정 고소원. 궐에 있을 적에는 대군마마 발길이야 고운 다른 꽃에만 머무시고 제게는 두 번 다시 오지 않았다. 헌이 낳고 이름만 후실이라. 고개도 들지 못하고 숨죽이며 전전긍긍 살았다. 게다가 대군마마께서 혼인하시고 정실이 들어오셨구나. 후실이야 정실 눈에 밉보이면 그 길로 내쫓길 참이라. 앙앙불락 대군마마 총애받고 그 위세 믿어 국대부인 앞에서 내내 고개 뻣뻣하고 당당하던 후실들이 냉큼 사가로 내쫓긴 것이 벌써 작년의 일이었다.

 헌데 전화위복이로다. 국대부인마님 덕분에 팔자가 핀 것은 오직 정씨 하나뿐이었다. 소생을 턱하니 보아놓았으니 내쫓길 염려 없다. 대군께서 효동 처가살이를 하러 가셨어도 헌이 본다 하면서 달포에 서너 번씩은 부르시었다. 국대부인께서 회임하자 아예 별당에 방을 마련하여 주셨다.

 장인이며 처남이며 눈을 부라리고 있지, 사돈댁에 있으면서까정 호탕하게 굴다 짐을 망신시켜라. 가만두지 않을 것이다! 하고 으름장 놓으신 전하의 경고 때문에 용원대군은 감히 그 장하던 풍류잡이 행적을 하지 못하였다. 솔직히 회임한 안해두고 바람피우기도 못할 노릇이라. 눈치만 보고 있는데 국대부인이 정씨를 시중들게 별당에 데려다 놓았으니 꿩 대신 닭이로다. 그즈음 대군이 별당을 제법 잦게 찾았다.

자꾸 보면 정이 드는 것이 인지상정(人之常情). 못났다 하여 내팽개쳐 두었던 정씨가 의외로 순후하고 다정하며 알뜰하니 제법 곱다하며 사랑해 주시었다. 이즈음에 그녀의 삶이라 그렇게 구름 탄 것처럼 즐거웠다.

"형임당이 고생이 많소. 마음씀이 도리에 맞고 몸을 아끼지 않는 충심으로 국대부인을 보살피니 아마 그대 후복(後福)이 장할 것이오. 헌데 헌이는 어디에 있소이까? 보고 싶은데."

"갓난아기 앞에 데려다 놓으면 철없는 그것이 혹여 또 손으로 해코지할까 봐 얼씬도 못하게 합니다, 마마."

빈궁은 빙그레 웃었다. 전에 헌이가 동아를 손으로 할퀴고 뜯어놓아 목숨이 왔다 갔다 한 소동 이후에, 모든 사람이 악동 기질이 다분한 헌이를 감시하고 있는 모양이었다.

"또 철없이 그런 짓을 할까? 궐에 데려오시오. 동아랑 놀게 말이오. 궐에 도통 어른들뿐이고 아기란 오직 그 아이뿐이니 자꾸 애늙은이가 되는 것 같아. 둘밖에 없는 사촌지간인데 그리 멀면 정이 언제 들 것인가? 저하와 대군마마 사이가 진정 우애가 깊지 않소? 실로 감탄하고 부러운 일입니다. 자주 보아야 정이라도 든다 하오. 지난날 일은 잊어버리시오. 이미 아무도 기억을 못하오. 철없는 아이의 장난인데 무에가 그리 거리낄 것인가? 괜찮으니 대군마마께서 입궐하실 적에 헌이 데리고 오시오. 동궁서 며칠 내가 데리고 놀 참이오."

딱 죽어질 참이었던 헌이며 제 목숨이 살아난 것은 오직 빈궁마마 넓은 관용 때문이었다. 그러나 지은 죄가 있으니 그 일 이후에

지척(咫尺)이되 만 리(萬里)로다 *211*

세자저하나 빈궁마마, 혹은 동아 아기씨만 보면 왠지 가슴이 철렁 내려앉고 눈을 둘 데가 없었던 것도 솔직한 심정이었다.

헌데 오늘도 이렇게 편안하게 말씀을 하여주시니 실로 감사하고 고마웠다. 빈궁마마 넓은 덕이며 다른 사람 마음을 먼저 감싸주시며 보살펴 주시는 처분은 실로 태생 자체가 중전마마 되실 분의 덕이 아닐 것인가? 빈틈없고 법도 어긋남 없으며 고귀하신 세자저하께서 천하의 말괄량이며 부덕이라 하나 없는 개구멍받이로 소문난 연희 아씨를 일편단심으로 기다렸다 냉큼 채온 이유를 알겠도다 생각하였다.

저녁 무렵 환궁한 빈궁은 명랑하게 재잘대는 입담으로 궁금해하시는 두 분 마마와 세자를 앞에 앉혀놓고 아기가 몹시 귀엽고 어여쁘다 하는 이야기를 한동안 펼쳐 놓았다.

딸과 며느리는 또 다른 것이라 하였다. 지존이라 어렵다 하여 항시 살얼음판 모양으로 말조심하는 다른 사람들과는 달리 공손하나 또한 명랑하여 미주알고주알 이야기보따리를 잘도 푸는 빈궁의 귀여운 자태에 상감마마, 흐뭇하게 미소를 지었다.

"짐도 빨리 고 귀여운 새사람을 보고 싶은 것이다. 허나 법도라 하는 것 때문에 몸을 움직이지 못하는구나. 그래, 효동 새아기는 언제쯤 입궐을 하겠는고?"

"출산한 지 벌써 달포나 지났습니다. 몸조리는 백날이라, 두 달 포쯤 기대리시면은 아기를 안고 입궐을 하여 전하를 뵈올 것입니다. 대군마마께서는 헌칠하시고 동서는 고우신 모습인데 아기가 두 분의 좋은 점만 가려 닮았다 싶습니다. 허고요, 어마마마. 기특한

이가 바로 형임당입니다. 아랫것들을 다 밀쳐 두고 저가 수발을 들고 있더구먼요."

"아이고, 그러하더냐? 그이가 심성이 곱기는 하단다."

"그러게 말입니다. 미역국도 얼마나 정갈하게 끓이는지 국대부인이 한 대접을 다 드시면서 실로 그대가 올리는 국이 최고일세 하고 칭찬을 하였답니다. 기특하기가 이루 말을 할 수가 없으니 나중서 입궐을 하면 한마디 칭찬이라도 하여주십시오."

"헛허. 듣기 좋은 소리로고! 가정사가 화락하여야 사내가 나가서 큰일을 하는 법이니라. 용원 이놈이 장가가더니 실로 복을 차고앉았다 할 것이다. 빈궁은 세자와 나가보거라. 이 귀여운 사람이 몸 아끼지 않고 안팎일을 민첩하게 하는 것이 대견하다 하였는데, 요렇게 이야기까정 귀엽게 잘하는고나. 빈궁 덕분에 짐이나 세자가 심심치가 않단다. 어이구, 동아는 두고 가거라? 짐이 곁에서 재울란다."

통통한 엉덩이를 치켜들고 동아 아기씨 엎드려서 나무로 만든 장난감 새를 만지작거리고 있었다. 한참 살이 올라 먹성이 좋으니 입을 냠냠하였다. 배가 고프다는 것이었다. 곁에 앉은 유모가 콩죽을 작은 은수저로 떠서 먹여 드리니 잘도 받아먹는다. 그러다가 덥석 어마마마 앞 소반과 위에 놓인 홍시감을 두 손으로 잡아챘다. 두 손으로 조물딱거려 으깨어놓았다. 그 손으로 바닥에다 환칠을 하여놓았다. 그 꼴을 보아하며 세자가 쯧쯧 혀를 찼다.

"이놈이 아바마마 앞에서 아비의 우세를 시키는구나. 이놈을 곁에 두시다가 귀찮을 것입니다. 이놈 장난이 갈수록 심해지니 어쩔 것이냐? 이는 은근히 빈궁 내림이라. 아니 그러합니까? 핫하."

이러는데 아기가 두 손에 미끌거리는 감을 혀로 핥다가 재미가 있는지 바닥에 황칠한 홍시감 자국을 따라 쭉 움직였다. 얼떨결에 배밀이를 하며 바닥을 긴 것이다!

"아이고, 이놈이 기었도다! 보았느냐? 실로 빠르도다! 겨우 예닐곱 달 지난 놈이 요렇게 빠른 것은 처음 보았다. 성미만 급한 것이 아니라 동작도 빠른 것이야? 헛헛. 이놈, 동아야. 이리 와보거라! 요요요."

네 분 마마께서 모다 기쁜 마음으로 지켜보고 있다. 할바마마께서 과자를 손에 놓고 꾀어내니 동아 아기씨. 머루알같이 까만 눈을 들어 잠시 궁리하였다. 이쁜 짓을 할까 말까 잠시 망설였다.

"제가 복술이라도 된답니까? 요요요 하고 부르시다니!"

다소간 자존심이 좀 상하였지만 기분도 좋은 참에 재롱 한번 떨어지고! 냉큼 배밀이를 하여 할바마마 앞으로 밀고 올라왔다. 동아 아기가 교태전에서 온갖 재롱을 하며 귀여움을 받고 있는 그 무렵. 새로 탄생한 조카를 만나러 대군마마 두 분이 말을 타고 궐문을 나가고 있었다.

성질 급한 재원대군이 상원대군을 돌아보며 혀를 쯧쯧 찼다. 한가하게 급할 것 없다 하듯이 천천히 말을 타고 오는 것이 답답하다는 뜻이었다.

"날도 추운데 어찌 그리 천천히 말을 달리십니까?"

"모처럼 궐문 나온 것이니 구경할 것도 많지 않니?"

"곤치는 않으십니까? 아바마마께서 걱정이 심하시니 형님은 건강을 필시 보살피셔야 할 것입니다."

"궐 안에 잔소리꾼 시어머니가 있다 하더니 바로 너로구나. 천천히 가자구나. 너처럼 무작정 달리면 무슨 운치가 있을 것이더냐? 잔말 말고 앞장을 서렸다. 자꾸 이리 나를 구박하면은 다음서 내가 기어코 나가자 하여도 아니 나갈 것이다?"

"아이고. 형님을 글방서 빼어내기가 그리 쉽지 않은 줄은 아우도 아오이다."

번화한 기와집이 가득 늘어선 효동으로 들어서는 길목이 나타났다. 그들 눈앞에 주변의 집 못지않게 위풍당당한 기와집이 보였다. 헌데 수시로 사람들이 드나드는 다른 집과는 달리 문이 꼭 닫힌 것이 무척 고적하고 쓸쓸해 보였다.

"저 집이 누구 집인 줄 아십니까?"

"내가 어찌 아니?"

"저곳이 바로 이판 한무현의 집이 아닙니까? 이번에 신원이 된 우찬성 윤희도의 식솔들이 하사받은 집이랍니다? 저가 며칠 전에 진성부에 들렀다가 환궁하는 길에 들었답니다."

"……음. 그래?"

갑자기 상원대군의 목소리가 가라앉았다. 아무것도 모르고 재원대군은 제가 들은 것을 풀어냈다.

"진성 할바마마께 잠시 들었답니다. 저 집안 사정이 실로 딱하게 되었다구요. 신원되어 환도는 하였지만 세 아들 중 둘은 이미 죽었고, 윤희도의 안해 된 이는 너무 고생이 심하여 이미 팍삭 늙은 노인이 되어 오늘내일한다 한답니다."

재원대군의 말에 따르면 관비로 끌려간 장성한 딸 둘 중에서 큰딸은 그곳 지방 수령 수청을 들어 첩실이 되었단다. 그곳에 살고 있는데, 이제 신원이 된 고로 첩실로는 그냥 둘 수는 없어 다시 부인으로 맞이하라 하였는데 그 집안에서 그리는 못한다 난리가 났다 하였다.

"또 한 여식은 재수가 없어 악독한 계집에게 팔렸답니다. 온갖 악형을 당하여 골병이 들었답니다. 역시나 그 신세가 가련하고요. 형조의 실수 하나가 한 집안을 완전히 작살낸 것이니 어찌할 것입니까? 이야기를 들으신 아바마마마나 형님마마께서도 안타깝다 하시었습니다. 이 일을 교훈 삼아 앞으로 대처분을 내릴 적에는, 매사 신중해야 할 것이지만 죄가 있는 죄인에게만 벌을 줄 것이지 아무 죄도 없는 식솔들까정 그리 비참한 경우를 당하게 할 수는 없다 하시었습니다."

긴 이야기가 끝날 때까지 상원대군은 내내 말이 없었다. 곧고 어지니 불의를 보면 사리분별을 잘 가려 옳게 아우를 가르치는 평소 버릇이 어디로 사라졌을까? 무연하게 말을 타고 그냥 지나치니 그의 얼굴에 잠시 어둔 기색이 스쳐 지나가는 것을 어린 아우는 보지 못하였다.

"형님마마 가례 후 이러저러하여 이 두 해 상관으로 궐이 텅 비게 되었다. 그렇지 않느냐?"

영 얼토당토아니한 말이 입에서 흘러나왔다. 아우는 형님이 어째서 그런 말을 하는지 잘 몰라 어리둥절한 얼굴을 하였다. 대군의 여윈 등 뒤로 햇살이 쓸쓸하게 가라앉았다.

두 숙부가 병판 댁 저택에 들어서니 집 안이 번잡하였다. 고운 조카를 보고자 숙경, 숙정 두 공주마마와 부마도위까지 나왔으니 손님맞이가 보통이 아니었다. 귀여운 새 아기의 고사리 손가락에 만수무강을 기원하는 금가락지를 끼워준 다음, 고생한 형수에게 치하하였다. 사랑채로 나아가 겸손하고 다정하게 사돈댁 어르신들과 인사를 나누었다. 이내 대군들은 외사랑의 용원대군 처소로 건너와 차 대접을 받았다.

"형님께서는 참말 좋으시겠소? 헌이에 또 새 아기에 양손에 장중보옥. 천하를 얻으셨대도 이만큼 기쁘랴? 핫하하. 언제 이사 가시오?"

교동에 짓고 있는 왕자궁이 거의 다 완성되었다. 이사를 나갈 날이 얼마 남지 않았던 것이다. 이 근래 용원대군 되어가는 모든 것이 만족하니 느긋한 어조로 대답을 하였다.

"국대부인이 몸을 추슬러야 이사라도 갈 것이지. 아무래도 가을은 되어야 할 것 같아. 아직도 마무리가 덜 되어서 말이다. 궐 안 어른들 다 안녕하신가?"

"무고하옵니다. 상원 형님께서 글방에서 아니 나오시니 아바마마의 근심이라 그것 말고는 아무 탈이 없나이다."

쾌활한 재원대군이 냉큼 꼬아바쳤다. 상원대군은 그저 헛허 웃었

지척(咫尺)이되 만 리(萬里)로다 217

다. 중형이 걱정스럽게 아우를 바라보았다.

"말이 나왔으니 말이니 상원 너는 조심하여라! 학문도 일단 몸이 강건하여야 하는 것이니 너무 책만 보다가 용체 상하면은 너에게도 좋지 못한 일이되 두 분 마마께도 걱정시키는 일이다. 먼저 조심하여야지. 형님 저하께서도 너가 너무 학문에만 침잠하여 건강을 돌보지 않는다 걱정하셨느니라."

"명심하여 조심할 것입니다. 저가 이 밤에 대제학 석강에 배행하여야 합니다. 이만 일어날까 합니다. 훗날 다시 궐에서 뵈옵사이다."

막내는 일어서는 셋째를 바라보며 나는 안 갈라네 하였다. 모처럼 궐 담 바깥으로 나온 터이며 하가한 누이들도 보았기로 나온 김에 며칠 잘 놀다 가야지 하고 납작 방바닥에 눌러 붙었다.

"형님 먼저 들어가시오? 나는 예서 저녁상 받고 숙경 누이랑 놀다가 갈 참이오. 수하 있으니 혼자 가실 수 있지요?"

"이놈이 은근히 나를 길눈도 모르는 멍충이로 보는 것이 아니더뇨? 혼자 청도도 다녀온 나이니라! 핫하하. 그래라, 먼저 가마."

환궁을 하기 위해 성동을 떠난 상원대군. 돌아가는 길에 율리가 산다 하는 그 집을 지나쳐 갔다. 두어 걸음 더 가다가 갑자기 말 머리를 돌렸다. 따라오는 내관에게 분부하였다.

"너는 잠시 예서 기다려라. 내가 이 집에 볼일이 다소 있느니라."

이리 오너라! 하고 호령하자 삐걱 하고 문이 반만 열렸다. 머슴이 보아하니 기품있는 어진 눈매를 가진 귀골 도련님이 서 계시는구나. 두 손 모으고 고두하여 어인 일이십니까? 하고 공손히 물었다.

"초면에 청이 다소 황당하나 내가 궐에서 사는 대군이니라. 이 집 막내 소저가 궐 안에서 나의 서재를 돌보았기로 그이가 간수하던 서책을 찾지 못하여 괴로운 고로 하문을 잠시 할까 하고 나왔느니라. 계시면은 기별하여 잠시 뵈올 수 있겠는지 여쭈어다오."

쓸쓸한 집에 모처럼 찾아오신 손님이 왕자마마이시라 하니 청지기도 깜짝 놀랐다. 일단 사랑채로 모시고 안채 별당 막내 아씨께 전갈하였다. 얼마 후 황황히 율리가 달려나오는데 얼마나 급하였으면 제대로 신발도 신지 못한 형편이었다. 율리가 섬돌 아래 서서 대군께 깊이 절을 하였다.

"익히 아는 처지라 모르는 사이 오가는 정중한 예절도 웃기는구려. 오르시오."

"망극하옵니다, 마마."

옆얼굴을 보인 채 율리가 상원대군 앞에 나부시 앉았다. 가슴은 두근두근 방망이질 치되 감히 눈을 돌려 서로의 얼굴을 보지 못한다. 심중에 감춘 마음은 많고 많은데, 해야겠다 하고 서리서리 감춰온 말도 많고 많은데, 왜 입은 떨어지지 않는 것인지. 엉뚱한 곳만 바라보는 두 얼굴이 똑같이 붉었다. 무거운 침묵이 부담스러워질 즈음 마침 알맞게도 찻상이 나왔다.

"듣기에 오라비 두 분께서는 이미 세상을 버리셨다 하던데?"

"큰오라버님과 셋째 오라버님이랍니다. 그렇지 않아도 두 분을 이장하여 사친과 함께 문중 유택에 뫼시려고 일을 꾸미고 있는 중입니다. 천운으로 큰오라버님이 게서 여인을 만나 아들을 낳고 가신지라 집안의 대는 끊기지 않았으니 다행이라 할 것입니다."

지척(咫尺)이되 만 리(萬里)로다

"또한 자당께서도 병환이 깊으시다고?"

어찌 이리 저희 집 사정을 잘 알고 계시나. 속으로 놀라며 율리는 다시 순후하게 대답하였다.

"힘든 세월을 이겨내시던 끝이라 심화병이신 듯하옵니다. 그래도 요새는 의원을 부르는 덕분으로 많이 차도가 있으십니다."

"돌아가 약 몇 첩에 전의 편에 보내줄 것이오."

친절하고 다정하신 말씀이시다. 그런데 하나도 고맙지 않고 왜 이토록 원망스러운가? 못을 빼냈다 한들 남은 못 자국이 쉽사리 지워집니까? 그리 묻고 싶었다. 이미 인연을 다하였다 생각하였다. 평생 다시는 뵙지 못하리라 생각하였다. 가슴에만 담고 갈무리할 서러움을 왜 자꾸 헤쳐 뒤집으십니까? 소리치고 싶었다. 대군이 어질고 다정할수록 더 잔인한 처분인 줄 왜 모르실까? 그분의 동정이란 가난한 그녀에게 더 크고 모진 슬픔임을 왜 모르실까?

원망 서린 율리의 눈이 상원대군을 올려다보았다. 마침 그녀를 바라보던 대군의 시선과 딱 마주쳤다. 그날처럼, 그때 그 마음처럼……. 말 못하고 말 안 했기에 몰랐던 그 마음을 처음 본 그날 그때처럼.

이번에는 달랐다. 민망하고 당황하여 얼굴 붉히며 서로의 시선을 피하던 그때와는 달리 두 사람 누구도 서로의 눈빛을 먼저 피하려 하지 않았다.

"왜, 왜……?"

되묻는 율리의 목청이 나지막하고 슬펐다. 대군의 깊은 눈을 바라보며 감히 여쭈었다 그 말씀에 담긴 뜻을 알고 싶다 청하였다.

"도통 대군마마께서 이러하시는 뜻을 모르겠습니다. 소녀의 집안에 대하여 이리저리 마음을 써주심은 실로 황공한 일이오나…… 어찌 이러하시는지요? 이미 마마께서는 저희 집안의 가장 큰 은인이십니다. 식구들을 다시 환도하게 하여주시고 살길 마련하여 주신 분이십니다. 이미 충분하다 못하여 넘치옵니다."

"마음 쓰지 마시오. 그대 일이 자꾸만 걸려서 그러하오."

"다시는 번거롭지 않게 잘 꾸려갈 것입니다. 더 이상 하찮은 소녀의 일로 고결한 마음을 어지럽히지 마십시오, 마마."

"내가…… 그러니깐 정말 하고잡은 말은, 그날……."

슬슬 대군의 귓불 부근부터 붉어지기 시작했다. 그럼에도 그는 율리의 눈을 똑바로 응시하고 있었다. 다시는 비겁하게 도망가지 않겠다 결심한 안색이었다.

"지난번에 내 말을 곡해한 듯하여서…… 그대가 평생 차를 끓여주신다 하는 그 말을 내가 거절하였기로, 그것은……. 미안함 때문이었소이다."

"별말씀을 다 하십니다. 망극하옵니다."

"시, 실상…… 나는 그대의 차를 무척 좋아하오!"

마침내 말하였다. 그 한마디를 내뱉는 순간 이 근래 내내 체기가 가시지 않아 무겁던 흉중이 삽시간에 시원하여졌다. 상원대군은 그만큼이나 붉어진 소녀의 옆얼굴을 바라보며 나지막이 중얼거렸다.

"허나 어찌 내가 좋다 하여 귀문 처자더러 시비 노릇을 하라 강요할 수가 있겠는가? 고생 끝에 낙이 온다 하였소이다. 초반에는 고생하였으되 집안이 일어나고 제자리를 찾았으니 귀문(貴門)에 혼인하여 안주인으로 행복하게 살아가시오 말하는 뜻이었소이다. 나야 그대가 평생 차를 끓여준다 함은 더없이 좋지만 내 욕심으로 그대 앞길을 가로막을 수는 없는 것 아니오?"

이만하면 내 마음을 알아들었겠지. 항시 저가 행복하기를 바라는 뜻이라. 네가 행복하다면야 먼 데서 바라보는 내 맘도 함께 떳떳하고 좋을 것이거니. 대군은 훌쩍 일어섰다.

"할 말 다 하였으니 인제 갈라오. 여하간에 내 마음이 그러하니 오해는 마시구려. 담에 볼지 못 볼지는 모르겠으되 항시 게의 행복을 빌어 마지않소이다."

그분이 떠나신 그 자리. 마루 끝에 서서 대군께서 말을 타고 떠나는 것을 지켜보았다. 율리는 힘없이 사랑방, 그분이 앉았던 방석 앞으로 다가앉았다. 야윈 손을 들어 가만히 그분의 온기를 느끼듯이 어루만졌다. 예전에 궐에 있을 때도 그러했듯이.

하루 종일 앉으시어 책만 읽으셨지. 잠시 다른 곳에 나가시면 그분 앉은 자리를 소제해 드렸다. 서안 앞의 방석은 언제나 대군의 몸만큼 움푹 패어 있었다. 늘 그분의 그림자만 좇으며, 그분의 뒷모습만 바라보며 살았던 그때. 귀양 가서 고생하는 식구들 일이며 앞날 보이지 않는 일신의 괴로움 때문에 가슴 미어터질 때도 많았지만, 그래도 조금은 행복했었다. 사모하는 그분의 곁에 있었기에. 아름다운 그분을 훔쳐라도 볼 수 있었기에. 있는 듯 없는 듯 그분의 작은 힘이 될 수 있었기에.

"행복하라고 하셨습니까? 예, 그러겠습니다."

율리는 마치 그분이 앞에 계신 듯이 속삭였다. 비단 방석 위에 눈물이 뚝뚝 떨어져 짙은 얼룩을 만들었다.

"행복하라 명하셨으니 소녀, 행복하렵니다. 이년 마음이야 이미 마마께서 주인이시니, 그리하렵니다."

늙은 어미는 병 깊어 자리보전. 두 오라비는 세상 버리시고 언니는 색주가에 팔린 후환으로 몹쓸 병이 들어 골방에 누워 있는 처지였다. 한 분 남은 오라비께서 집안 한번 일으켜 보겠다 이리저리 나선 터이지만 인맥 없고 벗도 없으며 고생이라 장하였으니 살아갈 의욕도 기력도 사라진 지 오래. 절망하여 그저 술만 퍼먹는 파락호가 되었다.

"이런 처지에 소녀가 행복할 수 있을까요? 번듯한 집안의 며느리가 되어 행복하게 살 수 있을까요? 그러나, 그리하렵니다. 마마께서 행복하라 분부하시었으니 소녀, 죽을힘을 다하여 한번 행복해 보렵니다. 아무렴요. 행복하고말고요…… 행복, 하고, 말고…… 요."

그 며칠 후였다.

참말 희한한 일이지. 또다시 상원대군은 율리의 집 대문 앞에 서 있었다. 내가 이곳에 왜 와 서 있노? 자문자답. 스스로도 영문을 알 수 없어 미칠 지경이었다.

들어가야 하나 말아야 하나. 들어가면 무엇 때문에 왔다 변명해야 하나. 들어간다 해도 그이를 만날 수 있을까? 다시 한 번 더 보잔다 하면 사람들이 좀 이상하게 생각하지 않을까? 사내가 자꾸 미혼 처자를 찾아다닌다. 해괴하다 하고 손가락질하지 않을까?

뒷짐을 지고 왔다 갔다. 주먹을 폈다 풀었다. 망설이고 또 망설이고……. 그러면서 자꾸 헛된 시간만 간다. 벌써 두어 식경이 훌쩍 넘었다.

상원대군이 글공부도 작파하고, 책을 읽다가 내던지고 궐문을 나온 것은 실로 처음 있는 일이었다.

그때였다. 반가운 일이로다. 부르지도 않았는데 굳게 닫힌 대문이 삐걱 열렸다. 염소수염을 단 중년 사내가 나왔다. 방정맞게 엉덩이를 요리조리 흔들며 한 노파도 씨암탉 걸음걸이로 따라 나왔다. 뒤를 돌아보며 쨍하니 소리쳤다.

"거 참 줄을 댈 적에 일을 성사하라니깐 그러네. 이만하면 좋은 자리 아닌가 말야."

"당장 가시오! 누가 오라 하였소? 다시는 오지 마오! 천년만년 혼인 안 한대두, 우리 아씨 늙어 죽는대두 그리는 못하니 다시는 오지 마시오, 엉?"

소금 바가지를 든 청지기가 따라 나왔다. 보란 듯이 두 사람 얼굴을 향하여 귀한 왕소금을 휙휙 뿌려 버렸다. 허공에다 주먹감자까지 먹였다. 여간 분하고 노여운 것이 아닌지 우라질 놈, 뒈질 놈들! 중얼중얼 욕질이었다. 소금 바가지를 탁탁 털고 돌아서던 청지기가 한쪽에 우두커니 선 대군을 보았다. 깜짝 놀란 얼굴로 다다다 달려와 읍하였다.

"망극하옵니다. 대군마마."

"흠흠. 잘 지냈는가?"

"쇤네야 그럭저럭 그만하옵니다. 아씨를 뫼시오리까?"

"그, 그렇게 하여주면 좋겠구먼. 내 또 소저에게 하문할 일이 있어서 왔단 말이지."

"일단 듭시지요."

청지기의 안내를 받아 사랑채로 통한 문을 막 들어서려는 참이었다. 사박사박 발소리가 나더니 율리가 걸어나왔다. 야윈 볼에는 안즉도 씻지 못한 눈물자국이 선연히 남아 있었다. 상원대군도 놀라고 율리는 더 놀랐다. 멈칫 서서 서로를 바라보기만 하였다. 얼굴이 굳어버린 대군이 한 발자국 다가섰다.

"무슨 일이오?"

"아, 아무 일도 아닙니다."

"무슨 일이냐고 물었거늘!"

목청은 나직하되 더없이 준엄하였다. 고개를 숙이고 만 율리가 서글프게 웃었다. 저고리 고름을 꼭 누른 야윈 손이 아직도 바들거리고 있었다.

"……망극하옵니다. 다소간 마음 상하는 일이 있어 추태를 보였나이다."

"끝내 말을 아니 할 것인가?"

"마마께서 아실 만한 일이 아닌지라…… 쇤네의 집안일이올시다. 마음 쓰지 마십시오."

"마음 쓰지 말라 하는 그 말이 더욱더 마음 쓰이게 하고 있지 않냔 말야."

어질고 침착한 대군답지 않게 목청이 사뭇 날카로웠다. 대군의 그런 모습을 처음 본 터라 황망해졌다. 율리는 고개를 떨어뜨렸다.

지척(咫尺)이되 만 리(萬里)로다

"민망하옵니다, 마마. 예서 사사로이 말씀드릴 일이 아닌 고로, 안으로 듭시지요."

사랑채로 들려는 대군의 발길을 머뭇머뭇하던 율리가 막아섰다. 좁은 어깨를 넘어 담을 지나 고래고래 주사(酒肆)를 부리는 사내의 고성(高聲)이 분명하게 들렸다. 발길로 상을 내질러 버린 것인가? 와장창 그릇이 깨어지는 소리까지 곁들여졌다. 점잖은 분 앞에서 부끄러운 꼴을 보인 터라 율리의 안색이 새빨갰다. 차마 대군의 눈을 바로 보지 못한 채 들릴락 말락, 속삭였다.

"오라비가 취중(醉中)인지라, 다소간 손님맞이가 그렇습니다. 괘념치 않으시면 잠시 소녀의 처소도 듭시지요."

대낮에 벌써 취중이라고? 손님맞이도 힘들 만큼 주사를 부린다고? 아까 대문을 나서던 그 인물들과 율리의 볼에 묻은 눈물자국들까지 전부 다 그의 마음을 불편하게 하고 심란하게 만드는 것들이었다. 상원대군은 아무 말 없이 먼저 걸어가는 율리의 뒤를 따라 안채의 담을 넘어갔다.

소박한 초당. 좁은 방에 좌정하자 곁방의 율리가 다구를 준비하고 화롯불에 백자 주전자를 얹었다. 예전처럼 정성껏 차 한 잔을 우려내어 대군에게 대접하였다.

반쯤 열린 문 하나를 사이에 두고 마주 앉은 두 사람. 예전마냥 또 벙어리들이었다. 생각해 보면 할 말이 참 많을 것 같은데, 다시 보면 꼭 해야지 했던 말도 많았던 것 같은데. 정작 얼굴을 보니 다 잊어버렸다.

밤 내내 그리워하였는데 그립다 차마 말은 못하고, 다시 보니 참

좋구나 하고 싶은데 그 말 대신 차만 마신다. 서로 다른 곳을 보는 척하면서도 몰래몰래 훔쳐보는 사람. 떨어지기는 겨우 서너 척(尺) 이되 멀기로는 만 리(萬里)로구나. 너의 마음이 내 마음과 같았으면. 맑은 네 눈이, 차마 말 못하는 어리석은 내 마음을 읽어주었으면……. 두 손안에 번지는 찻잔의 온기를 느끼며 대군은 그런 생각을 하고 있었다.

"소녀에게 혼담이 들어왔습니다."

장지문 사이 두고 나직한 율리의 목소리가 들려왔다. 찻잔을 든 대군의 손이 순간적으로 흔들렸다. 찻물이 조금 쏟아져 도포자락에 얼룩을 만들고 말았다. 혼담? 너에게 말이냐? 다른 사내가 너를 탐내한다는 말이냐?

느닷없는 말에 억장이 무너지고 눈앞이 캄캄하였다. 무엇을 말하려 하여도 입이 떨어지지 않아 말 못하는 대군의 침묵이 곡절 이야기를 재촉하는 것으로 느껴진 듯했다. 율리의 목소리가 한결 애잔함을 머금은 채 계속 이어졌다.

"전실 자식 다섯 딸린 자리인데, 오십 줄 사내랍니다. 소녀의 과거 행적이 정식으로 혼인할 노릇이 되지 못하니 첩실로 받아들인다 하는구먼요. 그나마 소녀에게 혼담이 오는 것이 광영이라 할 것입니다. 오라버님께서 그리로 가라 하시었습니다."

"뭐라? 첩실?"

율리는 서글프게 웃었다. 찻물 따라낸 그릇 위에 떠도는 갈색 차 이파리를 내려다보며 혼잣말처럼 속삭였다.

"소녀의 팔자란 이렇듯이 뻔한 것을. 몰락한 가문, 미천한 소녀와 어떤 문벌에서 인연을 맺으려 할까요? 첩실도 감지덕지라 하였는데요."

 평생 그리운 분 곁에서 차를 끓이는 시비 노릇이 행복일까요? 아니면은 남의 손가락질받으며 첩실이라도 혼인하여 가는 것이 행복일까요? 참자 참자 하였으나 무심한 눈에서 그만 참지 못하고 눈물이 또 주르르 흘러내렸다.

 "행복하게 살라 하시었는데…… 소녀는 무엇이 행복인지 잘 모르겠습니다, 마마."

 상원대군이 마시던 찻잔을 냅다 마당으로 내던져 버린 것은 바로 그때였다. 청자 찻잔이 섬돌에 맞아 박살이 났다. 반은 냉소, 반은 넋두리라, 중얼거리던 율리는 깜짝 놀라서 대군 쪽을 응시했다.

 뫼시던 오륙 년. 한 번도 큰 소리란 입 밖에 낸 적 없고 물 같은 성정을 깨트려 울화를 낸 적도 없는 어질디어진 분이었다. 그런 분이 갑자기 찻잔을 마당에 내던져 박살을 낸 것이다. 아연 놀란 그녀 앞으로 반 열렸던 장지문이 끝까지 휙 젖혀졌다. 맑은 물처럼 투명하고 어진 상원대군 눈에 시퍼런 빛이 흐르고 있었다. 도포 소매 안의 주먹이 꽉 움켜쥐어져 있다.

 "그대의 형편이며 집안일이 딱해진 것은 결국 부왕전하의 실책이니, 내가 바로 그대 가문의 원수로다. 나를 상대하여 외면하고 쌀쌀맞은 냉소를 부리는 것은 원망 깊은 그대의 속내겠지? 잘못 찾아왔도다! 내 너가 끓여준 차를 평생 마시고 싶다 함은 진심이었거늘. 이토록 나와 부왕전하를 원망하고 있을 줄은 몰랐어. 그대의 차(茶)는 그러고 보면 독이로군! 갈 것이오. 감히 귀문 처자를 불러 앉혀

실례가 많았소이다. 부대 잘사시오!"

상원대군은 벌떡 일어나 미련없이 섬돌 아래 내려섰다. 본능적으로 율리 또한 벌떡 일어나 버선발로 뛰어내려 갔다. 대군의 신발을 찾아 신겨 드렸다. 그가 고개를 돌렸다.

"나한테 왜 이러는 것이오?"

갈피 잡을 수 없는 혼란스러움인 듯했다. 곤혹스러움과 의구심이 잔뜩 묻은 목청이었다.

"철이 들면서부터 뫼신 분이 대군마마이옵니다. 오직 마마의 시비 노릇을 하였기로 소녀의 버릇입니다. 뉘도 어쩌지 못하는 것입니다. 소녀를 싫다 내치신 터이니 더 이상 말을 못하오나, 오직 소원은. 예전마냥 마마의 곁에서 뫼시는 것입니다. 그것이 소녀의 행복이올시다."

"평생 서귀(書鬼) 팔자. 그것이 나요! 호사도 권세도 보람도 없을 것이야."

"한 번도 그런 것 바란 적 없습니다. 마마 곁에서 시중을 들며 사는 것. 그것이 소녀가 바라는 단 하나이옵니다."

"그대를 다시 궁녀로 받아들일 수는 없소. 그는 아니 될 일이야. 부당한 일이오."

"소녀가 바라는 일입니다! 평생 곁을 따를 수만 있다 하면은 아무것도 필요치 않습니다. 가문을 일으켜라 하셨나요? 행복하라 하셨습니까? 전실 자식 다섯 딸린 명문대가 첩실로 가면은 제 집안이 다시 일어납니까? 소녀 팔자가 좋아질까요? 싫사옵니다. 그리 못합니다."

정신을 차려보니 어느새 그녀는 울고 있었다. 대군의 버선발을 부여잡고 애원하고 있었다.

"차라리 평생 마마 곁에서 한낱 시비로 사는 것이 이 소녀에게는 진정한 행복입니다. 뫼시게 하여주십시오. 제발 소녀를 내쫓지 말아주십시오."

"허면 방법은 하나로군. 그대, 나랑 혼인하오!"

율리의 숨이 딱 막혔다. 무릎을 꿇은 채 망연자실 대군을 올려다보았다. 결코 그 말이 허언(虛言)이 아니라는 듯이 그의 입술은 굳게 다물려 있었다.

"나도 그대도 오직 서로만을 필요로 하고 있으니 그 수(手)뿐이오! 나와 혼인하면 왕실의 사돈이니 그대 집안도 명가가 될 것이오. 또한 평생 그대가 내 시중을 들어줄 것이 아니오? 돌아가서 어마마마께 주청하리다. 그대를 내 안해로 모셔달라 할 것이오. 그리하면은 아바마마께서 그대 집안에 지은 죄를 다소간 씻으시는 것도 되겠지. 그리할 것이오?"

"아니 되옵니다, 마마! 그리할 수는 없습니다. 천한 이년이 어찌 감히······."

"나의 생긴 것이 이렇듯이 멍청하오. 다른 계집을 곁에 둘 용기도 없고 그러고 싶지도 않소이다. 나에게 편안하고 그리운 이는 딱 한 사람이오."

맑은 눈이 이글이글 타고 있었다. 인제서야 알게 된 정념이었다.

"누구보다 내 성정을 잘 알 게요. 나 같은 서치(書癡)에게 단정한 그대만이 맞춤이라. 기다리오! 다시 기별을 할 것이오."

그러고서 상원대군은 줌치에서 상인(象印)을 꺼내어 율리 손에 쥐어주었다. 대군의 신분 표적인 상인을 내주었다 함은 이제 너는 내 사람이다 하는 선언이었다. 율리, 얼떨결에 그 상인을 받았다. 그것으로 돌이킬 수 없는 혼약이 이루어졌다. 그러고서 상원대군은 바람처럼 몸을 돌이켜 문을 나가 버렸다. 땅바닥에 주저앉은 채 율리는 두 손으로 정표를 꼭 쥐고 대군이 나간 문만 망부석처럼 바라보고 있었다.

중궁 마루 끝에서 박 상궁이 대군을 맞이하였다.
"어마마마 안에 계시느냐? 잠시 뵈오려 하느니라."
"듭시옵소서."
"신발이 어지럽구나. 안에 손님이 계시면 잠시 기대렸다가 들어가련다."
"괜찮습니다. 의륭저의 명온공주 마마께서 듭시었는데 지금 돌아갈 것이니 가마를 대령하라는 분부가 있었사옵니다. 아마 지금쯤 일어나실 듯합니다."
상원대군이 몸을 돌이키다가 다시 박 상궁을 건너다보았다.
"내가 궐 밖으로 나갔다 왔는데 잠시 들러 율리가 잘 지내는 것을 보고 왔구먼. 허니 박 상궁도 그 아이 때문에 근심일랑 말게."
찬찬한 한마디에 박 상궁 늙은 얼굴에 벙싯 웃음이 솟아올랐다. 여전히 그 아이를 어질게 보살펴 주시니, 감사한다는 말은 못하고 고두하여 절하는 것으로 그 마음을 표현하였다.
"중전마마, 상원대군마마 듭시옵니다."

지척(咫尺)이되 만 리(萬里)로다

"들라 하라."

박 상궁의 말대로 인제 막 손님들이 자리에서 일어나고 있었다. 사고인 명온공주 마마와 숙정공주, 그리고 낯선 소녀 한 명이었다. 다홍빛 치마에 자주깃을 댄 풀빛 저고리, 곱게 땋아 비단댕기 드리운 검은 머리타래. 하얀 얼굴이 곱고 탐스러웠다. 단아한 미모가 화용월태라 소문난 숙정공주와 견주어도 조금도 떨어지지 않는 기품과 미모를 가진 처자였다. 그 소녀가 바로 전하께서 은근히 속내로 두고 말씀하신 사헌부 정의상의 따님 현금 아씨였다.

현금의 집이 의룡저와 가까운 터라 고모할머니이신 명온공주께서 오가다가 눈여겨두었다. 실상 명온공주는 현금 아씨를 빈궁감으로 두고 보았었다. 헌데 세자나 용원대군 두 사람 다 저들 나름대로 제 짝을 찾아 냉큼 혼인해 버린 터라 결국은 상원대군의 짝으로 천거를 하셨다. 중전마마께서도 호기심이 나니 한번 봅시다그려 하였다. 그래서 이날 입궐을 한 것이다. 연치 비슷하니 또한 현금과 숙정공주가 동무였다.

예상치 못한 터라, 그 혼사의 주인공인 대군이 들어서자 중전마마 이하 모든 사람이 다소 당황한 표정이었다. 상원대군은 문 앞에서 읍하였다.

"망극하옵니다, 어마마마. 소자가 때를 잘못 알았나 보옵니다. 손님이 계신 것은 몰랐나이다. 돌아갔다 다시 들어오리이까?"

"아니니라. 이제 나가실 것이니 괜찮도다. 장 상궁은 손님들을 모시오."

뒷발로 물러서며 현금 아씨는 슬며시 한눈을 들어 상원대군을 곁눈질하였다. 잘하면은 내 낭군이 되실 분이다. 호기심이 가득 찬 눈에 비친 대군의 모습. 고개를 약간 숙이고 내외하여 저들 쪽으로는 일별도 하지 않았다. 석상처럼 조용하고 침착하였다. 키가 헌칠하니 크니 다소 야윈 몸이 더 껑충해 보였다. 어진 빛이 역력하고 속 깊어 보이는 미장부다. 아까 궐에 들어오자마자 문안 인사 들어온 터로 감히 낯을 구경한 세자저하만 못하여도 제법 멋이 있구나 싶었다.

'꿩 대신 닭이라. 세자저하만 못하여도 저이도 왕자라. 혼인하면 나도 당장 정일품 국대부인이 아니냐?'

따라온 종년이 신겨주는 신발을 신으며 현금 아씨 속으로 생긋 웃었다.

솔직히 흉중에 만만찮은 야심을 간직하여 왔다. 가문도 빼어나고 태생도 귀골이며 또한 용모도 비범하니 어찌 욕심이 나지 않으랴? 몇 대(代) 전 가문에서 왕후가 난 적이 있었다. 왕실의 큰 어른이신 명온공주 마마의 눈에 들어 귀애함을 받고 있는 처지였다. 하여 그 어미 허씨가 내 딸 또한 어찌 중전마마가 되지 못하랴 자신만만해 할 만하였다.

물론 빈궁 간택령을 내렸을 적에 사주단자를 올렸다. 중간에서 탈락하니 아쉽기는 이루 말할 수 없으되 무엇 또 다른 기회도 있지! 빈궁으로 간택된 계집이 원손을 출산하지 못하면 후궁들을 따로이 간택하는 경우도 있음이라.

헌데 빈궁이 금세 회임하여 원손을 덩실하니 출산하시었다. 글렀구나. 코가 석 자나 빠진 참에 이게 웬 떡이냐? 성상께서 아비더러 셋째 상원대군의 짝으로 네 딸을 다오 하였단다. 왕자비 자리가 조르르 굴러왔구나. 이날, 중전마마께 선까지 보인 참이니 왕실의 며느리가 되는 꿈이 드디어 이루어지겠구나.

'국대부인이 되면 입궐을 자주 할 수 있을 것이다. 중전마마 비위를 잘 맞춰 드리면 귀엽다 하실 게야. 이리저리 여쭙고 아뢰면은 이것저것 내 원하는 것들을 다 들어주시겠지? 여하튼 중전마마와 빈궁마마께 잘 보여야만 해.'

가마를 타고 궐을 나오면서 현금 아씨는 다시 한 번 다짐을 하였다. 모친이 마련한 귀한 선물이라, 야광주 박은 떨잠을 보시고는 탄성을 내지르던 중전마마를 생각하며 미소 지었다. 중전마마께서 새큼한 귤정과를 좋아하신다 하니 오늘은 찬모를 들들 볶아볼 작정이었다.

'정과를 장만하여 서원위 댁에도 선사하여야지. 대공주에게 붙어서 한 번 더 입궐할 기회를 잡아야 해. 상감마마야 중전마마 말씀이면 다 들어주신다니, 내 혼인은 오직 중전마마 심사에 달린 일이다. 어찌하든지 그분 심중을 잘 읽어 일을 성사시킬 것이다.'

이른 어둠이 서느런하게 내리는 밤. 하늘에는 별이 총총 돋아나기 시작하였다. 현금 아씨 가슴에도 눈부신 무지갯빛 꿈이 송송 피어났다. 정일품 국대부인. 왕가의 며느리라. 콧대 치켜들고 꽃가마 타고 가면 부러워할 동무들과 사람들의 모습이 눈앞에 선하였다. 홈빡 내려올 재물에다 중전마마 등에 업고 부릴 궐 안의 위세며…… 생각만 하여도 짜릿하고 즐거웠다.

김칫국 먼저 마신다고 이런저런 상상에 젖어 마냥 행복한 현금 아씨. 지금 교태전에서 혼인의 당사자인 상원대군과 중전마마 사이 오가는 이야기를 듣는다면 어떤 반응을 보일까?

상원대군은 먼저 모후께 절을 하고 단정하게 꿇어앉았다.
"갑자기 어쩐 일이냐? 네 얼굴을 보아하니 긴요한 일이 있는 것이다. 무슨 일이냐?"
"어마마마, 소자가 장가를 들까 하옵니다."
중전은 아연 놀라 앞에 앉은 아들을 멍하니 건너다보았다. 장성한 사내이되, 도무지 세상일에 관심이 없는 사람이다. 곰팡내 나는 서책 더미에 파묻혀 오로지 글 읽는 것에만 집중하였다. 저 아이도 빨리 짝을 지워주어야지 생각은 하였다. 또 이리저리 수소문을 하고 있는 참이었다. 헌데 당사자인 대군이 혼인을 할까 한다 먼저 갑작스레 나설 줄은 몰랐다. 기쁘고 반가운 마음보다 더럭 무서웠다. 이 아이가 무슨 짓을 저지르고 들어온 것인가?
"그래, 혼인을 하기는 하여야지. 네 연치가 인제 성가를 할 때가 되기는 하였다. 혼인을 하겠다 네 스스로 나설 줄은 몰랐으니, 허면 보아둔 처자가 있단 말이냐?"
"소자가 그 처자에게 혼인하겠다 약조를 하였고 이미 정표를 주었습니다."
"뭐, 뭐라?"
중전마마 입이 쩍 벌어졌다. 배행한 상궁 나인들도 허거걱 놀랐다. 앞에 앉은 분이 상원대군 맞느냐? 이 노릇은 불뚝성질머리, 화급한 성정에 무조건 제멋대로 놀아나는 용원대군 노릇이 아니냐?

지척(咫尺)이되 만 리(萬里)로다 235

저이는 분명 대군의 탈을 쓴 도깨비로다. 방 안 모든 사람의 경악한 기색을 읽지 못하였는지, 알아도 모른 척하는 것인지. 대군은 침착한 어조로 말을 계속하였다.

"소자는 마음을 굳혔나이다. 부대 어마마마께서 윤허를 하여주시기 바랄 뿐입니다. 아바마마께서 아마……."

"아마?"

"몹시 노하실 것입니다. 절대로 윤허치 않으실 것이라 사료가 되옵니다. 하여 소자, 어마마마를 먼저 뵈러 온 것입니다."

"부왕전하께서 윤허를 하지 않으실 일인데 이 어미가 허락한다고 되어질 일이 어데 있을 것이냐? 이리 경우에 벗어난 일을 네가 하는 것이더냐? 내 속으로 낳았다 하나 내가 너를 존경하느니라. 지금껏 단 한 번도 실망시키거나 경우에 벗어난 일을 한 적이 없는 사람이 아니냐? 헌데 다른 일도 아니고 인륜지대사라 하는 혼인문제에서 이리 놀래키니 심히 두렵도다. 대체 어떤 처자이길래 네가 이러는 것이냐?"

"소자가 여인에게 바라기는, 그 미태도 집안도 보지 않습니다. 오직 온후한 덕성과 곰팡내 나는 서귀 팔자를 이해하여 주는 넓은 마음 하나뿐입니다. 소자가 오래도록 그 처자를 눈여겼고, 제 상인을 준 것이니 반드시 그 처자와 혼인을 할 것입니다."

중전마마의 어진 얼굴에 문득 붉은 기가 돌았다. 상인을 여인에게 주었다? 그 처자와 이미 연분을 맺었다 함이며 서로 떨어질 수 없는 만큼 정분이 얽혔다는 뜻이었다. 다소간 당황스럽기도 하였다. 제일 믿었던 아들이 법도에 어긋난 일을 태연히 저질렀다 하니 노엽기도 하였다. 억지로 노화를 가라앉히며 침착하게 되물었다.
"실로 네가 고약하구나! 빼도 박도 못하는 일이니 그 처자가 누구이건 혼인을 무조건 허락하시오 하고 협박하는 것이나 다름없는 것이로다. 대체 뉘냐? 지금껏 여인이라 하면은 덤덤하던 너를 그토록이나 매혹시킨 처자라 하니 이 어미도 심히 호기심이 나는구나."
"소자의 시비로 서재 정리하던 처자이올시다. 이번서 신원되어 죄가 풀린 전 우찬성 윤희도의 막내딸이올시다. 어마마마께서도 율리를 보셨을 것입니다. 오직 그 아이만 곁에 두고 싶습니다. 이만 물러가옵니다. 아바마마께 나아가 말씀 아뢰고 허락을 얻어볼 것입니다."
청천 하늘에 날벼락. 얼굴 하나 변하지 않고 폭탄을 터뜨렸다. 이렇게 모후를 기함시킨 후에 상원대군은 교태전을 물러 나갔다. 단단히 작정하고 부왕마마와 형님 저하께서 강학을 하시는 기오헌으로 나갔다.
유약하고 어질어 보이나 한 번 뜻을 세운 이상 그 고집은 대단하였다. 아무도 누를 수 없고 꺾을 수 없는 것이 상원대군의 곧은 마음이다. 그것을 잘 아는 중전은 잠시 서안에 팔을 괴고 깊은 생각에 잠기시었다. 번쩍 고개를 들고는 앞에 앉은 박 상궁을 건너다보았다.
"자네가 율리라 하는 그 아이를 잘 알지니, 나가서 그 아이 요즈막 사정을 알아오게. 자네나 나나 그 아이를 알고 있지 않나? 간교한 수단을 부리고 그럴 아이로는 보이지 않았소. 분명 유곡절이오. 상원이 그 아이를 돌보아주어야 할 이유가 있는 듯하오. 일이 더 커지기 전에 빨리 나갔다 오시오."

박 상궁 또한 중전만큼이나 놀라고 얼떨떨하여 충격에서 벗어나지 못한 얼굴이었다.

이렇듯이 교태전에서 난리가 난 것처럼 커다란 충격과 경악은 인제 기오헌으로 옮아갔다. 주상께서 찻상을 앞에 두고 기분 좋은 용안으로 막 들어온 셋째 아들에게 말씀하시는 중이었다.

"짐이 상원 너의 짝을 어디서 찾아야 할까 고심하였기로 말야. 드디어 찾아내지 않았더냐?"

"민망하옵니다."

"민망하기는! 연치하면 성가(成家)함이 마땅하지. 사헌부 정의상의 딸이 곱다고 명온 사고께서 늘 말씀하시었기로 내가 그더러 딸을 주어, 하였다. 아까 중궁에 들었다 하니 아마 네 모후도 그 처자를 보았을 게야. 중전만 좋다 하면은 짐은 네 혼사, 그쪽으로 결정하련다?"

상원대군은 비로소 아까 중궁에 들었을 적에 낯선 처자가 들었던 이유를 알게 되었다. 내전의 여인들이 저를 보고 은근히 당황해하던 이유를 그제야 깨달았다. 이런 공교로운 일이라니…….

"망극하옵니다. 소자가 미처 아바마마의 뜻을 몰라, 감히 청 드리기를 소자도 혼인을 할 것이다 말씀을 드리려 왔나이다. 어찌할 것입니까?"

"무, 무에야? 네가 혼인을 하겠다고? 허어, 아름답구나! 그래, 그 처자를 보았지? 어떻더냐? 똘망하고 곱지야?"

"저어, 아바마마. 소자가 본 처자가…… 이미 따로 있기에, 소자는 그 처자와 혼인을 하고 싶습니다."

너무나 의외의 말에 주상전하와 세자저하, 두 분의 입이 딱 붙어 버렸다. 멀거니 대군의 얼굴만 건너다보았다.

"네가, 네가 이미 다른 처자를 보았기로 그리 혼인하고 싶다고? 그, 그래. 암만! 네가 좋다하는 처자로 시켜줄란다. 이 부왕도 앞뒤 꽉 막힌 이는 아니니라. 마냥 고집피우지는 않을 것이다. 대체 뉘냐?"

잠시 망설이던 상원대군의 입이 조용히 열렸다. 때아닌 천둥벼락이 기오헌에 내려치는 순간이었다.

세자가 저물녘에 동궁으로 돌아왔다. 이것이 무슨 일이냐. 뜻밖에 용포 소맷자락이 피로 얼룩져 있었다. 빈궁은 아연 놀라 비명을 질렀다.

"이것이 무슨 사위스러운 일입니까? 무슨 일이옵니까?"

"그리되었소이다."

세자는 굳은 얼굴로 간단히 대답하였다. 방석에 좌정하여 아기를 받아 안으며 한숨을 내쉬었다.

"상원의 이마가 터졌소이다."

빈궁의 눈이 동그래졌다. 한량 용원대군이 술 취하여 개골창에 빠진 것도 아니요, 장난기 졸졸 흐르는 재원대군이 낙마(落馬)하여 다친 것도 아니고, 점잖은 상원대군 이마가 터져? 날마다 글방에 콕 박혀 책만 읽는 분이 아니냐. 그런 분 이마가 왜 터져?

"아바마마께서 워낙에 격하지 않소? 노여운 김에 말릴 새도 없이 연적을 내던졌다오. 상원의 이마에 정통으로 맞은 터라 그만 피가 주르르 흐르지 않겠어? 내가 하도 놀라 얼결에 그 아이 상처를 막아주느라 소매에 피가 묻었소이다."

"길 아니면 가지 않는 대군 아닙니까? 어찌 전하께서 대군을 향하여 연적까지 던지신 것입니까? 부왕전하께 고변할 적에 잘 돌려 어질게 말씀하시니, 다른 사람은 몰라도 대군 앞에서는 늘 부드럽다 하시더니요. 대체 무슨 말씀을 어찌하셨기에 전하께서 그리 노여워하셨습니까?"

"일이 그만 그리되었소이다."

바느질하는 어마마마 곁에서 마음껏 장난질하던 중이었다. 침 흐르는 얼굴을 옷감에 묻히면서 내키는 대로 손장난을 하던 아기를 안아 세자는 번쩍 허공에 던져 주었다. 오랜만에 엄하신 아바마마께서 잠시 재롱을 받아주니 아기씨는 마냥 기분이 좋았다. 바둥바둥 더 안아달라 졸랐다. 까르르 까르르 웃음소리를 냈다. 도리도리. 젬젬. 주암주암. 곤지곤지. 제가 아는 재롱질은 다 펼쳐 보이는 중이었다.

"이놈 똥집은 날마다 무거워지는구나. 소세물 차비하오. 내 침수 들면서 이야기 다 할라네."

"그러하셔요. 수라상은요?"

"아바마마께서 그리 역정 내시는데 무슨 정신머리로 수라상을 챙기겠어? 시장하오. 빈궁이랑 같이 하지."

빈궁은 상원대군의 일에 있어 무엇인가 심상치 않구나 직감하였다. 서둘러 아기씨 받아 안으면서 수라상 올려라 하명하였다. 상을 물린 후에 소세양치 시중들어 드리고, 자리옷 갈아 입혀 드린 다음에 금침 펼쳐 드렸다. 세자는 과자를 손에 들고 놀고 있는 아기를 받아 안았다. 보드라운 배냇머리를 쓰다듬으며 조곤조곤 기오헌에서 있었던 일을 말하여주었다.

"상원이 혼인을 한다 하였소."

"대군께서 혼인을요? 경사인데 왜 아바마마께서 역정을 내신답니까?"

"그게 말이오, 다소 복잡하오. 이미 아바마마께서 명은 할마마마 천거를 받아 사헌부 정의상의 따님을 눈여기시고는, 따님을 주오 하셨거든. 혼약이지. 그리하여 이날 그 처자가 입궐하여 어마마마께 선까지 보인 참이니 일은 거의 다 성사라 할 것이오. 헌데 상원이 아이가 갑자기 엉뚱한 처자와 제멋대로 혼약을 하였다 하고, 심지어 상인까지 주었다 하였으니 아바마마께서 불같이 노화가 나신 게지. 심지어 너는 내 아들이 아니니라, 그런 극언까지 하셨다오. 온통 궐이 뒤집어진 참이오."

"대체 어떤 처자하고 혼인한다 하였기에 그리 전하께서 노화가 나셨습니까?"

세자가 혀를 쯧쯧 찼다.

"그대도 알 것이오. 왜, 두어 달 전에 상원이 동궁에 잠시 보내었던 서재 시비가 있지 않았소? 그 아이가 억울한 죄에 걸리어 몰락한 우찬성 윤희도의 딸이거든. 상원이 그 집안 사정 가려 신원을 시켜주고 집안을 일으키라 하였는데 그사이에 둘이서 정분이 은근히 깊었던 모양이오. 그리고 아마 그 집안 처지가 가긍하니 동정심도 생기었겠지."

 생각에 상원이 그 아이를 눈여기기 오래인 것 같구나, 세자는 동궁으로 돌아오며 홀로 생각하였다. 아무리 곧은 아이라 하여도 의무감이나 동정만으로는 인륜지대사를 쉽게 결정할 수가 없는 법이다.

 "그 처자가 여전히 서재 시비였다 할진대, 아마 상원이 언젠가는 손목 잡고 옷고름을 풀었을 것 같다는 생각이 들거든. 상원 이놈이 고집이 세고 또한 끈질기오. 아바마마께서는 절대로 그놈을 못 이기시오."

 "평상시 조용하신 분이 더 무섭지요, 하기는."

 "그 처자와 이미 연분을 맺었으니, 부왕께서 끝내 반대하시면은 후실로라도 둘 것이라 주장하더군. 억지로 딴 처자와 혼인을 시킨다 하면 안해를 친정에서 아니 데려올 것이라 대듭디다. 실로 기가 막혀서! 나 또한 이럴진대, 아바마마께서는 오죽하셨을까? 연적이 아니라 참말 벼루가 날아갈 뻔하였소이다. 내가 몸으로 막아 간신히 그 정도로 그치신 것이오."

 빈궁 또한 너무 기막힌 일이라 깜짝 놀랐다. 하물며 성질 괄괄하고 급한 주상전하께서야 오죽하시랴? 참으로 뒤로 넘어갈 만도 하시지.

 "그때 제가 동궁에 잠시 거처할 때 보았삽기로 그 아이가 신분은 미천하되, 조용하고 어질어 보였습니다만……."

 "그렇다고 해도 아바마마 생각에 그 여식과는 도무지 혼인 맺을 형편이 아니라는 생각이 드신 게지. 왕실에서 멸한 집안의 딸이라오. 결국 그 아이 입장에서는 아바마마가 살부지수(殺父之讐)가 아니겠소? 어찌 흔쾌하리오? 허고 아바마마께서 이미 옥산 대감에게 혼사하자 말씀을 하셨다오. 그 집안이나 그 처자 모다 상원과 혼인을 할 것이다 알고 있는데 만약 예서 그만두면 망신이지."

"혼담 오가다 파작나는 것이 예사지요, 무어."

"그런 게 아니라니깐! 생각해 보아. 대군과 혼인 말이 났다가 갑자기 그만두면은 뉘든 그 처자에게 흠이 있어 그렇다 생각할 것이 아닌가 말야. 못할 일이오."

"아무리 그 집안이며 고귀한 기품을 본다 하여도 혼인이라 하는 것은 남녀 간 정분이 제일 중요한 것입니다. 대군마마께서 서책에만 신경을 쓰시고 나머지 일엔 무심하신 분이거늘, 그런 이가 그토록 단호하게 말씀하실 정도이면 뉘가 무어라 하여도 뜻을 돌리기 힘이 들 것입니다."

"그래서 걱정하지. 내가 생각하기에도 지나가는 풋정이 아닌 듯하오. 이 일을 어찌 풀어야 할지 모르겠소이다. 아이쿠, 동아 이놈!"

세자가 깜짝 놀라 호령질을 하였다. 아비어미가 잠시 이야기에 빠진 사이. 요 때다, 하여 어마마마 붓을 움켜잡고 입에 대고 빨고 있었다. 마음껏 제 얼굴에 환칠을 하는 중이었다. 바동대다 먹물통까지 엎지르고야 말았다. 세자가 모르는 척 한마디 빈궁더러 타박하였다.

"요놈은 어찌 이리 개구진 짓만 골라서 하는 게냐? 연희 너를 고대로 닮아 그렇다."

"아이고, 누굴 탓하시오? 저하께서도 만만찮았답디다. 만날 사고치고 짓궂은 짓을 저질러 어마마마께서 회초리를 들고 쫓아가면, 휑하니 천리만리 도망을 갔다면서요? 저하를 잡으러 궐을 두 바퀴나 돌았다고 하시던걸요? 무어?"

"아, 내가 언제? 거 알지도 못하는 소리는 고만 하지?"

"창피한 줄은 아시는구먼요? 회초리 피한다고 졸졸 도망쳐서는 아지 치맛자락 홀라당 걷고는 고 속에 숨어서는 오들오들 떨며 있더라고요. 부왕전하께서 편전에 앉아 정무 보실 적에 옆에 앉아 서책이란 서책은 다 찢어놓고, 승지들의 일성록을 다 물어뜯어 놓아 아주 곤혹을 치렀다 하였습니다. 흥!"

"누, 누가 그러던가? 나는 절대로 그런 기억이 없구먼."

짐짓 시침을 뚝 떼었다. 저가 본 적 없으니 내가 아니라 하면 그만이지. 그러나 빈궁은 곧바로 날카롭게 반격하였다.

"딴 것은 모르되 저하께서 사초를 물어뜯은 것은 친정아비가 아옵니다. 반쯤 물어뜯어 침칠해 놓은 고것 사초가 신첩의 집에 안즉도 있사와요. 아비가 그때의 도승지였음은 저하께서 잘 아실 것 아닙니까?"

말을 하자하니 불리하였다. 어름어름 그만치 해서 세자는 한발 물러섰다. 무안하니 괜히 아들만 나무랐다.

"좋은 것을 받아야지 너는 어찌하여 아비어미 나쁜 것만 받은 게냐? 엉? 참말 기운 넘치어 잠시도 딴눈을 팔지 못하게 하니 큰일이다. 인제부터 너더러 동아 대신 〈똥아〉라 해야겠다. 어째 만날 이런 개똥이 짓만 하구 그러니?"

나도 할 말 있다고요. 아기가 아비를 바라보며 옹알옹알 대들었다.

"개똥이는 아바마마 이름인걸요? 날마다 대전이고 편전이고 침입하여 기어다니며 물어뜯고 교서 두루마리 사이에 응가 싸고 놀았다구요. 할마마마께서 아바마마더러 개똥이라고 하셨사와요."

그래 보았자 어른들 눈에는 아바아바, 옹알옹알 재롱떠는 것뿐이지. 결국 세자는 헛허 웃고 말았다. 입 주위며 얼굴이 시커먼 아기를 이내 유모가 받아 내갔다.
"욕간시키고 재우게. 벌써 졸졸 졸음이 오는 낯이구먼."
"예, 마마. 편안하게 침수하옵소서."
어떻게 하면은 오늘은 어마마마랑 한번 자볼까 궁리 중이었는데 또 쫓겨나게 생겼다. 서러워 아아앙 울어버렸다. 그러나 무정한 아바마마, 인정사정도 없구나. 문을 탁 닫아버리시구나. 어쩔 것인가? 꿩 대신 닭이라 하였다. 따스한 물에 욕간하고 기저귀 갈고 유모의 탐스러운 젖가슴에 파고들어 훌쩍이다가 쪽쪽 빨아먹다가 어느새 스르르 잠이 들었다.

세자가 아우 생각에 걱정하는 동안, 왕도 교태전에 들어 부르르 노화를 내고 있었다. 불뚝 노염 참지 못해 냅다 연적을 내던져 아들의 이마를 깬 참이라, 심란하기 이를 데 없었다.
괘씸한 이놈이 도망이라도 가주면 얼마나 좋아? 꼿꼿한 성질이니 돌아가는 주변머리 하나 없다. 감히 분기탱천한 부왕을 대적하여 할 말 다 하고 제 고집대로 설치는 것이다. 심히 언짢은 터로 중전을 앞에 두고 도무지 진정치 못하였다.

"괘씸한 놈. 이 죽일 놈 같으니라고!"

다른 아들도 아니고 셋째에게 뒤통수를 맞을 줄은 몰랐다. 언제나 곧고 어질고 부드러우며 항시 사리분별이 또렷한 아이가 아니었던가? 다만 학문에 침잠하고 서책에 파묻혀 세상일에 다소 무심한 것이 걱정이었을 뿐이다. 너무 글방에만 틀어박혀서 건강이 상할까 그것만이 근심이지, 무엇 하나 손댈 데가 없었다. 그 아이 앞에서 큰 소리로 걱정 한 번 아니 하였다.

헌데 그토록 착한 상원대군이 부왕을 대적하러 나서다니! 무슨 일이 있어도 저가 정한 처자와 혼인을 할 것입니다. 고집피우니 실로 왕은 노엽고 놀랐다. 뒷골이 당기고 숨이 찼다.

"도무지 용서가 아니 되는구나. 부왕을 망신시켜도 유분수이지 말야! 중전, 들어보렴. 짐이 많이 양보를 하였잖어? 엉? 그 아이를 후실로 들여라 가납하였으면 저도 이 부왕 체면을 세워주어야지. 헌데 그놈이 어찌 말하였는지 아는가?"

"무어라 하던가요?"

"참으로 기가 차다, 기가 차서! 저더러 억지로 혼인을 시키면은 처자를 평생 친정에서 아니 데려올 것이란다. 무에 이런 고약하고 방자한 놈이 다 있는 것인가? 세자가 아니었으면 벼루라도 내던져서 아주 혼꾸멍을 냈을 터인데."

중전은 늘 하던 대로 왕의 버선을 벗기고 발을 씻어드리는 중이었다. 아들을 상대로 고약한 말을 함부로 하는 왕을 향하여 살짝 눈을 흘겼다. 부왕이 내던진 연적에 정통으로 맞아 이마가 깨졌단다. 상원대군이 피를 철철 흘리며 편전을 나섰다는 이야기는 이미 중궁전에도 전하여졌던 것이다.

"아무리 그러셔도 그렇지 말야. 이마를 깨시다니, 그는 심하셨습니다."

"흥, 중전도 상원 그놈 편을 드는 것이니?"

"젊은 혈기에 상원이 다소 격하고 심하였다 하지만, 전하께선 아비이십니다. 찬찬히 듣고 설득을 하셔야지 그리 무작정 노화내시면은 어찌하셔요?"

"흥. 맞을 짓을 하였지 무어!"

"그 아이가 말이 없고 다소 눅으며 어질기는 하나 고집이 여간 아닙니다. 한번 정한 뜻이 있으면 흔들림없이 나아가는 것이 무서우니 실로 이번 일로 전하를 다시는 아니 뵙는다 하는 말이 나올 것입니다."

"제깟 놈을 누가 무서워한다던가? 보지 말라지? 흥. 짐도 하나 아쉬운 것 없다!"

말로는 그리하지만, 왕의 속인들 편할까? 조실부모하고 형제 한 분 없는 홀홀단신. 천지간 외로우신 분이 아니냐. 하여 소생들에 대한 사랑이 극진하였다. 여적 큰 소리로 호령하고 손찌검 한번 한 적 없다. 천복이구나. 왕자며 공주들 다 어질고 곧으며 영리하였다. 오직 짐은 저 아이들을 보며 살맛이 나는 것이다 자부심이었다. 그런데 이날, 다른 사람도 아니고 제일 어질고 효성스럽다 여긴 상원대군이 대놓고 왕 당신을 거역하고 나선 터라, 어찌 노화가 나지 않고

지척(咫尺)이되 만 리(萬里)로다 247

역정이 돋지 않을 것인가?

"저가 무어라 고집피워도 안 돼! 가당키나 한 말인가? 저가 무엇이 아쉬워서 그런 아이를 안해로 삼아? 종실의 망신이다. 절대로 윤허하지 않을 것이니 중전도 그리 아오."

"마마, 신첩이 찬찬히 알아볼 것입니다. 며칠만 관망하여 주십시오. 상원 그 아이가 실수없이 항시 곧은 판단을 내리는 인품인 줄은 전하께서 더 잘 알고 있지 않습니까? 그런 그 아이가 고집을 부릴 적에는 타당한 사연이 있을 것입니다."

"곤전도 보았잖어. 옥산의 딸이 그 얼마나 고와? 집안도 맞춤이며 기품이 있고 어여쁘니 딱 상원의 짝이라. 그런 여아를 두고 어디서……."

또다시 부르르 열불이 나기 시작하였다. 중전이 수건으로 발의 물기를 훔쳐 주면서 글쎄올시다 하였다.

"그 여아를 보았기로 곱고 배운 티는 났습니다. 허나 혼인이라 함은 당사자간 두 사람의 연분이 맞아야지요. 남 보기 좋으면 무엇할까요? 저들이 좋아야 하는 것이지요. 신첩이 찬찬히 알아보고 수습할 것이니 다소간 노염을 식히십시오."

"흠, 어째 중전은 옥산의 딸아이에 대하여 다소 탐탁지 아니한 모양이오? 그다지 흔쾌한 목소리가 아니구려?"

그제야 왕의 목청이 누그러졌다. 어쩐지 중전의 말에 그늘이 있다 함을 느낀 것이다. 궁금타 하는 눈빛으로 건너다보았다.

자리옷을 갈아 입혀 드리고 자리끼 대접을 건네 드리며 중전은 잠시 말이 없었다. 사람 보는 눈이야 다 다른 것. 전하께서는 흡족하시되, 중전의 눈에는 미욱하게 보이는 점도 있다는 말이었다. 허나 평생, 다른 사람을 두고 허투루 이러쿵저러쿵 입질하는 법이 없으신 분이다. 신중하게 말을 고르는 것이 분명하였다. 겨우 한마디 하는데 더없이 조심스러웠다.

"겨우 한 번, 슬쩍 훑어보고 어찌 사람의 속내까정 알아 이렇다 저렇다 하겠습니까? 다만……."

"다만? 다만이라니? 다소 걸리는 것이 있는 듯하오?"

"그 여아가 너무 영리하고 대차 보였습니다. 상원이 혼인을 하면 그 처자를 이기지 못할 것 같다 하는 생각이 얼핏 들었나이다."

"허어, 그래요. 허나 왕가의 며느리가 될 여아가 어리석은 것보다 영리한 것이 더 낫지 않소?"

"우리 상원이 워낙에 말이 없습니다. 시정 일이며 살아가는 일에도 마냥 무심한 이가 아닙니까? 세상사에 욕심이 많고 영리한 사람을 맞이하면은 어쩐지 맞지 않은 듯하여서요. 그 처자를 보면서 빈궁 아기가 생각났습니다. 성품이 영리하고 대가 차며 사리분별 척척 하는 총기가 넘치니 바로 여걸이라 할 것입니다. 허나 세자가 은근히 어진 듯하나 강골이며 고집이 무서운 터라서 외유내강이라 할 것이니 빈궁의 뻗치는 그 성품 다스릴 만하여 천생연분이라 할 것입니다. 또한 빈궁은 세자를 도와 정사(政事)의 분별까지 손대어야 할 참이니 오히려 장점이라 할 것이지만 상원은 다르지요. 신첩은 그 처자가 너무 흠이 없어서 오히려 정이 가지 않았습니다."

전하께서 혀를 찼다. 며느릿감으로 여긴 처자가 다른 사람도 아니고 하필이면 중전의 눈에 탐탁지 않았다 하는 말이다. 왕은 다소

지척(咫尺)이되 만 리(萬里)로다 249

당황하였다. 중전의 뜻을 항시 귀하게 여기어, 팥으로 메주를 쑨다 하여도 믿으시고 모든 것을 같이 의논하시는 분들이 아니냐. 헌데 이렇게 두 분의 마음이 다른 것은 실로 처음이었다.

"잘 알지도 못하는 처자를 두고 이런 말을 하는 것이 다소 미안스러우나 솔직한 마음이 그러합니다. 어쩐지 저가 빈궁이나 둘째 아이를 보았을 적 느낌하고는 또 달랐습니다. 저 아이가 우리 상원의 짝이 되었으며 알맞겠다 이런 생각이 별로 들지 않았습니다."

"당황스럽소. 이미 옥산에게 딸을 주어, 한 터인데 그대가 그 처자에게 마음이 없다 하니 어찌하지? 짐이 경솔하였소. 허나, 상원이 말하는 그 아이는 절대로 아니 되어! 절대로 허락할 수 없으니 상원 편을 들어 짐을 설득할 생각은 아예 마오!"

행여나 싶어 왕은 중전마마에게 단단히 오금을 박았다. 부왕을 뵙기 전에 상원대군이 미리 모후를 찾아왔다는 것을 모르는지라 중전만은 내 편 들어다오 새삼 다짐하였다. 본의 아니게 아들과 남편 고집 사이에 끼어버렸다. 중전은 홀로 작게 한숨을 내쉬었다.

"신첩이 마마 뜻을 거역한 것이 오데 있다고 그러하셔요? 원자 낳아라 하여 우리 세자 이하 아들 넷 낳아드렸고 딸 주어 하시어 공주 둘 낳아드렸답니다. 침수하십시오. 허고 다소간 진정하시어요. 낼 모레로 상원 그 아이를 불러 알아듣게 찬찬히 다시 한 번 타이르시지요? 마마께서 윗전이시니 먼저 다독여 주셔야 할 것이 아닙니까?"

"그 고약한 놈은 짐 아들 아니여!"

기어코 한마디. 휙하니 돌아누우며 내뱉는 말씀은 여전히 퉁명스러웠다. 하지만 어느새 노염 반은 풀린 듯하였다. 중전은 생긋 웃으며 지아비 어깨 위로 금침 자락으로 끌어올려 덮어주었다. 이리 안겨라 하듯이 활짝 벌린 품에 조용히 스며들었다.

제7장 멀디먼 마음

 이 며칠 내내 현금 아씨의 달디단 꿈자리가 마냥 부풀었다. 얼마 후면은 나도 당당한 국대부인이 되는 것이다. 화려한 앞날에 대한 환상이 몽실몽실, 꽃봉오리처럼 톡톡 터졌다. 그녀의 기를 한껏 세워준 이는 모친 허씨였다.
 "암만. 내 너가 어릴 적부터 알아보았다. 비단옷으로 휘감고 금집에서 살아야 할 팔자인 게다."
 솔솔솔 연분홍 꽃비가 내리는 날. 귀한 귤정과를 담은 버들고리 짝을 인 어린 계집종을 뒤로 딸린 채 살며시 숙정공주 마마가 거처하는 별당 문을 넘었다. 얼마 후면 시누이가 될 공주에게 잘 보이고자 하는 염두였다. 눈치 보아 안부 인사하러 공주마마가 입궐하실 때에 또 따라붙을 작정이었다.

"어서 오셔요, 그렇지 않아도 심심했던 참이었소."

새로 만든 백동자도(百童子圖) 병풍을 뒤로하고 공주는 서안 앞에 서책 펼쳐 놓고 앉아 있었다. 반갑게 현금을 맞이하였다. 혼인한 지 꼬박 한 해. 그런데 안즉 태기가 없어 대공주 내외는 근심 중이었다. 하여 오래도록 수틀을 잡고 있더니 동자 병풍을 완성한 모양이다.

"공주마마, 그동안 강녕하셨나이까?"

"매일 집 안에만 있는 사람이 무슨 별일이 있으려구요."

입안의 혀처럼 살갑게 인사하는 현금 앞에서 공주가 방긋 웃었다. 하가할 때 따라 나온 유모상궁은 나인 둘 시중을 받아가며 돌아앉아 공주마마 비단치마를 인두질하고 있었다. 한쪽으로는 서원위의 새 의대며 버선들이 포개져 있었다.

"계절이 바뀌는 참이니 의대거풍도 하고 손질을 해야 할 것 같아서 말이오. 아이고, 이것 저 주려 가져오신 것입니까?"

"가내(家內)의 찬모 솜씨가 제법 칭찬을 받습니다. 마마. 가납하여 주십시오. 소녀도 곁에서 좀 도왔지만 솜씨가 영 서툴러서 망신스럽습니다."

현금은 짐짓 겸손한 척하면서 선물을 내어놓았다. 아뿔싸. 헌데 이것이 무슨 변이냐? 길을 걸어오는 동안 어린 계집종이 제멋대로 이고 오던 고리짝을 들까분 것이 분명하였다. 얌전하게 담겨 있던 정과들이 이리저리 뒤섞여 있었다. 한번 생색내며 뽐내려던 심사가 화악 가라앉았다. 표독한 빛을 담은 현금의 눈동자가 계집종에게 돌아갔다.

"이것 귀한 것이라고 몇 번이나 말했잖느냐? 조심성있게 이고 오라고 그리 당부하였는데. 요것. 너 집에 가서 매질 한번 당해야겠다!"

"아, 아씨. 잘못하였습니다. 한 번만 용서해 주십시오, 저가 가마꾼들을 따르며 급하게 걷다가 그만 방정맞게 굴었나 봅니다."

"일부러 한 것도 아닌데 너무 꾸짖지 마시구려. 그럴 수도 있지. 아이고, 맛나겠다. 아지는 이것 내어가 갈무리하고 소반과 들이오."

숙정공주가 부드럽게 가로막았다. 늘 현금의 살살 웃는 얼굴만 보았다가 한 겹 서리가 내린 듯한 표정이며 가시 박힌 듯 날카로운 목청에 순간 좀 질린 터였다.

아랫것을 꾸짖어도 집에 가서 하지, 꼭 여기서 해야 하나? 매사 단정하여 잘못에 추호도 용서가 없구나. 엄한 몸가짐을 가진 동무로다 하는 감탄 반. 너무 모질구나 하는 언짢은 마음 반이었다.

공주가 만류하니 현금은 간신히 대꼬챙이처럼 뽀족한 신경질을 가라앉혔다. 물론 속으로야 집으로 돌아가기만 해봐, 조년을 아주 죽도록 패줄 테다 작정하였지만 말이다.

"드옵시오. 준치 만두가 먹을 만하오. 그렇지 않아도 한번 동무를 부르려 하였어요. 긴히 이야기할 것이 있거든요."

숙정공주가 소반과를 권하였다. 말은 어찌저찌 시작하였되. 난처한 이야기를 어떻게 하면 끝까지 부드럽게 잘 넘길까 좀 걱정스러웠다. 슬쩍 엿본 현금의 속성질머리가 제법 만만치 않음을 보았기에 더 불편하였다.

그녀도 어제 문안차 입궐하였다가 상원대군의 일을 들었다.

누구도 예상치 못했던 복병이었다. 혼인의 당사자인 상원대군이 다른 처자와 혼인을 하겠다고 나섰다니! 노하신 부왕전하가 내던진 연적을 맞아 이마가 깨졌다고 했다. 두 분 다 요지부동. 어느 한쪽도 뜻을 꺾으려 하지 않는 모양이었다. 중간에 끼어 난처하고 괴로운 터라 중전마마는 대공주 귀에만 대고 살며시 당부하였다.

"누가 뭐라든 혼인은 둘이 좋아야 잘산다. 이 세상에서 싫은 사람만큼 싫은 것이 어디 있다더냐? 어지간하면 나는 상원 편을 들련다. 아들 팔자가 중요하지 남 보기 번듯하면 무슨 소용이 있든?"
"그것은 그렇지요, 어마마마."
"너가 슬쩍 그 처자더러 한번 떠보렴? 솔직히 나는 상원이 원하는 대로 해주고 싶구나."

모후마마의 그 말씀은 넌지시 혼약을 현금더러 없던 일로 하자 알려주라는 것이었다. 숙정공주는 흠흠 헛기침을 했다.
"그나저나 내가 좀 난처한 이야기를 들은 게 있구먼요."
"네에? 무슨……?"
"상원 그이 말야요. 아 글쎄. 혼담이 오가는 이 마당에 다른 여인을 보아 상인을 주셨다 하지 무에요?"
저분질을 하던 현금의 손이 허공중에 딱 멎었다. 파르라니 식어 내리는 안색. 극심한 충격을 받았다는 뜻이었다. 솔직히 명온공주 마마 댁에서 현금 아씨와 친하여져 동무로 오가던 중에 '우리 시누이올케 합시다' 농하였다. 모후마마께 천거하여 현금 아씨를 선보인 장본인이 대공주이기도 하였다. 하여 이번 일에 일말의 책임감이 없다 말 못하였다. 어긋난 일이 마치 제 죄인 듯 조심스럽고 미안하였지만 허나 어쩌랴? 이왕 내친걸음. 끝까정 가야지.

"상인까정 주었다 하니 이미 마음을 그리로 정하셨다 하는 뜻이 겠지요? 아이고, 나는 정말 현금 아씨와 상원이 연분 맺어, 우리가 시누이올케가 되는 줄 알았거늘. 일이 그리 어긋나게 되었으니 어쩌면 좋을꼬?"

마음에 두었던 일이 성사가 되지 못했다. 안타깝고 안쓰러운 얼굴을 한 대공주 저가 더 조바심이 난 듯하였다. 발을 동동 굴렀. 위로하는 공주의 말을 잠잠히 듣고 있는 현금 아씨. 지금 몹시 기분이 나쁜 것은 불문가지.

저를 보지 않았으면 모르되, 상원대군도 한번 슬며시나마 저를 보신 터가 아니냐? 뉘든 곱다 하고 첫눈에 눈이 환하다 하며 모다 홀딱 반하였다. 그런 저를 두고서 다른 계집을 안해로 삼겠다고 나섰다? 도도한 그녀, 심히 자존심의 상처를 깊이 입었다.

"대군마마께서 보신 그 처자가 대체 뉘인가요?"

"그것이 기가 막혀요. 서재 정리하던 궁녀였다지를 않습니까? 지금은 신원이 된 전(前) 우찬성 윤희도의 따님이라 합니다. 그 집안의 꼴이 심히 딱하며 그 처자 또한 미천하니, 도무지 사돈 맺을 형편이 아닌 것이어요. 게다가 말을 듣자 하니 미태도 보잘것없답니다. 오래도록 곁에 두시었으니 정이 든 것인지, 아니면 불쌍한 처지에 동정을 한 것인지…… 쯧쯧. 어마마마께서도 당황하시어 어찌해야 좋을지 모르겠다 하십니다."

"그런 계집이면 한갓 후실로나 맞춤이겠습니다? 뭐 후실이야 수십이 있다 한들 안방은 제 차지라. 상관할 바가 아닙니다만은, 그년 계집더러 상인을 주시다니. 대군마마께서 의외로 눈이 낮으신 모양입니다?"

모질고 당돌한 말에 공주가 놀라든지 말든지, 톡하니 내뱉는 현금의 마음에 시퍼런 금이 죽죽 그였다. 분하고 투기가 나서 도무지 참을 수가 없었다. 피가 철철 흐르는 자존심의 상처를 어찌 달래야 할까?

'겨우 시비였던 계집을 나와 댄다고? 그런 계집 때문에 나와의 혼사를 거부한다고? 아무리 대군마마라 하되, 나를 어찌 이토록 하찮게 보는 것이냐?'

생전 처음 당하는 지독한 모욕이며 능멸이었다. 딴 여인도 아니고 겨우 시비였던 천한 계집에게 밀려 왕가의 며느리 자리를 놓치게 생겼다는 사실을 받아들이거나 이해할 수 없었다. 손이 부들부들 떨렸다. 견딜 수 없을 만큼 분하고 부끄럽고 노여웠다. 잠시 보아 은근히 호감을 느꼈던 대군에 대한 미움이 무럭무럭 솟아났다.

"공주마마, 빈궁마마께서 납시었나이다."

"빈궁 형님이 납시셨다고? 어서 뫼시어라!"

뜻 아니 한 기별이라, 공주가 놀라 소리쳤다. 현금 아씨도 자리에서 일어나 빈궁마마께서 들어오시기를 기다렸다.

궐의 작은 안주인인 빈궁마마가 어떤 분인가 궁금하였다. 간택 때 스쳤을 법도 하건만 제 잘난 멋에 취하여 다른 소녀들을 돌아볼 생각을 하지 않았다. 지난번, 중전마마께 선을 보일 적에도 빈궁마마께서는 아니 나오셨다. 그때 원손이 몸에 미열이 있어 동궁에서 못 나온 것이다.

빈궁이 동아 아기를 안은 유모상궁을 뒤로 딸리고 방으로 들어왔다. 미소 지으며 공주께서 비워주신 아랫목 보료에 좌정하였다. 눈치란 빤하였다. 호기심 어린 눈을 들어 현금 아씨를 마주 바라보았다.

"이 아씨가 누구인지 알 듯하옵니다. 대군마마와 말이 있다 하시는 바로 그분이시군요?"

"소녀가 빈궁마마를 뵈옵니다. 정씨 성의 현금이라 하옵니다."

귀한 집에서 곱게 잘 배운 아씨로구나. 귀골스런 얼굴이며 도저한 기품이 첫눈에 화려하였다. 율리를 알고 있는 빈궁의 입장으로서도 이 아씨가 집안으로 보나 생김새로 보나 천만 배는 대군께 맞는 처자인데 말야 이렇게 생각하였다.

"마마, 갑자기 기별도 없이 어찌 나오셨나이까?"

"저가 하도 답답해하는 고로, 어마마마께서 넌지시 대공주 집에 다녀오느라 하시며 내보내 주셨어요. 동아 데리고 냉큼 나와 버렸지? 참 요것, 어마마마께서 주십디다. 간직하셔요. 안에 서간도 있는 줄 아옵니다."

대공주가 안즉도 잉태를 못함이라. 모후마마도 따라 근심이 아니 될 수 없었다. 좋은 약제며 귀한 별찬들을 장만하게 하여 시시때때로 하서(下書)와 더불어 내려보내곤 하였다. 이날도 잉태하지 못하는 여인에게 즉효라 하는 보약을 장만하게 하여서는 답답하여 궐 안을 빙빙 돌고 다니는 빈궁더러 다녀오느라 하시었다.

빈궁이 상그레 웃으며 현금을 돌아보았다.

"소저의 말을 이미 많이 들었나이다. 공주마마께서 좋은 동무라고 항시 칭찬하시어 많이 궁금하였나이다."

"과찬이십니다. 저가 항상 공주마마께 많은 가르침을 받고 있나이다."

"아이고, 동아야! 그만두지 못하겠니?"

물 만난 고기로다. 온 방을 기어다니며 온갖 것을 다 빨아보고 집어보고 머리로 박고 다니던 아기씨. 하루라도 사고를 치지 않으면 섭섭하지. 내 이름이 〈똥아〉가 아니지! 윗방까지 기어들어 가 고모님 면경 위까정 다 휘저어놓았다. 유모가 안고 온 아기의 엉덩이를 매섭게 한 대 때려주며 빈궁이 혼내었다.

"얌전하게 있지 않으면 다시는 안 데리고 나올 테야. 아바마마께 다 일러줄 것이야. 의젓하게 있겠다 약조하지 않았니?"

저가 언제요? 아기씨는 모르는 척 엉뚱한 곳만 바라보며 딴청을 피웠다. 누가 약조를 해? 일방적으로 어마마마께서 하지 말라 엄포를 놓으신 게지. 난 한마디도 아니 했다네. 방바닥에 내려놓자마자 다시 통통한 엉덩이를 치켜들고 방을 기어가기 시작하였다. 이번의 목표는 옆방에 쌓여 있는 새로 지은 비단옷 무더기였다. 저 속에 들어가서 마음껏 침칠하고 구겨가며 놀라네. 엉덩이 아래가 묵지근하니 게에다 응가 한 무더기쯤 싸놓을까나?

"이놈 때문에 오래 놀지 못하리라. 저는 볼일만 보고 가렵니다. 마마. 한번 숙경 아기씨를 보러 아니 가실랍니까? 동무삼아 같이 나갔다 오십시다? 연약한 분이 회임까정 하시어 친정붙이들이 보고 싶다 하신다는군요. 서신은 받으셨지요?"

"그렇지 않아도 금성위 잠저에 나가볼 참이었나이다. 숙경이 입덧이 심하여 도통 아무것도 못 먹는 고로 저더러 언니가 먹거리를 좀 하여주소 부탁을 한 것인데 어찌 거절을 할 것입니까? 날짜를 기별하시면은 따라가지요."

"허면은 한 너댓새 후에 가십시다?"

"그러지요. 그렇게 하겠습니다. 그보다 빈궁마마, 실로 궁금하기 상원의 혼사 일은 어찌 되어간다 하던가요?"

"글쎄올시다."

한쪽 편 당사자인 현금 아씨가 바로 앞에 있는데 무어라 말을 하기가 다소 난처하였다. 그러나 아무것도 모르는 채 날벼락을 당하게 하거나, 혹은 이리저리 소문을 주워들어 불안하게 속을 끓게 하는 것보다 솔직히 말해줌이 낫지 않을까? 사태가 돌아가는 일을 가르쳐 주는 것도 나쁜 일은 아니리라 싶었다. 하여 빈궁은 자신이 아는 대로 정직하게 대답하였다.

"아직은 관망 상태라 들었습니다. 주상전하께서도 절대로 양보하지 않으시고 대군마마께서도 고집이 대단하시니 실로 평행선이라 할 것입니다. 어마마마께서는 지치시어 그 아이를 뒷방에라도 앉혀야 할까 보다 하셨는데요."

"이미 아바마마께서 혼약을 하신 것인데요? 부왕께서 정하신 바라 상원이 순명하여야지 도리입지요."

"글쎄요. 저는 잘 모르겠습니다. 정식으로 사주단자 오간 것도 아니라 들었나이다. 단지 오가는 말씀으로 따님을 주오 하셨다 하는데 그것이 혼약이라 할 수 있을지……. 현금 아씨께서 예에 계시니 하는 말입니다만, 혼인은 무엇보다 당사자 뜻이 중요한 것이다 싶습니다. 서로 마음이 없는 혼인은 살아도 괴로움이 아닐까요? 저의 말을 깊이 한번 생각하여 주십시오.”

빈궁의 말에 현금은 입술을 꼭 깨물었다. 은근히 암시하는 바라, 중전마마께서 저를 두고 끝내 고집피워 며느리 삼고자 하실 뜻이 약하시다 그 뜻인가? 대군의 마음이 딴 데 있는데 억지로 혼인을 하여보았자 무슨 소용이 있는가 되묻는 말에 다름 아니었다.

“대군께서 그 처자를 두고 말씀하시기를 한갓 시비(侍婢)이되, 매사 성실하고 정성이 몸에 배여 있어 존경스럽다 하셨나이다. 덤덤한 그 말씀이 인제 보니 마음에 담은 정분이었던 듯합니다.”

과묵한 대군이 입 밖으로 그런 말을 내어 할 정도이면 단단히 마음을 주었다는 말이었다. 이미 풀 수 없을 만큼 마음이 묶였다는 뜻이었다. 영리하다 하니 이 정도면 눈치를 채고 알아듣겠지 생각하였다. 빈궁은 오금을 박는 뜻으로 한마디 덧보탰다.

“윗전께서 정하시는 일에 저가 간섭은 하지 못하나 마음이 딴 데 간 사내와 억지로 혼인을 하여보았자 껍데기 아닙니까? 그것이 오히려 귀한 분에게는 굴욕이라 봅니다. 차라리 아씨가 다른 귀문(貴門)으로 혼인하…….”

건방지도다. 빈궁의 말이 채 끝나기도 전에 현금이 당돌하게 치받았다.

“감히 아뢰옵니다. 이미 주상전하께서 아비를 불러 혼약을 하셨습니다. 오직 순명할 따름입니다. 어찌할 도리가 없나이다. 그 처자가 어떤 사람인지는 모르나 소녀 또한 그 계집을 후실로 들이지 못할 만큼 아량없지는 않습니다."

빈궁은 깜짝 놀라 현금을 건너다보았다. 입술을 깨물며 대답하는 품이 대차고 도도한 자존심을 잘 보여주고 있었다. 헌데 어린 소녀의 눈빛이 어찌 이리 맹랑하고 날카로운가. 그렇게 보아서 그런 것인가? 비로소 찬찬히 보아지니 하얀 미간에 어린 빛이 터무니없이 거만하고 교만한 듯도 하였다. 그만하면 좋으련만. 한갓 시비였던 계집에게 저가 밀려난다 싶으니 분기(憤氣)가 치밀어 견딜 수가 없다. 현금은 빈궁마마께서 저를 영 곱지 않은 눈으로 관찰하는 것도 알지 못하고 입에서 나오는 대로 지껄이고 말았다.

"지아비께 차를 올리는 것은 지어미 일일진대 어찌 천한 후실에게 그 일을 빼앗기리오? 주상전하께서 혼인을 하명하실 때까정 소녀는 열심히 배울 것입니다. 왕실의 며느리는 아무나 됩니까? 소녀가 감히 자처하기로, 국대부인의 품성을 익히었다 자부하옵니다. 마마, 천한 궁녀였던 계집보다 못하다고는 생각지 않습니다."

참말 보통내기가 아니로군. 빈궁은 쓴 입맛을 다셨다. 그러고 보니 교만할뿐더러 욕심 많고 강팔지기까지 하도다. 세상사에 달관하고 조용한 성품에 고고한 상원대군에게는 어울리지 않고 벅찬 아씨로다 싶었다.

'같잖기도 하지. 저가 얼마나 귀한 집에서 잘 자란 처자인지는 모르되, 애당초부터 왕실 며느리로 공부하였다 자랑함이 아니더냐? 사람을 보지도 않고 율리더러 함부로 천한 후실이라 대놓고 모욕하고, 저가 차 끓여서 지아비의 성총을 빼앗을 것이다 다짐하는

품새라니. 참말 웃기고 모질구나.'

첫눈에 가졌던 호감이 스르르 사라지고 말았다. 양갓집에서 잘 배운 고운 처녀로다 싶었던 첫인상이 그만 팍 구겨지고 말았다. 한 번도 보지 못한 상대 처자를 대놓고 눈 아래로 깔고 보며 마냥 뭉개는 거만함이라니. 모진 말본새하며 날 선 경쟁심에 빈궁은 순간적으로 질리고 말았다. 곁에 앉은 대공주도 마찬가지였다.

이렇듯이 현금 아씨가 자신보다 못하다 여긴 율리에게 전의를 불태우고 있는 순간. 내 반드시 고년을 몰아내고 국대부인이 되고 말테다 다짐하고 있는 그 순간. 남궁의 상원대군은 무엇 하고 있는가?

말을 타고 대궐 문을 나서고 있었다.

가는 곳은 어드메냐? 물론 율리의 집이다. 그저 몸만 가는 것이 아니라 당나귀 고삐를 잡고 있었다. 당나귀 등에는 짐이 가득 실려 있었다. 짐이랬자 전부 책 상자였지만.

대군은 깜짝 놀라 어쩔 줄 몰라 하는 율리에게 그 책들을 풀어라 하였다.

"아무래도 이 근래 궐에서 쫓겨날 것 같소이다. 아바마마께서 나를 다시는 아니 본다 하시니 어쩌리오? 쫓겨나기 전에 미리 나옴이 그나마 효도하는 길일 듯하오."

"마마, 이러지 마십시오. 제발 이러지 마십시오."

지난번, 대체 어떤 영문인지 자초지종을 들으러 박 상궁마마님이 나왔다. 대군이 저와 혼인하겠다 나선 바람에, 노하신 주상전하께서 연적을 던져 이마가 깨어졌다는 이야기를 벌써 들었다. 자신도 모르게 안타까워 눈물이 글썽해졌다. 처연한 얼굴을 들어 율리는 상처가 아직도 남은 대군의 이마를 감히 어루만졌다. 보잘것없는 자신 하나로 인하여 항시 성상께 사랑받던 귀한 분이 이런 수모를 당하는가 싶어 작은 가슴이 찢어졌다.

안타깝고 미안한 마음이 넘쳐 눈물로 맺혔다. 큰 눈에 가득 담긴 죄송스러움과 안타까움. 이내 눈물이 야윈 볼을 따라 주르르 흘러내렸다. 상원대군은 저도 모르게 작은 손을 잡아 가만히 볼에 댔다.

"되었소. 아프지 않소이다. 상관없소."

"제발 저 같은 것 때문에 위엄을 해치는 일일랑은 하지 마십시오. 소녀는 어찌 되어도 상관없습니다. 그냥 정하신 대로 혼인하십시오. 어떤 모습으로든 평생 마마 곁에만 있을 수 있으면 소녀는 행복합니다."

"인간이 축생도 아닌 다음에야 어찌 정을 주고 언약한 사람을 두고 다른 여인과 합환을 맺으리오? 멍청한 내 마음은 오직 하나일 뿐이라오. 실로 지금껏 나도 몰랐던 감정이었소. 아바마마께 이마통을 맞고 나니 비로소 정신이 번쩍 들더구먼. 내 곁에 항시 그대가 있어 딴 데 쓸데없이 정신을 팔지 않았던 것이라 싶어. 나도 모르게 늘 의지하고 있었던 게지."

"마, 마마."

"그대를 동정하여, 그대 집안 사정 생각하여 내가 억지로 혼인한다 생각지 마오. 오직 정결한 내 마음이 그대 진실한 마음 곁으로 간 것이오. 그래서 결정한 혼인이오. 그래서 잡은 손이오. 마음 단단히 먹고 나를 믿어주시오."

후드득후드득 더운 눈물이 다시금 넘쳐흘렀다. 다른 사람 열 마디 말보다 대군의 한마디 말이 더 귀하였다. 과묵한 분이 입 벌려 말한 한마디는 천금 같은 맹세요 고백이었다. 평생 가는 사모지정의 표현이요 진실된 약조라 할 것이다.

주저주저 상원대군이 율리의 작은 얼굴을 두 손으로 싸안았다. 하얗게 떨고 있는 야윈 입술에 그만큼 떨고 있는 더운 입술이 가 닿았다. 난생처음 경험하는 수줍고도 서툰 입맞춤. 청춘이었다. 아무리 서툴고 무심한 대군이라 하여도 피가 끓는 나이이니 그렇듯이 첫 입맞춤은 뜨겁고도 격렬하였다.

화롯불에 달궈진 듯 시뻘건 두 얼굴. 서로 시선을 피하며 옆으로 돌아앉았다. 두 어깨가 부끄럼과 수줍은 흥분으로 들먹들먹하고 있었다. 억지로 침착함을 가장하며 대군이 당나귀 등의 책 상자를 손가락질하였다.

"내 당장에 보아야 할 책을 간추린 것이니 외사랑에 방 하나 내어주시오. 당분간 처가살이를 좀 하여야 할 것 같소이다. 허고 효(爻)를 뽑아보았기로 내달 초이틀이 길일이라. 그날서 가례를 치르기로 합시다. 찬물 한 그릇 떠놓고 혼인한들 무슨 상관이오? 둘이 천지신명에게 맹세하면 그것이 혼약이지. 내 마음은 한결같으며 평생 변함이 없으니 나만 따라오시오. 부인."

상원대군은 그리고 자리에서 일어나 사랑채로 나갔다. 율리 오라비를 만나고자 함이었다.

오라비 윤문서는 연치는 어리나 귀한 신분의 대군을 정중하게 맞이하였다. 며칠 전 누이의 조심스런 말로 긴가민가, 놀랍기도 하고 어리둥절하기도 하고 의심스럽기도 하였다. 그런데 대군이 이 날서는 제 짐까지 나귀 등에 싣고 나타나자 거의 기함할 만큼 놀랐다.

조심스럽게 수인사를 나눈 후, 상원대군은 차분하게 자신의 사정을 설명하였다.

"초면에 결례가 심히 많습니다만은, 누이에게 사정을 대강 들은 줄 압니다. 아바마마께 제 뜻을 밝히었고 저의 상인을 누이에게 준 것이니 혼약이라. 원래는 궐에서 치러야 할 혼례이나 아바마마 뜻과 나의 뜻이 다소 달라 그냥 관례대로 신부집에서 혼례를 치르고 당분간 처가살이를 할까 합니다. 집안의 어른이란 한 분 남은 오라비이시라, 저와 누이의 혼사를 허락하여 주실 것인지요? 허락하시면은 내달 초 이튿날에 초례를 치를까 하옵니다."

윤문서. 감히 대군마마 상대로 무어라 할 말이 없었다. 그저 감은하옵니다, 하고 맞절을 하였다. 파작난 가문의 사정. 환도하였다 하여도 도무지 일으킬 방도가 없음이니 차라리 죄인 신분으로 모든 것 다 포기하고 살 때가 나았다 싶은 절망이었다. 대군을 맞이하여 이야기를 듣고 있으면서도 꿈을 꾸듯이 얼떨떨하고 정신이 하나도 없었다.

대군이 정중하게 사정을 설명하고 혼약을 구하니, 말로 하는 맹세는 두어두고라도, 제 눈으로 보는 인품이란 어질고 정직하며 더없이 맑구나. 눈빛이 지혜롭고 강직하니 이런 분이면 내 누이를 평생 믿고 맡길 만하구나 싶어 절로 눈물이 차올랐다.

"소인이 복이 많아 남은 한 분 누이의 짝을 이토록 귀하고 아름다운 장부를 맞이하사 인연을 맺게 되니 가문의 광영이며 누이의 복이라 할 것입니다. 모자란 것이 많으나 잘 가르치어 부대 백년해로하여 주시기를 비옵니다."

바깥에 숨어 방 안에서 오가는 말을 가만히 듣고 있는 율리의 눈에는 그치지 않고 자꾸만 눈물이 흐르고 있었다.

일편단심. 오롯이 간직한 순결한 사모지정이 이렇게 화답을 받는가 싶어 작은 가슴이 그득하였다. 마음에 함빡 꽃들이 피어난 듯 더없이 황홀하였다. 초당에 돌아와 버릇처럼 대군의 서첩을 어루만지다가, 대군의 첫 입술이 닿은 제 보드라운 입술을 살며시 만져 보는 것이었다.

내달 초이틀에 초례를 치르자. 그렇게 약조하고 상원대군은 궐로 다시 돌아갔다. 글방에 앉아 이것저것 다시 정리를 하는데, 상감마마께서 부르신다 하는 전갈이 들었다.

"너, 어디 갔다 왔더냐?"

앉기도 전에 다짜고짜 하문하시는 용안에 벌써 노염이 어렸다. 곁에 배행하여 앉은 세자도 속으로 쯧쯧 혀를 찼다.

'저놈이 고집 세다 하였더니 기필코 일을 이렇게 몰아가는군.'

상원대군은 입을 꾹 다물고만 있었다. 고개를 방바닥에 떨어뜨린 채 침묵의 시위였다. 성마른 기색을 잔뜩 미간에 어린 채 왕은 다시 하문하였다.

"나귀에 짐을 싣고 나갔다는 것이 참이렷다?"

"그러하옵니다."

"어찌 그러하였더냐? 무엇 때문에 그리하였더냐?"

"소자를 심히 고약히 여기시니, 전날 눈에 보이지 않는 곳으로 나가라 분부하시지 않으셨사옵니까? 하여 소자가 당분간 처가살이를 할까 하옵니다. 소자 재산이래야 그저 책 두어 상자라. 그 집에 옮겨놓고 돌아왔나이다."

"뭐, 뭐라?"

"폐서인당하여 쫓겨나면 글방 차려 학동이나 가르치며 밥벌이를 하렵니다. 이미 그 집 오라비더러 내달 초에 초례를 치를 것이며 당분간 처가살이를 할 수 밖에 없다 설명을 하였나이다. 그리하라 하였나이다. 허니 부왕전하께서는 부디 이 못나고 고약한 아들을 쫓아내 주십시오."

"이, 이…… 이놈이!"

너무 기가 막히면 말을 나오지 않는 모양이었다. 왕은 채 말을 잇지 못하고 멍하니 셋째 아들을 바라보기만 하였다. 저놈이 참말로 상원이 맞는가? 더럭 이런 의심까지 들었다.

'짐의 말 한마디에 그저 순종하던 상원이 아니던가? 너무 어질어 오히려 근심이다 싶을 정도이던 과묵한 저 아이가 이렇게 돌변을 하다니!'

그럭저럭 열흘 남짓 지났으니 제정신이 들었거니 하였다. 다시 한 번 알아듣게 말을 할 것이다 하여 상원을 들라 하라 분부하였다. 헌데 아침나절, 대군께서 진지하시자마자 나귀에 짐을 싣고 궐문을 나갔다는 전갈이 돌아왔다.

"짐이 저더러 궐에서 나가라 부르르 격한 노염에 한마디 하였다고 당장에 얼씨구나 하고 이런 짓을 하는구나! 무에 이런 고약한 놈이 다 있노?"

 게서부터 딱 기가 막혔다. 그나마 세자가 잘 돌려 잠시 두고 보옵사이다 간청하니 참으신 것이었다. 원체 성정 끓어오르는 대로 하셨다면 당장에 금군(禁軍) 풀어 고약한 그놈과 계집을 잡아와 꿇어앉혀라! 버럭버럭 고함치실 뻔하였다.

 말없고 어진 놈이 이 정도로 나간 참이면은 실로 보통 결심이 아니로다. 무슨 말로 어찌 꼬셔도 말을 아니 들을 놈이로구나 딱 알아차렸다.

 상원대군은 부왕전하 앞에 깊이 고두하여 피끓는 목청으로 마지막 간청을 하였다.

 "아바마마, 소자가 아바마마께 피와 살을 받은 터이니 자식 된 도리로 그 어떤 분부, 가르침이든 추호도 어기지 않으려고 애를 쓴 터이옵니다. 허나 이날 감히 말씀 올리옵나니, 알지 못하는 처자를 맞이하여 평생 남남처럼 불화하여 사는 것 또한 불효가 아닐는지요? 부모의 마음을 편안케 하여드림이 효의 근본일진대 소자가 이날 아바마마의 뜻을 거스르는 것이 불효인지, 아니면은 평생 정이 없는 안해를 맞이하여 아옹다옹 불화하며 훗날 오래도록 심기를 괴롭게 하여드림이 불효인지 도무지 모르겠나이다."

 "네 뜻대로 하여준다 하지 않았느냐? 그 아이를 후실로 들이고 너는 너대로 혼인하라 하지 않더냐?"

 "망극하옵니다. 소자가 오직 평생을 같이 하고 싶은 처자는 윤씨 그 처자라. 일편단심 정을 준 여인을 법도나 관례가 있다 하여 첩실로 둔다 함은 도무지 못할 짓입니다. 비록 부족한 마음이 많으실 것이나 제발 그녀를 가납하여 주옵소서. 그의 처지가 가긍한 것은 나라 일이 제대로 밝혀지지 않았기로 벌어진 일이거늘 그 처자의 운명이 어찌 그의 잘못이겠나이까? 허니 그 이유로 소자의 혼사를 가로막으심은 사리에 맞지 않는 것이다 느끼나이다. 아바마마. 성군의 덕이오니, 가긍한 집안의 처자를 왕실의 며느리로 받아들이고 사돈을 맺으신다 하는 것은 우세가 아니라 오히려 빛나는 덕이오니 한 번만 소자의 사정을 가려 아바마마의 심중 뜻을 접어주심은 아니 되실 것입니까? 이날 소자가 아바마마께 엎드려 주청하니 제발 소자의 뜻을 알아주십시오. 오직 이 불민한 아들은 아바마마 어진 처분만 바랄 뿐이옵니다."

"이, 이런 고약한 놈 보았나? 그사이 좀 정신이 들어 말귀를 알아들을 것이라 싶었거늘 더 혼미하여졌구면. 어려서부터 싹수가 바르고 영리하며 곧기로, 훗날 필시 큰일 할 놈이라 생각하고 이 부왕이 온갖 기대를 하여 곱게 키웠기로 이날 이토록 실망시킨단 말이냐? 에잇, 고약한 놈! 나가거라! 꼴도 보기 싫다! 이제부터 네놈은 짐의 아들이 아니다! 나가서 혼인하든 말든 네 마음대로 하여라! 대신 다시는 이 부왕 낯을 볼 생각 말아라, 에잇. 고약한 놈!"

차마 지난번처럼 연적 던져 머리통을 깨지 못하였다. 허나 끓어오르는 성질대로라면 정말 서안이라도 날려 멍청하고 말귀 못 알아듣는 저 어리석은 놈을 박살이라도 내고 싶으시다. 노하여 획하니 돌아앉은 부왕전하를 상원대군은 간절한 눈으로 올려다보았다. 돌처럼 굳은 안색. 저에게는 일별도 아니 하시는 낯빛이 인제 저가 어떤 말을 하여도 들으실 뜻이 없으신 터이구나 싶었다.
 노하시어 대궐에서 당장 나가라 하였다. 허나 혼인하든 말든 마음대로 하여라 하시었다. 그나마 그것이 마지못한 허락이시겠다. 상원대군은 더 이상은 아무 말 않고 일어나 절을 하고 방을 나가 버렸다.
 나가라 고함질렀으되 휙하니 나가 버리는 그 꼴이 또 보기 싫었다. 왕은 기가 막혀 푹 하고 한숨을 내쉬었다. 제일 신임하는 큰아들을 바라보았다.
 "무에 저런 방자하고 고약한 놈이 다 있느냐? 저것이 어질다 소문난 상원이 맞는 것이냐? 세자는 사리분별이 밝으니 한번 말하여 보아라! 상원 저놈을 짐이 어찌해야 하는 것이냐?"
 "아바마마 앞에서 대놓고 맞받아치는 것이라 절대로 있을 수 없는 불효입지요."
 "흥, 그런 것을 저놈이 알면야!"
 그런 짓을 감히 어찌하노? 그런 뜻이었다.
 "소자가 익히 아는 상원의 성정으로는 도무지 있을 수 없는 일입니다. 상원이 아바마마께 불순한 것은 참으로 고약한 일이라 저가 나중에 필히 엄하게 꾸짖을 것입니다."
 "후려갈겨 박살을 내놓아라! 흥."
 그래도 세자는 내 편이로다. 성상의 마음이 조금 누그러졌다. 세자는 침착한 목소리로 아뢰었다.
 "허나 아바마마, 그만큼 저 아이의 마음이 깊고 일편단심이다 하는 뜻이 아닐까 하옵니다. 지금껏 잘 아시다시피 상원의 성정이 신중하고 맑으니 길 아니면 가지 않고 도리 아니면 행하지 않는 위인이올시다. 그런 상원이 부왕전하의 반대함도 감히 무릅쓰고 이 혼인을 그토록 고집함은 단순히 살에 취한 애욕이 아닐 듯합니다. 깊은 마음인지라 아무도 끊을 수가 없어 보입니다. 상원의 청을 한 번만 다시 생각하여 주시면 아니 되시겠는지요?"

모후이신 중전마마로부터 그 처자가 다소간 기승스럽고 눈빛이 모질더구나. 어쩐지 좀 거리껴지는 마음이 들었다는 이야기를 넌지시 들었다. 게다가 매 눈이라, 사람을 보는 눈이 예리한 빈궁 또한 비슷한 이야기를 하였다.

"그 처자를 보았는데 은근히 같잖고 교만합디다. 사람이 순후하고 맑은 태가 없으니 대군과는 도무지 어울리지 않아 보였습니다."

한 집안이 흥하고 망함은 바로 어떤 며느리가 들어오는가에 달렸다. 시모 되실 모후께서나 큰동서 되실 빈궁 모다 현금이란 처자를 마음에 들지 않아 한다. 가당찮다 한다면 그 처자의 인품이 별로구나 싶었다. 빈궁이 대공주 집에서 보고 들은 일을 전하여 듣고, 세자도 그만 마음을 접고 말았던 것이다.

제일 신임하는 세자가 진중하게 사리를 헤아리는 말을 가만히 듣고 있었다. 왕이 휴우— 하고 한숨을 또 내쉬었다.

"허나 짐이 이미 정의상에게 혼약을 하지 않았느냐? 짐이 실로 실없는 사람이 되었다. 허고 상원이 마음에 둔 처자 집안이라 결국 짐이 망친 것이나 진배가 없는데 원수의 딸을 며느리 삼는다 함도 다소간 걸리느니라. 윤씨 그 아이가 심성은 곱다 중전이 말은 하더라만……."

"왕실의 며느리가 됨은 사사로운 집안의 일과는 또 다르다고 생각하옵니다. 상원이 비록 대군이나 그 성정이 조촐하고 학문에만 관심이 있으니 마치 심산유곡에서 사는 학(鶴)이라 할 것입니다. 상원에게는 그의 성정과 비슷한 소박한 사람이 어울리지 않을까 하옵니다. 허고 무엇보다 어마마마께서도 정씨 처자를 마음에 들어하지 않으시니……."

왕은 세자의 말에 다시 한숨을 푹 쉬었다. 평생 무슨 일이든 당신 뜻대로 하셔야 직성이 풀리는 분이다. 허나 오직 한 분 지어미인 중전마마 의견은 팥을 콩이라 하여도 믿으시는 분이신데, 왕의 뜻을 중전이 대놓고 반대한 것은 이번이 처음이었다.

"그러게 말이다. 세자도 알다시피 너의 모후께서 평생 남을 모진 소리로 험담하거나 나쁜 점을 말하는 것을 들어본 적이 없지 않느냐? 항시 어질고 고운 사람이거늘 그런 이가 그 처자를 두고 마음에 들지 않는다 입으로 내어 말할 정도이면은……. 필시 단단히 그 처자가 중전에게 밉보인 일이 있는 것이다. 좀 난처하구나. 세자가 말하여보거라. 이 일을 어찌할까?"

"소자에게 하문하시니 감히 아뢰옵니다. 혼인은 인륜지대사이니 아무렇게나 정할 일이 아닌 고로 무작정 상원의 말을 들어주는 것은 아니 될 일이나, 상원이 어디 보통 사람입니까? 소자의 생각으로는 실로 상원의 뜻이 정결하며 아름답다 생각하였나이다."

"허어, 어째서?"

"윤씨 가문의 억울하고 비통한 사연을 가려주니 어진 덕이 첫째라 하겠나이다. 선비는 항시 낮은 곳에서 겸손하게 처신한다 하였는데, 혼인까지도 그런 처자를 올곧게 마음으로 맞아 평생 존중하겠다 하는 것입니다. 곧은 선비의 언행이라 보옵니다. 그것이 둘째의 덕입니다. 또한 결국 윤씨 처자의 집안일에 있어 주상전하께서도 이르시기를, 다소간 실덕이라 후회하심이니, 상원의 처신이 바로 부모의 허물을 아들인 저가 가리는 효친의 모습이라 할 것입니다."

"······그렇게 생각되느냐?"

"예, 아바마마. 요즈막 상원의 행동이 다소 아바마마께 불손하고 앞뒤가 맞지 않는 과격한 면이 있사오나 이번 일에는 아바마마께서 다소 심중의 고집을 접으심이 어떠하겠나이까? 마마, 모자란 이를 은덕으로 감싸 사랑하시는 것이 바로 성군의 덕이요 아비의 도리가 아니겠는지요? 소자는 그리 생각을 하였나이다."

세자는 부왕을 잡고 앉아 조곤조곤 이야기하며 아우의 혼인을 좋은 쪽으로 돌려주려 애를 썼다.

그런 의논이 기오헌에서 있는 줄도 모르는 상원대군. 서재에 앉아 주섬주섬 다시 서책을 정리하고 있는 중이었다.

부왕전하께서 나가라 하시었으니 정말 나갈 것이다 이런 단호한 결심이었다. 문이 열리고 막내 재원대군이 말도 없이 불쑥 들어섰다. 짐을 챙기는 상원대군을 보고는 놀라서 눈을 휘둥그레 떴다. 순후한 상원 형님이 이런 식으로 부왕전하께 대적하여 강한 시위를 할 줄은 몰랐기 때문이다.

"무엇을 하시는 것입니까?"

"보면은 모르느냐? 짐을 싸는 것이다. 아바마마께서 나더러 궐에서 나가라 하시었다. 나가서 혼인하든 말든 마음대로 하여라 하셨으니 내가 나갈란다."

"어째 이러하시오? 형님께서 이러하시는 뜻을 저가 도무지 모르겠나이다. 사리분별 분명하시며 항시 옳은 본만 보여주시는 분이었거늘 이날서 형님께서 하시는 일이 심히 상궤에 벗어나고 옳지 않아 보이옵니다. 실로 이 아우가 실망이 크옵니다."

할 말 대어놓고 쏘아붙이는 성품이니 재원대군은 상원대군에게 딱 잘라 대들었다. 상원대군이 고개를 돌려 어린 아우를 돌아보았다. 어질던 눈에 격분의 푸른빛이 튀고 있었다.

"나더러 옳지 않다 하는 이유가 무엇이냐? 허고, 상궤에서 벗어났다 하는 것은 또 무엇이냐? 옳은 일이라 하는 것은 바른 도리를 세우고 억울한 사람을 구제하며 잘못된 것을 바로잡는 것이다. 나의 행동은 바로 그 일을 하고자 함이다. 비록 아바마마께 내가 불순종하여 그 하명을 어김은 불효라 할 것이나 허면은 지금 마음에도 없는 처자 맞아 평생 불화하며 살아가는 모습을 보임은 불효가 아닌 것이냐? 또한 도대체 자신에게 걸맞다 하는 것은 무엇이냐? 겉으로 드러난 조건을 말함이냐? 자신이 노력하여 얻은 것이 아닌 그 타고난 조건을 이유로 삼아 정하고 내침이 있다 할진대 그것이야말로 옳지 않은 일이라 할 것이야! 이날서 내가 너에게 분명히 이르느니 나는 그저 동정심이나 아바마마에 대한 반발심으로 이 혼인을 하는 것이 아니다. 나는 그 사람을 사모한다. 은애한다 이 말이다. 오직 내 순결한 마음이 그 처자에게로 간 것이야. 그래서 그 마음이 그 처자의 마음과 얽히어 이 혼인을 결정한 것이다. 비록 내가 이제서야 늦게 깨달은 허물은 있으되 나는 그를 안해로 삼아 평생 사모하여 의지하여 살아갈 것이다 이미 맹세하였다. 장부의 맹세라 하는 것은 한 번 입 밖으로 낸 것이면 반드시 지켜져야 하는 것이다. 나는 옳은 일을 하고 있다 믿느니라! 허니 네가 이 형의 마음을 못 헤아릴 것이면 할 수 없지!"

심중의 말을 거의 내뱉지 않고 항시 마음속으로만 삭이고 과묵하던 형님께서 강하게 되받아치는 앞에서 이번에는 재원대군이 당황하였다. 참으로 당당한 확언이라. 무어라 대답할 말이 없었다. 유(柔)한 듯하나 강하구나. 한번 마음에 먹은 뜻은 절대로 꺾지 않는 고집과 초지일관 나아가는 곧은 성정을 가진 상원대군의 성질머리가 그대로 드러난 것이다.

잠시 무안하고 또한 놀랍기도 하였다. 재원대군은 괜히 서탁의 다리를 툭툭 차다가 불쑥 물었다.

"초례는 언제 치를 것이오?"

"내달 초이틀로 정하였다. 효를 뽑아보았는데 그날이 길일이라 하였느니라. 너는 올 것 없다."

"왜 아니 갈 것이오? 용원 형님께서 알아오라 하셨으니 우리 모다 같이 나갈 것입니다. 서원위나 금성위 형님께서도 가신다 하셨고요. 음음……. 어마마마께서 이것 주십디다?"

재원대군이 도포 소매에서 비녀를 하나 빼어 건네주었다. 정교하게 황금 매화가 새겨진 옥매죽잠(玉梅竹簪)이었다.
"무엇이냐?"
"초례 때 하오, 하셨습니다. 허고 형님께 전하노니 잠시만 그 급한 기운 가라앉히어 다시금 찬찬히 사리분별하여 일을 하여가라 당부하셨습니다."
"……모후마마께서 눈이 밝으사 그의 심덕을 곱다 하실 줄 알았다. 감사한 일이야. 감은하더라 전하여라."
천군만마를 얻었던들 이리도 든든하랴? 모후께서 그나마 묵인을 하신 터. 상원대군은 율리에게 그나마 낯이 생기는 듯싶었다. 평생 같이하자 모셔오는 귀한 사람더러 혼인 초반부터 마음고생을 자심하게 시키는 참이었다. 말은 못하였지만 속으로 참 면목없고 더없이 미안하였다.
'대신 이 손으로 그대의 눈물을 닦아주리니.'
중전마마께서 보내신 정표를 받고 감격해할 율리의 얼굴을 떠올렸다. 상원대군은 말없이 정교한 무늬가 새겨진 비녀를 어루만졌다. 조용히 마음속으로 맹세하였다.
'열 번 울면 백 번 위로해 주고, 백 번 괴로워하면 천 번 괜찮다 말하여줄 것이다. 내 사람이거니. 행복하라 모셔오는 내 사람이거니. 평생 그대를 아프지 않게 해줄 것이다. 다시는 울지 않게 해줄 것이다.'
그때였다. 문이 열리고 대군을 모시는 내관이 급히 들어와 읍하였다. 급한 기별을 전하였다.
"마마, 청도에서 사람이 왔기로, 무징 선생께서 지병이 극심하여 명이 경각이라 합니다. 오직 한 분 벗이니, 대군마마의 옥안을 한번 뵙고 싶노라 서찰을 가져왔다 합니다."

"뭐라? 무징 선생께서 명이 경각이라?"

깜짝 놀란 대군의 손에 힘이 풀렸다. 옥비녀가 쨍그랑 바닥으로 떨어졌다. 담담하기만 하던 안색이 순식간에 창백하여졌다. 얼마나 커다란 충격을 받았는지 알 만하였다.

청도의 무징 선생은 나이 약관으로 후기지수 중에 그 학문이 깊고 인품이 어질다 소문난 이였다. 상원대군과 서로 아끼며 사랑하는 사이였다. 안타깝게도 그가 한 해 전에 병이 들었다. 고향인 청도로 귀향을 하고 말았다. 두 벗이 그렇게 헤어진 터이나 서로 그리워하고 존경하는 정이 어디 흩어지랴? 사흘이 멀다 하고 서찰을 보내고 두 달포에 한 번은 서로 오가며 우의를 다져 왔다. 그런데 갑자기 병이 깊어져 명이 경각이라 하니 아연 놀라 대군은 서찰을 가지고 온 통인을 불러들였다.

"자세히 말하라! 근일 전에 보았을 적에는 그나마 견딜 만하다 하시더니 어째서 갑자기 환후가 악화된 것이더냐? 아니다, 이럴 것이 아니라 당장에 내가 청도로 가야 하겠다. 게 누구 없느냐?"

"마마, 쇤네 주병이 대령하였나이다."

"급히 말에 등자 올리고 길 떠날 준비하여라. 그리고 대전에 누구 보내어 금성위께서 계시는지 기별하여 남궁에 급히 와주십시오 전하여라. 너는 제약원에 가서 산삼 한 채 챙기도록 하고. 아 참! 전의 누구 한 명이 나와 동행을 해야 할 것이다. 궐 안에 주부 뉘가 있나 수소문을 하여라. 나는 당장 어마마마께 고변하고 바로 출발을 해야겠다."

급한 김에 길을 서두르다 보니, 율리에게 미처 비녀를 전해주는 일을 못하였다. 잠시 다녀오마. 너무 걱정하지 말아라 기별하는 것도 잊어버렸다.

몇 날 며칠 동안 대군의 소식을 듣지 못한 터로 그녀의 작고 가난한 가슴이 바싹바싹 타버린 것도 몰랐다.

"아씨, 작은 아씨. 찾아온 손님이 계십니다. 잠시 뵈옵자 하십니다."

초당에 앉아 열심히 바느질을 하고 있던 율리는 고개를 들었다. 마당에 청지기 아범이 서 있었다.

혼인 때 대군께서 입으실 의대를 장만하는 중이었다. 홍설(紅雪)인 양 난분분난분분 진달래 꽃잎이 초당의 마당에 소복이 떨어지던 날이었다. 찾아올 손님이래야 상원대군뿐이다. 자신도 모르게 살며시 수줍은 미소가 율리의 입가에 피어났다.

'인제야 돌아오셨나 보다. 근 보름이니 청도에 머무르셨는데, 학우분의 병환이 나아지셨는지 모르겠구나.'

청도에 사는 학우가 병이 심하여 게에 가 있소이다 하는 서찰을 겨우 사흘 전에 받았다. 급하게 출발하신 터라 얼굴도 보지 못하고 가는 것을 용서하시오 적어놓으셨다. 아무래도 이레는 더 머물러야 할 것 같소. 아모 걱정 말고 그대는 혼인 준비나 잘하오 당부했다.

초례를 치르기로 한 사월 초이틀까지는 겨우 열흘 남짓 남았다.

'서찰 속에 비녀가 같이 들어 있었지. 황공하고 감격하여 내가 얼마나 혼자 울었는지 모른다.'

의롱 속에 간직하여 둔 옥비녀를 생각하며, 그 속에 담긴 뜻을 생각하며 살며시 미소 지었다. 중전마마께서 대군과 율리 저의 혼사를 묵인하신다 하는 뜻이었다. 전하께서는 안즉도 아모 말씀이 없으시나, 적어도 저를 장살하려 군졸을 보내지 않은 것만도 어디냐? 마마의 말씀대로 일이 되어가는 것이 다소간 희망스럽다 싶었다.

그런 생각을 하며 율리는 바늘을 겨레에 꽂았다. 마당에 선 아범을 바라보았다.

"나를 보러 온 손님이라구? 저어. 대군마마께서 나오셨소?"

"대군마마가 아닌뎁쇼. 여인이신데요? 교동의 사헌부 정 대감 댁 소저라 하였나이다."

"교동 정 대감 댁 소저라? 알지 못하는 분인데 어찌 나를 보러 오셨다 할까. 알았소. 초당으로 모셔오시오."

이내 발소리가 들리더니 유모와 시비 하나를 딸리고 초당 월동문을 도도하게 들어서는 처자가 있었다. 누군고 하니 뜻밖에 현금 아씨였다.

분홍 비단 치마에 하얀 저고리. 팔에는 초록빛 장옷을 들었다. 꽃신 신고 새침하게 선 모습이 사뭇 당당하고 기품이 있었다. 마루에 선 율리는 영문을 몰라 의아한 눈초리로 낯선 소녀를 멍하니 바라보았다. 첫눈이지만 저이처럼 아름답고 도도한 기품에 고운 처자는 궐 안에서 보았던 그 어떤 여인 중에도 없었다 생각하였다. 기가 죽었다.

 현금 또한 적의 어린 시선으로 초당의 마루에 선 율리를 바라보는구나. 속으로 흥! 하고 콧방귀를 뀌고 있는 참이었다. 담황색 무명 저고리에 낡은 치맛자락 끌고 선 율리의 그 자태가 도통 반눈에도 아니 찬 터였기 때문이다.

 마루에 선 계집의 생김을 볼작시니, 여위고 볼품이 없어 털갈이 하는 닭 새끼로구나. 주근깨투성이에 살갗도 까맣고 못나디못난 것이라, 도통 계집의 매력이며 요염이란 볼 것이 없었다. 자색 빼어나기로 일등인 현금 저를 제쳐 두고 대군께서 부왕전하까정 거역하면서까지 혼인하기를 고집한 한 처자였다. 얼마나 잘난 계집이냐, 얼마나 요염한 경국지색이길래 그러하시냐. 작정하고 한번 보러 왔다.

 헌데 아무리 뜯어보아도 도통 사내 홀릴 미색이라 하나 없구나. 현금 아씨 저의 발가락 때만도 못하구나. 이런 꼴같잖은 못난 것이 감히 대군마마를 홀려, 내 것인 정일품 국대부인 자리를 훔쳐 가? 내 것인 사내를 차지해? 베라먹을 년. 쳐 죽일 년!

 한 번도 본 적 없고 알지 못하는 처자가 찾아온 터라 율리는 다소 당황하였다. 섬돌 아래 내려서서 무슨 일이신지? 하고 머뭇거리며 물었다.

 "초면이오나 실례를 하겠습니다. 허나 금세 알게 될 처지인지라 작정하고 발길을 하였습니다. 조용히 이야기를 나누고 싶사온데, 사람을 좀 물려주시지요."

 현금은 마치 제집인 양 당당하였다. 오히려 죄지은 사람인 듯 비슬비슬한 쪽은 율리였다. 찾아온 손님을 박대할 수는 없어 초당 윗방으로 현금 아씨를 맞아들였다.

현금은 장옷을 유모에게 건네고 먼저 방으로 들어갔다. 율리 또한 머뭇거리다가 따라 들어갔다. 그래도 손님 대접을 해야겠기에 방석을 내놓았다. 자신은 아랫목 보료에 앉았다. 대꼬챙이처럼 날카로운 눈빛으로 현금이 그녀를 건너다보았다.

"다소 당황하옵니다. 감히 여쭙건대 소녀가 한 번도 뵈온 적에 없는 분이라. 어찌 찾아오셨으며 무슨 할 말이 있다 하시는지요?"

"소녀와 혼담 오가는 대군마마 앞을 가로막고 그 신세 파작내겠다 나서는 천한 계집이 대체 뉘인가 궁금하여서요."

"네, 네에?"

"왜 놀라시오? 내가 바로 주상전하께서 대군마마와 혼인하라 분부하신 바로 그 처자올시다."

율리는 너무 놀라 비명이 새어 나오는 입술을 꽉 깨물었다. 대놓고 첫 참부터 쏘아붙이는 말이 기가 막힐 정도로 무도하였다. 차마 응대를 할 엄두가 나지 않았다. 현금이 하얗게 질려가는 율리의 얼굴을 빤히 노려보았다. 궁지에 빠진 짐승을 사냥하는 듯한 잔인한 눈빛이었다.

"혼인이라 하는 것은 집안과 집안이 엮어져 되는 것이 반가(班家)의 기본이지요. 지금 대군께서 우리 집안과 연분이 되어 전하께서는 아비더러 혼인하자 약조를 하셨고 나는 중궁전에 들어가 어마마마 되실 중전마마께 선까지 보인 참이니 일은 다 성사였소이다. 택일만 기대리는데 갑자기 그대 윤씨 처자가 대군의 마음을 홀리어 엄숙한 혼인을 작파시키니, 내가 어찌 궁금하지 않으리? 군자라는 대군께서 알고 보니 천하의 못난 사내더구먼요."

"초면에 마, 말씀이 지나치십니다."

그러거나 말거나 현금은 혀가 나불거리는 대로, 제 하고잡은 말을 다 하였다. 차가운 눈으로 율리를 벌레마냥 노려보며 아리디아린 수모를 퍼부었다.

"전하께서 인정상 그대를 첩실로 삼아라 윤허하신 것이니 나도 그 정도면 받아들일 작정을 하였소이다. 헌데 감히 대군께서 부왕전하의 지엄한 하명을 어기고 굳이 그대를 정실로 맞아들이겠다 나섰다니 실로 기가 막히오이다. 대군께서 어이없는 고집을 부리심은 이미 혼약이 된 나를 망신 주심이 아닐까? 우리 집안 안팎으로 수치이며 사친께서는 부끄러워 목에 칼을 찌르고 자진하실 정도외다. 그대 하나 사정 보아지어 우리 집안 전체가 이렇게 수모 당함이라. 내가 아무리 초당 바깥을 넘어서는 아니 되는 처자이나 어찌 일이 되어가는 것만 보고서 그저 묵묵히 참고 있으리? 그래서 이날 내가 나선 것이오. 흥, 고금에 없는 일이오. 대군께서 야합을 하시다니! 그것도 노복으로 부리던 천 것 시비를 정실로 삼으시겠다? 그런 고집부려 부왕전하의 노염을 사서는 궐에서 쫓겨날 지경이라 들었소이다. 이것이 말이나 되는 소리인가? 이런 사정을 들은 연후에 그대 마음은 대체 어떤 것인지 한번 들어나 봅시다."

율리는 너무나 막막하고 아뜩하여 한마디 대꾸도 못하였다. 시선을 방바닥에 떨어뜨린 채 멍하니 앉아 있기만 하였다. 가슴이 바들

바들 떨리고 침이 말랐다. 무엇인가 말을 하고 싶은데 입에 족쇄를 채운 듯 말이 나오지 않았다. 옥돌같이 차고 도도한 현금이 그런 율리를 차갑게 쏘아보고 있었다. 죄인을 치도곤 안기는 형리인 양 매섭게 잘도 모진 말로 후려쳤다.

"그대 한 사람을 맞이하여 대군께서 이렇듯 남들 입질에 오르내리고 있습니다. 울 집안과 내 팔자가 엉망이 되었습니다. 마음이 편안한가요? 그것이 대군을 사모하는 여인네의 부덕입니까?"

"저, 저는…… 마마께서 마, 말씀을 아니 하시어 그런 줄도 모르고……."

"하물며 대군께서는 지엄하신 주상전하께서 가장 아끼는 아드님이십니다. 그런 분이 관비의 소생과 연분을 맺는다는 것이 과연 사리에 맞는 일입니까? 하물며 그대 집안 사정을 돌이켜 볼작시면, 심지어 노류장화 논다니로 십여 년 굴러먹던 혈육이 있질 않나? 흥. 그런 이가 대군마마의 처형이 될 수 있다고 보십니까? 올라갈 수 있는 나무를 올려다보아야 하는 것이지 말야. 이토록 말도 아니 되는 연분은 처음 보았소이다. 사람이 염치가 있으면 먼저 근신하여 물러나야 하는 것이 도리가 아니오?"

현금의 말이 율리의 연약한 가슴에 푹푹 박혔다. 깊이 상처난 심장에서 주르르 선혈이 흘렀다. 스스로도 부족하다 모자라다 생각했던 것들이었다. 그런 것들이 타인의 입에서 낱낱이 까발려지던 순간, 너무 부끄럽고 기막혔다. 수치스러웠고 서러웠다. 파들파들 떨고 있는 율리의 사정은 전혀 아랑곳하지 않고 현금은 한 번 더 시퍼런 비수를 박았다.

"대군께서 어진 마음으로 그대를 동정하여 이 집안을 이 정도로 일으켜 세워주었으면 흉중의 야심은 어느 정도 채워진 것 같은데 말이오. 인제는 국대부인 자리를 탐내어요? 흥, 겨우 서책 정리하던 천비(賤婢) 주제에 정일품 국대부인이 가당키나 한 것인가?"

"마, 말씀이 다소 심하시오. 듣고만 있기가 너무 면구하옵니다. 제가 흉중에 검은 야심을 가지고서 계획적으로 대군마마를 유혹하였다 하는 뜻으로 들리는데, 그는 아닙니다. 그것은……."

"허면은 대군께서 순정 깊게 사모하여 혼인을 원하였다는 말이오? 흥, 퍽이나 자신만만하시구려. 무엇 그리 잘난 것이 많아서 이토록 당당하게 은애지정을 받고 있다 말하는가? 눈이 있달지면 그대 보잘것없는 사정 전부가 보일 것이다. 대군께서는 오직 동정심 하나인데, 염치도 참 없소. 대군마마 순정까지 바란다구요? 기가 막혀서."

"대체 앞에 앉은 소저께서는 무슨 자격으로 소녀에게 이런 모진 말을 골라서 하시는 것입니까? 우리의 혼사를 주상전하께는 윤허받지 못하였습니다. 허나 중전마마께서는 소녀를 이미 며느리로 여기사 혼인하여라 허락하시었고 대군마마께서도 일편단심이다 굳은 약조를 하셨습니다. 저는 오직 그 말씀만 믿고 사는 형편입니다. 소녀와 소녀 집안의 모든 사정을 대군마마나 중전마마께서도 이미 다 아십니다. 그럼에도 불구하고 초례 날까정 잡았습니다."

인제는 더 이상 못 참으리라. 섬약한 율리도 마침내 독이 났다. 참자 참자 하여도 더 이상은 참을 수 없었다. 칼로 생살을 득득 긁는 듯한 자존심의 상처를 견딜 수가 없었기 때문이다. 다른 것은 몰라도 대군마마의 진실까지 부인당하는 순간, 가만히 참고 들어줄 수가 없었다.

"이전으로 하여 소저께서 대군마마와 혼담이 오가셨다 하여도 이미 제가 마마의 안해올시다. 대체 소저가 무어라고 이리 저를 찾아오시어 소녀를 호령하십니까?"

이번에 말문이 막힌 사람은 현금이었다. 율리 말이 하나도 틀림이 없었다. 현금 저가 호령할 자격이란 따져 보면 하나도 없었다. 그러나 마찬가지로 독이 올라 현금은 사리분별 무시하고 도도한 눈길 들어 흥, 하고 비웃음을 날렸다. 요 못난 것이 은근히 대가 차구먼. 감히 나를 견주어 말 한마디도 지지 않는 것이야? 같잖은 것. 가만두면 큰일 낼 년이로다.

"내가 무슨 자격으로 호령하냐구? 나는 주상전하께서 며느리로 정하신 엄연한 정실 자격으로 말하는 것이오. 참말 같잖고 방자하도다. 뒷방도 아까울 천격(賤格) 주제에 꼴같잖게 도도하기 이를 데 없구먼. 허긴 하찮은 태생이 어디 가겠는가? 이런 터이니 대군께서 사람 보는 눈이 없다 망신을 당할 만하지. 긴말할 것 없소. 이 정도로 확실하게 말을 하였으니 양심이 있다 할지면, 알아서 조용히 물러나시오. 그대가 끝까지 고집부려 대군과 연분을 맺을 야심을 접지 못한다면 내 반드시 그대의 뻔뻔함을 경계하고야 말 것이오. 목숨이 아까우면 알아서 하시오."

너무 기막히고 비참하였다. 말 한마디 못하고 바들바들 떨고만 있는 율리를 단단히 무안을 준 다음 현금은 가마를 타고 집으로 돌아가자 하였다.

구구절절 독하고 모진 말을 퍼부었던 붉은 입술을 짓씹었다. 분한 숨이 현금의 어깨 너머로 새큰거렸다.

'방자하고 천한 것 같으니라고! 감히 나를 상대로 한마디도 지지 않고 대들었어? 그러니까 저는 대군의 진실한 사모지정을 받고 있으며 중전마마 비호를 받고 있다는 뜻이지? 같잖은 것. 나에 대면 발가락도 못 따라올 것이 감히 내 자리를 탐내었더냐? 그나마 뒷방 계집으로 어질게 가납하려 하였더니 이년 하는 꼴이 심상찮구나. 두고두고 나를 괴롭힐 계집이다. 후환이 두려우니 반드시 처분하여 싹을 잘라 버릴 것이다!'

차마 사람으로서도, 열여덟 먹은 소녀로서도 하기 힘든 모진 결심을 단단히 심중에 품었다. 현금의 삐뚤어진 심사란 단순히 국대부인이 될 뻔한 제 꿈이 깨어진 것에 있지 않았다. 율리의 진정한 죄는 현금의 자존심을 감히 건드린 것이었다. 태어나서 단 한 번도 이런 자존심의 상처, 수모를 당해보지 않은 귀한 아가씨가 천하박색 천한 계집에게 밀리다니. 내 것으로 정해진 자리를 탐내고 밀어내고 안팎으로 망신을 주었다는 데 있었다.

'무엇이 모자라서? 내가 무엇이 부족하여 그년한테 진다 이 말이더냐? 어디 두고 보자. 이년.'

현금은 다시 한 번 잘근잘근 입술을 씹었다. 나중에 대군과 혼인을 하더라도 두고두고 이날의 수모, 모욕감을 그대로 갚아주고야 말 것이다 다짐, 또 다짐하였다.

현금은 가마에서 내려 안방으로 들어갔다. 모친 허씨가 반색하여

딸을 맞이하였다. 항시 제 딸이라면 천하제일이요, 팥으로 메주를 쑨다 하여도 옳다 하는 어미였다.

"어디 나들이 나갔더냐? 마음이 심란하여 바람 쐬러 갔더냐? 혼사를 앞둔 처지에 그리 나다님도 흉이니라. 매사 조심하여야 할 것이다."

그 말에는 대답도 하지 아니하고 현금은 톡하니 제 어미에게 되물었다.

"어머니, 아버님께서 제 일에 대하여 별말씀이 없으시던가요?"

"글쎄다. 아직 퇴청하지 않으셨다. 어제는 내가 물어도 별말씀이 없으셨구. 대군께서 도통 혼인에 관심이 없으사 우리 집안에서 서두르면 그것도 꼴불견이다 싶어서 채근도 못하겠구나."

"어머니, 소녀가 아무래도 국대부인이 되지 못할 것 같나이다."

"아니, 그것이 무슨 소리냐?"

딸년만큼이나 보랏빛 꿈에 부풀어 있던 어미가 팔짝 뛰었다. 천부당만부당한 일이라고 입에 거품을 물었다.

"전하께서 따님을 주오, 하신 것이 혼약이니라. 중전마마를 배알한 일은 이미 그 일이 성사라는 뜻이 아니겠느냐? 안팎으로 일을 이렇게까지 진행시켜 놓고 너를 대군의 배필로 맞이하지 못하시다니! 불길하게 어찌 그런 생각을 하는 것이냐?"

"흥. 알고 보니 대군께서 정분난 계집이 따로 있더구먼요."

현금은 분하여 입술을 짓씹었다. 딸의 내뱉는 말에 허씨가 처음에는 놀라다가 금세 웃음을 터뜨렸다.

"무어라? 대군께 정분난 여인이 따로 있었다고? 홋호호, 아이고 우습구나. 어디서 그런 헛소문을 들은 것이냐?"

"헛소문이 아니라니깐요!"

"아이고. 다른 분은 몰라도 상원대군은 아니니라. 그런 구설들은 하나도 믿을 것이 없다! 또 설사 그렇다 하여도 너만 한 가문 갖춘 터이며 장한 미색이 어디 있다고 감히 견주겠니? 너는 이미 전하께서 며느리로 점지하셨고 중전마마께서도 속에 뜻이 있으시니 너를 교태전까지 부르시어 선을 보신 것 아니더냐? 어떤 계집이 나온다 하여도 감히 너하고는 견줄 것이 아니니 근심을 말거라. 너는 필시 왕자마마의 짝이니라. 네 팔자가 그러한 것이야."

분하고 자존심 상한 상처가 비로소 터졌다. 현금은 제 응석 다 들어주고 그저 저를 곱다 하는 모친 앞에서 투정질을 시작하였다. 율리에 대한 악설을 장하게 씹었다.

"헌데 그런 계집이 있으니 저가 미칠 노릇이지요. 지금 저가 그 방자하고 고약한 계집을 만나고 돌아오는 길이 아니겠습니까? 어머니, 오늘 이 현금이가 겨우 시비보다 못한 처지라는 것을 알았답니다."

어미 무릎에 엎어져 분하고 자존심 상한 심사를 눈물까지 할끔거리며 하소연하였다. 딸의 말을 들으며 태연하던 허씨의 안색이 차츰차츰 달라져 가기 시작하였다. 대군께서 내달로 초례를 치르자 율리에게 말하였다 하고, 중전마마께서도 그녀를 며느리로 보암직하였다 하는 대목에 이르러서 참이더냐 하고 쇠고함 소리를 내질렀다. 이러는데 마당에서 머슴이 아뢰는 소리가 방에 스며들었다.

"안방마님, 대감마님께서 퇴청하시어 잠시 뵈옵자 하십니다요."

분하고 억울하였다. 찬란한 부부인이 될 꿈이 어긋났으니 더없이 열분나고 실망스러웠다. 쌕쌕 거친 숨을 내쉬며 사랑채로 나갔다. 눈꼬리에 표독한 날이 서 있는 안해의 기색을 읽지 못하였다. 아무것도 모르는 정의상이 아내에게 자리를 권하였다.

"현금이는 무엇을 하고 있소?"

"미혼 처자가 할 일이 무엇이 있겠습니까? 제 방에 있겠지요. 헌데 어찌 저를 부르신 것입니까?"

이미 억장이 무너지고 심기가 뒤집혀진 참이었다. 허씨의 목청이 비수같이 시퍼렇게 날이 섰다. 그러나 그 기색을 여전히 눈치채지 못한 정의상은 흠흠 하고 목청을 가다듬었다. 의논조로 말을 풀었다.

"음음, 부인이 들으시기에 다소 섭섭한 일일 것이나 여식 아이 일이 잘되지 못한 것 같소."

"네엣? 무어라구요?"

"전하께서 나를 부르시어 배알을 하였소이다. 금일 딸아이 혼사 일은 없던 것으로 하였소이다."

"아니, 대감! 안팎으로 왕가와 혼인을 할 것이다 소문이 다 난 이 참에 혼사를 파기하시다니요? 그런 법이 어디 있습니까? 천지간에 없는 일입니다!"

기어코 우리 현금이가 걱정한 일이 사실로 되었구나. 허씨는 쨍하니 되받아쳤다. 부들부들 떨며 입에 거품을 물었다. 점잖은 정의상이 부드럽게 안해를 달래려 하였다.

"실상 혼약이라 하였어도 좀 그러한 것이 말이오. 성상께서 오다 가다 농담으로 그 집 아기 곱다 하니 며느리 주오 이런 한마디 말씀이셨을 뿐이오. 나 또한 신의 여식이 미거하여 그저 두렵나이다 겉으로는 사양한 것이니 그것을 혼약이라 보기는 좀 그러하지요. 명온공주 마마께서 현금이를 곱게 보시어 대공주마마의 벗으로 자주 부르시고 가까이 두신 것은 있으시되, 혼사야 중전마마 소관이 아니오?"

"허면은 중전마마께서 우리 현금이가 마음에 들지 않는다 하시었습니까?"

"그런 것 아니오만……. 으음. 대군께서 다른 처자를 아마 벌써 심중에 두신 듯하오. 중전마마께서 이날 나를 내전으로 부르시어 솔직하게 말씀을 하시는데 대군마마께서 딴 처자와 정분이 난 터로 그리 혼인을 시키고 싶다 하셨소이다."

"대감께서는 대군마마께서 보신 그 처자가 뉘인지나 아십니까?"

"지난번에 신원된 전 우찬성 윤희도의 여식이라 들었소. 처지가 딱하고 가긍한 것을, 대군마마께서 사정 가려 돌보아주심이니 어진 성정이 그대로 드러난 것이 아닐까? 그런 집안이 왕실의 사돈이 된다 함은 주상전하의 어진 덕이 그토록 깊어 아래에까정 널리 미친다 함이라. 이구동성 칭송을 받고 있소이다."

"흥, 대감께서는 퍽도 속이 좋으십니다? 집의 딸년이 겨우 시비였던 계집아이에게 밀려 혼사가 파작이 난 것인데 그것을 좋아라 하시다니요! 현금이를 어찌하실려고 이토록 순순히 물러나신 것입니까? 아무것도 모르는 이들이 보아하면은 우리 아이가 무슨 흠이 있어서 혼사가 어그러진 줄 알 것이니 실로 집안의 망신입니다. 도대체 말이나 되는 일입니까? 세상에 관비였던 사람의 딸년이 정일품 국대부인이라니! 그 자리는 바로 우리 아이가 앉아야 하는 자리가 아닙니까?"

손안의 보물을 놓쳤구나. 내 딸의 것이다 여긴 영화(榮華)를 빼앗기고 말았구나. 분하고 억울하였다. 모락모락 솟구치는 투기심을 이기지 못해 허씨의 입에서는 무도한 악설이 마구 터졌다. 점잖은 정의상이 질색하며 안해를 타일렀다.

"허어, 부인의 말이 지나치시오. 허면은 내가 감히 주상전하를 대적하여 신에게 혼약을 하셨으니, 이 혼사를 굳이 하여야 할 것입니다 따지기라도 하여야 했다는 말씀이시오? 우리 아이야 아무런 흠이 없고 뉘든 탐내는 아이 아닙니까? 이 자리로 혼인 못하여도 나아갈 자리가 얼마든 있어요. 우리 쪽에서 사양함이 도리지요. 일이 이미 끝났으니 부인은 딸아이에게 말을 잘하시오."

"몰라욧! 말 못해요. 국대부인이 될 것이다 마음 부풀어 있던 아이더러 이 무슨 날벼락이람?"

"인연이 아닌 게지. 이 사람 참 하곤! 현금이는 그전부터 혼삿말 있던 의령 양씨 집안으로 보내려 하오. 며칠 새로 내가 양 대감을 만나 매듭을 지을 것입니다. 그리 알고 계시오."

졸지에 정일품 국대부인 자리에서 나락으로 떨어졌다. 한갓 진사시 합격한 하찮은 위인의 안해 자리라. 재산도 별 볼일 없고 문벌도 제집만 못한 여염집 며느리 팔자다 이거지? 기승스럽고 교만한 현금의 입장으로서는 분하고 노화가 나서 참을 수가 없었다. 독

오른 분심과 투기가 모다 어디로 날아갈까? 이 혼사를 파작내게 한 원인이다 싶은 율리에게로 향하는 것은 당연지사. 고 계집. 어디 한번 두고 보자! 이를 갈았다. 참을 수 없는 무서운 악심이 넘쳐흘렀다.

"저가 혼사 일은 팔자려니 하고 그냥 넘어가더라도 고 못난 년에게 당한 분은 풀어야 할 것입니다! 어머니, 나 좀 도와주시오. 흑흑흑."

청승맞게도 잘도 울었다. 분하고 억울하고 수치스러워 울었다. 내가, 정승 집안 천금인 나 현금이 겨우 천하고 초라한 궁녀 따위에게 밀려 국대부인 자리를 빼앗겨?

"흑흑흑. 내가 분해서 어찌 살 것입니까? 바깥에 나가기가 두렵소. 남들이 다 무어라 할 것인가? 내가 무슨 흠이 있어 대군마마 안곁이 되지 못했다 얼마나 입방아들을 찧겠나이까? 어머니. 내가 이리는 못사오. 반드시 내가 당한 수모만큼 고년에게 되돌려주어야 살 것 같습니다. 흑흑흑."

"아가, 울음을 그쳐라. 분하고 수치스럽기야 이 어미도 너만 못하지는 않느니라. 어디 두고 보자구나. 귀한 내 딸 눈에 피눈물 흐르게 하고 제년이 어디 잘살 줄 알고? 흥, 저가 너만치 당하여야 비로소 쓰라린 네 마음을 알 것이니 어디 두고 보자구나. 울지 말래도! 이 어미가 네 분을 단번에 풀 방도를 반드시 마련할 것이니 못나게 울지 말거라."

"고 천한 년이 대군마마와 혼인하여 국대부인 되면 난 칼 물고 죽어버릴 꺼야요!"

현금이 제 어미 무릎 위에서 앙탈하고 소리쳤다. 허씨는 딸년 등을 어루만지며 소리없이 웃었다. 소리장도(笑裏藏刀). 웃음 속에 비수가 박혀 있음이라. 그러고서 현금 아씨와 이마를 맞대고 한참 동안 수군거렸다. 그녀가 꾸민 흉계가 어떤 것인지는 모르지만 문을 나서는 현금의 입가에 맺힌 미소가 심히 잔인하고 무도하였다. 아무것도 모르는 가엾은 율리의 앞날이 참말 근심이로구나.

제8장 악한 끝이란……

 빈궁마마께서 동아 아기를 안고, 금성위 저택으로 나간 것은 율리가 현금 아씨에게 그런 얼토당토않은 수모를 당한 그 사흘 후였다. 숙정공주도 오랜만에 아우를 본다 하여 그 집에서 보십시다 약조하였다.
 입덧하는 공주마마를 위하여 맛난 궐 안 음식을 잔뜩 하였다. 고리짝에 포개어 가자에 그득그득 실었다. 혼인한 후 몇 달 지나지 않아 이내 잉태함이었다. 가문의 종손을 얻게 된 셈이다. 신이 난 시모 문씨. 득달같이 중경집으로 올라오시었다. 상주하며 수발을 드시는구나.
 숙경공주가 잉태한 지 벌써 넉 달째. 이미 아랫배가 봉긋하니 불러오고 있었다. 입덧이 심한 터이니 다소 야윈 듯하였다. 그러나 모처럼 정다운 두 언니를 보아지니 좋아서 어쩔 줄을 몰라 하였다.

"매운 시집살이라 하더니 말야요. 공주마마 용색이 오히려 화사하시니 시집살이며 회임하신 고생이야 별것이 아닌 듯하옵니다. 홋호호. 금성위께서 대전서도 교서 쓰시다가 태중 아기를 생각하며 벙싯 웃으신다 세자저하께서 한마디 하십디다?"

"노총각이 장가들어 서른 줄에 얻게 될 아기이니 어찌 아니 귀하겠어?"

"아이, 언니랑 빈궁 형님께서는 꼭 이리 저를 놀리시더라? 몰라요! 저가 부끄러워 못살 것이다."

"부끄럽기는 무에가 부끄럽다 그러니? 혼인한 이후 여인들이 다 겪는 일인 것을. 장한 일을 하였다. 헌데 태몽은 꾸었더냐?"

숙경공주가 손으로 입을 가리며 홋호 웃었다. 볼에 발그레 홍조가 물들었다. 혼인을 먼저 한 숙정공주가 안즉 잉태도 아니 한 터에, 아우인 저가 덜컥 회임한 것이 좀 미안한 듯하였다.

"태몽은 무슨……. 저는 잘 모르겠습니다. 시어머님께서 선녀가 준 연꽃을 두 송이 받아 품에 넣으셨다 합니다만. 아무래도 딸 같지요?"

"공주마마를 닮은 여아이면 실로 절세미인이 될 것입니다. 후에 어떤 사위를 맞이하실 것인가? 모친께서 잘만 하면 대국 황후가 될 분이었으니 말야요. 호호. 모르지요. 이 태중 아기가 훗날 모친께서 오르지 못한 그 자리에 오르는 분이 되실지?"

빈궁이 쾌활하게 덕담을 하였다. 아직 나오지도 않은 아기를 두고 딸이다 아들이다 말도 많구나. 그 딸이 나중 대국의 황후가 될 것이다 미리 김칫국부터 마시는 참에 서로가 우스워 손뼉치고 까르르 교소를 터뜨렸다.

"헌데 금성위께서 아직 아니 돌아오신 모양입디다? 상원대군께서도 벗의 죽음에 많이 상심하사 굳이 장례식까정 보고 오신다 기별을 하시었답니다. 가신 지 벌써 이십여 일이라. 저하께서도 이날 아국의 귀한 인재를 하나 잃었다 상심하셨나이다."

병이 깊어진 터로 마지막으로 한번 그 얼굴을 보아지고 하였던 무징 선생이 기어코 죽었다. 금성위 또한 심란한 얼굴을 하고 청도에 간 것이 벌써 닷새째였다. 지아비 상심에 마음이 함께 상하였다. 숙경공주가 울적한 얼굴로 고개를 끄덕였다.

"제일 아끼던 벗이라 들었습니다. 서로의 마음을 헤아리고 알아주는 지기(知己)였으니 저하께서도 많이 울적해하셨습니다. 그러나 사람의 명은 하늘에 달린 것이니 어찌하리오."

"상원 오라버님 따라 저도 그분 학강을 한 번 들었는데요. 참말 아까운 인재였나이다."

모처럼 그리운 언니들을 보아지고 기분이 좋은데다, 입맛에 맞는 궐 안 음식 앞에 두었다. 입맛이 당기는 듯 저분으로 자꾸만 집으며 숙경공주가 문득 한마디 하였다.

"그나저나 상원 오라버님의 혼사가 잘될 것 같다 하니 다행입니다. 솔직히 저가 현금 아씨를 별로 좋아하지 않았거든요."

사람 눈은 다 똑같은 것인가 보다. 온화하고 말을 아끼는 숙경공주였다. 없는 자리에서 남의 궂은소리를 하는 것이니 조심스러워하면서도 딱 부러지게, 과하다 싶을 정도로 못마땅하였다 속을 까

보였다. 빈궁이 현금 아씨에 대하여 느낀 점과 사뭇 닮아 있었다.

"저에게 이익을 주는 사람 앞에서는 듣기 좋은 말을 잘 골라서 하는 사람이라 당장 같이 놀기는 좋았지만, 벗으로 오래 삼을 만한 사람은 아니라 싶었습니다. 교만한 빛도 많았고요."

숙정공주가 비로소 이해가 된다는 듯 되물었다.

"그래서 너가 예전부터 현금 아씨가 온다 하면 일이 있다 말하고 아니 나온 것이었니?"

"어마마마께서 항시 우리를 경계하시기로 사람의 귀한 점은 그 타고난 태생보다 얼마나 인품을 갈고닦느냐 하는 것이 아니었습니까? 헌데 그이는 타고난 태생 팔자를 꼭 제 잘나 얻은 양 고개가 너무 치켜 올라 있어서 말입니다. 그런 기승스런 여인을 안해로 맞이하면 조용하고 소박한 상원 오라버님과는 그다지 궁합이 맞지 않을 것 같다 혼자 생각하였나이다."

갑자기 숙경공주가 두 손으로 입을 막으며 스스로 민망해하였다.

"아이고. 언니께서 좋아하시는 벗을 두고 이 아우가 말을 너무 심하게 한 듯하옵니다. 아이, 어떡하지? 이 일을 아시면 금성위께서 노여워하실 것이다. 태중에 아기씨 두고서 항시 좋은 말, 좋은 생각만 골라 하라고 당부 또 당부하시었는데 저가 그만 경박하여 모진 입을 놀렸습니다그려."

"내가 많은 날을 현금 아씨와 같이 더불어 친한 동무로 놀았다. 그 자리에서 마음 맞고 즐거우니 그이 허물을 그다지 보지 못하였던 터, 인정에 가리어 내 눈이 어두웠던 모양이다. 인연이 아닌 게지. 끝이 좋으면 다 좋은 것이다 하는 옛말도 있거니와 이번 일은 잘되었습니다."

문이 사르르 열렸다. 동아 아기가 사돈인 부부인 등에 업히어 들어왔다. 빈궁이 놀라 소리쳤다.

"아이고, 이 무거운 아이를 부부인께서 직접 업으셨습니까? 몸살 나실 것입니다."

"귀한 원손마마를 업은 터라, 이 늙은이의 광영이옵니다. 어찌 이리도 강건하시고 옹골찬 것입니까? 이토록 똘망하고 영리한 아기씨는 실로 처음입니다."

"듣기 좋은 말씀이십니다. 감사하옵니다만은 실로 이 아이처럼 별난 아이는 처음이랍니다. 한날 어마마마께서 말씀하시기를 세자 저하도 겉보기와는 달리 무척 개구진 아기였다 하였어요. 그 핏줄이라. 홋호호. 이 빈궁 또한 원래 말괄량이라 개구멍 넘나들며 험한 장난질을 많이 친 터이니, 부모가 다 한기운 하던 가락이 아니겠습니까? 그 내림인지라 이놈을 누구도 감당하기 힘들답니다."

빈궁마마께서 아기씨를 받아 안았다. 어마마마 품에 돌아온 아기는 옹알옹알하며 신이 나서 재롱을 떨었다. 숙경공주가 아기씨를 빼앗아 안으며 살포시 눈을 흘겼다.

"아니, 뉘가 감히 이 공주 앞에서 귀한 조카님 흉을 보시는고? 이토록 영리하며 기운찬 우리 동아를 어마마마께서 흉을 보시어? 아니 되지요. 그래서는 절대로 아니 되지요. 어마마마께서 이리 박한 말씀을 하시니 우리 동아가 섭섭해 어찌 살 것이냐? 그저 아기는 개구쟁이라 하여도 좋으니 기운차고 튼튼하게 자라야 하는 것이랍니다. 홋호호."

"요렇듯이 귀여움만 받아 이놈이 나날이 버릇없어진답니다. 오죽하였으면 저하께서 이 아이를 부르기 〈똥아〉라고 하실까요? 홋호호."

둘러앉은 여인들 입에서 웃음꽃이 피었다.

정다이 한나절 잘 놀았다. 잘 차린 점심상 대접을 받고 빈궁은 일어섰다.

"하명받은 바가 있어 이만 일어나렵니다."

빈궁이 궐을 나서서 숙경공주 마마 댁에 간다 하니 중전마마께서 몰래 그녀를 불렀다. 시간이 나면은 윤씨 처자를 한 번 보고 오너라 하셨다.

"그 아이 마음고생이 심할 것이다. 저의 일 때문에 주상께서 격한 노염 내시어 상원을 압박하였으니 저인들 불안하고 황망스럽지 않았겠니."

인제 마침내 전하께서 무조건 안 된다 하는 고집을 풀었다. 간신히 그녀를 가납하신다 하였다. 하여 마냥 불안해하고 있을 그 아이 마음을 달래주고, 돌아가는 사정을 잘 일러 쓸데없는 걱정을 하지 않도록 하여라 어질게 당부하시었다.

"당장에 상원이 그 처자더러 내달로 혼인을 할 것이다 하였다지만 그리는 못한다. 주상께서 윤허하지 않았던 때하고 지금은 사정이 달라졌지 않니?"

"그렇지요. 전하께서 마음을 돌리신 것이니 그 아이도 당당히 궐의 며느리이며 국대부인이라. 예법에 따라 차분히 혼인을 준비하여야 할 것입니다."

"그러게 말이다. 내가 당장에 그 아이를 궐로 부르고 싶으나 아직 상원이 청도서 돌아오지 않았다. 내가 입궐을 명하면 심약한 그 아이가 겁에 질려 제정신이 아닐 것이다. 허니 빈궁이 나가는 김에 그 아이를 만나 안심하고 기별이 갈 때까정 기다려라 하여라. 상원이 돌아오면 먼저 사주단자부터 보내어 길일을 택일하고 예법에 어긋남 없이 모든 절차를 치러야 하는 것이야. 그래야 체면이 서는 것이고 저희들도 안팎으로 떳떳해지는 게다."

마을 어귀 윤씨 가문 솟을대문이 보였다. 빈궁은 게서 가마를 멈추어라 하였다.

"뉘가 보면 놀라겠다. 내가 잠시 걸어서 갈 것이니 너희는 가마를 멀리 두고 기대리거라."

갑자기 찾아 들어가면 율리가 놀라고 두려워할까 봐 일부러 가마를 멀찍하니 세워두었다. 장옷으로 얼굴을 가리고 걸어 문 앞으로 다가갔다. 항시 곁에 따르는 지밀상궁이 빈궁마마를 대신하여 이리 오너라! 하고 청지기를 불렀다.

"궐에서 나온 터이니라. 막내 소저를 잠시 뵈옵자 하니 기별하여 다오."

"아이고, 어찌할 것입니까? 막내 아씨께서는 이날 아침서 안방마님을 뫼시고 불공을 드리러 갔습니다."

청지기가 일변 놀라고 일변 안타까워하며 대답하였다. 대군마마께서야 내달 초로 아씨더러 가례를 치르자 하였으되, 세상일이란 마음먹은 대로 흘러가는 것이 아니었다. 자꾸 심란한 일이 생기니 더없이 울적하고 마음의 갈피를 잡을 수 없었나 보다. 아침 일찍 절이나 다녀올라네 하고 떠났던 것이다.

"안방마님과 더불어 밤새워 불공을 드리러 간 줄 아옵니다. 오늘 내로는 아니 돌아오실 것입니다."

빈궁은 청지기의 말에 다소 난처하였다. 지엄한 분이라, 한 번 궐에 들어가면 다시 나오기 힘들었다. 금일 율리를 만나지 못하면 또 나와보기가 힘들 것이다 싶었다. 아무것도 정하여진 바 없는 상태에서 마냥 답답해하고 심란해할 그녀를 만나, 그동안의 자초지종을 듣고 무엇인가 도움될 만한 일을 하여주고 싶었던 겨냥이 어긋났다. 상궁이 빈궁마마 낯빛을 보아지고 속내를 짐작하여 청지기에게 다시 물었다.

"허면은 회산사라는 절이 예서 먼 곳인가?"

"아니옵니다. 빠른 걸음으로 가면은 겨우 한두 식경입니다. 가까운 절이라 병환 중이신 마님께서도 종종 다니실 수 있을 정도입지요. 긴요하신 일이라 할지면은 쇤네가 당장에 달려가 아씨를 모시고 올 참입니다."

상궁이 빈궁마마께 고개를 돌렸다.

"마마, 기별하여 부르리이까?"

"아니오. 되었네. 우리의 가마꾼 발이 더 빠를 것이니 내가 그리로 가면은 될 것이다. 강 상궁은 청지기더러 앞장을 서라 하게. 길 안내나 하여달라 하시오. 내가 기어코 그이를 보고 가야 속이 시원할 것 같소. 가마 대령하시오."

이왕 나온 김에 보고지고! 급한 성미에 한번 마음먹은 바란 해치우고야 말지, 그래야 속이 시원할 것 같았다. 이리하여 아랫것이 앞장서고 빈궁마마 가마가 회산사로 따라갔다.

이런 공교롭고 우연스러운 일이 어디 있을 것인가? 빈궁마마의 우연한 그 발길이 바람 앞의 촛불처럼 위태롭던 율리의 운명을 반전시키는 계기가 될 줄이야!

회산사 대웅전. 소복 입은 모친은 병약하니 방석에 앉아 염주를 돌리고 기도하였다. 율리는 정성껏 백팔배 중이었다. 이마에 땀방울이 흐르고 다리가 끊어질 듯 아팠다. 그러나 성심을 다하여 일배(一拜), 일배(一拜)를 계속하였다.

'비나이다. 비나이다. 자비로우신 부처님. 관세음보살님. 모진 고생으로 말미암아 앓고 계신 우리 어머님 병환이 부대 나아지게 하여주십시오. 오라버니 한 점 혈육 우리 강세가 강건하게 자라지어 가문을 일으키게 하게 하여주십시오. 언니들의 팔자도 제대로 풀리게 하여주십시오.'

몸이 부서져라 절을 하며 기원하는 동안 율리는 감히 자신의 운명에 대해서는 한마디도 빌지 못하였다. 순리대로 되어야지. 언감생심 바랄 것을 바래야지.

'부처님께서 도우사 우리 집안이 다시 불처럼 일어나기만을 바랄 뿐입니다. 이 천 것 팔자야 아무래도 좋습니다. 귀한 분의 앞날에 한 점 누가 없기만을 바라옵니다.'

야윈 볼 아래로 참고 참아 담아두었던 눈물이 주르르 흘렀다. 마지막 일배(一拜). 입술 꼭 깨물고 부처님께 합장하였다.

'그 처자 말이 구구절절 옳습니다. 저 같은 것이 대군마마 안해가 되어 평생 해로한다 하면 모다 염치없다 손가락질하고 비웃을 것입니다. 천하고 못난 것으로 인하여 백설같이 고결하신 대군마마 앞날에 먹물이 튀긴다면 차라리 죽는 것이 낫습니다. 소녀는 아무래도 상관없습니다. 평생 대군마마 신만 닦아드려도 좋나이다. 아무래도 좋으니 그저 마마 곁에 살게만 하여주십시오. 가문의 영화나 이 몸 부귀영화는 애초부터 바란 적이 없나이다. 그저 그분을 평생 바라보며 살게만 하여주십시오.'

예불을 끝내고 법당을 나왔다. 우물가의 석수반(石水盤)에 이른 연꽃이 피어 있었다. 진분홍색 꽃잎에 노란 화심(花心). 관음보살의 미소와 같은 아름다운 자태를 바라보면서도 율리는 꽃이 고운 줄도 몰랐다.

계절은 무르녹은 봄날인데, 그녀의 작은 심장만은 엄동설한(嚴冬雪寒). 처마 밑에 달린 날카로운 고드름 하나가 여린 가슴에 콱 박혀 있었기 때문이다. 현금 아씨로부터 모진 수모를 당하며 박힌 얼음 기둥은 빠질 줄을 몰랐다.

율리는 다시 한 번 긴 한숨을 내쉬었다. 옷고름을 들어 글썽한 눈물을 훔쳐냈다. 지금 이 순간 다정하고 어진 그분이 정말 그립고 보고 싶었다.

'아무리 잊어버리려 하여도 그 아씨 모습이 눈앞에 오락가락. 생각하면 할수록 청송처럼 맑으시고 학처럼 고귀하신 대군마마의 짝은 못나고 모자란 내가 아니라 고귀한 기품이 뛰어나던 고운 그 처

자인 게야.'

그녀가 내뱉던 말 하나하나가 그른 것이 없었다. 하여 대답할 말이 없었다. 대군께서 관비였던 이의 딸과 혼인하였다고 두고두고 손가락질을 받으실 것이라니.

'나는 아모 욕심도 없다고 말씀드릴 테야. 대군마마 위엄에 걸맞은 정실마님은 그분이야. 어느 것으로도 그 처자에게 견줄 것이 없으니 내 먼저 물러날 것이다. 그래, 맞아. 욕심도 정도껏 내어야지. 발 뻗을 데를 보고 뻗어야 되는 것이지. 나만 물러나면 그 처자가 정실이 되고 혼인을 그리하시면 지금껏 시끄럽던 일이 없어질 것이며 주상전하께서도 노염 내실 일이 사라질 터야. 마마께서는 궐에서 내쫓기지 않아도 되는 게지. 나 하나가 욕심 버리면 모든 일이 순리대로 흘러갈 게야.'

그때 율리 앞으로 사미승이 다가왔다. 합장한 연후에 소매춤에서 서찰을 꺼내주었다.

"보살님, 소승이 산문 앞에서 만난 선비께서 전하라 하셨습니다."

"네에? 저에게요?"

"청도에서 돌아왔다고 하셨습니다. 그러면 아신다고 하였나이다."

에구머니, 대군마마께서 환도하셨구나. 내가 집을 비웠더니 여기까정 찾아오셨구나. 율리의 가슴이 두근두근하였다. 추호의 의심도 없이 상원대군께서 오셨다고 믿어버렸다. 반가운 김에 서간을 펼쳐 확인도 하지 않고 한달음에 뛰어내려 가는구나.

조금만 그녀가 더 침착하여 서찰을 보았다면 좋았을 것을. 글씨체가 대군답지 않게 심히 난잡하고, 말미에 수결도 없다는 것을 알았다면 겁도 없이 홀로 으슥한 산길에 나아가지는 않았을 것이다.
　그러나 근 이십여 일 만에 그분을 뵙는 기쁨이 너무 컸다. 불안하고 심란한 모든 것이 그분을 대하면 다 사라질 것을. 안도함과 기쁨. 그리움에 젖어 주변도 살펴보지 않고 잰걸음으로 달려나간 것이다.
　안즉은 환한 시각. 아무런 의심도 품지 않고 일주문을 넘어갔다. 대군마마 자취를 찾아 둘레둘레 살피는데 갑자기 험상궂은 불한당 놈 하나가 바위 뒤에서 슬며시 몸을 드러냈다. 냉큼 율리의 뒷덜미를 낚아채서는 입을 틀어막았다. 질질 음침한 숲 속으로 끌고 들어갔다.
　내가 변을 당하는구나. 정신이 번쩍 난 율리는 안간힘을 다하여 반항하였다. 살려주시오~! 고함을 지르며 악적 놈을 쥐어뜯고 발로 걷어차고 얼굴을 할퀴었다. 그러나 연약한 소녀의 힘으로 작정하고 욕을 보이려는 흉적의 힘을 어찌 이길까? 온 힘을 다하여 반항하고 바둥댔지만 역부족이었다. 흉적 놈에게 머리채 휘어잡혀 질질 끌려가는 도중 얼굴을 주먹으로 몇 번이나 얻어맞아 어느새 코피까지 낭자하였다. 복면을 한 흉적 놈은 인기척이 거의 없는 바위 뒤로 율리를 끌고 들어갔다. 시퍼런 비수를 빼들고 연약한 목줄을 겨누었다.
　"사, 살려주시오."
　"네 팔자가 가련하되 죽어주어야겠다. 아랫것이 상전이 시킨 대로 하는 것이라, 너에 대한 다른 원한은 없으니 잘 가거라!"

눈앞에 비슷날이 번뜩. 피냄새 나는 칼바람을 앞에 두고 율리는 눈을 꼭 감았다. 죽음을 목전에 두니 머리 속이 하얗게 비워졌다. 아무것도 생각나지 않았다. 그립고 그리운 그분 얼굴밖에는…….

'한 번이라도 다시 뵐 수 있었다면 좋았을 것. 먼먼 저승길 걸어갈 적에, 그리운 마마의 얼굴 떠올리며 갈 터인데요. 그래도 행복하였다고. 그래도 마마 마음을 알고 잠시 곁에 머물렀던 동안은 행복하였다고 웃으며 걸어갈 터인데요. 마마, 마마.'

바로 그때 율리를 만나러 온 빈궁마마의 가마가 막 산문 앞에 도착하였다. 뜻 아니 한 인기척이다. 두런두런 소란하니, 흠칫 놀란 흉적 놈의 손이 잠시 멈추었다. 바로 그때 정신을 차린 율리. 그 흉적 놈을 확 밀쳐 냈다. 죽을힘을 다하여 도망쳤다. 살려주십시오! 목청껏 고함을 질렀다.

바람에 흔들려 가냘픈 소리이되 분명 구원을 요청하는 여인네 목소리였다. 빈궁마마도 들으시고 호종하던 아랫것들도 들었다. 거뭇한 저 숲 안에서 해괴한 사단이 난 것이 분명하였다.

호위무사가 재빨리 숲으로 뛰어들었다. 비명 소리가 들려오는 바위 그늘 뒤로 달려가니 참으로 기막혔다. 흙투성이가 된 의대에 얼굴에는 피가 낭자한 어린 소녀가 무릎걸음으로 기어나오며 살려주시오 애원하는구나. 간악한 흉적에게 잡혔다가 간신히 도망친 것이 분명하였다.

복면을 한 무도한 놈이 비수를 떨어뜨린 채 저만큼 도망치고 있었다. 금세 따라 달려온 빈궁마마. 첫눈에 전후 사정을 눈치채었다.

백주대낮에, 그것도 신성한 산문 안에서 여인을 겁간하고 모살하려던 더러운 간적(奸賊)이 활개를 친단 말이냐? 불같이 노하시었다. 찡그린 짙은 눈썹 아래 총명한 눈동자 속에는 불같은 노염이 가득 담기어 있었다. 희번득 멀어지는 그림자를 바라보며 코웃음을 날렸다.

"흥, 네깟 놈이 감히 애먼 처자 욕을 보이려다 도망을 가? 도망쳐 보았자 못 잡을 이 연돌이가 아니지!"

빈궁마마. 입귀에 비웃음을 가득 물고 손을 내밀었다. 척하고 알아차린 아랫것이 장난감같이 작고 귀여운 활을 손에 놓아드렸다. 항시 빈궁마마께서 수중에 지니고 다니는 소궁이었다. 매서운 눈으로 팽팽하게 살을 매겨 벌써 아른아른 도망간 악적 놈을 겨냥하였다. 힘차게 시위를 당겼다.

백발백중. 날아가는 소리개도 떨어뜨리는 실력이었다. 천하 명궁이라고 소문난 세자저하에게서 확실히 배워 익힌 연돌이 활 솜씨로다. 철촉 화살이 매서운 바람 소리를 내며 허공을 가로질렀다. 죽어라 도망가는 그 악적 놈 허벅지에 정통으로 박혔다. 빈궁은 만족하게 미소 지으며 씩 웃었다. 시립한 호위밀에게 하명하였다.

"저놈을 기어코 잡아오너라! 저가 뛰어봤자 벼룩이지. 허벅지에 화살을 맞았으니 얼마 못 갈 것이다. 저놈을 못 잡아오면 네놈들 목을 자를 것이니 알아서 하여라."

매섭게 오금을 박으시니 호위무사 둘이 바람처럼 달려갔다. 물론 피 흘리는 다리로 질질질 악적 놈이 용을 쓰며 달아난 그 방향이었다.

"아이고, 아가씨."

가마를 안내하여 앞장섰던 청지기도 궁금하여 넌지시 나타났다. 바닥에 쓰러진 소저를 바라보더니 깜짝 놀라 달려들었다. 힘없이 축 늘어진 몸을 부축하며 고함질렀다. 돌아서던 빈궁도 깜짝 놀랐다.

"아니, 그대는……?"

"비, 빈궁마마. 으흑흑흑. 흑흑흑. 빈궁마마. 어흐흑흑."

놀라기는 율리도 마찬가지였다. 구사일생이니 명이 경각이던 그 순간, 제 목숨을 살려주신 은인이 빈궁마마였다니. 너무 큰 충격에다가 사지(死地)에서 벗어난 안도감으로 흐느끼던 율리는 순간 스르르 정신을 놓아버렸다.

혼비백산하여 실신해 버린 율리를 상궁더러 업게 하고 절로 올라갔다. 뒷방에 누이고 이마에 찬 물수건을 만들어 얹었다. 더운 물에 청심환을 개어 입안으로 억지로 흘려넣었다. 악적 놈에게 얻어터진 얼굴이 퉁퉁 붓고, 반항하며 악을 쓰던 끝이라 온몸 군데군데에 멍이 들어 있었다. 조 상궁이 코피를 닦아내고 찢어진 입가 상처를 물수건으로 살살 닦아냈다.

"많이 다친 게냐?"

"얻어맞아 코피가 난 것입니다. 다행히 상처는 깊지 않습니다. 칼날에 상한 상처도 슬쩍 스친 터이니 목숨에 지장있는 것은 아닌 듯하옵니다."

"식겁한 터라, 정신을 차리면 난중에 한 번 더 청심환을 먹이게.

참으로 천우신조야. 아무래도 이 아이와 나는 전생에 깊은 인연으로 맺어진 사이인 듯해. 내가 예까정 온 것이 이 아이의 횡액을 막아준 계기가 되었으니 어찌 아니 기쁠까?"

"대군마마께서 돌아오시어 이 사정을 보시면 경악하여 뒤로 넘어가겠습니다."

"누가 아니래나. 곧되 강직한 분이니 아마 펄펄 뛰실 게야. 중경을 뒤집어서라도 흉적을 반드시 잡아내고 말 분이네."

한 식경 정도 머리맡을 지키고 있으려니, 율리의 얼굴에 혈색이 조금 돌아오는 것을 보였다. 간신히 제정신을 차리는 모양이었다. 얇은 눈꺼풀이 잠시 파르르 떨리었다. 눈을 떴으되 안즉 눈동자에 힘이 없었다. 굳이 괜찮다 하는데도 비척비척 몸을 일으켜 앉았다.

"정신이 드오?"

"……예, 마마. 흑흑흑."

돌이켜 생각해도 두려웠다. 까딱하였으면 생목숨을 억울하게 빼앗길 뻔하였다. 생각도 못한 흉악한 변을 천행으로 간신히 넘겼다. 안도함 반, 서러움 반. 내 팔자는 어찌 이리 항시 기구한 것인가 기막히고 절통한 마음에 다시 율리의 눈에서 울컥 눈물이 흘렀다. 두 손으로 작은 얼굴을 가리고 서럽게 흐느꼈다.

빈궁은 잠자코 앉아 비통해하는 율리의 모습을 바라보고만 있었다. 한동안의 시간 후 잠시 진정이 되는 듯하였다. 빈궁은 비로소 물었다.

"하문하노니, 이것이 대체 어찌 된 일이오?"

"소, 소녀가…… 흑흑흑. 불공을 마치고 나오는데 스님께서 산문

밖에서 누가 기대린다 하며 서찰을 전하여 주셨습니다. 청도에서 돌아왔다 말하면 저가 알아들을 것이다 말씀하여…… 경솔한 소녀는 그만…… 대, 대군마마께서 오신 줄로만 알고……. 흑흑흑. 서찰 확인도 아니 하고 게로 나갔던 것입니다. 흑흑. 마마, 빈궁마마. 정말 고맙습니다. 마마께서 아니 오셨다면 소녀는 아마 금일 흉적의 칼날 아래 원귀가 되었을 것입니다. 흑흑흑. 백골난망한 이 은혜를 어찌 갚을 수 있을 것입니까?"

"치사(致謝) 듣자고 한 일은 아니지요. 왠지 꼭 오고 싶더라니. 참말 천만다행이라 생각하오. 헌데 거참 이상하구나. 서찰이라니? 스님이 서찰을 가져온 것이 사실이오?"

율리는 아직도 저고리 소매춤에 담겨 있던 서간을 내어 보여 드렸다. 빈궁이 이맛살을 찌푸렸다.

"참말 묘하구먼. 작정하고 서찰까정 보내어 소저를 꼬여내려 했단 것 아닌가?"

명민한 빈궁은 율리의 말과 난잡한 서체로 이리저리 흘려 적은 서찰을 보면서 딱 직감하였다. 미리 작정하고 그녀를 해치려 한 일이 아닌 다음에야 이런 식으로 치밀하게 일을 시작할 수는 없는 노릇이다. 오다 가다 여인을 보고 갑자기 음욕이 돌아 엉겁결에 벌인 일이 아니란 말이었다.

'작정하고 이 아이를 해치려 한 것임에 틀림없다. 이 일을 꾸민 자가 대체 누구란 말인가?'

빈궁은 잠시 염두를 굴렸다. 아무래도 심상치 않은 느낌이 들었다.

"혹여 왜 이런 사단이 생긴 것인지 조금이라도 짐작되는 바가 없소? 누구에게 원한을 산 일이라도……?"

그러나 율리는 고개를 흔들었다. 어째서 제가 이런 일이 생겼는지 짐작조차 되지 않는다는 어리바리한 얼굴이었다.

"마, 망극하옵니다, 마마. 담 바깥을 나가지 않는 초당의 어린 계집이 누구와 시비 붙어 원한을 주고받을 것입니까? 짐작되는 바 없사옵니다."

"흠. 그래요? 그렇다면 뭐…… 할 말이 없지. 그대는 청심환 먹고 잠시 더 누워 심기를 진정하오. 인제 아모 탈도 없을 것이니 안심하구. 조 상궁은 한시라도 아씨 곁을 떠나선 안 될 것이야. 내 잠시 나갔다 올라네."

빈궁은 율리더러 편안히 마음을 가지고 진정하라 당부하였다. 상궁더러 아씨를 잘 보살펴라 분부하고는 방문을 나섰다.

"금산이 있느냐?"

"예, 빈궁마마!"

마당에 서 있던 호위밀이 달려와 한무릎을 꿇고 고두하였다.

"일이 이런 지경에 이른 것이니 아무래도 환궁이 늦어질 듯하구면. 자네가 급히 궐에 돌아가, 저하께만 긴히 이 일을 알려 드리게. 이곳으로 나와주십사 부탁하구."

빈궁의 분부를 받잡고 병사가 급히 말을 타고 달려나갔다. 엇갈려 다른 병사가 달려와 고변하였다.

"빈궁마마, 용 부장이 기어코 그 악적 놈을 잡아왔다 하옵니다. 화살을 맞아 도망을 치지 못하였기로, 몇 리 바깥에서 피 흘리며 신음하던 놈을 잡아 끌고 왔나이다."

"제깟것이 도망가 보았자 부처님 손바닥 위 손오공이라. 입에 재갈을 물려 헛간에 가두어라! 내 금세 내려가마."

"분부 거행하겠나이다."

악적을 문초하기 위하여 마당을 가로질러 가던 참이었다. 내내 안절부절 어쩔 줄 몰라 하며 주변을 서성이던 청지기가 빈궁 앞으로 다가왔다, 납작 바닥에 엎드려 아뢰었다.

"저어, 빈궁마마. 쇤네 무엄하나 긴히 아뢸 말씀이 있나이다."

"왜 무슨 할 말이 있느냐?"

"문 바깥에서 아씨께 하문하시는 말씀을 감히 들었나이다. 아씨더러 원한을 산 일이 없느냐 하시었는데……."

"왜? 네 마음에 짚이는 일이라도 있느냐?"

청지기가 더 깊이 고개를 숙였다. 긴가민가하면서도 며칠 전 우리 아씨에게 일면식도 없었던 교동 옥산 대감 댁 소저가 기별도 없이 갑자기 찾아왔더란 이야기를 하여드렸다. 빈궁은 예상치도 못한 의외의 말에 깜짝 놀라 부르짖었다.

"뭐라? 그 말이 참이냐?"

"어느 안전이라고 감히 거짓을 아뢰리까? 쇤네 또한 이상타 하여 잠시 방 안의 동정을 살폈기로, 참말 놀랐답니다. 세상에 그분께서 말입니다요. 우리 아씨더러 창기(娼妓)의 아우요 관비의 자식 주제에 정일품 국대부인을 노리느냐고 호통을 치더군입쇼. 검은 야심을 흉중에 담고 대군마마를 유혹한 터라, 가당찮은 욕심보를 접지 않으면 엄히 경계하리라 일갈하고는 돌아가셨습니다."

"네 말에 한 점의 거짓도 없으렷다?"

"암만요, 마마. 그때의 일은 저만이 아니라 아씨를 따라온 삼월이 년도 들었나이다. 하문하시면 진실을 가리실 수 있을 것입니다요."

청지기 제 말이 절대로 거짓이 아니란 뜻이었다. 빈궁은 가만히 허공을 바라보며 곰곰이 생각에 잠겼다. 아귀가 맞아들고 있었다. 상것들은 쓸 수 없는 서찰의 일이며 표독하게 보이던 현금의 눈빛이며, 율리의 일을 두고 가당찮은 계집 운운(云云)하며 깔고 보던 교만한 언행이며를 떠올렸다. 무엄하게 현금이 집까지 찾아와서는 차마 입에 담지도 못할 수모를 율리에게 주고 갔다는 대목에서 빈궁은 이 일의 배후에 숨은 자가 누구인지 알 것도 같았다.

'참말 내 짐작대로라면 이것, 큰 사단이 아니냐? 옥산 대감의 집안이 멸족당할 일이다. 비록 정식으로 책봉되지는 않았지만 왕실의 며느리로 내정된 여인을 모살하려 한 죄이다. 이 어찌 대역죄인이 아니냐?'

빈궁은 혀를 찼다. 손에 들고 있는 서찰쪽을 내려다보며 괘씸한 빛이 역력하였다.

'참으로 고약한 계집이었구나. 겉보기와 달리 참말 심성은 사갈(蛇蝎)이었구나. 어마마마께서는 사람 보시는 눈이 역시 정확하시었다.'

현금을 두고 표리부동(表裏不同)하여 보였다 한마디 하시었지. 고운 얼굴가죽으로 더없이 독악하고 모진 심사를 감추어두었던 이로다. 내 반드시 가만두지 않으리라. 빈궁은 주먹을 꼭 움켜쥐었다.

죄인은 헛간 안에 내팽개쳐져 있었다. 병정 둘이서 지키고 있었다. 허벅지에 화살을 맞아 피를 철철 흘리고 있는데 두 손과 두 다리는 오랏줄로 묶어놓았다. 뒤쫓던 호위밀에게 몇 대 쥐어 박힌 것인지 볼 한쪽에 피멍이 들고 입술 아래가 찢어져 있었다.

빈궁은 가마니 위에 턱하니 앉아 악적 놈을 내려다보았다.

"이놈이 자초지종을 정직하게 토설하더냐?"

"안즉은 아니옵니다. 끝까지 잡아떼고 있나이다. 우연히 지나가다 홀로 있는 처자를 보고서 음욕이 나서 덤볐다고만 주장하였나이다."

"흥, 보아하니 제법 고집이 셀 것 같구먼. 이놈이 끝까지 입을 열지 않을 것이면 다른 방법이 있지. 용 부장, 게 있는가?"

"예, 마마."

"독랄한 놈도 사사로운 인정은 있을 것이다. 이놈을 끌고 저잣거리로 가서 신상을 알아오너라. 정체가 밝혀지면 가솔들을 다 끌고 오는 게야. 제 자식이며 어미아비 눈앞에서 제놈이 반가(班家)의 규수를 겁탈 살해하는 악적임을 낱낱이 보여주어야 할 것이다. 그래도 이놈이 물음에 대답을 아니 할 것이면 제 어미나 자식 손가락을 하나씩 잘라주어라."

이것이 여인인 빈궁마마 말씀이 맞는 것이냐? 소문나기 안팎으로 어질고 도리 밝으며 성군이 되실 세자저하의 안곁이시라 하더니, 지금 내뱉는 말씀이란 몸이 오싹할 정도로 독하고 또 잔인하였다.

강상(綱常)의 근본이 효가 아니냐. 아무리 악덕을 저지른 이라 할지라도 그 집 가솔을 협박하여 자백을 받아내는 짓은 국법으로 금지된 일이었다. 헌데 빈궁마마께서 그런 일을 대놓고 하명하시다니! 참말일까 거짓일까? 의심스럽기도 하고 겁도 나기도 하여 음흉한 눈만 끔뻑끔뻑 감았다 떠는 놈을 향하여 빈궁은 상긋이 웃었다. 하나 거짓 아닌 참말이라는 뜻이었다.

"왜, 내가 못할 것 같으냐? 네 이놈! 단국의 지존이신 세자저하께서 이 몸의 지아비이시니, 나 또한 지존이라, 이 자리에서는 내 말이 곧 법이니라. 내가 하겠다 하면 하는 것이지 왜 그리 놀라느냐? 감히 이 나라 국대부인을 해치고서 네놈이 살기를 바라느냐? 네가 입을 열지 않는다 하여도 상관없다. 네놈이 사미승을 시켜 보낸 서찰이 있고 그이가 말하기를 너가 시켰다 말하였다."

목청 하나 높이지 않고 나직나직 하시는 말씀이 더 무섭고도 예리하였다. 엄하게 쏘아보며 제놈을 훑어보는 눈빛이 저승사자보다 더 무서웠다. 듣고 있는 모든 사람의 간담이 철렁 떨어질 정도로 서늘하게 추궁하고 매섭게 몰아붙였다.

그래도 묵묵부답. 끝까지 입을 꾹 다물고 버티는 놈을 향하여 빈궁이 씩 웃었다. 사내처럼 턱을 어루만지며 비아냥거렸다.

"네놈이 죽어도 입을 다무는 꼴을 보아하니 든든하게 믿는 뒷배가 있는 모양이구나. 주인을 위하여 입을 다무는 것일지니 그 충성심은 제법 볼만하구나. 허나, 어림없다. 네놈이 이미 옥산 대감의 식솔인 줄 모를 줄 아느냐?"

악적 놈의 몸이 움찔하였다. 차마 믿지 못하겠다는 듯이 멍하니 빈궁마마를 올려다보는 눈은 이미 전의를 상실한 얼굴이었다. 귀신이로다! 보지 않고서도 전후 사정을 다 알아차리는 모양이로다. 그때 거칠고 요란한 말발굽 소리가 문밖에서 어지러이 들려왔다. 금세 헛간 문이 열리고 세자가 들어왔다.

빈궁마마의 전갈을 받잡고 깜짝 놀랐다. 모든 일을 작파하고 서둘러 나온 것이다. 미복하신 저하 뒤로 신임하는 동궁 무사 대여섯 얼굴이 보였다.

"대체 이것이 무슨 날벼락 같은 사단이오? 감히 백주대낮에 반가(班家) 처자를 습격하여 욕을 보이려 하는 놈이 있었다니 말야. 무도하고 고약한 그놈을 잡은 것이오?"

"저가 누구입니까? 허벅지에 화살 한 방을 박아주었더니 용 부장이 기어코 잡아왔더군요. 흥, 제깟 놈을 놓칠 줄 알았나? 연돌이 활솜씨를 무시해도 유분수이지."

빈궁마마 연돌이. 의기양양하게 잘난 척을 하였다. 세자가 빙긋이 웃었다. 암만암만! 벙긋 웃으며 치하하였다.

"우리 빈궁께서 어디 보통 사람인가? 열 사내가 덤벼도 당하지 못할 여걸이 아닌가. 내가 그놈을 반드시 잡았을 줄 알았소. 실로 큰 공을 세웠구려. 흠. 이놈인가?"

세자는 나동그라져 있는 흉적 놈을 힐끗 바라보았다.

"자초지종을 토설합디까?"

"안즉 입 열어 말한 바는 없으되 이미 소첩이 사건의 전말을 대강 다 꿰었나이다. 마마, 나가서 자리에 오르시지요. 소첩이 다 아뢰겠나이다."

"그리합시다."

빈궁은 나서며 용 부장더러 놈이 바른말을 토설할 때까정 아주 죽여놓아라 일러두었다. 그리고 세자가 든 방 안으로 따라 들어갔다.

"윤씨 처자 형편은 어떠하오?"

"다행히 심한 상처는 입지 않았습니다. 혼비백산하여 제정신이 아니었되 청심환을 먹였거든요. 아까 잠시 슬슬 기력을 되찾는 것을 보고 나왔습니다."

"참말 다행이오. 응? 만약 그이가 금일 변을 당하여 죽기라도 하였다면 상원 또한 상심하여 따라 죽을 위인이라. 휴우, 참말 큰 변란을 빈궁께서 막아주신 것이오."

"그게요, 저하…… 소첩 생각에……. 오늘 일이 대군마마와 상관 있는 일인 듯 싶어 심란하여요."

세자가 눈을 둥그렇게 떴다. 무슨 말이냐는 듯 빈궁을 건너다보았다.

"금일의 변란이 상원과 관련이 있다니, 거 무슨 말이오?"

"……소첩이 이리저리 보고 들을 바를 맞추어보니 그런 직감이 탁 들어요. 아까 그놈이 윤씨 처자를 작정하고 해치려 했더구먼요. 마마, 아무리 생각하여도 오늘의 사단이 일어난 연유가 율리 처자와 대군마마 사이를 갈라놓으려 누군가 일으킨 짓 같사옵니다. 신첩이 감히 생각건대, 아무래도 그 흉적의 배후가 옥산 대감의 가솔 중 한 사람인 듯합니다."

"무, 무어라?"

어지간히 침착한 세자도 경악하였다. 도무지 믿지 못할 일인지라, 입을 쩍 벌리고 빈궁의 얼굴만 멍하니 바라보았다. 불신과 확신이 반반. 감히 남을 의심하는 일이니 함부로 경솔하게 내뱉은 말이 아닐 것이다 싶기도 했다. 허나 조정의 중신을 모해하는 말이니 쉽사리 믿기도 힘들었다. 믿는 마음과 믿지 못하는 마음이 엇갈려 반반. 결국 그의 침묵은 그토록 엄청난 말을 하는 증거를 대라 하는 뜻이었다. 빈궁은 속이 상하고, 또 한편으로 난처하기도 하여 짙은 눈썹이 찡그리며 차근차근 따져 말하였다.

"지금껏 곰곰이 생각하였기로, 일이 그렇게 된 것 같은지라 말입니다. 윤씨 댁 청지기에게서 들은 고로 이 사흘 전에 대군과 말이 있었던 옥산 대감의 따님 정씨 소저가 만나러 왔다 하였습니다."

"그래요? 거 참, 부중 처자가 할 처신이 아닌 고로 듣기가 좀 그렇구먼. 그래서요?"

"그 뒷일은 더 가관이라, 율리야 차마 말을 못하나 아랫것들에게 이야기를 들었는데요. 실로 못할 말을 그 처자가 대놓고 쏘아붙이고 갔답니다. 대군을 유혹하여 집안 일으키고 욕심을 차렸으면 되었지, 정실 자리까지 노리느냐고요. 심지어 그 언니가 뭇 사내 상대한 창기로 십여 년인데 그런 이가 대군마마 처형 자리가 가당키나 하느냐고 저가 상전인 양 서안까지 치며 고래고래 나무랐다 하는군요."

"사실이오?"

"참말이랍니다. 그리고 이날 흉적 놈이 서찰을 보내 대군마마인 양 하고 처자를 유인해 냈습니다. 보아하니 손에 굳은살이 박인 것이, 글줄을 아는 놈이 아닌 듯하였는데 어떻게 그런 서찰을 쓸 수 있을까요? 미리 작정하고 계획한 일이 아니면 이럴 수는 없지요. 악한 마음을 품고 작정하여 윤씨 처자를 해칠 만한 이가 누구입니까? 만약 금일 율리가 변을 당하였다면 대군마마와의 혼인은 물 건너가는 것이라, 정씨 처자 뜻대로 되는 것이 아닙니까?"

빈궁은 구겨진 서찰을 내놓았다. 청지기에게 들은 이야기며 요모조모 제가 맞추어본 짐작을 낱낱이 이야기하였다.

"사리분별 또렷하고 아귀 맞는 헤아림이되 참말 믿기가 힘들구려. 만약 빈궁의 짐작이 맞다면 옥산의 딸 짓인데, 양반가의 규중처녀로 그리 악할 수 있을까요? 흠. 이 일을 어찌해야 할까?"

듣자 하니 참으로 난처하고 곤혹스러운 일이었다. 세자는 짧은 턱수염을 어루만지며 혼잣말처럼 중얼거렸다. 파헤쳐 보자니, 이것 너무 엄청날 듯싶었다. 아무리 사람이 미워도 그렇지, 어린 소녀가 사람을 죽여라 사주할 수 있다는 것이 믿어지지 않았다. 전혀 예상치 아니한 사람의 이름이 얽혀 있는 터라 심히 당황스러웠다.

"옥산으로 말하자면 꼿꼿한 인품이 높은 분이오. 하여 아바마마께서 사헌부의 중책을 맡기시고 총애하시는 게지. 헌데 집안의 여자들을 경계하지 못하여 커단 망신을 당하는가 싶으니 마음이 영 좋지 않소이다."

"허나 인간으로서 절대로 하여서는 아니 되는 일을 사주한 것이라 이 일을 덮어줄 수는 없는 것이지요. 만약 이번 일로 율리 그 아이가 변을 당하여 생목숨을 잃었다고 한다면 인생이 얼마나 가련합니까?"

"그건 그렇소만…… 나 또한 이 일을 덮어두자 하는 것은 아니오. 다만 이번 일을 소문내어서 좋을 것은 없다는 생각이 드오. 상원이 이 일을 알아서 좋을 것도 없구 말이오. 무사히 구출되었으되 어찌 보면 사내에게 큰 욕을 당할 뻔한 일이라 소저에게도 망신일 것이거든."

"그렇기도 하겠습니다."

"일단 악적을 끌고 옥산 대감을 만나보겠소. 자초지종을 탐문하여 확실하다 할 것이면 가법(家法)에 따라 이 일을 처리하라 할 것이오. 그것이 그이에 대한 예의라 싶소."

"주상전하께는 고변을 아니 하실 것입니까?"

잠시 더 숙고하던 세자는 고개를 끄덕였다. 빈궁더러 당부하였다.

"문제를 크게 만들지는 맙시다. 다른 일도 아니고 왕실의 며느리 될 처자를 해치려던 것이오. 알려지면 옥산 대감 삼족(三族)이 망신이오! 어린 처자의 강파르고 좁은 소견 하나가 저지른 일로 인하여 사직에 공적이 많은 가문 하나가 작살날 수는 없는 일이지. 조용히 소문나지 않게 단단히 경계를 하라 할 것이오."

"진정한 흉수라, 일을 사주한 그 딸은요?"

"이 사건을 전말을 알려주고 아비더러 가법대로 처리하라 말하겠소. 만약 그 수습이 시원찮으면 그때 가서 아바마마께 고변하여도 늦지 않을까 하오."

한시바삐 일을 처리하고 수습해야겠다. 세자는 훌쩍 일어났다. 문을 열고 나가며 빈궁을 돌아보았다.

"빈궁 눈이 역시 예리하오. 그 처자가 어쩐지 올바른 사람으로 보지 않나이다 하더니 역시나 이런 짓을 저지르는 사람이었구려. 만약 그 처자가 상원의 짝이 되었으면 두고두고 왕실의 우환거리가 되었으리라는 생각이 드오. 훗날 이번 일을 아시면은 아바마마도 더 이상 윤씨 처자를 밀다 아니 하실 테지."

전화위복이랄까? 목숨을 잃어버릴 뻔한 큰 변을 당하였으되 오히려 이 일로 인하여 빈궁마마와 세자의 비호를 받게 된 셈이다. 세자는 말을 타고 가며 며칠 후에 도성으로 돌아올 상원대군더러 어찌 말하여야 하나 그것을 잠시 걱정하였다.

밤이 깊어가고 있었다. 늘 그렇듯이 평화롭고 번화한 도성 거리. 세자 이하 사내들이 탄 너덧 필의 말이 달려가며 정적을 깨트렸다.
교동 정의상의 저택은 캄캄한 어둠에 덮여 있었다. 아무것도 모르고 정의상은 사랑채에 앉아 그저 한가롭게 서책을 넘기고 있었다. 허나 허씨와 현금이 앉아 있는 안방의 분위기는 사뭇 달랐다. 마주 앉은 두 여인의 얼굴은 무척 초조하고 불안하였다.
"수동이 이놈이 어찌 소식이 없을까요?"
"아가, 걱정 말아라. 남 눈이 무서우니 밤이 이슥하여 들어오라 하였다. 그놈이 이런 일일랑은 이골이 난 놈이니 설마 실수야 하였겠느냐? 아모 걱정 말고 기다리렴."
"그놈이 일을 잘 처리하였을까요?"
"무에 어려운 일이라고? 힘없는 계집아이 하나 해치우는 일이란다. 설사 수동이 놈이 실패를 하였다 하더라도 사내에게 욕을 당할 뻔하였다 하는 소문을 피워 버리면 그만이지. 계집아이 처신에 음탕하다 하는 허물이 끼일 것이니 그것으로 끝장이니라. 고 계집년, 제 목에 칼 찌르고 스스로 자진이라도 하여주면 더 좋으련만."

허씨의 말이란 명문대가 조신한 마나님의 말로는 믿을 수 없을 만치 독하고 악하였다. 간악한 속내 요량 굴리며 두 모녀, 흉악한 일을 시킨 머슴 놈이 들어와 일이 잘 끝났다고 아뢰기를 기다리는 구나. 이렇듯이 그들 모녀는 단 한 번도 설마 일이 잘못되리라고는 짐작하지 못하였다. 악인(惡人)의 요량이란 그토록 좁고 어리석은 것이다. 천인공노할 죄를 저지르면서도 저들 또한 천벌을 받을 것이라곤 생각지 않는 것이다. 저의 앞길 막았다, 딸아이의 것이던 호사광영 빼앗아갔다 싶은 율리만이 죽도록 괘씸하고 콱 죽여 버리겠다 벼르고 있었다.

바로 그때, 먹물 같은 어둠을 헤치고 불청객이 나타났다. 문간을 지키던 마당쇠는 늦은 밤에 불쑥 찾아온 객이 적이 마땅치 않았다. 허나 척 보기에 귀한 분들이었고, 몹시도 서두르는 기색이었다. 사랑채마님을 반드시 뵈어야 할 긴요한 사단이 생긴 듯싶었다. 하여 잠시 손님을 대문간에 세워두고 사랑채로 나갔다.

"대감마님, 원보라는 아호를 쓰시는 분인데 야심한 시각이나 촌각을 다투는 일이니 굳이 만나셔야 한다 하옵니다. 어찌할깝쇼?"

"당장에 모시어라! 세자저하이시니라. 어디 계시느냐?"

혼비백산한 정의상이 깜짝 놀라 맨발로 사랑채에서 달려나왔다. 땅바닥에 엎드려 안즉 말 등에서 내리지도 않은 저하께 인사를 드렸다.

"놀라지 마시오. 내가 잠시 대감에게 긴요하게 할 말이 있는 터로 실례를 무릅쓰고 달려왔소이다. 아무도 모르게 나온 것이오. 야심한 시각에 번잡하게 굴 것 없소. 대감하고만 은밀히 몇 마디 말씀만 나누고 돌아갈 것이오."

정의상은 급히 세자를 사랑채에 뫼시었다. 야밤에 어쩐 영문으로 아무런 기별도 없이 불쑥 찾아오신 것인지 감히 여쭈었다. 허어, 이상한 일이로구나. 세자는 평상시 같지 않게 어려워하며 망설이는 기색이 역력하였다. 평상시 말수야 적으시되 하실 말씀이 있으면 반드시 하시는 분이시거늘. 도대체 무슨 말씀을 흉중에 담고 오셨기에 이렇듯이 머뭇거리시나.

세자로서도 괴롭고 난처한 일이기는 마찬가지였다. 이 곧은 양반에게 어찌 혈육인 딸이 행한 천인공노할 이야기를 발설해야 하나. 그렇다고 아니 할 수도 없지. 한참 동안 입을 열지 못하고 묵묵히 앉아만 있다가 마침내 자세를 바로 하였다. 눈을 치뜨고 정의상을 똑바로 건너다보았다.

"참으로 이 밤, 대감을 마주하여 입이 떨어지지 않는 것이나 반드시 해야 할 말인지라 감히 하오리다. 놀라지 말고 들으시오. 금일 오후에 빈궁이 상원과 혼담이 오간 윤씨 처자를 만나러 잠시 사가로 나왔소이다. 헌데 그 처자가 불공을 드리러 갔다 하기에, 빈궁께서 생각하시기를, 이왕지사 그이를 보고지고 하여 회산사까정 찾아간 모양입니다. 헌데 기함하고 망측스러운 일이라. 산문 앞에서 그 처자가 비수를 들이댄 사내에게 봉변을 당하고 있는 것을 빈궁께서 목격하신 것이오. 천만다행으로 처자를 사지(死地)에서 구원하였으니, 간신히 횡액에서 벗어난 것이오이다."

"허, 참, 그런 무서운 일이! 백주대낮에 도성 안에서 그런 불미스러운 일이 일어나다니! 이는 강상의 기강이 제대로 지켜지지 않음이며 순라를 제대로 돌지 않아 일어난 일입니다. 소인이 당장 금부의 근무기강에 대하여 분연히 탄핵하렵니다."

"……대감, 놀라지 말고 끝까지 들으시오. 그렇듯이 양가의 처자를 해치려는 흉악한 놈을 가만히 두고 볼 수는 없는 일, 우리 빈궁께서 활 솜씨가 뛰어나시니 그놈을 잡았구려. 헌데 그놈을 문초하여 보니…… 바로 대감 댁 식솔이라는 것이 밝혀지지 않았겠소?"

"네, 네에? 뭐, 뭣이라구요?"

눈앞에 날벼락이 떨어졌대두 이렇게 놀랍지는 않았으리라. 정의상이 뒤로 넘어갔다. 세자의 말이 도무지 믿기지 않으니 멍하니 그의 얼굴만 바라보았다. 얼굴이 창백하게 질리며 온몸을 부들부들 떨었다. 세자는 한숨을 푹 내쉬었다. 안타깝고 민망하기는 그 역시도 마찬가지였다. 실상 이곳으로 오면서 몇 번이고 긴 탄식을 하신 터였다.

어찌 말하랴? 이렇게 점잖고 곧은 이더러 안방에 있는 그의 안해와 딸이 무도하고 간악한 짓을 저지른 주모자다 말하면 무슨 일이 벌어질까? 호위밀이 세자의 하명에 따라 그 흉적 놈, 이름이 수동이인데 그를 끌고 윗방으로 들어왔다. 정의상이 다시 억 하고 비명을 내질렀다.

설마, 설마하였거늘 분명 잡혀온 이놈은 제집 머슴 놈이 아닌가? 세자저하의 말씀이 참으로 확인된 이 순간, 눈앞이 캄캄하였다. 좌정한 방바닥이 캄캄한 나락이 되어 자신의 몸이 끝없는 무저갱으로 떨어져 내리는 듯하였다. 차마 보고서도 믿지 못하여서 떨리는 목소리로 확인하였다.

"네, 네 이놈! 너는 수동이 놈이 아니냐?"

"대감마님~!"

수동이 이놈. 이미 무서운 무장들의 매질과 추궁에 반 넋이 나간 터. 네놈 일가를 다 죽이겠다고 을러대니 술술술 결국 사단의 전말을 토설하고야 말았다. 저는 죽되 우리 어머님하고 아들놈들은 제발 살려주십쇼, 파리처럼 두 손을 모으고 싹싹 빌었다. 방바닥에 엎드려 '이놈이 잠시 미쳐서 그런 짓을 저질렀습니다' 하고 엉엉엉 울음을 터뜨렸다. 썩은 지푸라기라도 잡은 심정으로 저는 잘못없다 애원하였다.

"대감마님! 쇤네를 살려주십시오. 제발 살려주십시오! 엉엉엉. 마, 마님께서 이놈을 부르시어 전낭 쥐어주시면서 이르시기를 목을 찔러 버려라 하시었나이다. 쇤네는 아무것도 모릅니다요! 종놈이 상전께서 시킨 대로 하는 것인지라, 마님께서 분부하신 대로 한 것입니다요! 초당 아씨께서 서찰을 주시면서, 고 계집이 심히 고약하니 죽여서 후환을 막으리라 하시었나이다. 엉엉엉. 대감마님! 저는 두 분께서 일러주신 대로 한 것일 뿐입니다. 쇤네는 아무 죄도 없나이다! 그저 시킨 대로 한 것입니다요."

진정 하늘 보기가 두려웠다. 앞에 앉은 세자저하의 낯을 볼 엄두가 나지 않았다. 무도하고 흉악한 이 일을 사주한 이가 바로 그의 안해이며 딸년이라는 말이었다. 정의상이 기가 막혀 손을 스르르 떨어뜨렸다. 자신이 들은 말을 차마 믿을 수가 없다, 아니, 믿고 싶지 않다는 것이 솔직한 심정이었다. 그러나 움직일 수 없는 증거와 눈앞에 그 일을 저지른 증인이 있는 이상 어찌 부인할 것인가?

"감히 하, 하늘 보기가 부끄럽고나. 이날 우리 정씨 가문에 망조가 들었도다. 이 일을 어찌할 것인가? 어찌 부끄러워 하늘 아래 나설 것이며 조상 앞에 낯을 들고 살 것인가? 저하, 부덕한 소인이 가내(家內)를 다스리지 못하여 이날서 이런 망신을 당하고 사옵니다! 소신을 그만 딱 죽여주십시오!"

세자는 굳은 얼굴로 한숨을 내쉬었다. 인의도리를 버린 그 집 안해와 딸의 행동은 절대로 용서하지 못할 것이다 생각하였다. 하지만 아무 죄도 없는 점잖은 양반에게 이 무슨 잔인한 일인가 싶었다. 노인이 황망하고 두려워서 벌벌 떨고 있는 것을 보자 하니 민망하기도 하고 인간적으로 연민까지 느끼게 되는 것이었다.

"실로 유감스러운 일이되, 이 일을 어찌 수습해야 할지 나 또한 가늠이 아니 되오."

이미 살 뜻을 버렸다. 부끄럽고 망극하였다. 실의에 잠겨 하염없이 주름진 얼굴 위로 굵은 눈물을 뚝뚝 흘리고 있는 노인을 바라보며 세자는 나지막한 목청으로 말을 이었다.

"허나 이 일이 바깥에 새어 나와 좋을 것이 없다는 생각이 들었소. 부왕전하께서 이 일을 아시면은 참말 불벼락이 떨어질 겝니다. 옥산 대감 집안 전부가 불똥이 될 것은 불 보듯이 뻔한 일. 게다가 대감도 아시기를 어마마마께서 어지시나 오직 하나, 이렇듯이 도리에 어긋난 일에는 추호도 용서함이 없으시오. 아바마마 격한 성정에 가혹한 처분을 내리시어도 가려 덮어주시고 달래주시지 않을 것이라 생각하오. 뒷일이 보이지 않소이다."

"저하, 감히 왕실의 여인을 해치려 한 죄목이올시다. 주상전하의 며느님을 주살하려 한 죄이올시다. 능지처참을 하신대도 달게 받겠나이다."

"일을 크게 만들지 맙시다. 강상을 어긴 죄인의 집안이라는 소문이 나면 이날 정씨 가문 전부가 낯을 들지 못하게 될 것이오. 옥산대감이 그동안 조하에 쌓은 공적을 알기에 나는 대감이 이런 망신을 당하게 할 수가 없소. 가능하면 이 일을 소문나지 않게 덮으려 하오. 나는 다만 저 흉적 놈을 끌고 돌아갈 것이니 나머지는 대감께서 알아서 하시오. 용서할 수 없는 일이되, 여인들의 속좁은 소견에서 저질러진 일, 그대에게 무슨 죄가 있으리오? 오직 이 일을 아는 이는 대감과 나뿐이오. 가법에 따라 죄인들을 치죄하시오. 나는 이 밤 이후로 이 일을 다시는 입에 담지 않겠소이다. 천하에서 대감과 나만 아는 일이오. 허면 이만 돌아가리다."

이내 세자는 수동이 놈을 끌고 그의 저택을 떠나버렸다. 나머지는 당신이 알아서 하라 일임한 셈이다.

세자가 떠난 후에 정의상은 한동안 부들부들 떨리는 몸을 가누지 못하고 멍하니 앉아만 있었다. 부끄럽고 수치스럽고 아뜩하였다. 내 팔자에 무슨 죄를 지어 이날 이런 무섭고 더러운 망신을 당하는가. 눈물이 뚝뚝 떨어져 꼿꼿한 선비의 도포 자락을 적셨다. 한참 동안 주먹을 움켜쥐고 석상처럼 앉아 소리없는 통곡만 하던 그는 얼마 후 분연히 눈을 떴다. 굵은 눈물을 닦았다. 바깥의 청지기를 불렀다.

"안 서방 있는가?"

"예, 대감마님. 쇤네 대령하였나이다."

"작은 사랑채 나가서 큰 서방님 잠시 사랑채 듭시라 전하여라. 허고 종자 시켜 말에 등자 올리고 가마 준비하게. 안방마님과 초당 아씨, 이 밤으로 나와 서양부 본가로 가실 것이네. 허고 내가 안방에 건너갈 것이니 잠시 마님더러 뵈옵자 하게."

청지기가 사랑채의 전갈을 전하였다. 허씨가 의아한 얼굴로 안방 문을 반만 열었다. 지은 죄가 있으니 어쩐지 가슴이 쿵닥거렸다. 그러나 사랑채 어른이 어찌 아무도 모르게 꾸민 일을 아실 것이냐.

"무슨 일이라 하시던가? 갑자기 이 밤서 본가로 가자 하시니 말야."

"쇤네도 아는 바 없나이다. 대감마님께서 분부하시니 그저 전하옵니다."

"참, 별일이구먼. 대체 무슨 변덕이시람? 헌데 혹여 자네, 수동이 놈이 돌아온 것을 보지 못하였는가? 내가 그놈에게 심부름을 하나 시킨 터이니 궁금하여서……."

"안즉 돌아온 것을 보지 못하였습니다. 허면은 쇤네는 이만 물러가옵니다."

청지기 또한 눈과 귀가 있었다. 허나 대감마님께서 입 꾹 다물라 분부하셨기에 그냥 모른 척하였다. 아무래도 이 밤의 사단은 보통 일이 아닌 듯. 천한 제놈이 상관하기에는 지나치게 은밀하고 무서운 것인 듯싶었다. 모르는 척하는 것이 상책이다 싶었다.

청지기가 물러나고 한 식경쯤 지나자 뒷마루를 통하여 정의상이 안방으로 들어왔다. 그는 벌써 나들이 준비 끝내어 갓 쓰고 도포 차림이었다.

　이미 마음으로 대처분을 하리라 결심하였다. 큰아들을 불러 집안일을 두루두루 부탁하고 일의 전후 사정을 다 가려서 일러주었다. 세자가 떠난 후 그는 이미 초개같이 자신의 삶에 대해 미련을 버렸다. 자신과 두 죄인 목숨으로 천인공노할 이 죄의 벌을 받을 것이다 결심하였던 것이다. 그것만이 집안을 살리고 일가친척 우세를 덜할 유일한 길이었다.

　아아, 세자저하께서 참말 어지시도다. 그나마 부끄럽지 않게 조하 일에 성심이며 전하께 충성을 다하던 그의 공적을 인정하여 주시었다. 하늘 보기 무서운 부끄럽고 망극한 일에 대하여 자신만 알고 입 꾹 봉하리라 하셨다. 그와 죄인 두 명만 죽어 입을 다물면 집안이 무사하리라. 앞날 창창한 아들들의 운명을 가로막지 않게 될 것이다 슬쩍 귀띔해 주고 가신 것이다.

　그가 들어서자 허씨와 현금이 자리에서 일어나 맞이하였다. 아비더러 짜증스럽게 앙탈하였다.

　"아닌 밤중에 홍두깨라 하더이다. 갑자기 본곁에는 왜 가자고 하십니까? 떠나도 날 밝아 떠날 일이지 야심한 밤에 왜 가자 하시노? 집안일은 어찌하고 이러십니까?"

　"이미 결판난 집안일을 따져서 무엇 할 것인가? 아무리 기다려도 수동이 놈은 아니 올 것이니 부인은 빨리 행장을 차리시오."

　정의상의 입에서 나온 수동이란 한마디에 허씨와 현금의 얼굴이 새파랗게 질렸다. 그가 소맷자락에서 서찰을 꺼내 허씨 앞에 내팽

개쳤다. 노염과 분노로 떨며 낮은 목청으로 엄히 꾸짖었다.

"인간으로서는 도저히 할 수 없는 일을 저지르는 인두겁을 쓴 금수가 내 지붕 아래에 있을 줄이야! 하물며 그것이 삼십여 년을 같이 산 안해이며 애지중지 천금처럼 길러온 내 딸년일 줄이야."

"대, 대감! 이게 대체 무슨……?"

"아무 말도 듣고 싶지 않소. 수동이 놈에게서 자초지종을 이미 다 들었소. 어떤 말로 현혹하려 하여도 소용없소. 국법대로 따질 것이면 두 사람 다, 당장에 새남터 가서 목이 버혀질 것이나 어지신 세자저하께서 이 불민한 사람의 처지를 가려주시와 소문나지 않게 처리하라 하였소. 이날 내가 그대들을 데리고 본곁으로 가서 문중에 아뢰어 가법대로 처리할 참이오. 그대들이 이 일을 거부할지면 내가 당장에 금부에 가서 고변을 할 것이니 조용히 내 말을 따르시오. 이것도 싫다 할지면 방법은 딱 하나뿐이니 지금 이 자리에서 죄를 인정하고 두 사람 다 목을 매고 죽는 것이 그중 옳을 것이오."

"대, 대감! 어, 어디서 무슨 말을 들으셨는지 모르시되 이러지 마십시오! 어찌 애먼 친인들에게 허물을 뒤집어씌우시느뇨? 지금 무슨 말씀을 하시는지 신첩은 도무지 모르겠습니다. 어찌 이러십니까?"

"명색이 나는 주상전하의 실덕이며 조하 일의 곡직(曲直)을 가리는 사람이오. 내 평생 곧게 살았다 자부하였거늘, 내 집안에 이런 모진 사람이 있었을 줄이야. 그런 이를 안해로 모시어 존중하고 따님을 귀애하며 애지중지하였을 줄이야! 모다 내 잘못이오. 이것은 지아비로서 아비로서 잘못 가르친 탓이니 무엇으로 잘못을 씻을 것

악한 끝이란…… 331

이냐? 너무 두려워 마시오. 부부는 일심동체이며 부모자식 간은 천륜이라 하였소. 그대들 죄는 바로 나의 잘못이오. 허니 같이 죽어서 죄를 씻을 참이오."

더 이상 아무 말도 붙일 수 없게 딱 자르는 면모가 냉엄하였다. 그러나 허씨와 현금은 눈물을 철철 흘리면서 끝까지 저들이 저지른 악한 일을 부인하며 아비에게 억울하다 앙탈하였다.

"어허, 망신이오. 조용히 하시오. 실로 부인과 너가 아주 막가려 하는구나! 자꾸 이러면은 나도 어쩔 수가 없는 것이다! 당장에 문밖에 있는 큰아이 불러들여 부인이 하셨던 일에 대하여 말을 할까요? 그나마 내가 조용히 해결하자 함은 이 집안이 결딴나지 않게 함이오. 만약 이 일이 바깥에 알려진다 할지면 큰아이 앞날이 어찌 될 것 같소? 왕실의 여인을 주살하려 한 흉악 죄인의 혈손이오. 당장에 조하에서 물러나야 할 것이며 입에 담기도 무서운 강상의 죄인이 난 집이라, 며늘아이는 손자 놈 데리고 친정으로 돌아가 버릴 것이 보이지 않소? 자, 어찌할 것이오? 조용히 본곁으로 가서 가법에 따라 처분을 받을 것이오? 아니면은 온갖 망신당하고 아들놈들 앞길 막아 삼족을 구렁텅이에 빠뜨릴 것이오? 부인이 선택하시오."

고개를 숙이고 눈물을 철철 흘리던 허씨. 발딱 머리를 치켜들고 독 올라 소리쳤다. 끝내 딸을 비호하려 하였다.

"대, 대감. 좋습니다! 저는 그렇다 치고 우리 현금이는 무슨 죄가 있는 것입니까? 저가 다 한 일입니다! 수동이 놈에게 저가 시킨 일이오. 허니 저에게만 죄를 물으십시오! 저는 입이 있어도 할 말이 없는 고로 깨끗이 죽을 것이나 우리 현금이는 이제 막 피는 인생입니다. 어찌 이리 속절없이 꺾으려 하시는고?"

두 팔로 딸을 막아서며 어미 된 자가 울부짖었다.

"우리 현금이에게 무슨 죄가 있나이까? 이왕 결정된 혼사, 국대부인이 될 것이다 꿈에 부풀어 있던 터로 갑자기 일이 이렇게 파작이 나니 당연히 분하고 서러운 터였소. 어미가 되어 우리 귀한 딸 눈에 눈물나게 한 계집이 미워서 악한 심사를 품었소이다. 죽여 버리고 싶었소이다. 이것은 다 나의 죄입니다. 허나 우리 현금이는 아모 죄도 없소이다. 허니 이 아이에게는 모질게 말으소서."

정의상이 깊은 한숨을 쉬며 고개를 흔들었다. 안해 허씨의 빗나간 자식 사랑이 오늘날 이런 비극을 잉태한 것이구나 비로소 깨달았다.

옛날부터 고운 딸의 일이라면 좋아서 어쩔 줄을 모르고 무조건 비호하였다. 손아래 두고 어루만지며 칭찬하여 이르기를 '우리 현금이는 반드시 왕자마마 짝이 되어야 할 것이다' 기를 세워주었지. 그것이 딸의 교만함과 방자함에 불을 붙인 것이로다. 제 앞길 가로막는 어떤 이로 용서치 않는 모진 성정을 키운 것이로다. 왕실 며느리가 될 것이다. 호화사치 누리며 떵떵거리고 살 것이다 하였던 기대가 어그러지자 분한 마음을 다스리지 못하고 이런 짓까정 저지른 것이로구나.

"부인 말은 상궤에 맞지 않소. 이 서찰을 쓴 손이 누구 것인가? 현금이가 분명할진대 책임의 반은 현금이 몫이오. 허고 부인이 잘못된 일을 할 적에 딸이라면 말려야 정상인데 오히려 더 부추긴 터이라 이것이 더 큰 불효가 아니겠느뇨? 이제 이 아이가 다른 집안에

출가를 하면 이 강팔진 심사와 교만하고 모진 성정이 그대로 드러날지니 훗날에도 집안 망신을 도맡아놓고 할 것이오. 애초에 삭초제근이라, 나는 이제부터 딸이 없다. 이리 생각하오."

그는 어찌할 바를 몰라 처연하게 훌쩍거리는 딸을 바라보았다. 늙은 아비 눈에 다시 붉은 눈물이 흘렀다.

"아가, 네 눈에도 눈물이 나느냐?"

"아버님, 잘못하였습니다. 한 번만 용서하여 주십시오! 제발 한 번만 용서하여 주십시오. 흑흑흑."

정의상은 나지막이 중얼거렸다. 오늘 네 눈에 눈물난 만큼, 네가 해치려 작정하였던 윤씨 처자 눈에도 눈물이 났단다. 가엾은 아비는 쓰리게 웃으며 도포 소매로 여전히 흐르는 붉은 눈물을 훔쳤다.

"제 마음에 슬프고 힘든 일은 다른 사람 마음에도 그런 것인데 너는 어찌하여 그것을 몰랐던 것이냐? 이 아비가 너를 참말 잘못 키운 것이다. 애지중지 귀애만 하였을 뿐, 순후하고 겸손한 인의도리를 가르치지 못하였다. 전부 다 이 아비가 잘못하였다. 그 잘못을 나 또한 네 앞에서 씻을지니. 어서 일어나거라. 시각이 흐를수록 소문은 자꾸 퍼질 것이다. 그러면 이 집안 모다 결딴이 날 것이며 네 오라비들 모다 죽는 목숨이다. 윤씨 그 처자는 제 한 몸 버려 집안 세우고 오라비 팔자를 바꿀 것이다 이리하는데 너는 그 반대이니 한 사람의 처신이 이렇듯이 집안의 운명을 결정함이라. 진정 귀한 여인은 바로 그 처자로다."

그날 밤. 본곁으로 간 정의상. 끔찍한 일이되 차마 인간으로서는 하여서는 아니 될 일을 저지른 딸과 안해를 자신의 손으로 목 졸라

죽이고 말았다. 그리고 자신은 사당 앞에서 칼을 물고 엎드려 스스로 자진을 하였다. 세 목숨으로 조상 제위와 전하 앞에서 죄를 씻노라 혈서를 남기었다.

"열 길 물속은 알아도 한 길 사람 속은 모른다 하였어. 겉보기에 그토록 곱고 영리하게 보이던 아이가 사갈처럼 독랄한 심성을 가지고 있었을 줄이야 뉘가 알았을까? 짐이 이 일로 배운 바가 크구나. 만에 하나 아무것도 모르고 그 아이를 상원의 짝으로 들였다면 훗날의 일이 심히 두려웠을 것 같소."

왕은 한참 나중에서야 세자로부터 그 일의 전말에 대하여 들으셨다. 중전을 앞에 놓고 탄식하였다.

"짐이 이번 일로 참말 다시 큰 교훈을 얻었소이다. 겉볼 용색보다 심덕이 낫고, 눈에 보이는 것이 전부가 아니라 마음으로 보여지는 것이 참으로 귀하다 하는 것이오. 일이 이렇게 된 터이니 짐이 윤씨 그 아이를 두고 괜히 고집을 부렸다 싶어? 허허."

마침내 그렇게 하여 전하께서 마음을 푸시었다. 율리와 상원대군을 불러 앉혀놓고 정식으로 혼인을 승낙하시었다.

"허나, 네놈도 어디 한번 골탕 좀 먹으렴? 당장에 혼인을 하고 싶겠지만 네가 한동안 이 부왕 속을 뒤집었으니 너도 당하여보아라. 공부 더하고 기대렸다가 내년 봄쯤에나 혼인하거라."

당장에 혼인하는 줄 알고 좋아하던 상원대군, 아이쿠 좋다 말았다. 허나 아바마마 추상같은 하명을 어찌 어길 것인가? 어쨌건 윤허를 받은 것만도 감사할 일이니 마음을 곱게 접었다. 분부대로 할 것입니다 하고 빙긋 웃으며 순명하였다.
 궐을 나오는 율리 마음이야 오죽할까? 가마 안에서 옷고름으로 눈물을 씻고, 씻고…… 허나 그 눈물은 난생처음 기쁨과 감격으로 흘리는 햇살의 눈물이었다.

제9장 운명의 붉은 실

　　　　　　달은 차고 기울고 날은 흘러 흘러, 계절은 피고지어 봄이 가고 여름 지나네. 선들한 바람 따라 오곡이 익어간다. '어정 7월 건들 8월'이란 말도 있듯이 유월 분주한 김매기가 끝나고 본격적인 추수가 시작되기 전 잠시 한가한 때였다.
　이런 날에는 대개 추수 때까정 비 내리지 않고 맑은 날이 계속되기를 바라는 뜻에서 기청제를 지내기도 한다. 칠월 칠석. 이내 돌아온 백중놀이. 심심하다 답답하다 들들 볶아대는 빈궁의 등쌀에 결국 이기지 못하였다. 세자 내외는 주상전하의 윤허를 받아 동아 아기를 데리고 세암정 별저로 나가 며칠을 즐겁게 피서하였다.
　궐로 돌아오니 후경제 날. 입추(立秋)가 지난 뒤 첫 해(亥)일이다. 세자는 법도대로 부왕전하를 모시고 선농단에 제사를 지낸 후에 동대문 밖 동적전(東籍田)으로 나가서 후경제를 지냈다.

상감마마께서 먼저 낫을 들고 나아가 벼를 베었다. 뒤이어 세자가 같은 일을 반복하였다. 종친들과 중신들이 각기 직급과 품계에 따라 엄숙하게 행사를 마쳤다. 소를 잡고 밥을 말아 행사에 참가한 모든 사람에게 국밥을 대접하는 것을 지켜보다가 상께서는 거동을 돌려 환궁하시었다.

그해 농사는 평년작이라고 하였다. 벼가 익을 무렵 다소간 큰 바람이 두어 번 불었기 때문이다. 기청제를 지냈음에도 한가위 무렵에 또 큰 비가 내렸다. 때문에 벼가 많이 쓰러지고 낟알이 많이 떨어졌다 하였다.

한가위 맞춤하여 종묘에 제사를 지내고 온 주상전하, 세자를 앞에 두고 잠시 근심을 하였다.

"작년에 대풍년이니 비축한 곡식이 많아서 다행이다. 그럭저럭 올해는 평년작 이하라 해도 그나마 한숨 돌렸다."

"그러게나 말입니다. 헌데 소자가 야스다국 상인들에게 듣기로 죽도 땅에 대흉년이 들었답니다. 여기처럼 거기도 비가 잦아 곡식 뿌리가 다 녹아버렸다는구면요. 죽도의 우두머리가 곡식을 구하고자 혈안이랍니다."

"그래? 그것 큰일이로고. 보릿고개 무렵에 항시 죽도를 근거지로 한 해적들이 곡식을 탈취하러 삼남지방을 급습함이 자심한데 말이야. 큰 흉년이 들었다면 그들의 노략질이 더 빨라지고 심하겠도다. 대책을 세워야 할 것이다."

"사정을 뻔히 아는 차에 이번 년도에는 죽도에 내어주는 미곡량을 다소 늘려주십시오."

 어진 세자의 말에 상감마마, 콧방귀를 팽팽 뀌었다. 버럭 성질을 내었다.

 "우리가 내어준 곡식 먹고 기운차려 삼남을 노략질하는 놈들 아니냐? 거 참 그놈들, 짐의 우환거리이다. 딱 마음 같아서는 말이다. 날 풀리는 대로 군선 띄워 그놈들을 일거에 격파함이 옳으리라."

 "죽도 땅에서 만날 해적선을 띄우는 것은 그곳에 옳은 우두머리가 없기 때문입니다. 서너 명이 발호하여 서로 자기가 왕이다 주장하며 만날 싸움박질에 세력다툼이 자심한지라 백성들이 안심하고 생업에 종사하지 못하기 때문이 아니겠습니까? 들잡기로 게가 땅도 기름지고 기후도 온화하며 곡식과 바다 물건도 넉넉하다 합니다. 그런데 만날 전쟁질만 하니, 신민들이 제대로 생업을 하지 못함이라. 게서 많이 나는 진주며 철괴들을 팔아 순전히 무기들만 사들인다 하지 않습니까?"

 "짐은 말이다. 게서 나는 침향목도 욕심이 난다. 배 만들 때도 좋고 또 비싼 값으로 명국인들이 구하는 물품이란 말이야. 고것 참 탐스러운 땅이 아니더냐?"

 세자는 왕이 입맛을 다시는 것을 보고 속으로 빙긋 웃고 말았다. 말씀으로야 점잖게 해적의 발호만을 경계하시지만, 은근히 속뜻이 깊었다. 만날 우환거리인 죽도 땅을 정벌하여 화근을 제거하고 단국에 복속하시고 싶어하시는구나 짐작하였다.

 "아바마마, 은근히 땅 욕심이 많으십니다?"
 "거 말이다. 실상 뱃길로 간다 하면 탐라보다 더 가까운 곳이 죽도가 아니더냐? 우리 코 밑에 앉아 항시 해적질하는 것이며, 늘 적대하여 칼끝을 우리 쪽으로 겨누고 있는 놈들이다. 지금은 게가 서로 갈라져 싸움질하느라 다른 곳으로 눈을 돌리지 못하되, 만약 하나로 뭉쳐지면 당장에 아국의 큰 우환거리가 될 놈들이다. 그러기 전에 정벌하여 복속함이 옳으리라."

"허기는 나무막대도 묶여지면 꺾기 어렵지만, 각각이 따로 놀 때 꺾기가 쉽지요."

"세자 너가 참말 신통하다. 짐의 말을 딱 알아듣는고나. 내년 봄쯤에 너가 짐의 원을 이루어주겠느뇨?"

"성상께서 원하시는 바라 소자가 어찌 모른 척할 것입니까? 소자 또한 미수가 불랑기포를 개량하여 만든 만리포를 한번 시험하고 싶어 손이 근질거리던 참입니다."

든든하고 믿음직한 아드님의 말에 상감마마께서 헛헛 웃었다.

"짐의 숙원이며 선대들의 숙원이다. 너를 믿으니, 언젠가는 반드시 북도 땅을 되찾아야 할 것이니라. 그 넓은 땅이 뉘 것이냐? 바로 우리 것이니라. 국조 태조대왕께서 말 달리며 호연지기를 키운 곳이며 조상들의 유골이 묻힌 곳이다. 그곳을 우리가 되찾을 때 비로소 우리 단국이 당당하게 천하의 주인이다 외칠 수 있느니라."

"명심하와 한시도 그 하교 말씀 잊지 않겠나이다."

이러는데 바깥에서 상궁이 아뢰었다.

"전하, 교태전에서 차지상궁 나왔나이다."

"무슨 일이냐?"

"중전마마께서 긴히 아뢰올 말씀 있자와 소인이 대신 전하옵니다."

중궁의 이 상궁이 들어와 두 분께 고변하였다.

"금성위 잠저에서 기별 들었나이다. 숙경공주 마마께서 이날 태기 보이시니 쌍태아라 다소간 사정이 급하다 하옵십니다. 중전마마께서 근심하사 잠시 전의를 대동하와 출궁하시노라 하십니다. 어찌 아뢰리까?"

상감마마. 사랑하는 막내 공주가 출산한다는 기별에 걱정 반 기쁨 반. 반색하여 하문하시었다.

"허어, 그렇더냐? 숙경 고것이 만날 어린애라, 혼인한 후에 잉태한 것만도 대견하였거늘, 이날서 어미가 된다는구나. 허면은 산모가 위험하다는 것이냐?"

"그는 아니옵지만, 쌍태아이니 아무래도 더 힘들 것이다 사료되옵니다. 공주마마께서 모후마마만 찾아계시니 중전마마께서 들잡시고는 마음이 신산(辛酸)하여 가만히 앉아 있지 못하노라 하셨나이다."

"어미 된 자의 마음이 다 그런 게다. 다녀오시게 윤허하노라."

팔월 열 하룻날이었다.

잉태한 숙경공주 마마께서 첫 몸을 풀었다.

원래 잉태한 여인네 옆에 있으면 투기하여 저도 회임한다 하는 옛말이 있다. 근 두 해 동안 잉태 소식이 없어 마냥 근심이던 대공주 숙정이 그 며칠 전 살그머니 입궐하였다. 모후마마를 뵈옵고 부끄러이 속삭이기를 소녀 몸에 태기가 있습니다 고변한 그 며칠 후였다.

경사는 함께 오는 법이라, 숙경공주, 모후이신 중전마마 내림인지 오뉘 쌍태아로 단번에 따님과 아드님을 같이 생산하였구나. 언젠가 중전마마께서 동실한 막내 공주 배를 바라보며 우스갯소리로 한마디 하시었다.

"너가 유난히 배가 둥글고 많이 부풀었다. 이것 혹시 날 닮아지어 쌍태아를 낳는 것이 아니냐?"
"이왕 닮을 바에야 어마마마께서 숙정 언니와 상원 오라버니를 함께 얻으신 것처럼 저 또한 단번에 용봉(龍鳳) 같은 아들딸을 함께 얻고 싶습니다."

입살이 보살이라, 말한 바대로 이루나니. 출산의 고통을 견디다 못한 공주가 사흘 밤낮을 산실 방바닥을 기다시피 하며 모진 산고를 이겨낸 다음이었다.
행여 귀한 지어미를 잃어버릴까, 아기들이 잘못될까 근심걱정에 지친 강위겸. 산실 안에서 공주가 고통의 신음 소리를 이기지 못한 것처럼 그 역시도 따라 마당을 기었다. 그렇듯이 두 부부가 사흘 꼬박 몸을 틀어냈다.
샛별이 유난히 밝은 새벽이었다.
마침내 공주마마께서 무사히 아기를 생산하였다. 처음에 나온 이가 고운 따님이었고 두 번째에 나온 아기는 든실한 고추를 달고 있었다. 이미 태중에서부터 금성위와 숙경공주는 진맥을 통하여 쌍태아라 함을 알고 있었다. 그 이야기를 듣고 조부인 강두수가 글자를 뽑아 봉서에 적어 올려 보냈다. 펴보니, 딸은 아라라 할 것이며 아들은 진하라 부를 것이다 하였다. 탄생한 두 아기, 그 이름에 걸맞게 금자동이며 한 덩이 화씨벽(華氏碧)이로구나.

그런데 참으로 기이한 일이었다.

출산 직후, 부부인과 유모상궁이 아기들 첫 욕간을 시켰다. 헌데 딸아기가 도통 울지를 않는다. 벙싯벙싯 배냇짓만 하는구나. 작은 얼굴 위로 관세음보살 같은 어진 빛이 겹치는 듯하였고 작고 앙증맞은 알몸에 은은히 서기가 어리는 것이었다. 이것이 또 무슨 변괴냐? 아이가 오른쪽 주먹을 꼭 쥐고 펴지를 않았다.

아들놈은 모든 것이 다 덩실하고 늠름하고 이상한 데가 없었다. 천하의 미장부인 아비 닮아 곱기만 하구나. 헌데 이 딸아기는 참말 이상하구나. 둘러앉은 여인들이 탄성을 내지를 만큼 꽃 같은 얼굴에 옥 같은 모습이되, 천상(天上) 선동(仙童)인 양 지상의 아기 짓을 하지 않는구나.

갓난아기라 그러하는 게지. 처음에 사람들은 별다른 근심을 하지 않았다. 깨끗이 씻겨 강보에 눕혀놓았다. 어머니 팔 아래에서 두 아기가 새근새근 잠이 들었다.

딸아기는 꽃 같은 어미를 닮았고 아들은 기린 같은 아비를 닮았다. 금성위 강위겸, 이렇듯이 단번에 복이 터졌구나. 그 점잖은 이가 입을 다물지 못하였다. 함박웃음을 담고 아기들 얼굴만 내려다보고 또 내려다보고……. 곁에 누운 공주가 빙그레 미소 지었다. 모진 산고 이겨내느라 살이 쏙 빠진 얼굴을 하고서도 기쁨에 젖어 환한 표정이었다.

"그리 고우면 안아주십시오. 바라보다 닮겠습니다그려."
"차마 아까워서 건드리지를 못하겠습니다. 이런 아기들을 담고 있었으니 공주께서 힘들었던 게지요. 참말 수고하시었소, 공주! 내 진정 인제는 더 바랄 게 없소이다."
대견하고 감사하고 안타까웠다. 행복하고 가슴 그득하고 마냥 즐거웠다. 공주의 손만 잡아 마냥 어루만지다가 방에서 나온 것이다.
"첫딸은 살림 밑천이며 첫아들은 기둥이라. 복도 많아 금성위는 단번에 세상 전부를 얻었고나."
"그러게 말입니다. 숙경이 다소 몸이 유약하여 윗전 두 분께서 근심하셨으되 무사히 출산하니 참 대견한 일이지요."
"공주도 쌍태아를 가지소서. 두 번 잉태할 것 없이 단번에 아들 두 놈 낳아주시오. 그럼 편안하잖어?"
그들이 세상에서 제일 부러운 이는 안즉 아기를 얻지 못한 서원위와 대공주였다. 기별을 들은 심온복이 안즉 납작한 공주의 아랫배를 슬슬 어루만지며 간청하였다. 잉태하지 못하였을 때는 그저 회임만 하소서 하던 때와 사뭇 말이 달랐다. 부마의 말에 대공주가 얄밉다 눈을 흘겼다.
"그것이 어찌 사람 마음대로 되는 것입니까? 언제는 그저 강건한 아기만 낳아주시오 하시더니 말야. 인제는 아들을, 그것도 둘이나 단번에 내놓으라고요?"
"아니, 나는 공주께서 두 번 잉태하여 두 번 출산하시는 것이 고생될까 봐 그러하지. 단번에 딱 낳아지면 그대가 편안한 것이라, 오직 공주를 생각하여 그런 말을 하는 것이구먼. 크흠."

말이나 못하면! 눈을 흘기면서도 대공주는 슬슬 남편의 손길이 아랫배를 지나 탐스러운 가슴골 쪽으로 올라오는 것을 막지는 않았다.

아기들이 태어난 후 초이레가 지났다. 뜻밖에도 금줄 친 금성위 저택의 대문 안으로 진왕 자윤이 보낸 사신이 들어왔다.

"만 리 밖이나 천기를 읽었나니, 진왕전하께서 이르시기를 필시 공주마마께서 출산하시었다 하셨습니다. 그 아기와 진왕비마마께서 생산하실 왕자마마와 태중 정혼을 청하라 하시었나이다."

아비가 된 지 이레밖에 되지 않은 강위겸. 너무 놀랍고도 기가 막혀 멍하니 사신을 바라보았다.

"실로 저가 놀라 뒤로 넘어가겠습니다. 중경과 황경은 만 리나 격한 터. 어찌 공주께서 아기를 출산한 것이며 하물며 딸아이를 얻을 줄은 또 어찌 아셨을까요?"

경악을 감추지 못하는 강위겸을 바라보며 사신이 빙긋이 웃었다. 그는 예전에 숙경공주께서 내미지상이라 하여 진왕에게 왕비로 천거하였던 바로 그 사람이었다.

이미 태부시랑의 직위에 올라 한갓 사신으로서 먼 길을 오갈 만큼 하찮은 사람도 아닌데 굳이 이렇게 만 리 길을 넘어온 이유는 무엇인가? 무엇인가 범상치 않은 곡절이 있음이었다.

그가 나직한 음성으로 주변을 물리쳐 달라 부탁하였다. 인기척 끊어진 조용한 방 안. 단 두 사람만인데도 한무릎을 움직여 금성위 귓전 가까이 다가앉았다. 행여 누가 들을세라, 나직하게 속삭이는

데, 듣는 사람이 까무러칠 만한 엄청난 예언이었다.
 "아기씨 부친이시며 진왕전하께서 유난히 아끼시는 분이니 저가 입에 내어서는 아니 될 말씀을 드립니다. 진왕전하께서 몇 달 전에 꿈을 꾸셨는데 동방에서 봉황이 날아와 황제 폐하의 옥좌를 휘감는 꿈이었답니다."
 "흐흠. 그래요?"
 "꿈에서 깨시어 저에게 해몽을 부탁하신 바, 진왕전하의 총애를 한 몸에 받고 계시는 차비마마께서 회임하신 지 벌써 일곱 달인데 전하께서 말씀하시기를 필시 태중 아기의 짝이 단국에서 태어났다 말씀하셨습니다. 숙경공주께서 기이한 사람이니 그이가 태중서 생산하신 아기가 짐의 아들 곁에 앉음이 당연하다 하셨습니다. 달리 말하자면은 공주마마께서 생산하신 따님과 혼인하시는 왕자께서 후대 황제가 되실 것이다 이런 뜻이지요."
 "믿지 못하겠습니다. 만약 차비마마께서 생산하신 분이 따님이면 어찌할 것입니까?"
 "그리하면 다른 비마마께서 낳으신 아드님과 혼인을 하시겠지요. 이미 원비마마 일씨께서도 회임하셨습니다. 금방 삼비마마께서도 회임하실 것이니 뉘이든 상관없나이다. 진왕궁에 여인들이 수백여 명이니 누구든 제일 처음 태어나는 왕자님께서 따님의 짝이 될 것입니다."
 어찌하든 아라 아기를 왕자의 아내로 삼겠다는 뜻이었다. 강위겸은 진왕이 왜 이토록 자신의 딸아이에게 집착하는지 이해할 수 없었다. 사신을 바라보며 한숨을 내쉬었다.

"하필이면 왜 만 리 격한 이곳, 보잘것없는 미신(微臣)의 말을 굳이 지엄한 왕자비로 정하겠다 하시는지요? 진왕전하의 심중 뜻을 도무지 알 수가 없어 답답합니다그려."

의구심을 감추지 못하고 혼잣말처럼 내뱉었다. 태부시랑이 잠시 망설였다. 한결 더 목청을 낮추어 속삭였다.

"안즉도 납득을 못하시는 것 같아 감히 알려 드리옵니다. 소인이 감히 천기를 보았기로 천원성의 기운이 황경에서 솟았는데 바로 진왕부 내라. 진왕전하의 슬하 왕자 분 중 한 분이 그 기운을 타고나실 것입니다. 천원성은 금성위께서도 아시다시피 지상천하 유아독존인 제왕의 기운입니다. 헌데 안타깝게도 천원성과 더불어 피에 젖은 살성의 기운인 천요성이 짝을 이루어 나타났습니다. 이는 참으로 처음 보는 천기라, 진왕전하께서 그를 몹시 근심하시었습니다."

"허어, 하늘에 천요성이 나타났어요?"

강위겸 또한 주역을 공부하였으니 그 뜻을 모를 바는 아니었다. 불길한 병화(兵火)와 액운, 사악한 마(魔)의 기운을 상징하는 천요성이 나타났다는 것은 조만간 천하가 거대한 앙화에 휩싸인다는 예언에 다름 아니었다. 강위겸의 놀란 되물음에 사신 또한 침통하게 고개를 끄덕였다.

"그러하답니다. 하필이면 천원성의 기운이 천요성에 침해당한지라 제왕은 제왕이되 천하를 시산혈해로 만드는 대폭군의 별자리라, 천요성의 마성을 씻고 천원성이 천하를 제패하는 자미성의 별자리로 변하려면 반드시 그 곁에 관세음보살의 기운을 타고나는 천미성이 있어야 합니다. 천미성의 화신을 얻어야 피와 사요함의 더러운 기운을 씻어내고 천하를 발아래 둘 수 있는 진정한 제왕이 될 수 있습니다."

"허면은 태부시랑께서는 내 딸아이가 바로 그 천미성의 화신이다 확신하시는 것입니까?"

"그렇습니다. 진왕전하께서 무슨 수를 쓰든지 왕자를 위하여 천미성의 여아를 찾을 것이다 하셨습니다. 헌데 그 꿈을 꾸신 며칠 후 태사가 말하기를 천원성의 짝인 천미성의 기운이 단국에서 떴다 하였나이다. 진왕전하께서 이르시기 필시 공주께서 출산하신 따님이 그 여아일 것이다 하시고 저를 보내신 것입니다."

"제 딸아이가 그런 기운을 타고났는지 어찌 아시고 그렇게 단언을 하십니까? 저는 믿지 못하겠습니다."

그러나 사신은 자신만만하였다. 그깟것쯤은 어렵지 않다는 듯 쉽사리 대답하였다.

"저를 아기와 만나게 하여만 주시면 증명을 하여드리겠습니다. 천미성의 기운을 타고난 여아는 태어나서 울지 않고 웃기만 하고 그 얼굴에 관세음보살과 같은 서기가 어린다 하였습니다. 뿐만 아니라 태어나면서 주먹 쥔 손을 펴지 않으니 그것은 천원성의 운명을 움켜쥐고 있기 때문입니다. 반드시 천원성과 영육이 합하여져야 하는 운명이라. 아기씨가 천미성이라면 천원성을 만날 적에 그 손을 펼 것입니다. 천미성은 손바닥에 북두칠성 모양과 같은 점을 가지고 있다고 하지요."

천하는 넓고 기기묘묘한 일은 많다 하였다. 강위겸 또한 세상 각지 이곳저곳을 돌아다니며 많은 것을 견문하였고 나름대로 서책깨나 읽어 학식이 있다 자부하는 편이었다. 그럼에도 명국의 태부가 하는 말은 처음 듣는 이야기였고, 믿기조차 어려운 이야기였다.

"믿을 수 없소이다. 우리 아기가 그런 운명인지 뉘가 알 것이오?"

"천하가 넓으니 세상에는 종종 인간이 알지 못하는 기이한 일도 있나이다. 이 몸 나이가 이미 육십이올시다. 이 나이가 되도록 살아오면서 하나 깨달은 것은, 눈에 보이는 것만이 전부가 아니고 귀에 들리는 것만이 참은 아니라 하는 것이었나이다. 아기씨마마를 한 번만 보아지면 그분이 천미성인지 알 것이니 제발 한 번만 만나게 하여주십시오."

"그럴 수 없소이다. 안즉 아기들이 백날도 되지 않았으며, 또한 태부께서 하시는 말씀을 듣자 하니 그 천미성은 우리 딸아이 일은 아닌 듯하옵니다. 천기를 잘못 짚으신 것이 아닐까요?"

딸아이가 설사 그런 귀한 운명을 타고나 지상의 가장 고귀한 황후가 된다 하여도 전혀 즐겁지 않았다. 강위겸은 그저 태어난 아기가 편안하게 안온하게 풍파없이 살았으면 하였다. 화려하고 자리가 높으면 불어오는 풍운도 강하고 모진 법. 가능하다면 꼭꼭 싸서 감추어두고 싶었다. 태어나자마자 원치도 않은 만 리 밖 회오리바람에 휩싸이게 할 수는 없었다.

강위겸의 단호한 거절에 태부가 쯧쯧 혀를 찼다. 그의 고집이 보통이 아님을 미리 귀띔받은 듯했다.

"싫으셔도 아기의 목숨을 생각하신다면 제 청을 들어주셔야 합니다그려."

"네에? 그것이 무슨?"

"천미성의 여아는 타고나기를 천상(天上)의 팔자라, 초경을 할 때까지 천원성을 만나지 못하면 평생 벙어리 신세이며 스무 살을 넘기기 전에 요절합니다. 허니 아기씨께서 천미성이라 하면은 반드시 천원성을 만나야만 생명을 얻고 장수하여 살아갈 팔자입니다."

사신의 말이 사뭇 무섭고 두려웠다. 천미성의 운명을 타고난 아기가 천원성의 남아를 만나지 못한다면 말도 할 수가 없고 요절할 팔자라니. 태어난 지 이레밖에 되지 않은 아기를 두고 너무 끔찍한 이야기였다. 그런 이야기를 들은 다음에야 결국 강위겸은 고집을 꺾을 수밖에 없었다. 아기를 보여주고자 사신을 데리고 산실 곁방으로 몰래 들어갔다.

마침 부부인께서 유모와 함께 응아를 한 아기들을 욕간시키고 있었다. 깨끗이 씻긴 아기를 안고 두 유모가 한 아기씩을 맡아 젖을 먹였다. 문 하나 사이 두고 방에 들어온 아들을 바라보며 부부인이 탄식하였다.

"참말 기이한 일이구나. 우리 아라가 한 번도 울지 않는다. 제 아우는 이리 크게 젖 달라 울며 난리인데 이 아이는 계속하여 벙싯 배냇짓하여 웃기만 하고……. 무에 이런 기이한 아기가 다 있는 것이냐?"

"제게 힘든 것이 없는지라 울지 않는 것입니다. 너무 걱정 마옵소서."

"허고 너도 보았잖니? 아무리 하여도 오른 주먹을 펴지 않는구나? 이것이 필시 무슨 곡절이 있는 것이다. 혹여 이 아이가 태중에서 제대로 자라지 못한 것은 아닐지…….”

곁방에 있던 강위겸은 흠칫하였다. 아기를 보지도 않은 대국 사신이 한 말이 너무 정확하였기 때문이다. 태부가 그것 보라는 듯이 슬쩍 미소 지었다.

"아기를 한번 보고 싶네. 유모는 안고 건너오시오.”

"예, 대감마님.”

아라와 진하를 안은 유모가 금성위의 부부에 따라 방문을 열고 나타났다. 진하는 여전히 유모 젖꼭지에 매달려 있었고 아라는 벙싯벙싯 웃음짓는 배냇짓을 하며 잠이 들어 있었다.

참으로 신기한 일이었다. 그러다가 인기척이 나니 이레밖에 되지 않은 아기가 갑자기 눈을 반짝 떴다. 같이 보지 않았으면 거짓말이라고 할 것이다.

사람의 심성을 꿰뚫어 보는 것 같은 느낌이 들 정도로 청아하고 영롱한 눈동자였다. 아기가 사신을 바라보며 모든 것을 다 안다는 듯이 생긋 웃었다. 아른아른 얼굴에 오색 서기가 어렸다. 갓난아기임에도 불구하고 성결한 한 송이 연화인 듯 곱디고운 자태였다. 태부시랑이 탄성하였다.

"아아, 천미성의 여아는 그 누구도 따를 수 없는 천하절색의 용모를 갖추었다 하였나이다. 감축하옵니다. 미신 애립가율이 고귀한 황후 폐하를 배알하옵니다.”

사신은 고두하여 절한 다음에 품속에 간직하여 온 비단 주머니를 꺼냈다. 그 속에서 옥지환 하나를 꺼내 아기의 작은 무명지에 끼워주었다.

"생옥(生玉)이올시다. 아기씨 손가락에 따라 가락지가 저절로 크게 자랄 것입니다. 가락지의 나머지 한 짝은 부군이 되실 왕자마마께서 끼고 계실 것입니다. 수년 후에 다시 뵈올 것입니다. 황후 폐하."

사신의 마지막 말은 아주 낮았다. 강위겸의 등골이 오싹하였다. 어쩐지 아무것도 모르는 이 딸이 무서운 운명에 휘말리는 기분이 들었던 것이다.

사신은 그리고 명국에서 혼약을 상징하는 기명, 황금 테를 두르고 금 글씨로 아기의 생년월일(生年月日), 성명을 적는 붉은 배첩과 옥그릇을 전하였다.

"진왕전하께서 이르기를 일단 태중 혼약을 하여두고 아기가 서너 살이 되면 왕자들을 만나게 하겠다 말씀하였습니다. 그때 어떤 왕자가 천원성의 화신인지를 가릴 것이다 이르셨습니다. 훗날을 기약하렵니다."

사신이 떠나고 강위겸은 공주가 잠든 산실로 들어갔다. 인제 막 잠에서 깬 공주가 미역국 상을 받고 있었다. 방으로 들어서는 지아비를 향하여 희미하게 웃어 보였다. 아직도 모진 산고의 후유증이 가시지 않은 터이니, 기진하여 안즉 아기를 보살필 힘이 없었다.

"대감, 아기들을 보셨습니까?"

"유모의 젖을 먹고 주무시는 것을 보고 들어왔소이다. 이 사람이 공주에게 입은 은혜란 참으로 말로 다 할 수가 없어요. 참말 고맙소이다."

 "헌데 들잡기로, 명국 사신이 우리 아기에게 왜 옥지환을 끼워준 것입니까? 진하는 본체만체하고 아라만 보아지며 한참 동안 지그시 앉아 있었다구요? 어머님께서도 자꾸만 아라가 이상하다 하시니 저가 걱정이라. 혹여 이 아이가 무엇인가 태중에서부터 잘못되어 병이 생긴 것은 아닐는지요?"

 어미 마음이라 하는 것은 아주 작은 것 하나도 모다 근심일 수밖에 없었다. 공주의 눈에 어느새 살풋 눈물이 어렸다.

 "아기가 내내 울지 않는다 하니……. 혹여 망측한 생각이지만은, 타고나기 벙어리는 아닐까요? 저가 회임 중에 혹여 태교를 잘못하여 그런 듯싶어 목에 가시가 걸린 듯이 근심입니다. 아라 생각에 미역국이 입에서 아니 넘어갑니다."

 "어허, 쓸데없는 말씀! 그런 것이 아니오. 우리 아기는 앞으로 실로 귀하게 될 신분이며 곱게 필 태생입니다. 훗날에 우리도 감히 하대를 못할 신분이 될 것이다 그가 말하였소이다. 아라가 낀 옥지환은 큰 정표라. 훗날 진왕부에서 태어날 왕자와 태중 혼약을 하였소이다. 아모 걱정 마시오."

 공주가 깜짝 놀라 눈을 동그랗게 떴다. 화급히 물었다.

 "태중 혼약을 하여요? 우리 아라하고 뉘가 태중 혼약을 한다 이 말입니까?"

 "진왕부 차비마마께서 회임하사 일곱 달이 되어가시고 일비마마께서도 너덧 달이랍니다. 일왕자가 태어나면 아라하고 혼인을 시키겠노라 하셨답니다. 이미 우리가 진왕전하께 입은 은혜가 큰 터로 차마 거절치 못하였소."

"태어나지도 않은 왕자하고 혼약을 시키다니요. 대체 어쩌시려구요?"

"다 딸아이를 위해서 그러하였소이다. 공주, 우리 아라 때문에 너무 근심할 필요가 없소이다. 사신이 말하길 아라가 여늬 아이와 다른 것은 타고난 운명이 천미성이라 그러하답니다."

"우리 아라가 천미성의 화신이라구요?"

"그렇다 하오. 천미성은 천하의 주인이 될 천원성의 기운을 타고 나는 남아와 혼인을 하여야 할 팔자인데, 천기를 보아지면 진왕부에 그 기운이 솟았다 하오. 바로 진왕전하의 왕자마마께서 천원성의 화신이라. 두 아이가 맺어지면 천하의 진정한 주인이 된답니다. 허니 쓸데없는 생각으로 심기 어지럽히지 마시오."

공주도 서책을 통하여 운명의 별자리에 대하여 읽은 적이 있었다. 헌데 자신의 태로 낳아진 아기가 그런 기이한 운명의 별을 타고 났다 하니 다소간 얼떨떨하고 놀랍기도 하였다. 공주는 깊이 한숨을 내쉬었다.

"아아, 실로 이 아이 운명이 범상치 않으니 어쩔 것인가? 그저 평범하게 여인의 길을 걸어가는 것이 차라리 행복일 것인데……. 이렇게 태어나자마자 대국의 황후가 될 것이다 하는 간택을 받은 것이니 이 아이 운명이 실로 회오리바람 앞의 등불 같습니다. 대감, 저가 근심입니다."

"근심하지 마시오. 내가 반드시 이 아기를 지킬 것이오. 운명이 그러하다면은 피하여도 맞이할 것인데 어찌할 것이오? 이 아기가 자라서 제 삶을 알아차리기엔 아직도 장구한 세월이 남았소이다. 허니 우리 미리 걱정하지 마십시다. 그저 즐거운 일만 생각합시다 그려. 공주 덕분에 집안의 대가 이어지고 웃음소리 드높아질 것이니 어찌 감축하지 않으리. 웃어보시오. 나는 공주가 웃는 얼굴을 보고 싶소이다."

지아비께서 그리 말씀하시니 공주마마 애써 웃음을 지으려 노력하였다. 곁방의 아라 아기, 마치 제 부모의 말을 알아듣는 듯이 다시 눈을 떴다. 영롱한 눈빛으로 방긋 웃는다. 그 염태가 황홀하니 천상의 미색이라. 앞날로 이어질 아기의 운명이 볼만하겠구나.

다시 또 한 해가 흘렀다.
나날이야 사연 많지만 돌이켜 보면 일 년이란 순식간에 지나가는 강물처럼 빨리 흘러갔다.
그해 봄 늦다이 대공주가 우람한 첫아들을 얻었으며 안타깝게도 진성대군께서 세상을 버리셨다.
한 세대가 넘어가고 다음 세대가 자라 올라오는 것은 당연한 이치. 대군의 상례가 끝나니 다음에는 금성위네 쌍둥이 돌이었다.
평상시 절간처럼 조용한 금성위 잠저의 대문이 모처럼 활짝 열렸다. 귀한 의대로 성장한 두 아기가 큰상을 받았다.
일가친척 모다 모인 자리에서 둥근 소반에 온갖 기물들을 펼쳐 놓고 아기들이 집어 들기를 기다렸다. 고사리 손으로 아들 진하는 실타래를 쥐었고 아라는 금가락지를 꼬옥 잡았다.
"우리 진하는 무병장수할 것이며 아라는 평생 황금 패물 넘치게 가질 귀한 신분이 될 것이다."

그것을 가만히 두고 보신 조부 강두수가 예언하였다. 그 밤에 다시 명국에서 사신이 나타났다. 진왕부 왕자와 태중 혼약을 한 아라 아기씨에게 축하예물을 보내온 것이다.

종복이 들고 온 화려한 자개함 속에는 명국의 최고급 비단으로 지은 황실의 아기씨 의대 일습이 들어 있었다. 다른 상자에서는 향목(香木)으로 깎아 만든 목마가 들어 있었다. 말 인형은 실제의 조랑말만 한 크기라 아기가 타고 놀 수 있을 정도였다. 가까이 코를 대고 있으면 기이한 향기가 풍기어 심신이 쇄락하고 병을 낫게 해주는 물건이라, 천하에 짝을 찾아보기 힘든 보물이라 할 것이었다.

"이것은 일비마마께서 내리신 하례품이옵니다."

따로 사신이 품 안에 내놓은 주머니 안에는 아기씨 잔치 의대에 함께 챙겨 장식하라는 홍묘석을 박은 귀여운 노리개가 나왔다. 그것으로 끝났을까? 다른 주머니가 또 있었다.

"이비마마께서 이르시기를 아름다운 아기라 하니 꼭 어울릴 것이라 하였나이다."

명국 여인들이 머리에 꽂아 장식하는 옥화접 머리꽂이였다. 진주와 비취로 장식하고 금입사(金入絲) 무늬 새겨 만든 장신구가 꼭 살아 있는 나비인 양 정교하고 아름다웠다. 점잖은 공주나 강위검조차도 눈이 휘둥그레질 만큼 엄청난 예물이었다. 아라 아기는 평생 황금 패물 넘치게 가지며 살 팔자라 하였는데 그 말이 그 저녁부터 증명된 셈이라 할 것이었다.

"경사를 감축드리옵니다. 전하께서 부대 아기를 잘 보고 오너라 신신당부를 하셨나이다. 아이고, 실로 고우신 형용으로 잘 자라고 계십니다. 저가 화공을 대동하고 온 터이니 아기씨 초상을 그려갈까 하옵니다."

"그리하시지요. 헌데 궁금하오니, 비마마께옵서 왕자마마를 생산하신 것인지요?"

"일(一)비마마와 이(二)비마마께서 회임을 두어 달 상관으로 비슷하게 하셨습니다. 우연의 일치로 출산도 같은 날 같은 시에 하셨나이다. 원래는 일비마마의 출산이 예정되기로 두어 달 뒤였는데, 그만 흉한 꿈을 꾸고 조산을 하셨답니다. 한 분 왕자마마께서 팔삭동이로 태어나신 터라, 졸지에 형제 분이 같은 날 한시 생이 되었답니다."

강위겸의 눈썹이 꿈틀하였다 이것, 더 예상치 못한 일이 생겼구나. 허면 누가 진정한 천원성의 화신이란 말인가? 같은 날 같은 시라니. 그런 공교로운 일도 일어날 수 있단 말인가?

"허면 형 아우가 어찌 정해진 것입니까?"

"이비마마 소생 곤 마마께서 일왕자입니다. 기별하는 내관이 반다경 빨리 도착하였지요. 승지가 왕자의 탄생을 막 적으려는데 일비마마 궁에서도 아기가 탄생하였다는 기별이 들어왔습지요. 하여 진왕전하께서 기별 들은 대로 일비마마 소생 우 마마를 이왕자로 기록하라 분부하셨습니다."

"허어, 참. 그런 일이!"

"두 왕자마마께서 다 용 같고 범같이 늠름하십니다. 진왕전하께서 심히 흡족해하셨나이다. 운명일지니 천하의 주인이 되실 당대의 영웅이 탄생하셨다 모다 기대를 하고 있나이다."

"헌데 우리 아기와 같은 짝의 옥가락지를 받으실 분이 대체 뉘이신지? 왕자 두 분이 한날한시에 나란히 태어나신 것이라, 어떤 분이 천원성의 운명을 타고난 분인지 아모도 구별하지 못하는 것이 아닙니까?"

강위겸은 속으로 깊은 근심이었다. 예상치 못하게 두 왕자가 동시에 태어난 것이라, 누가 하늘의 주인인가? 결국 자신의 딸 아라가 선택하는 그 사내가 황제가 될 것이니, 싫든 좋든 이미 아기는 명국 황실의 추악한 권력다툼의 소용돌이 속에 저절로 휘말려들어 있었다. 강위겸의 물음에 태사는 잠시 망설였다.

"안즉은 모르지요. 아기씨가 그분들을 만나야만 분명하게 밝혀질 것입니다. 허나 소생의 생각으로는 아마…… 이비마마의 태중에서 태어나신 왕자마마께서 그분이 아닌가 합니다만."

"이비마마의 소생 왕자마마라……? 모후는 어떤 분이신가요?"

"진왕전하의 총애를 가장 깊이 받으시는 분이랍니다. 정숙하며 온유하신 분이지요. 매화를 워낙에 좋아하시어 별칭이 매비(梅妃)마마랍니다. 다만 옥체가 다소 허하신 것이 근심이라 할 것이나, 비마마 기품이 우아하시니 태를 빌려 태어나신 아기씨도 천하의 유아독존. 고귀한 풍채랍니다. 몹시 영리하시고요, 귀염도 아주 장하답니다. 요즈막 진왕전하께서 그분 재롱을 보시는 재미로 산다 말할 정도입니다."

"일비마마 소생 분은요?"

"팔삭동이라 옥체가 허약하신 편입니다. 다소간 걱정이지요. 이것저것 보살피는 사람은 많으나 정성 따라 아기가 자라는 것은 아닌 모양입니다."

완곡하게 돌려 말하였으나 모든 것이 형보다 못하다는 말이었다. 부왕에게조차 별로 귀염을 받지 못하고 있다는 암시로도 들렸다. 그렇다면 곤이 천원성의 주인이란 말인가?

"저어, 결례가 되지 않는다면 알고 싶습니다. 이비마마와 일비마마와의 사이는 어떠하신지요?"

"일비마마께서 보통 분이 아니랍니다. 천하를 호령하실 황후 폐하의 기품이라. 진왕부의 내실을 잘 다스리시는 위엄이 대단하십니다. 매비마마와의 사이는 나쁘지 않사옵니다."

"우리 아기와 왕자마마 중 한 분이 태중 혼약을 하였다는 사실을 비마마들께서는 알고 계십니까?"

"안즉은 모르십니다. 오직 저와 대공과 그리고 전하만 아시는 일입니다. 천원성의 기운을 가진 아기가 진왕부에서 탄생하였다는 소문이 돌 것이면 황세손이 책봉되어 있는 고로 당장에 그 아기는 참하여질 운명이거든요. 입을 꾹 봉하고 있습니다. 그리고 아직은 아무도 모르지요. 아라 아기씨가 두 분 왕자마마를 뵈어야지 두 분 중 뉘가 진정한 천원성의 주인인지 헤아릴 수 있으니까요."

나중에 강위겸의 말을 전하여 듣고 숙경공주가 한숨을 푹 쉬었다. 귀한 노리개를 마치 장난감처럼 만지작거리다가 입에 넣고 있는 아라 아기를 어르며 한마디 하였다.

"사이가 나쁘지 않다. 이 말을 뒤집어보면 좋지도 않다는 것입니다."

그녀가 듣기로 원비의 사친인 일민호가 만인지상 일인지하인 대재상이라 하였다. 진왕의 가장 든든한 뒷곁이기에 그녀가 원비로 올라간 것일 테지.

"그분으로 말하자면 태어나서부터 부귀며 권세란 견줄 데 없는 집안의 공녀랍니다. 그 위세로 대자면은 단 한 번도 남에게 진 적 없는 도도한 분이라 할 것입니다. 헌데 매비께서 진왕전하의 총애를 깊게 받고 있다 한다면은 그만큼 일비마마에 대하여는 정이 얕다 함이라. 그것이 자존심 강한 여인에게 얼마나 큰 상처일 것입니까?"

이리저리 귀동냥하여 들은 이야기이되, 명민하니 숙경공주는 남들이 보지 못하는 것까지 헤아렸다. 하물며 한 사내를 두고 총애 다투는 궐 안의 여인들 심사야 뻔한 것을. 말 안 하고 겉으로 의연하다 하여 그것이 그렇게 순조로울까?

"의연하게 처신하는 여인일수록 심중에 박아둔 원한은 더 깊고 강할지도 모릅니다. 이 공주가 바라기를 차라리 일비마마께서 낳아 지신 분이 우리 아라의 짝이면 좋겠습니다."

"허나 첫째 왕자가 더 명민하고 모든 것이 뛰어나다 하지 않소?"

"아이란 자라면서 수십 번 변하는 법이지요. 이비마마의 소생이 일비마마의 왕자를 젖힌다면은, 진왕 오라버님 팔자와 똑같은 경우라 할 것이니…… 다시 한 번 명국 황실에 역천(逆天)의 일이 벌어질지 누가 안답니까? 그리되면 진왕부의 내전이나 우리 아기의 운명이 편안치 않을 것입니다."

공주의 말에 강위겸이 따라 큰 한숨을 쉬었다. 범상치 않은 운명을 타고나 고귀한 팔자로 살아간다는 것이 얼마나 위태롭고 어려운 일인지. 아기가 태어났을 적에 끝내 고집부려 청혼을 거절했어야 했던 것은 아니었을까?

"나 또한 그 점을 근심하오. 따지고 보면 벌써 암투가 시작된 것이라 할 수 있을 터이니…… 같은 날 같은 시에 나란히 왕자가 탄생하였다. 지금은 안즉 진왕전하께서 뜻을 이루지 못하였으니 그릇 속의 폭풍이되, 훗날 전하께서 천자위에 오르시면은 천하의 다음 주인 될 이를 결정하는 것이라, 어느 분도 양보치 못할 것이오."

"당연히 그렇겠지요."

아무것도 모르고 그저 방실방실 웃고만 있는 아기를 바라보며 부부는 저절로 불길한 느낌에 오스스 전율하였다. 이 아이 훗날에 어떤 일이 기다리고 있을까? 공주는 자신도 모르게 아라를 꼭 끌어안았다. 너의 앞날에 부디 좋은 일만 있어야 할 것인데. 피를 보고 눈물을 보는 일 따윈 없어야 할 터인데……. 강위겸이 나직한 어조로 공주를 달랬다.

"허나 우리 아라가 명을 얻으려면 천원성의 남아를 만나야만 한다니 어쩔 수 없는 운명이오. 왕자를 만나지 못하면은 평생 벙어리로 살 것이며 그것도 모자라 이십여 세도 못 넘기고 요절을 한다 하는데, 부모 된 입장으로 어찌 방치하리요? 아기를 살릴 방도를 찾는 것이 당연한 도리이지요. 걱정마시오, 공주. 이미 우리가 마음을 담대히 먹기로 하지 않았소?"

숙경공주는 어느새 잠이 든 두 아기를 안아 이불에 뉘었다. 옥가락지가 끼여진 아라의 고사리 손을 어루만지며 다시금 가냘픈 한숨

운명의 붉은 실 361

을 내쉬었다. 강위겸은 안해의 여린 어깨를 꼭 감싸 안았다.

"나를 믿으시오. 절대로 우리 아기에게 불행한 일이 생기지 않도록 할 것이오. 내가 공주와 혼인할 적에 이 몸을 다 바쳐 행복하게 하여주겠다 결심하였소이다. 그 맹세를 반드시 지키리오."

든든한 위로를 받았으니 한결 마음이 가벼워져야 하는데 왜 이렇듯이 불안하기만 한지. 공주는 듬직한 지아비 어깨에 머리를 기대고 오래도록 잠이 든 아기의 얼굴을 바라보았다.

"그저 천진난만한 어린아이인데…… 아무것도 모르는 순진한 이것의 팔자라니. 아아, 하필이면 왜 이 아이가 천미성의 화신이라는 것일까요?"

강위겸인들 대답할 말이 없었다. 그는 지그시 입술을 악물었다. 딸아이의 운명이 타고나기를 황후 폐하라 할 것이면 그렇게 살아야지. 어차피 그럴 것이면은 내가 나서서 우리 아기의 길을 뚫어주어야지.

이미 아들 진하를 얻어 가문의 핏줄을 이었다. 인제는 더 넓은 세상으로 나아가 사나이의 기상을 펼쳐 볼 때인가? 강위겸은 조만간 진왕의 거사를 돕기 위하여 명국으로 건너가야겠다 마음속으로 다짐하였다.

그해 여름 지나 두 돌 꼬박 채운 동아 아기씨. 구월에 세손 책봉을 받았구나. 의젓하게 회라는 이름 얻으시고 어마마마가 손수 지은 앙증맞은 오조룡(五爪龍) 용포를 입었다. 옥인과 금책 받아 들고 뒤뚱뒤뚱 대전을 걸어나오신다. 경사로다. 그 밤에 빈궁마마, 세자저하 귀에 대고 신첩이 또 잉태하였나이다 말하였다. 세자저하 크게 기뻐하며 자꾸만 다시 말하여보라 채근하였다.

"참말이오? 진정 빈궁께서 또 잉태하시었소?"

"인제 두어 달 되었나이다. 마마, 기쁘시지요?"

"암만! 기쁘다마다! 참말 우리 빈궁은 어찌 그리 내 맘을 잘 알아 요렇게 척척 소원을 이루어주나? 내 요근래 생각하기로 우리 빈궁이 공주 하나 낳아주면 얼마나 좋을꼬 생각하였지."

"공주 보고 싶으셔요?"

"그럼. 동아 조놈 같은 기운차고 영걸진 놈이 하나 더 나오면 우린 아마 기운 빠져 당장에 늙어질 것이야. 이번에는 고이 태교하사 어여쁜 공주 하나 낳읍시다."

그날따라 어마마마 방에 들어와 책 읽는 시늉하다가 아기가 잠이 들었다. 네 활개 짝 벌리고 골골골 코까정 골아가며 자고 있는 세손의 붉고 통통한 뺨을 바라보며 세자는 씩 웃었다.

"조것. 오늘도 영회루 오르락거리며 잘만 놀더니 저렇게 지쳤다. 개구지고 까불기는 하되 동생 터를 팔았으니 어여쁘도다."

이불깃 들어 아기의 목까지 올려준 세자, 빈궁마마 손을 잡고 토닥토닥하여 주었다.

"우리 빈궁께서 궐에 들어오신 이후, 나날이 순조롭고 좋은 일만 가득하니 참말 나는 장가를 잘 들었지 무어야? 잉태하신 상급이로다. 어마마마께 말씀드려 이 며칠 사이로 빈궁 사가로 회거하게 하여드려야지."

이내 열흘 후에 빈궁마마더러 사가 다녀오너라 하는 기쁜 분부가 떨어졌다. 이것저것 준비한다 들뜬 동궁, 뜻밖에도 재원대군이 찾아왔구나. 인제 어린 티 싹 가시고 늠름한 열일곱 장부가 된 터, 모르는 척 슬그머니 형님 저하더러 한마디 하였다.

"부원군 댁 나가실 때 저도 따라갈라오. 응?"

"왜?"

"왜는 무슨 왜? 답답하여서 그러하지요."

저가 답답하긴 왜 답답해? 팔자라 치면 저만큼 자유롭고 편안한 놈도 없으면서? 성균관 입학하여 왔다 갔다. 응동 효성군 댁에 기숙하며 제멋대로 친구들과 싸돌아댕기는 놈이 왜 답답해? 거참 묘하도다. 세자는 의심스러운 눈초리로 막내를 바라보았다.

"같이 간다 하니 내 데리고 나가겠다만…… 너가 그 흉중에 무슨 속셈을 박아두었는지 참말 궁금하구나."

재원대군 먼 산만 바라보고 있다. 딴청 피우는 그 얼굴에 어린 기운이란 흠, 제법 진한 그리움이겠다? 소년장부의 마음에 품어둔 사람꽃이 하나 있음에랴. 필락 말락 어여쁜 꽃봉오리였는데, 이태나 지났으니 제법 피어났으리. 얼마나 자랐을까? 활짝 피었을까? 고것, 내 생각하며 잘 지내고 있으렷다? 남궁 돌아와 싱긋싱긋. 홀로 웃는 모양이 묘하구나. 대체 누굴 두고 이러시나?

환구정에서 바라보는 아리수의 경치가 더없이 아름다웠다.

맑은 물에 비치는 햇살이 푸릇푸릇 서늘하다. 산자락의 홍엽(紅葉)은 비단자락 수놓은 듯 화려하고 소박한 쑥부쟁이, 구절초는 어느새 피어 홀로 지고 있다. 붉은 단풍잎이 동동 떠가는 맑은 물에 비친 창천(蒼天)은 그저 높고 푸른데 허공 위로 검은 기러기 떼들이 처량한 울음을 울며 갈짓자로 날아 남국으로 떠나가는구나.

성동. 환구정이 바라보이는 지평 부원군 댁.

거뭇한 기와지붕이 이마를 맞대고 늘어섰는데, 동리 근처가 마냥 소란스러웠다. 부원군 댁 솟을대문 안팎으로 넘나드는 인파가 한둘이 아닌 때문이었다.

동구 앞 정자나무 가지에 앉은 까치가 깍깍 우는 싸늘한 시월 초닷새 날. 간택받아 궐에 들어가신 이후 처음으로 사가에 회거 나오셨다. 빈궁마마와 세손 아기씨께서 부원군 댁에 머무르신 지 벌써 나흘째였다.

오늘 오정에는 세자저하까지 수하들을 딸리고 처가에 나오셨다. 지엄하신 소지존께서 행보를 하신 것이니 동구 어귀서부터 금군들이 창칼 비껴들고 수백 명이 지키고 있었다. 저하를 따라온 호위밀이며 내관 상궁들이 수십명. 그들에게 밥상을 차려 대접하는 일만으로도 황씨 일문 여종들이 잠시도 쉴 참이 없었다.

집 안팎이 완전히 뒤집혀지는 그런 소란 중에 빈궁마마 육촌 누이이신 을민 아씨, 탐스러운 댕기머리를 찰랑거리며 급하게 종종걸음으로 별당 담을 넘어가는 중이었다. 서두르며 걷다가 대문턱에 발이 탁 걸리어 넘어질 뻔하였다.

"아기는 항시 내 앞에서 넘어지기 잘하는군. 그 무릎일랑 남아나지 않을 것 같소."

흙바닥에 개구리처럼 엎어질 것을, 막아주는 넓은 가슴이 기다리고 있었다. 풋풋한 사내 냄새. 든든한 팔이 여린 몸을 꽉 감싸 안아

지탱해 주면서 짓궂게 소곤거렸다. 놀라서 동그랗게 뜬 눈동자. 수줍게 익어버린 능금빛 볼. 처녀 총각 눈이 마주쳤다.
"어머나, 대군마마 아니십니까?"
놀라고 수줍어한 것도 잠시. 을민의 입가에 환한 웃음기가 확 번졌다. 반가와 소리쳤다. 이태 전에 한 번 보았던 막내 재원대군, 세자저하와 함께 사돈댁에 나온 것이다. 만나지 못한 그사이, 대군은 더 씩씩하고 늠름하여졌다.
열일곱 재원대군, 지난해에 관례를 치르고 안팎으로 당당한 장부라 공인을 받은 터이다. 잘나고 씩씩하기로 미장부라 이름 높은 용원대군보다 오히려 더 낫다 하였다. 비단 도포 입으시고 갓을 썼는데, 키도 두어 뼘은 더 자란 것 같고 어깨는 한결 더 넓어지셨다. 인제는 거뭇거뭇 턱에 수염까지 자랄 참이라. 반가운 김에 대군의 늠름한 모습을 올려다보던 을민 아기씨, 사내 품에 안겨 있는 제 민망한 꼴을 생각하고는 재빨리 내외하여 고개 돌리며 어쩐지 허둥지둥하였다.
"마, 망극하옵니다. 소녀가 심부름 중이라서…… 놓아주십시오."
아차차. 그러고 보니 재원대군, 안즉도 을민 아기씨를 끌어안고 있구나. 대군의 얼굴도 벌게졌다. 아쉬운 듯 미적미적 작은 몸을 놓아주었다. 을민이 두어 걸음 물러나 고개 돌린 채 속삭이듯 물었다.
"그동안 강녕하셨는지요?"
"그만저만하오. 아기는 잘 지내셨소?"
"소녀야 항시 무탈하옵니다."
"지난번 단옷날, 궐에 들어와 빈궁마마와 그네 뛰었기로 내 멀리

서 잠시 보기는 하였지만…… 그때는 여전히 아기라 생각하였거늘 이 여름 지나 한결 어른이 된 것 같소이다. 핫하하."

인제 나랑 혼인하여도 될 만큼 자랐구나. 요런 말이렷다? 을민 아기씨, 옷고름만 배배 꼬며 얼굴이 더 붉어졌다. 모르는 척 재원대군의 시선이 을민의 옷고름에 대롱대롱 흔들리는 단작산호노리개로 다가갔다. 씩 웃었다.

"노리개가 참 곱소이다."

"……마, 마마께서 이런 귀물을 선사도 하여주시고요. 그날 염치없이 받기는 하였으되 참말 황공무지로소이다."

"새해 선물이야 누구나 다 주고받는 것을. 아기가 만들어준 허리끈을 내 안즉도 하고 있거늘."

"솜씨가 천박하여 참말 망신입니다. 아무도 안 볼 적에만 하십시오."

"나는 좋기만 하더라."

네 손으로 하여준 것이니 무엇이든 좋구나. 욕심 같아서는 세자 형님처럼 내 이름이랑 네 이름자를 함께 수놓아주지 그랬더냐? 담에 하여줄 적에는 그렇게 해다오. 말로는 아니 하였지만 실상 우리 둘, 심중(心中)으로 정혼한 사이가 아니더냐? 입이 근질근질하였다.

애고애고, 저저 김칫국. 재원대군 혼자 노는 꼴 좀 보시오. 언제 정혼을 하였소? 눈독만 들이면 다 정혼이오? 모르는 척 노리개 하나 주고 내 것이다 홀로 침 바르면 혼약이오? 하는 짓이란 어찌 저리 혼자 생각하여 홀로 북 치고 장구 치는 부왕전하 버릇을 고대로 닮았더뇨?

을민이 옆얼굴을 보인 채 살그머니 여쭈었다.

"언제 회궐하실 것입니까?"

"형님 저하께서 두어 밤 처가에서 주무신다 하시니 나도 따라 머물 것이오."

"허면은 나중에 다시 뵈올 것입니다."

그러고서 을민이 도망치듯이 문을 넘어 사라졌다. 나폴나폴 나비처럼 재빠른 걸음걸이로 뛰어가는 향기로운 자태를 바라보고 있는 재원대군. 마냥 흐뭇하고 가슴이 그득하였다. 잘도 자랐구먼. 활짝 핀 게야. 암만. 내년쯤에 데려와도 되겠구나. 슬쩍 어마마마께 장가들게 하여주소서 말씀드려야지. 내 꽃이 통통하니 물을 머금고 피어나 보드라운 첫 꽃잎을 열어줄 사내만을 기대리고 있는 것을.

홀로 싱긋 웃고 있는 재원대군. 귀밑 슬쩍 붉어져서는 가슴이 두근두근. 아랫도리 거기가 좀 간지럽다. 엊그제 짓궂은 동무가 기생방에서 갖고 나와 보여준 해괴한 그림책에 있던 거시기한 그림도 좀 생각이 나고, 촉촉하게 젖은 을민이 살쩍 맛이 그 얼마나 달금할까 그런 생각도 좀 하면서 담을 돌아 걸어나갔다. 아무 걱정근심도 없이, 세상 모든 일이 제 뜻대로 이루어질 것이라 믿는 순진한 이 왕자마마. 몇 식경 후에 저에게 닥쳐올 기막힌 사연을 어찌 알랴?

빈궁마마께서 계시는 후원 별당은 그저 조용하고 아늑하였다. 섬돌 위에는 나란히 신이 세 개. 빈궁마마 꽃신과 세자저하 커다란 신발. 고 사이에 앙큼맞은 세손 아기씨 작은 신이 나란히 놓여 있었다.

노란 은행잎이 뚝뚝 떨어지는 초당 마당에 늦가을 햇살이 한가롭게 들이치고 있었다.

"빈궁마마, 세손마마 죽을 다 끓였습니다."

바깥에서 명랑하게 을민 아씨 목청이 울렸다. 빈궁은 북북 나팔을 불고 있는 아기를 세자저하 무릎에 앉혀주고 문을 열었다. 죽그릇 올린 소반을 받아 들이며 고마움 섞인 타박을 하였다.

"오냐. 수고하였다. 아랫것들을 시키지 꼭 직접 한다 나서니 을민이 너도 참 극성이로다. 저하께 인사드리거라. 마마, 을민이는 한번 보셨지요?"

"기억이 나오. 소저가 이 개구진 놈을 잘 데리고 논다 칭찬하더구먼. 감사하오."

세자는 점잖게 말을 받아 을민 아씨에게 치하를 하였다. 살짝 열린 문틈으로 보이는 아씨의 형용이라니. 예전에 보았던 어린 티가 싹 가셨다. 눈이 환해질 만큼 고운 용색이로다. 물 찬 제비의 맵시며 꽃꿀이 똑똑 떨어지는 매혹이었다.

'흠, 재원 이놈이 예로 굳이 따라 나온 이유를 인제 알겠고나.'

장형인 세자는 어린 아우의 엉큼한 속셈을 비로소 알아차렸다. 필시 고운 저 아기를 보러 부득불 같이 나온 것이로다. 재원이 놈이 은근히 눈이 높은 것이야? 세자는 싱긋 웃고 말았다.

"망극하옵니다. 세손마마께서 얼마나 귀엽고 영리하신지요? 저가 아주 홀딱 반하였답니다."

"실뜨기 언제 하노? 또 하지. 응? 꽃종이도 접어주소."

세손이 을민더러 채근하였다. 손만 대면 종이를 잘라 꽃도 만들고 배도 접고 요모조모 뚝딱뚝딱 잘도 장난감을 만들어내었다. 을민이 상긋 웃으며 아기를 달랬다.

"내일 또 하시어요. 저가 연도 만들고 있으니 난중에 같이 가서 올립시다. 마마. 소녀 물러가옵니다."

방 안의 세 분 마마 모습이란 참말 다정하고 보기 좋구나. 을민은 방싯 웃으며 나부시 고개 숙여 절하고 물러났다.

'사람들이 말하기를 실로 우리 빈궁마마, 천복을 타고났다 하더니 말야. 어찌 저리 다 갖추었을까? 참말 부럽도다.'

별당을 돌아나오며 을민은 물큰 치솟는 부러움에 한숨을 쉬었다. 지엄하신 세자저하의 한 분 정궁이시다. 조만간 중궁전 차고앉아 단국강토 만 리를 호령하실 분이었다. 허나 을민이 진정으로 부러운 것은 다른 것이다. 그 귀한 신분이나 호사로운 일생이 아니었다. 지아비이신 세자저하와 나누는 애틋하고 첩첩한 부부지간 정분이었다.

'실로 사가의 다정한 부부지간도 저분들만큼은 못할 것이다. 어찌 저리 열렬하고 진진한가? 참말 뜨끈뜨끈하고 다정할세라.'

빈궁마마께서 사가에 나온 지 인제 겨우 나흘. 그 짧은 시간도 참지 못하여 안해를 그리워하시는 정이 애틋하시었다. 날마다 아침 저녁 두 번씩 서간 보내어 안부 묻자오시고, 내관 보내서 빈궁마마 불편함이 없는지 살피라 하셨다. 회임하신 터이니 입덧이라, 붉은 보 씌운 가자에다 날마다 귀한 별찬이며 실과들을 바리바리 실어 내보내신다.

게다가 그토록 팔자 좋은 빈궁마마. 턱하니 첫 참에 세손 아기씨 생산하시어 당당하게 책무를 다하신 것이 아니더냐? 지금의 영광도 장하지만은 훗날의 광영도 무궁무진할세라. 자신의 복중으로 낳으신 분이 후대의 군왕으로 정하여지신 것이니 빈궁마마 앞날의 영화는 창창하기만 하였다. 삼 년 만에 다시금 회임하시어 벌써 석 달째 접어드셨다. 이렇듯이 면면에 만복이 붙었구나.

　두 해 만에 다시 뵈옵는 세자저하, 여전히 늠름하시고 점잖으셨다. 지어미인 빈궁마마께서 어여쁘고 발랄하셨다. 아바마마 품에 안긴 세손 아기씨는 총명하고 건강하시니 도대체 무엇을 더 바랄 것이더냐? 세 분이 방 안에 나란히 앉아 계시는데 포근하고 따스한 기운이 후광처럼 둘러싸 있는 듯하였다.

　오랜만에 함께 계시는 다정한 한때를 방해하고 싶지 않아 을민아씨 발끝을 들고 조용히 별당을 물러났다.

　외갓집에 나와 외사촌들이랑 만날 흙바닥 기고 장난질이었다. 나무칼 들고 우아와아 싸돌아댕기며 전쟁놀이라. 이 아침에 고뿔기가 다소 있었다. 생강단물 반 대접 먹고 냠냠거리며 맛난 암죽 다 먹었다. 배가 부르니 트림을 끼익 하고 뽕 하고 귀엽게 방구를 뀌었다. 세자는 눈을 부라리며 세손의 머리통을 한 대 쥐어박았다.

　"요놈 보소? 아이쿠, 구리다! 조심하라 하였거늘. 아주 밥만 먹고 더러운 짓만 골라서 하는구나."

　"동아가 방구 안 뀌었답니다. 어마마마가 하셨사와요."

　어린놈이 창피한 줄은 알아 먼 산 보며 딴청만 피웠다. 아차차 망신. 구리구리한 냄새가 또 났다. 한 번 더 작은 엉덩이에서 방구 소리가 퐁퐁 났다.

"예끼, 이놈! 아니라 하자마자 또 뀌는구나. 허허허. 외갓집에 모처럼 나왔으니 너도 신이 난 게지. 나가 놀아라."

말이 끝나기가 무섭게 세손이 다다다 달려나갔다. 엉덩이 치켜들고 신발을 신은 다음에 내관이 잡을 사이도 없이 휘잉 바람처럼 사라졌다. 어제 얼굴 할퀴고 드잡이질한 사촌 한 놈 한 대 패주러 나무칼 메고 나가는 것이다.

"동아 이놈이 그새 며칠 아니 보았다고 훌쩍 큰 참이야. 외갓집 밥이 맛이 있어 그런 게지?"

세자는 찻물 우려내는 빈궁을 정다운 눈길로 바라보았다.

"궐 안서는 입덧을 제법 하더니 예서는 그만하오? 부부인께서 맛난 것을 잔뜩 하여주니 빈궁 팔자가 상팔자라. 핫하. 그보다 재원이 말야. 아까 본 그 아씨를 은근히 그리워하는 눈치였는데 둘이 서로 보았는지 모르겠군."

"대군께서 을민이를 심중에 두셨다고요? 어린아이를 두고서 별소리 다하신다? 하지만 그것이 사실이래두 소용이 없답니다. 달포 후에 을민이 저것이 제집으로 돌아가거든요. 혼인을 한답니다."

"뭐, 뭐라? 그 아기가 혼인을 해? 안즉 어린 터인데 뉘하고 혼인하는가?"

세자가 깜짝 놀랐다. 재우쳐 물었다. 심중에 접고 온 뜻이 어긋나게 생긴 터라 이것 큰일 났다 싶었다.

오정에 궐에서 나가는 인사를 드리려 중궁에 들었다. 그때 중전 마마께서 아드님을 불러 앉히고는 나직하게 당부하였다.

"부원군 댁에 빈궁 육촌이라 하는 소저가 있는 고로 내가 재원의

짝으로 두고 본 터이다. 가서 얼마나 자랐는지 알아보아라. 그만그
만 자랐다 하면 내년 가을쯤 하여 둘이 혼인시키련다."
 아하, 그래서 재원 이놈이 부원군 댁으로 따라붙으려 하는구나.
제 정인이 얼마나 자랐는지 슬쩍 구경하러 오는 것이 분명하였다.
 아뿔싸. 헌데 헛물만 킨 셈이다. 그 처자에게 이미 임자가 있었구
나. 고향으로 돌아가 혼인을 한다 하니 세자는 당황하였다. 아직 어
린 터라 심중의 뜻을 완전히 감추지 못하여 연신 싱글벙글 좋아서
설레며 따라온 막내의 속내를 생각하니 더 기가 막혔다. 안즉 아무
것도 모르는 빈궁은 저하께 찻잔 받쳐 올리며 무심히 대답하였다.
 "실상 태중 정혼이랍니다. 호평에 사는 당숙 아저씨의 학우인데
요, 오래전부터 교분이 두터운 집안이랍니다. 그 집에 을민이와 동
갑내기 아드님이 있어 그리로 혼약을 맺었다는군요."
 "흠, 그래요?"
 더 답답하게 되었군, 세자는 입맛을 다셨다. 하루 이틀 연분이래
야 떼어보기나 하지. 태중 혼약이라면 이것 심란하구먼.
 "실은 을민이 그 아이에게도 날벼락인 셈이지요. 갑자기 달포 전
에 기별이 왔답니다. 시모가 되실 분이 돌아가시어 안방이 비고 말
았다네요. 혼약 맺은 그 도령이 큰아들이라, 차라리 을민이와 빨리
혼인을 시키어 집안을 채우자 의논이 되었다는군요. 을민이가 열
다섯이니 다소 빠르기는 하나 혼인할 집안서 데려갈 것이다 하니
무어라 할 말이 없는 것입니다. 금세 며칠 내로 용주 본결로 돌아
간다 합니다. 내년 봄에 초례를 치른다 합니다."
 "흠, 일이 공교롭게 되었군. 그런 사정이 있는 처자인 줄도 모르

고…… 재원 이놈이 크게 상심하겠구먼."
 세자는 쓴 입맛을 쯧쯧 다셨다. 빈궁이 슬며시 지아비 무르팍에 드러누우며 종알종알 말을 이었다.
 "신첩이 궐에 들어가고 난 후 어머님이나 할머니께서 저것을 데려다가 곁에 두시고 막내딸이다 하시면서 재롱거리로 삼으셨거든요. 곁에 두신 지 두 해가 넘어가니 정이 들 대로 든 터입니다. 헌데 이렇게 갑자기 보내야 한다니 두 분께서 영 울적하신 모양입니다. 을민이가 민첩하고 영리하여 저도 곁에 두고 말벗하기 좋은 터였는데…… 허나, 어찌하겠습니까? 이미 정하여진 일인데요. 섭섭지 않게 패물이나 챙겨 보낼까 합니다."
 "일이 이렇게 흘러갈 줄이야. 재원 이놈이 골깨나 부리겠군."
 "을민이를 대군마마께서 보신 것이 겨우 한 번인데 무에 자꾸 그러하십니까? 한번 스친 인연인데요. 설사 심중으로 을민이를 두고 보셨다 하여도 인제는 할 수 없습니다. 이미 정혼한 처지이며 당장에 몇 달 후로 혼인을 할 아이 아닙니까? 그 혼약을 방해하고 을민이를 대군마마 곁으로 줄 수도 없는 노릇 아닙니까?"
 세자가 싱긋 웃었다. 슬쩍 말꼬리를 늘였다.
 "글쎄요, 두고 볼 일이지."
 야들탱탱한 빈궁마마 볼을 살짝 쓰다듬어 주었다. 허공을 바라보며 싱긋 웃었다.
 "빈궁은 안즉도 우리 형제들 성질을 잘 모르는 모양이구려? 우리 형제들 성질이 여간한 게 아니거든. 한번 마음을 정한 후에는 절대로 바꾸지 않는단 말야."

"그래서요? 대군께서 을민이를 기어코 단념치 않을 거란 말씀이십니까?"

"두고 보면 알 일. 우리 재원이 비록 어리나 성깔이 대단하거든. 기상을 놓고 보면 오히려 용원보다 더하였으면 더하였지 못한 놈이 아니란 말이지. 그런 놈이 과연 제 마음에 담은 처자를 정혼을 하였다고 순순히 놓아줄까? 그는 모르는 일이지."

"어쩐지 말씀이 묘하시도다. 기어코 대군마마께서 을민의 혼사를 작파내고 중간에서 가로채려 한다는 느낌이 드옵니다?"

세자는 씩 웃었다. 아마 을민이 혼약을 하여 고향으로 돌아가 이내 혼인을 한다는 것을 알고 나면 재원대군 성질에 난리부릴 일이 볼만할 것이다 싶었다. 빈궁이 단단한 허벅지를 살살 꼬집으며 진진한 논다니 수작을 부리기 시작한 것은 그때였다.

"아이, 곤타! 마마, 나 잘 것이야. 허구한 날 그저 졸리고 노곤하오. 이 빈궁이 천하 게으름뱅이 잠꾸러기가 된 것입니다?"

"흥, 나는 빈궁이 그리워 망신을 무릅쓰고 궐 밖으로 나왔거늘 빈궁은 내 앞에서 잠만 잔단 말이냐? 적적한 침궁에서 독수공방할 적에, 빈궁이 보고 잡아서 전전반측했거늘! 빈궁은 내가 조금도 그립지 않았던 모양이다?"

빈궁이 실눈을 뜨고 샐쭉 웃었다. 짐짓 토라지는 지아비를 향해 살살 눈웃음을 지었다. 앙큼한 눈꼬리에 달린 것이 사내 간장 철철 녹이는 요염이며 달콤한 교태였다.

"이 시각이 밤이 아닌 것만이 한인 줄 잘 아시면서! 나, 이 밤서내내 아니 잘 것이야. 하여 낮에 미리 자두어야지, 그런 뜻도 모른다던가?"

"핑계없는 무덤이 없다 하더니 딱 그 짝이구먼. 두고 볼 것이야? 빈궁이 분명히 이 입으로 이 밤 내내 나를 즐겁게 하여준다 하였으니 그 약조만 믿어야지. 핫하하. 주무시오. 아기씨를 태중에 담고 있어 이리 곤하고 힘든 것이다. 게다가 본결이니 마음이 편하여서 몸이 늘어지는 것이지. 우리 연희가 안쓰럽고 미안하여 내가 못살 것이다. 베개 내려주까? 금침 펴주라 할 것이야?"

"저하께서 하여주시오? 그리고 저하, 나 잠들 때까정 곁에 있어 주시오. 응?"

"요런 어리광쟁이는 천하에 없을 것이다. 알았어! 내가 금침 내려주께, 푹 주무시오. 모체가 편안하여야 아기도 편안할 참이니 말이오. 하지만 반드시 공주를 낳으시오."

망극한 노릇이로다. 세자는 싫다 않고 손수 금침을 내려 빈궁마마를 누였다. 손 꼭 잡아주고 등도 토닥여 주며 어린 아내를 재워주었다.

잠시 정다운 침묵. 눈을 감고 잠이 든 듯하던 빈궁이 갑자기 눈을 반짝 떴다. 홀짝 몸을 돌이켜 세자를 바라보았다. 무슨 궁리를 하는 것인지 영롱한 눈동자가 아주 반짝반짝 빛나고 있었다. 무슨 계교 부릴 때의 연돌이 얼굴 고대로였다.

"마마, 참말 을민이를 대군마마가 마음에 담았답디까?"

"재원만인가? 실은 어마마마께서도 그러하신 뜻이던걸? 나더러 부원군 댁에 간다 하니 그 아이가 얼마나 자랐나 보고 오너라 하였어. 헌데 일이 이런 꼴이라, 어마마마께서도 듣자오시면 실망하실 게다."

"참말요?"

"그럼. 내가 왜 거짓을 말하나?"

빈궁마마 눈을 데굴데굴 굴렸다. 세자는 경고하였다.

"연돌이 이놈, 또 무슨 짓을 꾸밀라 그러노?"

"내가 무얼?"

"눈을 딱 보아지면 알 만한데 왜 속이려 드는 게야? 지금 무슨 생각하는 게냐?"

"좋은 생각."

"뭐?"

빈궁마마 해죽해죽 웃었다. 두 팔을 내밀어 세자의 목을 꼭 끌어안았다. 혀를 쏙 내밀어 튼실한 목덜미를 한번 쓱 핥아내렸다. 귓전에 대고 속살거렸다.

"지금 막 기막힌 계교가 하나 떠올랐거든요. 모르는 척하고 제가 하는 대로 두어두십시오."

"내 분명히 말하는데 해서는 안 되는 일일랑은 하지 말아."

"해서는 안 되는 일이 무엇인데? 안 되는 일을 되게 하는 것이 이 연돌이 특기인 줄 잘 아시면서? 홋호호. 아주 기막히게 해치울 것이야 두고 보셔요!"

"당돌하고 방자한 요것이 한번 나서면은 뉘도 말릴 수가 없으니 실로 큰일이야. 내가 어찌 우리 연희 요 잘난 척하는 버릇을 고쳐 줄 것인가?"

세자는 빈궁의 잘난 척하는 귀여운 입을 자신의 두툼한 입으로

운명의 붉은 실 377

막아버렸다. 토닥토닥 앙탈에 고성에 신음 소리라. 잉태한 지어미를 상대하여 점잖으신 저하께서 대체 지금 무엇을 하시는고?

한낮의 햇살이 맑고 따스하였다. 초당 연못 위로 바람 따라 잔물결이 일렁일렁. 방 안에서는 몸으로 놀고 있는 두 분이 살랑살랑. 움찔움찔 짜릿짜릿. 요렇쿵 조렇쿵 재미나다. 대낮의 조용한 초당 안. 해괴하도다. 문이 닫힌 방 안 사연은 그렇듯이 들쩍지근하고 찰싹찰싹 달라붙는 고 일이로구나.

한참 후 툭 떨어진 낙엽 따라 힘차게 헤엄치던 사내 몸도 풀썩 떨어졌다. 지창(紙窓) 틈으로 새어 들어온 은은한 햇살 안. 세자는 헝클어진 비단 금침 안에 방자한 자세로 네 활개를 펴고 누워 있었다. 땀 밴 날가슴 안에 달덩이같이 고운 옥체 끌어당겨 안고서 느긋이 땀을 식히고 있는 중이다. 실없이 한마디 희롱하였다.

"대낮에 또 체모없는 일이라니. 크흠. 연희 요것은 아주 나를 흘리려 나온 구미호라 할 것이다."

구미호라 하는 말에 빈궁이 흥! 하고 콧방귀를 뀌었다. 세자의 튼실한 가슴에 얼굴을 묻고 은어 같은 두 팔로 간질이며 애교를 살살 피웠다.

"소첩이 구미호라 할 것이면 저하께서는 그 구미호 잡아먹는 음흉한 승냥이라 할 것이야."

"요것 방자하도다! 무어라? 나더러 승냥이라?"

"그럼 승냥이지 무어? 순진한 아홉 살짜리 계집아이 두고 염치도 없이 욕심내어 딴 데는 바라보지도 못하게 하였잖소? 꽃 딱 따 먹은 후에 냉큼 채어가서는 감옥살이를 시키는 참이라. 내가 그 복수를 아니 할 줄 알고? 날 풀리면은 저하께서 죽도 정벌 가신다 하였으니 필시 이번에는 나를 데리고 가셔야 할 것이다."

"배가 남산만 해가지고 산실 들어가 근신할 빈궁이 죽도로 날 따라온다고? 맘대로 하시오. 그리하여 아기씨 잘못되면 누가 책임지나? 아, 내가 약조하였지 않아? 공주만 낳아보시오? 개골산 구경 시켜 준다고. 요것이 필시 공주여야 할 것이다. 동아같이 기승스런 놈이 하나 더 나오면은 내가 빈궁 근처에 다시는 근접도 못할 것이다. 나는 고것 못 참지!"

싱긋싱긋 웃으며 다정한 말 주고받는구나. 느긋한 얼굴로 천장을 바라보는 세자나, 늠름한 지아비 품에 안겨 은같이 매끄러운 어깨 드러내고 색색 잠이 드신 빈궁마마나 아모 근심걱정 없구나.

헌데 두 분 마마. 옛날 옛적, 연돌이와 범이 도령이 따끈한 정분을 엮던 언덕배기에서 지금 을민과 재원대군이 맞불 붙었다는 것을 알면 놀라시려나?

태연한 얼굴로 태중 혼약이 지엄하여 달포 후에 소녀가 혼인하려 갑니다 말하는 을민 아씨.

내 손안에 든 떡이라 인제 한번 맛보아야지 하고 입맛 다시던 참에 그만 날벼락을 맞았다. 재원대군. 뻥 찐 얼굴로 보기 좋게 뒤통수를 맞았구나. 제 마음 배신한 을민을 바라보며 씩씩 콧김을 불고 있는 중이로구나.

환구정 구경한다고 처녀 총각 핑계대고 집을 나섰다.

종알종알 인제 집으로 돌아가서 혼인한다 이야기를 하던 을민 아씨. 정신을 차려보니 이상하도다. 주변 바람이 한결 써늘한 듯하고,

이상하게 소름이 돋는 듯하였다.

고개를 들어보니 이것이 무슨 변이냐? 재원대군 얼굴이 시뻘겋게 붉어져 있었다. 그녀를 잡아먹을 듯이 눈에 불을 담고 노려보는 것이었다. 잘난 얼굴이 잔뜩 구겨져서는 어깨너머로 들이쉬는 숨이 씩씩 사뭇 사나웠다.

격하고 성급하며 도무지 지고서는 못사는 도도한 재원대군. 이것 듣자 하니 기가 막혀서 넘어갈 참이었다.

무어라? 요것이 앙큼하여 태중 정혼한 터로 낼 모레로 당장 혼인을 하여? 이것이 무슨 말이냐. 그러니까 내가, 이 나라 주상전하의 아드님이신 이 재원이 시골 총각 하나 못 이겨서 마음 둔 처자를 홀라당 빼앗길 참이라고?

격분하였다. 주먹을 움켜쥐고 '허면은 나는?' 하고 고함을 꽥 질렀다. 을민은 펄펄 뛰는 대군의 얼굴을 멍하니 바라보았다. 길길이 날뛰는 그를 앞에 두고 도대체 이분이 어찌 이러시나 영문을 모르는 것이라 황당하고 기가 막혔다. 풀이 죽어 되물었다.

"어째 이러십니까? 마마. 소녀가 무슨 잘못을 하였길래 이리 노하시어 격분을 하시는 것입니까?"

"영문을 몰라? 모른다니 좋다, 내가 말을 할 것이니 잘 들어라! 너는 나랑 혼인할 것이다. 허니 잔말 말아라."

"아이고 무슨 그런 말씀을 하십니까? 소녀가 두 몸이 아닐진대 그저 소녀를 기다리고 있는 사람을 배신하고 마마를 모실 수는 없지요. 지엄한 약조를 저버림은 인간의 도리가 아니지 않사옵니까? 마마께서는 아름답고 고귀하신 터라 모든 명문대가 아씨들이 다 따를 것인데 미천한 소녀에게 굳이 집착을 하실 이유가 없을 것입니다. 허나 옹주의 그 사람은 오직 저 하나뿐이랍니다. 소녀가 그 말 밖에 할 말이 없나이다."

 그러고서 을민이 어두워지니 더 이상 같이 있지 못할 것이다 하며 먼저 정자 아래로 내려가 버렸다. 도도하게 사라졌다. 혼자 남겨진 재원대군, 너무 기가 막히고 분하고 억울하였다. 도무지 참지 못할 울분에 애꿎은 정자 기둥만 발로 내지르고 주먹으로 쥐어박는데 아름드리 기둥은 끄떡도 없고 제 주먹만 아프구나. 발부리만 멍 드는구나.

 "조 앙큼한 계집애가 감히 지금 나를 인간의 도리 운운하며 훈계를 하는 것이냐? 실로 같잖고 웃기도다. 조것 버릇을 어찌 가르쳐 줄 것이더냐? 무어라? 태중 혼약이 지엄하며 오직 촌 것 도령이 저만 기다리고 있으니 나더러 양보하고 물러서라고? 실로 너가 나를 잘못 보아도 한참 잘못 보았구나."

 이를 으드득 갈며 재원대군, 을민이 사라진 쪽을 밉살스레 노려보았다.

 그 며칠 후. 용원대군의 사저인 강헌궁. 덩실하니 솟은 대문 앞. 이른 아침인데 수졸 두 명을 뒤딸린 말 한 마리가 멈추었다. 재원대군이 타고 있었다. 훤한 얼굴에 분한 빛이 역력하고 도무지 진정치 못한 초조함과 억울함이 담겨 있으니 무슨 일이 있기는 있는 것이다.

 동이 틀 새벽 참에 호위무장들과 함께 격구를 한바탕 뛰었다. 땀

배인 얼굴을 면건으로 문지르고 막 사랑채로 나오는데 재원대군께서 오시었다 하는 전갈을 받았다.

"너 갑자기 어쩐 일이냐? 매사냥 가자 왔느냐?"

용원대군은 기별도 없이 불쑥 나타난 막내 아우더러 처음에는 그리 농을 붙였다.

"효성 할바마마 댁 아침밥이 맛이 없는 것이야? 의관정제하고 글 읽어야 할 놈이 예는 어쩐 일인고? 슬슬 공부에 꾀가 나는 것이렷다? 어마마마께 재원이 놈이 사가 나가 지내더니 게으름만 늘었더이다 하고 일러줄 것이다. 핫하하."

헌데 이놈 보소? 형님이 웃음을 건네었으면 마주 응대해야 할 것이 아니던가? 헌데 재원대군, 대꾸도 아니 하였다. 이를 으드득 갈며 형님 나 좀 도와주시오! 하고 서둘렀다.

재원대군은 원래 궐에서 소문난 자린고비였다. 제 줌치 속 은전 한 푼이래야 녹이 슬어도 절대로 아니 나왔다. 헌데 그날은 무슨 바람이 불었더뇨? 용원대군이 제일 좋아하는 안주감인 귀한 어란에다 잘 익은 술병 여럿을 안고 왔구나. 그것뿐인가? 공들여 키우던 싱싱한 산진이 한 놈까지 시침 붙여 조롱 속에 넣어왔다. 용원대군은 이 대목에서 이놈이 참으로 무엇인가 긴한 일이 있어 저를 찾아왔구나 딱 눈치챘다.

"도와주시오. 이 아우가 실로 급하오. 저가 장가를 들고 못 들고 가 결정될 참이란 말이오."

"아니, 너가 왜 장가를 못 갈 것이냐? 궐 안팎으로 잘났다 소문난 이가 바로 너 아니냐? 눈짓 한 번만 하여도 앞에 넘어질 처자가 숱

할 것이며, 말 한마디에 옷고름 스스로 풀고 달려들 계집이 천지일 것이니 너무 근심 말아라. 원래 우리 형제가 너무 잘난 것은 사실이거든. 특히 그중에서 너와 내가 잘나기로는 일등이니 나만은 못하여도 너도 웬만하느니라. 허니 장가들지 못할 것이라 근심 말아라."

 용원대군이 빙긋이 웃으며 살살 재원대군 약을 올렸다. 이제 장성한 사내 꼴이 서서히 드러나는 막내 아우, 항시 어린놈인 줄로만 알았더니 이제 저도 어른노릇을 하겠단 이 말이라? 중형인 용원대군은 싱긋 웃음기 머금고 부드러운 눈으로 아우를 건너다보았.

 열일곱 사춘기라, 서서히 이성에 눈이 떠갈 아름다운 나이였다. 용원대군 저는 이미 그때서부터 궐 안팎 아름다운 꽃이라 다 따고 다닌 형편이니 척하면 삼만리라. 이놈이 필시 계집을 바라는 열병이 들었도다 알아챈 것이다. 호탕한 용원대군, 청춘의 열정에 휘말린 어린 아우가 왠지 대견하고 귀여웠다. 자꾸만 놀리고 싶었다. 그러나 재원대군은 형님의 실실거리는 농담에 불퉁하게 치받았다.

 "형님은 지금 저가 농담하고 있는 것처럼 보이시오? 이날 형님이 저를 도와주시지 않으면은 평생 원망할 것이오! 용원 형님, 형님은 계집 마음 사로잡는 데는 일등이시니 부대 저에게 그 한 수 가르쳐 주시오?"

 "대체 어떤 처자냐? 너 같은 미장부에다 대군 신분이라, 그냥 혼인하자 말 한마디면 끝날 일이 아니니? 진정 좀 하여라."

 "지금 내가 마음으로 정하여둔 처자를 생눈 뜨고 다른 놈에게 넘겨주게 생기었는데 진정하게 되었소? 죽 잘 쑤어 개 줄 일이 있을까? 나는 절대로 그 꼴은 못 보아! 반드시 그 혼인을 파작나게 만들고야 말 것이다. 용원 형님, 형님은 이미 형수님을 그렇게 하여 얻으신 터이니 내게 그 방법 가르쳐 주시오? 저가 그 처자만 얻게 될 것이면 형님이 원하시는 것 무엇이든 들어줄 것이오."

바로 그 대목에서 용원대군은 몸을 바로 하여 자리에 앉았다. 듣자 하니 이놈 일이 보통 아니로구나. 이미 혼인을 정하여둔 처자를 마음에 두고 보아, 그 혼사를 깨트리고 저가 그 처자 얻겠다니? 이놈이 미쳤구나.

"너, 이놈! 자초지종을 찬찬히 말하여라. 네 말을 듣자 할 것이면 너, 천하의 나쁜 놈이 아니더냐? 이미 혼인이 정해진 처자의 앞날을 방해하고 너가 차지하겠다고 나서다니. 이놈이 무에 이리 경우가 없는 것이냐? 당장 바른 대로 말하지 못하련?"

"바른 대로 말할 것도 없소이다. 두해 전에 어마마마께서 내게 저를 데려다 주마 한 터이나 나는 그것을 정혼한 것으로 알았단 말이오. 상원 형님도 그 일 아십니다. 헌데 요것이 앙큼하게 딴 놈하고 태중 정혼을 하였더란 말이오. 그 작자가 이제 나이가 차니 혼인하자 하였다오. 낼모레 집에 돌아가 혼인을 한답니다. 이런 차에 내가 가만히 참고 있어야 할 것이오? 나는 절대로 못 참아! 감히 이 나라 대군인 나의 혼인 상대자를 어떤 놈이 가로채려는 것이야? 기가 막혀서."

"대체 그 처자가 뉘냐? 너 말을 들을라 치면 이미 두 해 전에 어마마마까지 본 처자인 모양인데 대체 누구냐? 찬찬히 말을 하여라."

"빈궁 형수님 육촌 누이인데 을민이라 하오. 성주 남씨 집안의 처자이고, 그때 동아가 났을 적에 산실로 사돈께서 들어오셨을 적에 저도 따라온 터였소이다. 그때 심히 얌전하고 어여쁘다 하여 어마마마께서 부부인과 약조하시기 훗날을 두고 보자 하였으니 그것이 정혼이 아니오? 헌데 요것이 이날 말하기를 태중 정혼자가 있는데 그리로 혼인을 하러 본결로 갈 것이오, 하니 내가 어찌 뒤로 넘어가지 않을 것이더냐? 형님, 이런 법도 있소? 뉘 명이 먼저요? 당연히 어마마마께서 나에게 저를 주신다 한 것이면 그 하명이 먼저가 아니오? 그러면 내가 저의 정혼자인 것이지! 항시 대군들 가례 적에는 금혼령 내리는 것이 관례이니 내가 만약 혼인한다 하여 금혼령 내려라 하여 저를 차지하면 그 작자는 어쩔 것인데?"

"그럼 그렇게 하면 되지 않느냐? 내가 듣기로 아무 문제도 없는 것인데 어찌 그러하느냐? 어마마마께서 이미 그 처자를 보시어 너의 안결으로 줄 것이다 이리하셨는데, 네가 이렇게 새파랗게 질려서 나에게 달려온 이유를 모르겠구나. 그리고 너 이놈, 말이야 똑바로 하여라! 내가 언제 혼사 결정된 처자 파작내고 가로챘더냐? 나는……."

"형수님하고 혼담 오가던 작자 만나 그 약조 물려라 하셨다면서요? 흥 나는 귀가 없나?"

용원대군, 부인하려던 말을 꿀꺽 삼키었다. 솔직히 말하자면 그 역시 국대부인과 혼담 오가던 사내 만나 좋은 말할 때 물러가라 협박하여 물리친 전과가 있으니 영 떳떳하다 말을 못하는 것이다. 재원대군이 다시 앞으로 바짝 다가앉았다.

"그런데 이 일이 그리 쉽지가 않으니 내가 달려온 것이 아닙니까? 요 계집아이가 신의를 말하며 반드시 그쪽으로 혼인을 하겠다 하니 문제지요. 게다가 그 아비가 깐깐하기 이루 말할 수 없는 대꼬챙이라, 한번 약조를 한 것이니 대군이 아니라 전하께서 오시어도 아니 된다 고집이랍니다. 하물며 정혼한 그 일을 어마마마께서 알아버렸으니 일이 더 크단 말이오!"

"어마마마께서 그 처자가 정혼을 하였다 하는 것을 어찌 아시게 되었는고?"

"그게요, 다 동궁 형님 때문이라. 내가 못살 것입니다. 여하튼 저하 형님께서는 남 일에 초치는 데에 일가견이 있으시거든요."

"그건 그렇지. 크흠."

요 대목에서 용원대군. 적극적으로 찬동하였다. 내 팔자 답답하게 만든 것으로도 모자라서 인제 막내 놈 앞날까정 막아놓았단 말이지? 재원대군이 분하고 답답하여 제 가슴을 쳤다.

"그러니까 나흘 전에 제가요. 형님 저하를 뫼시고 부원군 댁에 가서 그 일을 알게 된 것이 아닙니까? 그냥 입을 다물고 있으시지 말야! 환궁을 하여 문안 인사를 들인 고로 한마디 물으십다. 그 아기 잘 있느냐고요. 헌데 입은 싸시지. 흥! 냉큼 그 일을 일러바칠 것은 또 무어랍니까? 어마마마께서 깜짝 놀라시어 허면은 그 아기가 재원의 연분이 아니구나 하십디다. 내가 하도 기가 막혀 무어라 말을 하려는데 마침 아바마마께서 들어오신 것입니다. 하여 우리보고는 나가라 하시는 것입니다. 내가 아무 말도 못하고 그만 쫓겨 나오지 않았소. 헌데 어마마마께서 나더러 어제 오후에 들어오라 하시더니 딱 잘라 말씀을 하십니다. 이미 혼약한 처자라 어쩔 수가 없으니 아무래도 너에게는 다른 명문대가 처자를 다시 골라야겠다고 요! 내가 실로 미치고 환장을 할 참이오."

"어마마마 말씀이 틀린 것도 아니구나. 꼭 그 처자여야 할 필요가 있느냐? 다른 명문대가 고운 처자 많으니 너가 마음을 접으렴? 그러면 되는 것이지 이리 호들갑스럽게 흥분할 필요가 없는 것이겠다?"

재원대군이 눈을 하얗게 흘겨 뜨고 중형을 노려보았다. 그 눈에 원망이 출렁거리고 있었다. 일종의 배신감이라 할 것이다. 아무리 그러하여도 그렇지 다른 사람도 아니고 용원 형님이 내게 이런 말을 할 수가 있소 하는 표정이었다.

"딴 사람도 아니고 용원 형님께서 이리 말씀하실 수 있는 것이오? 형님은 그리하여 마음 접고 딴 처자 안해로 맞이하셨소이까? 형님만은 말이 통할 줄 알았더니 더 꽉 막혔구려. 나, 말을 아니 할 것이다. 가오!"

성질이 급한 터라 골을 내며 벌떡 일어섰다. 용원대군은 싱긋 웃으며 막내의 옷깃을 잡았다.

"허어, 이놈. 성미하고는! 뉘가 아바마마 내림이 아니라 할 것인가? 성질 한번 급하구나. 뉘가 도와주지 않겠다고 하였느냐? 그러니까 무엇이냐? 네놈은 반드시 그 처자 상대로 혼인을 하여야겠다 이 말이더냐? 그래서 내게 이리 술병 안고 와 아양을 떠는 것이고 말이다. 알았다. 방도를 가르쳐 줄 것이니 얌전하게 밥이나 먹어라. 일을 시작하여도 배가 든든하여야 할 것이 아니더냐? 헛 참, 급한 놈. 이놈 성질도 여간한 것이 아니야?"

"뉘 탓을 하오? 형님도 만만치 않으면서…… 용원 형님, 약조하셨소이다? 일이 잘되면 저가 형님께 큰 은혜를 입은 것이니 무슨 말씀을 하셔도 다 들어드릴 것이오."

도와준다는 한마디에 슬그머니 마음이 풀렸다. 재원대군은 못 이기는 체 다시 주저앉았다. 어느새 입가에 벙싯 웃음이 물렸는데 호기롭게 큰소리를 탁탁 쳤다. 그 모양을 바라보며 용원대군이 빙긋 웃었다. 속으로 혀를 내둘렀다.

'거 참 빈궁마마. 진짜 귀신이라니깐. 재원 이놈이 나에게 달려올 줄 어찌 알고 그런 기별을 보냈을꼬?'

세자의 말로 빈궁은 중전마마께서 을민을 마음에 두신 것을 깨달았다. 그녀가 보기에도 을민이 저것, 보아하니 귀하게 살 팔자였다. 중전마마께서도 귀엽다 하였겠다. 당사자인 재원대군도 목을 맨다 하였다. 저것이 가까이 있어야 나도 심심치 않다. 어찌하면 시골 총각이랑 하였다는 혼약을 깨트리고 잡아둘까 곰곰이 궁리하였다. 절묘한 계교를 만들고는, 곧장 재원대군이 도움을 요청하러 달려갈 것이 뻔한 강헌궁으로 기별을 하였다. 요렇게 조렇게 하십시오 시동생을 잘 가르쳐 놓은 것이다.

밥상머리에서 용원대군, 느긋하니 막내를 바라보았다. 빈궁마마께서 서간으로 적어보낸 계교를 마치 제것인 양 생색내며 슬슬 풀어놓았다.

"본시 혼인이라 하는 것은 말이다. 둘이 하는 것 아니니?"

"누가 그걸 모르오?"

"혼사 파작이야 마찬가지로 이쪽저쪽에서 다 할 수 있는 것이지.

안 그러냐?"

"헌데요?"

"그 아기가 태중 혼약한 정혼자를 못 버린다 버틴다는 말인데, 허면은 말이다. 그놈은 어떠할까?"

재원대군이 멍한 눈으로 용원대군을 바라보았다. 무슨 말을 하고 싶은 것인지 감을 잡을 수가 없었다.

"네에? 거 무슨 말씀이시오?"

"답답하구나! 이놈. 혼사 파작내고 싶다며? 정혼자 그놈이 딴 계집 보아 정분이 나버리면 그 혼사야 단번에 끝장나는 것 아니겠니? 어디 고운 기생 하나 사가지고 말야, 그놈을 작정하여 유혹하여서는 살림이나 나버리라고 하여라? 그럼 되지 않니?"

"아하……. 헛 참! 형님. 참말 기막히오! 진짜 기막힌 수단이구려."

가만히 듣자 하니, 곰곰이 생각하니 참말 기막히도다. 절묘하도다. 그야말로 손 안 대고 코를 푸는 격이로구나. 혼인할 그쪽 상대자가 먼저 을민을 버리게 만들라 그 말이구나? 숟가락을 놓고 재원대군, 씩 웃었다. 영리한 터이니 형님이 한마디 던져 준 말로 인하여 하나에서 열까지 착착착 수단이 생기는 모양이었다.

"흠. 슬슬 내 머리 속에서 그림이 그려지오……."

"사내 후려잡는 수단이 장한 기생 이름이야 내가 또 좀 잘 알지 않느냐? 크흠! 이 술 맛이 아주 좋구나. 잘 익었도다. 몇 병 더 보내주련?"

"그리합지요."

재원대군이 두말 않고 그리하마 허락하였다. 한쪽에서 이렇게 음흉한 계교를 짜고 있는 줄도 모르고 순진한 을민 아기씨. 집에 가려고 차곡차곡 보따리를 싸고 있는 중이다. 내 팔자에 무슨 국대부인? 조용히 시골 돌아가 아버님 시키는 대로 혼인하여 내조나 하여야지.

　사람 일이란 한 치 앞을 내다보지 못함이라. 향리로 돌아가 정혼자와 혼인하련다 마음먹은 소녀. 너덧 달 후에 재원대군 계교에 걸려 혼인은 아사삭 끝장나고 다시 도성으로 잡혀올 줄은 꿈에도 모르는구나.

제10장 대리청정(代理聽政)

　　　　　　큰 한파가 몰아친 섣달. 설날 지나자마자 큰 눈이 오고 다시 얼음이 꽁꽁 얼었다. 그냥 떠나기 아쉽다는 듯 매서운 추위가 몇 날 며칠 도성을 휩쓸었다.
　그리고 이월. 슬슬 온기가 돌기 시작하는구나. 언제 그리 추웠느냐는 듯 살랑살랑 난실난실 볼에 스치는 훈풍이 부드러웠다. 마른 나뭇가지에 연록빛 물이 쏘옥쏘옥 차올라 오는 것이 보였다. 두어 날, 마지막 꽃샘바람이 맵게 후려치고 지나가니 그대로 봄날. 양지바른 언덕배기의 진달래가 멍울을 맺기 시작하였다.
　그날도 상감마마. 편전에 앉아 항시 하는 대로 윤대관을 만나시는데, 세자도 늘 그러하듯이 곁에서 배행하였다. 한 지게가 넘는 상소 두루마리들이 승지 품에 안겨 나가고 찻상이 올려졌다. 잠시 망중한(忙中閑). 세자는 찻잔을 올리며 아뢰었다.

"아바마마, 듣자옵기 재원이 잠시 청도 쪽으로 학우들과 유람을 간다 합니다. 어젯밤에 떠난 고로 인사를 받으셨는지요?"

"동궁도 들었느냐? 며칠 전에 곤전이 그러더라. 근처에 명산대천도 많고 또 이름난 학자도 많으니 구경도 하고 교분도 넓힐 것입니다 하기에 그래라 하였지. 그 아이가 자라면 자랄수록 너희 형제 중에서 제일 잘난 것이다. 훗날 도성 처녀들이 그놈 때문에 상사병이 꽤나 날 것이야. 헛허허, 헌데 중전에게서 들었다만, 그놈이 아까운 처자 하나를 눈뜨고 잃었다면서?"

"무슨 말씀을 어찌 들으셨나이까?"

왕이 다시 허허허 웃었다. 밤수라 받으면서 을민 아씨 이야기를 잠시 귀띔을 받았다. 우리 막내도 제법 사내 노릇을 하는구먼 하고 웃고 말았다.

"빈궁 육촌이라 하는 남씨 가문 처자가 심히 고운 고로 두고 보았는데 그 처자가 태중 혼약을 한 이가 있었다면서? 네 모후도 심히 아쉬워하였느니라."

"사람의 인연이란 하늘이 점지하는 것이라 하였나이다. 재원이 그 처자를 만난 것도, 잃어버린 것도 운명이라 할진대, 뜻이 굳으면 하늘도 움직이는 것이라 하였으니 다시 만나게 될지 뉘가 알겠나이까?"

"허긴 운명도 사람이 만드는 것이라 하겠지. 세자 너가 빈궁을 맞이한 일도 따지고 보면 너가 만든 운명이 아니더뇨? 흥, 무어라? 자꾸 혼인하라 하면 머리 밀고 산문 들어간다 하였더냐?"

왕이 짐짓 눈을 흘기었다. 세자는 민망하여 빙긋 웃고 말았다. 어린 연희가 장성하기를 기다리느라 몇 년간 중신들, 종친들이 들들 볶아대도 꿈쩍도 않았던 전과가 있었지. 자꾸 혼인하라 하면은 절로 들어간다 하였다가 '짐이 죽은 후에 너가 혼인을 할 것이더냐?' 하며 부왕께 뺨까지 얻어맞은 기억이 새삼 났다.

"흥, 아주 가관이었다. 공부하러 사가에 내보냈더니 말야. 정분만 나가지고? 그래, 지금서야 말을 하는데, 겨우 열 살짜리 계집아이가 무에 그리 고와서 우리 동궁이 첫눈에 반하였던고? 하물며 그때 이미 빈궁이 개구멍 넘나들며 남복하여 시장거리 휘젓고 다니는 말괄량이였다 하는데 말이야. 무엇이 그리 곱더냐?"

"소자가 다소 관상을 보지 않사옵니까? 핫하하, 빈궁의 얼굴을 보아하니 민첩하고 총기있으며 면면히 복이 붙은 고로 보시옵소서. 빈궁이 궐에 들어온 이후 안팎일이 모다 순조롭고 소자 일에 도움이 크니 소자가 장가를 잘 들었다 할 것입니다."

"이놈이 아비 앞에서 은근히 제 안해 자랑을 하는 것이 아니던고? 그래, 네 말이 맞느니라. 사내가 큰일을 하기 위하여서는 내전이 편안하여야 하는 법이다. 너도 이 부왕처럼 두고두고 빈궁과 의좋게 서로 의논하며 살아야 할 것이다. 고것이 귀엽고 하는 일마다 사리에 맞으니 여군자라 할 것이다. 그래, 요새 산실 안에서 잘 지낸다더냐?"

"용체가 더 나니 다소 겨운 듯하옵니다만은, 여전히 잘 드시고 기운차니 소자가 걱정을 아니 하옵니다. 핫하하, 동아가 다소 골이 났지요. 제 어미가 저를 덜 돌보아준다 생각이 드나 봅니다."

호랑이도 제 말 하면 온다 하였다. 마루를 뛰어오는 작은 발소리가 콩콩 들렸다. 할바마마! 하고 기운차게 부르짖는 소리가 가까워졌다. 세손이 또 편전까지 침입을 한 것이다. 벌컥 문이 열리고 뉘가 말릴 새도 없이 전하 품에 담쑥 달려들었다.

앙증맞은 색동 저고리 위에 담비털로 만든 조끼 입고 호피 모자를 썼다. 솜을 두둑하게 놓은 바지를 입었는데도 날씨가 안즉 매서우니 코밑에 말간 콧물이 흐르고 있었다.

"어허, 우리 동아가 어찌 나왔니? 이것 보아? 또 바깥에서 놀다가 온 것이로다. 볼이 다 얼었지 않았느냐? 고뿔 들 것이다."

아기의 볼이 빨갛게 언 것이 마냥 안타까웠다. 두 손으로 감싸 주시며 걱정스럽게 말씀하시다가 황황히 뒤따라 들어와 넙죽 엎드린 동궁 내관을 노려보았다.

"아기가 놀 것이면 좀 가려서 데리고 다녀야지. 저 가고 싶다 하여 추운 바깥에서 그냥 놀게 하는 것이냐?"

"망극하옵니다, 전하. 어찌나 기운이 뻗치시는지 그저 썰매만 타신다 하여 고집부리시옵니다. 지금껏 부용정 언덕에서 가마니 타고 미끄럼을 지치셨나이다. 아무리 들어가옵사이다 해도 고집을 피우시니 어찌할 것입니까?"

"우리 동아가 가마니 미끄럼 하였더냐? 재미가 있었어?"

"예, 할바마마. 동아가 미끄럼 잘 타지요! 나가 일등이야. 나가 세상에서 제일 잘 타지요? 으응?"

요즈음 아기는 언덕 위에서 가마니를 타고 쑤욱 미끄러져 내려오는 놀이에 한참 빠져 있었다. 얼음이 다 녹아 썰매를 지치지 못하니 시무룩해졌다. 보다 못한 연돌이 빈궁마마. 아기더러 저가 사가에서 놀던 놀음질을 슬며시 가르쳐 준 것이다.

내관을 노려보며 동아 아기씨가 칭찬을 채근하였다. 전하께서 헛허 웃었다. 대견하여 아기 볼을 톡톡 건드렸다.

"이놈은 그저 저가 세상서 제일 잘나지 않으면은 직성이 풀리지 않는고나. 제 아비 어릴 때하고 똑같도다. 허나 장성하면서 너는 겸손하여 매사가 신중한데 이놈은 이렇게 도도하니 나중이 볼만할 것이다. 세자는 동궁 가거라. 이놈이 제 아비는 무서워하니 너가 가자 하여야 말을 들을 것이다. 이제는 고약하여 이 할아비 말도 아니 듣는 것이야? 아가, 나중에 자러 올 것이냐? 짐이 약과 줄 것이다."

은근히 손자 입에서 그러하며 대답이 나오기 기대하며 아기를 유혹하였다. 동아 아기씨, 잠시 까만 눈을 굴리다가 맛난 약과란 말에 넘어갔다. 그러하여요! 하고 고개를 끄덕였다. 할바마마하고 손가락 걸어 약조하고 수십 번은 뽀뽀하고 볼도 부비고 한참 재롱부리다가 아바마마 어깨에 걸터앉아 편전을 나왔다.

"너 이놈, 할바마마께서 조하 일을 볼 적에는 편전 나오지 말라 하였거늘 어째 또 나온 것이니? 어마마마는 무엇을 한다고 너를 보아주지 않았던고?"

"어마마마는 또 코 잔다, 뭐? 만날 잠만 주무시니 동아가 심심하여! 아바마마, 어마마마 때려주시오?"

섭섭한 터로 아기씨가 냉큼 어마마마 비리를 고자질하였다. 저에게 일편단심이던 어마마마가 요새는 변하였다. 만날 그전에는 같이 뒹굴며 놀아주시더니 이제는 본척만척이었다. 자꾸 몸은 돗처럼 둥

뚱해져만 가고 저가 한번 안기려 들면 질색하여 아랫배를 가리기만 하였다. 잘 안아주시지 않는 것도 서러운데 낮에도 만날 앉아 바느질만 하시고, 놀자 하여도 곤하다 하시며 잠만 주무시는 것이다. 엊그제는 아예 동아를 버려두시고 다른 곳으로 가버리셨다. 매일 찾아가서 뵙기는 하는데 어마마마 아니 계신 방이 쓸쓸하고 텅 비었다. 너무 서러웠다.

"어마마마께서 네 동생을 가지시어 곤하신 것이다. 너가 이해를 하여야지. 얼마 후면 동생이 날 것이니 형이 아니냐? 인제 너도 철이 나야지. 언제나 이렇게 어리광만 부릴 것이냐?"

"나, 나, 참말 동생 싫여! 아아앙—"

갑자기 동아 아기씨가 대성통곡을 터뜨렸다. 어마마마께서 뚱뚱하여진 이후로 모다 저만 보면 이제 형님이 될 것이니 철이 나야 한다 말하였다. 무슨 일만 조금 잘못하면 철이 없다 구박만 하고 꾸짖는고나. 어젠 믿었던 유모마저 형님이 되실 것인데 의젓하게 굴어야지 안즉 쉬를 요에다 하시면 어찌하느냐고 혼을 내었다. 이리 보아도 구박, 저리 보아도 꾸짖음. 인제는 아바마마까정 동아는 안중에 없고 동생만 기다린다 싶으니 넘치고 넘치던 서러움이 그만 일거에 터지고 말았다.

"앙앙앙. 어, 어마마마도 도, 동생만 예뻐하고…… 인제 나는, 나는 내다 버리신다는데……. 엉엉엉. 동아가, 동생…… 나면은, 딸꾹! 떼찌하여 줄 것이야. 앙앙앙."

눈물 콧물 질질 짜며 아바마마 품에 안겨 훌쩍이며 아기씨는 서경당 문을 넘었다. 깜짝 놀라 어찌 우는 것이냐? 하고 안아드는 어마마마 손을 홱하니 뿌리쳤다. 골이 나 작은 볼을 볼록볼록하면서 휙 돌아앉았다.

"이놈이 빈궁에게 심히 분기(憤氣)가 강하오? 핫하하, 이놈을 내다 버린다 하였어?"

"아까 신첩 아랫배를 떼찌! 하기에 엉덩이 한 대 맞고 또 그런 장난을 하면 저 동소문 밖에 내다 버린다 하였지요."

"어허, 이놈이 아니 되겠구먼. 어마마마 아랫배를 떼찌하였어? 그런 짓을 왜 한 것이냐?"

"어마마마 떼찌한 것 아니야 뭐! 동생 떼찌한 거야."

동아 아기씨가 골난 목청으로 꽥 고함을 질렀다. 빈궁은 상글거리며 볼에 묻은 눈물자국을 닦아주고 세손을 꼭 안아주었다.

"홋호, 너가 투기하였구나. 그렇지? 하지만 아바마마도 그러하거니와 어마마마도 오직 동아만 사랑하느니라. 나중에 아기가 태어나면 우리 세손이 예뻐하여 주어야 그것이 형님 된 덕이지. 자, 이리 오너라. 우리 아기가 뱃속에서 잘 놀고 있는지 알아보자구나."

빈궁마마는 아기씨 손을 끌어다가 제법 도토록하게 부풀은 아랫배에다 갖다 대었다. 태중 아기씨가 슬슬 움직이며 노는 것이 느껴지는 것이다. 호기심이라, 이내 동아 아기씨가 언제 눈물을 흘렸던고 하듯이 눈 밑을 싹 닦아냈다. 검은 눈을 반짝이며 손아래 만져지는 움직임을 느끼기 여념이 없었다.

"신기하냐?"

"응. 진짜 신기하오, 어마마마."

"너도 뱃속에 있을 적에 이렇게 움직였느니라. 울지 마라. 오직

이 어미는 너만 사랑하느니라."

어마마마께서 제 비위를 맞춰주고 한참 달래주니 기분이 한결 풀렸다. 이 무릎, 저 무릎을 차례로 건너다니며 한참 동안 재롱떨었다. 따뜻한 아랫목 이불 안에서 장난감 말을 들고 이리저리 움직인다 싶더니 어느새 콜콜 잠이 들어 있었다. 베개를 고여주고 돌아 앉아 세자가 쯧쯧 혀를 찼다.

"이놈이 그동안 무척 서러웠던 터라. 무엇이든 제가 첫째가 되지 않으면 직성이 풀리지 않는 터이니 이놈 성깔 잡으려면 우리가 무척 고생할 것 같소. 빈궁도 이놈에게 신경 좀 쓰시오. 이 근래 저가 찬밥 신세라 싶어 골이 많이 난 것이오."

"조심하겠습니다. 오늘 밤은 저하께서 동아 데리고 주무셔요. 늘 아바마마를 어렵다 여기어서 저가 산실로 들어온 이후 쓸쓸함이 더한 눈치입니다."

"그리합시다."

모다 그동안 태중 아기만 신경 쓰고 빈궁 몸만 걱정하였지, 동아 아기에게는 좀 소홀하였구나. 생각해 보니 이렇듯이 샘내고 울적해 하는 모습이 조금은 가엾고 안쓰러웠다.

그래서 그 밤, 동궁으로 돌아온 세자는 동아, 이리 오너라 하시어 재워주시었다. 처음 있는 일이었다. 신이 난 아기씨. 밤이 늦도록 서책 읽으시는 아바마마 무릎을 올라타고 귀신 이야기를 하여주시오 귀찮게 굴었다. 정작 도깨비 이야기를 하여주자 무서워서 이불을 폭 뒤집어썼다. 동아가 아니 들을 것이야 도리도리 고갯짓을 하였다. 두 손으로 귀를 꼭 막고 싫어, 싫어! 하였다.

세손 책봉은 받았되 인제 겨우 세 살이라. 정식으로 강학을 받지 않으니 그저 장난질만 늘었다. 낮이면 온 궐을 뛰어다니며 활발하게 쏘다녔다. 한번 잠이 들면 해가 중천이 되어야 깨는 건강한 아기이다. 아바마마 넓은 품에서 네 활개를 치며 새근새근 잠을 자고 있는데 새빨갛고 통통한 볼이 귀여워 아비이신 저하, 세손의 볼을 어루만져 보시며 혼잣말을 하였다.

 "인제는 아기 티가 가시고 제법 의젓하니 도령 꼴이 보이는구먼. 슬슬 저도 형님이라 함을 아니 제법 의젓하려 애를 쓴다만은 이 개구쟁이는 도통 멀었다. 요 짙은 눈썹을 보면 알지니 꼭 빈궁 그대로라. 날마다 활발하게 뛰어노니 강건하기는 다행이지만……."

 허긴 건강하고 영명하여야지. 세자는 아들의 작은 얼굴을 바라보며 중얼거렸다.

 "훗날 이 지엄한 보위를 감당하려면 남들보다 수십 배 영명하고 강건해야 한다. 이 아비도 너도 팔자가 그런 것이다. 지엄한 사직을 감당하여야 할 사람들이라, 그저 평생 조심하고 스스로를 다스리며 오직 이 나라와 백성을 생각하며 살아야 하는 것이지. 너의 종아리를 자주 치는 것은 그것을 생각하기 때문이니 지금은 엄하고 쌀쌀맞다 원망할 것이나 훗날에는 이 아비 마음을 알 것이다. 호, 요놈 좀 보소? 제법 코를 고는 것이다? 핫하하. 어린것이 골고루 하는구나."

 냠냠거리며 네 활갯짓이 세차니 휙 돌아누우며 이불을 저만치 차냈다. 아기 몸에 이불을 다시 여며주고 베개를 바로 해주는데 바깥에서 내관이 공손하게 아뢰었다.

"저하, 인제 그만 침수하지요. 내일 아침에 이르게 격구장으로 가신다 하시니 쇤네가 차비를 할 참입니다."

"오냐, 알았다. 내 방에서 세손이 자고 있으니 아침에 유모에게 일러 곁에 와 있어라 하여라. 혼자 자고 있을 것이면 놀라 울 것이다. 너는 나의 의대를 차비하여라."

미리 예정되어 있기로 내일 아침에 오랜만에 부왕전하를 모시고 세자저하 이하 왕자마마, 부마도위들 모다 모여 격구장에 나가기로 되어 있었다. 날도 풀리고 몸도 근질근질하였다. 모처럼 주상전하께서 분주한 조하의 일을 잊으시고는 한가하게 아드님들과 더불어 말을 타리라 하셨다. 짐이랑 한번 붙어보련? 이러셨다.

"그러고 보니 짐이 격구장에 나간 지가 제법 오래되었다. 그렇지 않느냐? 지난번서 세자 너가 얄밉게도 짐을 활로 이긴 고로 분하여 밤잠을 자지 못하였느니라. 이날 그 빚을 갚으리라."

"승부에 임하면 사사로운 정은 다 잊어버리고 오직 이길 것만 생각하라 하교하신 터이니 소자는 오직 그것만을 기억하옵니다. 핫하하. 납시시지요. 소자가 아바마마를 모실 것입니다."

"세자의 말은 항시 겸손하나 직접 나서면 도통 양보가 없으니 더 얄밉더라? 너가 그러고 보면은 속에 능구렁이를 열 마리는 키우고 있는 이다. 핫하하, 서원위며 금성위까정 다 불러라. 짝이 맞으니 이날서 궐 안의 첫째가 누구인지 가려보리라."

주상전하께서 좋아하시며 평생 즐겨온 취미가 사냥과 격구였다. 성품이 호쾌하시고 장부답게 당당하시니 즐기는 놀음도 따라서 정적(靜的)인 것보다는 이렇게 씩씩하고 활발한 것이었다. 성가(成家)하신 연후에 아드님을 덩실하니 네 분이나 얻으시사 그때부터 직접 조랑말을 하사하시고 연습을 시키는데 열성이었다.

동궁마마가 어렸을 적에는 아드님을 등에 업고 말을 달리고 타구채를 휘두르실 정도였다. 부왕께서 즐겨하시고 재촉을 하시니 어찌 왕자마마들께서 그 기술을 익히지 않으랴? 날이 가고 시간이 흐르나 차츰 장성하신 왕자마마들께서 부왕전하 못지않은 솜씨를 자랑하게 되었다. 둘째인 용원대군이 그중 기술이 월등하여 일찌감치 주상전하를 이기게 되었다. 세자 또한 겉으로는 조용하나 호연지기 당당한 장부였다. 어린 날부터 부왕전하에 끌려가 열심히 배운 기술인데, 끈기가 있고 무엇이든 열과 성을 다하는 성정이라 격구 솜씨 또한 유명하다 칭찬이 자자하였다.

주상전하의 하교가 있으시니 그 다음날 아침에 모처럼 세자 이하 세 아들과 부마도위 두 분도 다 함께 입궐을 하여 같이 말을 타기로 되어 있었다. 하여 나를 늦지 않게 깨워라 당부하신 것이다.

새벽에 머리맡을 지키고 앉아 있던 내관이 적당한 시간에 기침하소서 하고 여쭈었다. 동궁 호위밀들을 뒤에 딸리고 급히 말을 타고 격구장에 나갔다. 벌써 다른 사람들은 도착해 있었다. 이내 주상전하께서도 군복 차림으로 늠름한 말을 타고 대전 내관 상궁들을 거느리고 나오셨다. 앞에 서 있는 왕자들, 사위들 모다 마음에 흡족한 용봉지재(龍鳳至才)들이라. 짐이 다른 것은 모르되 오직 자식 복은 장하도다 이런 즐거움이 가득 스민 용안이었다.

색실을 뽑아 편을 나누니 공교롭게도 왕자들은 동군이 되었고, 주상전하와 사위들은 서군이 되었다.

"이날 우리 동군이 영 약하니 패함은 명약관화라. 대신 정 대장을 우리 편으로 주십시오, 전하."

장치기 귀신이라, 안팎으로 소문난 금위영 정일성 대장이 욕심났다. 전하께서 세자에게 눈을 흘겼다.

"세자 너는 꼭 이기면서 항시 말은 요롷게 하더라? 좋다, 그리하자구나. 상원이 서투르니 그 보충을 하여주어야 공평하다 할 것이야. 헌데 상원은 말을 탈 수가 있을 것 같으냐? 짐이 말하기를 책만 보지 말고 항시 두 식경 동안 휴식이며 말을 타라 이리하였는데 그를 잘 지키고 있으렷다?"

"소자가 잊어버려도 대전의 내관이 매일 아바마마 하명대로 보약을 들고 와서 재촉을 하는 고로 어찌 어길 것입니까? 순명하고 있나이다. 또한 내실께서 날마다 소자에게 말하기를 몸이 강건함은 효도의 첫째라, 부왕전하의 마음을 근심케 하지 않음이 당연합니다 말하나이다. 저가 이즈막은 진지도 잘하고 있으며 침수도 시간 맞추어 잘하옵니다. 불민한 소자 때문에 너무 심려치 마옵소서."

상원대군이 빙긋 웃으며 걱정하시는 부왕전하 앞에서 읍을 하였다. 전하께서 벙싯 웃으며 칭찬하였다.

"허기는 너가 이 근래 장가들려고 그러는지 몸이 실하여지기는 하였다. 그는 안에서 지성으로 보살핀다 이 말일 것이다. 짐이 흡족하느니라. 내관은 말을 대령하여라. 공을 칠 것이다."

호위밀들의 부축을 받아 전하께서 훌쩍 말 등에 올랐다. 그것이 신호라 격구에 참가하는 모든 분들이 말 등에 올랐다. 열 필의 말이 푸르르푸르르 투레질을 하며 출마표 앞에서 대기하니 잠시 정적이 흐른다. 비단옷을 입은 상궁이 사뿐사뿐 걸어가 높이 공을 치켜 올려 던졌다.

이것이 경기의 시작이라, 동군 서군 모다 동시에 말배를 걸어찼다. 이럇! 하는 호령 소리라, 쏜살같이 공을 향해 열필의 말이 엉켰다. 그야말로 구경거리가 난 것이다. 아슬아슬하게 제일 먼저 용원대군의 타구채가 공을 걸어 올렸으나 다람쥐처럼 재빠르게 서원위가 달려들어 용케 가로채고 말았다. 그러나 구석에서 기다리던 재원대군이 있구나. 재치있게 파고들어 공을 다시 가로챘으나 이내 주상전하의 기운에 밀려 빼앗기고 말았다. 왕이 멀찍하니 채로 쳐서 금성위에게로 넘겼다.

아차차. 기막히도다! 신위영의 대장인 정일성이 질풍같이 말달려 허공을 나르는 공을 휘감아 돌렸다. 타구채에 딱 붙인 채 단번에 문전에 집어넣었다.

"동군 15점이요!"

이왕 진 참이라 서군 또한 어디 호락호락하더냐? 두 판째는 서원위가 냅다 달려들어 단숨에 공을 멀리 내려쳤다. 주상께서 딱 받아 타구채를 휘휘 내돌리며 잘도잘도 내달려가신다. 승부에는 욕심 많고 인정사정없으시다. 앞을 가로막는 상원대군쯤은 가볍게 넘겨가고 쇄도해 오는 세자의 말도 요리조리 잘도 피하시어 단번에 공을 문안으로 내던졌다.

"서군도 15점이오!"

내관이 깃발을 들고 고함쳤다. 바깥에서 구경하던 무장들이며 내관 궁녀들. 중신들이 지화자! 환호를 올리며 박장대소. 그런 즐거움도 그런 큰 구경거리도 없는 것이었다.

다시 양편이 출마표 밖으로 물러났다.

금 밖으로 물러나니 급히 시중드는 내관들이 손의 땀을 닦을 면건을 주인들에게 바쳐 올렸다. 다시 경기가 시작되었다. 우리가 어찌 질소냐 하여 서군이 애초부터 작정하고 덤벼들어 공을 빼앗았다. 동군인들 가만히 당하고 있을 것이더냐? 어림없지 하듯이 사납게 대항하였다. 더운 김을 내뿜는 말들의 입김이 서로 얽히고 허공에서 타구채가 마주치는 소리가 딱딱 메아리쳤다. 공이 땅에 구를 새 한 번도 없이 채와 채 사이로 넘나들며 허공에서 이쪽저쪽으로 날아다니는구나. 그야말로 용호상박(龍虎相搏). 다시 서군이 서원위의 공으로 점수를 한 번 더 얻었다.

"서군 30점이오!"

지화자!— 하는 소리와 함께 바깥에서 다시 환호와 박수가 터졌다. 뜻밖에도 중전마마께서 내궁의 여인들을 동행하고 격구장에 나오셨구나. 왕자며 부마도위들께서 다 모였다 하니 중전마마께서도 반가웠다. 하가해 계시는 공주마마들 전부 부르시고 궐내 여인들을 재촉해 우리도 구경가자구나 하셨던 것이다.

비단 의대로 성장하신 궐내 여인들이 모다 모여 있으니 말 그대로 격구장에 꽃이 피었다. 호쾌한 시합에 땀을 쥐고 바라보다가 서군이 다시 이기니 신이 나서 손뼉을 치고 환호를 보내는 것이었다. 특히 방금 점수를 딴 서원위라, 숙정 대공주 앞에서 잘난 척 한번 솜씨를 보였도다. 어깨가 으쓱으쓱. 괜히 먼 산 보는 척하면서도 서로 눈짓을 주고받았다. 좋아 죽었다.

그것으로 자연스럽게 경기가 잠시 상휴(휴식 시간)가 되었다. 왕자마마들 부마도위들 전부 말 등에서 뛰어내려 중전마마께 인사를 드리었다. 왕은 말을 탄 채로 중전 앞에 다가갔다.

"짐을 응원하러 나온 것이니?"

"마마께서 오랜만에 말을 타시니 근심이 되어서요. 신첩이 보아하니 이제 서원위가 전하의 솜씨를 능가하는 고로 소첩의 격구채 술끈을 서원위에게 하사하여야 할 것 같나이다."

말로는 그리하면서도 중전은 상긋 웃으며 직접 하신 오색 술을 전하의 타구채에 달아드렸다. 날이면 날마다 더 깊어지고 마냥 좋아 못사는 정분이었다. 상감마마께서 기분이 좋으시니 껄껄 웃었다.

"할바마마, 소손도 드릴 것이 있사옵니다."

세손도 잠깨어 놀다가 할마마마께 문안 인사 드리러 나갔다 아바마마께서 격구장에 가셨다 하니 고집피워 따라 나왔구나. 척 나서기를 할바마마께 저도 줄 것이 있다 하는 것이었다. 무엇인가 싶어 왕이 아기씨를 내려다보았다. 세손은 줌치에서 착착 접은 꼬질꼬질한 종이를 꺼냈다. 저가 어마마마 옆에서 놀다가 붓으로 흉내 내어 환칠한 것인데 삐뚤빼뚤 〈일등〉이라 쓴 것이었다.

"할바마마께서 일등이라 하였으니 이날서 저가 드릴 것이야요. 상이야요."

다시 웃음꽃이 만발하였다. 대견하고 귀여워 왕은 내관이 들어올려준 아기를 번쩍 안아 볼을 한번 비벼주었다.

"오직 짐에게 세손만이 기쁨이로다. 헌데 우리 아기가 글을 어찌 알고 쓴 것이니?"

"아바마마 글씨 연습할 때 익혔지. 나 많이 알거든요? 하늘 천 따 지. 검을 현…… 음, 음……. 그 다음이 무엇이지, 아바마마?"

한 귀로 주워들은 글자를 외다가 세 글자 앞에서 막혔구나. 세손이 귀엽게 고개를 갸웃하며 손가락을 입에 물었다. 다가온 세자를 올려다보았다. 주상전하, 그 모습이 더 대견하고 귀여워서 탱탱한 볼을 콕 찌르며 세자를 바라보았다.

"요것이 영리하기 기가 막히는구나. 벌써 천자문을 귀동냥하여 아는 것이다. 이제 시강학사 천거하여 공부를 시켜야 하겠구나. 어이구, 대견할 손! 요놈이 세 돌도 아니 간 터인데 벌써 글을 아는 것이야? 헛허허. 내관은 아기씨 안아다가 과자 내어다 먹여라. 요놈이 배가 고플 것이다."

"저가 과자 아니 먹을 것이오, 할바마마. 동아도 말을 탈 것이야 요."

세손은 격구장에 처음 구경왔다. 보아하니 할바마마는 말할 것도 없고 아바마마, 숙부님들이며 고모부님들 모다 말 등에서 자유자재로 공을 치는 그 솜씨가 신기(神技)로구나. 저 또한 부럽고 신이 났다. 나도 뭐 고추 달린 사내다 이런 주장이었다. 내관이 강아지만 한 조랑말을 끌고 나왔기로 나도 말에 올려주어 호령하였다.

구령 소리가 다시 났다. 양편이 다시 구표 바깥에 서서 공이 떠오르기를 기다렸다. 두 번이나 연속으로 공을 빼앗긴 터라 동군의 약이 바짝 올랐다. 질풍같이 용원대군이 말 배를 걷어차 달려가 공을 제일 먼저 가로챘다. 획하고 쳐올렸다. 허공에서 타구채가 맞부딪쳤다. 힘싸움이라 뉘가 질 것이냐? 용원대군이 히죽 웃으며 용을 쓰는 서원위의 타구채를 슬쩍 밀어붙이고는 멀리 공을 쳐서 날렸다. 마침 그 자리에 있던 상원대군이 얼결에 그 공을 받았다.

"상원, 예로다!"

세자가 고함치며 쏜살같이 내달리니 상원대군이 침착하게 왕의 채를 피하여 공을 살짝 날렸다. 중간에 금성위가 있어 그 공을 가로챌 참인데 갑자기 세자가 말 등에서 일어나서 허공중으로 몸을 날렸다. 기막힌 마상 묘기였다. 타구채로 공을 휘감으며 허공에서 몸을 한 바퀴 돌려 다시 질주하는 말 등에 내려앉았다. 보는 사람들 기가 막혀 모두 다 한숨에 박수에 환호가 난리가 났다. 무사히 공을 잡은 세자, 그 기세가 사나운 해일 같은데 한번 공을 잡은 후에 절대로 놓치지 않지. 우쭐우쭐 춤추듯이 고삐를 잡아 이리저리 말을 움직이며 가로막는 사람들을 피하여 잘도 빠져나가는구나. 기어코 단번에 공을 후려쳐 집어넣고 말았다.

"동군 15점 추가요!"

땀을 흘린 이마에 바람이 와 닿았다. 더없이 시원하고 상쾌하였다. 승리의 쾌감이라 조용한 세자의 얼굴에 흐뭇한 미소가 떠올랐다. 바로 그때, 아무도 예상치 못한 그 일이 일어나고야 말았다.

세손이 보니깐 아바마마께서 공을 넣었구나. 참말 잘하시거든. 우리 아바마마가 최고거든. 저딴에는 너무 반가웠다. 자기도 모르게 내관들이며 궁녀들이 경기장 일에 눈이 쏠린 사이 뉘가 말릴 새도 없이 아장아장 경기장 안으로 달려들어 왔다.

대리청정(代理聽政)

가뜩이나 흥분하였던 왕의 말이 갑자기 앞에 아기가 나타나니 놀라 히히힝 날뛰었다. 그 서슬에 방심하여 고삐를 허술하게 잡고 있던 주상전하께서 그만 땅바닥으로 낙마하고 말았다. 일은 더 불행하게 전개되어 갔다. 주인을 떨어뜨린 사나운 말이 당황하고 놀라 미쳐 날뛰기 시작한 것이다. 미처 정신을 차릴 새도 없이 발굽으로 쓰러진 왕의 등을 세차게 걷어차 버렸다. 그 앞에 서서 어찌할 바를 모르며 앙앙거리는 아기씨며 푹 쓰러진 상감마마의 옥체를 짓밟으려 또다시 달려드는 것이 아닌가?

이런, 이런 큰 변이 있나! 아기에게 거친 말발굽이 달려드는 것이 아니냐? 왕은 본능적으로 용체를 날려 아기를 껴안고 엎드렸다. 당신의 몸을 방패로 삼아 아기의 연약한 몸을 보호하려 하였다. 아무리 그러한들 미친 말의 세찬 발길질 아래 어떻게 무사할 것이냐? 인제 주상전하와 세손 아기씨 모다 명이 위급하게 되고 말았다.

너무 급작스럽고 아연한 일이라 순간 모든 사람이 저, 저것! 하고 비명만 지를 뿐이었다. 꼼짝도 못하고 입만 벌린 채 움직이지도 못하고 있는 바로 그때, 주상전하 가장 가까운 곳에 있던 상원대군이 말 등에서 떨어져 내렸다. 있는 힘을 다하여 자신의 몸으로 주상전하의 몸을 가로막아 덮었다. 사납고 억센 말발굽이 상원대군의 몸을 모질게 걷어차 짓밟았다. 더없이 유약한 몸이 어찌 견딜 것이냐? 단번에 나동그라지는 대군의 입에서 핏줄기가 흘렀다.

바깥의 호위무장이 간신히 정신을 차렸다. 활로 말 목을 겨냥하여 쏘았다. 그러나 손이 떨리어 화살은 빗나가고야 말았으니, 상처를 입은 말은 더 놀라 거세게 날뛰는데 그 아래 무방비하게 나동그라진 세 사람의 명은 그야말로 풍전등화(風前燈火)가 아닐 것이냐?

"에잇, 물렀거라!"

공을 넣고 금 바깥에 있던 세자가 갑자기 말 배를 걷어찼다. 질풍같이 내달려왔다. 미쳐 날뛰며 상원대군과 주상전하를 향해 발굽으로 내려 찧으려는 말 등으로 몸을 날려 올라탔다. 질주하는 말에서 다른 말로 옮겨 타는 짓은 제 목숨을 걸어놓고 하는 위험한 일이었다. 하물며 천지분간 하지 못하고 날뛰는 말 등에 올라간다 하는 것은 상상도 하지 못할 일이었다.

그러나 세자는 새파랗게 질린 얼굴을 하고서도 침착하게 고삐를 세게 잡아당겼다. 나동그라진 대군과 아기를 덮고 있는 전하의 몸을 계속하여 짓밟으려 날뛰는 말의 방향을 아슬아슬 간신히 돌렸다. 격구장 바깥으로 몰아 달려갔다. 그야말로 일촉즉발, 세자저하의 명민하고 민첩한 처리에 힘입어 주상전하와 세손, 상원대군이 아슬아슬하게 무서운 횡액을 피하였구나.

이 모든 일이 그야말로 단 한순간에 일어났다.

그 광경 전부를 석상이 된 채 바라보고 있었다. 얼마나 간이 졸아 탔는지 중전마마께서 그만 정신을 잃어버렸다. 이번서는 여인들 쪽에서 '중전마마!', '어마마마!' 하고 난리가 났다.

제정신을 차린 사람들이 우르르 달려들었다. 쓰러진 주상전하와 상원대군을 안아 올렸다. 거친 말발굽에 세차게 짓밟히고 몇 번이나 걷어차인 것이라 대군의 입과 얼굴에는 핏줄기가 흐르고 있었다. 안색이 회칠한 듯 창백하였지만 다행히 아직까지는 정신이 또렷하였다. 주상전하께서도 비록 발굽으로 두어 번 세차게 등을 걷어차이기는 하였지만 끝까지 품 안의 아기씨를 놓지 않았다.
 오직 한 사람. 이날 대소동의 주인공인 세손만 상처 하나 없이 말짱하였다. 허나 너무 놀라 입에 거품이 보글보글. 핏기 가셔 하얗게 질린 얼굴로 으아으아, 으아앙앙 울고 있었다. 끝내 죽어라 할바마마 옷자락을 잡은 손을 놓지 않았다.
 한편 세자는 미친 말을 멀찍하게 경기장에서 몰아냈다. 달려온 구종들에게 넘기고 난 후, 있는 힘을 다하여 쓰러진 부왕전하께로 달려갔다.
 "아바마마, 괜찮으시옵니까? 눈을 뜨시옵소서! 소자이옵니다. 정신이 드시옵니까? 제발 정신을 차리시옵소서! 소자의 말이 들리시옵니까?"
 금성위의 무릎에 머리를 기댄 왕이 애타게 부르짖는 세자 이하 사람들의 부름에 천천히 눈을 떴다. 너무 놀란 터라 용안이 창백하고, 안즉 기운이 없으시되 정신은 말짱하였다. 엷게 미소 지으며 세자의 손을 토닥였다.
 "동아부터 보아라. 짐은 괜찮구나. 이놈이 너무 놀라 짐에게서 떨어지지 않으려 하는구나."
 "망극하옵니다! 아바마마의 목숨을 위험에 빠뜨린 것이니 그 죄는 오직 아비인 소자에게 있나이다. 부대 참하여 주시옵소서!"
 세자는 흐느끼며 애원하였다. 철없는 이놈 하나 때문에 주상전하의 목숨이 경각이었다 싶으니 어찌 아비 된 도리로 하늘 볼 낯이 있으랴?
 세손은 여전히 울음을 그치지 못하며 죽어라 작은 얼굴을 할바마마 가슴에 품고 옷깃을 꽉 잡은 채 떨어지려 하지 않았다. 유모가 손가락 하나하나를 억지로 떼어내야 할 지경이었다. 자신의 아픔보다 아기의 그 모습이 더 안타까웠다. 왕은 세손을 업고 예서 나가거라 먼저 아기 근심부터 하였다.

"저것이 경기를 일으켰을 것이다. 전의를 불러 청심환 좀 먹여야 할 것이다. 동궁은 그런 말을 말아라. 아기가 무슨 철이 나서 일부러 그리하였겠느냐? 호기심이 나고 궁금한 것이라 그랬던 게지. 짐의 실수니라. 짐이 말을 잘못 다루었다. 그보다…… 상원은 괜찮겠느냐?"

피가 낭자한 얼굴을 들어 상원대군이 희미하게 미소 지었다. 안즉은 남은 정신이 있는 터라 부왕의 어수를 잡아 제 얼굴에 대었다.

"소자는…… 괜찮나이다. 무사하시니 오직 천행이…… 올시다."

"너가 죽기를 각오하지 않았다면 이럴 수가 없다. 어찌 유약한 네 몸으로 앞을 가로막았더냐? 짐을 위함도 좋으나 네 몸을 그리 상하게 함도 불효니라. 앞으로는 절대로 그러하지 말아라. 으음…… 으으…… 동궁은 짐을 부축하여라. 등이 얼얼하구나. 아무래도 뼈가 상한 것 같다."

그제야 왕은 느껴지는 아픔을 참지 못하고 나직하게 신음했다. 비로소 긴장이 풀리고, 고비를 넘겼다 싶으니 아픔이 심해지기 시작하였다. 점잖은 체면에 비명을 더 이상 지르지는 않았으나 용안이 저절로 일그러지고 있었다. 상처의 아픔이 심하시다 하는 뜻이었다.

이렇게 하여 졸지에 그 좋은 아침이 피에 젖고 말았다.

허나 실로 천행이었다. 이만하기 다행이지 만약 주상전하께서 더 큰 횡액을 당하셨다면 천지가 경동하는 국상(國喪)이 날 뻔한 것이 아니더냐? 세손 때문에 주상께서 홍서하신 꼴이니 세손은 혈육을 상한 죄인이요 그 아비인 세자 또한 어찌 무사할 것인가?

여하튼둥, 그리하여 상원대군의 목숨 아끼지 않는 효성심과 세자의 민첩한 처리로 인하여 주상전하와 아기씨가 사지(死地)에서 벗어났다. 전의들이 달려들어 조심조심 용체를 모시었다. 비로소 긴장이 풀려 혼절을 해버린 상원대군과 함께 내전으로 옮겼다.

전의감이 감히 두 분 마마의 의대를 벗기고 상처를 살핀 연후에 진맥을 하였다. 상감마마께서는 말 등에서 떨어질 적에 생긴 상처도 그러하거니와 말발굽에 걷어차인 등 쪽에 생긴 상처가 심하였다. 허나 다행히 뼈까지 상한 것은 아니라 하였다. 그러나 상원대군의 부상이 심각하였다.

그렇지 않아도 유약한 몸으로 서너 번이나 육중한 말발굽에 짓밟히고 걷어차였다. 어찌 갈대같이 약한 몸이 견딜 수 있으랴? 팔이 부러지고 갈빗대가 너덧 부서졌다. 머리에 큰 상처가 났으며 온몸에 멍투성이가 되어 있었다.

임시 거처인 창희궁에 옮기어 국대부인의 정성스런 간호를 받게 되었다. 그 밤이 지나도록 정신을 차리지 못하니 모다 근심이라. 새하얗게 질린 얼굴로 국대부인 율리. 어찌할 바를 모르고 바들바들 떨고만 있었다.

하룻밤 하고도 한나절 꼬박 정신을 차리지 못하고 혼백이 오락가락. 간신히 이튿날 밤 무렵에 제정신을 찾았다. 큰 고비를 넘긴 것이다.

　상원대군 이마 위로 국대부인의 눈물이 뚝뚝. 차마 말 못한 채 애타는 속내가 그대로 드러난 것일지니.

　"……우지…… 마오. 나는 무사하거니."

　첫마디가 그랬다. 다시 눈물이 뚝뚝 떨어져 피멍이 까맣게 말라붙은 대군의 입술 위로 떨어졌다. 율리가 대군의 여윈 손을 잡아 파닥이는 제 가슴골 사이에 가만히 댔다. 그가 혼절한 내내, 제 속도를 찾지 못해 급박하게 뛰어가는 심장 소리가 손끝을 타고 대군의 가슴속으로 밀려들어 왔다. 울면서, 그럼에도 미소 지으며 국대부인이 나지막이 속삭였다.

　"무사하시니 되었어요. 신첩은 인제 여한이 없어요."

　"우리 혼인이…… 늦어져서 어찌하지? 새봄에 초례 치르기로 하였는데……. 내가 못나 또 봄을 넘기게 되었으니 말야. 미안하오."

　"……이렇게 곁에 계셔주시면 되는걸요. 엄동설한 눈비 와도…… 마마께서 곁에 있으면, 제게는 봄날인걸요. 꽃피는 봄날인걸요. 오래도록, 오래도록 신첩 곁에 있어주셔요. 몸을 아끼시어 신첩 평생 봄날이 되어주셔요. 네에?"

　가만가만 속삭이는 목소리에 물기가 함빡 젖었다. 눈물 젖은 제 볼에 대군의 손을 대이고 율리가 진정으로 간청했다.

　"죽을 때는 신첩이 먼저이고 싶어요. 혼절하시어 아니 깨시는 마마를 바라보며 간이 좋아 저승을 걸어가는 그 마음. 다시는 안 하고 싶어요. 네에?"

　대군이 고개를 끄덕끄덕했다. 부드러이 눈물을 닦아주는 손길이

마냥 따뜻했다.

"인제부텀 내 항시 그대를 생각할 게야. 내 목숨은 그대 것이거니 함부로 안 할 테야."

"그럼요, 그럼요."

사모한다 말 한마디 아니 하였는데, 근심하였다는 말 한마디 아니 하였는데, 그럼에도 다 알아버린 그대의 마음. 우리의 마음. 오래오래 내 그대와 살고 싶거니. 아프지 않게, 다치지 않게 울지 않게 바람막이하여 주고 싶거니. 헌데 나는 이렇게 또 그대를 울렸구나.

점잖은 체면에 차마 말 못하고 상원대군. 손에 꾹 힘을 주는 것으로 안쓰럽고 미안한 마음을 대신하였다.

아아, 이를 어찌하리. 이번 사단으로 인하여 궐 안에서 가장 난처하고 괴로운 처지가 된 사람이 바로 세자였다.

도대체 낯이 없고 망극하였다. 두렵고 괴로워 견딜 수가 없었다. 아무리 철없는 아기라 하여도 저 하나 때문에 주상전하의 옥체가 상한 터이니 어찌 중죄인이 아니랴? 아직 철모르는 어린것이 저지른 일이니 대신 아비 된 자신이 벌을 받아야 함이 아닐까? 부왕전하 머리맡을 밤새워 지키며 깊은 생각에 잠겼는데 헌칠한 이마에 어린 것은 오직 하나 어둔 죄책감과 고통이었다.

자책을 이기지 못한 세자는 결국 그 다음날 오후에 머리를 풀었다. 용포를 벗고 베옷을 입었다. 우원전 앞 석계에서 석고대죄를 청하였다.

"아들을 대신하여 죄를 청하노니 소자를 죽여주십시오."

반듯한 이마를 돌바닥에 내려 찧으며 피 토하듯이 아뢰었다. 아바마마가 그러하니, 세손 역시 어린 터라 무엇을 알까마는 저가 굉장히 큰 잘못을 저질렀다 하는 것을 눈치로 알았다. 아장아장 걸어와 옆에 무릎을 꿇고 엎드렸다. 앙앙 울며 아비 따라 사죄하였다.

"동아가 잘못하였사와요. 할바마마를 다치게 하였사와요. 저가 참말 잘못하였습니다."

그때까지 왕은 아무것도 몰랐다. 금침 위에 엎드려 다친 등에 붕대를 감고 누워 있었다. 전의들이 진맥하고 약사발을 안고 드나드는 것이 오히려 수선스럽다 이맛살을 찌푸리시는 참이었다. 중전마마께서 한잠도 못 주무시고 지극한 간호를 하시니 짐이 실로 호강이야 이런 농담까지 하실 정도로 의연하시었다. 헌데 영의정이 들어 어쩔 줄 몰라 하며 망극한 고변을 하는구나. 세자가 석고대죄를 청하고 계신다 하는 말을 들었구나.

"뭐라? 세자가 석고대죄를 하고 있다고?"

생각지도 않은 말에 냅다 이맛살을 찌푸렸다. 천부당만부당한 일이라고 손을 훼훼 저었다.

"동궁이 그리하는 것은 짐을 더 번거롭게 하는 것이다. 어찌 저의 잘못인가? 잘잘못을 가리자 하면은 아기를 잘못 본 내관들 잘못이 크지. 그 아이가 말고삐를 잡아 돌려 짐과 상원이 더 큰 횡액을 면한 것이니 오히려 동궁은 짐의 은인이라 할 것이다. 그런데 저가 무엇 때문에 석고대죄를 한단 말이냐? 물려라. 그 아이 잘못은 없도다. 저가 그리하면 짐의 마음이 더 상하는 것인데, 그것이 더 큰 불효로다."

 "하오나, 전하. 세자저하께서 몹시 완강하시옵니다. 성상의 옥체를 상하게 한 죄를 목숨으로 갚을 것이다 주장하십니다. 죄를 주십시오 청하며 돌바닥에 이마를 내려 찧어서 이미 석계가 흥건하게 피로 젖었습니다. 어찌하오리까?"

 영의정의 안타까운 고변에 왕이 혀를 쯧쯧 찼다. 남달리 사랑하는 아드님이 그런 꼴이다 들었으니 심사가 몹시 편안치 않은 용안이었다. 버럭 역정을 내시었다.

 "허어, 고약한 놈이로다. 이 부왕이 저 덕분에 무사한 것인데 어찌 제 마음대로 몸을 그리 상하게 하는 것이냐? 당장에 이리로 불러 앉혀라. 짐이 한마디 경계를 할 것이다."

 차마 죄인의 몸으로 부왕전하의 용안을 감히 뵙지 못하리라 울며 사양하였다. 그런 세자저하를 내관과 삼정승이 억지로 끌고 당겼다. 밀고 업어서 주상전하께서 누우신 우원전 침전으로 모셔갔다.

 상감마마께서 세자를 보니 이것, 기막히고나. 머리를 풀고 베옷 차림인데 얼마나 머리를 짓찧었는지 이미 그 단정한 이마는 터져 피가 낭자하였다. 선혈이 흘러 의대까지 적시었다. 실로 참혹한 모습이었다. 아끼고 사랑하는 아드님의 가긍하고 참담한 모습에 몹시 노여웠다. 단박에 저놈을 짐이 한 대 치리라, 격하게 호령질을 하시었다.

 "정신이 있는 것이냐, 없는 것이냐? 세자 너는 명색이 이 사직의 소지존이거늘, 어찌 그리 경망되이 몸을 상하게 하는 것이냐? 이런 일이 생긴 것은 불행이되 이것이 어찌 너의 잘못이겠느냐? 너가 참으로 짐의 마음을 헤아려 편하게 할 것이면 짐이 용체 상하여 누운 터로 인제는 세자인 너가 이 부왕을 대신하여 조하의 일을 감당하여야지. 제멋대로 몸을 상하게 하니 이것이 어찌 효도라 하겠느냐? 당장에 의관 정제하여 짐 앞에 다시 나오라. 너가 생각이 있달지면 이런 경솔한 행동을 다시 못할 것이다."

"마마, 소자가 아이를 제대로 가르치지 못하여 이날 이런 횡액을 당하게 하였나이다. 그 죄는 하늘 끝까정 미친 참입니다. 청하옵기로, 소자를 참하시어 위엄을 회복하시고 망극한 죄를 씻도록 윤허하여 주십시오. 전하."

세자는 어질고 다정하신 부왕전하의 말씀에 더 낯이 없어졌다. 울며 답하니 주상전하께서 '닥쳐라, 이놈!' 하고 벽력같은 노성을 터뜨렸다.

"참으로 어리석은 놈이로고. 짐이 저를 두고 영명하다 늘 칭찬하였거늘 이토록 철이 없었단 말이냐? 짐이 너를 세자로 정하여 지금껏 귀애하고 가르친 이유가 무엇이냐? 언제고 짐을 대신하여 이 나라를 맡기고자 함이었다. 헌데 이토록 하찮은 일로 너를 참한다 하면은 지금껏 짐이 고심하여 사직의 주인을 기름이라, 그 일이 허사가 될 것인데 짐이 어찌 너를 벌할 것이냐? 그 의대가 네 맘대로 함부로 입고 벗는 의대인 줄 아느냐? 고얀 놈이 사직의 소지존이라 하는 자리를 이토록 예사로 여기니 실로 기가 차다. 영상은 당장에 세자의 용포를 입히시오!"

주상의 명이 엄하시니 영의정이 싫다. 못한다! 사양하시는 저하의 용포를 억지로 다시 입혀 드리었다. 우의정 황이가 세자저하의

대리청정(代理聽政) 417

이마에 묻은 피를 닦아준 다음에 익선관을 씌워 드렸다. 그렇게 다시 의관 정제하고 세자가 윗목에 꿇어 엎드리자 왕은 비로소 헛허 웃었다.

"인제 너가 다시 사람 꼴이 되었다. 아까는 참말 도깨비라 할 것이더니. 암, 이리하여야지. 어데서 쓸데없는 일을 하여 짐의 심기를 더 불편하게 하는 것이더뇨?"

"아바마마, 하해와 같은 은혜로 벌을 면하였으되 도무지 두렵고 망극하여 견딜 수가 없사 참입니다. 제발 소자에게 벌을 내려주십시오."

"벌을 받을 양이면 경솔한 동아가 받아야지. 그놈을 너가 따끔하게 종아리 때려 벌을 주면 될 것이다. 그러면 다시는 성급하게 아무데나 나서는 버릇이 없어지겠지. 허허. 죄를 자청하니 벌을 주기는 하여야 할 모양이다. 그럼 이렇게 하자구나. 네 아들놈이 짐을 상한 터이니 허면, 너가 짐 대신 대리청정하여 편안하게 하여다오. 그리하련?"

"마, 망극하옵니다! 전하, 절대로 불가하니 조하의 중책을 어찌 소자가 맡을 것입니까? 미거한 소자가 감히 감당할 수가 없는 노릇이니 부대 그 하교는 없던 것으로 하여주십시오."

세자의 얼굴이 새파랗게 질렸다. 왕이 짐짓 노염을 내는 척하였다.

"허면은 짐이 이 몸을 하고 대전에 나가랴? 참 인정도 없구나. 이미 마음을 정하였으니 다른 말을 말라. 짐이 도승지를 불러 교서로 내리라 하였으니 영상은 나가 중신들에게 알리시오. 이미 짐의 뜻이 굳은 고로 너가 하는 양을 보아서 용서하고 말고가 결정될 것이다. 정말 죄를 씻을 참이면 열과 성을 다하여 조하의 일을 잘 꾸려 나가면 될 것이다."

편안하게 쉬시며 조섭하시는 것이 최고입니다 하는 전의의 권유가 있었다. 그 말이 아니더라도 당장 거동조차 하기 힘들 정도로 불편하니 왕은 한참 동안 정사를 손에 놓고 쉬겠노라 작정을 하였던 터였다. 세자더러 나가라 하명하고 왕은 윗목의 삼정승을 향해 한 마디 더 하였다.

"짐이 너무 지쳤던 게야. 눈을 감고 말을 타도 실수를 아니 하는 터였는데 그런 일이 생긴 것은 짐더러 좀 쉬라 한 하늘의 뜻이겠지. 회복할 때까지 세자가 짐을 대신하여 대리청정을 잘할 수 있도록 경들이 잘 보필하오. 그 아이가 침착하고 명민하며 눈이 밝으니 근심하지 않소. 휴우— 이제 짐도 늙은 게야."

선대왕 장조께서 홍서하신 이후, 보령 열한 살의 나이로 보위에 오르시었다. 벌써 사십 년. 주상전하의 일이라 하는 것은 만기라 불릴 만큼 잡다하고 힘든 것이다. 그런 일을 날마다 빠짐없이 그토록 오랜 날을 해오셨다. 한낱 인간으로 어찌 지치지 않으랴? 삼정승이 고두하여 분부대로 봉명하올 것입니다 아뢰옵고 물러 나갔다.

그 다음날로 하여, 주상전하의 자리보전이 끝날 때까지 세자께서 대리청정을 할 것이다 하는 교서가 내렸다. 거동도 못하실 만큼 용체가 불편하신 참이니, 중신들도 미리 짐작하고 있던 바였다. 허나 사흘 내리 세자는 머리를 풀고 꿇어 엎드려 사양하였다.

"소자가 미거하고 불민하와 지엄한 정사를 어찌 감당하리이까?

불가(不可)하옵니다, 물려주소서."

허나 아무리 사양하여도 일이 그렇게 된 지경이라 어쩔 수 없는 노릇이었다. 다시 정식으로 엄한 전교가 내려와 결국은 대리청정을 시작하게 된 것은 삼월 초닷새.

초닷새 날은 만조백관이 대전 앞뜰에 모여 참례를 드리는 날이다. 세자는 동이 트기 전 이른 새벽에 일어나 먼저 주상전하와 중전마마께 문안 인사를 드리고는 사직에 나아가 대리청정을 시작하였음을 고변하였다.

궐로 돌아와 신하들의 조참을 받기 위해 예복으로 갈아입고 대전으로 나왔다. 만조백관이 조복을 입고 옥홀을 든 채 수풀처럼 늘어선 사이로 어도를 걸어가는 저하의 그 모습이라니. 참으로 용인 듯 기린인 듯 성군의 자태가 엄연하도다!

늠름한 세자의 모습이 어찌 그리 젊었을 적 그때 주상전하 모습 그대로인지. 늙은 신하들이 절로 옷깃에 눈물을 적실 정도였다. 세자는 아바마마께서 아직 늠름하신데 잠시간 대리청정하게 된 내가 어찌 감히 어도를 걸을 것이냐 하여 왼편으로 치우쳐 곁길을 걸으시니, 백관들이 주상전하 만만세! 세자저하 천천세를 외치었다. 모다 엎드려 경모할 만큼 위엄이 엄연하심이라.

하나의 어김도 없고, 법도에 털끝만큼의 벗어남 없이 엄숙하게 참례를 받으셨다. 편전 들어와 윤대관을 만나시는데 용상 아래 낮은 방석을 놓고 꿇어앉아 주상전하를 시립할 그때처럼 변함없이 공손하고 침착하게 사무를 처리하였다.

"소자가 겁이 나고 힘이 들어 식은땀이 나고 눈이 캄캄합니다, 전하. 어서 빨리 회복하시어 소자의 힘든 짐을 벗겨주시기만을 바라옵니다."

그 저녁에 세자는 그날 있었던 일을 고변하러 우원전에 들어갔다. 엎드려 다시 한 번 간청하니 전하께서 허허 웃으시며 손사래를 저었다.

"동궁의 그 말이 엄살이라 함은 더 잘 아느니라. 영상의 말을 들은 고로 매사가 침착하고 사리분별 잘하며 일 처리가 민첩하고 현명하다 하였다. 짐이 인제 큰 짐을 덜었구나. 네 나이가 벌써 스물일곱이라. 그만하면 정무를 충분히 감당할 만하지. 서너 살이 되기 전부터 대전에 안고 나가 용상에 앉아 정무를 본 것이니 그러고 보면 곁눈으로 조하의 일을 익힌 것이 이십여 년이 넘지 않느냐? 허니 경험없다 어리석다 그런 말을 다시 말아라. 이 부왕은 오직 너를 믿느니라."

"망극하고 송구하와 감히 얼굴을 들지 못할 것입니다. 어찌 소자가 아바마마의 그 영명하시고 밝은 지혜와 덕을 따라갈 것입니까? 지금은 용체 미령하시어 무거운 짐을 잠시 대신 맡은 것입니다만은, 어서 회복하시어 소자에게 다시 한 번 밝은 지혜를 가르쳐 주십시오. 소자는 오직 그것만을 바랄 뿐입니다."

세자가 물러나고 왕은 흐뭇하게 중전을 돌아보았다.

"보았소? 실로 동궁의 모습이 듬직하고 늠름하구려. 당장 짐이 훙어하여도 후사가 걱정이 없어."

"불길하게 어찌 그런 말씀을 하십니까? 신첩이 이미 제정신이 아닌 고로, 그런 말씀을 하시니 다시 한 번 심사가 무너지는 것입니다. 전하께서 잘못되시면 신첩도 따라갈 것이어요. 절대로 다시는 그런 말씀을 마옵소서."

중전의 눈에 벌써 눈물이 글썽하였다.

왕이 말발굽에 깔릴 그때에 이미 혼백 반은 나갔다. 대례를 치른 후 어느덧 삼십여 년. 부부지간 인연을 맺은 이후 그 긴긴 세월 동안 서로를 은애하는 정분은 깊고도 첩첩하였다. 곁에 없으면 차마 견디지 못할 정도로 짙은 사모지정이 아닌가? 한 분이 그리 위험에 빠지니 남은 한 분 또한 반 넋은 나가신 것이다.

왕은 눈물이 방울방울 흐르는 중전의 볼을 어수로 쓸어주며 쯧쯧하였다.

"온, 사람도! 언제 중전을 두고 죽는다 하였나? 말이 그렇다는 것이지. 우리가 맹세하기 평생 같이 살다, 같은 날 죽어지자 약조를 한 것이 아니오? 금세 회복할 것이오. 우지 마오. 짐은 중전께서 우는 것이 제일 가슴 아프고 쓸쓸해. 불의의 사고라, 짐이 이런 횡액을 당하고도 무사한 것은 중전이랑 백년해로하라는 말이 아니겠소?"

"제발 옥체를 아끼셔요. 항시 격하시어 신첩은 마마가 말을 타고 나가실 때면 간이 졸아 못살 것입니다."

"조심하께. 앞으로 더 조심할 것이야. 헌데 실상 말을 하자면, 동궁이 짐을 살린 것이야. 그 아이는 언제나 그리 민첩하고 판단이 정확하거든. 만에 하나 저가 짐을 살린다고 상원처럼 나를 제 몸으로 덮었다면은, 그 미친 말에 우리 모다 횡액을 당했을 것이라. 말부터 몰아낸 것이 당연한 수순이라 할 것이야. 아니, 그놈은 장히 간담도 크지? 세상에 질풍같이 달리는 말에서 몸을 날려 그 미친 말에 올라타다니! 제 목숨을 걸지 않았으면 그리는 못하는 것이거든? 상원도 그러하나 동궁 그 아이의 효심도 참으로 하늘에 닿았다 할 것이야."

"우리 아드님들이 전하를 위하는 마음은 신첩보다 더하였으면 더하였지 못하지는 않을 것입니다."

"암만! 우리가 오직 자랑스럽기로는 아이들을 잘 둔 것이라 생각하오. 아이들이 그렇게 의젓하고 민첩하며 효성스럽게 자란 것은 오직 비가 잘 가르친 덕분이라, 매사 행동이 그리도 어여쁘니 짐이 어찌 저들을 사랑하고 아끼지 않을 것인가? 만에 하나 그날 짐과 세자가 한꺼번에 횡액을 당하였다 할 것이면 이 사직이 겨우 세 살배기 세손 손에 쥐여지게 되었을 것이 아니오? 사직의 앞날이 참으로 어두웠을 것이라. 짐이 다시 생각하여도 가슴이 쓸어지는구면."

두 분 마마께서 이런 칭찬을 하고 있는 동궁마마께서는 지금 무엇 하시나? 빈궁마마를 보러 서경당으로 걸어가고 있었다.

회임한 지 다섯 달. 산실에서 근신하며 태교하시는 빈궁이 놀라리라 싶었다. 하여 세자는 그날 있었던 사단에 대하여 입을 꾹 다물라 명하였다. 그래서 대리청정하시던 그날까지 빈궁은 세손 아기며 저하께서 어떤 일을 겪었는지 까마득히 몰랐다.

다만 주상전하께서 격구를 하시다가 낙마를 하시어 용체를 상하신 참이라, 온 궐이 난리가 났소이다 이렇게만 귀띔하여 들었을 뿐이었다. 하여 임시로 세자께서 주상전하의 명을 받아 대리청정에 나섰더란 기별만 받았다. 헌데 알고 보니 그 사단을 일으킨 말썽쟁이가 바로 세손이라니. 아비인 세자가 면목없다 석고대죄까정 하여 낭자하게 이마가 터졌더란다. 사친인 우의정으로부터 전하여 들었다. 깜짝 놀라 소리쳤다.

"참말입니까, 아버님?"

"예, 마마. 전하께서 망극한 그 모습을 보아지고는 아연 노하시어 호령하시기를 그 용포를 네 맘대로 입고 벗으라 뉘가 가르쳤더냐, 일갈하시며 당장에 없던 일로 하라 하신 것입니다."

황이가 찬찬하게 곡절을 가려 이날의 변을 헤아렸다.

"이런 말씀을 드리기 참말 무엇 하나, 실상 그 일로 주상전하 용체가 상하게 됨이라, 잘못을 저지른 세손을 폐하여야 하는 것은 아니냐 하는 이들도 없었다 말 못하옵니다. 저하께서 그토록 곡진한 사죄를 하심으로 하여 아기씨마마의 허물을 덮음이라, 빈궁마마, 오직 세손께서 무사하심은 저하의 덕분이라 할 것입니다."

"참으로 천만다행입니다, 아버님. 저하께서 보기로는 세손에게 엄하시되 그 사랑을 말로 표현할 수 없음이라. 부자지간 사랑이 하늘에 닿았다 할 것입니다. 헌데 주상전하께서는 환후가 어떠하신지요?"

"푹 쉬시며 조섭을 하시면 금세 일어나시리라 합니다. 주상전하께서 칭병(稱病)하시며 굳이 저하께 대리청정을 시키시는 이유는 따로 있는 듯합니다. 보령이 갈수록 깊어지시니 후사가 걱정이라. 저하의 정사 운영 능력을 한번 보자구나 하는 뜻인 듯합니다. 금일 아침에 저하께서 조참에 참례를 하시는데 그 모습이 어찌 그리도 주상전하 젊었을 적 그 모습과 같은지 신도 실로 감회가 깊었나이다."

"실수없이 잘하셨겠지요?"

"암만요! 법도 엄연하시고 민첩하시었나이다. 학문이며 덕성이 높으시사 작은 것에도 어김이 없으시고 성정이 겸손하시니 중신들을 대함에 예의가 단정하시며 결정을 내리시는 것이 시원시원하되 단 한 치도 주상전하의 판단과 어긋남이 없음이라. 훗날 저하께서 즉위하시면, 지금처럼 아국이 번성하리라 싶은 것이 눈에 보였나이다. 신이 그저 눈물만 나던 것입니다."

아무리 사감(私感)을 버린다 하더라도 세자는 우의정의 사위이다. 황이의 감회는 남다를 수밖에 없었다. 세자께서 따님 빈궁마마에 하시는 태도만 해도 이미 충분히 대견하고 아름다웠다. 정사를 보시는 그 모습까정 그토록 당당하시고 덕있는 군주의 위엄이라. 어찌 어깨가 으쓱하지 않으랴?

세자가 들자 빈궁은 제일 먼저 보드라운 손으로 지아비 이마를 어루만져 주었다. 비록 상처는 아물었다 하지만 헌칠한 이마에 아직도 돌바닥에 찢어져 생긴 흉터가 남아 있었다.

"많이 힘드셨지요?"

"힘들기는……. 이리하여 동아 놈 무사하였으니 되었어."

다소간 민망해하며 세자가 얼굴을 피하였다. 빈궁은 안타까운 눈초리로 그의 얼굴을 살폈다.

"호오— 하여 드릴까요? 이 빈궁이 알았다면 저하 대신 신첩이 석고대죄를 하였을 것인데…… 아아, 일이 이만하기 다행입니다. 신첩이 듣잡기로 저하께서 목숨 떼 걸어놓고 미친 말을 잡아채어 주상전하 목숨을 구원하였다 아주 칭송이 대단하답니다."

대리청정(代理聽政)

빈궁의 한마디에 세자가 쓰디쓴 웃음을 지었다. 씹어뱉듯이 한마디 하였다.

"칭송은? 아들 잘못 키웠다 비난이 장하겠지. 아바마마 목숨이 경각에 처해진 것이 뉘 때문인데? 내가 동아 놈 때문에 아주 명이 짧아지는 것이야."

"벌을 주셨사와요, 저하?"

"당연하지요. 피가 나도록 종아리를 때려주었지! 하지만 그놈도 워낙에 놀랐던 것인지라 가엾어서…… 실상 아바마마께서도 위험하셨지만 그 아이도 딱 밟혀 죽을 뻔했거든. 아바마마께서 말발굽에 차인 것은 용체로 그 아이 몸을 덮었기 때문이야. 정말 위험하기는 동아가 더하였지. 내가 이참에 그놈의 앞뒤 가리지 않는 급한 성질머리를 딱 고쳐 줄 것이다 작정하였어. 그날부터 참을 인(認)을 하루에 백 번씩 써라 벌을 주었소."

빈궁은 세자가 세손에게 내렸다 하는 벌을 듣고 생긋 웃었다. 세손이 서툰 붓질로 백 번이나 그 어려운 글자를 써야 하니 얼마나 신경질을 내고 짜증을 내고 있을지 눈에 보였기 때문이다. 그렇지 않아도 유모상궁더러 떼를 썼다지?

"아지가 써주어? 응? 오십 번만 아지가 써주어."

요렇게 요령부렸는데, 들키고 말았다. 세자도 눈이 있는데, 어른이 쓴 것과 서툰 아기가 쓴 모양을 모르랴? 들켜서 혼이 났다 하였지.

"마마, 솔직히 신첩에게만 말씀하여 보셔요. 미친 말 등에 뛰어오를 때 겁이 아니 나셨사와요?"

세자가 한숨을 푹 쉬었다. 점잖고 어진 얼굴에 서린 것은 역시나 두려움. 인제 와 생각하니 스스로도 그 일을 어찌하였던 것일까? 이해하지 못하겠다 하는 의문이었다.

"나도 인간이니 어찌 두렵지 않겠어? 하지만은 그때는 그런 생각이 아니 났지. 아바마마께서 그리 위험하신데 허면 내가 내 목숨 아깝다 그저 지켜보고만 있어야 하나? 말이 아바마마를 짓밟기 전에 몰아내야 한다 그 생각뿐이었어, 그래서 그렇게 하였는데 인제 돌이켜 생각하니…… 그때 내가 무슨 배짱으로 그런 일을 하였는지 모르겠소."

"정말 잘하셨습니다. 목숨을 떼 걸고 주상전하의 용체를 보호하였으니 마마의 효심은 하늘에 닿았다 할 것이야요. 저가 그리하여 마마를 존경하옵니다. 하지만은…… 동아가 저런 것은 모다 이 빈궁의 잘못 같사와요. 소첩의 성질머리가 괄괄하고 나빠서……. 아이가 태중에 있을 적에 태교가 모자란 탓이라 그러한 것인가 봐요."

어미 된 자의 죄송함이라, 빈궁의 목청이 자책으로 울적하여졌다. 풀 죽은 빈궁 앞에서 세자가 강하게 고개를 흔들었다.

"그런 말씀 마시오. 우리 빈궁이 무슨 죄가 있으리? 타고나기 제 팔자라, 그놈의 성질머리란 키우는 어른들이 잘 가려주기 나름이오. 빈궁이야 나의 꽃이거늘. 덩실하니 세손 낳고 또 이리 잉태하시니 궐 안에 기쁨만 주는 분이거늘."

이때 방문이 열리고 어마마마께 문안 인사를 드리러 세손이 들어왔다. 손에 종이를 들고 있었다. 엉덩이를 들고 절을 한 다음에 꿇어앉아 자랑질을 하였다.

대리청정(代理聽政) *427*

"아바마마, 어마마마. 동아가 글씨 많이 썼습니다. 자랑을 할 것이야요."

저가 벌을 받는 줄도 모르고 동아 아기씨, 의기양양하였다. 삐뚤빼뚤 참을 인 자 수십 번 쓴 종이를 들고 오는구나.

"이것이 참을 인 자라 하는 것입니다. 아바마마께서 이르시기를 무엇을 할 적엔 이 글자를 세 번 외고 하라 하셨사옵니다. 인제 글자를 잘 씁니다. 어제는 백 번을 다 써서 할바마마께 자랑을 하였는데요, 잘하였다 하시면서 동아에게 붓을 주셨나이다. 책도 주셨습니다. 인제는 동아는 글공부를 합니다. 스승님이 오십니다."

세손도 인제 나이가 꽉 찬 세 돌 들어간다. 강학청을 설치하고 글공부를 시작하실 나이입니다, 벌써부터 중신들이 한마디씩 하기 시작하였다. 그러나 지금껏 전하께서 어린것이 무엇을 안다고 가엾게 벌써부터 공부를 시킨다더냐 들은 척도 아니 하셨다. 헌데 세손이 귀동냥으로 천자문을 안다 하고 인제는 제 아비에게 잡히어 글씨를 쓴다 하니 주상전하께서 대견하기도 하거니와, 허면은 이 기회에 세손의 글공부를 시작하여라 하명하시었다.

왕이 직접 보양청의 책색서리(세손의 서책담당 관리)에게 귀한 문방사우와 천자문을 하사하시며 세손의 사부를 천거하여라 하셨다. 그리하여 며칠 전에 우찬성 문신수와 병조좌랑 이의민이 사부로 천거되었다. 아비이신 저하께서 특별히 지명하사 선왕재의 학사 강의찬이 세손의 서사(글씨 담당 사부)가 되었다. 그리하여 내달 닷새에 세손의 사부 상견례가 있을 예정이었다.

"아바마마, 동아가 글공부를 다 하였나이다. 백 번 다 썼사와요."

한숨을 수백 번도 더 쉬었다. 있는 신경질, 없는 신경질을 다 내면서도 글씨를 썼다. 아니 쓰면 엄한 아바마마께 종아리 매타작이다. 하루 종일 엉덩이를 치켜들고 엎드려 끙끙대며 쓰기는 다 쓴 것이다.

참을 인 자 쓰는 벌이라, 어느덧 시일이 흘렀다. 처음에는 글씨가 아니라 그림이더니 인제는 제법 꼴이 잡히었다. 항시 아기씨에게 엄한 세자저하, 그 밤은 제법 대견하구나 싶었다. 머리를 쓰다듬으면서 드문 칭찬을 하여주었다.

"오냐, 잘하였다. 우리 세손이 의젓하니 글공부를 잘하는 고로 인제 형님 노릇을 하는 것이다. 그래, 이 글자가 무슨 뜻이라 하였는고?"

"참을 인 자라 하였습니다. 항시 참고 잘 생각한다 하는 것입니다."

"그래, 너는 이 글을 쓰면서 오늘 무엇을 참았느냐?"

"스승님이 '천지현황, 우주홍황' 여덟 자를 열 번 외어라 하였습니다. 소자가 싫은 것을 억지로 참고서 다 외었습니다."

"옳거니. 바로 그것이니라."

세자는 아기에게 칭찬하였다. 나직하게 일러주었다.

"너가 하기 싫은 것, 듣기 싫은 것, 보기 싫은 것을 다 참아낼 줄 알고 또 스스로 그것을 먼저 하려 함이 바로 참음의 진정한 뜻이니라. 항시 너는 그것을 잊지 말고 무엇을 하든지 먼저 세 번은 생각한 다음에 찬찬히 가려서, 하여야만 되는 일만 가려 하여야 할 것이다. 알겠느냐?"

"명심하겠습니다, 아바마마."

안즉은 어린 터이니 무슨 말을 하시는지 정확한 뜻은 잘 모르겠다. 그러거나 말거나 여하튼 세손의 대답은 또랑또랑하였다. 아기가 절하고 유모와 나간 후에 빈궁이 세자를 건너다보았다.

"마마, 소첩이 더 유념하여 세손을 가르칠 것입니다. 허니 우리 동아를 너무 못났다 꾸짖지만 말아주셔요."

아직은 젖냄새 나는 어린 아기더러 너무 엄하시기만 한 것은 아닌지. 부자지간 지나친 자애와 사랑이 넘치는 것도 문제지만, 항시 엄혹하고 냉정하여 멀어지는 것도 또한 두려움이 아닐 것인가? 빈궁은 한 치 빈틈없고 영명한 세자의 눈앞에서 늘 덤벙대고 까불기나 잘하는 세손의 모습이 얼마나 모자라 보일지 솔직히 근심스러웠다.

근심이 반, 조심스런 빈궁의 말에 세자가 고개를 돌렸다. 히죽 웃었다.

"내가 너무 세손에게 엄하다 싶은 계로구먼."

"안즉 어린애올시다. 철이 들어 말귀를 알아들을 때면 엄히 가르칠 것이되 안즉은 더 큰 자애와 사랑이 필요한 나이올시다. 보양청이 차려진 이상, 제왕지재의 훈육이 시작될 참입니다. 천진한 어린 시절이 끝이 났다 싶습니다. 아비이신 마마께서만은 아기에게 다소 부드러이 대하여 주십시오."

"빈궁의 말을 유념하리다. 허나 그 아이 운명은 빈궁의 태를 빌려 원손으로 탄생한 이상 제 것이되 제 것이 아니오. 우리 세손은 훗날 이 나라를 이끌고 가야 하는 지엄한 군왕이 될 몸인 게야. 허니 만날 아기만 양 어리광을 받아만 주려 하지 마시오. 세상에서 가장 어렵고 힘든 길을 홀로 걸어가야 하는 사람이오. 스스로 몸을 가리고 우뚝 서는 힘을 길러주지 않으면 아니 되는 것이오."

"아옵니다. 잘 알고 있습니다. 허나 모든 것이 알맞은 때가 있다 합니다. 우리 동아의 팔자가 그러한 것은 어찌지 못하되, 이 품 안에 있을 때는 흠뻑 사랑받고 내가 귀한 사람이구나 하는 것을 가르쳐 주고 싶습니다. 너무 큰 의무와 힘든 자리에 치여 제 기운을 다 펴지 못하고 시들어가는 것도 보았나이다. 그것을 소첩은 근심하는 것입니다."

너무 큰 나무 아래서는 작은 나무들이 자라지 못한다고 하였다. 모든 것에 한 점 모자람없고 넘치듯이 성실하며 뛰어난 아비 아래에서, 총명해 보이기는 하지만 아비만은 못한 듯한 세손이 자라면서 기가 죽을까 빈궁은 늘 걱정이었다.

훗날 빈궁의 그 근심은 사실로 되어가니 어찌하랴?

사사건건 세손궁 서관들이 익종과 비교하여 세손을 압박한 면이 있었다. 그 당시 열네 살이던 세손이 성질을 버럭 부리며 '나 세손 안 할라오' 고함지르고는 외갓집으로 가출을 하였다고 왕실 기록에 적혀 있다.

익종은 세 살 때 천자문을 줄줄 외었고, 다섯 살 때는 효경을 가르쳐 주지도 않았는데 읽었다 한다. 스승들이 그를 비교하여 한마디 하자 세손이 한 말.

"나는 세 살 때 참을 인 자(字) 만 번을 썼으니 그것으로 비슷하오."

짜증을 부리며 되받아쳤다는 기록도 있다. 두고두고 효황제 성종이 부왕인 익종대왕의 그늘에서 나름대로 심리적인 압박감을 많이 느낀 것이 사실인 듯하다. 그러나 이는 십여 년 후의 일이고…….

"궁금하옵니다, 저하. 오늘 백관들에게 참례받은 일이나 이야기하여 주십시오. 아, 얼마나 광영이었을까? 만조백관이 모다 우러러보는 자리 위에 저하께서 턱하니 서 계셨을 것 아닙니까? 생각만 하여도 자랑스럽습니다."

빈궁은 눈을 반짝반짝하며 세자에게 참례를 받은 그 이야기를 하여달라 졸라댔다. 항시 빈궁을 상대하여 미주알고주알 속내를 다 털어놓고 부드럽게 대꾸하던 세자가 그 대목에서는 정색을 하였다.

"입 열지 마소. 그만 하지."

다시는 말도 붙이지 못하게 한마디로 딱 잘랐다.

"빈궁은 안즉 조하의 일을 잘 몰라서 그러는데 말야. 주상전하께서 계시옵는데 감히 내가 대리청정을 한다 함은 얼마나 무서운 일인지 모르는구먼?"

자칫 잘못하면 구설나기 쉽다. 간악하게 참소(譖訴)하는 이의 입에 잘못 전하여지면, 그가 부왕을 제치고 보위 찬탈하려 한다는 말이 당장 나도는 것도 다반사였다. 또한 며칠이나마 세자가 조하의 힘을 쥐었으니 아첨배들이 그의 주위로 몰려들 것은 당연지사. 이렇게 되면은 조하에 아무도 원치 않는 파벌이 생기게 되는 것이다.

"싫어도 아바마마 편, 내 편이 갈라지는 것이야. 그리하여 이전의 세자들이 만에 하나 대리청정을 할 일이 생기면은 심지어는 한

달여를 석고대죄하여 사양하였던 이유가 바로 예에 있는 것이지. 이번은 아바마마께서 워낙에 불의의 참변을 당한지라 휴양을 하셔야 하니 자식 된 도리로 그 무거운 짐을 잠시 짊어짐이니 사양도 강하게 못하였어. 허나 아바마마께서 일어나시면 빨리 물러나야지. 실로 두렵고도 괴로워 내가 밤잠을 못 자는데 이 사람은 겉으로 드러난 그 화려한 용색에 취하여 그저 좋아라만 하는 것이다?"

"겸손하기는! 저하께서는 주상전하의 곁에서 시립하여 조하의 일에 참여하신 지가 이미 오래올시다. 무에가 두렵고 힘들다 엄살을 피우십니까? 허고, 마마의 효심이며 조심스런 몸가짐은 누구보다 전하께서 잘 아시니 참소하는 이들이 감히 두 분 사이를 이간질할 것이다 걱정하심도 옳지 않지요."

세자는 빈궁의 말에 슬며시 웃었다. 겸손하나 자신만만하게 대꾸하였다.

"다행히 공부가 모자라기는 하나, 어린 날부터 아바마마께서 대전에 가까이 두시고 가르치심이 많으시사 귀동냥한 것이 제법 되어 그나마 간신히 책무를 감당할 만하오. 이왕 기회가 왔으니 내가 한 번 잘하여 볼려고 하는 것이오. 참, 내가 빈궁에게 좋은 이야기 하나 가져왔다?"

"무엇인데요?"

"연전에 빈궁께서 인제는 여아에게도 배움의 길을 터주어야 한다 주장하지 않았소? 여아는 언젠가 어미가 될지니 어미가 어리석으면 아기들도 따라서 어리석어지는 것이라, 그 말이 내 귀에 항시 박혀 있었던 것이었소. 하여 내가 그 후에 중신들에게 건의하기 그 일을 의논하라 하여 보았는데 조만간 여아들도 서당에 다니라 하는 교시가 내릴 것이야."

"네에? 그것이 참말이여요?"

"응. 당장은 기존의 서당에 방을 따로 만들어 글을 가르칠 것이되, 차차 여아들을 위한 서당을 따로 만들겠지. 그러하면 공부를 많이 한 여 서생(書生)이 생겨야 하겠지? 한 일이십 년 후엔 빈궁 뜻대로 여아들도 모다 공부를 하는 세상이 올 것이오."

빈궁은 너무 가슴이 벅차고 기뻤다. 총명한 눈을 반짝반짝 빛내며 환하게 웃었다. 반색하여 다시 여쭈었다.

"감격하였나이다. 그 말씀이 실로 참이옵니까?"

"빈궁에게 드리는 상이라 할까? 핫하. 사직을 반석으로 만들어주고 왕가의 혈통을 이어주신 분이라 오직 빈궁은 나의 복덩이인 것이오. 훗날 청사에 기록되기 아국에 여아들의 글공부가 시작된 것은 오직 빈궁의 건의에 의해 이루어졌다 기록되겠지. 빈궁이 그 일에 관심이 많으니 순조롭게 그 일이 이루어지도록 좋은 방법을 생각하여 보시오! 혁명이라 할 것이니, 훗날에는 공부 잘한 여아들이 과거 시험을 보러 나서는 세상이 올지 뉘가 아오?"

그 일이 작은 물꼬로구나. 여아들도 교육을 받고, 적서의 차별이 사라지고 다시금 세손 아기가 즉위하실 그즈음에 신분제가 폐지되며 남녀 간 평등한 세상이 생길 시초로구나. 빈궁은 마냥 가슴이 벅차고 행복하였다. 세자의 영명하고 어진 얼굴을 바라보며 환한 웃음을 참지 못하였다.

서경당 안방에 금침 펴거라, 분부하였다.

망신이든지 말든지 이 밤은 내 연희 옆에서 잘란다. 세자는 자리옷 갈고 빈궁 옆자리로 쑤욱 들어왔다. 슬슬 풍요로운 젖무덤을 더듬고 목덜미 쪽쪽 입맞춤하며 희롱하다가 귀밑에 대고 놀랄 만한 이야기를 하였다.

 "내가 빈궁에게만 이야기를 하노니 알고 있으시오. 내가 삼정승과 은밀히 의논하였거든. 지금 신위영과 동래포의 좌우수영 군사들에게 기별이 나갔소이다."

 "군사를 움직이셔요?"

 "응. 내달로 하여 날이 풀리면은 수병(水兵)을 움직여 죽도를 정벌할 테요. 내가 선봉에 설 것이니, 날이 갈수록 해적의 흉포한 악행이 극심하여 더 이상 못 참을 것이다 싶어. 악적들 소굴을 소탕하여 아바마마 근심을 덜어드릴 작정이오."

 빈궁이 잠잠하였다. 나도 따라간다 난리치며 방방거릴 위인이 이상하게 아무 말도 없었다.

 "어어, 왜 아무 말도 없는 것이니? 또 아기가 태중에 있는데 내가 전쟁터 나간다고 근심되어 그러니?"

 "옥체에 큰 위해가 있을지 걱정입니다."

 "핫하하. 빈궁도 많이 소심하여졌군. 장성 나가서 오랑캐 쳐부순다 호기 당당하던 그대가 어찌 이리 섬약하여졌누? 언제는 나더러 좁쌀이라 이리하더니 빈궁이 오히려 좁쌀이 된 것이다?"

 "저하께서는 다음 보위에 오르실 귀한 분이신데 만에 하나 옥체에 화가 미치면 나라가 어지러워짐이 아니옵니까?"

 "핫하하. 이런 말을 하면 빈궁도 따라간다 할 것 같아 근심하였기로 말야. 지금 이 말은 나도 못 보내겠다 하는 말 같아? 백성을 위하여 몸을 일으킴은 군주의 당연한 도리인 게지. 내가 지옥엔들 못 갈 것인가? 빈궁은 담대하고 당찬 여걸이시니 사사로운 정 때문에 내 발길을 가로막지는 않는 사람이라 다행이오."

"흠, 그런 말을 미리 하시며 소첩의 입을 막으시니 실로 약으시오. 아이고, 몰라요, 주무시오."

태평스레 돌아누워 쿨쿨 주무시는 세자저하. 어둔 천장 바라보며 눈만 반짝반짝. 빈궁마마 머리 속에 오가는 생각을 어찌 알랴?

'다음달이라? 또 내 출산을 맞추어서 도망가시는군.'

한 번이 두 번 되고 두 번이 세 번 되니, 이것 버릇이로다. 바깥 구경 나갈 시에는 반드시 연돌이 놈 달고 나가마 약조하시더니 말야. 바깥 구경은 오직 혼자만 하신단 말이지?

'흠, 날마다 우리 함께 하십시다 약조한 것을 말짱하게 잊으셨구먼? 요분 버릇을 어찌 고치지? 항시 일심동체라, 당신 가는 곳에 나도 가는 것을! 몸 무거워졌다고 못 갈쏘냐? 한 번이 어렵지 그 담은 내 맘대로다!'

부른 배를 하얀 천으로 꽁꽁 묶었다. 갑옷 입고 장검 차고 등에는 활을 맨 연돌이 빈궁마마. 참말 겁도 없지. 몰래 수레 타고 산실에서 도망친 것은 한 달 후, 세자가 죽도를 정벌하기 위하여 궐을 떠난 그 밤이었다.

외전 소년장부 혼인기

🌰 上. 아나, 쑥떡!

　　그날이다. 세자께서 처가로 거동하시던 날. 재원 대군이 따라 나온 뜻이 무엇이더냐? 을민이란 사람꽃 구경이 아니던가?
　처음에 슬쩍 수작 붙이기를, '부원군 댁 구경이나 좀 시켜주시오?' 하였다. 말로는 집 구경이되, 우리 나란히 산보라도 하며 정분 한번 이어보자 이런 뜻이었다.
　소년소녀 문 하나 사이 두고 나란히 앉았구나. 고개를 외로 꼬고, 아닌 척 모르는 척 딴 이야기만 하고 있다. 심중에 묻어둔 이야기는 하나도 하지 못하고 턱없는 옛날이야기. 하잘것없는 남들 안부만 묻고 있구나. 요런 귀여운 꼴을 보고 있던 부부인마님 입가에 절로 미소가 묻었다. 옛적에 중전마마께 귀띔받은 눈치도 있고 하니 내가 나설 때로구나 생각하였다. 수줍어 고개를 숙인 채 옷고름만 배배 꼬고 있는 을민 아씨더러 말하였다.
"지난해에 궐에 들어갔을 때 대군마마께서 궐 구경 시켜주셨잖니? 이번에는 너가 주인이니 안내를 하여야 마땅하지. 보잘것없는 누옥이나 처음 나오신 터이다. 구경시켜 드리거라. 이 동네에 유명한 것이 환구정이니 게로 가보실 양이면 함께 다녀오구."
마음은 있되 말로 내지 못한 소원이로다. 부부인께서 알아서 분부하시니 얼마나 좋을까? 재원대군이 씽긋 웃었다. 녹두빛 장옷으로 얼굴을 가린 을민 아씨, 몸종인 이월이 년 뒤딸리고 먼저 문을 나섰다. 재원대군 또한 항시 곁에 두는 호위무장과 내관 한 사람씩을 거느리고 대문을 나서는구나. 그 모습을 부부인께서 빙그레 웃으며 바라보고 있는 것은 처녀 총각 누구도 짐작하지 못하였다.
'참 잘 어울리거든? 친척이라서 하는 말이 아니고 을민이 저것이 참말 영리하고 착하며 고웁단 말이다. 딱 대군마마 안곁이라. 집안도 염직하니 바르고 빈궁마마께서도 을민이를 동서로 맞이하시면 말벗으로도 가까이하시기 좋고 말야. 일이 맞아서 둘이가 딱 연분이 되어져야 하는데. 쯧쯧쯧. 날벼락같이 오라버니께서는 저것을 시골 도령에게 혼인을 시키신다니……. 왕가의 며느리에 알맞을 아이를 촌구석에서 썩게야 할 수가 있나? 무슨 방도가 없을까?'
한편 아무것도 모르는 소년소녀는 먼저 집 안팎 이리저리 돌아다니며 구경하는 척하였다. 부원군 댁보다 수천 수백 배 더 넓은 궐 안에서 지낸 대군인지라 무엇 기이한 구경거리가 있을려구? 다만 앞장서서 종종걸음을 치는 을민이 뒷태라니. 고것 구경이 한번 장하고나.

다홍빛 치맛자락에 휘감긴 앙큼맞은 엉덩이가 실룩샐룩. 나폴나폴 요동치는 붉은 댕기 머리채가 탐스럽다. 빈궁마마께서 사다 주신 꽃신 신고 씨암탉 걸음걸이로 아기작아기작 걸어가는 형용이라니. 요것 참, 귀여운지고. 딱 잡아놓고 슬쩍 입술 한번 훔쳤으면 좋겠도다. 자꾸만 아랫도리가 간질간질. 입안이 말랐다. 재원대군은 괜히 붉어지는 얼굴을 가리려 흠흠 헛기침만 하였다.

"환구정이 유명하다 사람들이 말합니다. 게도 가봅시다그려?"

오며가며 긴 길이라. 나란히 길을 가며 정답게 못다 한 이야기나 나누자꾸나. 말 안 해도 다 아는 정분이라. 금일 기필코 너의 입에서 나하고 혼인하겠다는 약조를 들을 테다. 작심한 재원대군, 김칫국부터 마시며 운을 떼었다.

"환구정이 아름답기는 한데요. 유명한 곳이라 소년장부들이 많이도 유람 온다는 곳입니다. 헌데 대군마마께서는 안즉도 가보지 않으셨나이까?"

어린 나이나 슬슬 풍류의 맛을 알게 된 재원대군, 실상 이곳은 처음이오 대답은 하지만은 사실이 그런가? 달포 전에도 글방 동무들과 함께 예로 나와 활을 쏘았다. 왁자하게 술판 벌여놓고 고운 기생들 손목까정 잡아가며 술자리를 거하게 벌인 곳이다. 허나 끝까정 시침을 뚝 떼었다. 나는 이렇게 일편단심(一片丹心)이란 말이지. 요런 마음을 을민이 조것이 알아주면 얼마나 좋을꼬?

"내가 글공부하느라 분주하여서 말이오. 어디 제대로 풍류 찾을 기회가 있나? 또한 어마마마께서 엄하시니 내가 조금만 방탕하여도 꾸지람이라. 이렇게 좋은 곳도 처음이오."

"마마께서 학문이 열심이신 모양입니다. 장하셔요."

"장하기는…… 남들도 다하는 일인걸. 대군의 체면에 놀음질 찾아 나들이 다님도 여의치 못한 일이라. 내가 좀 심심하게 살고 있소이다."

호오, 거짓부렁도 잘도 하시오? 순진한 소저를 꼬이려, 어찌하든 듬직하고 의젓한 사내다 환심을 사보려고 줄줄줄 말도 잘하지. 필시 빈궁마마가 재원대군의 이 말을 들었다면 "흥, 그런 분이 어젯밤도 글방 동무들이랑 월담하여 기생방 나갔소? 궐 안 궁녀들 눈짓하면 싱끗싱끗 웃어주기만 잘하더라." 하고 야무지게 쏘아붙였을 것이다.

환구정의 추경(秋景)이라 그야말로 한 폭의 그림이다.

언덕에 올라 아리수 맑은 물에 선유락을 즐기는 도상 남녀들의 모습을 한번 구경하고 재원대군은 을민 아씨의 안내를 받아 환구정에 오르는구나.

이백여 년 전 경종 조, 권신이었던 노산 부원군 강성문이 노년에 조하를 물러나 소일한 곳이다. 고적한 풍광과 시가를 즐기기 위해 지은 정자였다. 경치 빼어나기로 중경 안에서도 손꼽히는 곳이니, 시인 묵객들이 자주 올라 글을 짓고 그림을 그리는 곳으로 유명하였다.

푸른 깁같이 치렁치렁 흘러내리는 아리수의 물이 그저 맑다. 건너편 산의 홍엽이 타오르는데 뚝뚝 떨어진 국화꽃이 맑은 물을 수놓으며 동동 떠내려가는구나. 어디선가 서느런 한줄기 바람이 불어왔다. 을민 아씨 치맛자락을 날리고 대군의 비단 두루마기 자락을 날렸다.

 소년소녀, 잠시 내외한 채 고개 돌리어 짐짓 먼 곳만 바라보는구나. 누루 아래서는 이월이 년과 호위무장이 슬쩍슬쩍 눈짓 중이고, 짝 없는 기러기라 서러운 양 내관 놈. 돌아앉아 안주며 술병 든 찬합을 챙기고 있다. 인생무상(人生無常). 천지비감(天地悲感)이로다. 어찌하여 내 아래 그 물건이 떨어져 나가 이 좋은 계절, 고운 정인 하나 없이 남의 시중만 들고 살고 있는 팔자인고.

 "경치가 참말 곱구려."

 "대군마마와 함께이니 더 장한 경치인 듯하옵니다. 소녀의 광영이올시다."

 정다운 말 한마디가 처녀 총각 사이로 오며가며, 그 말 따라 눈길도 살며시 맞닿았다. 은근히 볼이 능금처럼 붉어진다. 곁눈질하는 눈빛이 수줍으나 설레었다. 재원대군, 중경서 어여쁘기로 일등이다 하는 명기 진이며 도향이를 대하여도 가슴이 떨리지 않았었다. 고것들이 사생결단하고 따를 것이다 달려드는 것을 뿌리치느라 너무 힘들었다. 헌데 어째서 을민 아씨 요것 앞에서는 이리도 입에 침이 마르고 말이 나오지 않는 것인지.

 "지난번서 내관 시키어서 서책을 보낸 고로 받았는지?"

 "참말 망극하옵니다. 실로 귀한 책이라 저가 비단으로 겉을 입히어 안고 잔답니다."

"지난 새해에 보내준 줌치는 아직도 잘 쓰고 있소이다. 수복강녕 말고 다른 것으로 해주지. 흠흠."

남들 다 수놓아주는 〈수복강녕〉 대신 〈일편단심〉 뭐 이런 것이거나, 〈순정만리〉 뭐 이런 문구를 수놓아주었다면 얼마나 좋으랴? 을민이 대군의 말에 생긋 웃었다.

"솜씨가 보잘 것이 없나이다. 겨우 하찮은 그것을 보내 드린 터인데…… 어찌 귀한 치맛감까정 보내셨는지……? 소녀가 망극하와 감히 입지를 못할 것입니다."

재원대군은 실쭉 웃었다. 지금 한 발짝 떨어진 곁에 선 을민 아씨, 분명히 지난번에 대군이 보내준 치맛감으로 옷 지어입고 함께 따라간 금박댕기 매고 있는 참이렷다. 너는 내 사람이다 하는 정표를 마다않고 받았으니 너 또한 약조라. 소녀가 마마의 곁이 될 것입니다 맹세를 한 것이라 생각했기 때문이다.

"음. 음. 빈궁 형수님께서 아마 가락지를 주신 걸로 아는데?"

을민 아씨가 또다시 방싯 웃었다. 조졸한 집안 출신이라 한 번도 귀한 패물을 가진 적이 없었다. 헌데 빈궁마마께서 사가로 나오시어 일가친척들에게 두루두루 선물을 펴놓으시는구나. 저에게도 부부인마님 시중 잘 들고 세손아기씨 본다고 수고하였다 하시며 선물을 내어주시었다. 소녀들이 선망하여 바라 마지않는 금붙이 화접에다 진주며 산호며 박아 화려하게 장식한 쌍접 노리개와 칠보단장 가락지였다.

시골집 살림으로는 꿈에서도 얻지 못할 귀물을 받았다. 너무 좋아 이 며칠 밤마다 쓰다듬고 안아보고 홀로 잠자리에서나마 속적삼에 달아보던 참이었다. 그 생각을 다시 떠올리며 입가에 즐거운 웃음이 가득 묻었다. 대군을 바라보는 눈이 반짝반짝 빛이 났다.

"빈궁마마께서 소녀더러 세손아기씨 잘 돌본다 하시며 망극하게 귀물을 하사하시었답니다. 소녀가 그저 황읍하여 잠을 자지 못하였답니다. 저는 그렇게 귀한 패물을 가진 적이 없거든요."

"음, 음…… 그것이 실은…… 내가 어마마마께 부탁하여 소저에게 주시오 하여 형수님께 거쳐서 내려간 것이오."

을민이 해연히 놀라 예? 하고 대군을 똑바로 바라보았다. 재원 대군은 어물어물 하늘을 보며 아씨 눈길을 피하였다.

'저 답답이.'

대군은 속으로 을민 아씨를 향하여 입이 만발이나 튀어나온 참이었다. 이 정도로 말을 하였으면 말이다. 저에게 정표로 준 것임을 알아야 할 것이 아니던고? 어마마마 거쳐 저에게 내려갔다 이 말이 무엇이냐? 저를 내 안해로 간택하신 것이다 이 말이니 눈치가 있으면 망극하옵니다. 하고 생긋 웃어야지 말야. 되묻기는 왜 되물어? 내가 꼭 말로 하여야 하나?

이 두 해 상관으로 책도 간간이 보내고 별찬이 있으면 초당 아씨 드시게 하여라 하면서 빈궁마마 이름 팔아 보낸 적도 한두 번이 아니었다. 치맛감에 댕기까지 하여주었다 할 것이면 척 알아차려야지 말야. 저것이 아직 어려 내 마음을 이리 모르는 것이다.

볼만 붉어진 채 외면하며 어름어름 서 있기만 하는 두 사람. 슬며시 차가운 강바람이 밀려오기 시작하였다. 서서히 날이 저물어가는 참이었다. 노을이 빨갛게 서녘 하늘에 걸리고 마지막 남은 해 꼬리가 길게 황금 기둥으로 강물에 잠겼다. 그런 모습을 물끄러미 바라보던 을민이 문득 탄식하였다.

"소녀가 이곳을 참 좋아하였기로, 인제 다시는 이런 구경을 할 수 없으니 안타깝습니다. 집에 돌아가야 하거든요. 아마 보름 후쯤이면 이곳을 떠날 것입니다. 도성에서 지낸 세 해가 참으로 소녀 인생에서 가장 즐거웠던 때라 할 것입니다."

"본곁이 용주부라 하였던가? 헌데 무슨 일로 돌아가는지? 부원군 댁에서 오래 지낸다 하지 않았소? 이내 다시 올 게지요?"

"저도 그리 알았습니다만, 갑자기 집안에 일이 생겼답니다. 소녀에게 태중 정혼을 한 사람이 있습니다. 그 집안 모친께서 세상을 버리시니 안방이 빈 터라, 소녀와 빨리 혼인을 시켜야 한다는군요. 사친께서 즉시 돌아오라 서간을 보내신 터이니 빈궁마마께서 환궁을 하시면 저도 금세 이 댁을 떠날 것입니다."

긴가민가. 헌칠하고 멋있는 장부가 된 재원대군에게 반한 마음은 마음이지만, 하늘의 별이라. 화중지병(畵中之餠)이로다. 차마 그가 자신을 은애하고 사모할 수도 있다고는 감히 생각하지도 못하였다. 을민은 솔직히 안즉도 대군의 김칫국 마셔 혼자 들뜬 그 마음을 짐작 못하였다. 하여 무심코 화약을 지고 섶으로 들어서고 말았다. 멋도 모르고 얼마 후에 집에 돌아가 정혼한 사내와 혼인을 할 것 같다 순순히 털어놓아 부싯깃을 당기고 말았구나. 풋정에 미쳐 버린 소년 마음에다 열불을 질러 버렸구나.

'비록 내가 대군마마를 바라보며 마음이 콩콩 뛰고 두근거린 것은 사실이되…… 은근히 처음 본 그 순간부터 반한 것은 사실이지

만 말야.'
 을민이 재원대군에 대하여 이런 요상한 감정을 좀 가지게 된 이유가 있기는 있었다. 무심하게 지나치고 모르는 척하였다면 언감생심, 감히 어찌 그분을 상대로 보라색 꿈을 꾸어보랴?
 헌데 참말 이상하지. 참말 좀 거시기하지?
 이 총각 하는 양이 순진하고 어린 소녀 가슴을 둥당둥당, 동동거리게 만드는구나.
 잊을 만하면 간간이 서책도 보내주었다. 저가 서투른 솜씨로 줌치에 허리띠 하나 수놓아 답례 선물을 드렸다. 그랬더니 냉큼 고운 치맛감에 망극하게 금박댕기까정 붙여서 보내주시었다.
 가슴이 두근거려 어쩔 줄 몰라 하는데 곁에 앉은 부부인마님. 점잖게 한마디. 들뜬 을민의 가슴에 찬물을 끼얹었다. 이상야릇해지는 마음의 고삐를 착 잡아당겼다. 감히 재원대군을 상대로 하여서는 아니 될 생각이 슬슬 드리는 을민을 후려쳤다.
 "재원대군께서 막내이시라. 동생이 없어 너가 고운 누이처럼 생각되시나 보다. 하여 이렇게 알뜰하게 신경을 쓰시는 게지."
 을민의 마음이 서늘하게 식어내리던 순간이었다. 정신이 번쩍 들었다.
 허기는 재원대군을 상대로 가슴 설레면 무엇 해? 밤에 어둠 속에서 눈 말똥하니 뜨고 허공에 둥둥 떠다니는 헌칠한 얼굴을 생각하면 무엇 해?
 을민 저의 운명이란 태어나기 전부터 정해진 터인데. 정혼자 정씨 가문 도령 준하가 저를 마냥 기다리고 있는데. 한번 한 약조가 하늘에 닿았으니 인간의 탈을 쓰고 어찌 그를 배신할 수 있단 말이냐?

지금은 본곁으로 돌아가 십여 리 떨어진 동네지만, 어려서는 같은 스승 아래 학문하는 처지라 남 진사네와 잠시 제금 나온 정 진사네가 담을 나란히 하고 살았다. 어려서부터 같이 자라고 허물이 없이 오간 동무다. 서로 싸우고 할퀴고 엉엉 울고 지내온 세월이 길었다. 그래서 미운 정 고운 정 들어 있는 준하였다. 을민이 도성에 오기 전에 준하가 당나귀 타고 만나러 왔다. 내외하여 얼굴만 돌리고 발끝으로 섬돌만 툭툭 차며 투정하듯이, 불안한 제 속내를 한마디 털어놓았다.

"도성에 가면 잘난 사람 천지라. 너 나 잊어버릴 것이지?"

"무슨 말을 그리하니? 눈에서 멀어지면 다 마음까정 멀어진다더냐? 너나 다른 사람 보지 말아라."

이러고서 헤어진 어린아이들. 오직 우리는 혼인하여 평생 같이 살 것이다 하였는데, 인제 와서 저가 멋진 대군마마를 보았다고 마음을 획 바꿀 수는 없는 노릇이다. 천 번 만 번 생각해 보아도 인간의 도리가 아니었다.

헌데 솔직히 말하자. 이것은 홀로 생각이되 솔직히 을민은 눈에서 멀어지면 마음에서도 멀어지는 것을 경험하였다. 처음 도성에 올 때처럼 예전같이 준하가 그립고 애틋한 것은 절대로 아니었다. 그러나 너무 오래전부터 나는 저 사람과 혼인을 할 것이다 하였는데 그 마음을 하루아침에 버릴 수 없는 것이었다.

중경에서 지낸 삼 년 동안 을민에게 있어 제일의 구경이란 바로 사람 구경이었다. 하물며 궐 안에서도 잘나기 일등인 재원대군을 보았던 눈이다. 인제는 준하보다 잘난 사람 천지이고 멋진 사내 많더라 하는 것을 알게 된 터로 제 마음도 아니고 어른들이 일방적으로 정한 터로, 태중 정혼한 사람이 그립다고 말하는 것이 오히려 우스운 일이 아닐 것이냐?

하지만 을민 아씨는 그렇다고 하여 대군마마와 저가 정분이라도 났으면 한 것도 아니었다.

대군께서 저를 어찌 생각하시고 계신지는 모르나 저가 본결로 돌아가면 그것으로 인연을 다한 것이다. 쓸데없는 헛생각으로 마음을 어지럽히지 말자 하고 몇 번이고 홀로 다짐하였다. 다시는 뵙지 못할 것이거니 생각하였다.

헌데 기별도 없이 갑자기 재원대군께서 세자저하를 따라 부원군 댁에 나오셨구나. 한결 더 헌칠하고 늠름해진 모습을 보아지고, 근사한 목소리를 들으면서 걷잡을 수 없이 방심이 흔들렸다. 허나 그것이 사실이래두 이미 낼모레로 저는 고향에 돌아갈 팔자이다. 몇 달 상관으로 하여 말 한마디 못하고 혼인을 할 터인데 이런 분을 만났다고 마음이 설레이면 무엇을 할 것이던가?

스스로의 울렁이는 속내를 자르듯이 무심코 내가 본결로 돌아가 혼인을 할 것이다 말을 하였다. 그런데 이 사내 하는 노릇 좀 보소? 갑자기 하얀 얼굴이 시뻘겋게 붉어졌다. 잡아먹을 듯이 눈에 불을 담고 모로 흘겨보았다. 그 잘난 표정이 파지처럼 구겨져서는 들이쉬는 숨이 벌써 씩씩대고 있었다.

격하고 성급하며 도무지 지고서는 못 사는 도도한 재원대군. 이것 듣자 하니 기가 막혀서 넘어가겠구나!

무어라? 요것이 앙큼하여 태중 정혼한 터로 낼모레로 당장 혼인을 한다구? 이것이 무슨 말이냐. 그러니까 내가, 이 나라 주상전하의 아드님이신 이 재원이 시골 총각 하나 못 이겨서 마음 둔 처자를 홀라당 빼앗길 참이라고?

참말 단단하게 뒤통수를 후려 맞은 것이다. 격분한 재원대군은 주먹을 움켜쥐고 방방 뛰었다.

"너가 혼인하러 가면 나는? 나는 어찌하라고? 엉?"

고함을 꽥꽥 지르는 대군을 두고 을민이 멍하니 바라보았다. 길길이 날뛰는 그를 두고 대체 왜 이러나 어리바리한 얼굴이었다. 맹한 터로 황당하고 기가 막혔다. 풀이 죽은 음성으로 되물었다.

"어째 이러십니까? 마마, 소녀가 무슨 잘못을 하였기에 이리 격분을 하십니까? 소녀는 도무지 영문을 모르겠사옵니다."

"영문을 몰라? 요것이 시침을 딱 떼는구나! 모른다니 좋다, 내가 말을 할 것이니 잘 들어라! 너는 나랑 혼인할 것이다."

분하고 노여워 눈에 보이는 것이 없어졌다. 재원대군은 뒤통수 맞은 분함에 격한 성정이 마구 터졌다. 체면이 어디 있으며 내외가 어디 있는 것이더냐. 딱 반말로 잘라 말하며 으르렁거리는 품이 성난 맹수에 비할까?

"아이, 어찌 그런 말씀을 하십니까? 소녀는 이미 혼약을 한 사람이 있다니까요. 이런 저가 어찌 마마와 혼인한답니까? 참말 망측스럽사옵니다."

"이, 이런 괘씸한 계집이 있나? 나는 너하고 혼인을 할 것이다 딱 작정을 하였는데, 너가 감히 나를 버리고 딴 놈에게 간단 말이냐? 어마마마께서 약조하시기를 너를 내 안곁으로 주실 것이다 하여 나는 그저 네가 장성하기 기다리고 있었는데 감히 나를 배신하고 혼인을 하여? 말도 아니 된다! 가기만 하여봐! 콱 요절을 내고 말지!"

"아이고, 마마. 어찌 그리 망극한 말씀을 하십니까? 마마처럼 지엄하신 분이 소녀같이 미천한 여아와 연분을 맺으심은 말도 안 되는 소리이고요. 또한 그러하셔도 이미 늦었답니다. 소녀는 이미 태중 정혼을 한 사람이 있다니깐요. 절대로 이 마음을 옮기지 못합니다."

"뭐, 뭐라고? 너 정말 이럴 것이니?"

"준하가…… 아, 저의 정혼자 이름이 그러한데요. 우리가 서로 같이 자라다시피 하여 이름을 마구 부른답니다. 저가 이미 그이에게 굳은 약조를 한 고로 어길 수가 없지요. 그것은 사람의 도리가 아닙니다."

말로는 당당한 거절이되, 을민은 솔직히 한편으로 굉장히 기쁜 마음이 드는 것이었다. 알지 못하여 긴가민가, 몰래 훔쳐보던 사내의 속마음을 확인한 듯하여 은근히 반갑고 즐거웠다. 이런 요상한 심정은 도대체 어찌 된 일이더냐?

설명하듯, 타이르듯이 말을 잇는 을민 아씨를 대군이 얄밉다는 듯이 노려보았다. 발까정 쾅쾅 굴러가며 다시 격분하여 말을 쏟아냈다.

"말을 하자면은 나도 할 말이 없는 줄 아느냐? 따지자면 내게도 실상 너는 정혼자나 다름이 없었다. 내가 그동안 네게 줄곧 서책을 보내주고 내관 보내어 잘 지내느냐 하였던 것이 시간 남아돌아 그러한 줄 아느냐? 이미 너가 내가 보낸 댕기 매고 다닌 터이며 부부인을 거쳐 어마마마께서 내리신 비단 의대 입었을 것인데 그것은 다 무엇이더냐? 그래, 말을 하여보자구나! 너, 어째서 그동안 정혼자가 있었다는 말을 아니 한 것이냐?"

"한 번도 묻지 않으셨잖습니까?"

맹한 척 되받는 을민 아씨도 할 말 많지. 그런 뜻이 있었으면 미리미리 말 좀 하지. 내가 혼인하러 갈 이즈막에서야 슬깃 드러내면 힘없는 나더러 어쩌란 말이냐? 재원대군, 이 대목에서 더 분하였다. 그런 걸 왜 물어? 당연히 왕자인 내가 먼저이지. 혼약하자 하면 너는 그저 순명만 하면 되는 것이지.

"요것이 앙큼하기 이루 말할 수 없음이로다. 대장부 마음을 희롱함이냐? 이태 전에 내가 너를 업고서 정심각까정 갔을 적에 이미 우리는 정분이 난 것이지! 당연히 난 너랑 혼인할 것이다 알았다. 그러니 어마마마께서 이름 묻자오시고 말씀 하교하신 것이 아니더냐? 그런데 이날서 너가 나를 버리고 다른 사내와 혼인을 한다고? 허면 나더러는 어찌하라고 이러는 것이냐? 배신한다 이 말로 따지자면야 참말 너가 나를 말짱하게 배신한 것이 아니더냐?"

을민이 대군마마 말을 듣다가 고개를 푹 숙였다. 대군께서 이런 말을 대놓고 하실 줄은 참말 몰랐다. 부끄럽고 한편으로는 기가 막혔다. 그러나 자꾸만 기분이 너무 좋아지는구나. 속으로 방긋방긋 미소가 머금어지는구나.

'그전에 궐에 들어갔을 적에 중전마마께서 이리 와보아 하시어 몇 마디 다정하게 묻자오신 것이 알고 보니 내가 선을 보인 것으로구나. 이것 잘하면은 내가 대군마마의 짝이 될 수도 있었던 것 아니더냐?'

아니, 이날 두 사람이 정말 정분이 난 터로 주상전하께서 간택령 내려 저를 마마의 안곁으로 점지하실 참이면은 고향의 준하는 어찌할 것이더냐? 순명해야지. 안 그래? 그냥 모르는 척, 못 이기는 척 하고 대군마마 품에 안겨 버려?

그러나 을민 아씨, 눈 내려깔고 새침하게 대답하는 말이란 심중의 뜻과 너무 달랐다.

"허면은 저더러 어찌하란 말이십니까? 소녀가 두 몸이 아닐진대 태중 혼약이라 지엄하여 그저 소녀를 기다리고 있는 준하를 배신하고 마마를 모심도 인간의 도리가 아니지 않사옵니까? 마마께서는 지엄하신 분이며 고귀하신 터라 모든 명문대가 아씨들이 다 따를 것인데 미천한 소녀에게 굳이 집착을 하실 이유가 없을 것입니다. 허나 고향의 사람은 오직 저 하나뿐인 고로 마마께서 소녀를 잊어주시고 보내주십시오. 소녀는 다만 그 말밖에 할 말이 없나이다."

은근히 을민 아씨 요것이 대군에게 하지 않아도 될 말을 좔좔 하고 앉았구나. 말도 없이 그냥 본결 돌아가 혼인하면 그것으로 끝날 일인데, 굳이 대군에게 혼인한다 자랑하듯 말을 한 뜻이 무엇이냐? 열다섯 소녀의 마음이 이렇듯이 요상하고 기기묘묘하도다. 어쩐지 앙큼한데 이것은 사내를 슬쩍 떠보려는 깜찍함이 아닐 것이더냐?

그러고서 을민 아씨, 몸을 돌이켰다. 씩씩대는 대군의 사정이야 아랑곳하지 않고 장옷을 둘러썼다.

"어두워지니 민망합니다. 내외함이 엄하니 더 이상은 마마와 같이 있지 못할 것입니다. 소녀는 먼저 가옵니다."

야속하도다. 쌀쌀맞도다. 먼저 정자 내려가 몸종 딸리고 도도하게 가버리는구나. 뒤도 돌아보지 않는구나. 저 먼저 대군을 걷어차 버리는구나.

"저, 저 괘씸한 계집 보았나?"

혼자 남겨진 재원대군, 너무 기가 막히고 분하고 억울하였다. 도무지 참지 못할 울분에 애꿎은 정자 기둥만 발로 내질렀다. 주먹으로 쥐어박아 보지만 아름드리 기둥은 끄떡도 없고 제 주먹만 아팠다. 발부리에 멍이 들었다.

"조 앙큼한 계집애가 감히 지금 무슨 말을 하는 것이냐? 인간의 도리 운운하며 나에게 훈계를 하는 것이냐? 실로 같잖고 웃기도다. 조것 버릇을 어찌 가르쳐 주어야 하는가? 무어라? 태중 혼약이 지엄하며 오직 저만 기다리고 있으니 나더러 양보하고 물러서라고? 참말 너가 나를 잘못 보아도 한참 잘못 보았구나!"

씩씩대며 울그락불그락. 미친놈 혼자 떠들 듯이 구시렁거리던 재원대군은 얼마 후, 간신히 진정하였다. 저물어가는 강물을 내려다보며 두고 보자, 혼잣말을 하며 주먹을 움켜쥐었다.

혼자 잘난 척, 세상에서 제일 영리한 척해보지만 실상은 어수룩하고 순진한 소년 대군. 그는 지금 저가 앙큼하고 깜찍한 을민의 그

물에 걸려들었다는 것을 꿈에도 몰랐다.

 옛날 빈궁마마께서 세자를 얽어매던 바로 그 수법이 아니냐? 덫인지도 모르고 연희 아씨 도망간다 하여 보쌈하고 옷고름을 풀었다가 꼼짝도 못하고 홀라당 먹혔지. 칭칭 옭아매였던 것처럼 재원대군 역시 그 팔자가 된 것이었다.

 '그래, 한번 하여 보자구나! 내 체면이 있지. 감히 주상전하의 아들인 나의 정혼녀를 가로채려는 놈이겠지? 고놈 버릇을 아니 고쳐 줄 줄 알고? 당장에 어마마마 뵙고 장가들겠다 하여야지. 어마마마께서 분부하시면 그것으로 끝장이니라. 저가 감히 어찌 순명치 않을 것이냐? 태중 혼약? 웃기지 말아라. 이날 우리 정분난 것이 최고이지. 옛적 맹세라 짓밟으면 그만이니라. 한갓 촌것 계집 주제에 감히 내 마음을 부인하고 거부해? 흥, 어디 두고 보자!'

 으드득 이를 갈며 재원대군은 몸을 돌이켰다. 마음이 사뭇 바빴다. 을민이 고향에 돌아가기 전에 빨리 낚아챌 궁리를 해야 하는 것이다. 허나 불쌍한 그가 어찌 알랴? 처갓집으로 나온 세자가 일을 다 망쳐 놓았구나. 모후마마께 안부 인사드리는 봉서에다가 적어 올리기를, 재원의 혼사가 그냥저냥 파작이올시다 냉큼 적었것다?

 그 다음날 궐로 돌아간 재원대군. 중궁에 불려 들어가 어마마마께 날벼락 같은 통보를 받았다. 을민에게 태중 혼약자가 있어 너의 짝으로 두고 보았되, 아니 되겠구나 쌀쌀맞은 한마디라. 하도 기가 막히고 황당하여 입이 딱 막힌 채 멀거니 앉아만 있을 뿐이다.

"빈궁마마, 효동 국대부인마님께서 오셨나이다."

늘어지게 늦잠을 주무신 빈궁마마. 막 아침 것 받으신 후에 연당에 올라 시나 읽을 것이다 하시었다.

사가에 나온 지도 벌써 이레째. 낼모레면 환궁을 하셔야 하니 본 곁에 있는 동안만 실컷 게으름 피우자 작정을 하였다. 해가 중천에 걸리도록 금침 안에서 이리 뒹굴 저리 뒹굴. 마침내 허리가 아파서 자지 못할 참에 게으르게 일어났다. 아침 일찍 깬 세손은 외사촌들과 한창 진흙 장난 중이었다. 잠시 든 고뿔이 안즉도 가시지 않아 외할머니 부부인께서 억지로 먹인 생강물 한 대접을 냉큼 비우곤 다시 횡하니 달려나갔다.

그동안 제법 격조하였던 차이니 국대부인께서 오셨다 기별을 받은 빈궁마마 반가운 웃음을 머금었다.

"내가 사가 나왔다 하니 문안을 오셨구나. 연당으로 모시어라. 금세 나갈 것이다. 그리고 을민이는 먹을 좀 갈아다오. 내가 오랜만에 글씨를 쓸 것이다."

면경 앞에 앉은 빈궁마마. 지밀상궁이 어여쁘게 머리 빗겨 쪽을 짓고는 황금 봉황잠 찔러 드리는 것을 바라보며 곁에 앉은 을민에게 하명을 하였다. 본견으로 지은 고운 분홍빛 저고리에 진분홍빛 치마를 음전스럽게 차려입고 자주 댕기 곱게 드린 을민 아씨, 예 하고는 벼루를 내리고 먹을 갈기 시작하였다. 빈궁이 을민 아씨 그 고운 자태를 힐끗 바라보다가 문득 물었다.

"너, 고향에는 언제 간다고 하였니?"

"한 열흘 있다가 갈 참입니다. 마마께서 환궁하신 다음이라야 일단 집안이 다소 정리가 될 것인즉 그 다음에 저를 챙기어 고향으로 보내실 것이다 할머니께서 말씀하셨습니다."

"을민이 너가 고향으로 돌아가는 것이 섭섭하구나. 너가 할머니, 어머니 가까이에서 귀여움받고 소일거리가 되었는데 말이다. 또한 본곁과 궐을 오가며 영리하니 심부름도 잘하고 내 말벗이 잘 되었는데…… 이제 너가 돌아가 혼인하여 안방 들어가면 언제 다시 볼 것이더냐? 헌데, 그 전전날에 대군께서 너에게 왜 화가 나셨니?"

"대군마마께서 저에게 화가 나셨사와요? 저는 모르는 일이옵니다. 그저 환구정 구경시켜 드린 다음에 소녀는 금세 돌아왔사와요."

아무것도 모르는 척, 을민은 시침을 똑 땠다. 하지만 빈궁마마가 모를 것이 어디 있다고? 아침에 저하께서 보내신 서찰 받자오고 궐에서 일어난 일을 다 알고 있었다. 을민이 부인한다 하여 그 말을 믿을 것이냐?

"너, 바른대로 말하여라. 대군마마께 혼인하러 간다 하였지?"

빈궁의 눈이 유난히 반짝거렸다. 을민 아씨, 아직은 빈궁마마 눈치가 얼마나 빠른지 잘 몰랐다. 순순히 고개를 끄덕였다.

"예. 무에 숨길 것이 있겠습니까? 우연히 말이 나온 고로 소녀가 다시는 이 좋은 경치를 못 볼 것이니 아쉽나이다 하였습니다. 그 말을 하니 대군마마께서 어찌 그러하니 하시어 고향으로 간다 말씀드렸나이다. 마마, 저가 실수를 한 것입니까?"

"실수는 무슨……."

빈궁이 훗호 웃었다. 면경으로 을민의 새침한 옆얼굴을 바라보며 킥킥거렸다. 조것을 그리 아니 보았는데 살랑살랑 감춰둔 꼬리가 열두 개로다. 암만. 그 정도는 되어야 사내 후려잡아 평생 치마폭 아래 깔고 호령하며 살 것이지.

"내가 좀 웃겨 그런 것이다. 훗호호. 을민아. 너, 말이다. 참말 네 속내를 말하여라. 너, 정말 돌아가서 그 정혼하였다는 정씨 도령과 혼인하고 싶으냐?"

"……약조가 그러하니 소녀의 마음이 다르다 한들 어찌할 것입니까? 혼인이야 어른들이 집안 간 정하시는 일인데 제 마음이야 상관이 없지요."

끝내는 한숨이 묻어 나왔다. 솔직히 싫사옵니다 그 뜻이었다.

"하지만은…… 진심을 말하라 하시니 저가 딱 한 번 말을 하옵니다. 소녀 나이가 안즉 어리고 도성에서 살던 기억이 좋으니 답답한 시골에 가서 나오지도 못하고 그저 집 안에 갇혀 살 수 있을지는 솔직히 자신이 없습니다."

끝까정 대놓고 혼인하기 싫다는 말은 아니 하였다. 그러나 돌려치는 말품이 그러하였다. 빈궁마마, 다시 깔깔 웃었다.

"요것이 심히 앙큼하도다. 영리한 수단이 은근히 기가 막힌 게지. 네 행적이며 대군마마 마음을 내가 짐작하느니라. 하지만, 안되었구나. 이미 중전마마께서 너가 다른 집안으로 혼인하게 되었다 아시게 되었으니 예서 안타까워하여도 소용이 없단다. 내관이 가져온 서찰을 보아하니 이 아침에 전하기를 중전마마께서 실은 너를 대군마마 안해로 두고 보신 것인데 저하께서 그 일을 말씀드리자 심히 실망하시고 대군마마 안곁은 다른 처자로 정하여야겠다고 하셨단다. 금세 간택령 내리겠다 하시었다지? 홋호호. 너, 잘하였으면 정일품 국대부인이 되실 팔자였더라? 네 마음도 그러하고 일도 이미 그렇게 흘러간 터이니 이제 와서 아쉬워하여도 소용이 없지만 말이다. 너 솔직히 말하여라. 대군마마, 진짜 멋있기는 멋있었지야?"

"화중지병(畵中之餠)입니다."

을민의 대답이 간단하였다. 빈궁마마가 다시 깔깔 웃었다. 복잡한 을민의 표정을 본척만척 방을 나갔다.

연당으로 나가는 빈궁마마의 뒷모습을 바라보다 을민은 다시 고개를 숙였다. 겉 형용은 태연하되 다시 벼루를 내려다보며 정성껏 먹을 갈기 시작하는데 심중이 심히 복잡하구나. 자기도 모르게 심란하고 깊은 한숨이 새어 나왔다.

'중전마마께서 내가 혼약한 것을 아시고 다른 처자를 간택하리라 하신다고? 대군마마께서야 효성 지극하시고 당당한 기상에 무엇 하나 아쉬운 것 없으신 분이니 나 같은 것에 무에 애달아 끝까지 매달릴 것이냐? 성품이 활달하시고 호협하시니 나 따위는 그냥 잊어버리시겠지? 명문대가 고운 처자 안곁으로 맞이하사 즐겁게 잘 지내시겠지. 나는 촌구석으로 돌아가 답답한 안방 차지하여 평생 보람도 광영도 없이 살 것이고 말이야.'

마음이 심란하니 손도 따라 거칠어졌다. 진하게 갈린 먹물이 몇 방울 바닥으로 튀었다.

'어쩌다가 내 운명이 이렇게 되었노?'
다시 한 번 길고 긴 한숨이 배어 나왔다.
그냥 대군마마를 만나지 않았다면 좋았으련만.
'그렇다면은 아무런 갈등도 없이 고향에 돌아가 준하랑 알콩달콩 사는 것이 전부라 생각하였겠지. 아무런 불만도 없었을 것을…… 괜스리 도성에 와가지고 말야. 내가 쓸데없는 바람이 잔뜩 들었구나. 후우. 앞날이 첩첩하도다. 평생 다시 아니 만난다 하여도 대군마마 그 늠름하고 잘난 모습이 생각날 것이야. 따지자면 나는 이미 준하를 배신한 것이니, 그이 볼 낯이 없도다. 이런 내 마음을 아버님께서 아시면은 계집아이가 천박하게 바람이 났다 하여 피 터지게 종아리 맞았을 것이야.'
이런저런 생각을 하며 먹을 갈고 또 갈아댔다. 진하다 못하여 걸쭉한 죽이 되어가는구나. 그러나 그것도 알아차리지 못하고 을민 아씨 그저 먹을 하냥 갈고 앉아 있구나.

효동의 국대부인 수나 아씨. 기다리는 동안 유모가 안고 온 동아 아기씨가 재롱 피우는 것을 웃음과 함께 바라보고 있었다. 빈궁마마께서 들어오시자 자리에서 일어섰다. 빈궁마마 아랫목 보료에 좌정하시며 국대부인에게도 자리를 권하였다.
"나를 본 지 오래되어 부러 오셨구려? 그렇지 않아도 한가하여 헌이랑 희주 보러 내가 효동으로 한번 나들이 할 참이었소. 살기는 웬만하지요?"
"안락하옵니다. 그보다 빈궁마마. 이 집에 사는 을민이라 하는 아기씨하고 막내 대군마마 사이가 심상치 않은데, 알고 계시오."
 "소문 한번 빠르도다. 대군마마하고 을민이가 그저 한번 본 것인데 국대부인께서 알고 계실 정도라 하니 내가 다소 섬뜩하오. 어디서 그런 소문을 들으신 것이오?"
 "대군마마 입으로 직접 들은 것입니다. 빈궁 형님, 감히 귀 좀 빌려주시오."
 국대부인이 무릎걸음으로 다가앉아 어젯밤에 대군에게 들은 이야기를 한참 동안 속닥거렸다. 빈궁마마, 국대부인의 이야기를 듣자 하며 마침내는 깔깔깔 웃음을 참지 못하였다. 그녀의 예측이 한 치 어김없구나. 당장 찾아갈지면 말 잘 통하는 중형을 찾아가겠거니 하였다. 용원대군더러 이리하라 저리하라 슬며시 귀띔을 해놓고 기다리고 있으려니 역시나 일이 되어가는 꼴이란 술술 풀리는 실타래로다.
 "막내 대군 수단이 보통 아니오? 실로 길도 잘 찾아가는고나. 용원대군께서 그런 일이야 전문가 아니겠소이까? 헌데 그 양반이 무어라 일러주었을꼬?"
 "흥, 계집 후려잡는 솜씨야 저희 집 대감께서 전문이니 그럴듯한 방법을 일러주셨겠지요. 망신인 줄도 모르시지……. 헌데 마마. 그 아기가 어떤 처자인지요? 재원대군께서 은근히 눈이 높고 도도하며 풍류라 한가락하시는 분이거늘, 혼사 결정된 처자 두고 반드시 파작 내어 차지하고야 말겠노라고 할 정도이면 보통내기가 아니겠습니다?"
 "궁금해할 것도 없소. 직접 보시오? 곱고 착하니 대군마마 안곁으로 모자란다 할 것은 아니라오. 조 상궁은 별당 건너가서 을민이더러 종이와 먹물 간 것을 가지고 나오라 하시오."

빈궁은 시원스럽게 국대부인의 궁금증을 풀어주었다. 잘하면 윗동서 되실 빈궁마마와 국대부인께서 그런 뜻으로 저를 부르는지 어찌 알랴? 아무것도 모르고 을민 아씨가 문방사우 잘 챙겨 들고 연당으로 나갔다.

연당에 앉아 계신 두 분 마마, 빨갛게 백탄 화로 피워두고 소반과 사이에 둔 채 호피 방석 위에 앉아 계시었다. 을민은 조심스럽게 올라 종이며 붓들을 내려놓고 나부시 두 손 모아 옆에 섰다. 빈궁이 생긋 미소 지으며 말하였다.

"을민이는 인사하여라. 효동의 국대부인이시니라. 이보시오, 아우님. 이 아이가 이 빈궁 육촌인 을민이라 하는 아이라오. 곱고도 영리하니 집안의 웃음거리가 되었는데 낼모레로 고향에 돌아간다 하니 실로 섭섭하오."

을민이 빈궁마마의 분부대로 두 손으로 얌전하게 치마귀 여미 쥐고 살며시 무릎 꿇어 인사하였다. 처음 뵙는 국대부인. 옥빛 저고리에 남빛 비단 겹치마 차려입으시고 고운 낭자머리 하여 화려한 도투락잠 꽂았다. 우아하고 고우신 자태로다. 왕실의 여인다운 기품과 덕성이 가득 찬 분이었다.

국대부인 또한 호기심 어린 눈을 들어 곱다이 인사하는 을민이를 바라보았다. 영리하고 총명한 눈매에 애교가 아주 똑똑 떨어지는구나. 눈앞이 다 환해지는 고운 형용이 말 그대로 활짝 핀 부용화라 해도 모자랄 참이었다. 국대부인은 속으로 이런 정도이니 눈

높기로 한몫하는 막내 대군께서 애달아 난리를 칠 만하구나 싶었다.

모르는 척 국대부인도 아기씨를 앞에 두고 한번 떠보았다.

"참말 고운 아기씨로다. 얼굴에 복이 붙었구려. 홋호호. 빈궁 형님, 이렇게 고운 친척 아씨 두신 터로 막내 대군마마, 아직 성가 전이니 안곁으로 천거나 한번 하여보시지요?"

"그럴려고 하였다오. 이 아이가 실은 연전에 내 산실서 대군마마를 뵈었던 것이 아니오? 그때 대군께서 은근히 보신 듯하였으되 이 아이가 이미 혼약한 바 있어 금세 혼인을 할 것이다 한 고로 다 헛일이지 무에요? 을민아, 국대부인과 나는 오랜만에 글씨라도 쓸 것이니 곁에서 시중이라도 들거라."

저를 앞에 앉혀두고 대군마마 안곁으로 천거를 하라느니, 대군마마께서 저를 두고 본 뜻이 은근히 장하였다느니 하는 말을 듣는 을민 아기씨 심사는 어떠하냐?

아무리 담담하려 하여도 가슴이 콩닥콩닥, 두근두근거렸다. 굴러 들어 온 복덩이라. 이런 이야기를 들으면서 태연할 수 있는 것은 보통 사람으로는 어려운 일이었다. 생각하면 할수록 아깝고도 아쉬웠다. 아무리 참으려 해도 마구 한숨이 나오는 것이다.

왕실의 며느리 되어 황홀하게 살아갈 팔자가 바로 나의 것이었는데…… 아이고 아이고. 혼약이 원수로다. 악 소리도 한 번 내지 못하고, 꼼짝없이 잡혀 돌아가 시골 촌구석 안방마님으로 살아야 하는구나.

답답한 고향 생각을 하는 순간, 을민의 가슴이 꽉 막히고 체기가 생겼다. 마구 분하고 어쩐지 잔뜩 억울하였다.

'참말 우리 아버님은 주책이시지? 내 운명이 어찌 될지도 모르는데 말야. 어찌 이리 태중 혼약을 하시어 나를 곤경에 빠뜨리누? 만약에 혼약만 하지 않았다면 나도 당당하게 왕실 며느리라, 잘나고 다정하며 늠름하신 대군마마 안곁으로 온갖 호사 누리며 진진한 정분 나누며 살 것인데…… 옴마야!'

생각이 어느덧 이런 지경까지 흘러갔다. 을민은 순간 흠칫하였다.

'내가 미쳤구나. 이러면 아니 되는 게지.'

누군가 주먹으로 머리를 한번 쿡쿡 쥐어박아 주었으면 좋겠다. 하지만 한번 그쪽으로 흘러가는 생각이 쉬이 멈추어지지 않았다. 입으로는 이러면 아니 되지 하면서도 마음으로는 자꾸만 그 생각. 늠름한 대군과 진진한 정분 나누며 살면 얼마나 달금할까? 국대부인으로 온갖 호사를 누리며 빈궁마마처럼 호기롭게 살면 그 팔자란 진짜 재미나겠지?

'하지만 이미 일은 파작이라 하지 않았느냐? 을민아, 을민아. 중전마마께서 이미 나를 포기하시고 간택령을 내리실 것이다 하셨으니 내가 지금 안달한들 어쩔 것이더냐? 그만 포기하여라. 네 팔자란 그냥 준하의 짝이니라.'

스스로 묻고 스스로 답하고. 마주 앉은 두 여인이 저의 눈치를 주의 깊게 관찰하는 것도 알지 못하고 을민의 마음이란 대강 이런 오락가락 그네타기였다.

"너 안채 들어가서 차 좀 더 내오련?"

빈궁마마가 을민더러 잠시 심부름을 보냈다. 국대부인과는 서로 은밀히 눈짓을 나누고 웃음을 보냈다.

"보기가 어떠하오? 대군께서 계교 부려 얻을 만한 처자로 보이시오?"

"곱고도 영리하여 눈에 총기가 똑똑 떨어지는 것이 여간 아닙니다? 심성도 야무지고 반듯하게 보이니 딱 맞춤입니다. 빈궁 형님, 어찌하실 것이오?"

"내가 어찌하긴 어찌하겠소이까?"

빈궁은 짐짓 아무것도 모르는 양, 시침을 똑 땄다. 이미 세자에게서 아무 짓도 하지 말아라 경고를 받은지라, 소리 내어 꾸밀 일은 아니지 싶었던 것이다.

"계집 꼬시는 일이야 그 수단은 용원대군께서 장하시지 않소? 얼마나 기막힌 방책을 내놓았을려구? 우리는 굿이나 보고 떡이나 먹읍시다그려."

"사람들 뒤통수 후려치는 계교란, 빈궁 형님만큼 반짝이는 분이 있을려구요? 불쌍합니다. 막내 대군마마를 좀 도와주소서."

빈궁이 씩 웃었다. 사내처럼 턱을 어루만지며 호언장담하였다.

"인연이 되려 하면 찢어놓아도 붙는 것이요, 아니 되려 하면 붙여도 떨어집디다. 혼사 일이야 하늘이 내리는 연이라 하는데, 어디 한번 두고 보지요. 홋호호."

"……인제 보니 빈궁 형님께서 마음에 묻어둔 속내가 있으신 게지요?"

그제야 국대부인도 슬며시 낌새를 눈치챘다. 허기는 이 양반이 그냥 있을 분이 아니지. 무엇 깜냥이 있는 게다.

"흠. 저는 그저 감이 익기만을 기대리면 되옵니까?"

"듬직한 형님들이 셋. 게다가 꾀주머니 연돌이가 뒤에 있다지요? 홋호호."

빈궁이 자신만만 웃었다. 일 년 후에 을민이 조것이 내 동서로 들어오지 않는다면 손에 장을 지진다. 크흠.

中. 내 녀를 파작 내련다

그로부터 석 달 후.

도성서 이틀 거리 떨어진 용천부.

금촌 정씨 가문이라 하면은 알아주는 동네 거족이었다. 하여 찾기는 여반장이었다. 게딱지같이 납작하게 엎드린 초가집이 대부분인 마을에서 번듯하게 솟은 기와집은 그 집 일가뿐이었다. 하여 그 고을 정씨 집안의 위세는 마치 왕가처럼 당당하였다.

허나 지금, 말을 타고 지나치는 재원대군, 시답잖은 표정으로 흥하고 비웃음을 날렸다.

솟을대문 좌우, 높은 담 사이로 거뭇거뭇 보이는 기와지붕을 힐끗 노려보았다. 은근슬쩍 정씨 집안 형편을 말 타고 지나치며 살폈다. 웃기는고나, 입술에 노골적인 비웃음이 물렸다.
 '겨우 저깟 가문서 감히 내 여인을 넘보아? 가당찮아서 말도 아니 나오는고나. 어쨌건 정씨 도령 그놈 얼굴을 한번 보아야 내가 속이 풀리겠다. 얼마나 대단한 놈인지 확인을 하여야지. 그놈이 되어먹기 쓸 만하다 하면 을민이를 위하여 물러날 것이고, 그렇지 못하면 기필코 이 혼사, 내가 파작을 낼 것이니 두고 보라지!'
 야무진 결심이라 소년장부의 속내가 심히 음흉하였다. 인제 아무것도 모르는 정씨 도령 준하는 큰일이 난 것이다.
 "양촌이 안즉 멀었느냐? 내가 시장하다."
 대군의 호령 소리에 말고삐 잡은 구종이 공손하게 대답하였다.
 "다 왔나이다. 이 고개만 넘으면은 양촌이옵니다."
 재원대군은 힐끗 뒤쪽으로 눈길을 주었다. 수레에 짐을 실고 따라오는 수졸 셋과 호위를 맡은 무사 셋이 말을 타고 뒤따르고 있다. 수단 잘 부려서 냉큼 색시 낚아채 오너라 형님의 든든한 비호를 받았겠다, 산천 유람하며 공부한다 하여 시일 넉넉하게 잡아 어마마마께 허락받았겠다, 아바마마께는 따로 금전까정 단단히 받아 챙겼다. 인제는 수단 잘 부려 을민의 혼사를 작파시키는 일만 남았다.
 '내가 돌아갈 적에는 반드시 저 수레에 을민이를 태우고 갈 것이다. 어디 두고 보아라. 이 재원이 이 일을 성사 못 시키면 성(姓)을 간다! 흥, 같잖고 방자한 것. 감히 이 재원의 혼약 상대자를 가로채? 단단히 맛을 보여줄 것이다.'
 가로챘다 할 것이면 태중 혼약한 정씨 도령과 을민 아씨 사이에 뜬금없이 나타난 대군 자신이 아니던가? 염치도 없지. 오직 제 입장에서만 제멋대로 생각하는 이런 버릇은 어찌 되었거나 부왕전하 내림이라 할 것이다. 여하튼 이런 결심을 하며 재원대군 말고삐를 잡은 손에 힘을 주었다.

대군이 임시로 머물게 된 곳은 금촌 마을과 인접한 양촌 마을이었다. 용천부의 또 다른 세족인 권씨 집안 종가인데 용원대군과 친분이 깊은 금부도사 권일청의 본곁이었다.

용원대군이 이미 권일청을 통하여 아우가 내려간다 기별하였다. 대문을 활짝 열고 권씨 일가 전부가 지엄하신 대군마마를 기다리고 있었다. 융숭한 대접에 정중한 환대가 극에 달하였다. 헌데 모다 궁금하기 죽을 지경이고나. 이 궁벽한 시골구석에 무슨 볼 것이 있다고 귀한 왕자마마께서 오신 것이더냐? 하지만 물을 수가 있어야지. 심중에 깊은 뜻이 있으시거니 하였다.

겉으로는 몸이 상하여 잠시 요양하러 온 도성 사는 일가친척으로 소문냈다. 권씨 집안 외사랑을 차고앉은 재원대군, 저가 예에 있다 하는 소문을 꾹꾹 눌러 막아라 입단속을 하명하였다. 비스듬히 드러누워 천장을 바라보며 눈동자만 굴리고 있었다. 괘씸하고 무엄한 정씨 도령 그놈을 어찌 물먹여 줄 것이냐 이런 궁리를 하는 것이 분명하렷다?

한편 본곁으로 돌아간 을민 아씨, 아직 대군이 향리까정 저를 따라나섰다는 것을 전혀 모르고 있었다. 하물며 대군의 연적인 정씨 도령 또한 이렇게 강력한 적수가 나타나 제 혼사 망쳐 주리라 결심하고 호시탐탐 노리는 줄도 전혀 짐작한 바 없었다. 한가롭게 나귀를 타고 재곡의 을민 아씨 집으로 가고 있었다.

정씨 도령 준하가 고삐를 머슴에게 넘겼다. 항시 어린 날 하던 대로 을민 아씨가 거처하는 초당으로 들어섰다.

"내가 왔으니 아씨 좀 불러다오. 얼굴이나 잠시 볼 것이다."

근 사 년 만에 다시 만나는 정혼녀 을민 아씨. 준하의 부름에 내외하지도 않고 냉큼 방문을 나섰다. 하도 어린 날부터 같이 지내다시피 오가고, 만날 흙장난에 서로 얼굴 쥐어뜯고 싸운 사람이다. 정혼자라 하기보다는 형제 같은 정다움이라. 새삼스레 내외하기가 웃기다 싶었다.

후원 연못가 괴석 위에 앉아 하릴없는 발길질 툭툭 하던 정준하. 짙은 홍색 치마에 담황빛 저고리를 입은 을민 아씨가 나타나자 흠칫 놀라는 기색이 역력하였다. 선머슴아 같던 어린 을민만 기억하였다. 헌데 다시 만난 정혼녀의 활짝 핀 자색을 보시오. 마치 다른 사람 같았다. 몰라볼 만큼 아리따운 처녀로 성장하였구나. 순진한 시골 도령 준하가 먼저 얼굴을 벌겋게 붉히었다.

오롯이 석 삼 년. 도성 부원군 댁에서 가르침받고 지냈다. 깨끗하게 가꾼 자태며 현숙한 부덕이란 한 포기 아름다운 해당화라 할 것인지, 탐스러이 핀 모란이라 할 것인지. 한눈으로 보암직한 때깔이 틀렸다. 세련미가 확 풍기고 향리의 평범한 집 안주인으로는 너무 아까운 염태가 아니더냐? 눈이 높은 궐 안 재원대군 마마까지 혹하게 할 정도인 그 자색을 시골 도령 준하가 어찌 감히 감당할 것이냐?

"너는 참 많이 변하였다? 이제는 내가 함부로 이름도 부르지 못하겠구나."
 좀 난처하여, 혹은 놀라서 준하는 괜히 발끝으로 섬돌을 툭툭 찼다. 느릿느릿 말을 이었다. 예전에 같이 땅따먹기하던 어릴 적 그때 생각하고 들어섰다가 천상 선녀 하나를 만났다. 헌데 이상한 일이지. 솔직히 준하는 을민 아씨가 너무 곱고 귀하며 도도하게 보여 영 낯선 여인같이 멀고 부담스러웠다. 어쩐지 가까이 가서는 아니 될 듯싶었다.
 을민 또한 몇 년 만에 다시 보는 태중 정혼자인 준하를 앞에 두고 마찬가지 심사였다. 애틋한 정은커녕 저 사내란 어찌 이리 보잘것없고 초라한가 실망뿐이었다.
 철들기 전부터 항시 같이 놀았다. 말끝마다 항시 너는 저 사람과 혼인을 할 것이다 이야기를 듣고 자랐다. 을민은 준하를 다시 만나면 그때의 애틋한 정이 다시 살아나겠거니 기대하였다. 헌데 도무지 그런 마음이 되살아나지 않으니 미칠 지경이로구나!
 도성을 떠나기 전만 하더라도 참 잘난 도령이다 생각하고 준하를 자랑스러워하였던 그 마음이 도대체 어디로 가버린 것이더냐? 바람 따라 가버린 것이냐? 세월 따라 가버린 것이냐? 아니면 딴 사내 얼굴에 가려 사라진 것이냐?
 도성서 지낸 세월 동안 을민 아씨, 많이도 보고 듣고 배웠다. 특히 그곳에서 사람 구경이 첫째라 할 것인데 하물며 잘나기로 소문나고 고귀한 신분이라 일등 가는 재원대군에게 너는 내 사람이다! 이런 선언까지 들은 판이 아니냐? 겨우 이 시골서 그 가문 자랑하며 초시 합격하였다 자랑인 정준하가 무에 눈에 찰 것인가? 그 태도며 말하는 품새 모다 촌스럽고 보잘것없는 인재라 싶은 마음은 어찌할 수가 없었다.

하물며 을민 아씨, 준하를 보기 더 민망하고 좌불안석인 것은 저가 지은 죄(?)가 너무 커서였다.

그러니깐 저가 고향에 돌아오던 전날이다. 빈궁마마께 하직 인사 드리러 부부인 따라 궐에 들어갔다. 알고 보니 저가 입궐을 하게 된 그것이 바로 엉큼한 재원대군의 입김이었다. 다담상을 앞에 두고 환담을 하고 있는데, 남궁에서 내관이 나왔다.

"작별 인사라 할 것이니, 서책이라도 몇 권 나눌 테요. 부대 남궁으로 듭시오 분부하셨나이다."

얼떨결에 빈궁마마 손에 등 떠밀려 재원대군 처소로 들었다. 에고머니. 망측하여라. 그때 대군이 너는 내 사람이니라 하며 와락 손목 잡아당겨 제 통통한 입술에 쪽 입 맞추는 것이 아닌가?

눈앞에 별이 오락가락. 허공을 딛는 듯 그저 붕 뜬 가슴이 황홀하였다. 하늘을 나는 것인지 땅에 서 있는 것인지도 모를 만큼 아득하고 두근거렸다. 만약에 시간만 더 있었고 그때가 대낮이 아니었으면 대군이 저를 바닥에 깔고 누이어 옷고름 풀었을 줄은 앙큼한 을민 아씨 저가 더 잘 알고 있었다. 게다가 저가 도망치듯이 게를 벗어날 적에 대군마마 하는 말이라니!

"날 잊지 말아라. 언젠가는 너 찾아 한번 갈 테야. 괄시하기만 하여봐."

"망측하옵니다. 이미 혼인한 소녀를 찾아오시면 어찌하시려구요?"

"흥. 혼인을 해? 누구 맘대로? 아나 쑥떡! 너 돌아가서 잘 먹고 잘살 줄 안다만은 어림없다? 십 리도 못 가서 발병 날 게다. 대장부의 마음을 희롱하고 네가 혼자 잘살 줄 아니? 어림없단다!"

저가 눈을 흘기자 씩 웃었다. 눈빛에 심히 엉큼한 빛이 어려 있었다. 흉중에 무슨 생각을 감추어두고 있는 것인지. 원!

이렇듯이 천하의 바람잡이. 한량 기질이 다분한 재원대군에게 손잡히어 촉촉한 입술까지 빼앗겼다. 옷고름에는 대군이 억지로 걸어준 황금 노리개까지 차고 있는 을민 아씨. 참말 준하 보기가 더 난처하였다. 그러나 그녀의 복잡하고 심란한 심사를 까마득히 모르는 정준하. 공연히 다시 싱긋 웃었다.

"그냥 네 얼굴을 한번 보러 왔다. 혹여 객지 생활에서 병이나 나지 않았는지 궁금하기도 하여서……."

"건강하니 잘 지낸 걸 무어. 저어, 초례는 언제 하신다니?"

"낸들 아니? 초례 날짜야 어른들이 정하시는걸. 하지만 내년 사월에 과거가 있는 고로 그것 끝나고 나서 이내 하잔다 하시더라."

"……넌 글공부나 열심히 하렴. 혼사야 어른들이 하시는 일인걸."

을민의 목청이 낮았다. 허기는 처녀의 몸으로 혼사 이야기를 하니 수줍어서 그런 게지. 준하는 울적해진 을민의 목청을 그렇게만 생각하였다. 건강하고 반듯한 얼굴 보았다. 약조 잊지 않고 돌아와주었으니 그것으로 감사하다 싶었다.

"근심하였는데, 너가 이리 건강한 몸으로 돌아왔으니 되었어. 글방 동무가 기다리는 고로 나는 인제 그만 가볼 것이다."

아무 의심도 없이 맑은 눈으로 빙긋 웃어 보이곤 초당을 나가는 준하의 뒷모습이라니. 을민은 죄책감으로 무거워진 가슴을 꼭 끌어안고 또다시 한숨을 지었다.

'내가 저렇게 착한 사람을 배신하면 사람이라 할 수 없는 것이다. 그저 신실하고 정결하니 오직 한마음으로 나만 기다린 준하가 아니더냐? 을민아, 을민아. 아무 생각 말고 혼인할 것만 생각하여라. 그것이 네 도리이니라!'

방에 들어와 짙은 한숨을 만 번이나 쉬어보지만은 뾰족한 수가 없으니 어쩌리오?

'대군께서는 심란한 내 마음을 아실까? 아이고, 멍충이. 그때 그냥 세게 나갔으면 내가 모르는 척하고 당신 사람이 될 것인데 말야. 왜 게서 빼느냔 말야?'

을민은 애꿎은 재원대군만 원망해 보았다. 하지만 사람의 도리 운운하며 대군을 밀어낸 이는 바로 저가 아닌가? 이미 배는 떠났는데. 지금 와서 발만 동동 구르면 무엇을 할 것이냐?

'일은 어차피 끝이 난 것이다. 마음을 가다듬어 준하를 다시 좋아할 수 있도록 노력하여야지. 그래도 준하는 하나도 아니 변하고 옛적 그대로이니 그 마음도 일편단심이라. 내가 그런 사람을 배신할 수는 없다. 절대로 해서는 아니 될 일이야.'

심란한 마음이니 바느질인들 제대로 되는가 이 말이다. 괜스리 지금껏 잘 마르고 있던 저고리를 팩 하니 던져 버렸다. 도성 쪽을 바라보며 또다시 한숨짓는 을민 아씨였다.

그러나 이런 정혼녀의 복잡한 심사에 대해 아무것도 모르는 정씨 도령 준하, 나귀 타고 한가로이 집으로 돌아가는구나. 가면서 그는 지금 혼잣말이다.

"참으로 사람은 변하기 시간문제이다? 세상에 그 말괄량이였던 을민이가 고운 처자가 되어 돌아올 줄을 뉘가 알았을까? 나는 그 애가 그리 고운 여인인 줄 처음 알았다. 영 낯선 사람같이 데면데면하니 허긴 도성에서도 빈궁마마 사저라 하는 부원군 댁에 기숙을 하였으니 오죽할까? 부원군 댁이니 아마 궐에도 들어가 보았을지 모를 일이야. 나중서 도성이며 대궐 이야기를 해달라고 해야지. 그곳에 사는 사람들은 어찌 생겼을까? 다들 기막히게 잘나고 꽃같이 고울 것이다. 그 애가 우리 혼약을 잊지 않고 돌아와 내 색시가 되어준다는 것이 고맙고 좋지만은…… 어쩐지 좀 미안하고 황공하다 싶은 것이야. 솔직히 오늘 본 을민이는 이런 촌구석에서 살 사람이 아닌 것같이 엄청나게 변해 버렸다. 내가 어쩐지 좀 섭섭하였던 것이야."

밤이 늦어지는 터로 부엉이가 부엉부엉 울었다. 수종이 들고 있던 등롱을 더 높이 치켜들었다. 그때였다. 뒤에서 누군가 준하를 소리쳐 불렀다.

"이보시오! 거기 가시는 도련님!"

당나귀 타고 구종 잡힌 여인이었다. 보따리를 들고 횃불 든 교전비 하나 딸리고 장옷을 아미 아래로 끌어내린 여인네인데 나이는 한 스물 서넛, 버들가지처럼 찰랑이는 허리며 날씬한 자태가 시골서 보기 드문 미태였다. 열엿새 달처럼 요염을 한껏 흘리며 준하에게 수작을 걸었다.
"아이고, 이렇듯이 사람을 만났으니 다행이로다. 길을 잃었거든요. 길을 좀 가르쳐 주십시오. 거처를 옮기는 길이랍니다. 잠시 주막에서 동무를 만나 이야기를 하다가 그만 일행을 놓쳤나이다. 금촌 마을로 간답니다."
"금촌 마을이라면 소생이 가는 길인 고로 따르십시오. 밤이 어두운데 여인네가 이리 한적하니 길을 가다가 변을 당할 수도 있는데 장히 간담도 크십니다그려."
"훗호호. 이 몸은 지아비를 일찍 여의고 별별일을 다 겪은 고로 웬만한 일은 눈 하나도 깜짝하지 않사와요. 도적들이 나타날 것이면 나타나라 하지요! 그래 보았자 빼앗아갈 것은 이 목숨뿐이랍니다."
옥구슬 같은 목청에 웃음기 머금으며 응대하는 말솜씨가 보통이 아니었다. 사내 마음 사로잡는 애교가 아주 똑똑 흘렀다. 순진한 시골 도령 정준하, 소녀 과부라 자신의 정체를 드러내는 묘령의 그 여인네 웃음소리에 왠지 가슴이 진탕되는 기분이었다. 멀미가 난 듯이 울렁울렁하고 어쩐지 고추 먹은 듯이 얼굴이 화끈거리었다. 내외하는 법도이니 굳이 외면하려 하지만은 그러면서 호기심이 나니 흘깃 곁눈질을 하였다.
'언제서 동구 앞 한 초시 집으로 그 집안 과수댁이 중경에서 이사를 온다 하더니 말야. 바로 저 여인인 모양이다. 참 고운 여인이구나?'
허나 정준하가 어찌 알랴? 처연한 과부인 양 살긋살긋 미소 지으며 곁을 따라오는 그 여인의 정체라니. 저를 함락시켜 혼사 망쳐 놓아라, 대군의 하명을 받고 일부러 계획적으로 나타난 구미호인 것을!

그녀 이름은 수연이.

나이는 스물셋인데 비록 소문은 아니 났으되 장안에서 그 수단 좋고 요염하기로 알아주는 여인이었다. 한량기 다분한 용원대군이 말 통하는 기생 어미 불러놓고 알맞은 계집 하나 골라라 청하였다. 하여 천거받은 여인이니 오죽할까? 수연을 불러 앉히고 속살거렸다.

"이것 좋은 일인 게다. 너도 노류장화 신분이 지긋지긋할 것이니 양반가 들어가 팔자 고치렴?"

들자 하니, 수연이 저가 손해날 것은 하나도 없었다.

당장에 대군마마께서 저를 기적에서 파내어주신단다. 얌전한 집안의 소녀 과부로 만들어주마 하였다. 어떤 사람을 만나도 과거사 알아볼 수 없게 단단히 방비하여 줄 것이다 장담하신다. 살아가기 불편함없게 짭짤한 살림을 내려줄 것이니 그놈만 함락시켜라 분부하였다.

"그렇게 되면은 비록 촌구석이나 뼈대 곧은 집안의 안주인 자리가 당장에 떨어지는 게 아니니? 꿩 먹고 알 먹고란다."

"참말입니까?"

"암만. 게다가 그 집안에 말이지. 깐깐한 시모가 이미 죽었다잖느냐? 안방이 무주공산이란다. 모진 시집살이 걱정도 없느니라."

한시가 급하니 빨리 결정하라 그 자리에서 채근하시었다. 순진하고 세상 물정 모르는 도령 하나 요절내는 일이 너로서는 무에가 어려울 것이냐? 이렇게 대군과 기생 어미가 부추기니 수연으로서는 슬쩍 어디 한번……? 하는 속셈이 생긴 것이다. 게다가 그 재물이라니? 대군마마께서 턱하니 내어주는 주머니 속에서 묵직한 황금덩이가 아낌없이 흘러나왔다.

"어찌하련? 한번 해보련?"

"……봉명하옵니다. 명색이 기녀의 몸으로 사내 하나 목매달게 하지 못하면 그것도 수치지요."

호언장담. 이내 금촌으로 내려왔다. 눈치 보아 슬며시 우연처럼 만남을 준비하였구나.

'저 도령이 내가 함락시켜 목매달게 해야 할 사람이더냐?'

수연은 살며시 준하를 곁눈질하였다. 촌태는 흐르지만은 제법 착하게 보였고 양반가 고이 자란 순진한 도련님이었다. 저가 손가락 까딱만 하면 저절로 엎드릴 품새였다.

필시 동정(童貞)이렷다? 수연은 슬며시 붉은 입술에 웃음을 머금었다.

기생의 영광 중 하나란 소년장부의 첫 밤을 모시어 운우지락 가르치는 절미라 하였다.

'내가 한 번도 그런 진미를 즐기지 못하였는데 이날 그 소원을 풀 참이로구나. 홋호호, 저 도령 하초 맛은 겉보기처럼 순진할 것이다?'

생각만 하여도 뜨끈뜨끈, 달금짜릿. 수연은 붉은 혀를 내밀어 슬쩍 입맛을 다셨다.

양촌 마을 동구 앞 한 초시 집에는 이미 불이 밝았다. 사람들이 웅성웅성하였다. 어쩐지 아쉽다 생각하며 준하는 여인에게 손짓을 하였다.

"저기가 이사 드는 집이니 아마 처자가 찾으시는 집일 겝니다. 가보시오. 허고 여인네가 밤길은 아니 가는 것이 신상에 좋습니다."

"실로 도련님께 큰 은혜를 입었나이다. 훗날 다시 보아지면은 신첩이 막걸리라도 한잔 대접할 기회를 주십시오. 저가 이 마을에 처음 이사를 온 고로 아무것도 모릅니다. 도련님께서 저가 처음 안면을 튼 이 동네 분이시라 많은 가르침을 주시기 바라옵니다."

냉큼 수연이 나귀 등에서 내려 공손히 두 손 모으고 고개 숙여 절을 하였다. 그 품새가 조신하고 또 정갈하였다. 준하는 수연의 그 자태에 또다시 가슴이 두근두근하였다.

"저는 저 언덕 아래 기와집에 사는 사람이오. 훗날 집안 여인들과 친하여지면 한번 놀러 오십시오. 이 동네 사람들 인심이 다 넉넉하고 예절을 아는 사람이니 사는 것은 힘들지 않을 것입니다. 내외가 엄격하여 저는 이만 가보렵니다."

맞절하고 준하가 나귀를 돌려 집을 향해 올라갔다. 그 뒷모습을 바라보는 수연의 얼굴에 은밀한 미소가 머금어졌다. 저깟 도령 하나 못 녹이면 이 수연이 기생 딱지를 떼고야 만다. 흥. 이런 자신감이다.

그 며칠 후. 인제 뉘가 보아도 조신한 과수댁 모습을 한 수연이 살며시 양촌 마을로 가마 타고 스며들었다. 내관이 동구 앞에서 지키고 있다가 가마를 권씨 저택 외사랑으로 안내하였다.

물론 남들에게는 수연이 옛적에 친분이 있던 권씨 노마님을 뵈오러 간다 이렇게 알려졌다. 허나 외사랑채 차고앉은 재원대군을 뵈러 간 것이 불문가지. 그때 대군은 무료하니 소일거리로 이십 보 바깥의 소나무에 과녁을 걸어놓고 활을 쏘고 있다가 수연을 맞이하였다.

"그래, 그 도령을 보았더냐?"

"보았나이다. 촌태 졸졸 흐르는 순진한 도령이더이다."

"흠, 그래? 허면은 네가 수단부리기 여반장이겠다?"

"홋호호. 그깟 순진한 촌것 무지렁이 하나 함락시키지 못한다면 이 수연이 명기라 하는 명성을 포기합지요. 마마. 근심 따윈 하지 마십시오. 한 두어 달포만 참으십시오. 일을 성사시킨 다음서 장한 상급을 받으러 올 것입니다."

"아주 딱 붙어서 빼도 박도 못하게 만들어야 할 것이다? 못난 놈이 감히 엇다 대고 내 여인을 빼앗으려 하는 것이냐? 흥! 내 단단히 그놈 버릇을 가르쳐 줄 것이다! 옛다, 네 수고를 내가 잊지 않는다는 뜻이니라!"

자린고비 재원대군. 이 대목에서는 확실히 돈을 쓸 줄 알았다. 호기있게 묵직한 전낭을 수연의 앞에 던져 주었다. 밤톨만 한 진주가 물린 진주잠이 나오고 한 냥 남짓한 황금덩이가 유지에 싸인 채 들어 있다. 어지간한 수연의 눈조차 휘둥그레지는 재물이었다. 그러나 재원대군 속삭이는 목청이 그보다 더한 재물을 약속하였다.

"너가 그놈을 금세 함락시켜 정씨 가문으로 들어간다 이러면 내가 너 앞으로 따로이 전답 오십여 마지기쯤 마련하여 줄 것이다. 너는 기생 신분에서 어엿한 가문의 큰며느리가 되는 것이고 나는 내 여인 되찾는 것이니 우리 서로 좋은 것이 아니니? 얼른 그놈 엮어서 밤 잠자리라도 같이 하여 잉태라도 해버리려무나? 그러면 제놈이 어찌하겠든?"

어린 재원대군 능갈치는 술수가 기가 막혔다. 숱한 연적 제거하고 계집을 독차지하는 천하 한량의 술수도 이만은 못할 것이다. 이 모다 천하의 풍류잡이 용원대군 곁에서 보고 배운 터라 조기교육이 아주 철저한 결과였다.

수연이 방그레 웃으며 공손히 읍을 하였다. 재원대군과 마주치는 시선이 사뭇 의미심장하였다. 인제 준하는 큰일 났구나!

수연에게 그런 비밀 지령을 내려놓고 재원대군 참으로 느긋하였다. 권씨 외사랑에서 책장만 넘기는구나. 전혀 급할 것은 없다 이런 얼굴인데 허나 속마음이 어디 그런가? 간간이 내관을 수연의 집에 보내 새로운 소식을 듣기 게으르지 않았다.

이렁저렁 두어 달. 동아 놈 까불다가 부왕전하께서 낙마하신 일도 있었고 장형이신 세자저하께서 대리청정을 하시게 되었다는 기별도 있었다. 이내 두 달 후 새봄에 죽도 정벌을 떠나셨다. 참으로 기막히고 당돌하셔라. 회임하신 빈궁마마가 배 친친 동여매고 지아비 세자 몰래 전쟁터로 따라 나갔다니. 고금에 없는 여장부의 기세라. 궐내가 온통 떠들썩하였는데, 재원대군 역시 소란한 그 일에서 내내 무관심한 척할 수는 없었다. 잠시 도성으로 돌아갈 수밖에 없었다.

조하 중론을 들끓게 만든 그 빈궁마마. 중경에서의 시끄러운 소리들을 들은 척 만 척. 전장의 불안한 거소에서 머무시는 도중, 장막 안에서 잠시 지쳐 주무시는 세자저하를 암살하러 스며든 자객을 단칼에 요참하였다는 기별이 전해졌다. 자나깨나 지아비 곁에서 한시도 떨어지려 하지 않는 그 은애지정으로, 그 용맹으로 지아비 목숨을 구하셨구나. 대통보위 이으실 분의 안위를 지켰구나. 사직의 주인을 보존하셨구나. 빈궁마마 처신이 어떻다더라 하는 구설들은 그날로 쏙 들어가 버렸다.

이러저러한 일들을 겪고 난 후 재원대군이 다시 양촌으로 돌아갔더니 말야. 얼씨구나 좋다. 일이 제법, 아니, 상당히 진전되어 있었다.

쌀이 익어 밥이 되고 있구나. 수연이 요것이 귀엽게도 뜸을 한참 들이는 참이로구나.

꽃피는 시절. 남녀상열지사라, 정분나기 딱 좋은 계절이로다.

사월 초파일이라, 재원대군은 소일거리로 근처의 유명한 고찰(古刹)인 단경사에 구경 나갔다. 노을이 물들 무렵, 어슬렁어슬렁 아랫것 한 놈 딸리어 권씨 젊은 서방님과 함께 주막에 나가서 술잔을 들이키는 참이었다. 그런데 그곳에서 을민 아씨 정혼자 준하 도령이 술청 안줏거리가 되어 있는 것을 들었다.

"무엇이라? 그것이 참말이야? 정말로 준하 도련님이 새로 이사 온 과수댁과 정분이 나버린 것이야?"

"그러하다니까 그러네! 그 과수댁 집에서 아침에 나오시는 것을 본 사람이 한둘이 아니라네! 소문 듣기 이미 그 과수댁이 도련님 씨 앗 받아 잉태까정 하였다더구먼?"

"참 그것! 얼마 후면 남 진사 댁 아씨랑 초례를 치르실 분이 그렇게 과수댁하고 정분이 나버리면은 어찌하라고? 준하 도련님을 내가 그렇게 아니 보았더니 은근히 손이 재빠르시어?"

"그 과수댁이 염태 한번 기가 막히긴 하더라! 본 사람들 모다 홀딱 넘어간다 하지 않던고? 정씨 집안 침모와 친분있어 그 집 드나들며 바느질거리 맡다가 그만 도련님에게 손목을 잡히었다 하데? 허기는 정씨 집안 권세가라, 후실이라 하여도 홀몸 과부 되어 사는 것보다는 백배나 더 나을 것이라. 아주 도련님이 정신을 못 차린다 하더구먼? 허긴 순진한 양반이 첫 정분이 난 것인데 오죽할 것인가?"

오나가나 술렁술렁. 동네마다 입질에 오르내리는 가장 큰 구설수라, 정준하가 혼약한 남 진사 댁 아씨 두고 과수댁과 정분이 나버린 일이었다. 술청에 앉아 소문들 떠벌리는 입담을 주워듣고 있던 재원대군. 싱긋 혼자서 웃었다. 주욱 들이키는 술맛이 왜 이리도 향기롭느냐?

이렇게 술청에서조차 안줏거리로 씹힐 만큼 소문이 장한 터라, 발 없는 말이 천 리를 가는 법. 아무리 초당 깊숙이 앉아 있는 을민 아씨라 하여도 그 귀에 이 소문이 아니 들어갈 수가 없는 것이었다.

"막내 아씨, 나리께서 사랑채에 잠시 나오라 부르십니다."

사월 지나 오월이면 대강 초례를 치르자 결정이 난 터. 기뻐하기는커녕 요즈막 한숨이 마냥 잦은 을민 아씨더러 방문 바깥에서 아랫것이 전하였다. 준하의 과거 시험 장도를 격려하고 돌아온 남 진사가 사랑채로 나온 을민더러 일렀다.

"내가 어제 정 진사를 만나 입을 맞추지 않았더냐? 혼인을 오월 초이틀로 치르기로 하였다. 인제 겨우 달포나 남은 터라, 조용히 기다리다 친영하면 되는 것이다."

무어라 말 한마디도 붙이지 못하였다. 다시 초당으로 건너왔다. 그저 시름이 스민 얼굴로 옷고름에 달린 노리개만 어루만지던 을민 아씨. 대체 그 마음에 무슨 생각이 맴도는 것일까? 그런데 문득 귀에 들려오는 수군거림. 아씨가 듣는 줄도 모르고 담벼락 밑에서 몸종 이월이 년을 상대로 머슴 장쇠가 쑥덕대는 말이었다. 참으로 날벼락 같은 소문이었다.

"뭐라? 그것이 참이냐?"

"글쎄. 소문이 그렇다니까. 내가 듣기로 우리 고을 봉놋방에서도 소문이 좌아 하단다? 그 과수댁이 아주 염태가 고읍대. 도련님이 그냥 정신을 못 차린다는 것이야. 벌써 연분 맺었고 아 글쎄! 그 과수댁이 잉태를 하였다는 것이다. 그 소식을 들으신 정 진사 나리께서 대견하다 하시며 당장에 뒷방에 들여주마 하시었다 하던데? 너도 알다시피 정씨 가문에 손이 귀하지 않니? 뉘든지 좋으니 그저 아기만 낳아져라 이리하는 것이란다."

"에구머니! 어찌 그럴 수가 있다니? 우리 아기씨랑 초례 날까정 받으신 분이 그리 천한 과수댁한테 헛눈을 돌리고 다니다니…… 인제 아씨가 아시면은 난리가 날 것이다. 준하 도련님이 우리 아씨를 배신한 격이라, 어쩌면은 좋니?"

"아씨야 정하여진 대로 혼인하면은 되는 게지. 당당한 정실이라 무에 큰일이겠니? 사랑채 나리께서도 다 알고 계시지만 말야. 양반가 뭇 사내들이 첩실 두는 일이야 예사이니 모르는 척 넘어가기로 하신 모양이야. 허지만은 도련님이 그 과수댁에게 홀딱 반한 것은 사실인 게야. 해도 지기 전에 글방에서 나와 그 과수댁 안방 차지하고 드러누웠다 그러더라?"

갑자기 방 안의 을민 아씨 눈꼬리에 독이 올랐다. 세모꼴로 샐쭉해졌다.

이 무슨 날벼락이냐? 낼모레면 혼인할 제 사내 준하가 지금 감히 그녀를 두고서 과수댁을 보아 정분이 보통 아니며 이미 그 계집이 잉태까정 하였다고? 뒷방에 들여주마 집안 간 내락까정 얻었다고?

도도한 자존심에 울컥한 분심이라, 을민 아씨는 이를 아드득 갈았다. 사납게 방문을 홱 열었다.

"너, 장쇠. 이리 오너라!"

"네. 네에? 아씨. 부르셨에요?"

장쇠가 화드득 놀라 일어섰다. 주저주저 초당 방문 앞에 섰다.

"이말 저말 필요없다. 참말만 말하여라. 너 지금 이월이랑 하던 이야기가 무엇이냐? 필시 준하 이야기일 테지?"

"네, 네에? 아, 아씨, 그것이 말입지요······."

난처한 터로 장쇠가 어름어름 대답을 회피하였다. 그러나 잠시의 틈도 주지 않고 을민은 찔러 들어갔다.

"내 다 들었다. 허니 거짓부렁하지 말아라. 그이가 다른 계집을 보아 아기까지 잉태를 시키었다고 하였잖느냐? 바른대로 고변하지 못하겠느냐?"

장쇠 놈, 이월이 년을 상대로 말 한마디 잘못하였다 날벼락이었다. 이제 딱 죽었다 싶었다. 하지만 을민 아씨가 하도 몰아붙이며 송곳같이 매섭게 탐문을 하니 용빼는 재주가 없었다. 결국 저가 알고 있는 대로 좔좔 내뱉을 수밖에 없었다.

장쇠가 하는 이야기를 가만히 들으면서 을민 아씨, 배신감에 치를 떨었다. 나중에는 너무 기가 막혀 어이없는 헛웃음만 나왔다.

'기가 막혀서. 실로 기가 막혀서! 준하 요것이 감히 나를 기만하고 배신하는 것이라? 나는 정일품 국대부인 다 내 것이 되었지만 오직 저와의 약조 지키려 일생 호사를 주마 하시던 대군마마 손 뿌리치고 마음속 연정마저 단념하고 돌아왔건만 저가 먼저 이리 나를 배신해?'

고약하고 몹쓸 놈! 입안에서 저절로 상욕이 나왔다. 을민은 주먹을 꽉 움켜쥐고 죽일 놈, 죽일 놈 하고 끝없이 되뇌었다.

'나쁜 놈! 오직 나는 너뿐이야 이리하였던 옛날 맹세 믿고 내가 돌아왔거늘. 저가 먼저 나를 이렇게나 모욕하다니! 남궁에서 대군마마 말씀하신 것이 딱 맞는구나. 눈에서 멀어지면 마음에서도 멀어지고 사내란 것은 고운 계집 보면은 홀딱 빠져 어린 날 맹세 따윈 부운(浮雲)같이 잊어버린다 하셨지. 허나 내가 주장하기를 죽어도 준하 그리하지 않을 사람이라 확언하였기로 실로 내가 멍청하였다. 준하 너가 그나마 심성이 착하고 맑아서 내가 일생 의탁할 만하다 믿었기로 인제 보아하니 너도 징글맞은 뭇 사내와 다를 바 없는 보잘것없는 위인이었구나. 나쁜 놈! 이리 나를 모욕하고 기만하는 인간을 내가 어찌해야 할 것이냐?'

을민 아씨. 무릎을 세우고 얼굴을 묻은 채 흑흑거렸다. 한참 동안 혼자 울고 앉았는데 그 눈물의 뜻이 무엇인가? 제 혼약자 빼앗긴 상심의 눈물이냐? 아니면 믿었던 준하에게 배신당한 분함의 눈물이냐? 그도 저도 아니면 잘났다 싶은 대군마마 손까지 뿌리치고 온 터로 못났다 생각한 준하가 어여쁜 저를 두고 다른 계집 보았다 하니 자존심 상한 기막힌 눈물이냐?

그 다음날 오후이다. 을민이 갑자기 자리를 차고 일어났다. 이월이 년을 앞장세운 채 장옷에 깊이 얼굴을 묻고서 양촌으로 가는구나. 직접 준하가 반하였다는 그 과수댁 얼굴을 한번 볼 것이다 작정을 하였다. 둘이 좋아 죽는다는 그 광경을 목도하여야겠다고 야무지게 작심하였다. 이것들 꼬락서니를 보기만 하여봐. 북북 뜯어놓을 테야. 이를 악물고 종종걸음을 쳤다.

"저 집입니다요, 아씨."

양촌 동구 앞에 선 제법 얌전한 집이었다. 조촐하되 제법 알차게 살림 있어 보였다. 노을이 짙게 깔릴 참에 그 집 사립문이 삐걱 열렸다. 살그머니 한 계집이 나타났다. 과수댁이면 무명옷에 지분 단장 지우고 근신하여야 함이 마땅할 것인데 그 계집 자태란 것이 참으로 요상하였다. 비단 의대 날아갈 듯이 차려입고 연지 분단장 곱게 하였다. 고운 낭자머리 하여 은비녀 찔렀는데 그 맵시가 물 찬 제비같이 날렵하였다. 온몸에 휘감은 교태가 여간 아니었다. 살긋살긋 사내 녹이는 요염이 똑똑 떨어졌다. 절대로 얌전한 여염집 과수댁 같지는 않았다. 을민은 딱 감을 잡았다.

'조 계집이 분명 준하를 녹였다는 그 불여우가 분명하다. 보아하니 염태가 기가 막히고 요염이 뚝뚝 흐르니 필시 곡절이 있는 계집이야. 허긴 그런 터이니 낼모레 혼인할 준하를 제 아랫도리로 녹인 게지만.'

 뉘를 기다리는지 그 계집, 한참 동안 사립문 앞에 서서 까치발을 하고 서성댔다. 얼마 후에 노을 깔린 길로 하여 나귀 타고 오는 이가 분명 을민 아씨 정혼자 준하 도령이렷다?

 그 계집, 하는 꼴이 심히 당돌하구나. 준하를 보자 하니 얼굴이 환해져서는 달음박질을 쳤다. 그 광경을 본 준하 도령, 황황히 나귀 등에서 내리어 그 과수댁을 번쩍 안아 나귀 등에 태웠다.

 "아기가 놀랄 것이라 뛰면은 아니 되지! 제발 그러지 말라 당부하였거늘."

 "서방님을 뵈옵자 하니 그저 반가워서요. 저가 벌써 너덧 번은 사립문 밖에 나와서 기대린 것입니다. 아이, 어찌 이리 늦으셨어요?"

 계집의 말에 준하가 흐뭇한 얼굴로 핫하 웃었다. 어둔데 숨어 그 광경을 바라보는 을민의 주먹이 장옷 속에서 더 세게 쥐어졌다.

 "체면이 있으니 글방서 책 읽는 흉내만 내었다오. 들어가십시다. 임자가 고뿔이라도 들면 복중 아기에게 아니 좋을 것이야. 나가 임자 보고 잡아서 말야. 어찌 시간이 더디 가는지, 원."

 "저도 마찬가지여요, 무어. 밥솥을 열었다 닫았다. 하루 종일 서방님 드릴 맛난 반찬 장만했지?"

 "저런, 그랬어? 참, 내가 게 주려 장에서 은가락지를 사왔다? 빨리 들어가십시다. 내가 전낭 속에 넣어두었지."

"아이, 좋아라. 참말 저 주려 사신 것이야요?"

"그럼 내가 누구 주려 이런 것을 장만할까? 내 마음일랑은 잘 알면서?"

"서방님처럼 다정한 분도 없으셔요. 이래서 내가 참말 사모한다니깐."

주고받는 말이 질탕하였다. 이미 십여 년은 같이 산 부부지간 오가는 말보다 더 다정하고 죽이 척척 맞았다. 어둔 길섶에 숨어 그 진진한 수작 다 보고 들은 을민 아씨. 하도 같잖고 기가 막히니 인제 더 이상 화도 나지 않았다. 흥! 하고 이를 앙다물며 찬바람 나게 돌아섰다.

"가자! 볼 것은 다 보았고 들을 것은 다 들었으니 더 이상 있을 필요도 없다. 못된 놈!"

이월이 딸리고 돌아오는 밤길. 타박타박 걸어 집으로 가는 을민 아씨. 입을 꼭 다물고 그저 재게 걷기만 하였다. 등롱 들고 옆 따라가는 이월이 년은 그것이 더 무서웠다.

은근히 만만찮은 을민 아씨. 성깔이란 솔직히 보통이 넘었다. 솟구치는 그 성미로 하자면야 당장에 썩 나서서 준하 도련님 목덜미 틀어쥐고 개골창에 처넣어 버려야 옳았다. 아니면은 도련님을 유혹한 그 구미호 같은 과수댁 귀싸대기라도 후려갈겨야 정상이라. 헌데 이상하구나. 물끄러미 둘이 하는 수작을 바라보고만 있었다. 같잖다 하듯 지켜보고 서 있기만 하더니 휙 돌아섰다. 찬바람이 쌩쌩 도는 얼굴이었다.

'열 길 물속은 알아도 한 길 사람 속은 모른다 하더니 말야. 실로 그 말이 참이로구나. 준하 저것이 저렇게도 능청맞고 태연하게 나를 속일 줄이야. 요망한 계집을 두고 보아 죽고 못 살 지경이라 하다니. 저가 이리도 야무지게 나를 배신할 줄은 몰랐다. 흥, 어디 두고 보자!'

아주 망신을 단단히 주고 말 것이다. 을민은 이를 악다물었다.

'내가 저 아니면은 혼인할 사람이 없는 줄 아느냐? 내가 대들면 어떤 말로 나를 기만할지 참말 궁금하구나! 나쁜 놈 같으니라고!'

그 사흘 후였다.

준하 도령은 혼약자인 을민 아씨에게서 잠시 보자 하는 서간을 받았다. 아씨가 갑자기 왜 나를 보자 하느냐 아무리 물어도 나귀 고삐 잡은 장쇠 놈은 대답이 없었다. 순진한 준하, 저가 지은 죄도 있고 하니 자꾸만 가슴이 쿵덕거렸다. 초당 들어 을민 아씨를 보려는데 어쩐지 눈길을 피하고픈 마음이 들었다. 큼큼 목청을 가다듬고 아무렇지도 않은 얼굴을 하려 애를 썼다.

"어, 어째서 나를 보자고 하였니? 초례 일이라면 어른들이 다 알아서 준비하시는 것을."

"요새 소문에 듣자 하니 아주 망측하더라? 너 요즈막 글방 놓아 두고 밤이슬 맞으며 딴 데서 자고 다닌다더라? 아주 망신이더라?"

앞으란 말도 없었다. 을민이 첫 참부터 독침처럼 쏘았다. 준하의 얼굴이 시뻘겋게 변하였다. 그러나 을민은 그가 무어라 변명할 기회도 주지 않고 대차게 다시 달려들었다.

"동네 사는 과수댁이라지? 이미 아기까정 가져 아주 애지중지, 좋아서 죽고 못 산다면서? 실로 자랑이라, 혼인 전에 이미 계집 보아 잉태까정 시키었으니 정씨 가문 손이 귀하다 걱정하지 않아도 되겠구나? 참으로 나는 복도 많거든. 내가 혼인하여 회임하면 고생일까 봐 후실에서 미리 아기까지 낳아다 준다 하고? 내가 서방님 복이 많은 것이냐? 아니면 지아비가 다른 계집 보았으니 기막히게 재수가 없다 하여야 할 것이냐? 입이 있으면 말을 하여라!"

다다다. 휘몰아치는 힐난이라. 순진한 준하는 한참 동안 고개만 떨어뜨린 채 가만히 서 있었다. 한동안 머뭇거리다가 번쩍 고개를 들었다. 더듬더듬 말을 이었다.

"저, 이런 말을 네 앞에서 하는 것이 실로 어렵지만 말이다. 너가 이미 알고 있으니 내가 말을 하련다. 다른 사람 입으로 전하여 듣는 것보다는 내 입으로 직접 말하여야 예의겠지. 그래, 나, 소문대로 우리 동네 과수댁이랑 연분 맺었다."

"아주 당당하게 자랑하여라! 흥."

"그이가 실로 불쌍한 처지란다. 마당과부 되어 지금껏 홀로 산 것이라 나한테 그저 지극 정성이야. 그래서 말인데, 을민아, 너가 허락만 하여준다 할 것이면…… 나, 그이를 뒷방에 들이련다."

"뭐, 뭐라고?"

"염치없지만 그리하고 싶어. 허락하렴. 엉? 내가 예서 그이를 버리면은 그이가 이미 잉태까정 하였는데 어찌 살겠니? 그이가 실로 마음이 곱단다. 너는 번듯한 정실이니 가납만 하여주면 너를 참말 하늘처럼 뫼시고 지성으로 받들 것이다 다짐하였다."

참을 만큼 참았다. 을민 아씨. 눈을 세모꼴로 흘겨 뜨고 준하를 잡아먹을 듯이 노려보았다.

"너, 터진 입이라 말을 함부로 하느냐? 이제 보니 너가 나를 아주 막볼 참이로구나! 아직 혼인도 하기 전에 이미 첩실 보아 잉태까지 시킨 것도 억장이 뒤집혀질 참인데, 무어라? 이제는 그 계집 처지 가려 나더러 뒷방에 들여달라고? 무에 이런 경우없는 것이 다 있느냐?"

고래고래 준엄한 고함질이라. 을민은 삿대질까지 하며 얼띤 준하를 아주 반 죽여놓았다.

"혼인이라 하는 것은 신의이며 존중함이 기본이라 하였다. 너가 나를 이리 능멸하여 속을 뒤집는데 내가 너의 처지를 왜 가려주어야 하느냐? 너가 대체 나를 어찌 보는 것이더냐? 기가 막혀서! 꼴도 보기 싫다. 평생 홀로 살아도 너 같은 소인배하고는 혼인 아니 하련다. 혼인 전에 이미 첩 두고 사람 억장 뒤집는 인간인데 후에 또 얼마나 나를 긁어댈 것이더냐? 머리 밀고 산문에 들어간다 한들 너는 싫다! 이 비겁한 졸장부. 멍청한 인간아. 썩 나가거라! 그나마 정혼자라 이리하여 약조 지키려 애쓴 내가 실로 기가 막히다! 죽었으면 죽었지 너하고 혼인 아니 할 것이다! 가서 그 계집 꿰어 차고 네 맘대로 살려무나! 같잖고 어리석은 것이 나를 능멸하여도 유분수지 말야. 이제부터 너는 내게는 사람이 아니다! 썩 나가라!"

을민 아씨 패악질에 정신이 하나도 없는 정준하. 그것으로도 모자라서 을민 아씨에게 대차게 뺨까지 한 대 얻어맞았다. 코가 석 자나 빠져 초당에서 쫓겨나는구나.

분에 겨운 을민은 주저앉아 흑흑 울음 울었다. 그 소동 때문에 집안 식구들이 다 몰려 왔지만 을민이 하도 앙칼지고 딱 부러지게 준하를 내어 쫓아 보내니 아무도 무어라 말할 엄두를 내지 못하였다. 남 진사가 아무리 호령하고 달래보려 하지만 소용이 없었다. 난중에는 이판사판. 콱 죽어버리지. 작정하고 아비에게까지 눈 치켜뜨고 앙칼지게 대어들었다.

"허면은 아버님은 저더러 저런 꼴을 당하고도 그냥 혼인하여 평생 속 끓이며 살라 그 말이십니까? 내가 딱 은장도로 목을 찔러 죽어버릴 것이오! 시앗 보면 돌부처도 돌아앉는다 하였어요. 혼인 전서부터 이따위로 노는 사내를 뉘가 믿고 살 것이냐? 아버님은 집안 체면만 중요하고 딸년 인생은 가엾지도 않으십니까? 평생 가야 시앗 자식 앞에 두고 첩년 좋아 지내는 꼴 보면서 내가 살아야 한다고요? 아버님이 그래도 집안 체면 생각하고 교우지간 약조 지키어야 한다고 저를 그 집안에 보내실 양이면 저가 이 밤에 목매달고 죽어버릴 것이니 마음대로 하셔요."

당차게 대어들며 조목조목 따져 드는 을민 아씨 말이란 한마디 그른 것이 없었다. 나중에는 남 진사도 아무 말 못하고 한숨만 푹푹 쉬었다.

한편 금촌 정 진사 집안에서도 아연 난리가 났다.

준하가 을민에게 따귀까지 맞고서 쫓겨났다 하는 소문이 순식간에 퍼졌다. 하루 만에 이 고을 저 고을 다 퍼져서는 난리가 났다.

대체 어떤 입들이 요렇게 방정맞을까? 어떤 귀들이 듣고서는 남의 망신스런 그런 일을 잘도 옮겨 전하는 것일까? 필시 양촌 권씨 집안 아랫것들 노릇이지. 무어?

"대체 그렇듯이 독하고 방자한 계집이 어디 있는 것이냐? 양반가에서 첩실을 들임은 예사이지. 저가 정실이면 어질게 가납을 하나이다 하고 사내 망신을 가려주어야 그것이 덕이지. 헌데 무어라? 아무리 그래도 그렇지. 계집아이가 제 서방 따귀를 때려? 우리 집안 귀한 종손의 뺨을?"

천금 같은 손자 사랑이라. 정씨 집안 안방의 노마님. 팔팔 뛰시었다. 도통 을민 고것이 몹쓸 계집이다. 집안 간 공론이 들끓었다. 난리도 아니었다.

"내가 죽어도 우리 손자 따귀 때린 고것을 며느리로는 못 받아들일 것이다. 눈에 흙이 들어와도 안 되지. 암만!"

안방 노마님 펄펄 뛰시지. 그런 사이에서 수연이 눈물을 똑똑 흘리면서 이간질을 더하였다. 소첩 때문에 이 분란이 났으니 저가 딱 죽을 것입니다. 하고 짐짓 목매다는 소동까지 벌였다. 잉태한 처지이니 정 진사 집안에서 아연 수연이 가엾다 난리가 더 났다. 을민 아씨 고약하다 소문은 날로 더 높아만 갔다. 결국 난처한 남 진사와 정 진사가 만나서 혼약은 없던 일로 합시다 하게 된 것은 그 일 있고 나서 열흘 후의 일이었다.

"조것 성질머리가 앙칼지고 고약하다 소문이 다 나고야 말았다. 인제 어떤 집안하고 혼사를 할까? 네 소원대로 되었으니 네 맘대로 하여라!"

혼사를 무르고 돌아온 남 진사. 평상시 안 하던 술까지 한잔 하였것다. 괘씸한 막내딸을 앞에 두고 노염을 길길이 냈다. 오랜 벗이던 정 진사와 사이가 어색하여진 것 때문에도 심기가 상할 대로 상했다. 게다가 더 큰 문제는 을민 아씨가 준하를 두고 같잖은 것이 감히 혼약을 하여두고서 다른 계집 보았다 하여 뺨까지 후려친 일이었다.

계집아이가 무어 그리 잘났다고 그토록 기승스럽다더냐? 양반집 계집아이가 도무지 얌전하지 못하다 비난들이 장하였다. 이제 이 고을 근동서는 을민 아씨를 혼인시키기 그른 일이었다.

"요것이 헛바람이 들었어! 얌전하다 이리 알았더니 말야. 눈 똑바로 뜨고서 앙칼지게 대드는 꼴이라, 허헛! 요것이 도성에서 못된 것만 배워온 것이여? 인제 어찌할 것이냐? 준하랑 혼약했다가 이리 파작이 난 터라, 사람들 모다 너를 못됐다 난리이더라. 아, 사내가 후실을 둘 수도 있는 것이지! 그저 얌전하게 가납을 하고 의젓하니 정실의 덕을 보임이 양반가 법도라. 헌데 그것을 두고서 먼저 저가 혼사를 파작하겠다 난리이며 감히 준하의 뺨을 후려쳐! 고 방자한 손모가지? 내가 콱 잘라 버리련다!"

"뺨따귀 후려친 내 손목을 자르신다면은 엄숙한 혼약을 개떡같이 뭉개고 저를 배신한 준하는 어찌하실 것인데요? 아니, 뉘가 여인으로 태어나고 싶어서 태어났습니까? 운명이 그러할진대 사내로 태어난 것이 무어 그리 유세라고 저는 제 맘대로 하면서 여인인 저에게는 그저 참아라 부덕으로 모든 것을 인내하라 요구합니까? 참으로 사내로 태어난 것이 장합니다그려? 평생 소녀가 혼인 아니 하고 산다 하여도 상관이 없사옵니다! 그리 못나고 용렬한 인간의 곁에서 속을 끓이며 사느니 머리 밀고 산문 들어감이 나을 것이지요!"

"조, 조것! 아주 입만 살아가지고서? 고 입 아니 닥치련? 도성 부원군 댁에 보내어 얌전히 부덕 익히고 혼인 준비하여 오라 하였더니 말야. 아주 천지분간 못하고 방자한 것만 배워왔지? 무에 저런 고약한 것이 다 있는 것이야?"

남 진사. 여차하면 물고 있던 장죽까지 을민 아씨에게 던질 참이었다. 그때. 마당쇠가 주르르 달려들어 왔다.

"나리마님, 도성 지평 부원군 댁에서 사람이 왔나이다. 귀한 도련님 한 분을 뫼시고 왔는뎁쇼? 근처의 청석사로 글공부하시러 가는 길인데 빈궁마마께서 보내신 서찰을 들고 오신 터라, 막내 아씨를 만나겠다 하십니다. 빈궁마마 말씀을 전갈할 것이 있으니 필시 친히 보아야 한다 하십니다요."

내외하는 풍습이니 외간 사내를 만나게 할 수는 없되 지엄한 빈궁마마 전갈이라 하니 감히 뉘가 거역을 할 것인가? 일단 사랑채로 모시라 하여 바깥주인 남 진사가 나가서 수인사를 나누었다. 시골서는 처음 보는 잘난 도령이었다.

헌칠한 키에 첫눈에 보아도 선관(仙官)같이 잘난 청년이로고. 감탄을 느끼게 하였다. 연보라색 비단 두루마기에 갓을 썼는데 뒤로 수졸들을 세 명이나 딸리고 또 따로 둘둘 하얀 천으로 싼 검을 안은 무장들 둘을 거느린 품이 범상한 집안의 도령은 아니었다. 나이는 한 열여덟 아홉으로 부드러운 턱수염이 이제 거뭇하였다.

이씨 성에 현도(재원대군의 자)라 이름 밝힌 청년은 빙긋이 웃음을 머금고 공손히 남 진사를 향해 읍을 하였다.

"빈궁마마 부탁으로 이 집에 어려운 걸음을 하였습니다. 저가 이 근처 청석사로 글공부를 하러 가는 길인데 빈궁마마와 집안 간이라. 제가 글로 공부하러 가나이다 하였더니 게에 빈궁마마 친척 아씨가 있는데 친동생으로 여기고 귀하게 대한 터로 헤어진 지 오래라 심히 그리웁노라 하시면서 친히 서찰 주시었나이다. 가시는 길에 부대 전하여주시오 하셨습니다. 또 따로이 선물이라 하시면서 자개함을 제게 주시는 고로, 귀한 보물이 분명할지라 이는 남의 손에 맡기지 못할 것이다 싶습니다. 어렵사오나, 부대 아씨를 잠시 뵈옵기를 부탁드리옵니다."

남 진사 듣자 하니 말 하나 그른 것이 없었다. 또한 빈궁마마 일가라 하는 신분이 분명하니 잠시 만나게 한들 무슨 흠이랴? 허면은 그리하시지요 하고 허락을 하였다.

을민 아씨, 그런 이야기를 유모에게 전하여 들었다. 고개를 갸웃하였다. 빈궁마마께서 굳이 저에게 서찰을 보내실 일이 어데 있다고 그러하실까? 또한 궐에 사람이 많은 터이니 꼭 제게 기별할 일이 있으면 궐의 사람이 와야 정상이지 말야. 사사로이 외간 사내에게 서찰을 들려 보내셨단 것을 이해할 수 없었다.

"참으로 기이하구나. 빈궁마마께서 이상도 하시다? 헌데 서찰을 들고 오신 분이 대체 뉘시더냐?"

"기막히게 잘난 젊은 도련님이십니다요, 아씨. 실로 저가 처음 보는 귀한 분이신데 딱 그만 첫눈에 반하였답니다. 홋호호. 우리 아씨는 좋으시겠다? 빈궁마마께서 궐서 선물도 보내시고 말입니다. 아씨, 저가 말을 하는데 그 도련님이 기막히게 잘나고 멋지니 먼저 눈짓을 하여 정분이나 나버리시오?"

"아이고. 유모는 별 해괴한 이야기도 다 한다?"

을민의 눈 흘김에도 아랑곳하지 않고 유모가 입에서 침을 튀겼다.

"보아하니 도성서도 귀한 집 도령 같습니다. 혼사 파작 나서 지금 구설이 들끓는 고로 보란 듯이 좋은 집안 도령과 먼저 혼인하면 아씨가 모자라서 혼사 파작 났다 하는 말도 없어질 것이 아니오? 아씨를 배신한 준하 도련님도 보기 좋게 물먹여 버리는 것이 아닙니까? 이 유모 말을 명심하시오!"

을민은 수다스런 유모더러 눈을 하얗게 흘기며 방에서 일어섰다. 아랫것들이 모다 나서서 그런 잘난 도령일랑 처음 보았다 난리였다. 솔직히 그녀 또한 그 사내가 대체 뉘인지 궁금하여 죽을 지경이었다. 호기심도 나고 의아하기도 하여 가슴 두근거리며 외사랑으로 나간 터인데 이것이 무슨 기함할 일인가? 그 도령은 바로 징글맞고 밉살스런 재원대군이 아닌가?

을민의 얼굴이 저절로 하얗게 질렸다. 한가로이 뒷짐 지고 마루에 서서 연못을 내려다보고 있는 대군에게 다가가 숨죽여 물었다.

"대체 어찌 예까지 오셨나이까?"

재원대군 히죽 웃으며 태평스럽게 대꾸하였다. 능청맞게 손가락을 까딱하였다.

"왜 왔긴? 너 보러 왔지. 두 발 있는 내가 못 갈 데가 어디 있니? 이리 오너라! 보고 싶어 못 참겠다."

"못살아! 내가 못살 것입니다. 아주 소녀를 죽이려 작정을 하셨나이까? 무슨 망측한 헛소문 나라고 이리 우리 집까정 버젓이 나타나신 것이야요?"

"흥, 이미 혼인 작파 나고 임자 없는 처자라 사내가 찾아옴이 무슨 대수이겠더냐? 오히려 환영을 하여야지! 너가 분명 그전에 약조하기를 혼인 아니 하면 그담에는 나한테 온다 하였으니 내가 찾아온 것이지!"

을민은 한숨을 푹 쉬었다. 능청맞게 밉살스런 말도 잘하는 대군을 향해 눈을 하얗게 흘겼다. 그가 정말 얄미워 그러는 것이냐? 짐짓 화내는 척 앙탈 섞인 요염을 꾸민 것이냐?

"아주 우리 집안을 작살내시오? 이 을민이 못나고 성질머리 고약하여 혼인 거절당했다 소문이 장한 참입니다. 이제 미리 정분난 외간 사내 있어 도망갔다 개망신을 시킬 참입니까? 소녀를 이리 막무가내로 찾아오시어 무작정 억지이시니 저가 어찌해야 합니까?"

"너인들 이곳이 가시방석이 아닐 것이냐? 이미 너가 몹시도 고약하다 소문이 나서 인근 고을서는 너 데리고 갈 자가 없다 하던데?"

"그만두랍지요? 이 꼴 저 꼴 다 싫으니 소녀가 비구니나 되렵니다."

"웃기는 소리. 헛말하지 말고 나랑 같이 가자. 여기 있어보았자 무슨 수가 생길 것이며 무슨 해결이 날 것이냐? 나 따라가자니깐! 너로서도 네 혼약자였던 그놈이 다른 계집 보아 딸 아들 낳고 정답게 잘사는 꼴 보아지면 열불이 아니 날 것이냐? 나라면은 미치고 환장을 하고 말지."

"흥, 그딴 인간 천을 갖다 놓아도 까딱없사와요! 살든 말든, 죽든 말든!"

 을민이 골을 팩 내었다. 재원대군 이 대목에서 흐흐 실실거렸다.

 "도성에 돌아가자꾸나. 빈궁 형수님이 너를 부원군 집에 데려다 놓으면은 어마마마께 말씀을 드려 너를 내 안해로 간택받아 주신다 하였다. 이깟 좁은 고을에 무슨 미련이 있다고 너가 예서 살 것이니? 나랑 같이 이 밤에 야반도주를 하자니까? 다 책임을 진다지 않니?"

 그것 참 이상하도다. 어찌 이리 저의 사정을 대군께서 주머니에 든 구슬처럼 잘 아시는 것인가? 영리한 을민 아씨 예서 더럭 의심이 나고야 말았다.

 "헌데요, 마마. 참말로 기이하니, 어찌 이리 소녀의 일을 잘 아십니까? 심히 의심스럽소. 지금껏 소녀를 보고 계셨던 것 아니오?"

 "보고만 있었던가? 일이 이 지경이 되도록 꾸민 것이 바로 나이거늘! 내가 너 혼사 파작 낼려고 지금까정 양촌 고을 권씨 외사랑서 지낸 것은 너도 몰랐을 것이다? 핫하하. 그놈을 유혹한 계집이 뉘인지 아느냐? 내가 데려온 도성 명기 수연이니라. 허니 그깟 촌것 도령 하나 잡아먹기란 여반장이지. 흐흐."

 "무, 무엇이라고요?"

 "그놈은 그 계집 꿰차고 나는 너를 차지하였으니 피장파장이 아니냐? 너를 잃은 대신 다른 계집을 내가 주었으니 그놈도 분하지는 않을 것이다. 이렇듯이 나는 공정하다니까! 핫하하. 을민아, 이리 오너라! 우리 입이나 한 번 더 맞추자구나."

 "아이고, 이 징글맞은 분 좀 보시오?"

"혼인이라 하는 것은 진정 마음이 가는 사람하고 하여야 평생 뒤탈이 없는 것이다. 내가 무어라 하였니? 사내 마음이란 조석지간 변하는 것이니 그놈이 뭐, 너를 기다려 일편단심이라고? 그놈이 내가 수작을 부렸어도 마음이 굳고 일편단심 오직 너만을 기다리고 지키는 순정이 아름답다 할 참이면 물러나리라 하였다. 그렇게 성정이 꿋꿋하고 강직한 놈이면은 너를 데리고 가서 백년해로할 인간이다 싶었는데 역시나 그놈은 별 볼일이 없는 소인배더구나? 흥, 그런 놈을 위해 너가 일편단심 정절을 지키는 것도 우습다 할 것이니 이제 그 마음을 내게로 옮길 것이지?"

을민 아씨가 대군께 잡힌 손을 탁 털어내며 새치름히 노려보았다.

"지금 준하를 상대로 그런 음험한 계교를 부려 밀어내 놓고서 대군마마께서 당당하실 수 있는 것입니까? 이렇게 되어도 소녀 마음이 아니 움직이면 어찌하실 것인데요?"

"네 마음은 이미 내 것인 줄 아는데 새삼스레 왜 이리 앙탈하는 것이냐? 이리 빨리 와서 안기지 않으련? 아니 다가오면 정말 예서 당장 요절을 내버린다?"

내관이 외사랑 통하는 문을 지키고 있는 줄 아는 재원대군, 태연하고 능청스럽다. 을민 아씨 역시 눈을 하얗게 흘기면서 슬금슬금 다가가는고나. 그리운 사람이니, 못 이기는 척하고 대군마마 넓은 품에 포옥 안겼다.

큰소리가 나면 을민 저가 더 망신인 줄 잘 알고 있어 반항도 못하였다. 재원대군, 붉디붉은 정인의 입술 한번 달콤하게 삼켜보고, 덥으로 막 부풀어가는 을민의 통통한 젖가슴을 한 손으로 뿌듯하게 움켜쥐어 보았다. 온몸이 새빨갛게 변하여 바동대는 을민 아씨 내려다보며 싱긋 웃었다.

"역시나 네 입술 맛은 장히 달금하구나! 요 귀여운 것은 한층 더 맛나니 내가 도무지 못 참을 것이다. 핫하하. 잠시만 기대리고 있으렷다? 조만간 궐서 기별이 갈 것이다! 그때까지 몸 간수 잘하고 내 생각만 하여야 한다?"

을민이 기가 막혀 말도 못하고 멍청하게 서 있기만 하였다. 재원대군이 호탕한 웃음소리 날리며 기분 좋게 그 집을 떠나갔다. 꿈인 듯 꿈이 아닌 듯. 을민 아씨는 잠시간 풀어진 저고리 고름 다시 묶었다. 홀로 샐쭉 웃었다. 그러니까, 이날 내가 준하에게 걷어차인 이 일은, 대군께서 나의 혼인을 계획적으로 방해한 것이라. 우리 둘이 혼인하자 하는 뜻을 마침내 이룬 것이 아닌가?

'호오, 보자 하니 이 양반이 은근히 답답하다 싶었기로 꽤 수단이 기가 막히고 속이 음흉하구먼? 그래, 이 을민의 정인(精人)이라 하면은 이 정도는 되어야지!'

이렇게 하여 재원대군은 소원이었던 을민 아씨를 수중에 넣고는 의기양양 도성으로 환도를 하였다. 그전에 몰래 이 일에 제일 큰 공을 세운 수연을 만나서 잘살아라 하고는 전답 문서를 품에 넣어준 것은 물론이었다.

"인제 자네 보기도 힘이 들겠구먼? 당당히 정씨 가문 안방마님이라. 덩실하니 아들 낳아지어 잘사시게. 어려운 일이 있으면 내게 기별을 하고! 내가 자네에게 큰 은혜를 입은 것이니 도움을 아끼지 않음세."

"대군께서는 아씨를 수중에 넣으시고 저야 안방 차지입니다만은 우리 불쌍한 서방님은 어찌하시렵니까? 생각하면 그저 순진하여 이용당한 것이라, 그 값은 하여주셔야지요?"

"흐음? 벌써 지아비 역성이라? 내가 어찌하면은 되겠나?"

"최소한 진사는 되셔야지요."

"허면은 내가 그이 대신 과거 시험 보아주랴? 그는 못하니 대신 시험관에게 한마디를 할 것이라. 자네 소원대로 진사부인은 되게 하여주지. 나는 가네. 다음에 우리는 생판 모르는 사이네."

며칠 후에 환궁한 재원대군. 주상전하와 중전마마를 알현하여 문안 인사를 올렸다. 객지에서 공부한다 고생이 심하였다 하는 낯간지러운 치하를 의젓하게 견뎌내는데 막내의 그 모습 보는 용원대군, 속으로 조것이 제법 능청맞도다 하고 웃음 지었다.

"공부를 하기는 하였지? 남의 약혼자 빼내어 제 여인 만드는 공부라! 그래, 그 처자는 만나보고 오는 길이냐?"

용원대군, 주안상 차려놓고 재원대군 불러 술 한잔 권하였다. 재원대군이 히죽 웃었다.

"만나기만 한 줄 아십니까? 딱 도장을 찍고 왔지요. 원래 쇠는 달구어졌을 때 두드려야 하거든요. 낼모레로 데리러 간다 하였으니 기대리고 있을 것입니다. 핫하하."

고마운 수단 알려준 형님께 술 한 잔 올린 후, 재원대군은 새삼 감탄하였다.

"여하튼 빈궁 형수님께서는 보통 분이 아닌 것입니다. 그보다 형님. 인제는 을민이가 혼인 아니 한 줄 어마마마께 알려 드려야지요? 저는 그저 가슴이 조마조마한 고로 당장에 제 안곁을 간택하라 날벼락이 떨어질 것 같아 두렵나이다. 아까도 보십시오? 아바마마께서 당장에 이놈이 장성하여 철이 든 고로 장가보낼 것이다 하지 않습니까? 아바마마 성정이 급하시니 한 번 하신다 하면은 번갯불에 콩을 구워 드시는 분이라 저가 그저 간이 졸아듭니다."

번갯불에 콩 구워 먹는 급한 성질이라 재원대군 또한 부왕마마 내림이니 그저 당장에 을민 아씨 데려와서 혼인하게 하여줍쇼 사정하였다.

"요놈이 엔간히도 골병이 든 참이라? 기대려라! 너는 그저 굿이나 보고 떡이나 먹도록 하여라. 예서 네가 급하다 하여 중뿔나게 설치면은 눈치가 귀신인 어마마마가 아실 것이고 그렇게 되면은 산통 다 깨지는 것 알지? 너나 나나 감히 두 분 마마 기만하고 애먼 처자 혼사 작파시켰다 다 궐서 쫓겨나는 것이다. 나를 믿고 그저 한동안 꾹 참고 있거라."

용원대군이 막내를 점잖게 타일렀다.

"그저 저가 형님마마만 믿사옵니다. 형님 형수님 모다 저의 은인이니 나중서 저가 그 은혜를 단단히 갚을 참입니다."

용천부 을민 아씨 집.
아씨의 혼사가 파작이 난 달포 후.
남 진사는 황씨 가문으로 출가하여 본곁 다니러 온 사촌누이 부부인의 방문을 받았다. 을민 아씨를 몇 해나 데리고 있던 터라 신세를 진 것이니 남 진사는 그녀를 맞이하여 흉금을 털어놓았다. 깊이 한숨을 쉬었다.

"실로 황씨 일문은 광영일세그려. 가문에서 왕비마마가 나온 것이 아닌가? 게다가 빈궁마마께서 덩실하니 세손 아기씨 생산하시어 사직을 반석으로 만드신 것이라. 휴우, 하지만 이 집안일 좀 보게나. 을민이 조것이 저토록 방자하여 혼약을 깨먹은 터이니 어디 가서 저것을 혼인을 시키냐 말이야! 실로 망신거리라 내가 요새 낯을 들지도 못하고 산다네."

"어찌 그것이 오라버님 망신이며 을민이 잘못입니까? 잘못으로 치자면은 혼약을 배신한 그 청년 잘못이 제일 크지요! 아니, 혼인도 아니 한 터에 후실 보아 잉태까지 시키고 하물며 무엇을 그리 잘하였다고 당당하게 그 계집을 뒷방에 들일 것이니 너가 가납하여라 요구한답니까? 저가 듣기로 참으로 같잖기 이루 말을 할 수 없으니 우리 남씨 가문을 감히 정씨 가문이 모욕함이라! 오라버님이나 을민이 잘못은 하나 없사옵니다."

"그리 말을 하여주시니 고맙지만은…… 휴우, 허나 고것이 분을 못 참고 준하 따귀를 갈긴 것이니 계집아이가 실로 방자하고 고약하다 소문이 쫙 나버린 것이다. 뉘든 그 소문 듣고 고개를 설레설레 흔드니 이제 이 고을서 저것 혼인은 끝이 난 것이야. 저것을 번듯한 집안으로 시집보내면은 일이 다 끝난다 생각을 하였는데 이리 허무하게 일이 어그러지니……."

처연한 한숨이 남 진사 입에서 새어 나왔다. 부부인은 찻잔을 놓고 조심스럽게 운을 떼었다.

"오라버님, 그렇지 아니하여도 저가 그 문제로 찾아뵈었나이다. 을민이 일이 이왕 이렇게 된 터이니 저가 다시 도성에 데려가렵니다. 한두 해 더 가르쳐서 번듯한 가문에 매파 보내어 혼인까지 시키렵니다. 두 아이가 서로 마음이 어긋난 것은 실상 떨어져 있던 그 세월 때문인데 일말의 책임이 제게도 있다 할 것입니다."

남 진사 듣자 하니 반가운 소리였다. 그렇지 아니하여도 남 진사는 듣기 험한 소문이 좀 가라앉을 때까지 을민 아씨를 어디 잠시 보낼까 이런 생각을 하고 있었던 것이다. 그런데 부부인이 먼저 나서서 데려가겠다 하니 불감청이나 고소원이라.

"내가 누이에게 낯이 없네그려. 아무리 집안이 번듯하다 하여도 입 하나 더 가는 것이 얼마나 번잡한 일인가? 하지만 일이 이런 지경이니 허면은 소문 잠잠해질 때까정 잠시 더 누이 집에 의탁을 시켜도 좋겠는가? 안즉 저것이 나이가 어리니 사실상 나도 이 해에 혼인을 시키는 것이 마음으로는 탐탁지 않았다네. 워낙에 정 진사 집안의 일이 급하였던 참이라 내가 혼사하자 하였지만은…… 실상은 나도 그것이 그 어린 나이로 안방마님이 된다 하니 좀 안쓰러웠던 것이야."

"허나 언제까정 혼인을 아니 시킨다 하는 것도 말은 아니 되지요. 임자가 있달지면은 제때 제때에 시집을 보냄도 부모 할 도리라."

"그 말은 옳은 말일세. 허나 이제 이 계집아이는 틀렸어. 소문이 험하여 이미 몹쓸 것이다 난리인데 어디 가서 혼인을 시킬 것인가?

내가 이제 생각에 그저 떠꺼머리 상것 머슴 놈이라 하여도 요것을 데려간다 할 것이면은 선뜻 내어줄 생각이 다 드는 것이라."

그런 말까지 들은 후이다. 속으로 싱긋 웃으며 부부인이 은밀히 목소리를 낮추었다.

"오라버니, 이는 오라버님과 저만 아는 일이니 듣고만 계십시오. 몇 해 전에 빈궁마마께서 세손 아기씨를 낳아지던 그때에 사가 식구들더러 아기씨를 보아라 하여 저가 궐에 들어간 것이 아닙니까? 그때 을민이를 저가 데리고 들어간 고로 마침 산실에 오셨던 중전마마께서 그 아이를 본 것입니다. 아기가 얌전하고 고웁다 하시더니 집안이 어디냐, 나이가 몇이냐 꼬치꼬치 물으시는 것이 아닙니까? 성주 남씨가 실은 가문이 좋지요 하시며 은근히 말꼬리를 흘리시는 것이라. 대체 어찌 이러시나 하였는데 실상 며칠 전에 저가 친정 다녀오기 전에 빈궁마마를 잠시 뵈옵기로 중전마마께서 을민이 일을 다시 물으시더란 말입니다. 실상 주상전하 슬하 분으로 혼인 아니 하신 막내 대군마마께서 계시옵는데 을민이보다 두 살이 더 많은 분이라, 지금 중전마마께서 은밀히 그 혼처를 수소문 중이시라 마침 생각나기 빈궁 친척 된다 하는 그 처자가 얌전하고 연치도 알맞으며 집안도 곧아서 내가 두고 보았노라 이리하셨다지 무엇입니까?"

"그, 그래서?"

"저가 속으로 을민이 이미 혼약을 하여 금세 혼인을 할 것인데 아깝다 하였는데 일이 이리 공교롭게도 어그러졌다 하니⋯⋯ 오라버님, 저가 이 기회를 이용하여 을민이를 국대부인으로 만들렵니다."

"무, 무엇이라? 누이, 실로 망극한 말이라! 당돌하고 못 배운 촌것을 대체 어찌 왕가의 며느리로 들일 것이야? 아니 될 말이야!"

기함하여 남 진사가 손사래까지 저었다. 감히 꿈에서도 생각을 하여본 적이 없었다. 향리에서 진사시 합격하고 글만 읽는 선비라. 한 번도 번듯한 광영이며 위세를 부려본 적 없는 순진한 그가 어찌 부원군을 감당할 것이냐? 하물며 저가 아무리 생각을 하여보아도 저의 집안이며 제 학덕이며 지체가 내세울 것이 없었다. 이런 처지인 저를 주상전하께서 사돈으로 가납을 하실 리가 만무한 것이었다.

"이보게, 누이. 그런 말을 감히 마시게! 꿈도 될성부른 꿈을 꾸어야지. 우리 집안이 대체 무엇이 볼 것이 있으며 또한 내가 무엇을 내세울 것이 있다고 감히 부원군을 꿈꿀 것이던가? 그만 하시게. 나는 너무 망극하여 그저 가슴이 뛸 뿐이네!"

"아이고, 오라버님. 겸손도 지나치면은 비례(非禮)라!"

남 진사의 손사래 앞에서 부부인이 목청을 높였다.

"말을 하여보자면 을민이가 무엇이 모자랍니까? 저가 데리고 있어보아서 더 잘 아니 총기 넘치고 영리하며 염태 그만하면 어여쁘겠다. 가문 곧고 오라버님, 학문 높으신 선비이시니 당당합지요. 오라버님도 아시다시피 세 번째 대군마마 안해인 분도 비록 양반 가문이었되 관비로 십여 년 지냈던 이의 소생이라. 이를 볼 것이면 주상전하나 중전마마께서는 가문이나 그 위세를 보아서 사돈을 고르시는 것이 아니라 오직 그 처자의 사람됨만을 보아 며느리를 얻으시는 아주 기막힌 분들이십니다. 하물며 상감마마께서는 오직 천하에서 중전마마 말씀만 듣는 고로 중전마마께서 먼저 을민이를 보아 대군마마 안결로 점지하셨다 하였으니 이는 시작하면 그저 성사인 일입니다. 더구나 빈궁마마께서 떡하니 큰며느리로 궐에 계시니 을민이가 혼인만 하면 든든한 뒷결이 생기는 것이라. 아모 말씀 마시고 저의 말만 따르십시오."

"흐음. 누이가 그렇게까지 말을 하면은…… 헌데 그 대군은 어떤 분인고? 소문으로 주상전하 소생 왕자마마께서 모다 범같이 씩씩하고 용같이 잘난 분들이라 들었네만."

"훗호호. 달포 전에 혹여 궐서 빈궁마마 서찰을 지니고 젊은 도령이 오지 않았습니까? 그이가 바로 그 재원대군 마마이시랍니다. 어떠하십디까, 오라버님? 사위 삼으실 만하던가요?"

남 진사가 장죽을 탁탁 털어내며 헛허 웃었다.

"실로 잘난 청년이더군. 너무 넘치어 탈일세그려. 보기 드문 기품이 있으시고 말씀도 유창하며 어디에 내놓아도 눈에 뜨이는 도령이라 이리 생각을 하였거늘 그분이 대군마마이시라니."

"궐서 소문나기 더구나 재원대군께서는 형제분들 중에 잘나기 일등이시며 학문도 열심히 익히신다 칭찬이 자자하답니다. 게다가 무술 솜씨도 뛰어나니 활쏘기 능하시고 격구를 하실 적에 보자면은 말 등에서 물구나무를 서고 춤을 출 정도라 하는 소문이 자자하답니다. 오라버님. 어디 내놓아도 견줄 데 없는 혼처라, 을민이가 딱 맞춤이니 그리로 혼인을 시키시지요? 아, 오라버님께서 당당하게 왕가의 사돈이 되어보십시오. 이 근동서 오라버님 위세를 당할 자가 뉘가 있을 것입니까? 당장에 관찰사가 엎드려 절을 하며 찾아올 것이라. 을민이 혼사가 파작 났다 흉거리로 삼는 인간들 코가 아주 납작하게 될 것이니 얼마나 통쾌하옵니까? 게다가 이것은 우리 대감 이야기입니다만은, 전하께서 소탈하시니 바깥사돈들을 뫼시고 주안상 받기 즐기시는 것입니다. 하여 오라버니께서도 부원군 되시면은 간간이 한번 도성 출입을 하시어 주상전하와 맞상대로 술상 받으시는 생각을 하여보세요!"

"크흠흠흠. 나는 생각만 하여도 황홀하네그려."

"이것만큼 큰 위세가 어디 있을 것이며 성주 남씨 가문의 앞날이 욱일승천이라! 그저 사양만 마시고 부원군 조복 입고 당당히 입궐을 하실 생각을 하여보세요. 당장에 부원군 되시면은 정호, 정진이(을민 아씨 오라버니) 앞길이 확 뚫릴 것이 아닙니까? 허고 우리 빈궁마마 간택되어 궐에 들어가실 적에 황씨 가문에 하사된 봉토가 수천 석지기라. 중전마마 귀띔하시기를 국대부인을 뫼셔올 참에는 그 삼분지 이는 하여주었다 하십니다. 이런 터인데 생각하고 말고도 없어요. 저가 다 일을 성사되게 할 것이니 그저 믿고 맡겨주십시오."

남 진사는 침을 꿀꺽 삼켰다. 사촌누이 말이 너무 허황되게 들릴 정도였다. 시골 선비 순진한 생각에 왕가 사돈 된 덕으로 얻어질 일이 도무지 상상이 되지 않았다. 그 정도로 엄청난 것이었기 때문이다. 허나 남 말도 아니고 직접 부부인 되신 누이가 그런 말을 한다면은 모다 사실일 것이 아니냐? 애물단지라 말마다 욕을 장하게 하였던 막내딸년이 이리 복덩이일 줄이야.

"누이, 참말로 한갓 시골 진사인 내가 그런 장한 욕심을 내어도 천벌을 받지는 않을 것인가? 내가 실로 그 잘난 도령이 대군마마라 하니 사윗감으로 욕심이 나네만은…… 너무나 우리 집안이 처지니 감히 그런 꿈을 꾸기 겁이 나네그려."

● 下. 풋정은 물이 들고……

 며칠 후였다. 죽도 정벌을 마치고 환도하신 세자 저하와 빈궁마마를 뵈옵자 하여 부부인께서 황씨 일가친척 여인들과 함께 입궐을 하였다. 먼저 중전마마께 문안 인사를 올리고자 일가 여인들이 교태전에 따라왔다. 헌데 부부인 곁에 서 있는 이가 뜻밖에 을민 아씨가 아니더냐?
 중전마마께서 깜짝 놀라서 나부시 절을 하는 을민 아씨에게 재우쳐 물자오셨다.
 "아니, 너는 혼인하기 위하여 집으로 돌아간다 하더니 어찌 온 것이냐? 쪽을 진 것이 아니니 안즉 초례를 치르지 않은 것이되 이리 혼인을 앞에 두고 친척 집에 다니러 올 짬이 있었더냐?"
 "망극하옵니다, 마마. 글쎄, 이 아이 혼약이 파기되었답니다."

"뭐라?"

"정혼한 도령이 측실을 이미 보아 잉태까지 시킨 차에 이 아이더러 그 여인을 뒷방에 들일 것이니 가납하라 하였다지 무엇입니까? 사촌 오라비께서 그 일에 마음이 상하시니 도저히 그리는 못할 것이다 하여 혼사 일을 없던 일로 하자 하였답니다."

부부인께서 을민 아씨 대신하여 사정을 가려 아뢰었다. 중전마마께서 안쓰러워 쯧쯧 하였다.

"쯧쯧쯧…… 그런 일이 있었더냐? 그러게 눈에서 멀어지면 마음에서도 멀어진다 하는 옛말이 그른 것이 없다 하였다. 어린 나이에 별일을 다 겪는 고로 너가 상심이 크겠구나."

그러나 중전마마. 실상 가슴이 두근거렸다. 몇 해 전서부터 을민 아씨를 두고 보기 귀엽고 영리하니 재원의 짝으로 딱 맞춤이로다 하여 심중에 두시었다. 그런 아이를 남의 집에 빼앗기어 섭섭하구나 하였다. 헌데 을민 아씨 혼약이 어그러졌다 하니 이것이 필시 범상한 일이 아니라. 이 아이를 재원의 짝으로 맞추라 한 천지신명의 뜻인 듯싶었다.

"어린 날부터 정하여진 혼사가 어그러진 것이니 다소간 섭섭할 것이되 그는 천지신명이 점지하는 인연이라 뉘도 인력으로는 못하는 것이다. 네 짝이 게는 아니었던 게지. 동궁 가서 편안하게 놀다 가거라. 종종 부부인을 뫼시고 궐에 들어와서 놀다 가거라. 말만 대궐이되 실상 사람 사는 집이라. 편안하게 들어오려무나. 예가 네 집이다 이리 생각을 하렴."

그런 다정한 말씀까지 하시는 중전마마의 심중이라. 을민 아씨를 예사로 여기신다 하면 이럴 수는 없는 것이다.
 "과분한 성총을 소녀에게 주시니 소녀가 몸 둘 바를 모르겠나이다, 마마. 성은이 망극하옵니다."
 을민 아씨 새빨간 얼굴 붉히며 수줍게 대답하였다. 중전마마 보시기에 즐거워하면서도 수줍어하는 모습이 더 귀여운 것이다. 조것이 저리도 곱고 총명하며 순수하니 아주 재원의 짝으로 딱 맞춤인 게야!
 여인들이 빈궁마마 뵙자시려 동궁으로 들어가는데 재원대군이 슬쩍 나타났다. 그리고는 눈치 살피며 맨 뒤에 따라오는 을민 아씨 손목 부여잡았다. 무작정 어디론가 사라지는 것이었다.
 숨이 차게 내달려가는데 대체 어디를 가는 것이냐? 을민 아씨, 하도 대군이 급하게 내달리니 그저 끈에 묶인 돌멩이처럼 따라간다. 그만 꽃신이 다 벗겨진 것이라.
 "내 신! 내 신!"
 이렇게 자그맣게 비명 지르니 대군이 고개를 돌렸다. 한 발이 버선뿐인 아씨 꼴을 보았다. 털레털레 주위를 살피니 저만치에 벗겨진 꽃신이 나동그라져 있구나. 시원스레 대군이 주워왔다.
 "발 내밀어라. 내가 신겨주께."
 "아이고, 망측하여라. 싫어요! 사나이가 아녀자 신도 신겨준답니까?"
 "왜 못해? 그 아녀자가 내 안해면은 말이 되지. 잔말 말고 발 내여봐. 내가 신겨주께."
 을민 아씨 내민 발에 무릎 꿇고 재원대군이 꽃신을 신겨주었다.

냉큼 신겨줄 생각은 아니 하고 슬슬 작은 버선발 어루만지며 '너 발이 참 작구나?' 소곤댔다.

"요렇게 귀여운 발은 내가 여적지 못 보았다? 어째서 여인들은 발이 이리도 작은 것이야? 히힛! 우리 첫날밤에 내가 너 발을 쪽쪽 빨아 먹으련다?"

이 엉큼한 도련님 보시오? 얼굴 하나 붉히지 않고 천연덕스럽게 수작을 붙였다. 을민 아씨, 새빨갛게 달아올라서 눈을 하얗게 흘겼다. 새침하게 신발 신고 먼저 앞장서니 금세 재원대군이 뒤따라 붙었다.

"어디 가려 이리로 가는 것이야?"

"몰라서 물으시어요? 동궁 가지요! 저가 없어졌다 난리가 났을 것이다."

마냥 능글능글하는 대군이 얄미웠다. 월동문을 하나 넘어 계곡이라. 그 위에 걸린 홍예교 건너 들어가며 새침하게 쏘아붙였다.

"난리가 왜 나? 이미 내가 빈궁 형수님께 너를 데리고 간다 하였는데. 허고 길을 어찌 알아서 그리 무작정 가는 것이니? 그 길은 금원(禁苑) 들어가는 길이란다. 이것이 앙큼하니 나를 끌고 으슥한 곳에 가자 하는 것이 아니냐? 에구, 무서워! 대체 무엇을 하자고, 대낮에도 인적 없는 금원으로 들어가자 하는고?"

을민 아씨 당황하여 발길을 딱 멈추었다. 금원이라면, 오직 주상전하와 중전마마 이외에 뉘든 윤허 없이 들어가면 능지처참이라 하였지. 내가 겁도 없이 게로 들어가려 하였단 말이냐? 재원대군 핫하 웃으며 을민 아씨 손목 잡고 다시 성큼성큼 걷기 시작하였다.

"가자. 내가 금원 구경을 시켜줄 것이니라. 예가 바로 선경(仙境)이니 동궁 형님께서 글 읽으시는 승재정의 전망이 일품이란다. 사람들 눈에 아니 띄는 샛길을 내가 알고 있으니 게로 가자구나."

재원대군 그러면서 수림 우거진 오솔길로 을민 아씨를 확 잡아끈다. 들어가면 아니 되는 금원에 들어간 죄뿐이로다. 마지못해 을민이 대군을 따라 종종걸음을 쳤다.

흥, 처녀 총각이 무엇 하러 굳이 샛길을 찾는 것이냐? 허고 한참 후에 다시 돌아 나오는 두 분은 대체 무엇을 하고 오는 것이냐? 둘의 얼굴이 왜 그리 붉은 것이냐? 분명 을민 아씨 머리 타래에 검불이 묻어 있으니 이는 범상한 일이 아니구나.

중전마마. 그 밤에 주상전하 맞이하면서 기분이 좋으니 생긋 웃으신다.

"비가 기분이 좋은 고로 무슨 일이 있는 것이오?"

"훗호호. 전하, 우리 재원이 옛날부터 마음에 둔 처자가 있었기로 빈궁의 외가 쪽 육촌 누이라. 이름이 을민이라 하옵는데 고것이 어리나 영리하고 고우며 얌전하여 저 또한 은근히 두고 본 참이랍니다. 헌데 날벼락이라 그 아이가 실상 태중 혼약이 되어 있는 터라 혼인하러 집에 돌아가 버린 것이 아닙니까? 그 일이 있은 연후에 재원이 말은 아니 하였되 심히 실망을 한지라 저가 우리 막내가 상심이 크겠거니 하여 근심하였답니다? 헌데 그 처자 혼인을 하지 않았다는 것입니다."

"허허. 그래요? 어째서 혼인을 하지 않은 것이던가?"

"그 혼약한 도령이 이미 다른 처자를 보아 정분이 깊으니 뗄 수가 없다 이리하였다지 무어랍니까? 그래서 그 아비가 그만두자 하였답니다. 혼사를 치를 것이다 하여 집에 돌아간 것인데 일이 그리 어그러지니 그 아이가 얼마나 상심을 하였을 것이며 나름대로 망신이다 싶었을 것입니까? 하여 다시 부원군 댁에 의탁을 하러 온 것인데요. 전하, 일이 이렇게 된 터인데 딱 생각하기 천지신명이 그 아이를 우리 며느리 삼으라 하는 것이 아니겠는지요? 신첩이 그 처자를 우리 재원의 짝으로 삼으렵니다."

"빈궁의 외가 육촌이라…… 집안은 그만합니다. 대체 어떤 처자인가?"

"부부인께서 성주 남씨라, 용천부의 남씨 일문인 모양입니다. 그 아비는 그저 글만 읽는 처사라 하였고요, 뼈대 곧은 선비 집안의 딸 아인데 곱고 영리하였나이다."

"용천부의 성주 남씨라. 좌찬성 남일기의 집안인가? 흠, 그 줄기라 할 것이면 나쁘지 않소이다. 허면은, 곤전이 그 집에 매파를 보내어 재원의 짝으로 처자를 달라 청혼을 하시오. 막내이니 간택령 내리라 할 것도 없을 게야. 짐은 호판 안제남의 딸이 곱다 하여 그리로 생각을 하였지만 비가 그 아이가 좋다 하면 짐도 허락을 할 것이야. 헛허허. 우리 막내까정 혼인을 할 것이면 우리는 이제 할 일을 다 했다 할 것이야? 헌데 짐도 그 처자 선을 한번 보아야지? 얼마나 고우면 우리 눈 높은 재원이 두고 보았을꼬?"

며느님 사랑이라 주상전하, 을민 아씨에 대한 궁금증이 부쩍 나신다.
"눈이 부실 정도로 어여쁘고 귀엽답니다. 나이도 열여섯이니 우리 재원과 딱 맞춤이고요, 은근히 보아하니 우리 막내가 그 아이 두고 속정이 들은 터라 심히 안타까웠는데 이리 일이 잘 풀리니 저가 그저 행복합니다."
이리하여 주상전하와 중전마마 두 분께서 을민 아씨를 막내며느리 삼을 것이다 결정을 한 것이다.

한편 용천부의 남 진사. 을민 아씨를 국대부인감으로 천거할 것입니다 하였으니 은근히 기대는 하였다. 허되 이내 소식이 없으니 초조하고 불안하다. 필시 주상전하께서 내가 시골 사는 보잘것없는 처사라 하여 싫다 하신 게야 이런 자탄이었다.
그 며칠 후에 동구가 소란하였다. 말을 타고 관복 입은 사람들이 여남은 명인데 그들 일행이 찾아온 바는 당연히 남 진사 집이다. 마을이 생긴 이래로 어명(御命)이 뜬 것은 처음 있는 일이었다. 자리 깔고 부복하여 엎드린 남 진사에게 부승지가 주상전하의 어지(御旨)를 전하였다.
"주상전하께서 이 집안 막내 소저를 재원대군 마마 안곁으로 두고 보신차라, 신을 보내어 혼약을 하라 전하셨나이다. 소격전의 태사가 길일을 가려보니 시월 그믐날이 좋다 하니 그날을 초례 날로 잡자 하십니다."
남 진사야 비록 부부인이 슬쩍 귀띔한 것은 있었으되 긴가민가 믿지 못하였다. 이런 일이 사실로 드러나자 그저 광영이옵니다를

연발하였다. 부승지가 재원대군의 사주단자가 적힌 청색 비단을 상에 받쳐 남 진사에게 건네니 이로써 혼약이라.

그날로 남 진사 어른은 당당히 왕실 사돈이시라 상당 부원군 되시었고 이미 돌아가신 부인은 상당 부부인이라 하는 직첩이 내려졌다. 소문은 빨라 그날 저녁으로 온 고을에 남 진사 어른이 부원군 되시었다 하는 소식이 퍼져 나갔다. 을민 아기씨가 준하를 따귀 때려 혼사 어그러진 다음에 그 처자 실로 방자하고 고약하다 하였던 구설이 순식간에 씻은 듯이 사라졌다. 허기는 정일품 국대부인마마라 감히 뉘가 있어 고약하다 하는 입질을 계속할 것인가?

늘 절간처럼 조용하였던 남 진사 댁. 이제는 부원군 댁인데 그 다음날 아침부터 손님이 미어터졌다. 모다 축하객인데 남씨 일가는 말할 것도 없고 부윤이며 사또며는 이미 말석. 관찰사에다 남씨 가문서 그중 출세하였다 하는 좌찬성 남일기까정 말을 타고 와서 형님이 실로 잘되었소! 치하하였다.

"남씨 일문 광영이요! 이리하면은 이제 왕실과 사돈이라 후에 잘하면은 왕비마마도 나올지 뉘가 아오이까? 국대부인께서 또한 혼인 전이나 빈궁마마 친척이라 하여 미리 중전마마를 알현한 고로 심히 곱다 어여쁨을 받는 터이니 그저 다행입니다. 어제 주상전하께서 나를 부르시어 그 집안 처자를 짐의 며느리 삼았는데 그 아이가 곱더라 자랑을 하십디다. 이제 우리 가문이 다른 명가에 지지 않고 빛을 볼 것입니다!"

"내가 무슨 힘이 있어 부원군 팔자겠던가? 다 성동 부부인 덕분이라! 게에다 내가 을민이, 아니, 국대부인마님을 의탁시킨 고로 그리 연분이 닿아서 이런 날이 오네그려. 아우님이 조정에 계신 고로 후에 혼인을 하면은 우리 마님을 잘 보살펴 주시게."

인제는 국대부인마님 되신 을민 아씨. 고향으로 다시 돌아온 것은 그 사흘 후였다.

그전에 떠날 때는 혼약한 사내에게 버림받은 터라 심히 자존심 상하였다. 하물며 감히 사내 따귀 후려쳤다 방자하고 고약하다고 온갖 구설 듣고서 도망치듯이 떠난 몸이다. 허나 돌아올 적에는 이미 팔자가 달라져 있구나.

말 두 마리가 이끌고 두 명의 말구종이 딸린 꽃수레 타시고 지밀상궁 뒤로 딸린 채 도도하게 고개 치켜들고 돌아오신다. 왕실의 며느님이니 귀한 신분이라 시중들 시비만도 여남은 명이며 초례 치를 때까지 궐 안팎 법도 가르칠 상궁이며 의대 마르고 금침 누빌 침선상궁이 또 둘에다 호위무사가 벌써 삼십여 명이다. 수레 뒤로 궐서 보내는 납폐거리며, 예물 바리바리 지고 싣고 따르는 행렬이 과장하여 십 리를 이른 참이었다. 고을 생긴 이래로 대구경이 난 것이다.

부원군 되신 남 진사 어른도 감히 고약하다 장죽 내던진 막내딸에게 이제는 하대를 못하는 차이다. 하물며 을민 아씨 차버린 준하 도령은 오죽할 것이냐? 가까이 가지도 못하고 그저 멀찍이 언덕에 서서 그 장한 행렬 바라보는데 한숨을 푹 쉬었다.

"결국은 저리되는구나. 내가 을민이 두고 보아 도저히 이 시골구석에 살지 못할 것이다 싶었는데 역시나 팔자가 저 애는 국대부인감이었다. 궐서 호화롭게 살 팔자가 저 애 딱 맞춤이라. 나에게 시집와서 그저 시골 안방마님이 되었다면은 저 애는 아마 답답하고 짜증이 나서 말라 죽었을 것이야. 내가 저애 바라보니 너무 고와서 부담스러웠는데 잘되었다. 나는 그저 바우 엄마(수연)와 딱 맞춤이라."

헌데 수레 안에서 몰래 바깥을 내다보던 을민 아씨, 언덕에 서서 행렬을 바라보는 준하를 발견한 것이다. 을민 아씨 은근히 미안하여 역시 홀로 한숨을 푹 쉬었다.

'너가 나를 배신한 것이라 하겠지만 이미 마음으로 먼저 배신한 것은 나라, 그저 미안한 것이다. 우리는 인연이 아니었던 것이라. 이제 생각하여 보니 너도 그렇고 나도 그렇고 어린 날부터 형제처럼 같이 자라고 허물이 없었되 남녀 간 정분은 아니었던 것이야. 내가 대군마마 바라볼 적처럼 그저 가슴이 두근거리고 숨이 가쁘며 손목 잡히고 싶은 마음이 너에게는 아니 드는 것이었어. 허니 우리가 어찌 혼인을 하겠니? 가는 길이 서로 다르니 우리 이제 서로 미워하지 말고 잘살자구나. 인제 내가 너의 행복을 빌어줄 것이다.'

"다시 새 아기 태어났으니 덩실하니 또 왕자라. 두 아들 슬하에 두신 참이니 그저 세자 형님만큼 팔자 좋으신 분은 이 천지간에 없는 것이다. 행복하기로야 치면은 동궁마마도 우리만큼일 것이야?"

팔월 한가위. 별이 돋는 언덕배기에 드러누워 한 팔에는 을민 아씨 안고 태평하니 말씀하시는 분이 뉘더냐? 재원대군이었다.

이 겁없는 처녀 총각 좀 보소? 아니, 아무리 초례 날짜 정하여진 터라 부부지간 다 된 사이라 할 것이지만 내외가 엄격한 이 시절이 아니냐? 감히 남들이 볼지도 모르는 이 언덕에서 날 가슴 반은 드러내 놓고 혼약한 여인을 껴안고서 드러누워 있단 말이더냐?

효성군 댁에서 글을 읽고 계셔야 할 분이시거늘 엉뚱한 동리에는 왜 와 있느냔 말이다. 하물며 을민 아씨 또한 초당 깊은 곳에서 부덕 익히고 예의범절 닦으시느라 바쁜 터인데 이리 대군마마 품에 안겨 치태를 부리고 있는 것이냐?

"마마께서는 행복하시오? 소녀는 간이 졸아 못 살 것이니 당장에 뉘가 나타나 우리 꼴을 볼 것이면 대망신이라. 우세당할까 봐 겁이 나서 죽고 싶나이다!"

"아무도 아니 온다 하지 않니? 예로 오는 길목에서 내 구종이 지키고 있으니 어떤 놈이 올 것이냐? 걱정을 말아라! 헌데 너, 말하여 보아라! 아까서 내가 너 젖통 깨물어줄 적에 기분이 좋았느냐?"

"아이고, 이 양반이! 그만 하소서. 갈수록 못하는 말이 없으시고 징글맞으니 저가 딱 달아나 버릴 것이라! 내가 미쳤지. 나오라 하였을 적에 못 나온다 할 것을…… 혼인도 아니 한 처지에 이리 소녀를 희롱하시기 갈수록 더하시니 저가 못 살 것입니다!"

"못 살기는? 요것이 앙큼하고 새침하기 이루 말할 수 없는 것이야? 아까하고 말이 다르니 내가 너 앵도 딸 적에 분명 너가 먼저 나를 끌어안았다? 힛히. 너나 나나 숫총각에 숫처녀라, 첫날밤서 실수 않고 능숙하게 잘하려면 미리 이렇게 연습을 하여 두어야지. 음…… 음……. 을민아, 나 공부 열심히 하고 있단다."

"공부는 평생 하는 것이니 열심히 하여야지요. 당연한 말씀을 자랑이라 하신다?"

"글공부라 그것이 아니란 말이야! 내가 기방서 기막힌 책을 구하지 않았니. 총각 장가들 적에 동무들이 하여주는 것인데 그것이 말이야……."

재원대군 의기양양하게 그 비밀을 을민 아씨 귀에 대고 속삭인다. 에구머니! 을민 아씨 외마디 비명을 지르며 대군의 가슴을 아프게 꼬집었다.

"이분이 지금 미쳤어! 미쳤어! 왕자마마 체통이 있으시지 그런 천박한 책을 읽고 공부라 하신다니요? 지금 제정신이셔요?"

"제정신이 아니면은? 그 모다 너를 즐겁게 하여주려고 하는 것이 아니니. 대장부라 여인 하나 손에 못 넣으면 어찌 사내라 하겠더냐? 내가 첫날밤에 그 공부한 것을 다 펴 보일 것이니 너가 좋아서 죽네 사네 하지 말아라? 음, 음…… 별별 기묘한 것이 다 있단다? 이름도 기가 막히니 용번에 호보에 어접린이라 하는 것이며 학교경, 원박, 비익조……."

"입을 아니 다무실 것이어요? 아랫것들이 들으면은 실로 망신거리라, 왕자마마 체통에 지금 천한 색서(色書) 읽으시고 자랑을 하시니 벌을 받으셔야 할 것입니다!"

을민 아씨가 찰싹 아프지 않게 징글맞은 대군마마 고 입을 때렸다. 대군마마 가녀린 아씨 팔목을 휘감아 잡아 비틀며 싱긋 웃었다.

"요것이 감히 하늘 같은 지아비를 친다 이 말이야? 내 너를 그저 얌전하다 이리 보았거늘 은근히 당돌하고 성깔이 있으니 내가 두고두고 네 성질 못 잡으면 속을 썩일 것이다. 이리 와! 내가 이 밤서 네 버릇을 고치고야 말 것이다!"

팔목 잡아 강하게 끌어당겼다. 을민 아씨 맥없이 대군마마 가슴 팍 위로 무너진다. 겹쳐 얼린 두 입술 사이로 꿀물 같은 타액이 넘나드는데 어느새 을민 아씨, 대군마마 몸 아래로 깔렸다. 이미 저고리 고름이 풀린 지는 오래. 치맛자락이 들추어지고 속고의가 드러나는데 소녀의 은밀한 두 다리 사이로 소년의 서투른 손이 스며들었다.

"정말…… 자꾸 까불면은…… 초례 날 기다리지 않고 예서 요절을 내버린다?"

숨찬 목소리라, 한참 동안 하나로 얽혀 뒹구는데 마지막까지 가지 않았다 뿐이지 두 소년 소녀 불장난이라 혼백과 육신을 다 태우고도 남을 만큼 뜨거우니 두 사람은 이미 하나이다!

얼마 후, 재원대군은 별빛 아래에 하얗게 드러난 을민 아씨 속살을 뉘가 보는 것도 아깝다는 듯이 벗어 던진 자신의 자포로 가려주었다.

"을민이 너가 바로 구미호인 것이다. 내가 천하의 명기(名妓)들을 보았어도 별 감흥이 없고 꽃같이 고운 궁녀들 여럿 보았으되 눈 하나 까딱하지 않았지만 오직 너만 보면은 이리 속이 타니 어찌하면은 좋을 것이냐? 그저 글을 읽어도 네 생각이요, 허공에 네 고운 목청만 쟁쟁하니 내가 사모하는 골병이 단단히 들은 것이라. 초례 날까정 두어 달을 어찌 더 기다려야 하는 것이니?"

을민 아씨 한숨을 푹 쉬는 대군마마 가슴에 포근하게 안기었다. 다시 맨 저고리 고름 만지작거리며 심중에 새긴 수줍은 연정 고백하는 목청이 어찌 이리 은근하고 정겨운 것이냐?

"소녀 마음도 마마와 똑같사오니 저 또한 마마께 미친 광증(狂症)이옵니다. 점잖은 여염집 처자라 이런 행동을 하여서는 아니 되는 줄 알고 있으되 마마께서 부르시면 그저 가슴이 콩닥콩닥 뛰고 이성을 잃게 되니 발이 먼저 저절로 이 언덕에 오는 것이라. 나중서 찬찬히 생각하면 소녀가 미쳤지 후회를 하는 것이지만 이리 마마 품 안에 있으면 도모지 천지분간이 아니 되어요. 헌데 마마…… 우리 이러다가…… 만에 하나 아기라도 미리 잉태를 하게 되면은 어찌하여요? 유모가 그러는데 남녀지간 서로 손목만 잡아도 잉태를 한다 하여요."

"흥, 그 유모 심히 어리석도다! 손목만 잡아도 잉태를 한다면은 너는 이미 몇 해 전에 잉태를 하여야 하였다? 너가 정심각서 처음 만나 궐 산보할 적에 너가 돌부리에 걸려 넘어졌기로 내가 너를 업고 가지 않았더냐? 그때 손목만 잡은 것이냐? 내가 너 치맛자락까정 들추었다? 남녀 간 손목만 잡아도 잉태한다는 것은 새빨간 거짓부렁이니라! 헌데 그때 다친 상처가 안즉도 있는 것이니?"

"아주 조그만 흉터입니다."

"내가 심술궂어서 그러하였다. 나는 그때서 너가 상원 형님에게 다정하니 대하여서 투기를 하였던 것이야. 내가 이미 그때에 너에게 홀딱 반하였거든. 너는 내 것이니라 그때에 딱 점지를 한 것이 아니니. 한번 보자구나. 흉터가 예에 있지?"

재원대군, 을민 아씨 치맛자락 걷어 올리고 오른쪽 무릎에 난 흉터를 부드럽게 어루만진다.

"요것이 우리 인연의 시작이니 내가 이 흉터에 이름을 붙이련다. 이 재원의 이름을 붙일 것이야. 내 이름이 무엇인지 아느냐?"

"감히 부르지 못할 참이나 사주단자에 적힌 것을 보았나이다. 휘(輝)라 하였사옵니다."

"내가 태어날 적에 처음 눈을 떴는데 내 눈이 유난히 빛이 난다 하시어 부왕마마께서 이름을 그리 지어주셨다 하였다. 요 흉터 이름도 휘라 할 것이라. 평생 그러니까 너는 나랑 산다 이 말이다! 네 마음 영원히 변치 말아라?"

"소녀 마음이야 일편단심인 줄 아시면서? 마마께서나 부대 다른 계집들 보고 다니지 마옵소서. 만약에 마마께서 후실 들이시면 저가 딱 목을 매고 죽을 것이야요."

"요 계집아이 앙탈하는 것 좀 보아라? 안즉 초례도 치르기 전인데 벌써 나더러 첩 두지 말라 단속에 투기라? 속이 밴댕이라 아주 내가 너 데리고 오면은 네 등쌀에 평생 말라 죽을 것 같다?"

재원대군 한마디에 을민 아씨 입을 삐죽였다.

"잘나기로는 도무지 마마를 따를 분이 없으시니 얼마나 많은 계집들이 상사병이 났을까? 그런 터에 촌것인 저가 무엇이 곱다고 이리 난리를 쳐서 혼인을 하겠다 나서신 것인고? 그저 가납하옵니다 하는 얌전한 계집하고 혼인을 하시지?"

"난들 그런 생각을 아니 한 줄 아느냐? 네가 태중 혼약하여 고향 돌아간다 하였을 적에 나 또한 마음을 바꾸어 아무나하고 혼인을 하여버려? 이리하였다. 헌데 내가 미쳤지. 무엇에 썰 것이라, 도통 너 생각밖에는 아니 나는데 나더러 어쩌란 말이니? 나는 오직 너가 좋느니라. 네가 앙탈하는 것도 곱고 이리 투기하는 것도 어여쁘고 눈 흘기는 것도 사랑스러워서 미치겠는걸? 그래. 장부의 일언(一言)이라. 내가 평생 너만 은애하리라 맹세한 고로 그 약조를 어기면은 내가 사람이 아니니라. 이제 속이 시원하냐?"

을민 아씨 배싯 웃으며 고개를 끄덕였다. 요, 요, 구미호! 이리하면서 재원대군 그저 아씨가 귀여워 못 견디니 탱탱한 볼을 손가락으로 콕 찔러보는 것이다.

달도 없는 깊은 밤에 어디선가 산새 소리는 구슬픈데 이리 정분 첩첩한 두 소년 소녀는 시간이 야심한 줄도 모르고 도무지 떨어질 줄을 모르는구나. 실로 같이 있는 이 시간은 어찌 이리도 빨리 가는 것이냐?

새벽이 되어서야 간신히 헤어지는데 살금살금 유모의 눈총받아지며 초당 스며드는 을민 아씨 저고리며 치맛자락에 풀물이 함뿍 든 이유는 절대로 아무도 모르는 것이다.

시월상달. 좋은 날. 그믐이니 기나긴 밤에 부끄러운 달빛도 없으렷다.

지창 아래 세워진 가리개에는 화려한 모란꽃이 수놓아져 있었다. 비단 방장 안에는 푹신푹신한 순백의 요가 깔렸구나. 반쯤 젖혀진 새 이부자리. 봉황수는 금세 날아갈 듯 정교하였다. 원앙새 수놓인 긴 베개 하나가 요 위에 놓여 있고 향기로운 침촉이 타는 초야의 신방. 황혼을 밟고 드디어 주상전하의 막내 아드님이신 재원대군과 상당 부원군 남유중의 따님 을민 아씨 간의 가례가 거행되었다.

"우리 막내까정 장가를 들었으니 인제 우리가 할 일은 다 하였다."

"그러게 말입니다, 전하. 신첩은 여한이 없습니다."

이런 말씀하시며 흐뭇하게 웃으시는 주상전하와 중전마마. 새삼 심회가 깊으시다.

합환주 나누어 마시고 부부가 되기로 맹세하니 인제 을민이 너는 내 사람이다. 수줍어 눈도 제대로 뜨지 못하는 새신부의 화려하고 고운 모습을 바라보며 대군은 좋아서 벙싯벙싯 웃고만 있었다.

풀잎에 싱그러운 밤이슬이 맺히듯이 궐 담 안에도 밤이 내렸다.

신방에 든 어린 새신랑. 이미 동저고리 바람으로 을민 아씨의 족두리를 내려주고 금비녀를 뽑아주는 참이었다. 내친김에 슬며시 겉저고리 고름까지 풀어 내렸도다. 야리한 속적삼 아래 하얀 살갗이 눈부시구나. 재원대군의 젊은 피가 격랑을 쳤다. 수줍은 새신부가 몸을 배배 꼬며 불을…… 소곤거렸다.

"잘한다. 우리 막내가 사내구실을 아주 제대로 하는구나! 그래,

그래야지. 인제 속적삼 고름을 풀어야지?"

"힛히. 첫날밤 순서가 있지. 입부터 맞춰야지요. 성미도 급하시오."

아니, 이런 맹랑한 인간들을 보았나? 아리달금하고 야들야들한 초야의 꽃자리에 퍽 하니 찬물을 끼얹는 인간들이 있구나. 곁방에 들어차서 손가락으로 구멍 뚫고 신방을 훔쳐보는 저 밉살스런 이들은 누구냐? 또 장난기 하면 만만찮게 졸졸 흐르는 형님들이 짓궂은 장난질을 시작한 것이다.

작정하고 뜨끈한 재미 좀 보려 하였던 새신랑 재원대군. 약이 오를 대로 올랐다. 울컥 발칵 격하고 급한 성미답게 참지 못하였다. 새신부 옷고름을 풀다 말고는 곁방 통한 문을 획 열어젖혔다.

"아쿠쿠, 이 독한 놈 좀 보소."

자지러진 을민 아씨는 에구머니 비명을 지르며 금침 안으로 파고들어 반은 벗은 몸을 가렸다. 한 뭉치로 얽혀 신방을 훔쳐보던 형님들은 더 놀랐다. 잘못하였다간 제수씨 속살을 볼 뻔한 것이었다. 어린놈이 이럴 줄을 몰랐다 낭패하는 그들을 노려보며 재원대군이 빽 소리쳤다. 삿대질까정 하며 버럭버럭 따졌다.

"해도 해도 너무하시오, 엉?"

"아아니, 우리가 무엇을 하였다고 이리 노화내고 그러는 것이니? 남들도 다 하더라, 무어. 흠흠흠."

"형님들은 잠도 없으시오? 거기는 안해들이 없나이까? 가서 집의 안해들하고 볼일을 보시지 예는 무엇이 궁금하다고 이리 난리들이오? 모다 저보다 먼저 혼인하신 터 아니오? 거기는 초야를 아니

치루어보았나? 삼경이 다 되어가는데 인제 가시오. 응? 아니 가시면은 저가 물을 바가지로 퍼부어 버릴 것이다!"

"힛히. 우리 막내가 골을 내니 이것도 좀 귀엽고나."

유들유들. 말이 기름칠하듯이 미끄러지는구나. 용원대군이 힛히 웃으며 한층 더 재원대군 약을 올렸다. 열불이 날 대로 난 재원대군. 최후의 통첩을 하였다.

"나도 사내인데 어디 한번 해보리오? 진진한 재미를 좀 볼 것이다 하는 판에 형님들이 계속 이렇게 방해를 하시면은요, 이판사판이오! 저가 아예 이 문을 열고 안해와 첫 밤을 시작할 것이오!"

성깔로 치면 궐 안에서 용원대군 외엔 당할 자가 없는 재원대군이다. 핏대가 오를 대로 올라 거의 발광 직전이었다. 이리하면 나도 막갈 것이다(?) 하고 신랑 저가 먼저 대차게 협박을 하니 기가 질린 쪽은 오히려 형님들이었다. 져야지 별수가 있나? 어린놈이 보기보단 더 독하구나! 투덜투덜 구시렁구시렁. 세자 이하 형들 모두 꽁지를 말고 뒤돌아 나가는구나.

"아니, 그리 갑자기 문을 여시면은 저더러 어찌하라고요? 자칫하였으면 소녀의 알몸을 외간 사내에게 보일 뻔하였습니다."

머리끝까지 이불을 둘러쓴 채 눈만 빼꼼하였다. 을민 아씨가 씨익 웃으며 돌아서는 대군을 향하여 하얗게 눈을 흘겼다.

"이리라도 하였으니 저이들이 그나마 간 것이다. 밤 내내 저 짓궂은 인간들이 눈과 귀 대고 엿듣고 있는 것이 좋으냐? 이쪽이 대차게 나가면은 원래 상대방이 수그러들게 마련이니라. 핫하. 게에 있거라. 내가 금침에 밀어 넣을 필요도 없이 너가 먼저 들어가 있으니 인제 나만 들어가면 되는 것이겠다?"

재원대군, 싱긋 웃으며 침촉을 불어 끄고 급하게 금침 안으로 파고들었다. 자리옷 고름을 급하게 풀며 한마디 투덜거렸다.

"요것이 안즉 의대를 벗지 않았구먼!"

냉큼 을민 아씨 남은 의대며 저의 의대를 한달음에 같이 내렸다. 한 뭉치로 돌돌 말아 윗목에 함부로 획 던져 주었다. 망설임없이 초야의 일을 시작하였것다?

초례 날짜 정하여두고 열심히 공부를 한 보람이 있어야지.

은어같이 고운 옥체를 타고 올라 제일장으로 하여 용번으로 나아가는구나. 그동안 침만 삼키고 가보지는 못한 은밀한 구석구석까지 인제는 기어코 다 내 것이지? 입술과 손길로 낙인을 찍는데 새색시 수줍음에 손으로 입을 막고 몸부림을 치는구나. 기어코 마지막에는 장대한 쇠뭉치로 꽃밭을 파고들더니 단숨에 처녀의 꽃을 따먹는 것이다.

사랑 놀음이라 질탕하고 농밀하도다. 뜨겁게 밤을 새우는데, 제이장은 어접린이라 하였다. 옆으로 끼고 누워 통통한 젖통 마음껏 어루만지고 보드라운 귓불을 잘근잘근 씹어주다가 뒤에서부터 다시 꼬치 꿰듯이 끼고는 통통한 엉덩이 놀음질을 실컷 즐긴다. 요 징글맞은 양반이 혹여 다른 계집 상대로 실습을 한 것은 아니더냐 더럭 의심이 들 만치 능숙하고 기가 막히었다. 앞으로는 보드랍게 꽃순 슬슬 어루만지면서 뒤로는 쇠절구질이라 어찌 순진한 아씨가 항복을 아니 할 것이냐? 결국 인제는 제발 그만 할 것이야요! 하고 새신부가 싹싹 손 모아 애원을 할 지경에 이르렀다.

그러나 한번 불이 붙은 터라 어디 요것이 쉬이 꺼지는 불길이냐? 입 닥치지 않으련 하면서 통통한 젖가슴을 움켜쥐며 다시 희롱질이었다.

"안즉 삼십여 가지가 더 있는데 말야. 최소한 이 밤에 제오장까지는 하여야지! 초이레 동안 복습을 세 번은 할 것이다 결심하였다. 잔말 말고 다시 안기어라. 너도 좋아 죽으면서 왜 새삼스레 빼는 것이니?"

안았다 빨았다 굴렸다 돌렸다 하면서 별별 희롱, 가지가지 치태를 다 부리더니 요것으로도 모자란다는 말이었다. 마지막에는 결국 한 뼘도 아니 되는 을민 아씨 작은 발을 입에 넣고 잘근잘근 씹어주었다.

"요 귀여운 것을 내가 첫날밤에 다 빨아 먹는다 하지 않았더냐? 아이고, 달금하여라. 너가 아주 요런 것까정 귀여워서 내 간장을 뒤집는 것이다."

을민 아씨, 그저 음, 음 하는 귀여운 신음 소리만 내었다. 온몸이 새빨갛게 달아올라 바동이는 수줍은 몸짓이 좋아 죽사옵니다 하는 말이었다. 결국 새신랑 재원대군은 귀여운 신부의 자태에 참지 못하고 힘차게 제삼장으로 나아갔다.

제삼장 원박이로다. 날씬한 두 다리를 턱하니 어깨에 메고서는 "요렇게 방아질을 하는 것이란다." 친절하게 주석까정 붙여가며 설명에 실습까지 단번에 하였다.

"인제 못 참을 것이라 게에 들어간다."

징글맞게 통보까지 하였다. 보무도 당당하게 침입하는구나. 실컷 욕심을 채운 연후에 털썩 옆으로 굴렀다. 기진하여 꼼짝도 못하고 가쁜 숨을 내쉬는 새신부의 어여쁜 젖가슴 어루만지며 새신랑 수작하는 말이 이랬다.

"이리하니 좋으냐?"

"모, 몰라요! 소녀를 아주 죽이시오."

"죽이긴 왜 죽이여? 같이 진진하게 재미있자고 하는 것인데. 힛히. 아주 천생연분인 것이다. 이것 보아라? 우리의 박자가 아주 딱딱 맞는 것이 아니니. 인제 내가 밤마다 요렇게 곱다 하여줄 것이니 너도 빨리 연습을 많이 하여 나를 행복하게 하여다오. 원래 밤잠자리라 하는 것은 부부지간 공부를 많이 하여야 하는 것이란다. 먼저 장가든 내 동무가 그러는데 다음서 또 좋은 책을 많이 구해준다 하는 것이야. 우리가 그 책 보고 열심히 공부하여 남부럽지 않게 즐기자구나."

말이나 못하면 밉지나 않지? 윗전에서 하라는 공부는 그런 것이 아니란 말여옷! 쏘아붙이려 하였지만 지칠 대로 지친 새색시. 그만 아슴아슴, 졸음에 눈이 감겼다.

"아니, 요것이 어느새 잠이 든 것이야? 내가 한 장 더 나아가려 하였건만…… 햐, 요것, 자는 것도 어찌 이리 귀여운 것이냐? 을민이 요것이 은근히 빼는 척하면서도 진진하게 끌어당기니 아주 넋이 다 나간 것이다. 요 앵도는 어찌 그리 달금한 것이냐?"

죽은 사람처럼 잠에 빠진 새신부를 앞에 두고 새신랑 혼잣말이었다. 서투른 열정에 수줍은 첫 정분이라. 가진 것 모다 주어도 모자라다 싶을 정도로 홀딱 빠진 사람이다. 얼마나 귀하고 고울까? 그저 귀여워 잠이 든 신부 빨간 입술에 다시 한 번 도장을 찍는구나.

 기나긴 첫 밤이 그렇게 뜨겁구나. 어여쁜 신혼부부 놀다 지쳐 함께 잠든 이부자리 안으로 어느덧 동녘 햇살이 걸어오고 있었다.

『화홍花紅 2부』終

● 화홍 2부를 펴내며

"그 사람들, 내가 보니깐 오래오래 행복하게 잘살고 있더라네."
대강 이런 글이 되겠습니다.
원래 화홍 2부는 1부와 함께 쓴 글입니다.
읽으신 분은 아시다시피 1부는 상당히 격정적입니다. 감정의 굴곡도 심하죠. 그런 글을 쓰다 보니 제가 너무 지친 겁니다. 좀 편안하고 순조롭게 술술술 풀리는 글도 쓰고 싶더라구요. 그래서 1부를 쓰다가 힘들면 2부를 쓰고, 2부가 심심하다 싶으면 1부를 썼답니다.
작정하고, 갈등 없고 눈물 없고 심심할 정도로 예쁘고 행복한 이야기만 썼습니다. 그리하여 결국 2부는 1부 끝에 나오는 아주 길고 행복한 에필로그의 성격을 가지게 되었습니다.

"욱제마마와 소혜마마가 알콩달콩 정분 나누며 아들딸 낳고 잘 먹고 잘살았는데 말야. 아 거, 원자 범이 말야. 잘났더구먼. 멋지더구먼. 어쩜 그렇게 아비어미 좋은 것만 닮았더노? 욱할 욱제, 지 아비보다 천 배는 낫더구먼. 어쩌고저쩌고……."

이런 종류의 이야기입니다. 그러니 읽는 분들도 대강은 그런 식으로

읽어주시면 되겠습니다.

　이런 글을 독자님들이 좋아하실까. 그냥 소장본으로 나오고 만 글을 이렇게 공개해도 좋을까 아주 많이 걱정했습니다. 하지만 제가 요즈음 사는 게 힘든가 봅니다. 마냥 예쁘고 행복한 이야기가 읽고 싶더라고요. 작은 위로처럼 그러한 글을 독자님들께도 보내 드리고 싶습니다.

　화홍 1부가 출판된 지 어느덧 6년이 지났습니다. 과분한 사랑을 받아 새로이 얼굴 단장하고 다시 개정판이 나오게 되었습니다. 자축의 의미로 화홍 2부 또한 용기내어 날려 보냅니다.

　6년 전 소장본 작업에 참가하셨던 푸른달 식구님들께는 이 자리를 빌려 다시 한 번 감사 인사드립니다. 그날의 초심 잃지 않고 언제나 노력하겠습니다.

　잦은 폭우 속에서 건강 조심하세요.

―수리산 기슭에서 이지환 드림.